Nora Roberts
Mit dir für alle Zeiten

Diesseits der Liebe

Jenseits der Sehnsucht

MIRA® TASCHENBUCH
Band 25990
1. Auflage: Januar 2017

MIRA® TASCHENBÜCHER
erscheinen in der HarperCollins Germany GmbH,
Valentinskamp 24, 20354 Hamburg
Geschäftsführer: Thomas Beckmann

Konzeption/Reihengestaltung: fredebold&partner GmbH, Köln
Umschlaggestaltung: büropecher, Köln
Redaktion: Mareike Müller
Titelabbildung: Harlequin Enterprises S.A., Schweiz
Satz: GGP Media GmbH, Pößneck
Druck und Bindearbeiten: GGP Media GmbH, Pößneck
Printed in Germany
Dieses Buch wurde auf FSC®-zertifiziertem Papier gedruckt.
ISBN 978-3-95649-636-3

www.mira-taschenbuch.de

Werden Sie Fan von MIRA Taschenbuch auf Facebook!

Nora Roberts

Diesseits der Liebe

Roman

Aus dem Amerikanischen von
Rita Langner

1. Kapitel

Er stürzte ab. Die Instrumententafel war ein wildes Durcheinander aufleuchtender Zahlen und heftig blinkender Lampen, und das Cockpit drehte sich wie ein verrückt gewordenes Karussell. Cal wusste auch ohne gellende Alarmsirene, dass er sich in Schwierigkeiten befand. Er musste nicht erst auf das drohende Radarsignal auf dem Computerbildschirm schauen, um zu erkennen, dass diese Schwierigkeiten groß waren. Das hatte er schon bemerkt, als er die Leere gesehen hatte.

Er kämpfte mit aller Macht gegen seine aufsteigende Panik an. Laut fluchend versuchte er die Steuerung in den Griff zu bekommen und drückte den Schubhebel nach vorn auf volle Kraft. Sein Fahrzeug bockte und bebte und stemmte sich gegen den Sog der Anziehung. Die um ein Vielfaches erhöhte Schwerkraft traf ihn wie ein Zusammenprall mit einer Mauer. Um ihn herum kreischte Metall.

„Bleib heil, Baby", stöhnte Cal. Die Wirkung der Schwerkraft verzerrte sein Gesicht. Der Boden gleich neben seinen Füßen knirschte, und ein gezackter, fingerlanger Riss wurde sichtbar. „Du sollst heil bleiben, verdammt noch mal!"

Er steuerte hart backbord und fluchte aufs Neue, als er merkte, dass sein Schiff nicht im Geringsten auf das Manöver reagierte, sondern unaufhaltsam in das Loch gezogen wurde.

Im Cockpit fiel das Licht aus. Nur die Farben auf der Instrumententafel wirbelten wie ein buntes Kaleidoskop. Das Schiff drehte sich in einer Spirale um seine Längsachse und bewegte sich wie ein von einem Katapult abgeschossener Stein voran.

Das Licht war jetzt weiß und grell. Unwillkürlich hob er den Arm, um seine Augen zu schützen. Der plötzliche Druck auf seiner Brust machte ihn hilflos. Cal konnte nur noch mühsam um Atem ringen. Kurz bevor er das Bewusstsein verlor, dachte er noch daran, dass seine Mutter gewollt hatte, er solle Rechtsanwalt werden. Er jedoch hatte unbedingt fliegen wollen.

Als er wieder zu sich kam, beschrieb das Schiff keine Spirale mehr, sondern raste in freiem Fall auf den Planeten zu. Ein Blick auf die Instrumente ergab nur, dass diese beschädigt waren, die Zahlen liefen rückwärts. Eine neue Kraft drückte Cal gegen die Rückenlehne, doch er konnte die Krümmung der Erde sehen.

Er fühlte, dass er gleich wieder ohnmächtig werden würde. Deshalb zog er den Schubhebel zurück und überließ dem Autopiloten die Führung. Der würde nach einem unbewohnten Gebiet suchen, und wenn das Glück ein Einsehen hatte, würde die Crash-Kontrolle noch funktionieren.

Vielleicht sehe ich ja doch noch einmal die Sonne aufgehen, dachte Cal. Und war der Beruf eines Rechtsanwalts denn wirklich so schlimm?

Er sah die Erde auf sich zurasen – blau, grün, wunderschön. Zum Teufel mit der Anwaltspraxis, dachte er. Ein Schreibtisch war kein Ersatz fürs Fliegen.

Libby stand auf der Veranda der Blockhütte und blickte zum brodelnden Nachthimmel hoch. Die jagenden Blitze und der vom Sturm getriebene Regenvorhang waren ein fantastisches Schauspiel. Obwohl sie unter dem Dachüberhang stand, waren ihr Haar und ihr Gesicht nass.

Hinter ihr leuchtete warmes gelbes Licht aus dem Hüttenfenster. Glücklicherweise hatte sie rechtzeitig daran gedacht, Petroleumlampen und Kerzen bereitzustellen und anzuzünden. Das Licht und die Wärme lockten sie jedoch nicht ins Haus zurück. Heute Abend zog sie die Kälte und das Gewitter vor, das über den Bergen tobte.

Wieder zuckte ein Blitz über den Himmel. Wenn das Unwetter noch länger anhielt, würde es Wochen dauern, ehe man den Nordpass wieder befahren konnte. Und wenn schon, dachte Libby, ich habe wochenlang Zeit. Sie lächelte vor sich hin und legte die Arme um sich, weil sie fror. Ja, sie hatte so viel Zeit, wie sie wollte.

Der beste Einfall, den sie jemals gehabt hatte, war es gewesen, die Sachen zu packen und sich in der versteckten Berghütte ihrer Familie einzunisten. Libby hatte die Berge schon immer geliebt. Das Klamath-Gebirge im südwestlichen Oregon bot ihr alles, was sie begehrte: einen grandiosen Ausblick, hohe, zerklüftete Gipfel, saubere Luft und Einsamkeit. Falls es jetzt ein halbes Jahr dauern sollte, bis sie ihre Doktorarbeit über die Auswirkungen der Modernisierungseinflüsse auf die Kolbari-Insulaner fertiggestellt hatte – na und?

Fünf Jahre lang hatte Libby Kulturelle Anthropologie studiert, drei Jahre davon hatte sie mit ausgedehnten Feldstudien, wissenschaftlicher Arbeit vor Ort, verbracht. Seit ihrem achtzehnten Geburtstag hatte sie sich keine wirkliche Freizeit mehr gegönnt und schon gar keine Zeit mit sich ganz allein.

Die Dissertation war ihr wichtig, viel zu wichtig, wie sie sich manchmal eingestehen musste. Hierherzukommen, wo sie allein sein, arbeiten und sich ein wenig Zeit lassen konnte, um sich mit sich selbst zu befassen, das war doch ein ausgezeichneter Kompromiss.

In der einstöckigen Hütte, vor der sie jetzt stand, war sie geboren worden, und die ersten fünf Jahre ihres Lebens hatte sie in dieser Umgebung verbracht. Sie war hier so frei wie die Tiere des Bergwaldes aufgewachsen.

Lächelnd erinnerte sie sich daran, wie sie und ihre jüngere Schwester barfuß herumgerannt waren und fest daran geglaubt hatten, dass die Welt mit ihnen und ihren Eltern begann und endete.

Ihre Eltern gehörten der damals so genannten Anti-Bewegung an, jenen jungen Leuten, deren Lebensweise im Gegensatz zum allgemein üblichen Kulturstil stand. Libby sah noch heute ihre Mutter am selbst gebauten Webstuhl vor sich und ihren Vater, der glücklich in seinem Garten werkelte. Abends wurde gemeinsam musiziert, und den Kindern wurden lange, spannende Geschichten erzählt. Die kleine Familie war glücklich und zufrieden gewesen, und anderen Menschen begegneten die vier nur auf ihren monatlichen Einkaufsfahrten nach Brookings.

Sie hätten für alle Zeiten so weiterleben können, aber aus den Sechzigerjahren wurden die Siebziger. Ein Kunsthändler hatte einen der selbst gewebten Wandbehänge von Libbys Mutter gesehen. Fast zur selben Zeit hatte ihr Vater festgestellt, dass eine ganz bestimmte Mischung seiner selbst gezogenen Gartenkräuter einen beruhigenden und köstlichen Tee ergab. Noch vor Libbys achtem Geburtstag waren ihre Mutter zu einer geachteten Künstlerin und ihr Vater zu einem erfolgreichen jungen Unternehmer geworden. Die Berghütte wurde zu einem Ferienversteck, nachdem die Familie sich in das Leben der Großstadt Portland eingefügt hatte.

Vielleicht hatte es an Libbys eigenem Kulturschock gelegen, dass sie sich später der Anthropologie verschrieben hatte. Diese Wissenschaft faszinierte sie, und ihr Interesse an Gesellschaftsstrukturen und äußeren Einflüssen hatte ihr Leben oft dominiert. Manchmal vergaß sie auf ihrer Suche nach Antworten alles andere. Wenn es wieder einmal so weit war, kehrte sie zu dieser Berghütte hier zurück oder verbrachte ein paar Tage zu Besuch bei ihren Eltern. Das brachte sie dann wieder auf den Boden der Gegenwart und der Tatsachen zurück.

Morgen wollte sie nun endlich anfangen. Dann war dieses Unwetter vorbei, sie würde ihren Computer einschalten und mit der Arbeit beginnen. Aber nur vier Stunden am Tag, nahm sie sich vor. In den vergangenen anderthalb Jahren hatte sie dreimal so lange gearbeitet.

Alles zu seiner Zeit, hatte ihre Mutter immer gesagt. Nun gut, diesmal wollte sich Libby die Zeit nehmen, sich ein wenig von der Freiheit zurückzuholen, die sie während ihrer ersten fünf Lebensjahre genossen hatte.

Wie friedlich es hier war! Sie ließ sich den Wind durchs Haar wehen und lauschte dem Prasseln des Regens auf Stein- und

Sandboden. Trotz des Unwetters, trotz Blitz und Donner fühlte sie nichts als eine innere, heitere Gelassenheit. In ihrem ganzen Leben hatte sie nie ein friedlicheres Fleckchen Erde kennengelernt als dieses hier.

Libby sah das Licht über den Himmel rasen. Einen Augenblick lang dachte sie, es könnte sich um einen Kugelblitz oder auch um einen Meteoriten handeln. Dann folgte der nächste Blitz, und in seiner grellen Helligkeit erkannte sie den vagen Umriss und den Widerschein von Metall. Sie trat unter dem Dachüberhang hervor in den Regen hinaus. Das fliegende Objekt raste näher heran. Unwillkürlich griff sie sich an die Kehle.

Ein Flugzeug? Jetzt berührte es schon die Wipfel der Fichten westlich der Hütte, im nächsten Moment hörte sie das Krachen. Eine Sekunde lang stand sie erstarrt da. Dann lief sie ins Haus und holte sich ihren Regenmantel und ihren Erste-Hilfe-Koffer.

Ein paar Augenblicke später kletterte sie in ihren Geländewagen. Von der Veranda hatte sie gesehen, wo das Flugzeug abgestürzt war, und jetzt hoffte sie nur, dass ihr gewöhnlich ausgezeichneter Orientierungssinn sie nicht verließ.

Eine halbe Stunde kämpfte sie sich durch den Sturm, über vom Regen ausgewaschene Fahrwege und von abgerissenen Ästen fast blockierte Pfade voran. Sie biss die Zähne zusammen, als der Geländewagen durch einen jetzt reißenden Bach fuhr. Die Gefahren von Überflutungen im Gebirge waren ihr durchaus bekannt, trotzdem behielt sie ihre Richtung und ihre Geschwindigkeit bei.

Und dann hätte sie den Mann beinahe überfahren.

Libby stieg hart in die Bremsen, als die Scheinwerfer über eine zusammengekauerte Gestalt strichen, die am Rande des schmalen Weges lag. Der Geländewagen rutschte, brach auf dem schlammigen Untergrund aus und kam dann endlich zum Stehen.

Sie griff sich ihre Taschenlampe und eine Decke, sprang vom Sitz, kniete sich neben den Mann und drückte die Finger an seine Halsschlagader. Er lebte! Erleichtert atmete sie auf.

Der Mann war ganz in Schwarz gekleidet und inzwischen nass bis auf die Haut. Sofort breitete sie die Decke über ihn und tastete dann darunter nach möglicherweise gebrochenen Gliedmaßen.

Er war jung, schlank und muskulös. Libby hoffte nur, dass diese Tatsache sich zu seinen Gunsten auswirkte. Sie richtete den Lichtstrahl ihrer Taschenlampe auf sein Gesicht.

Die klaffende Wunde an seiner Stirn machte ihr Sorgen, denn trotz des strömenden Regens war zu erkennen, dass die Verletzung stark blutete. Die Möglichkeit, dass er sich Hals- oder Rückenwirbel gebrochen hatte, hielt Libby davon ab, ihn irgendwie zu bewegen. Sie eilte zum Wagen zurück und holte den Erste-Hilfe-Koffer. Gerade als sie dabei war, die Wunde zu verbinden, öffnete der Mann die Augen.

Gott sei Dank, dachte Libby. Sie nahm seine Hand und streichelte sie beruhigend. „Ihnen wird es bald wieder besser gehen. Sorgen Sie sich nicht. Sind Sie allein?"

Verständnislos blickte er sie an. „Wie bitte?"

„War jemand bei Ihnen? Ist noch jemand verletzt?"

„Nein." Er versuchte sich aufzusetzen. In seinem Kopf drehte sich alles, und er wollte sich an Libby festhalten. Seine Hände rutschten jedoch an ihrem nassen Regenmantel ab. „Ich bin allein", brachte er gerade noch heraus, bevor er wieder das Bewusstsein verlor.

Er hatte keine Ahnung, wie allein er wirklich war.

Wieder zur Hütte zurückgekehrt, gelang es Libby, den Mann ins Haus und zur Couch zu schleppen. Dort entkleidete sie ihn, trocknete ihn ab und versorgte seine weiteren Verletzungen. Danach sank sie in den großen Sessel vor dem Kamin und fiel in einen unruhigen Halbschlaf. Immer wieder erwachte sie und stand auf, um den Puls des Verletzten zu fühlen und seine Pupillen zu prüfen.

Der Mann befand sich im Schockzustand und hatte zweifellos eine Gehirnerschütterung erlitten, doch die übrigen Verletzungen waren verhältnismäßig geringfügig, ein paar geprellte

Rippen und einige üble Kratzer. Er hat Glück gehabt, dachte Libby, während sie eine Tasse Tee trank und ihn im Feuerschein betrachtete. Narren hatten ja meistens Glück. Und nur ein Narr konnte auf die Idee kommen, bei so einem Unwetter durch die Berge zu fliegen.

Draußen tobte das Gewitter noch immer. Sie stellte die Teetasse aus der Hand und legte noch ein Holzscheit in den Kamin. Der Feuerschein wurde heller, die Schatten im Raum wurden höher und dunkler.

Ein sehr attraktiver Narr, fügte Libby lächelnd ihrem Gedankengang hinzu. Sie bog den schmerzenden Rücken durch. Der Mann war mindestens eins fünfundachtzig groß und kräftig gebaut. Es war ein Glück für sie beide, dass sie ziemlich stark und daran gewöhnt war, schwere Ausrüstungsgegenstände durchs Gelände zu schleppen. Sie lehnte sich gegen die Kamineinfassung und betrachtete ihn.

Ja wirklich, er war sehr attraktiv, und er würde noch attraktiver sein, wenn er erst einmal seine gesunde Farbe wiederhätte. Sein Gesicht war sehr gut geschnitten. Mit den hohen Wangenknochen und den klar gezeichneten vollen Lippen wirkte er irgendwie keltisch. Der Zweitagebart und der Verband auf der Stirn gaben ihm einen verwegenen, beinahe gefährlichen Ausdruck. Libby hatte bemerkt, dass die Augen in diesem Gesicht von einem ganz besonders intensiven Blau waren.

Ganz zweifellos keltischer Abstammung, bestätigte sie ihren Befund. Sein Haar war kohlrabenschwarz, leicht wellig und für einen Militärschnitt zu lang. Sie dachte an die Kleidung, die sie ihm ausgezogen hatte. Der schwarze Overall sah allerdings sehr militärisch aus und wies eine Art Emblem auf der Brusttasche auf. Möglicherweise gehörte der Mann zu irgendeiner Eliteeinheit der Luftwaffe.

Libby zuckte die Schultern und setzte sich wieder in ihren Sessel. Andererseits hat er abgetragene Joggingstiefel, überlegte sie weiter. Und dann diese teuer aussehende Armbanduhr mit einem halben Dutzend winziger Zifferblätter darauf.

Das Einzige, was Libby auf dem Ding hatte erkennen können, war, dass keines dieser Zifferblätter die richtige Zeit anzeige. Wahrscheinlich hatten sowohl die Uhr als auch ihr Besitzer den Absturz nicht so ganz schadlos überstanden.

„Was mit der Uhr ist, weiß ich nicht", sagte sie gähnend zu dem Bewusstlosen, „aber ich glaube, dass es Ihnen bald wieder gut gehen wird." Und dann schlief sie ein.

Cal erwachte mit entsetzlichen Kopfschmerzen und getrübtem Blick. Das da war entweder ein echtes Kaminfeuer oder eine erstklassige Imitation. Er konnte den Geruch brennenden Holzes wahrnehmen … und des Regens. Schwach erinnerte er sich daran, durch den Regen gestolpert zu sein. Im Augenblick konnte er sich jedoch nur auf die Tatsache konzentrieren, dass er noch lebte. Und dass ihm warm war.

Hatte er nicht eben noch gefroren? War er nicht durchnässt und orientierungslos gewesen? Hatte er nicht sogar zuerst gefürchtet, er wäre in einen Ozean gestürzt?

Da war jemand gewesen … eine Frau. Eine leise, ruhige Stimme … sanfte, weiche Hände … Er versuchte zu denken, doch das Hämmern in seinem Kopf machte die Anstrengungen zunichte.

Dann sah er die Frau mit einer bunten Decke über den Knien in einem alten Sessel sitzen. Oder war das nur eine Halluzination? Vielleicht, aber dann gewiss eine höchst erfreuliche. Das dunkle Haar der Frau schimmerte im Feuerschein. Es schien halb lang und sehr voll zu sein, und jetzt schmiegte es sich leicht zerzaust um ihr Gesicht.

Sie schlief. Er konnte sehen, dass sich ihre Brüste hoben und senkten. Bei der sanften Beleuchtung schien ihre Haut wie Gold zu glühen. Die Gesichtszüge waren klar und beinahe exotisch. Die vollen, weichen Lippen waren im Schlaf entspannt.

Eine hübschere Halluzination ließ sich kaum denken. Cal schloss die Augen wieder und schlief bis zum Morgengrauen.

Als er erwachte, war die Frau – oder die Halluzination – fort.

Das Feuer im Kamin brannte noch, und das schwache Licht, das durchs Fenster hereinfiel, war fahl. Die Kopfschmerzen hatten inzwischen nicht abgenommen, ließen sich aber ertragen. Vorsichtig betastete er die Bandage auf seiner Stirn.

Möglicherweise bin ich stunden- oder sogar tagelang bewusstlos gewesen, überlegte er. Als er versuchte, sich aufzusetzen, merkte er, dass sich sein Körper schwach und wie aus Gummi anfühlte.

Mein Verstand befindet sich offenbar in demselben Zustand, befand er, als er nur mit größter Mühe seine unmittelbare Umgebung zu erfassen vermochte. Der kleine, schwach beleuchtete Raum schien aus Stein und Holz gemacht zu sein. Cal hatte einmal einige sorgfältig restaurierte Relikte aus der Vergangenheit gesehen, die auch aus so primitiven Materialien gebaut waren. Seine Eltern hatten ihn damals zu einer Ferienreise in den Westen mitgenommen, die Besichtigungen von Kulturparks und Geschichtsdenkmälern einschloss.

Er wandte den Kopf, sodass er die brennenden Holzscheite im Kamin betrachten konnte. Die Wärme war trocken, und was er roch, war einwandfrei Rauch. Andererseits war es doch ziemlich unwahrscheinlich, dass man ihn in ein Museum oder einen historischen Park gebracht hatte.

Das Unangenehmste an der ganzen Sache war, dass er nicht die geringste Ahnung hatte, wo er sich befand.

„Oh, Sie sind wach." Mit einer Teetasse in der Hand blieb Libby im Türrahmen stehen. Nachdem ihr Patient sie nur schweigend anstarrte, lächelte sie ihm aufmunternd zu. Er wirkte so hilflos, dass sie ihre Hemmungen, mit denen sie ihr Leben lang gekämpft hatte, jetzt sehr schnell überwand.

„Ich habe mir große Sorgen um Sie gemacht." Sie setzte sich auf die Couchkante und fühlte seinen Puls.

Cal konnte sie jetzt genauer sehen. Ihr dunkelbraunes Haar war nicht mehr zerzaust, sondern ordentlich seitlich gescheitelt und glatt gekämmt. Ja, dachte er, „exotisch" ist genau das richtige Wort für ihr Aussehen. Ihre Augen, ihre schmale Nase und ihre vollen Lippen erinnerten ihn an ein Bild der altägyptischen Königin Kleopatra, das er einmal gesehen hatte. Ihre Finger, die jetzt leicht an seinem Handgelenk lagen, waren angenehm kühl.

„Wer sind Sie?"

Regelmäßig, stellte sie mit einem zufriedenen Nicken fest, fuhr aber fort, den Puls zu zählen. Und kräftiger auch.

„Jedenfalls keine ausgebildete Krankenschwester", antwortete sie dann, „aber etwas Besseres als mich kann ich Ihnen hier nicht bieten." Sie lächelte, schob erst sein eines, dann das andere Augenlid hoch und begutachtete seine Pupillen. „Wie oft sehen Sie mich?"

„Wie oft sollte ich Sie denn sehen?"

Sie lachte leise und schob ihm ein Kissen hinter den Rücken. „Nur einmal, aber da Sie eine Gehirnerschütterung haben, wäre es möglich, dass Sie Doppelbilder sehen."

„Ich sehe Sie nur einmal." Lächelnd hob er den Arm und berührte ihr weiches Kinn. „Und es ist ein sehr schönes Bild."

Libby errötete und zog sofort den Kopf zurück. Sie war nicht daran gewöhnt, dass man sie „schön" nannte – nur „tüchtig".

„Versuchen Sie einen Schluck hiervon zu trinken. Das ist die Geheimmischung meines Vaters. Sie ist bisher noch nicht auf dem Markt."

Bevor er ablehnen konnte, hielt sie ihm die Teetasse an die Lippen. „Danke." Seltsamerweise erinnerte der Geschmack ihn verschwommen an seine Kindheit. „Sagen Sie, was mache ich hier eigentlich?"

„Sie erholen sich. Ein paar Kilometer von hier entfernt sind Sie mit Ihrem Flugzeug in den Bergen abgestürzt."

„Mit meinem Flugzeug?"

„Erinnern Sie sich nicht?" Sie blickte ihn einen Moment besorgt an, und Cal stellte fest, dass sie goldene Augen hatte, große goldbraune Augen. „Nun, Ihre Erinnerung wird zurückkehren", versicherte sie ihm zuversichtlich. „Sie haben einen ziemlichen Schlag an den Kopf abgekriegt."

Sie drängte ihm noch mehr Tee auf und widerstand dem törichten Wunsch, ihm das Haar aus der Stirn zu streichen. „Wenn ich nicht gerade auf der Veranda dem Gewitter zugeschaut hätte, hätte ich Sie möglicherweise gar nicht abstürzen sehen. Ein Glück, dass Sie keine größeren Verletzungen erlitten haben. Hier in der Hütte gibt es nämlich kein Telefon, und weil unser CB gerade in Reparatur ist, kann ich Ihnen keinen Arzt herbeirufen."

„CB?"

„Das Funkgerät", erläuterte sie geduldig. „Meinen Sie, dass Sie etwas essen können?"

„Vielleicht. Wie heißen Sie?"

„Liberty Stone." Sie stellte die Teetasse ab und legte ihm eine Hand an die Stirn, um festzustellen, ob er Fieber hatte. Dass er sich nicht erkältet hatte, betrachtete sie als mittleres Wunder.

„Liberty? Freiheit?"

„Ja. Meine Eltern gehörten zu der ersten Welle der Anti-Bewegung der Sechzigerjahre. Deshalb heiße ich Liberty, womit ich noch besser bedient bin als meine Schwester. Sie heißt nämlich Sunbeam – Sonnenstrahl." Sie lachte, als sie die Verwirrung ihres Patienten sah. „Nennen Sie mich einfach Libby. Und wie heißen Sie?"

„Ich …" Die Hand an seiner Stirn war kühl und real. Also musste auch die Frau wirklich vorhanden und nicht etwa nur eine Halluzination sein. Aber wovon redete sie?

„Wie heißen Sie?", wiederholte sie. „Gewöhnlich möchte ich wenigstens gern den Namen desjenigen kennen, den ich gerade aus Flugzeugtrümmern gerettet habe."

Er öffnete den Mund zum Antworten – sein Gehirn war leer. Panik beschlich ihn. Sein Gesicht wurde blass, sein Blick glasig. Hart umfasste er ihr Handgelenk. „Ich kann … ich kann mich nicht erinnern."

„Immer mit der Ruhe." Innerlich war sie ärgerlich auf ihren Einfall, das Funkgerät gerade jetzt zur Reparatur zu bringen. „Sie sind noch ein wenig verstört. Ich möchte, dass Sie sich wieder hinlegen und sich entspannen. Inzwischen mache ich Ihnen etwas zu essen."

Nachdem ihr Patient gehorsam die Augen geschlossen hatte, stand Libby auf und ging in die Küche. Während sie ein Omelett zubereitete, dachte sie über ihn nach.

Er hatte nichts bei sich gehabt, was ihn identifizieren könnte, keine Brieftasche, keine Papiere, keinerlei Ausweise. Er konnte wer weiß wer sein. Ein Verbrecher vielleicht oder ein Geisteskranker …

Nicht doch! Sie lachte sich selbst aus. Ihre Fantasie war schon immer recht blühend gewesen. Die Angehörigen primitiver vorgeschichtlicher Kulturen hatte sie sich beispielsweise immer als wirkliche Menschen – Familien, Liebespaare, Kinder – vorstellen können. Wahrscheinlich hatte sie sich deshalb auch der Anthropologie zugewandt.

Allerdings hatte sie daneben auch immer die Fähigkeit besessen, Charaktere gut beurteilen zu können. Das hing wahrscheinlich auch mit der Tatsache zusammen, dass sie einfach von Menschen und deren Gewohnheiten fasziniert war … und mit der Tatsache, dass ihr immer mehr daran gelegen hatte, Menschen zu beobachten, als mit ihnen Umgang zu pflegen.

Der Mann, der in ihrem Wohnzimmer mit seinem eigenen Schicksal haderte, stellte keine Bedrohung für sie dar. Wer immer er sein mochte, er war harmlos.

Mit fachmännischem Schwung wendete Libby das Omelett in der Pfanne und drehte sich dann um, um nach dem bereitstehenden Teller zu greifen. Mit einem Aufschrei ließ sie die Pfanne samt Omelett fallen. Ihr harmloser Patient stand in all seiner nackten Pracht auf der Küchentürschwelle.

„Hornblower", brachte er noch heraus, ehe er langsam am Türrahmen hinabglitt. „Caleb Hornblower."

Verschwommen bekam er mit, dass sie auf ihn schimpfte. Er versuchte seine Ohnmacht abzuschütteln, kam wieder zu sich und stellte fest, dass das Gesicht seiner Retterin seinem ganz nahe war, dass sie die Arme um ihn geschlungen hatte und sich nun abmühte, ihn wieder auf die Beine zu stellen. Um ihr dabei zu helfen, griff er nach ihr, und erreichte damit nur, dass sie beide zu Boden gingen.

Außer Atem geraten, lag Libby flach auf dem Rücken und war unter dem nackten männlichen Körper gefangen. „Ich will hoffen, das ist nur ein weiteres Zeichen Ihrer Benommenheit", bemerkte sie ein wenig gereizt.

„Entschuldigung." Er hatte Gelegenheit festzustellen, dass sie groß und mit sehr festen Körperformen ausgestattet war. „Habe ich Sie umgerissen?"

„Ja." Ihre Arme waren noch immer um ihn geschlungen, ihre Hände lagen auf einem kräftigen Muskelstrang an seinem Rücken. Sie zog sie fort und befand, dass die Atemnot von dem Sturz herrühren musste. „Entschuldigen Sie, aber Sie sind ein wenig schwer."

Cal stützte eine Hand auf dem Boden ab und schaffte es, sich eine Handbreit hochzustemmen. Benommen war er zugegebenermaßen, aber keineswegs tot. Und die Frau unter ihm fühlte sich himmlisch an. „Möglicherweise bin ich ja zu schwach, um mich fortzubewegen."

Amüsierte sich der Kerl etwa? Jawohl, was da in seinen Augen funkelte, war zweifellos Belustigung, diese zeitlose und ganz besonders aufreizende männliche Belustigung.

„Hornblower, wenn Sie sich nicht fortbewegen, werden Sie gleich noch viel, viel schwächer sein." Bevor sie sich unter ihm hervorwand, sah sie noch sein kurzes, aber höchst erheitertes Grinsen.

Mit dem festen Vorsatz, ihm ausschließlich ins Gesicht – und nur ins Gesicht! – zu schauen, half sie ihm beim Aufstehen. „Wenn Sie herumlaufen wollen, dann sollten Sie damit warten, bis Sie es ohne fremde Hilfe schaffen." Sie schlang ihm zwecks Stützung den Arm um die Taille und fühlte sofort eine starke und höchst unbehagliche Reaktion. „Und bis ich ein paar Kleidungsstücke von meinem Vater herausgesucht habe", fügte sie hinzu.

„Jawohl." Dankbar sank er auf die Couch zurück.

„Bleiben Sie diesmal liegen, bis ich zurückkomme."

Er protestierte nicht. Das konnte er auch gar nicht, denn der Gang zur Küchentür hatte ihm geraubt, was er noch an Kräften besessen hatte. Die Schwäche war ein seltsames und unangenehmes Gefühl. Cal konnte sich nicht erinnern, jemals krank gewesen zu sein, seit er erwachsen war. Na schön, bei diesem Flugradunfall hatte er sich ziemlich demoliert, aber damals war er – wie alt? – achtzehn gewesen.

Verdammt noch mal, wenn er sich daran erinnern konnte, weshalb wusste er dann nicht mehr, wie er hierhergekommen war? Er schloss die Augen, lehnte sich zurück und versuchte gegen das Hämmern in seinem Kopf anzudenken.

Er war mit seinem Flugzeug abgestürzt. Das jedenfalls hatte sie … hatte Libby gesagt. Ziemlich abgestürzt fühlte er sich auch. Die Erinnerung würde schon zurückkehren. Schließlich war ihm ja nach der ersten erschreckenden Leere auch sein Name wieder eingefallen.

Libby kehrte mit einem Teller zurück. „Sie haben Glück, dass ich gerade meine Vorräte aufgefüllt hatte." Als ihr Patient die Augen aufschlug, stockte sie und hätte das neue Omelett beinahe auch wieder fallen lassen. Kein Wunder – so wie der Mann aussah, halb nackt, nur mit der Decke über dem Schoß und mit dem warmen Feuerschein auf seiner Haut, musste er ja jede Frau aus dem Gleichgewicht bringen.

Er lächelte. „Das duftet gut."

„Meine Spezialität." Sie merkte erst jetzt, dass sie die Luft angehalten hatte, und atmete endlich aus. „Können Sie allein essen?"

„Ja. Mir wird nur schwindlig, wenn ich aufstehe." Er nahm den Teller entgegen und machte sich hungrig über das Omelett her. Schon nach dem ersten Bissen blickte er Libby erstaunt an. „Sind die echt?"

„Die Eier? Natürlich sind die echt."

Er lachte leise und nahm noch eine Gabel voll. „Echte Eier

22

habe ich nicht mehr gegessen, seit … ich erinnere mich nicht daran."

Libby meinte einmal irgendwo gelesen zu haben, dass beim Militär irgendein synthetisches Eipulver als Ersatz verwendet wurde. „Dies sind echte Eier von echten Hühnern. Sie können einen Nachschlag bekommen", fügte sie lächelnd hinzu, als sie sah, mit welchem Appetit ihr Patient aß.

„Das hier sollte erst einmal genügen." Er schaute zu ihr auf und sah, dass sie ihn über ihre unvermeidliche Teetasse hinweg betrachtete. „Ich glaube, ich habe Ihnen noch nicht für Ihre Hilfsaktion gedankt."

„Ach, ich war einfach nur zur richtigen Zeit an der richtigen Stelle."

„Weshalb sind Sie hier?" Er schaute sich noch einmal im Zimmer um. „Hier, an diesem Ort?"

„Man könnte sagen, ich habe mein Ferienjahr genommen. Ich bin Anthropologin und habe gerade einige Monate Feldstudien hinter mir. Jetzt arbeite ich an meiner Dissertation."

„Hier?"

Es freute sie, dass er nicht die übliche Bemerkung darüber gemacht hatte, dass sie zu jung war, um Wissenschaftlerin zu sein. „Ja, warum nicht?" Sie nahm ihm den leeren Teller ab und stellte ihn aus der Hand. „Hier ist es ruhig, wenn man einmal von den gelegentlichen Flugzeugabstürzen absieht. Wie geht es Ihren Rippen? Tun sie weh?"

Er blickte an sich hinunter und bemerkte zum ersten Mal die diversen Blutergüsse. „Nicht sehr. Ein bisschen."

„Wissen Sie, Sie hatten wirklich Glück. Von der Kopfwunde abgesehen, sind Sie mit ein paar Schnitten und blauen Flecken davongekommen. Ich hatte nicht angenommen, dass ich nach alldem noch Überlebende vorfinden würde."

„Die Crash-Kontrolle …" In seinem Kopf formte sich ein verschwommenes Bild: Er drückte auf Schaltknöpfe, Lampen blitzten auf, Warnsirenen schrillten … Das Bild löste sich auf, als er sich darauf zu konzentrieren versuchte.

„Sind Sie Testpilot?"

„Was? Nein … Nein, ich glaube nicht."

Beruhigend legte sie ihre Hand über seine. Erschrocken über ihre Reaktion, zog sie sie vorsichtshalber gleich wieder zurück.

„Ich kann Rätsel nicht leiden", stellte er leise, aber ärgerlich fest.

„Und ich bin ganz versessen darauf. Lassen Sie uns doch dieses hier gemeinsam lösen."

Er blickte ihr in die Augen. „Vielleicht gefällt Ihnen die Lösung nicht."

Sie spürte ein gewisses Unbehagen. Der Mann war stark. Jedenfalls würde er körperlich kräftig sein, wenn seine Verletzungen geheilt waren. Und seine Geisteskraft bezweifelte sie ebenfalls nicht. Und sie waren allein, so allein, wie zwei Menschen nur sein konnten …

Libby schüttelte das Gefühl ab und beschäftigte sich lieber wieder mit dem Teetrinken. Was sollte sie tun? Den Mann samt seiner Gehirnerschütterung in den Regen hinauswerfen?

„Ob mir die Lösung gefällt, wissen wir erst, wenn wir sie gefunden haben", sagte sie schließlich. „Wenn sich das Unwetter gelegt hat, werde ich Ihnen bestimmt in ein, zwei Tagen einen Doktor beschaffen können. In der Zwischenzeit werden Sie mir vertrauen müssen."

Das tat er auch. Warum, hätte er nicht sagen können, aber von dem Moment an, in dem er sie in diesem Sessel hatte schlafen sehen, hatte er gewusst, dass sie ein Mensch war, auf den man sich verlassen konnte. Das Problem bestand nur darin, dass er nicht genau wusste, ob er sich selbst vertrauen konnte – oder ob sie das tun durfte.

„Libby …"

Sie schaute ihn an, und schon wusste Cal nicht mehr, was er hatte sagen wollen. „Sie haben ein schönes Gesicht", murmelte er und sah, dass ihr Blick sofort argwöhnisch wurde. Gern hätte er sie berührt, aber als er die Hand hob, war es schon zu spät.

Libby war bereits aufgestanden und befand sich außerhalb seiner Reichweite.

„Ich glaube, Sie müssen jetzt wieder schlafen. Oben gibt es ein Gästezimmer." Sie sprach jetzt sehr schnell und ein wenig scharf. „Gestern Nacht konnte ich Sie nicht die Treppe hinaufbekommen, aber da oben haben Sie es bequemer."

Cal betrachtete sie einen Moment. Dass Frauen sich vor ihm zurückzogen, war er nicht gewohnt, und bei dieser Libby war es offensichtlich nicht einmal eine nur gespielte Haltung. Wenn zwischen einem Mann und einer Frau gegenseitige Anziehung bestand, dann war der Rest doch einfach. Vielleicht arbeiteten noch nicht alle seine Systeme richtig, aber dass diese Anziehung hier auf Gegenseitigkeit beruhte, wusste er genau.

„Sind Sie zugeordnet?"

Fragend zog Libby die Augenbrauen bis unter ihre Ponyfransen hoch. „Bin ich – was?"

„Zugeordnet. Ich meine, haben Sie vielleicht einen Gefährten?"

Sie lachte. „Dieser Ausdruck ist mir schon vertrauter. Nein, im Moment nicht. Kommen Sie, ich helfe Ihnen die Treppe hinauf." Sie hob die Hand, bevor er aufstehen konnte. „Mir wäre es lieber, wenn Sie die Decke umbehielten."

„Es ist doch nicht kalt", stellte er fest, steckte den Stoff dann aber doch um seine Hüften fest.

„Und nun stützen Sie sich auf mich." Sie hängte sich seinen Arm um die Schultern und schlang ihren um seine Taille. „Geht es so?"

„Einigermaßen." Cal stellte fest, dass ihm tatsächlich nur ein klein wenig schwindlig war. Wahrscheinlich hätte er sogar allein laufen können, aber mit Libby umschlungen die Treppe hinaufzusteigen fand er wesentlich schöner. „In einem solchen Haus bin ich noch nie gewesen", bemerkte er.

Libbys Herz schlug ein wenig zu schnell. An Überanstrengung konnte es nicht liegen, denn ihr Patient stützte sich so gut wie überhaupt nicht auf sie. Allerdings war er ihr entschieden zu nahe.

„Ich nehme an, nach den gängigen Maßstäben ist es reichlich rustikal, aber ich habe dieses Haus schon immer geliebt."

Die Bezeichnung „rustikal" war Cals Meinung nach recht untertrieben, aber er wollte seine Gastgeberin nicht kränken. „Schon immer?", fragte er.

„Ja. Ich bin hier geboren."

Darauf wollte er etwas erwidern, aber als er den Kopf zu ihr wandte, nahm er einen Hauch des Dufts ihres Haars wahr, und als sich daraufhin sein ganzer Körper anspannte, taten ihm die vielen Prellungen mit plötzlicher Heftigkeit weh.

„Genau in diesem Raum", fuhr Libby fort. „Setzen Sie sich ans Fußende. Ich schlage inzwischen das Bett auf."

Cal gehorchte. Erstaunt strich er mit der Hand über einen der Bettpfosten. Dieser war zweifellos aus echtem Holz und trotzdem allem Anschein nach nicht älter als zwanzig oder dreißig Jahre. Das war ja widersinnig!

„Dieses Bett …"

„Es ist ganz bequem, wirklich. Dad hat es gebaut. Deshalb ist es ein bisschen wackelig, aber die Matratze ist gut."

Cal musste sich am Pfosten festhalten. „Ihr Vater hat dieses Bett gebaut? Und es ist aus Holz?"

„Solides Eichenholz und tonnenschwer. Ich bin darin zur Welt gekommen, ob Sie es glauben oder nicht. Damals hielten meine Eltern nämlich nichts davon, einen Arzt für so etwas Natürliches und Privates wie eine Niederkunft einzuspannen. Mir fällt es allerdings auch schwer, mir meinen Vater mit Pferdeschwanz und Perlenketten um den Hals vorzustellen." Sie richtete sich auf und sah, dass Caleb Hornblower sie entgeistert anstarrte. „Stimmt irgendetwas nicht?"

Er schüttelte nur den Kopf. Wahrscheinlich brauchte er tatsächlich Schlaf, viel Schlaf. „War das alles …" Er machte eine Handbewegung, die sich auf das ganze Haus bezog. „War das eine Art Experiment?"

Libbys Blick wurde sanfter und spiegelte eine Mischung aus Erheiterung und Zuneigung wider. „So könnte man es auch nennen."

Sie ging zu der windschiefen Kommode, die ihr Vater ebenfalls gebaut hatte. Nachdem sie eine Weile in den Fächern herumgesucht hatte, zog sie eine Jogginghose heraus. „Die können Sie anziehen. Dad bewahrt hier immer ein paar Kleidungsstücke auf, und er hat ungefähr die gleiche Größe wie Sie."

„Gut." Er fasste Libby bei der Hand, als sie das Zimmer verlassen wollte. „Wo, sagten Sie, befinden wir uns hier?"

Er sah so beunruhigt aus, dass sie unwillkürlich seine Hand streichelte. „In Oregon. Genauer gesagt, im Südwesten des Staates, dicht bei der kalifornischen Grenze, und zwar im Klamath-Gebirge."

„Oregon …" Sein Griff lockerte sich ein wenig. „USA?"

„Falls es sich inzwischen nicht geändert hat – ja." Besorgt berührte sie seine Stirn, um festzustellen, ob er vielleicht Fieber hätte.

Cal hielt auch dieses Handgelenk fest, bemühte sich aber darum, nicht zu hart zuzufassen. „Welcher Planet?"

Erschrocken blickte sie ihn an. Der Mann konnte diese Frage doch nicht ernst meinen! Es sah aber ganz so aus. „Erde. Der der Sonne drittnächste Planet, Sie wissen schon", antwortete sie, um ihn nicht zu verärgern. „So, und nun legen Sie sich schlafen, Hornblower. Sie sind noch völlig durcheinander, glaube ich."

Er atmete einmal tief ein und aus. „Ja, ich denke, Sie haben recht."

„Rufen Sie, wenn Sie etwas benötigen."

Nachdem Libby hinausgegangen war, beschlich ihn ein sehr ungutes Gefühl. Aber vielleicht war er wirklich nur „völlig durcheinander". Wenn er sich tatsächlich in Oregon befand, also in der nördlichen Hemisphäre seines eigenen Planeten, dann konnte er nicht sehr weit vom Kurs abgekommen sein. Vom Kurs … Auf welchem Kurs hatte er sich befunden?

Er schaute auf seine Armbanduhr und betrachtete finster

die diversen Zeitanzeigen. Aus reiner Gewohnheit drückte er auf den kleinen Knopf am Gehäuse. Die Anzeigen verschwanden, und eine Reihe roter Zahlen blinkte auf dem schwarzen Uhrenblatt.

Los Angeles. Mit Erleichterung erkannte er die Koordinaten. Er war also auf dem Rückweg zu der Basis in Los Angeles gewesen, nachdem er … Nachdem er – was?

Langsam ließ er sich auf die Matratze sinken und stellte fest, dass Libby recht hatte. Das Bett war tatsächlich überraschend bequem. Wenn er jetzt ein paar Stunden schlief, würde er sich vielleicht auch wieder an den Rest erinnern.

Und weil Libby anscheinend sehr viel daran lag, zog er auch brav die Jogginghose an.

Was habe ich mir da nur eingebrockt? fragte sich Libby. Sie saß vor ihrem Computer und starrte auf den leeren Bildschirm. Sie hatte sich einen kranken Mann aufgehalst – einen unwahrscheinlich gut aussehenden kranken Mann. Einen mit einer Gehirnerschütterung, teilweisem Gedächtnisverlust und Augen, für die man so ziemlich alles geben würde.

Sie seufzte und stützte das Kinn in die Hände. Mit der Gehirnerschütterung wusste sie umzugehen. Sie hatte eine gründliche Ausbildung in erster Hilfe für ebenso wichtig gehalten wie das Studium der Stammesgewohnheiten des frühzeitlichen Menschen. Feldstudien führten Wissenschaftler oft an Orte, an denen es weder Ärzte noch Krankenhäuser gab.

Über den Umgang mit Gedächtnisverlust hatte sie in den Kursen allerdings nichts gelernt, und ebenfalls nichts darüber, was man gegen solche Augen tat, wie Caleb Hornblower sie besaß. Was Libby über Männer wusste, stammte aus klugen Büchern und bezog sich auf kulturelle und soziopolitische Verhaltensweisen. Jeder direkte Kontakt war rein wissenschaftlicher Natur gewesen.

Sie konnte durchaus kühn auftreten, wenn es nötig wurde. Ihr Kampf gegen ihre Hemmungen war schwer gewesen und hatte sehr lange gedauert. Der Ehrgeiz hatte sie vorangetrieben und sie dazu gebracht, Fragen zu stellen, wo sie doch am liebsten im Erdboden versunken wäre. Er hatte ihr die Kraft verliehen, weite Reisen zu unternehmen, mit Fremden zusammenzuarbeiten und auch einige wenige, aber zuverlässige Partner zu finden.

Wenn es sich jedoch um die persönliche Beziehung zwischen Mann und Frau handelte …

Die Männer, die sie auf gesellschaftlicher Ebene kennengelernt hatte, wandten sich meistens sehr schnell wieder ab, weil Libbys wacher und kluger, aber zugegebenermaßen etwas einseitiger Geist sie einschüchterte. Und dann war da ihre Familie. Libby musste lächeln, wenn sie an sie dachte.

Ihre Mutter war noch immer die verträumte Künstlerin, die einst auf einem selbst gebauten Webstuhl bunte Decken hergestellt hatte. Und ihr Vater …

Libby schüttelte den Kopf bei dem Gedanken an ihn. William Stone hätte ein Vermögen mit seinem Tee namens „Kräuterhimmel" machen können, aber er lehnte es ab, ein Geschäftsmann mit Schlips und Kragen zu werden. Musik von Bob Dylan und Gesellschafterversammlungen, verlorene Kämpfe um die gute Sache und Gewinnspannen – das passte nicht zusammen.

Der einzige Mann, den Libby einmal zum Abendessen mit nach Hause gebracht hatte, war verwirrt, entnervt und noch dazu hungrig wieder gegangen, wie sie sich lachend erinnerte. Er hatte mit dem Zucchini-Sojabohnen-Soufflee ihrer Mutter nichts anfangen können, außer es anzustarren.

Libby war eine Kombination aus dem elterlichen Idealismus, wissenschaftlicher Sachlichkeit und romantischen Träumen. Sie glaubte an die gute Sache, an mathematische Gleichungen und Märchen. Ein wacher Geist und großer Wissensdurst hatten sie viel zu fest an ihre Arbeit gekettet, als dass da noch Raum für wirkliche Romanzen gewesen wäre.

Um die Wahrheit zu sagen, wirkliche Romanzen, soweit sie sich auf sie selbst bezogen, versetzten sie sogar in Angst und

Schrecken. Also suchte sie sie lieber in der Vergangenheit und im Studium menschlicher Beziehungen.

Sie war jetzt dreiundzwanzig Jahre alt und nicht „zugeordnet", wie Caleb Hornblower das genannt hatte. Eigentlich gefiel ihr dieser Ausdruck, weil er einerseits präzise und anderseits in diesem Zusammenhang romantisch war.

Einander zugeordnet zu sein, das beschrieb eine Beziehung ganz genau. Eine wirkliche Beziehung, korrigierte sich Libby, eine Beziehung wie die ihrer Eltern. Der Grund, weshalb sie sich bei ihren Studien wohler fühlte als in der Gesellschaft von Männern, lag vielleicht darin, dass sie bisher ihren „Zuordnungspartner" noch nicht getroffen hatte.

Zufrieden mit ihrer Analyse, setzte sie die Brille auf und ging an die Arbeit.

2. Kapitel

Als Cal aufwachte, hatte der Regen nachgelassen, und aus dem lauten Prasseln gegen die Fensterscheiben war ein leises Rauschen geworden. Das Geräusch klang so beruhigend wie ein Schlaftonband. Cal lag eine Weile still, machte sich klar, wo er war, und versuchte sich daran zu erinnern, warum er sich an diesem Ort befand.

Er hatte geträumt, irgendetwas von flackernden Lämpchen und einer ungeheuren schwarzen Leere. Die Träume hatten ihm den kalten Schweiß ausbrechen lassen und den Pulsschlag beschleunigt. Jetzt bemühte er sich ganz bewusst, diese Reaktionen wieder abzustellen.

Piloten mussten sowohl ihren Körper als auch ihre Emotionen ständig unter strikter Kontrolle haben. Entscheidungen mussten oft in Sekundenschnelle, manchmal sogar reflexartig getroffen werden, und die Belastungen des Flugs verlangten einen disziplinierten, gesunden Körper.

Ich bin Pilot. Cal schloss die Augen und konzentrierte sich auf diesen Gedanken. Ich habe immer fliegen wollen. Ich wurde ausgebildet … Sein Mund wurde trocken, als er um sein Erinnerungsvermögen rang. Er wollte sich erinnern, egal an was, und wenn es die winzigste Kleinigkeit wäre.

Die ISF. Er ballte die Fäuste, bis sich sein Puls wieder normalisiert hatte. Ja, er war bei der ISF gewesen und besaß das Kapitänspatent. Captain Hornblower. Ja, das war richtig. Captain Caleb Hornblower. Cal. Außer seiner Mutter nannte ihn alle Welt Cal. Seine Mutter … eine große, schöne Frau mit hitzigem Temperament und fröhlichem Lachen.

Eine Welle von Emotionen überschwemmte ihn. Er konnte seine Mutter vor sich sehen. Irgendwie gab ihm das die Gewissheit, eine Identität zu besitzen. Er hatte eine Familie – keine Gefährtin, da war er sicher –, aber Eltern und einen Bruder. Sein Vater war ein ruhiger Mann, ausgeglichen und zuverlässig. Sein Bruder ... das Bild und der Name formten sich in Cals Kopf: Jacob. Jacob war brillant, impulsiv und eigensinnig.

Die heftigen Kopfschmerzen setzten wieder ein, und deshalb gab Cal es vorerst auf. Es reichte fürs Erste.

Langsam öffnete er die Augen und dachte an Libby. Wer war sie? Nicht nur irgendeine schöne Frau mit dunkelbraunem Haar und Katzenaugen. Schön zu sein war schließlich einfach, wenn nicht die Regel. Libby erschien ihm aber ungewöhnlich.

Vielleicht lag das an diesem Haus hier. Cal betrachtete die Holzwände und die gläsernen Fensterscheiben. Alles hier war ungewöhnlich. Ihm war noch nie eine Frau begegnet, die hier hätte leben wollen – und das auch noch allein.

War sie tatsächlich in dem Bett zur Welt gekommen, in dem er jetzt lag, oder hatte sie nur gescherzt? Überhaupt verhielt sie sich recht merkwürdig. Vielleicht war das Ganze wirklich nur ein Witz, und er hatte einfach die Pointe nicht mitbekommen.

Eine Anthropologin, dachte er. Vielleicht erklärt das ja alles. Es war möglich, dass er in einem Feldexperiment gelandet war, in einer Simulation. Aus irgendwelchen Gründen lebte Liberty Stone so, wie die Menschen der Gegend gelebt hatten, die sie studierte. Das war natürlich merkwürdig, aber alle Wissenschaftler, die er bisher kennengelernt hatte, waren ein bisschen merkwürdig.

Cal selbst sah durchaus einen Sinn darin, in Richtung Zukunft zu schauen, weshalb aber jemand in der Vergangenheit graben wollte, war ihm unerfindlich. Die Vergangenheit war vorbei und konnte nicht mehr geändert werden. Also wozu sollte man sie noch studieren? Nun, das war Libbys Angelegenheit und nicht seine.

Er schuldete ihr etwas. Soweit er es sich zusammenreimen konnte, hätte er jetzt tot sein können, wenn sie ihm nicht zu Hilfe gekommen wäre. Das musste er wiedergutmachen, sobald alle seine Aggregate voll funktionstüchtig waren. Er war schließlich ein Mensch, der seine Schulden stets gewissenhaft bezahlte.

Liberty Stone. Libby. Er wendete diesen Namen in seinem Kopf hin und her und lächelte. Libby, das hörte sich nett an, nett und sanft. Ihre Augen waren auch sanft. Schön sein konnte jeder, aber so wunderbare sanfte Augen zu haben, das war etwas ganz anderes. Farbe und Form der Augen ließen sich verändern, aber nicht ihr Ausdruck. Vielleicht war diese Frau deshalb so anziehend. Alles, was sie empfand, schien sich direkt in ihren Augen zu spiegeln.

Er dachte daran, dass es ihm gelungen war, eine ganze Reihe von Gefühlen in Libby zu erregen: Sorge, Furcht, Erheiterung und Verlangen. Und sie hatte ihn erregt. Trotz seiner geistigen Verwirrung hatte er eine starke, sehr gesunde Reaktion gespürt, die Reaktion eines Mannes auf eine Frau.

Cal richtete sich im Bett auf und ließ den Kopf gleich in die Hände sinken, denn schon drehte sich das Zimmer wieder um ihn. Seine Reaktion auf Libby Stone mochte ja gesund sein, aber er selbst war noch weit davon entfernt, etwas in dieser Richtung unternehmen zu können. Frustriert legte er sich wieder in die Kissen zurück. Noch ein wenig mehr Schlaf und Ruhe, entschied er. Wenn sein Körper noch einen oder zwei Tage Zeit zum Heilen bekam, würden hoffentlich auch der Verstand und das Gedächtnis wieder arbeiten. Immerhin wusste er ja bereits, wer und wo er war. Der Rest würde auch noch folgen.

Sein Blick fiel auf ein Buch neben dem Bett. Cal hatte schon immer gern gelesen. Das geschriebene, beziehungsweise gedruckte Wort zog er Tonbändern oder Audioaufnahmen vor. Da, das war wieder ein Stück Erinnerung! Zufrieden nahm er das Buch zur Hand.

Der Titel kam ihm ein bisschen eigenartig vor: „Die Reise zur Andromeda". Das hörte sich reichlich albern an für einen Roman, der als Science Fiction ausgegeben wurde. Jedermann mit einem freien Wochenende konnte zur Andromeda reisen – wenn er sich unbedingt fürchterlich langweilen wollte.

Cal schlug das Buch auf und warf einen Blick auf das Impressum. Der kalte Schweiß brach ihm wieder aus. Das konnte unmöglich wahr sein! Das Buch in seiner Hand war neu und ganz offensichtlich noch nie aufgeschlagen worden. Hier muss bestimmt ein Druckfehler vorliegen, redete er sich ein, aber sein Mund war plötzlich staubtrocken.

Es musste einfach ein Druckfehler sein! Wie sonst war es zu erklären, dass er ein Buch in der Hand hielt, das vor fast dreihundert Jahren erschienen war?

Libby war so in ihre Arbeit versunken, dass sie die kleine schmerzende Stelle in ihrem Rücken einfach ignorierte. Ihr war sehr wohl bekannt, dass eine vernünftige Haltung unerlässlich war, wenn man mehrere Stunden am Computer saß. Wenn sie jedoch erst einmal in die Zivilisationen des Altertums oder der Vorgeschichte eingetaucht war, vergaß sie immer alles andere.

Seit dem Frühstück hatte sie nichts mehr gegessen, und der Tee, den sie in ihr Zimmer mit heraufgebracht hatte, war eiskalt. Überall lagen Notizzettel und Nachschlagewerke herum. Kleidungsstücke, die sie noch nicht eingeräumt hatte, und der Stapel Zeitungen, die sie vom Einkaufen mitgebracht hatte, vervollständigten das Bild. Irgendwo waren auch die Schuhe gelandet, die sie ausgezogen hatte, weil sie die Füße immer um die Stuhlbeine zu schlingen pflegte.

Ihre Schreibarbeit unterbrach sie gelegentlich nur dann, wenn sie ihre runden, schwarz gerahmten Brillengläser höher auf den Nasenrücken schieben musste. Sie war nämlich bei dem Kernstück ihrer Arbeit, der Soziologie der Kolbari-Insulaner, angelangt. Diese Inselbewohner waren trotz aller Einflüsse der modernen Zivilisation …

„Libby."

„Was denn?", zischte sie gereizt, bevor sie sich umdrehte. „Oh."

Blass und offensichtlich weich in den Knien, stand Cal auf

der Schwelle. Mit einer Hand stützte er sich am Türrahmen ab, und mit der anderen hielt er ein Taschenbuch hoch.

„Weshalb laufen Sie denn schon wieder herum, Hornblower? Ich habe Ihnen doch gesagt, Sie sollen mich rufen, wenn Sie etwas brauchen." Ärgerlich auf ihn wegen der Störung, stand sie auf, um ihn in einen Sessel zu setzen. Als sie seinen Arm berührte, zuckte Cal zurück.

„Was tragen Sie da in Ihrem Gesicht?"

Sein Ton erschreckte sie. Seine Stimme klang nach Wut und Angst – eine gefährliche Kombination. „Eine Brille", antwortete Libby. „Eine Lesebrille."

„Das weiß ich auch, verdammt noch mal. Aber weshalb tragen Sie sie?"

Ganz ruhig bleiben, befahl sie sich. Sanft nahm sie seinen Arm und sprach, als gelte es, ein verletztes Raubtier zu beschwichtigen. „Weil ich sie zum Arbeiten benötige."

„Weshalb haben Sie sie nicht richten lassen?"

„Meine Brille?"

Er knirschte mit den Zähnen. „Ihre Augen! Warum haben Sie Ihre Augen nicht richten lassen?"

Vorsichtshalber nahm sie die Brille ab und hielt sie sich hinter den Rücken. „Setzen Sie sich doch hin."

Er schüttelte den Kopf. „Ich will wissen, was das hier soll."

Libby warf einen Blick auf das Buch, mit dem er jetzt vor ihrem Gesicht herumfuchtelte. Sie räusperte sich. „Was es hier soll, weiß ich nicht, aber wahrscheinlich hat mein Vater es hier zurückgelassen. Er ist ein Science-Fiction-Fan, und dies ist ein Science-Fiction-Buch. Gelesen habe ich es nicht."

„Das will ich alles gar nicht …" Geduld! mahnte er sich. Leider hatte er davon noch nie viel besessen, aber jetzt benötigte er sie dringend. „Schlagen Sie die Seite mit dem Impressum auf."

„Sofort, vorausgesetzt, Sie nehmen Platz. Sie sehen gar nicht gut aus."

Mit zwei unsicheren Schritten erreichte er den Sessel. „Jetzt schlagen Sie das Buch auf. Lesen Sie doch bitte das Erscheinungsdatum."

Kopfverletzungen verursachten oft nicht vorauszusehende Verhaltensstörungen, wie Libby wusste. Dass Caleb Hornblower gefährlich war, glaubte sie trotzdem nicht, beschloss jedoch, ihm vorsichtshalber den kleinen Gefallen zu tun.

Sie schlug das Buch auf. „1990." Sie lächelte ihm zu. „Die Druckerschwärze ist noch ganz frisch."

„Soll das ein Witz sein?"

Sie erkannte, dass er wirklich wütend war – und total verängstigt. „Caleb." Sie sprach seinen Namen ganz leise aus und hockte sich neben den Sessel.

„Hat dieses Buch irgendetwas mit Ihrer Arbeit zu tun?"

Verwirrt über diese Frage, schaute sie erst ihn, dann ihren Computer an. „Mit meiner Arbeit? Ich bin Anthropologin. Das bedeutet, ich studiere …"

„Ich weiß, was Anthropologie ist." Zum Teufel mit der Geduld! Er riss Libby das Buch wieder aus der Hand. „Ich will wissen, was dies hier bedeutet."

„Es ist einfach nur ein Buch. Wie ich meinen Vater kenne, ist das eine ziemlich zweitklassige Geschichte über Invasionen vom Planeten Kriswold. So etwas in der Art." Sie zog ihm das Buch wieder aus der Hand. „Und jetzt bringe ich Sie ins Bett zurück. Ich werde Ihnen eine schöne Suppe zubereiten, einverstanden?"

Cal blickte sie an. Er sah ihre sanften, von Sorge erfüllten Augen und ihr aufmunterndes Lächeln. Und er erkannte ihre Nervosität. Er senkte den Blick auf ihre Hand, die beschützend über seiner lag, obwohl er sie, Libby, doch ganz offenkundig erschreckt hatte.

Möglicherweise gab es hier eine Verbindung, obwohl es widersinnig war, an so etwas zu glauben – genauso widersinnig wie das Erscheinungsdatum in dem Buch. „Vielleicht verliere ich meinen Verstand."

„Nicht doch." Ihre Angst war vergessen. Libby hob die freie Hand und streichelte Calebs Wange, wie sie es bei jedem getan hätte, der einen so fürchterlich verlorenen Eindruck machte. „Sie sind nur verletzt."

Mit erstaunlich festem Griff fasste er ihr Handgelenk. „Und meine Datenbank hat einen Stoß abbekommen, was? Ja, vielleicht. Libby …" Sein Blick war ausgesprochen verzweifelt. „Welches Datum haben wir heute?"

„Den 23. oder 24. Mai. Ganz genau weiß ich es nicht."

„Nein, das vollständige Datum." Er bemühte sich, so gelassen wie möglich zu sprechen. „Bitte."

„Okay. Also, wir haben wahrscheinlich Mittwoch, den 23. Mai 1990. Zufrieden?"

„Ja." Er nahm seine ganze Beherrschung zusammen und brachte sogar ein Lächeln zustande. Einer von ihnen beiden war verrückt, und er hoffte inständig, dass es Libby war. „Haben Sie außer diesem Tee noch etwas Trinkbares im Haus?"

Sie runzelte einen Moment die Stirn, doch dann hellte sich ihr Gesicht auf. „Brandy. Unten ist immer welcher. Warten Sie einen Augenblick."

„Ja, danke."

Cal wartete, bis er Libby die Treppe hinuntersteigen hörte. Dann stand er vorsichtig auf und öffnete die erste Schublade, die er greifen konnte. In diesem komischen Haus musste sich doch irgendetwas befinden, das ihm Auskunft darüber gab, was sich hier abspielte.

Er fand Damenunterwäsche, die ganz im Gegensatz zu dem Chaos, das sonst in diesem Raum herrschte, sorgfältig geordnet war. Die Art und das Material dieser Wäschestücke brachten ihn ein wenig ins Grübeln.

Libby hatte gesagt, sie sei noch nicht zugeordnet. Dennoch war es offensichtlich, dass ihre Unterwäsche einen Mann erfreuen sollte. Was diese Kleidungsstücke selbst betraf, so bevorzugte sie allem Anschein nach die romantische Mode eines vergangenen Zeitalters.

Dass er sich Libby so mühelos in diesem kleinen schokoladenbraunen, mit weißer Spitze besetzten Nichts vorstellen konnte, trug nicht eben zu seinem Seelenfrieden bei. Rasch schob er die Schublade zu. Das nächste Fach war genauso aufgeräumt und enthielt Jeans sowie eine strapazierfähige Kniehose. Einen Moment lang rätselte er über einen Reißverschluss, zog ihn auf und wieder zu und legte dann das Kleidungsstück zurück.

Unzufrieden drehte er sich um und ging zum Schreibtisch, auf dem der Computer stand und leise vor sich hin summte. Cal schüttelte den Kopf über diesen altertümlichen, lärmenden Apparat, und dann entdeckte er den Stapel Zeitungen. Die Schlagzeilen und die Bilder interessierten ihn nicht im Geringsten. Er sah nur das Erscheinungsdatum.

21. Mai 1990.

Das traf ihn wie ein Schlag in den Magen. Er riss die oberste Zeitung an sich. Die Worte tanzten vor seinen Augen. Irgendetwas über Rüstungsdebatten stand da – nukleare Rüstung, wie er mit dumpfem Schrecken feststellte – und etwas über einen Hagelschlag im Mittelwesten. Etwas Spöttisches über einen Baseballklub, der einen anderen „in die Wüste geschickt" hatte.

Weil er wusste, dass seine Beine gleich nachgeben würden, ließ Cal sich ganz langsam in den Sessel sinken. Deprimierend, dachte er betäubt. Es war wirklich furchtbar deprimierend. Nicht Libby Stone war verrückt, sondern er selbst verlor langsam den Verstand.

„Caleb?"

Sobald Libby von der Tür aus sein Gesicht sah, eilte sie ins Zimmer. Der Brandy schwappte in dem Schwenker, den sie in der Hand hielt. „Sie sind ja weiß wie die Wand!"

„Schon gut." Er musste jetzt vorsichtig sein, sehr vorsichtig. „Ich glaube, ich bin nur wieder einmal viel zu hastig aufgestanden."

„Ich finde, Sie können jetzt wirklich einen Schluck hiervon gebrauchen." Sie reichte ihm das Brandyglas, ließ es aber erst los, als sie sicher war, dass er es mit beiden Händen richtig festhielt. „Trinken Sie langsam", wollte sie noch sagen, aber da hatte er den Schwenker schon geleert. Sie hockte sich vor den Sessel. „Entweder das bringt Sie wieder in Ordnung, oder es haut Sie vollends um."

Der Brandy war echt und keine Halluzination, wie Cal an dem weichen Feuer merkte, das seine Kehle hinabrann. Er schloss die Augen, genoss das Gefühl.

„Ich bin wohl noch immer ein wenig desorientiert", sagte er. „Wie lange bin ich schon hier?"

„Seit gestern Nacht." Sie sah, dass wieder Farbe in sein Gesicht kam. Seine Stimme klang jetzt ruhiger und beherrschter. Libby, die erst jetzt merkte, dass sie sich innerlich verkrampft hatte, entspannte sich ein wenig. „Ich glaube, gegen Mitternacht sah ich Sie abstürzen."

„Sie haben es gesehen?"

„Ich sah die Lichter und hörte den Aufprall." Vorsichtshalber fühlte sie seinen Puls und lächelte, als Cal die Augen aufschlug. „Im ersten Moment dachte ich, ich sähe einen Meteoriten oder ein UFO oder so etwas."

„Ein … ein UFO?", wiederholte er benommen.

„Nicht, dass ich an Außerirdische oder Raumschiffe und so was glaube, aber mein Vater ist ein richtiger Fan von solchen Geschichten. Nein, mir war schon klar, dass es sich nur um ein Flugzeug handeln konnte." Jetzt blickte er sie direkt an, aber eher neugierig als böse. „Geht es Ihnen ein wenig besser?", erkundigte sie sich.

Cal hätte ihr nicht einmal andeutungsweise erklären können, wie es ihm ging, und das war auch ganz gut so, denn er musste erst einmal gründlich nachdenken, bevor er überhaupt etwas sagte. „Ein bisschen", antwortete er vage.

Er hoffte immer noch, dass das Ganze auf einem absonderlichen Irrtum beruhte. „Woher haben Sie die?" Er hob eine Zeitung von seinem Schoß und wedelte damit herum.

„Vorgestern bin ich nach Brookings gefahren. Das ist ungefähr hundert Kilometer von hier entfernt. Ich habe Vorräte und ein paar Zeitungen gekauft." Sie warf einen Blick auf das Blatt in seiner Hand. „Zum Lesen bin ich noch nicht gekommen, also sind die Neuigkeiten darin schon alt."

„Ja." Er blickte auf die anderen Zeitungen, die noch am Boden lagen. „Alte Neuigkeiten."

Lachend stand Libby auf und begann im Zimmer ein wenig Ordnung zu machen. „Ich komme mir hier immer so von allem abgeschnitten vor, noch mehr, als wenn ich mich in irgendeinem Forschungsgebiet am Ende der Welt befinde. Ich glaube, wir könnten eine Kolonie auf dem Mars errichten, und ich würde davon erst etwas erfahren, wenn schon alles gelaufen ist."

„Eine Kolonie auf dem Mars", wiederholte er leise. Sein Mut sank wieder. „Wahrscheinlich werden Sie darauf noch ungefähr hundert Jahre warten müssen."

„Wie schade. Dann bekomme ich ja nichts mehr davon mit." Sie blickte aus dem Fenster. „Der Regen nimmt wieder zu. Mal sehen, was der Wetterbericht nach den Frühnachrichten meint." Sie stieg über Bücher und Zeitschriften, ging zu einem kleinen tragbaren Fernseher und schaltete ihn ein. Nach einem kurzen Moment erschien ein verschneites Bild. Sie fuhr sich mit der Hand durchs Haar und bemühte sich, auch ohne ihre Brille etwas zu erkennen.

„Der Wetterbericht müsste gleich ... Caleb?" Sie neigte den Kopf zur Seite, als sie Cals Miene sah. Der Mann schien sprachlos vor Verblüffung. „Man könnte ja meinen, Sie hätten in Ihrem ganzen Leben noch nie einen Fernsehapparat gesehen."

„Was?" Er nahm sich zusammen und wünschte sich, er hätte noch mehr Brandy. Ein Fernsehapparat. Natürlich hatte er von solchen Geräten gehört – etwa so, wie Libby von alten Planwagen gehört hatte. „Ich ahnte nur nicht, dass Sie einen besitzen."

„Wir sind hier rustikal", setzte sie ihm auseinander, „aber nicht primitiv." Als Cal daraufhin auch noch zu lachen begann, schaute sie ihn ein wenig gereizt an. „Vielleicht sollten Sie sich doch lieber wieder hinlegen."

„Ja." Und wenn ich dann wieder aufwache, dachte er, dann

wird sich herausstellen, dass das alles nur ein übler Traum war. „Dürfte ich diese Zeitungen mitnehmen?"

Libby half ihm aus dem Sessel. „Ich weiß nicht recht, ob es gesund ist, wenn Sie lesen."

„Ich glaube, das wäre meine geringste Sorge." Er stellte fest, dass sich der Raum diesmal nicht um ihn drehte. Trotzdem war es angenehm, den Arm um Libbys Schultern legen zu können. Das sind starke Schultern, dachte er. Starke Schultern und ein weicher Duft. „Libby, wenn ich aufwache und erkenne, dass das alles nur eine Illusion war, dann sollen Sie schon jetzt wissen, dass Sie der erfreulichste Teil dieser Illusion waren."

„Sehr freundlich."

„Ich meine es ernst." Cals geschwächte Kondition hatte dem Brandy nichts entgegenzusetzen, und gegen den langsam entschwindenden Verstand war wohl auch nicht viel zu machen. „Der weitaus erfreulichste Teil."

Libby hatte keine Mühe, Cal ins Bett zu verfrachten, aber während der ganzen Aktion löste er seinen Arm nicht von ihren Schultern, und auf diese Weise hielt er sie so nahe, dass er ihre Lippen mit seinen ganz leicht berühren konnte. „Der allererfreulichste Teil", bekräftigte er.

Sie zuckte eilig zurück. Im nächsten Moment war Caleb Hornblower eingeschlafen, und Liberty Stones Herz hämmerte.

Wer war Caleb Hornblower? Diese Frage lenkte Libby an diesem Abend immer wieder von der Arbeit ab. Die Kolbari-Insulaner erschienen ihr nicht halb so interessant wie ihr unverhoffter und verwirrender Gast.

Wer also war der Mann, und was sollte sie mit ihm machen? Das Dumme war, sie hatte eine ganze Liste unbeantworteter Fragen, die sich auf ihren merkwürdigen Patienten bezogen. Libby war ganz groß im Listenaufstellen, und außerdem kannte sie sich selbst gut genug, um zu wissen, dass alle ihre Organisationstalente von ihrer Arbeit beansprucht wurden.

Wer also war der Mann? Warum war er um Mitternacht durch ein Gewitter in den Bergen geflogen? Woher kam er? Wohin war er unterwegs gewesen? Warum hatte ihn ein simples Taschenbuch mit Panik erfüllt? Warum hatte er sie geküsst?

Hier machte Libby einen Punkt. Die letzte Frage war nicht wichtig. Sie war nicht einmal sachdienlich. Cal hatte sie, Libby, ja überhaupt nicht richtig geküsst, und außerdem war es nicht von Belang, ob richtig oder nicht. Es war schließlich nur ein Ausdruck seiner Dankbarkeit gewesen.

Libby kaute auf ihrem Daumennagel herum. Ja, Caleb Hornblower hatte ihr nur zeigen wollen, dass er ihr dankbar war. Selbstverständlich wusste sie, dass ein Kuss eine eher flüchtige Geste war oder sein konnte. Er gehörte zur westlichen Kultur. Über die Jahrhunderte hinweg war er zu etwas Bedeutungslosem geworden wie ein Lächeln oder ein Handschlag. Ein Kuss war der Ausdruck der Freundschaft, der Zuneigung, der Sympathie, der Dankbarkeit. Und des Verlangens. Libby biss noch heftiger auf ihren Daumennagel.

Natürlich kannten nicht alle Gesellschaftsformen den Kuss. Viele Stammeskulturen … Wem halte ich hier eigentlich Vorträge? fragte sie sich. Und Nägel kaue ich auch noch. Ein sehr schlechtes Zeichen!

Sie musste jetzt diesen Caleb Hornblower aus ihrem Kopf verbannen und etwas gegen ihren knurrenden Magen tun. Libby stand auf. Voraussichtlich würde sie heute ohnehin mit ihrer Arbeit nicht mehr vorankommen. Da konnte sie ebenso gut in Ruhe etwas essen.

Da Calebs Zimmer dunkel war, ging sie daran vorbei. Sie nahm sich vor, nach ihrem Patienten zu schauen, wenn sie wieder zurückkam. Für seine Genesung war Schlaf jetzt zweifellos dienlicher als eine Mahlzeit.

Als sie die Treppe hinunterstieg, hörte sie entferntes Donnergrollen. Ein schlechtes Zeichen. Wenn das mit dem Wetter so weiterging, würden Tage vergehen, bevor sie ihren Gast aus den Bergen hinaus in die Zivilisation befördern konnte. Vielleicht suchte man ja schon nach ihm. Bekannte, Verwandte, Geschäftsfreunde. Eine Ehefrau oder eine Geliebte … Jeder Mensch hatte doch jemanden.

Gerade als sie die Küchenbeleuchtung einschalten wollte, erhellte der erste Blitzschlag den Himmel. Das sah ganz nach einem neuen Unwetter aus. Libby öffnete den Kühlschrank, fand darin aber nichts Appetitanregendes und schaute im Vorratsschrank nach. Einen Abend wie diesen kann man nur mit einer guten Suppe und einem Platz vor dem Kamin ertragen, dachte sie. Allein.

Leise seufzend öffnete sie die Suppendose. In den letzten Tagen hatte Libby angefangen, über das Alleinsein nachzudenken. Als Wissenschaftlerin wusste sie auch, warum. Sie lebte in einer Gesellschaft der Paare. Alleinstehende – „Nicht-Zugeordnete", wie Caleb das nennen würde – waren oft unzufrieden und deprimiert.

Die Unterhaltungsindustrie führte den Singles immer wieder mehr oder weniger dezent die Freuden der Zweierbeziehung vor. Die Verwandtschaft übte Druck auf den Alleinstehenden aus, er solle gefälligst heiraten und für den Fortbestand der Linie sorgen. Wohlgesinnte Freunde boten ungefragt Hilfe zum Thema Partnersuche an. Der Mensch war nun einmal beinahe von Geburt an darauf programmiert, sich einen Gefährten des anderen Geschlechts zu suchen.

Vielleicht hatte sich Libby dem gerade deswegen widersetzt. Eine sehr interessante Hypothese, dachte sie beim Umrühren der Suppe. Von klein auf hatte sie das Verlangen nach Individualität und Eigenständigkeit gehabt. Es würde einer sehr ungewöhnlichen und besonderen Person bedürfen, um sie zum Teilen ihres Lebens zu veranlassen, und bislang war ihr eine solche Person noch nicht begegnet. Während ihrer Highschool- und College-Zeit hatte sie sich auch nicht im Geringsten darum bemüht. Sie hatte einfach kein Interesse gehabt.

Nun ja, Interesse schon, berichtigte sie sich. Nur war ihr Interesse ein wissenschaftliches gewesen. Nie hatte sie einen Mann kennengelernt, der sie genug begeistern konnte, um sie davon abzuhalten, Listen aufzustellen und Hypothesen zu entwerfen. „Professor Stone" hatte man sie auf der Highschool genannt, und im College hatte sie als berufsmäßige Jungfrau gegolten. Das hatte sie ekelhaft gefunden und sich bemüht, es gar nicht zur Kenntnis zu nehmen. Sie hatte versucht, sich ausschließlich auf ihre Studien zu konzentrieren.

Ihre durchaus ansprechende Persönlichkeit hatte ihr zwar viele männliche und weibliche Freundschaften eingetragen, aber intime Beziehungen waren etwas ganz anderes.

Alles in allem hatte es jedenfalls niemanden gegeben, der in ihr … nun, die Sehnsucht geweckt hätte. Ja, Sehnsucht war das richtige Wort. Und wahrscheinlich gab es auf diesem Planeten auch keinen Mann, der sie sehnsüchtig machen konnte.

Den hölzernen Kochlöffel in der Hand, drehte sich Libby um, um nach der Suppenschüssel zu greifen. Da sah sie Cal zum zweiten Mal im Türrahmen stehen. Sie schrie leise auf. Der Kochlöffel fiel zu Boden. Im selben Augenblick tauchte ein Blitz alles in ein grell gleißendes Licht, und dann wurde es stockfinster in der Küche.

„Libby?"

„Verdammt noch mal, Hornblower. Können Sie das nicht unterlassen?", schimpfte sie atemlos, während sie in einer Schublade nach Kerzen suchte. „Sie können einen wirklich zu Tode erschrecken!"

„Dachten Sie etwa, ich wäre einer der Mutanten von der Andromeda?" Das klang ziemlich spöttisch.

Libby verzog das Gesicht. „Ich sagte Ihnen doch bereits, dass ich so ein Zeug nicht lese." Sie warf die Schublade zu, klemmte sich dabei den Daumen ein, schimpfte laut und zog die nächste auf. „Wo sind denn nun wieder die blöden Streichhölzer?" Sie drehte sich um und stieß genau gegen Caleb Hornblowers harte Brust.

Ein neuer Blitzschlag beleuchtete sein Gesicht. Dieser kurze Moment bewirkte, dass Libbys Mund trocken wurde. Der Mann sah umwerfend, stark und gefährlich aus.

„Sie zittern ja." Seine Stimme hörte sich jetzt ein wenig sanfter an. „Haben Sie wirklich Angst?"

„Nein, ich …" Sie fürchtete sich doch nicht in der Dunkelheit. Und schon gar nicht fürchtete sie sich vor einem Mann, jedenfalls vom Verstand her nicht. Trotzdem zitterte sie. Ihre Hände, mit denen sie sich an seinem Oberkörper abgestützt hatte, zitterten sogar ganz beträchtlich, und der Verstand hatte nichts damit zu tun. „Ich muss die Streichhölzer finden."

„Weshalb haben Sie denn das Licht ausgeschaltet?" Sie duftete wundervoll. In der Dunkelheit konnte Cal sich ganz aufs Riechen konzentrieren. Libbys Duft war schwebend leicht und beinahe sündig weiblich.

„Habe ich doch überhaupt nicht", widersprach sie. „Das Unwetter hat mal wieder irgendwo die Leitung unterbrochen." Sie fühlte, dass sich seine Finger ziemlich unsanft um ihre Oberarme legten. „Caleb?"

„Cal." Wieder zuckte das grelle Licht auf. Libby sah, dass er jetzt zum Fenster blickte. „Alle nennen mich Cal." Sein Griff lockerte sich.

Obwohl Libby sich Entspannung verordnete, fuhr sie bei dem ohrenbetäubenden Donnerschlag zusammen. „Ich mag Caleb", erklärte sie und hoffte, ihre Stimme würde freundlich und gelassen klingen. „Wir werden es uns für besondere Gelegenheiten aufheben. Und jetzt lassen Sie mich bitte los."

Er ließ seine Hände zu Libbys Handgelenken hinuntergleiten und dann wieder zu ihren Oberarmen hinauf. „Warum?"

Dazu fiel ihr nichts ein. Unter ihren Handflächen konnte sie das kräftige, gleichmäßige Schlagen seines Herzens fühlen. Inzwischen waren seine Hände wieder ein wenig tiefer gerutscht und bei ihren Ellbogen angelangt. Mit den Daumen zeichnete er langsam und aufreizend kleine Kreise auf die empfindsame Haut in der Armbeuge, und sein warmer Atem strich über Libbys halb geöffnete Lippen.

„Ich …" Sie fühlte, dass buchstäblich jeder einzelne Muskel in ihrem Körper erschlaffte. „Bitte nicht." Mit einem Ruck befreite sie sich aus Cals Nähe. „Ich muss die Streichhölzer endlich finden."

„Das sagten Sie bereits."

Libby lehnte sich schwach gegen den Unterschrank und kramte wieder in der Schublade herum. Nachdem sie die Schachtel gefunden hatte, brauchte sie eine volle Minute, um ein Hölzchen zu entzünden.

Cal vergrub die Hände sicherheitshalber tief in den Taschen der Jogginghose, betrachtete das tanzende Flämmchen und sah zu, wie Libby, die ihm den Rücken zuwandte, nun zwei Kerzen anzündete.

„Ich hatte gerade Suppe warm gemacht", sagte sie, ohne sich zu ihm umzudrehen. „Möchten Sie auch etwas davon?"

„Gern."

Wenigstens hatten ihre Hände jetzt etwas zu tun. „Anscheinend geht es Ihnen besser."

Cal lächelte freudlos bei dem Gedanken an die Stunden, die er damit verbracht hatte, im Dunkeln zu liegen und sein Erinnerungsvermögen herbeizuzwingen. „Anscheinend."

„Noch Kopfschmerzen?"

„Nicht der Rede wert."

Sie goss das noch kochende Teewasser auf und stellte alles pedantisch ordentlich auf ein Tablett. „Ich wollte mich zum Essen an den Kamin setzen."

„Okay." Er nahm die beiden Kerzen und ging voraus. Das Unwetter war ihm nur recht. Irgendwie machte es alles, was er sah, hörte und tat, noch unwirklicher. Wenn die Regengüsse dann aufhörten, würde er vielleicht auch wissen, was er unternehmen musste.

„Hat das Gewitter Sie aufgeweckt?"

„Ja." Das war bestimmt nicht das letzte Mal, dass er Libby belog, doch es war leider notwendig.

Lächelnd setzte er sich in einen der Sessel vor dem Kamin. Er fand es einfach zauberhaft, sich an einem Ort zu befinden, wo man wegen eines simplen Gewitters plötzlich im Dunkeln saß und auf Kerzenlicht und Feuerschein angewiesen war. Kein Simulator hätte eine hübschere Kulisse herstellen können.

„Was meinen Sie, wie lange wird es dauern, bis Sie hier wieder Strom haben?"

„Eine Stunde." Libby kostete die Suppe, die beinahe beruhigend wirkte. „Einen Tag." Sie lachte und schüttelte den Kopf. „Dad hat immer davon geredet, dass er hier einen Generator aufstellen wollte, aber das war eines von den Dingen, zu denen er nie gekommen ist. Als ich noch klein war, haben wir im Winter manchmal tagelang über dem offenen Feuer kochen müssen. Nachts haben wir dann alle zusammengekuschelt hier auf dem Fußboden geschlafen, und meine Eltern haben abwechselnd dafür gesorgt, dass das Kaminfeuer nicht ausging."

„Ihnen hat das Spaß gemacht." Cal kannte Leute, die in Schutzgebiete fuhren und dort ihr Lager aufschlugen. Er hatte das immer für ein bisschen verrückt gehalten, aber wenn er Libby so davon erzählen hörte, erschien ihm das eine recht gemütliche Sache zu sein.

„Oh ja, sehr", antwortete sie. „Ich glaube, meine ersten fünf Lebensjahre haben mich auf die primitiveren Seiten meiner Ausgrabungen und Feldforschungen vorbereitet."

Libby hatte sich wieder beruhigt. Das konnte Cal ihren Augen ansehen und ihrer Stimme anhören. In verängstigtem, nervösem Zustand fand er sie zwar auch sehr anziehend, doch jetzt nützte ihm ihre Entspannung mehr. Je weniger verkrampft sie sich ihm gegenüber verhielt, desto mehr Informationen konnte er unauffällig von ihr erlangen.

„Welches Zeitalter erforschen Sie?"

„Kein bestimmtes. Ich befasse mich ganz allgemein mit dem Stammesleben, insbesondere dem isolierter Kulturen, und mit den Auswirkungen moderner Werkzeuge, Maschinen und sonstiger Errungenschaften auf solche Kulturen. Ich habe mich auch mit ausgestorbenen Kulturen befasst, wie zum Beispiel mit den Azteken und den Inkas." Das ist eine unkomplizierte Unterhaltung, fand Libby. Je mehr sie von der Arbeit reden konnte, desto weniger brauchte sie an diesen Schock in der Küche zu denken und an ihre eigene Reaktion darauf. „Im Herbst werde ich voraussichtlich nach Peru reisen."

„Wie sind Sie denn auf dieses Forschungsgebiet gekommen?"

„Ich glaube, bei einer Reise nach Yucatán. Damals war ich noch ein Kind, und die wunderbaren Ruinen der Maya-Kultur hatten mich ungeheuer beeindruckt. Waren Sie einmal in Mexiko?"

Ihm fiel eine ziemlich wilde Nacht in Acapulco ein. „Ja, vor ungefähr zehn Jahren." Beziehungsweise in fast drei Jahrhunderten, von jetzt an gerechnet. Er senkte den Kopf über seine Suppenschüssel.

„War das eine unangenehme Erfahrung?"

„Was? Ach so, nein. Dieser Tee ..." Er trank noch einen Schluck. „Er kommt mir bekannt vor."

Libby zog die Beine hoch und schlug sie unter. „Mein Vater würde sich freuen, wenn er das hören könnte. ‚Kräuterhimmel', so heißt dieser Tee und auch seine Firma. Alles hat hier in dieser Hütte angefangen."

Cal starrte einen Moment in seine Tasse, legte dann den Kopf in den Nacken und lachte. „Und ich dachte immer, das wäre eine Art werbewirksamer Gag."

„Keineswegs." Sie lächelte ein bisschen schief und betrachtete währenddessen den noch immer lachenden Cal. „Ich weiß im Moment nicht so richtig, wo hier eigentlich der Witz liegt."

„Das lässt sich nicht so einfach erklären." Sollte er ihr jetzt etwa sagen, dass die Firma „Kräuterhimmel" in zweihundertzweiundsechzig Jahren eines der zehn größten und mächtigsten Unternehmen der Erde und sämtlicher Kolonien sein würde? Sollte er Libby sagen, dass dieser Konzern nicht nur Tee, sondern auch organischen Treibstoff und weiß Gott was sonst noch alles herstellte?

Er schüttelte den Kopf. Da sitze ich, Caleb Hornblower, nun gemütlich in einem Sessel in dem Häuschen, in dem alles begann, dachte er. Ihm fiel auf, dass Libby ihn so merkwürdig anschaute, als wolle sie ihm gleich wieder den Puls fühlen.

„Meine Mutter hat mir diesen Tee immer verabreicht", sagte er rasch. „Immer wenn ich …" Er wusste nicht, welche Kinderkrankheiten er nun anführen sollte. „Immer wenn ich mich nicht wohl fühlte."

„Ja, ‚Kräuterhimmel' heilt alles. Ihre Erinnerung kehrt zurück."

„Aber nur bruchstückhaft. Mir fällt es leichter, mich an meine Kindheit zu erinnern als an die vergangene Nacht."

„Das ist nicht so ungewöhnlich. Sind Sie verheiratet?" Du lieber Himmel, was frage ich denn da? dachte sie. Sofort wandte sie sich ab und schaute ins Kaminfeuer.

Cal war ganz froh, dass sie ihn nicht anschaute, denn er konnte sein belustigtes Grinsen nicht unterdrücken. „Nein. Wenn ich es wäre, würde ich Sie ja wohl nicht begehren dürfen."

Libby blieb die Luft weg. Sie sah Cal kurz an, stand dann hastig auf und stellte das Geschirr aufs Tablett. „Ich werde das jetzt abräumen."

„Hätte ich das eben lieber nicht sagen sollen?"

Sie musste erst einmal schlucken, ehe sie ein Wort herausbekam. „Was sagen?"

„Dass ich Sie begehre." Er fasste sie beim Handgelenk. Es erstaunte ihn, wie sehr es ihn erregte, ihren hämmernden Puls zu fühlen. Zwar hatte er die Zeitungen Wort für Wort durchgelesen, aber daraus hatte er nicht im Geringsten entnehmen können, wie Männer und Frauen hier und heute miteinander umgingen. Aber so vollkommen anders konnten die Verhältnisse doch gar nicht sein.

„Ja … Nein."

Cal lächelte und nahm ihr das Tablett aus den Händen. „Was denn nun?"

„Also, ich finde das nicht so gut." Sie trat einen Schritt zurück, als er aufstand. Jetzt fühlte sie die Wärme des Kaminfeuers an ihren Beinen. „Caleb …"

„Ist dies eine ‚besondere Gelegenheit‘?" Mit einer Fingerspitze strich er über Libbys Kinn und bemerkte, wie dabei ihre Augen groß und dunkel wurden.

„Nein." Es war einfach lachhaft. Mit einer einzigen Berührung schaffte der Mann es, dass sie wieder zu zittern begann. Das durfte doch nicht wahr sein!

„Als ich aufwachte und Sie hier im Sessel beim Kamin schlafen sah, hielt ich Sie zunächst für ein Trugbild." Mit dem Daumen strich er zart über ihre Unterlippe. „Und jetzt sehen Sie auch wieder wie eines aus."

Libby fühlte sich aber nicht wie ein Trugbild, sondern wie eine sehr wirkliche Frau, und zwar eine angsterfüllte. „Ich muss jetzt das Feuer für die Nacht zuschütten, und Sie sollten zu Bett gehen."

„Das Feuer können wir gemeinsam zuschütten, und dann können wir zu Bett gehen."

Libby straffte die Schultern. Es ärgerte sie furchtbar, dass ihre Hände feucht geworden waren. Nein, jetzt stammle ich nicht herum, schwor sie sich. Und ich werde mich nicht wie eine unerfahrene Närrin verhalten. Sie nahm sich vor, den Mann so abzufertigen, wie das eine starke, selbstständige Frau tun würde, eine, die wusste, was sie wollte.

„Ich werde nicht mit Ihnen schlafen. Schließlich kenne ich Sie nicht", erklärte sie.

Das war also die Voraussetzung. Cal dachte eine Weile darüber nach und fand es dann sehr liebenswert und durchaus nicht unvernünftig. „In Ordnung. Und wie lange brauchen Sie zum Kennenlernen?"

Eine Weile sah sie ihn stumm an und fuhr sich dann mit beiden Händen durchs Haar. „Ich bin mir nicht sicher, ob Sie scherzen oder nicht, aber eines weiß ich genau: Sie sind der merkwürdigste Mann, der mir je begegnet ist."

„Und dabei wissen Sie nicht einmal die Hälfte von allem." Er sah zu, wie sie das Feuer sorgfältig mit Asche bedeckte. Geschickte Hände, dachte er, ein sportlicher Körper und die sprechendsten Augen, die ich jemals gesehen habe. „Wir werden einander also morgen kennenlernen. Dann schlafen wir miteinander."

Libby richtete sich so hastig auf, dass sie sich den Kopf an der Kamineinfassung stieß. Sie schimpfte leise, rieb sich die schmerzende Stelle und drehte sich dann zu Cal um. „Nicht unbedingt. Genauer gesagt, es ist ziemlich unwahrscheinlich."

Cal nahm den Funkenschirm und setzte ihn so vor die Kaminöffnung, wie er es gestern von Libby gesehen hatte. „Weshalb?"

„Weil …" Sie suchte nach Worten. „Weil ich so etwas nicht tue." Cals Reaktion entging ihr nicht, seine dunkelblauen Augen spiegelten ehrliche Verblüffung.

„Überhaupt nicht?"

„Also ich bitte Sie, Hornblower! Das geht Sie nun wirklich nichts an." Eine würdevolle Haltung half, wenn auch nicht sehr viel. Als Libby das Tablett aufnahm, gerieten die Suppenschüsseln ins Rutschen und wären wahrscheinlich hinuntergefallen, hätte Cal nicht das eine Ende des Tabletts gegriffen und die Sache wieder ins Gleichgewicht gebracht.

„Weshalb sind Sie denn so böse? Ich will Sie doch nur lieben."

„Nun hören Sie mal zu." Libby holte tief Luft. „Jetzt reicht es mir aber! Ich habe Ihnen einen Gefallen getan, aber ich schätze es nicht, dass Sie jetzt andeuten, ich müsste mit Ihnen ins Bett springen, nur weil Sie … weil Ihnen gerade danach ist. Ich finde es nicht schmeichelhaft, sondern im Gegenteil ziemlich beleidigend, dass Sie denken, ich würde mit einem mir vollkommen fremden Mann schlafen, nur weil es gerade so bequem zu machen wäre."

Er neigte den Kopf zur Seite und bemühte sich um Verständnis. „Würden Sie es vorziehen, wenn es unbequem wäre?"

Libby biss die Zähne aufeinander. „Hornblower, sobald wir hier fortkommen, werde ich Sie umgehend bei der nächsten Single-Bar absetzen. Bis es so weit ist, werden Sie gefälligst auf Abstand bleiben." Damit rauschte sie aus dem Zimmer.

Cal hörte die Suppenschüssel in der Küche zu Boden krachen. Er schob die Hände wieder in die Hosentaschen und stieg die Treppe hoch. Frauen des zwanzigsten Jahrhunderts waren sehr schwer zu verstehen. Sie waren zugegebenermaßen faszinierend, aber ausgesprochen heikel.

Und was, zum Teufel, war eine Single-Bar?

3. Kapitel

Am nächsten Morgen fühlte sich Cal beinahe wieder ganz normal – soweit man sich normal fühlen konnte, wenn man überhaupt noch nicht geboren war. Die Situation war einfach bizarr und nach den gegenwärtigen wissenschaftlichen Theorien auch höchst unwahrscheinlich.

Im Inneren klammerte er sich noch immer an die schwache Hoffnung, dass er nur einen ganz besonders langen und lebhaften Albtraum hatte. Oder er befand sich in einem Krankenhaus, weil er unter Schock stand und einen leichten Gehirnschaden erlitten hatte. Aber wie die Sache aussah, war er zweihundertzweiundsechzig Jahre rückwärts durch die Zeit gesprungen und im primitiven, zeitweise recht gewalttätigen zwanzigsten Jahrhundert gelandet.

Das Letzte, woran er sich erinnern konnte, bevor er dann auf Libbys Couch aufgewacht war, das war der Umstand, dass er sein Schiff geflogen hatte. Nein, das stimmte nicht ganz. Er hatte verzweifelt versucht, sein Schiff zu fliegen. Irgendetwas war geschehen, aber was, das brachte er nicht zusammen. Nur war es mit Sicherheit etwas ganz Großes gewesen.

Mein Name ist Caleb Hornblower, sagte er vor sich hin. Ich bin im Jahr 2222 geboren, und deshalb war die Zahl zwei angeblich immer meine Glückszahl. Ich bin dreißig Jahre alt, nicht zugeordnet, der Ältere von zwei Brüdern und ehemaliger Angehöriger der Intergalaktischen Space Force. In dieser intergalaktischen Raumwaffe bekleidete ich den Rang eines Captain. Seit anderthalb Jahren arbeite ich als selbstständiger Unternehmer. Ich befand mich auf einem routinemäßigen Lieferflug zur Marskolonie Brigston und musste auf dem Heimflug wegen eines Meteoritenschauers von der normalen Flugbahn abweichen. Und da ist es passiert. Aber was?

Auf jeden Fall stand jetzt fest, dass irgendetwas ihn in eine vergangene Zeit zurückgeschleudert hatte. Er war nicht nur durch die Erdatmosphäre gekracht, sondern auch durch rund zweieinhalb Jahrhunderte. Er war ein gesunder, intelligenter Pilot, der in einer Zeit gestrandet war, in der die Menschen interplanetarische Reisen für Science-Fiction hielten und mit Kernspaltung herumspielten, was unfassbar war.

Das Gute an seinem Schicksal bestand darin, dass er bei dem Vorgang nicht ums Leben gekommen, sondern in einem abgeschiedenen Gebiet und in den Händen einer hinreißenden Brünetten gelandet war.

Es hätte schlimmer kommen können, dachte er. Im Moment bestand das Problem nur darin, herauszufinden, wie er in seine eigene Zeit zurückkehren konnte, und zwar möglichst lebendig.

Cal schüttelte sein Kopfkissen auf, rieb sich über die Bartstoppeln und fragte sich, was Libby wohl sagen würde, wenn er jetzt hinunterginge und ihr in aller Ruhe seine Geschichte erzählte. Vermutlich würde er sich im Handumdrehen im Freien wiederfinden – mit nichts an außer der Jogginghose ihres Vaters. Oder Libby würde umgehend bei der Polizei anrufen und ihn in das einliefern lassen, was man im Jahr 1990 unter einem Pflegeheim für Geistesgestörte verstand. Luxusstätten waren das mit Sicherheit nicht.

Es ärgerte ihn, dass er in Geschichte ein so miserabler Schüler gewesen war. Was er über das zwanzigste Jahrhundert wusste, füllte kaum einen Computerschirm. Trotzdem konnte er sich sehr gut vorstellen, dass die Leute hier ziemlich primitive Methoden hatten, mit einem Mann zu verfahren, der behauptete, nach einem Routineflug zum Mars mit seiner F237 in Oregons Klamath-Gebirge abgestürzt zu sein.

Bis ihm also etwas Vernünftiges eingefallen war, wie er hier wieder hinauskam, musste er sein Problem für sich behalten und noch wesentlich vorsichtiger mit dem sein, was er sagte. Und was er tat.

Gestern Abend hatte er offenkundig einen Fehltritt begangen, und zwar in mehr als einer Hinsicht. Er verzog das Gesicht, als er an Libbys Reaktion auf seinen schlichten Vorschlag dachte, die Nacht zusammen zu verbringen. Solche Dinge wurden hier anscheinend anders gehandhabt. Nicht hier, berichtigte er sich, sondern jetzt.

Zu dumm aber auch, dass er keinen von diesen alten Liebesromanen gelesen hatte, die seine Mutter mit Vorliebe verschlang. Dass er von einer schönen Frau abgewiesen worden war, stellte jedoch nicht sein größtes Problem dar. Er musste zu seinem Schiff zurückgelangen und versuchen, die Vorgänge zu rekonstruieren und dann umzukehren. Das schien die einzige Möglichkeit zu sein, wieder nach Hause zu kommen.

Libby besaß einen Computer, wie er gesehen hatte. Eine altertümliche Maschine zwar, aber in Verbindung mit dem Minicomp an seinem Handgelenk müsste es dem Ding doch möglich sein, eine Flugbahn zu errechnen.

Zunächst jedoch brauchte er eine Dusche, eine Rasur und noch eines von Libbys Omeletts.

Cal stand auf, öffnete die Zimmertür und hätte Libby beinahe umgerannt.

Sie hielt eine Tasse dampfenden Kaffees in der Hand, den sie um ein Haar über Cals nackte Brust geschüttet hätte. Sie vermied das Unglück gerade noch, obwohl sie eigentlich der Ansicht war, ein kleiner, brühheißer Guss wäre genau das, was der Mann verdiente.

„Ich dachte mir, Sie würden vielleicht einen Kaffee haben wollen."

„Vielen Dank." Ihm entging nicht, dass ihre Stimme eisig klang und ihre Haltung ziemlich steif war. Wenn er sich nicht sehr täuschte, hatten sich die Frauen doch nicht so sehr geändert. Kalte Schultern kamen anscheinend nie wirklich aus der Mode.

„Ich möchte mich entschuldigen." Er schenkte ihr sein schönstes Lächeln. „Ich weiß, dass ich gestern Abend ein wenig aus der Umlaufbahn geraten bin."

„So kann man es auch nennen."

„Was ich meine ... also Sie hatten recht, und ich war im Unrecht." Wenn das nicht half, dann kannte er sich mit Frauen nicht mehr aus.

„Schon gut." Nichts war ihr unbehaglicher, als lange grollen zu müssen. „Vergessen wir es."

„Ist es mir gestattet zu sagen, dass Sie schöne Augen haben?" Er sah, dass sie errötete, und das fand er bezaubernd.

„Von mir aus." Sie lächelte kaum merklich. Ich hatte recht mit der keltischen Abstammung, dachte sie. Wenn der Mann keine irischen Vorfahren hat, dann werde ich den Beruf wechseln müssen. „Wenn's denn sein muss."

Er streckte ihr zögernd die Hand entgegen. „Wieder vertragen?"

„Vertragen." Als sie ihre Hand in seine legte, hatte sie sofort das Gefühl, einen Fehler gemacht zu haben. Eine kleine Berührung seiner Fingerspitzen reichte schon aus, ihr Herz zum Galopp zu veranlassen, und leider entging ihm ihre Reaktion ganz offensichtlich nicht.

Langsam zog Libby ihre Hand zurück. „Ich werde jetzt das Frühstück machen."

„Dürfte ich inzwischen duschen?"

„Gewiss. Ich zeige Ihnen, wo alles ist." Jetzt hatte sie etwas Praktisches zu tun, und schon fühlte sie sich wieder wohler. Sie ging voran zum Bad. „Saubere Handtücher befinden sich hier drinnen." Sie öffnete eine schmale Lamellentür. „Und wenn Sie sich rasieren wollen – hier, bitte." Sie überreichte ihm ein Rasiermesser und eine neue Tube Rasiercreme.

„Ist was?", fragte sie, weil Cal ein Gesicht machte, als hielte sie ihm irgendwelche Folterinstrumente hin. „Nun ja, Sie werden an Elektrorasierer gewöhnt sein, aber so etwas habe ich nicht."

„Nein, nein." Er brachte ein schwaches Lächeln zustande. Hoffentlich schnitt er sich nicht den Hals durch. „Ich komme schon hiermit zurecht."

„Und eine Zahnbürste." Ohne ihn anzublicken, reichte sie ihm eine noch originalverpackte Zahnbürste. „So etwas haben wir hier ebenfalls nicht in elektrisch."

„Ich … ich bin nicht anspruchsvoll."

„Gut. Holen Sie sich aus dem Schlafzimmer etwas, das Ihnen passt. Jeans und Pullover müssten vorhanden sein. In einer halben Stunde habe ich das Frühstück fertig. Okay?"

„Okay."

Als Libby die Tür von außen geschlossen hatte, starrte Cal noch immer auf die merkwürdigen Toilettenartikel, die er verdutzt in seinen Händen hielt.

Faszinierend. Jetzt, da er Panik, Furcht und Fassungslosigkeit abgeschüttelt hatte, fand er die ganze Geschichte faszinierend. Er betrachtete die Schachtel mit der Zahnbürste darin wie ein kleiner Junge, der ein fabelhaftes Puzzlespiel unter dem Weihnachtsbaum gefunden hatte.

Er hatte gelesen, dass die Leute solche Dinger dreimal pro Tag benutzten. Man hatte Zahncremes in verschiedenen Geschmacksrichtungen, die man sich auf die Zähne strich. Widerlich! Cal drückte sich einen Klecks Creme aus der Tube und kostete. Es war tatsächlich ekelhaft. Wie konnte man so etwas nur benutzen? Nun ja, das war in den alten Zeiten gewesen, als Zahn- und Zahnfleischkrankheiten noch nicht durch Fluoride ausgemerzt worden waren.

Cal öffnete die Schachtel, fuhr mit dem Daumen über die Borsten und betrachtete im Spiegel seine gesunden weißen Zähne. Vielleicht sollte er lieber kein Risiko eingehen.

Er legte alles auf dem Waschbecken ab und schaute sich im Badezimmer um. Wie eine Kulisse aus diesen alten Filmen, dachte er. Die klobige, längliche Badewanne, der einzelne Duschkopf, der aus der Wand herausragte … Er wollte sich alles genau einprägen, vielleicht schrieb er nach seiner Rückkehr ja ein Buch darüber.

Erst einmal musste er herausfinden, wie man die Dusche überhaupt in Gang setzte. Über dem Wasserhahn an der Wand befanden sich drei runde Chromknöpfe, einer mit einem roten, einer mit einem blauen Punkt und einer mit einem Pfeil darauf.

Natürlich konnte Cal sich denken, was die Farben bedeuteten, aber wie man mit den Knöpfen genau die richtige Wassertemperatur einstellen konnte, war ihm schleierhaft. Er war es gewohnt, unter die Dusche zu treten und dem Computer zu sagen, er wünsche siebenunddreißig Grad warmes Wasser. Hier war er also auf sein eigenes Geschick angewiesen.

Nachdem er sich erst verbrüht, dann vereist und dann wieder verbrüht hatte, entwickelte sich langsam so etwas wie ein gegenseitiges Einvernehmen zwischen ihm und der Dusche, und er konnte das Bad richtig genießen.

Er fand eine Flasche, auf der „Shampoo" stand, und schüttete sich ein wenig von dem Inhalt in die Hand. Es duftete wie Libby. Sofort spannten sich seine Bauchmuskeln an, und das Verlangen durchströmte ihn so heiß wie das Wasser, das über seinen Rücken lief.

Das war merkwürdig. Unsicher betrachtete Cal das Shampoo in seiner Hand. Sich von einer Frau angezogen zu fühlen war etwas Normales, etwas ganz Unkompliziertes. Aber diesmal tat es richtig weh. Er drückte sich die Hand auf den Bauch und wartete darauf, dass das Gefühl verging. Es blieb.

Wahrscheinlich hatte das etwas mit seinem Unfall zu tun. Jedenfalls redete er sich das ein, weil er es glauben wollte. Gleich nach seiner Heimkehr würde er sich in einer Klinik gründlich untersuchen lassen.

Leider hatte er jetzt den Spaß am Duschbad verloren. Rasch trocknete er sich ab. Der Duft von Seife, Shampoo – und von Libby – war überall.

Die Jeans waren Cal ein wenig zu weit im Bund, doch sie gefielen ihm. Echte, natürliche Baumwolle war wahnsinnig teuer, und nur die sehr Reichen konnten sie sich leisten. Dass der schwarze Rollkragenpullover ein kleines Loch am Ärmelbündchen hatte, gab Cal das Gefühl, zu Hause zu sein. Er hatte schon immer lässige, bequeme Kleidung bevorzugt. Die ISF hingegen schrieb Uniformen und „Politur" vor, was einer der Gründe dafür war, dass er abgedankt hatte.

Barfuß und zufrieden mit sich selbst, ging er den appetitlichen Essensgerüchen nach zur Küche.

Libby sah großartig aus. Ihre lange, lose Hose unterstrich ihre schlanke Figur und regte einen Mann dazu an, sich sämtliche Kurven unter dem Stoff auszumalen. Die Ärmel ihres weiten roten Pullovers hatte sie bis zu den Ellbogen hochgeschoben. Cal musste daran denken, wie empfindlich sie auf die Berührung der Armbeuge reagiert hatte, und schon verspannten sich seine Muskeln wieder. Er nahm sich vor, nicht mehr auf diese Weise an Libby zu denken.

„Hallo."

Diesmal hatte sie ihn erwartet und fuhr nicht zusammen.

„Hallo. Setzen Sie sich. Ihren Verband werde ich später prüfen. Jetzt essen Sie erst einmal etwas. Ich hoffe doch, Sie mögen Eiertoast."

Mit dem vollen Teller in den Händen drehte sie sich um. Als sie Cals Blick begegnete, krampften sich ihre Finger um den Tellerrand. Zwar erkannte sie den Pullover wieder, aber an Cals sportlichem Oberkörper sah er völlig anders aus als an ihrem Vater.

„Sie haben sich ja nicht rasiert."

„Habe ich vergessen." Er mochte nicht zugeben, dass er sich nicht getraut hatte, sein Geschick mit dem Rasiermesser auszuprobieren. „Es regnet nicht mehr."

„Ich weiß. Heute Nachmittag soll sogar die Sonne herauskommen." Libby stellte den Teller auf den Tisch und versuchte keine Reaktion zu zeigen, als Cal sich nahe heranbeugte, um an dem Eiertoast zu schnuppern.

„Haben Sie das wirklich selbst gemacht?"

„Frühstück zubereiten kann ich am besten." Sie setzte sich und atmete heimlich auf, als er ihr gegenüber Platz nahm.

„Daran könnte ich mich gewöhnen", meinte er.

„Ans Essen?"

Er nahm den ersten Bissen und genoss den Geschmack mit geschlossenen Augen. „An dieses Essen."

Libby schaute ihm zu, während er sich mit größtem Appetit durch den Toaststapel arbeitete. „Was haben Sie denn sonst immer gegessen?"

„Meistens Fertiggerichte." In den Zeitschriften hatte er Anzeigen für abgepackte Komplettmahlzeiten gesehen. Wenigstens ein Zeichen von langsam beginnender Zivilisation!

„So etwas esse ich meistens auch, aber wenn ich hier heraufkomme, überfällt mich die Lust am Kochen, am Holzstapeln und am Kräuterziehen. Alles Dinge, die ich als Kind gemacht habe."

Obwohl sie diesmal gerade wegen der Einsamkeit hier heraufgekommen war, entdeckte sie, dass ihr Cals Anwesenheit Freude bereitete. Heute Morgen schien er auch keine Bedrohung darzustellen, wenn man einmal davon absah, wie sie auf seinen Anblick im schwarzen Pullover und engen Jeans reagiert hatte.

„Was tun Sie eigentlich, wenn Sie nicht gerade irgendwo Bruchlandungen machen?"

„Dann fliege ich." Solche Fragen hatte er erwartet und sich die Antworten darauf im Stillen schon zurechtgelegt. Er wollte so nahe wie möglich bei der Wahrheit bleiben.

„Dann sind Sie also doch beim Militär."

„Nicht mehr." Er nahm die Kaffeetasse auf und wechselte geschickt das Thema. „Ich weiß nicht, ob ich Ihnen wirklich angemessen für das gedankt habe, was Sie alles für mich getan haben. Ich möchte es gern wiedergutmachen, Libby. Gibt es hier irgendetwas, das getan werden muss und das ich für Sie machen kann?"

„Ich glaube, für körperliche Arbeit kommen Sie noch nicht infrage."

„Wenn ich wieder den ganzen Tag im Bett bleibe, werde ich verrückt."

Libby betrachtete ihn genau, wobei sie sich nicht durch die Form seines Mundes ablenken lassen wollte. Leider war es unmöglich, nicht daran zu denken, wie nahe seine Lippen ihren gekommen waren. „Ihre Gesichtsfarbe hat sich gebessert. Ist Ihnen noch schwindlig?"

„Nein."

„Dann können Sie mir beim Abwaschen helfen."

„Gern."

Zum ersten Mal schaute Cal sich genauer in der Küche um. Sie war für ihn genauso faszinierend wie das Bad. Die Westwand bestand ganz aus Stein, und eine kleine Feuerstelle war dort eingelassen. Auf dem Mauervorsprung stand ein Gefäß aus gehämmertem Kupfer mit getrockneten Blumen und Gräsern darin. Durch das breite Fenster über dem Ausguss sah man Berge und Tannen. Der Himmel war grau und frei von Verkehr.

Cal registrierte den Kühlschrank und den Herd, beide Geräte waren weiß. Der Fußboden bestand aus breiten polierten Holzbohlen. Es fühlte sich kühl unter den Fußsohlen an.

„Suchen Sie etwas?", fragte Libby.

Er blickte sie an. „Wie bitte?"

„Sie haben eben aus dem Fenster geschaut, als erwarteten Sie da draußen etwas zu sehen, das aber nicht da war."

„Ich habe nur … die Aussicht bewundert."

„Aha." Sie deutete auf den Teller. „Sind Sie fertig?"

„Ja. Ihre Küche ist ein großartiger Raum."

„Ich mochte sie auch schon immer. Mit dem neuen Herd ist es natürlich viel bequemer. Sie können sich ja nicht vorstellen, auf was für einem Museumsstück wir früher hier gekocht haben."

Er musste lächeln. „Nein, das kann ich mir ganz gewiss nicht vorstellen."

„Irgendwie habe ich das dumme Gefühl, Sie haben eben einen Witz gemacht, den ich nicht mitbekommen habe."

„Nicht, dass ich wüsste." Er nahm seinen Teller auf, trug ihn zum Ausguss und öffnete dann eine Schranktür nach der anderen.

„Falls Sie den Geschirrspüler suchen, werden Sie kein Glück haben." Libby räumte auch das restliche Geschirr in den Ausguss. „So weit würden meine Eltern von ihren Werten der Sechzigerjahre niemals abweichen. Keinen Geschirrspüler, keine Mikrowelle, keine Satellitenschüssel." Sie verstöpselte den Ausguss und griff nach einer Flasche Spülmittel. „Möchten Sie abwaschen oder abtrocknen?"

„Abtrocknen."

Es machte ihm Freude zuzuschauen, wie sich das Spülbecken mit heißem, schäumendem Wasser füllte und wie Libby mit einer Stielbürste zu schrubben begann. Es duftete so angenehm. Am liebsten hätte er sich über das Becken gebeugt und an den zitronigen Bläschen geschnuppert.

Libbys Nase juckte. Sie rieb sie sich an der hochgezogenen Schulter. „Sagen Sie mal, Hornblower, haben Sie noch nie in ihrem Leben eine Frau beim Abwaschen gesehen?"

„Nein. Das heißt, einmal in einem Film." Wie würde sie darauf reagieren?

Lachend reichte sie ihm einen Teller. „Der Fortschritt nimmt uns alle diese bezaubernden Arbeiten ab. In hundert Jahren werden wir wahrscheinlich Roboter haben, die das Geschirr in sich hineinstapeln und es sterilisiert wieder herausgeben."

„In hundertfünfzig Jahren. Was soll ich mit dem Teller machen?"

„Na, abtrocknen."

„Und wie?"

Sie hob eine Augenbraue und deutete mit dem Kopf auf ein zusammengefaltetes Handtuch. „Versuchen Sie's doch mal damit."

„In Ordnung." Er trocknete den Teller und nahm sich den nächsten. „Übrigens hatte ich gehofft, dass ich mir einmal anschauen kann, was von meinem Sch… von meinem Flugzeug übrig geblieben ist."

„Ich garantiere Ihnen, dass der Holztransportweg total ausgespült ist. Mein Geländewagen würde es vielleicht schaffen, aber damit würde ich doch noch gern einen Tag warten."

Cal bezwang seine Ungeduld. „Zeigen Sie mir dann die richtige Richtung?"

„Nein. Ich fahre Sie hin."

„Sie haben schon genug für mich getan."

„Vielleicht, aber meine Wagenschlüssel gebe ich Ihnen nicht, und zu Fuß schaffen Sie den weiten Weg noch nicht." Sie griff sich den Zipfel seines Handtuchs und trocknete sich daran die Hände ab. „Warum wollen Sie nicht, dass ich Ihr Flugzeug sehe, Hornblower? Selbst wenn Sie es gestohlen hätten, würde ich das nicht erkennen."

„Ich habe es nicht gestohlen!"

Das hörte sich so ärgerlich an, dass Libby ihm sofort aufs Wort glaubte. „Na schön. Sobald der Weg wieder zu befahren ist, bin ich bereit, Ihnen dabei zu helfen, das Wrack zu finden. Und jetzt setzen Sie sich hin und lassen Sie mich nach Ihrer Wunde schauen."

Unwillkürlich hob er die Finger an den Verband. „Die ist in Ordnung."

„Sie haben heftige Schmerzen. Das sehe ich Ihnen doch an."

Cal blickte Libby in die Augen. Mitgefühl sah er da, ein stilles, tröstliches Mitgefühl. Am liebsten hätte er seine Wange an ihr weiches Haar gelegt und alles erzählt. „Nun ja, hin und wieder", gestand er.

„Also werde ich es mir ansehen, Ihnen ein paar Schmerztabletten verabreichen, und dann werden wir weitersehen." Sie nahm ihm das Handtuch aus den Fingern. „Nun kommen Sie schon. Seien Sie ein braver Junge."

Er setzte sich und bedachte sie mit einem komisch verzweifelten Blick. „Sie hören sich ganz wie meine Mutter an."

Sie klopfte ihm kurz und aufmunternd auf die Wange und holte dann frisches Verbandszeug und ein Antiseptikum aus einem Schrank. „Sitzen Sie still."

Libby legte die Wunde frei und betrachtete sie so finster, dass Cal sich unsicher auf seinem Stuhl hin und her bewegte. „Sie sollen still sitzen!", befahl sie leise. Die Verletzung sah tatsächlich scheußlich aus. Die Wunde war tief und ihre Ränder waren rissig. Rundherum breitete sich ein blauvioletter Bluterguss aus.

„Wenigstens scheint keine Infektion vorzuliegen. Sie werden eine Narbe zurückbehalten."

„Eine Narbe?" Entsetzt hob Cal den Finger an die Wunde.

Eitel ist er also auch, dachte Libby ein wenig belustigt. „Keine Sorge. Damit werden Sie besonders kühn aussehen. Es wäre zwar besser, wenn die Wunde genäht werden könnte, aber solchen Luxus kann ich Ihnen nun mal nicht bieten. Und nun wird's gleich ein bisschen brennen." Schon begann sie, die Wunde mit dem Antiseptikum zu reinigen.

Cal fluchte, und zwar laut und wortreich. Mittendrin packte er Libbys Handgelenk. „Brennen? Ein bisschen?"

„Reißen Sie sich zusammen, Hornblower. Denken Sie an etwas anderes."

Er biss die Zähne zusammen und konzentrierte sich auf Libbys Gesicht. Das Zeug auf seiner Wunde brannte höllisch und raubte ihm fast den Atem. Und in Libbys Augen spiegelte sich Mitgefühl, aber auch Entschlossenheit. Unbeirrt und geschickt setzte sie ihre Behandlung fort.

Sie ist wirklich schön, dachte er. Das waren keine kosmetischen Tricks, und eine Gesichtsplastik hatte sie mit Sicherheit auch nicht vornehmen lassen. Dieses hier war das Gesicht, mit dem sie geboren worden war. Am liebsten hätte er es gestreichelt. Möglicherweise war sie ja in ihrer Zeit eine ganz gewöhnliche Frau, aber ihm erschien sie einmalig und beinahe unerträglich begehrenswert.

Sie war echt, real, wirklich, aber er war nur ein Trugbild. Ein Mann, der noch nicht geboren war, aber einer, der sich noch nie lebendiger gefühlt hatte als jetzt.

„Machen Sie so etwas öfter?", erkundigte er sich.

Libby tat es so leid, dass sie ihm Schmerzen verursachte, und deshalb bekam sie die Frage nicht ganz mit. „Öfter? Was mache ich öfter?"

„Menschen retten." Er sah, wie das Lächeln auf ihren Lippen erschien, und hätte sie am liebsten geküsst.

„Sie sind der Erste."

„Sehr gut."

„So, das wär's."

„Geben Sie mir nun keinen Kuss, damit es nicht mehr wehtut?" Das hatte seine Mutter immer getan. Vermutlich taten das Mütter zu allen Zeiten. Als er Libby lachen sah, schlug sein Herz einen kleinen Salto.

„Weil Sie so tapfer waren." Sie beugte sich zu ihm und berührte mit den Lippen hauchleicht eine Stelle oberhalb des frischen Verbandes.

„Es tut aber immer noch weh." Er fasste sie bei der Hand, damit sie nicht weglaufen konnte. „Könnten Sie es nicht noch einmal versuchen?"

„Ich werde Ihnen lieber Schmerztabletten holen." Sie ballte ihre Hand in seiner, und als er aufstand, wollte sie sich ihm eigentlich ganz entziehen, aber irgendetwas in seinen Augen sagte ihr, dass das zwecklos wäre. „Caleb …"

„Ich mache Sie nervös." Er ließ seinen Daumen über ihre Handknöchel streichen. „Das ist sehr anregend."

„Ich beabsichtige durchaus nicht, Sie anzuregen."

„Das ist auch gar nicht nötig." Sie ist nervös, aber nicht verängstigt, dachte er. Hätte sie Furcht gezeigt, würde er sofort aufgegeben haben, aber so führte er ihre Hand an seine Lippen und drehte die Handfläche nach oben. „Sie haben wundervolle Hände, Libby. Sanfte Hände." Er las ihr ihre Empfindungen von den Augen ab: Verwirrung, Unbehagen, Verlangen. Er konzentrierte sich auf das Verlangen und zog sie noch näher zu sich heran.

„Lassen Sie das." Dass ihre Stimme nicht besonders überzeugend klang, entsetzte sie. „Ich sagte Ihnen, ich …" Ihre Knie wurden weich, als sie seine Lippen über ihre Schläfe streichen fühlte. „Ich werde nicht mit Ihnen schlafen."

Er murmelte etwas, ließ seine Hand an ihrem Rücken hinaufgleiten und drückte Libby noch dichter an seinen Körper. Jetzt lag ihr Kopf an seiner Schulter, und Cal erkannte, dass er diese Frau von Anfang an in dieser Weise hatte in den Armen halten wollen.

„Keine Angst", sagte er leise. Er hob seine Hand zu ihrem Nacken hinauf. „Ich werde nicht darauf bestehen, Sie zu lieben. Ich möchte Sie nur küssen."

Libby spürte aufkommende Panik in sich. „Nein, ich …" Die Finger an ihrem Nacken bewegten sich, griffen zu, hielten fest. Später, als sie wieder denken konnte, redete sie sich ein, dass Caleb Hornblower wohl versehentlich irgendeinen Nerv berührt hatte, irgendeinen geheimen, höchst empfindlichen Punkt. Jetzt aber überflutete sie eine unbeschreibliche Sehnsucht. Als gäbe sie alle Abwehr auf, ließ Libby den Kopf in den Nacken sinken, und in diesem Moment der heftigen Emotion fühlte sie Calebs Lippen an ihren.

Sie erstarrte – nicht vor Furcht, nicht vor Zorn und ganz gewiss nicht, weil sie sich etwa innerlich sträubte. Es war wie ein Schock, wie ein Stromschlag von einer Hochspannungsleitung.

Calebs Lippen berührten ihre nur so leicht wie ein Hauch, eine verlockende, verführerische Liebkosung, die süße Qualen bereitete und unbeschreiblich erotisch war. Kleine, sanfte Bisse und wieder eine zärtliche Liebkosung, leicht und dennoch bezwingend … Seine Lippen waren warm und weich, und im erregenden Gegensatz dazu fühlte Libby seine Bartstoppeln über ihre Wange kratzen, als er den Kopf ein wenig bewegte, um mit der Zunge über ihre Lippen zu streichen.

Libby empfand es als ungeheuer intim, wie er sie förmlich zu kosten schien, wie er mit ihr spielte. Jetzt berührte seine Zunge ihre, und er schien einen ganz neuen, geheimnisvollen Geschmack zu entdecken. Dann schlug seine Stimmung wieder um, und er zog Libbys Unterlippe zwischen seine Zähne. Seine erotischen Bisse gingen nie über die Grenze zwischen Lust und Schmerz hinaus.

Was er tat, konnte man nur Verführung nennen, und es

war eine Art von Verführung, die sich Libby nie hätte träumen lassen, eine sanfte, behutsame und trotzdem unwiderstehliche Verführung. Libbys Hand, die sie gegen Cals Brust gedrückt hatte, zitterte. Der solide Boden unter ihren Füßen schien zu schwanken. Die Erstarrung löste sich von Sekunde zu Sekunde. Libby seufzte leise und überließ sich hingegeben der Umarmung.

Cal hatte noch nie eine solche Frau erlebt. Es schien, als wolle sie vollkommen mit ihm verschmelzen. Sie schmeckte so frisch wie die Luft, die durch das offene Fenster hereinwehte.

Er hörte ihr leises, sehnsüchtiges Seufzen, und plötzlich schlang sie die Arme um seinen Nacken. Sie schob die Finger in sein Haar und presste sich gegen ihn. Von einem Augenblick zum anderen verwandelte sich Hingabe in Begierde. Libbys Kuss war heiß, heftig und hungrig, und Cal ließ der Leidenschaft ihren Lauf.

Ich will, dass … Ich will viel zu viel, schoss es Libby durch den Kopf. Warum hatte sie nicht gewusst, wie groß ihr Hunger war? Cals Duft, sein Geschmack machten sie begierig auf immer mehr. Tausend Empfindungen auf einmal fuhren wie spitze, brennende Pfeile durch ihren Körper. Ein erstickter Aufschrei entrang sich ihr, als Cal die Arme schmerzhaft fest um sie schlang. Jetzt zitterte nicht mehr sie, sondern er.

Was machte diese Frau nur mit ihm? Er konnte nicht mehr atmen, nicht mehr denken, sondern nur noch fühlen, und was er fühlte, drohte ihn zu übermannen. Wenn ein Pilot die Beherrschung verlor, war das für ihn schlimmer als ein unvorhergesehener Meteoritenschauer. Cal hatte doch nur einen Moment der Freude schenken und erleben wollen, um ein ganz einfaches, schlichtes Bedürfnis zu befriedigen. Doch dies hier war weit mehr als Freude, und schlicht war es schon gar nicht. Er musste sich zurückziehen, bevor er in etwas hineingezogen wurde, das er noch nicht ganz begriff.

Mit bebenden Händen schob er Libby ein wenig von sich fort. Ihr Atem ging ebenso stoßweise wie seiner, und sie schaute ihn aus großen Augen benommen an. Er fühlte sich genauso benommen, so als hätte er mit seinem Schiff im Flug eine Mauer gerammt.

Verwirrt hob sich Libby eine Hand an die Lippen. Was hatte Cal getan? Was hatte sie selbst getan? Sie konnte beinahe ihr Blut durch die Adern schäumen fühlen. Sie machte einen Schritt rückwärts, um festen Boden unter den Füßen zu gewinnen, um einfache Antworten zu finden.

„Bleiben Sie." Er konnte nicht widerstehen. Vielleicht verfluchte er sich später dafür, aber jetzt konnte er nicht widerstehen. Bevor Libby noch ganz zu sich gekommen war, zog er sie wieder zu sich heran. Beide wussten, dass dies nicht geschehen durfte, aber Leidenschaft war stärker als Wissen. Libby war zwischen passiver Kapitulation und heftigem Verlangen hin- und hergerissen, bis es ihr endlich gelang, sich mit einem Ruck aus Cals Armen zu befreien.

Beinahe wäre sie dabei gestolpert, doch sie hielt sich an der Rückenlehne eines Küchenstuhls fest, und ihre Finger verkrampften sich um das Holz. Schwer atmend und stumm starrte sie Cal an. Sie wusste nichts von ihm, sie kannte ihn nicht, und dennoch hatte sie ihm mehr geschenkt, als sie je einem anderen Menschen gegeben hatte. Ihr Verstand war darauf trainiert, Fragen zu stellen, doch im Moment hatte ihr zerbrechliches, unvernünftiges Herz die Oberhand.

„Wenn Sie hier in diesem Haus bleiben wollen, verlange ich, dass Sie mich nicht mehr berühren."

Cal erkannte die Furcht in ihren Augen. Er verstand sie, denn auch er fürchtete sich. „Für mich kam das ebenso unerwartet wie für Sie. Mir gefällt es ebenso wenig wie Ihnen."

„Dann dürfte es Ihnen ja nicht schwerfallen, dergleichen in Zukunft zu unterlassen."

Cal steckte die Hände in die Hosentaschen und wippte auf den Fußballen. Er fragte sich nicht, wieso er plötzlich so ärgerlich war. „Hören Sie, Sie haben dazu genauso viel getan wie ich."

„Sie haben mich gepackt!"

„Nein, ich habe Sie geküsst. Wenn hier jemand den anderen gepackt hat, dann Sie mich." Mit einiger Genugtuung sah er, dass sie errötete. „Ich habe mich Ihnen nicht aufgezwungen, Libby. Das wissen Sie ganz genau. Aber wenn Sie unbedingt den Eisberg spielen wollen, soll es mir recht sein."

Alles Blut verließ Libbys Gesicht, das jetzt blass und sehr starr wurde. Ihre Augen dagegen wurden dunkel und groß. Ihr erschütterter Blick traf Cal, der sich schon innerlich verfluchte.

Er trat einen Schritt auf sie zu. „Bitte, entschuldigen Sie. Es tut mir leid."

Libby zog sich hinter den Stuhl zurück. „Ich verlange und erwarte keine Entschuldigung von Ihnen", erklärte sie sehr ruhig. „Allerdings erwarte ich ein angemessenes Verhalten."

„Ihnen soll beides zuteilwerden", erwiderte er kühl.

„Ich habe zu arbeiten. Sie können den Fernseher mit in Ihr Zimmer nehmen, und auf dem Regal neben dem Kamin befinden sich Bücher. Ich wäre Ihnen dankbar, wenn Sie mir für den Rest des Tages aus den Augen blieben."

Er schob die Hände noch tiefer in die Hosentaschen. Wenn Libby dickköpfig sein wollte, bitte sehr. Das konnte er auch. „In Ordnung."

Mit vor der Brust verschränkten Armen wartete sie, bis Cal den Raum verlassen hatte. Am liebsten hätte sie ihm etwas hinterhergeworfen, vorzugsweise etwas Zerbrechliches. Er hätte nicht so mit ihr sprechen dürfen, nachdem er ihre Gefühle so durcheinander gebracht hatte.

Sie – ein Eisberg? Nein. Es war immer ihr Problem gewesen, dass sie viel zu gefühlsbetont war, dass sie viel zu viel begehrte. Was natürlich nicht auf persönliche, körperliche Zweierbeziehungen zutraf.

Plötzlich trübsinnig geworden, ließ sie sich auf den Stuhl sinken. Sie war eine anhängliche Tochter, eine liebevolle Schwester, eine treue Freundin. Aber sie war niemandes Geliebte. Noch niemals zuvor hatte sie ein solches Bedürfnis nach Intimität erfahren.

Mit einem einzigen Kuss hatte Cal ihre Sehnsucht nach Dingen geweckt, von deren Unwichtigkeit sie sich schon beinahe überzeugt hatte. Jedenfalls hatte sie gedacht, diese Dinge seien für sie unwichtig. Sie hatte ihre Arbeit, ihren Ehrgeiz und das Wissen, dass sie ihr berufliches Ziel erreichen würde. Sie hatte ihre Familie, ihre Bekannten, ihre Kollegen.

Verdammt noch mal, sie war glücklich! Sie brauchte keinen wilden Piloten, der zwar sein Flugzeug nicht in der Luft halten konnte, der es aber spielend schaffte, sie nervös zu machen. Und aufzuwecken, fügte sie in Gedanken hinzu. Bevor er sie geküsst hatte, war ihr gar nicht bewusst gewesen, wie wach und lebendig sie überhaupt sein konnte.

Ach, lächerlich! Eher entnervt als ärgerlich sprang sie auf und schenkte sich eine Tasse Kaffee ein. Lebendig oder nicht, jetzt musste sie erst einmal ihre Doktorarbeit fertigstellen. Danach würde sie nach Portland zurückkehren, wo sie mit Bekannten zusammenkommen, sich ein paar Filme ansehen und auf ein paar Partys gehen würde.

Und was sie als Allererstes tun musste, das war Caleb Hornblower auf den Weg zu bringen, auf den Rückweg dorthin, woher er auch immer gekommen sein mochte.

4. Kapitel

Cal saß stundenlang vor dem Fernseher und nahm das Tages-programm ganz bewusst in sich auf. Für ihn war das keine Un-terhaltung, sondern eine Art Ausbildung. Alle zehn oder zwan-zig Minuten schaltete er auf einen anderen Kanal um, von einer Spielshow zu einer Unterhaltungsserie, von einer Talkshow zu einem Werbeprogramm.

Die Werbespots fand er am interessantesten, weil sie meist so amüsant waren. Manchmal fragte er sich dabei allerdings, was das eigentlich für Menschen waren, die in dieser Zeit lebten. Da gab es Frauen, die mit Fettflecken kämpften oder dem Kalkbe-lag auf Badezimmerwänden. Cal konnte sich nicht vorstellen, dass seine Mutter oder irgendeine andere Frau seiner Zeit sich jemals Gedanken über ein Waschmittel machen würde, das weißer als weiß oder reiner als rein wusch. Aber unterhaltsam waren diese merkwürdigen Werbespots allemal – das stand fest.

In einer Serienfolge kam eine Frau vor, die mit einem Mann erregt darüber diskutierte, dass sie möglicherweise schwanger war. Merkwürdig. Entweder eine Frau war schwanger, oder sie war es nicht. Aber möglicherweise? Cal schaltete um, sah einen Ausschnitt aus einer Spielshow und in ihr einen Mann, der ge-rade eine Reise nach Hawaii gewonnen hatte. Aus der Reaktion des Mannes war zu schließen, dass das im zwanzigsten Jahrhun-dert eine tolle Sache sein musste.

Auf einem anderen Kanal verfolgte er die Mittagsausgabe der Nachrichten und fragte sich, wie die Menschen eigentlich das zwanzigste Jahrhundert und die nachfolgenden überlebt hatten. Mord schien offenbar ein Volkssport zu sein, ebenso Diskussionen über Auf- und Abrüstungen sowie Abkommen über Waffenbeschränkungen. Da debattierten Politiker doch allen Ernstes darüber, wie viele Kernwaffen ein Staat besitzen durfte. Was meinten sie denn, wie viel Stück zu welchem Zweck nötig waren?

Die Politiker selbst hatten sich anscheinend kaum geändert. Sie hörten sich noch immer gern sprechen, redeten noch immer um die Wahrheit herum und lächelten unentwegt. Macht nichts, dachte Cal, anscheinend sind sie ja doch noch irgendwann zur Besinnung gekommen.

Er schaltete wieder um. Die Seifenopern mochte er am liebsten. Da konnte er Menschen sehen, die sich mit Ehe, Scheidung und Liebesaffären herumschlugen. Zwischenmenschliche Beziehungen schienen sogar eines der wichtigsten Probleme im Jahr 1990 zu sein.

Im Moment flimmerte eine kurvenreiche Blondine mit Tränen in den Augen über den Bildschirm. Sie warf sich einem harten Burschen mit nacktem Oberkörper an die Brust und versank mit ihm in einem langen, leidenschaftlichen Kuss. Küssen war also offensichtlich in dieser Zeit eine akzeptierte Gewohnheit. Wieso hatte sich Libby dann aber über einen einzigen Kuss so furchtbar aufgeregt?

Cal stand auf und trat ans Fenster. Ihre – und auch seine eigene – ungewöhnliche Reaktion auf diesen Kuss hatte sein Verlangen nach ihr in keiner Weise gedämpft. Er wollte alles über Liberty Stone wissen, was sie dachte, was sie empfand, was sie sich am meisten wünschte und was sie am wenigsten mochte. Er wollte wissen, wie sich ihre Haut anfühlte, und das konnte er sich noch am leichtesten ausmalen.

Er rief sich zur Ordnung. Er sollte eigentlich an nichts anderes denken als daran, wie er wieder nach Hause gelangen konnte.

Die Zeit mit Liberty Stone war nur ein Zwischenspiel, aber er konnte sich nicht vorstellen, dass irgendein Mann diese Frau unbekümmert lieben und verlassen konnte. Allerdings hatte Cal augenblicklich noch nicht den Wunsch nach Zuordnung oder Ehe, und wenn es einmal so weit sein sollte, dann musste sich das Ganze dort abspielen, wo er daheim war.

Er drückte die Handflächen gegen das Fensterglas, als befände er sich in einem Gefängnis, aus dem er mit Leichtigkeit entkommen könnte. Dem war aber keineswegs so. Wenn er jemals heimkehren wollte, musste er sich jetzt auf das konzentrieren, was an Bord seines Schiffs geschehen war.

Er wollte aber an Libby denken, daran, wie es sich anfühlte, wenn er sie in den Armen hielt. Er wollte sich daran erinnern, wie ihre Lippen geschmeckt hatten, als er sie geküsst hatte. Als sie die Arme um ihn schlang, hatte er gezittert. Von einer Sekunde auf die andere hatte sie ihn aus der Bahn und in einen wilden, atemberaubenden Strudel geworfen.

Noch jetzt konnte er fühlen, wie heiß ihre Lippen geworden waren und wie sie sich auf seine gepresst hatten. Er hatte das Gleichgewicht verloren und geglaubt, bunte Lichter vor seinen Augen aufflackern zu sehen. Ihm war es gewesen, als zöge ihn eine enorme, grenzenlose Kraft an.

Plötzlich versagten ihm die Beine den Dienst. Langsam hob Cal die Hand, um sich an der Wand abzustützen. Das Schwindelgefühl verging, zurück blieb ein hämmernder Schmerz in seinem Hinterkopf. Und mit einem Mal erinnerte er sich. Er erinnerte sich an die Lichter, die blinkenden Lampen im Cockpit. Das Navigationssystem war ausgefallen, der Schutzschild außer Betrieb. Das Notsignal wurde ausgelöst.

Die Leere. Er konnte sie sehen, und noch jetzt trat ihm der kalte Schweiß auf die Stirn. Ein schwarzes Loch, groß, finster und gefräßig. In den Karten war es nicht eingezeichnet gewesen, denn sonst hätte er nie so nahe herangesteuert. Es befand sich einfach plötzlich da, und das Schiff war angezogen worden.

Er war nicht hineingeraten. Die Tatsache, dass er lebte und sich zweifellos auf der Erde befand, bestätigte das. Es war möglich, dass er den Rand der Erscheinung berührt hatte, davon abgeprallt und dann wie von einem Katapult abgeschossen durch Zeit und Raum geflogen war.

Die Wissenschaftler des Zeitalters, in dem er sich jetzt befand, würden diese Erklärung für höchst fragwürdig halten, denn Zeitreisen waren nur eine Theorie, und zwar eine, über die man sich eher amüsierte.

Aber er hatte es erlebt.

Erschüttert setzte sich Cal auf die Bettkante. Er hatte etwas überlebt, das noch niemand vor ihm überlebt hatte. Er hob die Hände und betrachtete sie. Er hatte es sogar verhältnismäßig unbeschädigt überlebt. Und jetzt war er gestrandet. Für immer.

Cal rang die aufsteigende Panik nieder und ballte die Fäuste. Nein, er war nicht für immer gestrandet. Damit fand er sich nicht ab. Wenn er in die eine Richtung geschossen war, dann war es nur logisch, dass er auch in die andere Richtung geschossen werden konnte. Heim.

Schließlich besaß er noch seinen Verstand und sein Wissen. Er schaute auf den Minicomp an seinem Arm. Mit ihm konnte er einige grundlegende Berechnungen anstellen. Die würden zwar nicht annähernd ausreichen, aber wenn er zu seinem Schiff zurückkam … Falls überhaupt noch etwas von seinem Schiff übrig war. Nein, an so etwas durfte er jetzt nicht denken. Zunächst einmal musste er versuchen, seinen Minicomp mit dem Computer in Libbys Zimmer zu verbinden.

Er konnte sie unten hören, wahrscheinlich befand sie sich in der Küche, aber er bezweifelte, dass sie ihm eine Mahlzeit zubereitete. Er sah sie wieder vor sich, wie sie vorhin ihm gegenüber am Tisch gesessen hatte, und schon spürte er das Bedauern. Das aber konnte er sich nicht leisten.

Auf jeden Fall wollte er wenn möglich vermeiden, ihr wehzutun. Er würde sich noch einmal bei ihr entschuldigen, und falls er Erfolg mit ihrem Computer hatte, würde er so undramatisch und so schmerzlos wie möglich aus ihrem Leben verschwinden.

Schnell und leise ging Cal in Libbys Zimmer hinüber. Er konnte nur hoffen, dass sie unten so lange beschäftigt war, bis er die vorbereitenden Berechnungen abgeschlossen hatte. Mit denen musste er sich dann zufriedengeben, bis er zu seinem Schiff gelangen und seinen eigenen Computer einsetzen konnte.

Obwohl ihn die Ungeduld antrieb, zögerte er noch einen

Augenblick und lauschte. Ja, Libby befand sich tatsächlich in der Küche, und dem Scheppern nach zu urteilen, war sie noch immer wütend.

Der Computer mit seinem klobigen Bildschirm und der durchaus vertrauten Tastatur stand von Büchern und Papieren umgeben auf dem Schreibtisch. Cal setzte sich auf Libbys Stuhl und grinste die altertümliche Maschine an.

„Einschalten."

Der Bildschirm blieb leer.

„Computer, einschalten." Anscheinend musste man das mittels Tastatur tun. Cal tippte den Befehl ein und wartete. Nichts geschah.

Er lehnte sich zurück, trommelte mit den Fingern auf die Schreibtischplatte und überlegte. Aus einem ihm unerfindlichen Grund hatte Libby den Apparat ausgeschaltet. Cal untersuchte die Tastatur, drehte sie um und wollte sie schon mit einem Brieföffner aufbrechen, als er den Schalter entdeckte.

Idiot, schalt er sich. Hier hatten sie ja für alles einen Schalter. Als der Apparat nach einer Weile zu summen begann, lächelte Cal triumphierend. „So, das hätten wir. Und nun, Computer … Computer, berechne und bewerte den Zeitkrümmungsfaktor sowie das …"

Er unterbrach sich wieder, schimpfte leise vor sich hin und öffnete dann die Plastikabdeckung, um an den Datenspeicher zu gelangen. Seine Ungeduld war ihm im Wege, sie machte ihn fahrig und offensichtlich auch ausgesprochen blöd. Wieso hatte er nicht daran gedacht, dass man aus einem Apparat nichts herausholen konnte, was man vorher nicht eingegeben hatte?

Er machte sich also an Zeit raubende Präzisionsarbeit, und als er damit fertig war, stellte das Ganze zwar noch immer bestenfalls eine Improvisation dar, aber immerhin war der Minicomp nun mit Libbys Computer verbunden.

Cal holte tief Luft und hielt sich selbst die Daumen. „Hallo, Computer."

Hallo, Cal.

Die blecherne Stimme piepste aus dem Minicomp, während die Worte auf dem Bildschirm erschienen.

„Oh Baby, ich freue mich ja so, wieder etwas von dir zu hören."

Bestätigt.

„Computer, nenne mir schnell und präzise die bekannten Daten zur Theorie der Zeitreise mittels Gravitäts- und Beschleunigungskraft."

Unbestätigte Theorie, zuerst entwickelt von Dr. Linward Bowers, 2110. Bowers' Hypothese …

„Unterbrechen." Cal fuhr sich mit der Hand durchs Haar. „Dafür habe ich keine Zeit. Nur berechnen und bewerten. Zeitreise und Überlebenswahrscheinlichkeit bei Zusammentreffen mit schwarzem Loch."

In Arbeit … Unzureichende Daten.

„Verdammt noch mal, so etwas gibt es! Analysiere nötige Beschleunigung und Flugbahn. Stopp!" Cal hörte Libby die Treppe heraufkommen. Gerade hatte der Computer sich abgeschaltet, als sie auch schon ins Zimmer trat.

„Was tun Sie hier?"

Cal versuchte so unschuldig wie möglich dreinzublicken. Er lächelte und stand auf. „Ich habe Sie gerade gesucht."

„Wenn Sie mit meinem Computer gespielt haben …"

„Ich konnte mir nicht verkneifen, in Ihre Papiere zu sehen. Faszinierendes Thema."

„Das finde ich auch." Finster warf Libby einen Blick auf ihren Schreibtisch. Alles schien in Ordnung zu sein. „Ich könnte schwören, dass ich Sie eben mit jemandem habe reden hören."

„Hier ist aber niemand außer Ihnen und mir." Er lächelte wieder. Falls es ihm gelang, sie für ein paar Minuten abzulenken, könnte er vielleicht rasch seinen Minicomp abmontieren und auf einen günstigeren Zeitpunkt warten. „Wahrscheinlich habe ich Selbstgespräche geführt. Libby …" Er machte einen Schritt auf sie zu.

Sie hielt ihm mit ausgestreckten Armen ein Tablett entgegen. „Ich habe Ihnen ein Sandwich gemacht."

Er nahm ihr das Tablett ab und stellte es aufs Bett. Libbys schlichte Güte verursachte ihm ein verteufelt schlechtes Gewissen. „Sie sind eine liebenswürdige Frau."

„Nur weil Sie mich belästigen, muss ich Sie ja nicht gleich verhungern lassen."

„Ich will Sie doch gar nicht belästigen." Er trat eilig hinzu, als sie zum Computer ging. „Aber anscheinend kann ich das nicht vermeiden. Es tut mir wirklich leid, dass es Sie verärgert hat, was vorhin passiert ist."

Sie warf ihm einen schnellen, unsicheren Blick zu. „Das sollten wir am besten vergessen."

„Nein." Weil er den Kontakt mit ihr brauchte, schloss er seine Hand um ihre. „Das werde ich nie vergessen. Gleichgültig, was kommen mag. Sie haben in mir etwas angerührt, Libby. Etwas, das vorher noch nie angerührt worden ist."

Libby wusste ganz genau, was er meinte. Zu genau. Das erschreckte sie. „Ich muss wieder an meine Arbeit zurückkehren."

„Finden es alle Frauen so schwierig, aufrichtig zu sein?"

„Ich bin an solche Sachen nicht gewöhnt", erklärte sie schroff. „Ich weiß nicht, wie ich damit umgehen soll. Ich fühle mich in Gesellschaft von Männern nicht wohl. Ich bin einfach kein leidenschaftlicher Typ." Als Cal daraufhin laut lachte, wandte sie sich wütend und verlegen ab.

„Das ist das Dümmste, was ich je gehört habe. Sie bersten vor Leidenschaft!"

Irgendetwas in ihrem Inneren wollte hervorbrechen. „Leidenschaft für meine Arbeit", sagte sie sehr langsam und betont. „Für meine Familie. Aber keine Leidenschaft in dem Sinn, wie Sie es meinen."

Cal erkannte, dass sie wirklich glaubte, was sie sagte. Wenn er seine Wiedergutmachung auf keine andere Weise leisten konnte, dann wollte er Libby wenigstens zeigen, welche Art von Frau sie in ihrem Inneren gefangen hielt. „Möchten Sie ein bisschen spazieren gehen?"

Sie blickte ihn verwirrt an. „Was?"

„Spazieren."

„Warum?"

Er versuchte zu lächeln. Natürlich, sie brauchte für alles einen Grund. „Es ist ein schöner Tag, und ich möchte gern ein wenig von der Gegend sehen, in der ich mich befinde. Sie könnten sie mir zeigen."

Libby entspannte sich. Hatte sie sich nicht vorgenommen, hier ein wenig Urlaub zu machen? Cal hatte recht. Der Tag war wirklich schön, und ihre Arbeit konnte warten.

„Sie brauchen Ihre Schuhe", meinte sie sachlich.

Die kühle, etwas feuchte Luft duftete nach … nach Tannen, erkannte Cal nach einigem Überlegen. Wie zu Weihnachten. Aber hier kam der Geruch von echten Bäumen und nicht von einem Duftgenerator oder einem Simulator. Die Tannen standen dicht an dicht, der leichte Wind erzeugte in ihnen etwas, das sich wie Meeresrauschen anhörte. Nur im Norden störten grau geränderte Wolken den ansonsten klaren blassblauen Himmel. Und die Vögel sangen.

Außer Libbys kleinem Haus und einem klapprigen Schuppen daneben gab es hier keine von Menschen errichteten Bauten, sondern nur Berge, Himmel und Wald.

„Eine unglaubliche Gegend."

„Ja, ich weiß." Libby lächelte. Eigentlich freute sie sich viel zu sehr darüber, dass Cal es hier schön fand. „Wenn ich herkomme, bin ich jedes Mal wieder versucht, für immer hierzubleiben."

Cal ging neben ihr her und passte seinen Schritt ihrem an. Sie traten in den sonnendurchsprenkelten Wald. Es war jetzt nicht unbehaglich, mit Libby allein zu sein. Im Gegenteil, es schien, als müsste es so sein. „Und weshalb bleiben Sie nicht hier?"

„Hauptsächlich wegen meiner Arbeit. Die Universität bezahlt mich nicht für Waldspaziergänge."

„Wofür bezahlt sie Sie?"

„Für Forschungsleistungen."

„Wenn Sie gerade einmal nicht forschen, wie leben Sie dann?"

„Wie?" Sie neigte den Kopf zur Seite. „Ruhig. Ich habe eine Wohnung in Portland. Ich lerne, halte Vorträge und lese."

Der Pfad wurde jetzt merklich steiler. „Und wie ist es mit Unterhaltung?"

„Kino." Sie zuckte die Schultern. „Musik."

„Fernsehen?"

„Ja." Sie musste lachen. „Manchmal sogar zu viel. Und Sie? Erinnern Sie sich, was Sie am liebsten tun?"

„Fliegen." Sein Lächeln war bezaubernd. Dass er Libby bei der Hand nahm, schien sie kaum wahrzunehmen. „Für mich gibt es nichts Schöneres. Ich würde Sie gern einmal mitnehmen und es Ihnen zeigen."

Mit völlig neutraler Miene betrachtete Libby den Verband um Cals Kopf. „Danke, ich passe."

„Ich bin ein guter Pilot."

Damit er ihre Erheiterung nicht sah, bückte sie sich rasch und pflückte eine Blume. „Möglicherweise."

„Nein, ganz bestimmt." Wie selbstverständlich nahm er ihr die Blume aus der Hand und steckte sie ihr ins Haar. „Wenn ich nicht einige Schwierigkeiten mit meinen Instrumenten gehabt hätte, wäre ich jetzt nicht hier."

Weil die Sache mit der Blume sie so überrascht hatte, schaute Libby Cal einen Moment unsicher an, bevor sie weiterging. „Wohin waren Sie unterwegs?" Sie verlangsamte ihren Schritt, weil Cal immer wieder stehen blieb, um nun seinerseits Blumen zu pflücken.

„Nach Los Angeles."

„Das war dann ja eine ziemlich lange Strecke."

Ihm ging nicht sofort auf, dass sie keineswegs scherzte. „Ja", sagte er dann, „eine längere Strecke, als ich angenommen hatte."

Sie berührte die Blume in ihrem Haar. „Sucht jetzt jemand nach Ihnen?"

„Vorläufig noch nicht." Er blickte zum Himmel hoch. „Falls wir mein … mein Flugzeug morgen finden, kann ich den Schaden beheben und meinen Weg dann fortsetzen."

„Morgen oder übermorgen werden wir in die Stadt fahren können." Libby wollte etwas Beruhigendes sagen, denn auf Cals Stirn hatten sich Sorgenfalten gebildet. „Sie können zu einem Arzt gehen, und telefonieren können Sie auch."

„Telefonieren?"

Er machte ein so dummes Gesicht, dass Libby sich wieder ernsthaft um seine Kopfverletzung sorgte. „Ja, telefonieren. Anrufen. Ihre Familie, Ihre Bekannten, Ihren Arbeitgeber."

„Ach so." Er nahm wieder ihre Hand. Geistesabwesend roch er an den Blumen in seiner Hand. „Können Sie mir Peilung und Entfernung von hier bis zu der Stelle nennen, wo Sie mich gefunden haben?"

„Peilung und Entfernung?" Lachend setzte sich Libby an den Rand eines schmalen, schnell fließenden Bachs. „Würde es Ihnen auch reichen, wenn ich Ihnen sagte, es war in dieser Richtung?" Sie zeigte nach Südosten. „Ungefähr fünfzehn Kilometer Luftlinie, doppelt so viel auf dem Fahrweg."

Cal setzte sich neben sie. Sie duftete so frisch wie die wilden Blumen, nur noch verlockender. „Ich dachte, Sie seien Wissenschaftlerin."

„Das heißt nicht, dass ich Längen- und Breitengrade im Kopf habe, oder wie man das nennt. Fragen Sie mich etwas über die Ureinwohner Neu-Guineas, und Sie bekommen eine brillante Antwort von mir."

„Fünfzehn Kilometer." Nachdenklich blickte er durch die Tannen hinauf zu einem hohen, zerklüfteten Berg. „Und zwischen dort und hier ist nichts? Ich meine, keine Stadt, kein Ort, keine Siedlung?"

„Nein. Diese Gegend hier ist noch völlig abgeschieden. Hin und wieder kommen ein paar Wanderer hier durch."

Dann war es wohl unwahrscheinlich, dass inzwischen jemand über das Schiff gestolpert war. Diese Sorge konnte Cal also erst einmal vergessen. Sein Hauptproblem bestand nun darin, seine Maschine ohne Libby zu lokalisieren. Am einfachsten ginge das wohl, wenn er morgen bei Tagesanbruch losfuhr, und zwar in ihrem Wagen. Aber bis dahin blieb noch Zeit, viele Stunden kostbarer Zeit.

„Mir gefällt es hier." Das stimmte. Es machte Cal Freude, im kühlen Gras zu sitzen und dem Wasserplätschern zuzuhören. Wie würde es hier aussehen, wenn er drei Jahrhunderte später wieder an diese Stelle zurückkehrte? Was würde er dann hier vorfinden?

Der Berg würde noch da sein und möglicherweise auch ein Teil des Waldes, der ihn umgab. Derselbe Bach rauschte vielleicht noch über dieselben Steine. Aber Libby würde nicht mehr da sein. Der Gedanke schmerzte körperlich.

„Wenn ich wieder daheim bin", sagte Cal sehr langsam, „werde ich an Sie hier denken."

„Wirklich?" Libby wünschte, ihr wäre das gleichgültig. Sie betrachtete das Wasser und die darauf glitzernden Sonnenstrahlen. „Vielleicht kommen Sie ja einmal hierher zurück."

„Vielleicht." Dann würde sie für ihn nur eine Erinnerung sein, eine Frau, die nur in einem Bruchteil des Zeitablaufs existiert hatte, eine Frau, die in ihm den Wunsch nach dem Unmöglichen geweckt hatte. Er spielte mit ihren Fingern. „Werden Sie mich vermissen?"

„Ich weiß nicht." Aber sie zog die Hand nicht zurück, denn ihr wurde bewusst, dass sie ihn sehr wohl vermissen würde, und zwar mehr, als ihr der Verstand erlaubte.

„Doch, ich glaube, Sie werden mich vermissen." Cal vergaß sein Schiff, seine Fragen, seine Zukunft. Er hatte nur noch Libby im Sinn. „Man benennt Sterne, Monde und ganze Galaxien nach Göttinnen", sagte er leise, während er damit begann, die Wildblumen in Libbys Haar zu flechten. „Weil diese Göttinnen stark, schön und geheimnisvoll waren. Der Mensch, der sterbliche Mensch, konnte sie nie ganz besiegen."

„In den meisten Kulturen findet man den Glauben an Mythologien." Libby räusperte sich und legte den Stoff ihrer weiten Hose in Falten. „Astronomen des Altertums …"

Mit dem Zeigefinger drehte er ihr Gesicht zu sich herum. „Ich rede nicht von Mythen. Obwohl Sie mit diesen Blumen im Haar selbst wie eine Gestalt aus alten Sagen aussehen." Sanft berührte er ein Blütenblatt dicht an ihrer Wange. „Von der Schönheit vielen Töchtern / Ist doch keine so wie du. / Deiner Stimme süßem Klingen / Höre ich bezaubert zu."

Er lächelt wie der Teufel, zitiert Poesie mit seidenweicher Stimme, und seine Augen sind von dem tiefen traumhaften Blau des Himmels kurz vor Einbruch der Dunkelheit – ein gefährlicher Mann! dachte Libby. Nie hätte sie sich für eine Frau gehalten, die beim Blick in die Augen eines Mannes schwach wurde. So eine Frau wollte sie auch nicht sein.

„Ich muss zum Haus zurückkehren. Ich habe heute noch viel zu tun."

„Sie arbeiten zu viel." Er hob die Augenbrauen, als Libby den Kopf abwandte und ein finsteres Gesicht machte. „In welches Fettnäpfchen bin ich jetzt schon wieder getreten?"

Ärgerlicher auf sich selbst als auf Cal, schüttelte sie den Kopf. „Ach, so etwas sagt man mir immer wieder. Manchmal sage ich es mir sogar selbst."

„Aber ein Verbrechen ist es doch nicht, oder?"

Sie lachte, weil sich seine Frage so ernst gemeint angehört hatte. „Nein, jedenfalls noch nicht."

„Ein freier Tag ist auch kein Verbrechen?"

„Nein, aber …"

„Nein genügt mir. Also sagen wir: ‚Mach mal Pause …'" Auf Libbys verblüfften Blick hin breitete er die Hände aus. „Sie wissen schon, wie in diesem alten Werbespot."

„Ja, ja, ich weiß." Sie schlang einen Arm um ihr angezogenes Knie und betrachtete den Mann an ihrer Seite. Im einen Moment Poesie, im anderen Cola-Werbung. „Wissen Sie, manchmal frage ich mich, ob Sie tatsächlich ein real existierender Mensch sind."

„Oh, ich bin schon real." Er streckte sich im Gras aus und betrachtete den Himmel. „Was sehen Sie? Da oben, meine ich."

Libby bog den Kopf in den Nacken. „Einen glücklicherweise blauen Himmel und ein paar Wolken, die sich voraussichtlich bis zum Abend verzogen haben werden."

„Fragen Sie sich nicht, was sich dahinter befindet?"

„Hinter was?"

„Hinter dem Blau." Mit halb geschlossenen Augen sah er es vor sich: den endlosen Sternenbogen, das reine Schwarz des Raums, die faszinierende Symmetrie der kreisenden Monde und Planeten. „Denken Sie manchmal an die für Sie unerreichbaren fernen Welten dort?"

„Nein." Libby sah nur den Bogen aus Himmelsblau, in den die Berggipfel stießen. „Ich glaube, das liegt daran, weil ich mehr an die vergangenen Welten denke. Meine Arbeit verlangt es, dass ich mit den Füßen – und mit den Augen – auf dem Boden bleibe."

„Wenn es morgen auch noch eine Welt geben soll, dann müssen Sie zu den Sternen schauen." Wie unsinnig, dass er so viel an die Zukunft dachte und Libby ebenso viel an die Vergangenheit, wo sie beide doch das Hier und Heute hatten. „Was für Filme und welche Musik?", fragte er unvermittelt.

Libby schüttelte den Kopf. In Cals Gedanken schien keine Ordnung zu herrschen. Sie blickte ihn fragend an.

„Vorhin sagten Sie doch, Sie mögen Filme und Musik zur Unterhaltung. Von welcher Art?"

„Ach, gute und schlechte. Ich brauche nicht viel zur Unterhaltung."

„Nennen Sie mir Ihren Lieblingsfilm."

„Schwer zu sagen." Weil Cal sie aber so ernsthaft und interessiert anschaute, nannte sie einen Film aus ihrer Favoritenliste: „Casablanca."

Cal mochte den Klang dieses Worts und die Art, wie Libby es aussprach. „Wovon handelt er?"

„Na hören Sie, Hornblower, jeder weiß, wovon dieser Film handelt."

„Ich muss ihn verpasst haben." Er lächelte sie arglos an. Diesem Lächeln hätte jede vernünftige Frau misstrauen müssen. „Wahrscheinlich war ich gerade unterwegs, als er herauskam."

Lachend schüttelte Libby den Kopf. Ihre Augen funkelten belustigt. „In den Vierzigerjahren waren wir beide noch nicht unterwegs."

Darauf ging er nicht ein. „Wovon handelte also die Geschichte?" Das interessierte ihn eigentlich überhaupt nicht, er wollte Libby nur reden hören und ihr dabei zuschauen.

Um ihm einen Gefallen zu tun und weil es so schön war, am Wasser zu sitzen und zu träumen, begann sie zu erzählen. Cal hörte zu. Es machte ihm Freude, wie sie die Story von verlorener Liebe, von Heldentum und Opferbereitschaft beschrieb. Sie gestikulierte, ihre Stimme veränderte sich mit den Empfindungen, und ihre Augen spiegelten ihre Gefühle wider, als von Liebenden die Rede war, die das Schicksal erst wieder zusammenführte, um sie dann aufs Neue zu trennen. Libby ging vollkommen in der Geschichte auf.

„Das endet ja gar nicht glücklich", bemerkte Cal leise.

„Nein, aber ich habe immer das Gefühl gehabt, dass Rick seine Ilsa viele Jahre später, nach dem Krieg, wiedergefunden hat."

„Warum?"

Libby legte sich ebenfalls ins Gras und bettete ihren Kopf auf die verschränkten Arme. „Weil sie einfach zusammengehörten. Wenn zwei Menschen zusammengehören, finden sie einander, gleichgültig, was geschieht."

Lächelnd wandte sie den Kopf zu Cal, doch ihr Lächeln verschwand langsam, als sie seinen Blick sah. Als wären wir allein, dachte sie, nicht nur hier in den Bergen allein, sondern absolut allein, so wie es Adam und Eva gewesen waren.

Sie spürte dieses Sehnen. Zum ersten Mal in ihrem Leben spürte sie das Sehnen ihres Körpers, ihres Verstandes und ihres Herzens.

„Nicht doch", protestierte er leise, als sie aufstehen wollte.

Ganz leicht berührte er sie an der Schulter. „Ich wünschte, Sie hätten keine Angst vor mir."

„Habe ich doch gar nicht." Trotzdem war sie so außer Atem, als wäre sie gerannt.

„Wovor fürchten Sie sich dann?"

„Vor nichts." Wenn seine Stimme nur nicht so beängstigend zärtlich klänge!

„Aber Sie haben sich ganz verspannt." Er begann die steifen Nackenmuskeln zu massieren. Leicht und kühl glitten seine Lippen über Libbys Schläfe. „Sagen Sie mir, wovor Sie sich fürchten."

„Vor diesem hier." Sie drückte ihre Hände gegen seine Brust, um ihn fortzuschieben. „Ich weiß nicht, wie ich gegen meine Gefühle angehen soll."

„Weshalb müssen Sie denn gegen sie angehen?" Er ließ eine Hand an ihrem Körper hinabgleiten. Sein heißes Verlangen erschütterte ihn.

„Es ist zu früh." Aber sie stieß ihn nicht mehr von sich. Ihr guter Vorsatz schmolz im Feuer des Begehrens.

„Zu früh?" Sein Lachen klang ein wenig gequält. Er barg sein Gesicht an ihrem Nacken. „Wir hatten bereits Jahrhunderte Zeit."

„Caleb, bitte." Das klang ängstlich und befehlend zugleich.

Als er ihren Körper beben fühlte, wusste er, dass er diese Frau jetzt haben konnte, aber er wusste auch, dass sie ihm das nie verzeihen würde.

Frustriert drehte er sich auf die andere Seite und stand dann auf. Er wandte Libby den Rücken zu und schaute auf das sprudelnde Wasser. „Machen Sie alle Männer wahnsinnig?"

Sie zog die Knie hoch und drückte sie sich fest an die Brust. „Natürlich nicht."

„Dann bin ich wohl die glückliche Ausnahme." Er hob den Blick zum Himmel. Dort oben wollte er jetzt sein, durch den Raum fliegen, allein und frei. Doch würde er jemals wieder frei sein?

Am Rascheln des Grases hörte er, dass Libby ebenfalls aufstand. „Ich begehre dich, Libby."

Sie schwieg. Sie konnte nicht sprechen. Noch nie hatte ein Mann diese drei schlichten Worte zu ihr gesagt, doch selbst wenn sie sie schon tausendmal gehört hätte, würde das nicht zählen. Niemand hätte diese Worte so ausgesprochen wie Cal.

Libbys Schweigen raubte Cal die Fassung. Er fuhr zu ihr herum. Jetzt war er nicht mehr ihr freundlicher, etwas seltsamer Patient, sondern ein gesunder, aufgebrachter und offenkundig gefährlicher Mann. Sie musste vorsichtig sein.

„Verdammt noch mal, Libby, darf ich überhaupt nichts sagen, nichts empfinden? Sind das die Regeln, die hier gelten? Zum Teufel mit ihnen! Ich begehre dich, und wenn ich noch sehr viel länger in deiner Nähe bleibe, werde ich dich nehmen."

„Mich nehmen?" Libby hatte gedacht, sie wäre innerlich zu schwach und sehnsuchtsvoll, um ärgerlich zu werden. Aber jetzt packte sie die Wut, und ihr ganzer Körper erstarrte. „Mich nehmen? Wie einen neuen Wagen aus einer Verkaufsausstellung? Sie können begehren, was Sie wollen, Mr. Hornblower, aber wenn Ihr Begehren etwas mit mir zu tun hat, dann habe ich wohl auch ein Wörtchen mitzureden."

Sie war hinreißend mit dieser Wut in den Augen und den Blumen im Haar. So wollte er sie für immer im Gedächtnis behalten. Das würde eine bittersüße Erinnerung sein. Trotzdem kehrte er jetzt nicht um.

„Du kannst so viel mitreden, wie du willst." Er fasste sie bei beiden Armen und zog sie zu sich heran. „Aber ich habe etwas für dich, bevor ich gehe."

Diesmal siegten ihr Stolz und ihre Wut. Sie wehrte sich ernsthaft und befreite sich energisch aus Cals Griff. Doch schon im nächsten Moment schlang er die Arme um sie und hielt ihren Körper unentrinnbar gefangen. Zum Protestieren kam sie nicht, denn einen Augenblick später presste er seinen Mund fest auf ihre Lippen.

Es war ganz anders als beim ersten Mal. Da hatte er sie verlockt, verführt, in Versuchung geführt. Jetzt nahm er sie in Besitz. Die Furcht lähmte sie fast, doch dann besiegte das Verlangen diese Furcht.

Libby wollte nicht zu etwas gezwungen werden. Sie wollte sich frei entscheiden können. Jedenfalls verlangte das ihr Verstand. Ihr Körper hingegen hatte ganz andere Vorstellungen und kümmerte sich nicht um vernünftige Gedanken. Libby genoss Cals Stärke, seine Entschlossenheit, sogar seine Gereiztheit. Sie setzte Macht gegen Macht.

In seinen Armen wurde sie lebendig. Sie ließ ihn das Wer, Warum und Wo vergessen. Als er ihren berauschenden Geschmack auf den Lippen erkannte, existierte für ihn keine andere Welt, keine andere Zeit mehr. Für ihn war dieses Erlebnis so neu, so erregend und so beängstigend wie für Libby.

Unwiderstehlich … Nicht, dass er dieses Wort bewusst gedacht hätte. Er konnte überhaupt nicht denken. Aber Libby war so unwiderstehlich wie die Erdanziehungskraft, die sie beide am Boden festhielt, und so bezwingend wie das Verlangen, das seinen Puls rasen ließ. Cal zog Libbys Kopf in den Nacken und drang mit der Zunge tief in ihren Mund ein.

Wie ein verrücktes Karussell drehte sich die Welt. Libby stöhnte auf. Sie hielt sich an Cals Schultern fest. Das Karussell sollte sich weiterdrehen, immer schneller, und sie schwindlig, trunken und atemlos machen. Das Wasser plätscherte, der Wind wisperte in den Bäumen, und ein Sonnenstrahl fiel warm auf ihren Rücken. Libby wusste, dass sie in Wirklichkeit mit den Füßen auf dem festen Boden stand. Aber die Welt wirbelte um sie herum.

Und Libby liebte.

Cal flüsterte ihren Namen. Ein sengender Schmerz durchfuhr ihn, als das Verlangen auf eine neue, unvorhergesehene Empfindung zusteuerte. Die Hand, die er in Libbys Haar geschoben hatte, verkrampfte sich ohne sein Dazutun. Blütenblätter starben. Ihr süßer Duft wehte mit dem Windzug davon.

Erschrocken zog sich Cal zurück. Er schaute erst auf die zarte zerdrückte Blüte in seiner Hand, dann auf Libbys vom Kuss heiße und geschwollene Lippen. Seine Muskeln zitterten. Abscheu vor sich selbst wallte in ihm auf. Nie, niemals zuvor hatte er sich einer Frau aufgezwungen. Allein der Gedanke an so etwas schien ihm schon eine widerliche Sünde zu sein. Sein Verhalten war unentschuldbar, denn Libby war ihm so wichtig, wie zuvor noch nichts in seinem Leben gewesen war. Er durfte sie auf keinen Fall verletzen.

„Habe ich Ihnen wehgetan?", fragte er leise, als er wieder sprechen konnte.

Schnell, zu schnell schüttelte Libby den Kopf. Wehgetan? Vernichtet und zerstört hatte er sie. Mit einem einzigen Kuss hatte er ihr gezeigt, wie schnell ihr Wille gebrochen und ihr Herz eingenommen werden konnte.

Cal wandte sich so lange ab, bis er sicher war, dass er sich wieder so weit in der Gewalt hatte, um einigermaßen vernünftig zu sprechen. Aber entschuldigen wollte er sich nicht, weder für sein Verlangen noch für sein Vorgehen.

„Ich kann nicht dafür garantieren, dass so etwas nicht noch einmal geschieht", sagte er. „Ich will jedoch mein Bestes tun, um es zu vermeiden. Und jetzt sollten Sie zu Ihrem Haus zurückkehren."

Das war alles? fragte sich Libby. Nachdem er ihre Empfindungen bloßgelegt hatte, konnte er ihr so gelassen sagen, sie solle nun nach Hause gehen? Sie öffnete den Mund zum Widerspruch, hielt sich jedoch noch rechtzeitig zurück.

Natürlich hatte Cal recht. Wenigstens behielt er einen klaren Kopf. Das Geschehene sollte sich nicht wiederholen. Er und sie waren Fremde, wenn das Herz auch etwas anderes sagte. Wortlos drehte sich Libby um und ließ Cal allein beim Bach zurück.

Später, als die Schatten weitergewandert waren, ließ Cal die zerdrückte Blüte ins Wasser fallen. Er schaute ihr gedankenverloren nach, wie sie langsam und sanft davontrieb.

5. Kapitel

Libby starrte auf ihren Computerbildschirm. Sie konnte sich nicht konzentrieren. Die Kolbari-Insulaner und deren traditioneller Mondtanz faszinierten sie nicht mehr. Sie konnte nur noch an Cal denken.

So etwas war ganz uncharakteristisch für sie. Sie stieß sich mit ihrem Stuhl vom Schreibtisch ab, zog die Füße hoch, stützte die Ellbogen auf die Knie und das Kinn auf die Fäuste. Ich bin nicht verliebt, sagte sie sich, und lieben tue ich schon gar nicht. So schnell konnte kein Mensch in Liebe entbrennen. Natürlich konnte man sich zu jemandem hingezogen fühlen, sehr sogar, aber für wirkliche Liebe waren noch andere Faktoren nötig. Wie konnte sie Cal lieben, wenn sein einziges ihr bekanntes Interesse das Fliegen war? Nun ja, und das Essen, dachte sie lächelnd.

Seine Gefühle waren ihr ein Rätsel. Immerhin erkannte sie, dass er sich in Schwierigkeiten befand. Das war ihm oft sehr deutlich anzusehen. Irgendwie kam er ihr vor wie ein Mann, der die falsche Abfahrt auf der Autobahn erwischt hatte und sich nun in einer völlig fremden Gegend befand.

Er hatte also ein Problem, aber er selbst war auch eines. Seine Persönlichkeit war zu stark, sein Charme zu glatt, sein Selbstvertrauen zu groß. Für einen Mann wie Caleb Hornblower gab es in Libbys geordnetem Leben keinen Platz. Allein durch seine Existenz würde er das Chaos auslösen.

Sie hörte ihn durch den Hintereingang, der durch die Küche ins Haus führte, hereinkommen, und sofort schlug ihr Herz schneller. So etwas Lächerliches! Libby rollte mit ihrem Stuhl wieder an den Schreibtisch heran. Sie würde jetzt arbeiten, jawohl, und zwar mindestens bis Mitternacht, und an Cal würde sie nicht mehr denken.

Sie ertappte sich dabei, wie sie auf ihrem Daumennagel herumbiss.

„Verdammt noch mal, wer ist denn dieser Caleb Hornblower?"

Hornblower, Caleb, Captain der ISF, außer Dienst.

Die blecherne, körperlose Stimme warf sie beinahe vom Stuhl. Libby hielt sich an der Schreibtischkante fest und starrte entgeistert auf den Bildschirm. Sie halluzinierte ganz offensichtlich. Das musste es sein. Seelischer Stress, Überarbeitung und unzureichende Nachtruhe waren der Grund dafür, dass sie Halluzinationen hatte.

Sie schloss die Augen, atmete dreimal tief durch, aber als sie die Augen wieder öffnete, standen die Worte noch immer auf dem Bildschirm.

„Was, zum Teufel, geht hier vor?"

Angeforderte Information wurde übermittelt. Werden weitere Daten benötigt?

Mit zitternden Händen schob sie ein paar Papiere zur Seite und entdeckte darunter Cals Armbanduhr. Libby hätte geschworen, dass die künstliche Stimme aus dieser Richtung gekommen war. Aber das war doch nicht möglich! Mit einer Fingerspitze strich sie über einen fadendünnen, durchsichtigen Draht, der von der Uhr zum Computer führte.

„Was für ein Spiel ist das?"

Diese Einheit verfügt über fünfhundertzwanzig Spiele. Welches wird angefordert?

„Libby."

Cal stand im Türrahmen. Ihm musste sehr schnell etwas einfallen. Es hatte keinen Zweck, wenn er sich wegen seiner Unvorsichtigkeit schalt. Vielleicht hatte er sich ja auch unbewusst in eine Lage bringen wollen, die es erforderte, dass er Libby die Wahrheit sagte. Aber wenn er sie jetzt so anschaute, erkannte er, dass das für sie beide nicht gut wäre. Sie war nicht verängstigt, sondern wütend.

„So, Hornblower, und jetzt sagen Sie mir klar und deutlich, was hier vorgeht."

Er versuchte es mit einem freundlichen Lächeln. „Wo?"

„Hier, verdammt noch mal." Sie stieß mit dem Finger gegen ihren Computer.

„Den kennen Sie doch besser als ich. Sie arbeiten schließlich damit."

„Ich verlange eine Erklärung, und zwar sofort."

Caleb trat an den Schreibtisch. Ein rascher Blick auf den Bildschirm erheiterte ihn beinahe. Libby hatte also wissen wollen, wer Caleb Hornblower war. Es war doch sehr tröstlich, dass sie Näheres über ihn erfahren wollte.

„Sie verlangen ja gar keine Erklärung."

„Ich verlange sie nicht nur. Ich bestehe darauf. Sie … Sie …" Jetzt geriet sie auch noch ins Stammeln! Sie nahm einen neuen Anlauf. „Sie kommen einfach her, stöpseln Ihre Armbanduhr in meinen Computer und …"

„Interface", sagte er. „Wenn Sie an einem Computer arbeiten, sollten Sie die Fachsprache kennen."

„Und wie wär's, wenn Sie mir jetzt sagten, wie Sie eine Uhr ins Interface eines PCs stöpseln können?"

„Eines – was?"

Sie konnte sich ein spöttisches Lächeln nicht versagen. „PC heißt Personal Computer. Sie sollten Ihre eigenen Fachsprachkenntnisse auf dem Laufenden halten. Und jetzt antworten Sie!"

Er legte seine Hände auf ihre Schultern. „Sie würden mir kein einziges Wort glauben."

„Dann stellen Sie es glaubwürdig dar. Ist diese Uhr eine Art Miniaturcomputer?"

„Ja." Er wollte nach dem kleinen Gerät greifen, aber Libby schlug ihm auf die Hand.

„Lassen Sie das liegen. Ich habe noch nie etwas von einem Miniaturcomputer gehört, der auf gesprochene Befehle reagiert, sich an einen PC anschließen lässt und behauptet, über mehr als fünfhundert Spiele zu verfügen."

„Nein." Cal blickte in Libbys Zorn sprühende Augen. „Natürlich haben Sie davon noch nichts gehört."

„Dann erzählen Sie mir doch, wo man ein solches Gerät bekommen kann, Hornblower. Ich möchte es meinem Vater gern zu Weihnachten schenken."

„Ja, also ich glaube, dieses Modell wird vorläufig noch nicht auf dem Markt sein", meinte Cal lächelnd. „Könnte ich Ihnen vielleicht etwas anderes anbieten?"

„Sie können mir die Wahrheit anbieten."

Zeit zu gewinnen schien ratsam. Cal schob seine Finger zwischen Libbys. „Die ganze Wahrheit oder erst einmal die einfacheren Teile davon?"

„Sind Sie ein Spion?"

Das Letzte, was Libby auf diese Frage erwartet hatte, war Gelächter. Aber Cal lachte herzlich und ehrlich belustigt, und danach küsste er sie auf jede Wange einmal.

Sie entwand sich seinem Griff. „Sie haben meine Frage nicht beantwortet. Sind Sie ein Agent?"

„Wie kommen Sie darauf?"

„Was sollte ich denn sonst denken?" Sie ging im Zimmer auf und ab. „Sie stürzen mitten in einem Unwetter ab, in dem ein vernünftiger Mensch nicht einmal mit dem Auto unterwegs sein würde, geschweige denn mit dem Flugzeug. Sie können sich nicht ausweisen. Sie behaupten, nicht zum Militär zu gehören, aber Sie tragen eine merkwürdige Uniform. Ihre Schuhe fallen bald auseinander, aber Sie besitzen eine Uhr, gegen die eine Rolex ein Blechspielzeug ist. Eine Armbanduhr, die spricht! Ich weiß, dass Geheimdienste über einige hochmoderne Ausrüstungsgegenstände verfügen. Möglicherweise sind Sie nicht James Bond, aber …"

„Wer ist James Bond?", fragte Cal.

Bond, James, Codename 007, Romanfigur, im zwanzigsten Jahrhundert von dem Autor Ian Fleming erfunden. Romantitel sind …

„Abschalten", befahl Cal. Er fuhr sich mit der Hand durchs Haar. Ein Blick in Libbys Gesicht, und er wusste, dass er echte Probleme hatte. „Vielleicht setzen Sie sich lieber."

Sie nickte schwach und setzte sich auf die Bettkante.

Mit ein paar Handgriffen montierte Cal seinen Minicomp ab und steckte ihn in die Hosentasche. „Sie verlangen also eine Erklärung."

Da war sich Libby inzwischen nicht mehr so sicher. Feigling! schalt sie sich selbst und nickte dann rasch. „Ja."

„Gut, aber sie wird Ihnen nicht gefallen." Cal setzte sich auf Libbys Arbeitsstuhl und schlug die Füße übereinander. „Ich befand mich auf dem routinemäßigen Rückflug von der Brigston-Kolonie."

„Wie bitte?"

„Von der Brigston-Kolonie", wiederholte er. „Auf dem Mars."

Libby schloss die Augen und rieb sich die Stirn. „Nun machen Sie aber mal einen Punkt, Hornblower."

„Ich sagte Ihnen ja, es würde Ihnen nicht gefallen."

„Ich soll Ihnen also glauben, dass Sie ein Marsmensch sind."

„Seien Sie nicht albern."

Sie ließ die Hand in den Schoß sinken. „Ich bin albern? Sie sitzen da und versuchen mir eine Geschichte über eine Reise zum Mars zu verkaufen, und ich bin albern!" Weil ihr nichts Besseres einfiel, schleuderte sie ein Kissen durchs Zimmer, stand dann auf und ging im Raum umher. „Hören Sie, ich bin wirklich nicht neugierig auf Ihre Privatangelegenheiten", sagte sie, „und ich erwarte auch keine Dankbarkeit dafür, dass ich Ihr Leben gerettet habe, aber ich finde, ein wenig respektieren sollten Sie mich schon. Sie befinden sich hier in meinem Haus, Hornblower, und ich verdiene es, die Wahrheit zu erfahren."

„Das finde ich auch, und deshalb versuche ich ja, sie Ihnen zu vermitteln."

„Sehr schön." Sich aufzuregen hat ja keinen Sinn, dachte Libby. Sie setzte sich wieder aufs Bett. „Also, Sie sind vom Mars."

„Nein, aus Philadelphia."

„Aha." Sie atmete erleichtert auf. „So kommen wir weiter. Sie befanden sich auf dem Flug nach Los Angeles, als Ihr Flugzeug abstürzte."

„Mein Schiff."

Libbys Gesicht blieb völlig ausdruckslos. „Also Ihr Raumschiff."

„So ungefähr." Cal beugte sich ein wenig vor. „Wegen eines Meteoritenregens musste ich eine andere Flugstrecke nehmen. Ich geriet vom Kurs ab, und wie ich jetzt weiß, viel weiter, als ich dachte, denn meine Instrumente arbeiteten nicht mehr richtig. Ich näherte mich einem schwarzen Loch, das nicht auf den Karten verzeichnet war."

„So, einem schwarzen Loch." Libby war jetzt nicht mehr nach Lächeln zumute, denn Cal blickte sie absolut ernst an. Er glaubt, was er sagt, dachte sie. Seine Gehirnerschütterung ist also schwerer als angenommen. Er muss sich noch schonen.

„Ein schwarzes Loch entsteht, wenn die Kernprozesse im Inneren eines Sterns erloschen sind und er dann unter dem Einfluss der Schwerkraft in sich zusammenstürzt. Diese Schwerkraft saugt alles in sich auf, stellaren Staub, Gase, sogar Licht."

„Ja, ich weiß, was Schwarze Löcher sind." Ich darf ihn nicht aufregen, dachte Libby. Sie beschloss, freundlich und an seiner Geschichte interessiert zu bleiben und ihn dann wieder ins Bett zu stecken. „Sie waren also mit Ihrem Raumschiff unterwegs, sind an ein schwarzes Loch geraten und abgestürzt."

„So ungefähr. Was genau geschehen ist, weiß ich nicht. Deshalb habe ich meinen Minicomp an Ihren Computer angeschlossen. Ich benötige mehr Informationen, bevor ich eine Flugbahn berechnen kann."

„Eine Flugbahn zum Mars?"

„Nein, zum Teufel. Eine ins dreiundzwanzigste Jahrhundert."

Das höfliche Lächeln verschwand aus Libbys Gesicht. „Verstehe."

„Sie verstehen überhaupt nichts." Cal stand auf und wanderte im Zimmer umher. Geduld! mahnte er sich. Er konnte wohl kaum erwarten, dass Libby etwas glaubte, was er selbst noch kaum fasste.

„Seit Jahrhunderten gibt es Theorien über Zeitreisen. Es wird allgemein für wahrscheinlich gehalten, dass ein Schiff durch die Zeit reisen kann, vorausgesetzt, es entwickelt die nötige Geschwindigkeit, um sich um die Sonne zu katapultieren. Gegenwärtig weiß man nur noch nicht, wie man verhindern soll, dass das Schiff von dem Schwerefeld der Sonne angezogen wird und verglüht."

Er blieb nachdenklich stehen. „Dasselbe gilt auch für ein schwarzes Loch. Wäre ich hineingezogen worden, hätten Energie und Strahlung mein Schiff zerrissen. Wahrscheinlich war es reines Glück, dass ich auf die richtige Flugbahn geriet – mit der präzisen Geschwindigkeit, dem richtigen Abstand und dem exakten Winkel. Statt in das schwarze Loch hineingezogen zu werden, prallte ich davon ab."

Cal schob den Fenstervorhang zur Seite und blickte zum Himmel. „Und hier bin ich gelandet. Zweihundertzweiundsechzig Jahre in der Vergangenheit."

Libby stand auf und legte ihm die Hand auf die Schulter. „Sie sollten jetzt ins Bett gehen."

Er brauchte sie gar nicht anzusehen. „Sie glauben es nicht."

Libby brachte es nicht fertig, ihn zu belügen. „Aber Sie glauben es."

Jetzt drehte er sich doch zu ihr um. Ehrliches Mitgefühl stand in ihren Augen. „Welche Erklärung hätten Sie denn dafür?" Er zog den Minicomp aus der Hosentasche. „Und wie wollen Sie das hier erklären?"

„Erklärungen sind jetzt nicht nötig. Es tut mir leid, dass ich Sie so bedrängt habe, Caleb. Sie sind müde."

„Sie haben keine Erklärung. Weder für dieses Ding hier noch für mich." Er steckte das kleine Gerät in die Tasche zurück.

„Doch. Meine Theorie ist, dass Sie zu einer Geheimorganisation gehören, vielleicht zu einer Eliteeinheit der CIA. Wahrscheinlich haben Stress, Anspannung, Überarbeitung zu Ihrer völligen Verausgabung geführt. Als Sie abstürzten, haben Ihnen der Schock und Ihre Kopfverletzung geistig den Rest gegeben. Sie wollten nicht mehr das sein, was Sie sind, und so haben Sie für sich eine andere Zeit und eine andere Geschichte gewählt."

„Mit anderen Worten, Sie denken, ich sei verrückt."

„Nein." Mitfühlend und tröstend streichelte sie seine Wange. „Ich denke, Sie sind verstört und brauchen Ruhe und Pflege."

Cal wollte etwas Grobes erwidern, unterließ es aber. Falls er weiter auf seiner Wahrheit bestand, würde er Libby nur verängstigen. Er hatte ihr ohnehin schon eine Menge Schwierigkeiten gemacht, die sie nicht verdiente.

„Wahrscheinlich haben Sie recht. Ich habe mich von dem Absturz noch nicht ganz erholt. Ich sollte jetzt ein wenig schlafen."

„So ist's recht." Libby wartete, bis er an der Tür war. „Caleb, machen Sie sich keine Sorgen. Es wird alles wieder gut."

Er wandte sich zu ihr um und hatte dabei das Gefühl, als sähe er sie zum letzten Mal. Diese Ahnung machte ihn im selben Moment unendlich traurig. Violettes Dämmerlicht fiel durch das hinter ihr befindliche Fenster, und es sah aus, als stünde sie vor einer Nebelwand. Liebevoll und mitfühlend blickte sie ihn an, und er musste daran denken, wie süß ihre Lippen geschmeckt hatten. Das Bedauern traf ihn wie ein Fausthieb.

„Sie sind die schönste Frau, die ich je gesehen habe", sagte er leise.

Nachdem er gegangen war, starrte Libby stumm auf die Tür, die sich hinter ihm geschlossen hatte.

Cal schlief nicht. In voller Kleidung lag er auf dem Bett, starrte in die Dunkelheit und konnte nur an Libby denken.

Sie hatte ihm nicht geglaubt, aber sie hatte versucht, ihn zu trösten. Ob sie wohl wusste, wie einmalig sie war? Eine Frau, die stark genug war, ihr eigenes Leben zu leben, und dennoch schwach genug, um in den Armen eines Mannes zu zittern. In seinen Armen.

Er begehrte sie. Im perlgrauen Licht der Morgendämmerung wurde sein Verlangen fast unerträglich. Er wollte sie nur in den Armen halten. Sie sollte nur einfach neben ihm liegen und ihren Kopf auf seine Schulter betten. Wenn er die Wahl hätte …

Aber er hatte keine Wahl.

Cal stand vom Bett auf. Er besaß nichts, was er mitnehmen musste, und nichts, was er zurücklassen konnte. Leise stieg er die Treppe hinunter und schlüpfte aus dem Haus.

Das Geländefahrzeug parkte gleich vor der Veranda. Dort hatte Libby es in der Nacht abgestellt, in der sie ihn hierhergebracht hatte. Cal warf noch einen letzten Blick zu ihrem Fenster hinauf. Es gefiel ihm nicht, dass er sie hier ohne Transportmöglichkeit zurücklassen musste, aber er wollte später auf einen Funkkanal gehen und ihren Standort durchgeben. Irgendjemand würde dann schon zu ihr hinausfahren.

Sie würde furchtbar wütend sein. Bei der Vorstellung lächelte er ein wenig. Sie würde ihn verfluchen. Sie würde ihn hassen. Und sie würde ihn nicht vergessen.

Cal stieg in den Wagen. Er nahm sich einen Moment Zeit, um sich von den altertümlichen Anzeigen und Armaturen bezaubern zu lassen. Er drehte am Steuerrad, trat vorsichtig auf eines der Pedale. Die ersten Vogelstimmen waren ringsum zu hören.

Zwischen den beiden Vordersitzen befand sich ein Hebel, der mit den H-förmig angeordneten Zahlen von eins bis vier und einem R markiert war. Zweifellos eine Gangschaltung. Cal war sicher, dass er mit einem so simplen Gefährt würde umgehen können. Er drehte an diversen Knöpfen. Da die Maschine nichts sagte, trat er auf beide Bodenpedale und rührte mit dem Schalthebel herum. Mehr durch Zufall legte er tatsächlich den ersten Gang ein.

Immerhin ein Anfang, dachte er, aber wo, zum Teufel, hatte der Erbauer den Zündschalter versteckt?

„Es dürfte Ihnen schwerfallen, den Wagen ohne den hier zu starten." Libby stand auf der Veranda. Eine Hand hatte sie auf die Hüfte gestemmt, die andere erhoben, und von den Fingern baumelte ein Schlüssel.

Sie ist tatsächlich wütend, dachte Cal, aber darüber konnte er nicht lachen. „Ich wollte nur ... eine kleine Ausfahrt unternehmen."

„Ach ja?" Sie zog ihren hastig übergestreiften Pullover tiefer über die Hüften hinab und stieg die Verandastufen hinunter. „Ihr Pech, dass ich den Zündschlüssel immer abziehe."

Man braucht also einen Zündschlüssel, dachte er. Das hätte ich wissen müssen. „Habe ich Sie aufgeweckt?"

Ziemlich unsanft stieß sie ihm die Faust gegen die Schulter. „Sie haben vielleicht Nerven, Hornblower! Gestern Abend erzählen Sie mir einen Haufen Blödsinn, damit ich Mitleid mit Ihnen bekomme, und heute wollen Sie mir meinen Wagen klauen. Wie hatten Sie sich das gedacht? Wollten Sie die Zündung kurzschließen? Nun, wenn Sie so ein fabelhafter Pilot sind, hätten Sie das eigentlich schneller hinkriegen müssen. Und leiser."

„Ich wollte mir den Wagen nur ausleihen. Ich dachte, es wäre besser, wenn ich allein zur Absturzstelle fahre."

Und ich dumme Gans habe ihm vertraut, dachte Libby. Er hat mir leidgetan. Ich wollte ihm helfen. Bin ich denn noch zu retten? Na warte, ich werde ihm schon helfen!

„Gut, jetzt können Sie aufhören zu denken. Rutschen Sie rüber", befahl sie.

„Ich verstehe nicht ..."

„Sie sollen auf den Beifahrersitz rutschen. Sie wollen zu Ihrem Wrack, und ich fahre Sie zu Ihrem Wrack."

„Libby ..."

„Rutschen Sie rüber, Hornblower, oder das Loch in Ihrer Stirn kriegt Gesellschaft."

„Na schön." Ergeben hob er sich über den Ganghebel und ließ sich auf den Beifahrersitz fallen. „Aber sagen Sie nachher nicht, ich hätte mich nicht bemüht, Sie zu warnen."

„Wenn ich daran denke, dass Sie mir leidgetan haben!"

Mit größtem Interesse beobachtete Cal, wie Libby den Schlüssel in einen Schlitz steckte und umdrehte. Der Motor sprang an, das Radio plärrte, die Wischerblätter quietschten über die Scheibe, und die Heizung pustete los.

„Sie sind mir vielleicht einer", schimpfte sie vor sich hin und drehte an verschiedenen Knöpfen.

Bevor er sich dazu äußern konnte, gab sie Gas, und der Geländewagen schoss auf den schmalen Fahrweg hinaus.

„Libby." Cal räusperte sich und hob dann die Stimme über das laute Motorengeräusch. „Ich tat, was ich für Sie am besten hielt. Ich wollte Sie nicht noch mehr als ohnehin schon mit der Sache belasten."

„Sehr freundlich." Sie zog den Ganghebel zurück. Steine spritzten hinter den Reifen auf. „Also, für wen arbeiten Sie, Hornblower?"

„Ich bin selbstständig."

„Verstehe. Sie verkaufen an den Meistbietenden."

Dass ihre Stimme jetzt wieder so grimmig klang, irritierte ihn. „Selbstverständlich. Tut das nicht jeder?"

„Manche Leute hängen kein Preisschild an die Loyalität ihrem Land gegenüber."

Cal schloss die Augen. Bei diesem Thema war sie also wieder! „Libby, ich bin kein Spion. Ich arbeite nicht für die CAI."

„CIA."

„Ist doch egal. Ich bin Pilot. Ich befördere Versorgungsgüter, Menschen, Ausrüstungen. Ich beliefere Raumhäfen, Kolonien, Forschungsstationen."

„Ach, dieses Lied ist wieder dran." Sie biss die Zähne aufeinander und jagte den Geländewagen eine Böschung hinunter und durch einen Bach. Wasser spritzte zu beiden Seiten hoch. „Was wollen Sie denn diesmal sein? Ein intergalaktischer Fernfahrer?"

Er hob die Hände und ließ sie schlaff wieder sinken. „So ungefähr."

„Ich nehme Ihnen überhaupt nichts mehr ab, Cal. Ich glaube

nicht, dass Sie verrückt sind oder dass Sie sich in Illusionen flüchten. Also lassen Sie das."

„Was soll ich lassen?" Als er daraufhin von Libby nur angezischt wurde, versuchte er es noch einmal. „Libby, alles, was ich Ihnen erzählt habe, ist wahr", sagte er ruhig.

„Hören Sie auf!" Hätte sie nicht beide Hände fürs Steuer benötigt, würde sie ihn wahrscheinlich geohrfeigt haben. „Wäre ich Ihnen doch nie begegnet! Sie fallen buchstäblich in mein Leben, sorgen dafür, dass ich mich um Sie sorge und dass ich Dinge fühle, die ich noch nie gefühlt habe, und dann tun Sie weiter nichts als lügen."

Cal sah nur noch einen einzigen Ausweg. Er griff nach dem Zündschlüssel und zog ihn heraus. Das Fahrzeug rumpelte noch ein Stück weiter und blieb dann stehen. Er packte Libby beim Pullover und zog sie zu sich herum.

„Verdammt", fluchte er leise, als er ihr Gesicht sah. „Heulen Sie nicht. Das kann ich nicht vertragen."

„Ich heule ja überhaupt nicht!" Mit dem Handrücken wischte sie sich die Zornesтränen ab. „Geben Sie mir den Zündschlüssel wieder."

„Sofort." Er ließ ihren Pullover los. „Ich habe nicht gelogen, als ich sagte, dass ich heute Morgen fort wollte, weil ich dachte, es sei das Beste für Sie."

Sie glaubte es ihm, und gleichzeitig hasste sie sich dafür, dass sie ihm gegenüber so leichtgläubig war. „Werden Sie mir jetzt endlich berichten, in welchen Schwierigkeiten Sie sich befinden?"

„Ja." Weil er der Versuchung nicht widerstehen konnte, strich er mit einer Fingerspitze über ihre feuchte Wange. „Nachdem wir das ... die Absturzstelle gefunden haben, erzähle ich Ihnen alles, was Sie wissen wollen."

„Und keine Ausflüchte, keine wüsten Geschichten mehr?"

„Ich erzähle Ihnen alles." Er hob ihre Hand an und presste seine Handfläche gegen ihre. „Sie haben mein Wort. Libby ..." Er schob seine Finger zwischen ihre. „Was sind das für Dinge, die Sie meinetwegen fühlen?"

Sie zog die Hand fort und packte das Lenkrad. „Das weiß ich nicht, und ich will auch nicht darüber nachdenken."

„Sie sollen wissen, dass ich noch für keine andere Frau so empfunden habe wie für Sie. Ich wünschte nur, die Situation wäre eine andere."

Er verabschiedet sich schon, erkannte Libby. Ein merkwürdiger Schmerz breitete sich in ihrer Brust aus. „Schon gut. Wir sollten uns jetzt auf das Nächstliegende konzentrieren." Während sie starr geradeaus blickte, steckte sie den Schlüssel wieder ins Zündschloss.

„Ich fand Sie genau da oben", sagte sie und startete den Motor. „Dort bei der Kurve. Sie kamen ungefähr aus dieser Richtung da. Als ich Sie abstürzen sah, hatte ich den Eindruck, als wären Sie irgendwo über einem Bergkamm niedergegangen." Sie hielt sich die Hand über die Augen. „Seltsam, es sieht aus, als hätte jemand eine lange Bresche in den Baumbestand dort oben geschlagen."

Das ist überhaupt nicht seltsam, dachte Cal. Immerhin ist dort ein über siebzig Meter langes Schiff heruntergekommen. „Wollen wir es uns nicht einmal näher ansehen?"

Libby lenkte vom Fahrweg hinunter und fuhr den felsigen Abhang hinauf. Noch immer nicht ganz versöhnt, hoffte sie insgeheim, bei der gefährlichen Holperfahrt würde Cal Zustände bekommen, doch als sie zu ihm hinüberschaute, grinste er nur fröhlich.

„Das ist ja herrlich!", rief er. „So etwas habe ich als kleiner Junge zuletzt gemacht."

„Freut mich, dass Sie Spaß daran haben." Sie blickte wieder nach vorn und sah deshalb nicht, dass Cal auf ein paar Knöpfe an seiner „Uhr" drückte.

Freudige Erregung packte ihn, als er den Leitstrahl auf einer der Anzeigen sah. „Fünfundzwanzig Grad Nord."

„Was?"

„Dort entlang." Er deutete in die Richtung. „Zwei Komma fünf Kilometer."

„Woher wissen Sie das?"

Er schenkte ihr ein strahlendes Lächeln. „Vertrauen Sie mir."

Libby steuerte den Geländewagen weiter bergauf bis dorthin, wo der Baumbestand dichter wurde, und stellte dann den Motor aus. Sie fröstelte ein wenig in der kühlen Luft. „Hier komme ich mit dem Wagen nicht durch. Ab jetzt müssen wir zu Fuß weitergehen."

„Es ist nicht mehr weit." Cal sprang aus dem Auto und reichte Libby ungeduldig die Hand zum Aussteigen. „Nur noch ein paar Hundert Meter."

Sie ergriff Cals ausgestreckte Hand nicht, sondern starrte seine Armbanduhr an, die einen regelmäßigen, leisen Piepton aussandte. „Warum macht das Ding das?"

„Es tastet das Gelände ab. Der Suchstrahl hat nur eine Reichweite von zehn Kilometern, aber er ist ziemlich akkurat." Mit ausgestrecktem Arm bewegte sich Cal langsam im Kreis. „Da ich bezweifle, dass es hier einen anderen Metallgegenstand gibt, der so groß wie mein Schiff ist, würde ich sagen, wir haben es gefunden."

„Fangen Sie nicht schon wieder damit an." Libby steckte die Hände in die Hosentaschen und ging voran.

„Ich denke, Sie sind Wissenschaftlerin." Cal passte sich ihrem Tempo an.

„Das bin ich auch, und deshalb weiß ich, dass niemand auf dem Weg vom Mars nach Los Angeles von einem schwarzen Loch abprallt und ins Klamath-Gebirge fällt."

Freundlich legte er ihr den Arm um die Schultern. „Sie blicken zurück, Libby, und nicht voraus. Sie haben noch nie jemanden gesehen, der vor zwei Jahrhunderten gelebt hat, und trotzdem wissen Sie, dass es damals Menschen gegeben hat. Warum ist es so schwierig zu glauben, dass es auch in zweihundert Jahren Menschen geben wird?"

„Ich hoffe ja sehr, dass es sie gibt, aber ich erwarte nicht, dass ich sie zum Kaffee einladen muss." Der Mann ist nicht verrückt, dachte sie, sondern sehr clever. „Sie versprachen, mir die ganze

Wahrheit zu sagen, wenn wir Ihr Flugzeug gefunden haben. Ich werde Sie beim Wort nehmen." Stolz hob sie den Kopf. Dann erstarrte sie.

Ungefähr fünf Meter voraus sah sie eine Lücke zwischen den Bäumen, die Bresche, die sie schon von unten entdeckt hatte. Aus der Nähe sah es so aus, als wäre eine gigantische Machete durch den Wald gefahren und hätte einen Pfad von mehr als zehn Metern Breite hineingeschlagen.

Libby musste sich beeilen, um mit Cal Schritt zu halten. „Hier hat es doch nicht gebrannt", sagte sie verwirrt. „Wo kommt denn diese Schneise her?"

Sie erreichten die Schneise. Cal zeigte auf etwas.

„Daher", antwortete er. Auf dem felsigen, tannennadelbestreuten Untergrund ruhte sein Schiff. Bis zu zehn Meter hohe Bäume lagen wie Zahnstocher rundherum. „Gehen Sie nicht dichter heran", warnte er. „Ich will erst die Strahlung prüfen."

Seine Warnung war überflüssig. Libby hätte sich gar nicht bewegen können, selbst wenn sie es gewollt hätte.

Mit seinem Minicomp stellte Cal die notwendigen Untersuchungen an und nickte. „Es bleibt innerhalb der normalen Belastungsgrenze. Die Zeitkrümmung muss die Überschreitung neutralisiert haben." Wieder legte er Libby den Arm um die Schultern. „Kommen Sie herein. Ich zeige Ihnen meine Briefmarkensammlung."

Stumm und benommen folgte sie ihm. Noch nie hatte sie ein solches „Fahrzeug" gesehen. Es war riesig, so groß wie ein Haus. Eine militärische Geheimwaffe wahrscheinlich. Deshalb hatte Cal auch immer so ausweichende Antworten gegeben. Aber ein einzelner Mann konnte doch so ein Riesending gar nicht fliegen.

Vorn war es schmal, nicht spitz, sondern eher kugelig, und dahinter vergrößerte es sich zu dem eigentlichen Flugkörper. Flügel besaß es nicht. Die Form erinnerte Libby unangenehm an einen Stechrochen, der am Meeresboden auf Beutefang ging. Sicherlich ein militärisches Experiment, sagte sie sich.

Die Außenhaut bestand aus einem stumpfen Metall und war mit Schrammen, Beulen und Staub überzogen. Wie ein altes, zuverlässiges Familienauto, dachte Libby. Und das beunruhigte sie. Das Pentagon, die NASA oder wer immer dieses Fluggerät gebaut hatte, würde doch sicherlich pfleglicher mit einem Gegenstand umgehen, der einige Millionen Steuergelder gekostet hatte.

„Und Sie sind dieses Ding allein geflogen", sagte sie.

„Natürlich." Cal war inzwischen zu seiner Maschine gelaufen und streichelte das Metall beinahe liebevoll. „Sie lässt sich traumhaft handhaben."

„Wem gehört sie?"

„Mir." Freude und Aufregung spiegelten sich in seinen Augen. „Ich sagte Ihnen doch, dass ich sie nicht gestohlen habe." Vor lauter Erleichterung fasste er Libby um die Taille, wirbelte sie einmal im Kreis herum und küsste sie dann fest auf den Mund. Da er den Geschmack verlockend fand, setzte er sie nicht gleich wieder auf dem Boden ab, sondern gönnte sich gleich noch einen zweiten Kuss.

„Caleb ..." Atemlos, benommen stieß Libby Cal von sich fort.

„Sie zu küssen, das könnte bei mir zur Gewohnheit werden, Libby. Und Gewohnheiten werde ich immer nur sehr schwer wieder los, wissen Sie."

Er will mich nur ablenken, dachte sie. Und das macht er ausgezeichnet. „Reißen Sie sich zusammen", befahl sie. „Jetzt haben wir also dieses ... dieses Ungetüm gefunden. Sie haben mir eine Erklärung versprochen. Ein Gerät wie dieses hier kann niemals einem privaten Bürger gehören. Also los, nun reden Sie schon endlich, Hornblower."

„Es gehört mir aber." Er grinste vergnügt. „Beziehungsweise es wird mir gehören, nachdem ich die restlichen zehn Raten bezahlt habe." Er drückte auf einen Knopf, und Libby blieb beinahe der Mund offen stehen, als sich eine Einstiegsluke geräuschlos öffnete. „Kommen Sie herein. Ich zeige Ihnen die amtliche Zulassung."

Dieser Aufforderung konnte Libby nicht widerstehen. Sie stieg die beiden Stufen hoch und betrat die Kabine. Diese war so groß wie ihr Wohnzimmer und wurde von einem ausgedehnten Bedienungsfeld beherrscht. Hunderte bunter Knöpfe und Hebel befanden sich vor zwei schwarzen Schalensitzen.

„Nehmen Sie Platz", bat Cal.

Libby blieb lieber in der Nähe der offenen Luke und rieb sich fröstelnd die Arme. „Es ist … nun … dunkel ist es hier drinnen."

„Ach, natürlich." Cal trat an eine Tafel, betätigte einen Schalter, schon öffnete sich das ganze Vorderteil der Kabine. „Ich muss wohl den Schutzschild getroffen haben, als es abwärts ging."

Libby konnte nur staunend schauen. Vor sich sah sie den Wald, die entfernten Berge und den Himmel. Helles Sonnenlicht fiel herein. Das, was sich vor ihr mehr als fünf Meter breit ausdehnte, konnte man kaum als Windschutzscheibe bezeichnen.

„Ich verstehe das alles nicht." Weil sie es aber begreifen wollte, kam sie rasch heran und setzte sich in einen der Schalensessel.

„So ging es mir vor zwei Tagen auch." Cal öffnete eine Schublade, schob ein paar Papiere hin und her und zog dann eine kleine blanke Karte hervor. „Dies ist meine Pilotenlizenz, Libby. Wenn Sie sie angesehen haben, holen Sie am besten ganz tief Luft. Das könnte helfen."

In einer Ecke der Karte befand sich sein Bild. Sein Lächeln war so attraktiv und entwaffnend, wie es auch in Wirklichkeit war. Die persönlichen Daten wiesen aus, dass er ein Bürger der Vereinigten Staaten und lizenzierter Pilot für alle Schiffe der Modellreihe A bis F war. Seine Größe wurde mit 185,4 cm und sein Gewicht mit 70,3 kg angegeben. Haare schwarz, Augen blau. Und sein Geburtsdatum war … 2222.

Libby stöhnte auf.

„Sie haben vergessen, tief Luft zu holen." Cal legte seine

Hand über ihre. „Libby, ich bin dreißig Jahre alt. Als ich vor drei Monaten Los Angeles verließ, hatten wir Februar 2252."

„Das ist Wahnsinn."

„Kann sein. Aber es ist wahr."

„Ein Trick ist es!" Sie drückte ihm die Karte in die Hand und sprang auf. Ihr Herz hämmerte so heftig, dass sie es in den Schläfen fühlen konnte. „Ich weiß nicht, weshalb Sie das tun, aber das ist alles ein abgekarteter Trick. Ich fahre jetzt nach Hause." Die Ausstiegsluke schloss sich, noch ehe Libby sie erreichen konnte.

„Setzen Sie sich wieder, Libby. Bitte." Cal sah die Angst in ihren Augen und musste sich dazu zwingen, da zu bleiben, wo er war. „Ich werde Ihnen nichts tun. Das wissen Sie doch. Kommen Sie, setzen Sie sich wieder und hören Sie zu."

Libby ärgerte sich darüber, dass sie hatte fortlaufen wollen. Mit steifen Schritten kehrte sie zum Sessel zurück. „Also?"

Cal nahm ihr gegenüber Platz und dachte kurz, aber gründlich nach. Er kam zu dem Ergebnis, dass man eine außergewöhnliche Situation manchmal am besten so behandeln musste, als wäre sie vollkommen normal.

„Sie haben noch nicht gefrühstückt", bemerkte er übergangslos. Zufrieden über diesen Einfall, öffnete er eine kleine Schranktür und holte einen silberglänzenden Beutel heraus. „Wie wäre es mit Eiern und Speck?"

Ohne eine Antwort abzuwarten, öffnete er eine zweite Tür, warf den Beutel hinein, drückte auf einen Knopf und lächelte Libby so lange an, bis ein Summton zu hören war. Aus einem weiteren Fach holte er einen Teller, öffnete dann die erste Tür und drehte sich mit dem Teller, auf dem jetzt gebratene Eier und Speck dampften, wieder zu Libby um.

„Noch mehr Tricks." Libby verschränkte die eiskalten Hände auf ihrem Schoß.

„Kein Trick. Bestrahlung. Kosten Sie mal." Er hielt ihr den Teller vor die Nase. „Das ist selbstverständlich nicht so gut wie bei Ihnen zu Haus, aber zur Not geht's. Libby, Sie müssen wenigstens glauben, was Sie mit eigenen Augen sehen."

„Nein." Sehr langsam schüttelte sie den Kopf. „Muss ich nicht."

„Haben Sie keinen Hunger?"

Wieder schüttelte sie den Kopf, diesmal energischer.

Cal holte sich eine Gabel aus einer Schublade und begann zu essen. „Ich weiß, wie Ihnen zumute ist."

„Nein, das wissen Sie nicht." Etwas verspätet beherzigte sie seinen Rat und holte dreimal tief Luft. „Sie sitzen ja nicht in einem Ding, das wie ein Raumschiff aussieht, und unterhalten sich mit einem Mann, der behauptet, aus dem dreiundzwanzigsten Jahrhundert zu sein."

„Nein, aber ich sitze in meinem Schiff und spreche mit einer Frau, die ungefähr zweihundertfünfzig Jahre älter ist als ich."

Libby blickte für einen Moment ein bisschen dumm drein, und dann bekam sie einen Lachanfall. „Das ist einfach irre."

„Genau."

„Ich sage nicht, dass ich es glaube."

„Lassen Sie sich Zeit."

Sie drückte sich die inzwischen nicht mehr ganz so kalten, aber immer noch zitternden Hände an die Schläfen. „Ich muss nachdenken."

„Tun Sie das."

Seufzend lehnte sie sich zurück und betrachtete Cal. „Ich glaube, ich möchte dieses Frühstück da jetzt wohl doch essen."

6. Kapitel

Die Eier schmeckten nach nichts, aber heiß waren sie. Bestrahlt, dachte Libby. Sie hatte von den unterschiedlichen Meinungen über Lebensmittelbehandlung gehört. Mit einem aus dem Mikrowellenherd gekommenen Fertiggericht waren die Eier jedenfalls bei Weitem nicht zu vergleichen.

Anscheinend befinde ich mich mitten in einem Science-Fiction-Film, dachte sie. „Für das alles muss es doch noch eine andere Erklärung geben."

Cal aß seine Portion auf. „Lassen Sie es mich wissen, wenn Sie sie gefunden haben."

Unzufrieden stellte sie ihren Teller ab. „Wenn das alles wahr ist, scheinen Sie es ja mit großer Gelassenheit zu tragen."

„Ich hatte ja auch schon ein wenig Zeit, mich daran zu gewöhnen. Essen Sie das da noch auf?"

Libby schüttelte den Kopf. Sie schaute durch den glasklaren Schild hinaus. In ungefähr hundert Metern Entfernung wanderten zwei Hirsche ruhig unter den Bäumen umher. Ein schöner Anblick, aber hier in den Bergwäldern Oregons nichts Ungewöhnliches. Würden diese Tiere die Fifth Avenue in Manhattan entlangspazieren, wären sie noch immer schön, und sie wären auch real, aber die Umgebung nicht normal.

Dass Cal real war, ließ sich nicht leugnen. Wäre es möglich, dass dieses Fahrzeug hier an einem anderen Ort, in einer anderen Zeit ein ganz normaler Anblick war? Wenn es wahr wäre, wie müsste sich Cal dann fühlen? Libby erinnerte sich an seinen entsetzten Gesichtsausdruck, als er mit dem 1990 erschienenen Taschenbuch zu ihr gekommen war. Sie hatte seine auffallende Blässe, seine Verwirrung und seine merkwürdigen Fragen und Äußerungen mit den Nachwirkungen seiner Kopfverletzung erklärt.

Jetzt jedoch saß sie hier in diesem Schiff, und das konnte sie beim besten Willen nicht „Flugzeug" nennen. Wenn sie also davon ausging, dass es tatsächlich vorhanden und nicht etwa Teil eines ungewöhnlich lebhaften Traums war, dann musste sie auch Cals Geschichte akzeptieren.

„Es gibt mehr Dinge zwischen Himmel und Erde, Horatio, als Eure Schulweisheit sich träumen lässt."

„Hamlet." Cal musste über Libbys erstaunten Blick lächeln. „Shakespeare lesen wir immer noch. Möchten Sie Kaffee?"

Libby schüttelte den Kopf. Traum oder nicht, sie brauchte Antworten. „Sie sagen, Sie seien von einem schwarzen Loch abgeprallt, ja?"

Cal war unbeschreiblich erleichtert. Libby glaubte ihm. „Ja, das stimmt. Jedenfalls denke ich das. Ich brauche meinen Rechner. Meine Instrumente drehten durch, als das Schiff in das Gravitationsfeld geriet, also habe ich auf Handbetrieb umgeschaltet und eine Kurve gesteuert. Ich erinnere mich an die enormen Kräfte. Ich wurde bewusstlos. Als ich wieder zu mir kam, befand ich mich im freien Fall in Richtung Erde. Ich schaltete auf Autopilot zurück und dachte, ich wäre aus den Schwierigkeiten heraus."

„Das erklärt nicht, wie Sie hier stranden konnten – ich meine, in dieser Zeit."

„Es gibt eine Anzahl Theorien. Ich neige zu der, die sich mit dem Raum-Zeit-Kontinuum auseinandersetzt. Man kann sich das wie eine Schüssel vorstellen." Cal legte die Handflächen zusammen, um das zu demonstrieren. „Mathematisch gesehen, ist die Schüssel weder Raum noch Zeit, sondern eine Kombination von beidem", fuhr er fort. „Alles, was sich darin befindet, bewegt sich durch Raum und Zeit. Die Schwerkraft ist die Krümmung der Schüssel, sie zieht alles an. Auf der Erde fühlt man dieses Schwerefeld nicht so stark. Man merkt es nur, wenn man beispielsweise von einer Klippe fällt. Aber um die Sonne herum, um ein schwarzes Loch herum …" Er legte seine Handflächen zu einer tieferen „Schüssel" zusammen.

„Und Sie wollen sagen, Sie seien in dieser Krümmung gefangen gewesen?"

„Wie eine Spielkugel, die in einer Schüssel, und zwar an deren oberem Rand, herumgeschleudert wird. Irgendwie, irgendwann in diesem Wirbel muss mein Schiff über den Schüsselrand hinausgeschossen sein. Die Geschwindigkeit, die Flugbahn schickte mich nicht nur durch den Raum, sondern auch durch die Zeit."

„Wenn Sie das so sagen, klingt es beinahe plausibel."

„Jedenfalls ist es die einzige passende Theorie, die mir vorliegt. Vielleicht wird sie noch plausibler, wenn wir sie uns genauer ansehen." Er beugte sich vor und drehte an einer Wählscheibe. „Computer!"

Ja, Cal.

Als Libby die sanfte, recht erotische Stimme hörte, hob sie eine Augenbraue. „Seit wann sind Computer groß, blond und vollbusig?"

Cal grinste amüsiert. „Auf intergalaktischen Touren kann man sich reichlich einsam fühlen", meinte er. „Computer, gib mir die Logaufzeichnung 02-05 auf den Bildschirm."

Ein kleiner Bildschirm hob sich aus der Konsole. Cal beugte sich näher heran. Leidenschaftslos beobachtete er, wie sein eigenes Bild darauf erschien.

Von ihrem Sitz aus schaute Libby gebannt auf den Monitor. Das Bild zeigte Cal, der genau dort saß, wo sie sich jetzt befand. Lampen blitzten auf, Summer ertönten. Das Cockpit bebte. Cal legte einen Sicherheitsgurt an. Libby sah die Schweißperlen auf seinem Gesicht, als er darum kämpfte, die Kontrolle über sein ausbrechendes Schiff zurückzugewinnen.

„Größerer Bildausschnitt", befahl Cal.

Jetzt sah Libby, was er durch den transparenten Schild gesehen hatte. Der unendliche Raum war verlockend, verführerisch, bezwingend. Sie sah Sterne, ganze Sternenhaufen und einen entfernten Planeten und Schwärze, absolute Schwärze, die sich scheinbar endlos ausdehnte. Das Schiff schien direkt darauf zuzustürzen.

Sie hörte Cal fluchen und sah, wie er an einem Hebel zerrte. Das Geräusch zerreißenden Metalls wurde zwar nur von dem Gerät wiedergegeben, hörte sich aber an, als fülle es die ganze Kabine. Das Cockpit drehte sich mit Schwindel erregender Geschwindigkeit. Und dann wurde der Bildschirm dunkel.

„Computer, nicht unterbrechen! Aufzeichnung weiter abspielen!"

Datenspeicher beschädigt. Keine weitere Abspielung möglich.

„Na großartig." Cal wollte einen weiteren Befehl eingeben, doch da fiel sein Blick auf Libby. Vollkommen schlaff saß sie in ihrem Sessel, ihre Wangen waren leichenblass und ihre Augen glasig.

„He!" Er sprang auf und beugte sich über sie. „Immer mit der Ruhe." Er nahm ihr Gesicht zwischen die Hände und drückte seine Daumen leicht an ihren Hals.

„Es war, als wäre ich dabei gewesen ..."

Cal nahm ihre eiskalte Hand in seine, um sie zu wärmen. Das hätte ich voraussehen müssen, schalt er sich. Er hatte nur an sich selbst gedacht und daran, dass er sehen wollte, was geschehen war. „Es tut mir so leid."

„Es war schrecklich." Alle ihre Zweifel hatten sich während der Abspielung aufgelöst. Sie blickte zu Cal hinauf. „Es war entsetzlich für Sie."

„Nein." Er strich mit den Fingern durch ihr Haar. „So schlimm war es gar nicht." Sanft, zärtlich legte er seine Lippen an ihre und ließ sie dann zu ihrem Kinn hinabgleiten.

Libby legte ihre Hand an seine Wange, als wolle sie trösten und gleichzeitig selbst Trost empfangen. „Was werden Sie denn jetzt machen?"

„Ich werde einen Rückweg suchen."

Ein unerwartet heftiger Schmerz durchfuhr sie. Natürlich konnte Cal nicht bleiben. Sie zog ihre Hand zurück und ließ sie sinken. „Wann gehen Sie?"

„Eine kleine Weile wird es schon noch dauern." Er richtete

sich auf und blickte sich in der Kabine um. „Ich muss einige Reparaturen am Schiff durchführen, und dann sind umfangreiche Berechnungen anzustellen."

„Ich würde Ihnen gern dabei helfen." Ratlos breitete sie die Hände aus. „Ich weiß nicht, wie."

„Ich würde mich freuen, wenn Sie hierblieben, während ich arbeite. Ich weiß, Sie haben viel zu tun, aber hätten Sie ein paar Stunden für mich Zeit?"

„Selbstverständlich." Sie brachte ein Lächeln zustande. „Man lädt mich schließlich nicht oft ein, einen Tag in einem Raumschiff zu verbringen." Trotzdem wollte sie sich nicht direkt neben Cal setzen. Falls er sie dann nämlich aus nächster Nähe betrachtete, könnte er möglicherweise erkennen, was ihr eben bewusst geworden war: Wenn er abreiste, würde er ihr das Herz brechen.

„Darf ich mich hier umschauen?"

„So viel und so lang Sie wollen." Cal sah, dass sie noch immer blass war, wenn ihre Stimme auch recht fest klang. Vielleicht brauchte Libby auch nur ein wenig Zeit für sich allein. „Ich werde inzwischen den Computer auf ein paar Berechnungen und Analysen ansetzen."

Libby ließ Cal bei seinem Computer zurück und wanderte durch das Schiff. Was sie sah, prägte sie sich genau ein. Einen engen und unaufgeräumten Raum hielt sie für die Bordküche. Einen Herd gab es hier nicht, aber einen Wandapparat, ähnlich einem Mikrowellengerät. Eine Art Kühlschrank enthielt einige Flaschen. Libby sah, dass sie ganz vertraute Aufkleber und den Namen einer sehr beliebten amerikanischen Biersorte trugen.

Anscheinend haben sich die Menschen doch nicht so sehr geändert, dachte sie und holte sich eine ihr vertraute Limonade heraus. Sie drehte die Verschlusskappe ab, nahm einen Probeschluck und staunte. Sie hätte die Limonadenflasche ebenso gut in ihrem eigenen Kühlschrank gefunden haben können. Mit der vertrauten Flasche in der Hand, setzte sie ihren Erkundungsgang fort.

Sie kam in eine Art riesigen Laderaum. Von ein paar fest gezurrten Kisten abgesehen, war er leer. Hatte Cal nicht gesagt, er hätte sich auf dem Rückweg von einer Liefertour zu einer Marskolonie befunden?

Die Menschen hatten also den Mars erobert. Das hatten die Wissenschaftler des zwanzigsten Jahrhunderts ja auch schon geplant. Cal würde bestimmt wissen, wann die erste Kolonie errichtet worden war und wie die Kolonisten ausgewählt worden waren.

Libby trank einen Schluck aus der Limonadenflasche und rieb sich die Schläfen. Vielleicht erschien ihr in ein, zwei Tagen alles nicht mehr so fantastisch. Vielleicht war sie dann in der Lage, wieder folgerichtig zu denken und die richtigen Fragen zu stellen.

Sie setzte den Weg durch das Schiff fort und fand eine zweite Ebene, die fast nur Schlafräume zu enthalten schien. Kajüten, berichtigte sie sich. Auf Schiffen nannte man so etwas Kajüten. Das Mobiliar war stromlinienförmig, und das Meiste davon war direkt in die Wände integriert. Glatte Plastikformen und strahlende Farben waren wohl sehr in Mode.

Libby fand Cals Raum mehr durch Zufall. Sie hätte auch nicht zugegeben, dass sie danach gesucht hatte. Von den anderen Kajüten unterschied sich diese hier nur durch ihre anheimelnde Unaufgeräumtheit. In einer Ecke lag ein Overall, er sah so aus wie der, mit dem Cal bekleidet gewesen war, als sie ihn gefunden hatte. Das Bett war nicht gemacht.

An einer Wand hing ein Bild. Es war auf geradezu unheimliche Weise dreidimensional und zeigte Cal, der mit einigen Personen beieinanderstand. Das Wohngebäude hinter der Gruppe hatte mehrere Stockwerke und bestand fast ganz aus Glas. Es wies viele weiße Terrassen und Balkons auf und war von einem grünen Rasen und hohen, Schatten spendenden Bäumen umgeben.

Dort ist er also daheim, dachte Libby, und das ist seine Familie. Sie betrachtete die Menschen auf dem Bild eingehender.

Die Frau war groß und sah blendend aus. Um Cals Mutter zu sein, wirkte sie zu jung. Vielleicht eine Schwester? Aber er hatte doch nur von einem Bruder geredet.

Alle Personen lachten. Cal hatte einen Arm um die Schultern eines anderen Mannes gelegt, der ihm so ähnlich war, dass es sich um den besagten Bruder handeln musste. Seinem Blick nach zu urteilen, schien er ein ziemlich harter Bursche zu sein. Der dritte Mann auf dem Bild schaute ein wenig abwesend drein. Sein Gesicht war nicht so auffallend schön, dafür aber sehr gütig.

Ein Foto hält die Menschen in der Zeit gefangen, ging es Libby durch den Kopf. So wie Cal jetzt auch gefangen war. Fast hätte sie sein Gesicht auf dem Bild gestreichelt.

Sie durfte nie vergessen, dass er sich nur so lange hier aufhalten würde, bis er sich aus dieser Zeitfalle befreien konnte. Er besaß ein anderes Leben in einer anderen Zeit, in einer anderen Welt. Was ich für ihn empfinde – unmöglich, dachte sie, genauso unmöglich, wie es eigentlich ist, dass ich hier in einem Raumfahrzeug stehe.

Plötzlich erschöpft, setzte sie sich aufs Bett. Das Ganze war einfach verrückt. Und das Verrückteste war, dass sie sich zum ersten Mal in ihrem Leben ernsthaft verliebt hatte. Und der Mann, den sie liebte, würde sich bald außer Reichweite befinden.

Seufzend streckte sie sich auf dem kühlen Bettzeug aus. Vielleicht war ja doch alles nur ein Traum.

Mehr als eine Stunde später fand Cal Libby zusammengerollt auf seinem Bett liegend. Sie schlief so, wie er sie zum ersten Mal gesehen hatte. Sie jetzt zu betrachten machte ihn seltsam unruhig.

Sie sah reizend aus, aber jetzt war es nicht nur ihre Schönheit, die ihn anzog. Inzwischen kannte er ihre Herzensgüte, ihr Mitempfinden, und ihre Gehemmtheit. Stark war sie und leidenschaftlich. Und so unbeschreiblich … keusch. Am liebsten hätte er sie jetzt in die Arme genommen und geliebt, so sanft und zärtlich, wie er nur lieben konnte.

Aber Libby war ihm nicht bestimmt. Wenn dies alles doch ein Märchen wäre, wenn Libby doch nur zweihundert Jahre und länger schliefe! Dann könnte er sie aufwecken und sie für sich beanspruchen. Aber er war kein Märchenprinz, sondern ein ganz gewöhnlicher Mann, der in eine ungewöhnliche Lage geraten war.

Leise trat er ans Bett und breitete eine Decke über sie. Libby bewegte sich und murmelte etwas. Cal streichelte ganz leicht ihre Wange. Ihre Augen öffneten sich.

„Cal ... Ich habe so etwas Seltsames geträumt." Plötzlich war sie hellwach und blickte sich in der Kajüte um. „Es war kein Traum."

„Nein." Er setzte sich neben sie. „Wie geht es Ihnen?"

„Ich bin immer noch ein wenig verwirrt." Mit den Fingern kämmte sie durch ihr Haar und hielt es sich einen Moment aus dem Gesicht, bevor sie es zurückfallen ließ. „Entschuldigung, ich hatte vorhin überhaupt nicht bemerkt, dass ich so müde war. Wahrscheinlich brauchte mein Gehirn aber auch nur eine Weile Pause."

„Ja, es war ein bisschen viel auf einmal. Libby?"

„Ja?" Sie schaute sich noch immer in der Kajüte um.

„Entschuldigung. Es muss sein." Er presste seine Lippen auf ihre und genoss, was er fühlte. Libby war noch ganz warm und weich vom Schlaf, und danach hatte er sich gesehnt. Unwillkürlich hob sie eine Hand an seine Schulter, aber sie stieß ihn nicht fort.

Es bedurfte seiner ganzen Willenskraft, sich trotz des heftigen Verlangens zurückzuziehen, doch er schaffte es. „Ich habe gelogen. Es tut mir gar nicht leid." Er erhob sich und trat ein paar Schritte vom Bett fort.

Libby richtete sich auf und zupfte nervös an ihrem Pullover. „Ist das da Ihre Familie?"

„Ja. Mein Bruder Jacob und meine Eltern."

Es rührte Libby, wie liebevoll er das sagte. Sie legte ihre Hand auf seinen Arm. „Das da ist Jacob, nicht wahr? Aber

115

die anderen beiden sehen doch viel zu jung aus, um Ihre Eltern zu sein."

„Es ist doch kein Kunststück, jung auszusehen." Er zuckte die Schultern. „Jedenfalls wird es einmal kein Kunststück mehr sein."

„Und das ist Ihr Haus, ja?"

„Dort bin ich aufgewachsen. Es befindet sich ungefähr zwanzig Kilometer außerhalb der Stadtgrenze."

„Dorthin werden Sie zurückkehren." Libby begrub ihre Sehnsucht. Liebe musste immer selbstlos sein. „Und Sie werden ihnen viel zu erzählen haben."

„Falls mich mein Erinnerungsvermögen nicht wieder verlässt."

„Sie dürfen nichts vergessen!" Libby konnte es nicht ertragen sich vorzustellen, dass Cal alles vergaß. „Ich werde es für Sie aufschreiben."

„Das wäre nett. Erlauben Sie, dass ich mit Ihnen zurückkehre?"

Hoffnung erwachte in ihr. „Zurück?"

„Zu Ihrem Haus. Ich habe hier getan, was ich konnte. Morgen fange ich mit den Reparaturen an. Ich hatte gehofft, ich dürfte vielleicht so lange bei Ihnen wohnen, bis hier an Bord alles fertig ist."

„Selbstverständlich." Es war töricht und egoistisch zu hoffen, dass er länger als unbedingt nötig bleiben würde. Sie zwang sich zu einem strahlenden Lächeln. „Ich habe ja auch noch so ungeheuer viele Fragen, dass ich überhaupt nicht weiß, wo ich anfangen soll. Das alles ist so aufregend."

Auf der Rückfahrt stellte Libby keine der angekündigten Fragen. Cal schien geistesabwesend und gedrückter Stimmung zu sein, und ihr selbst schwirrten zu viele Eindrücke und Widersprüche im Kopf herum. Sie fand, es würde vielleicht das Beste sein, eine Weile so zu tun, als wäre alles vollkommen normal. Dann kam ihr eine Idee.

„Hätten Sie Lust, in der Stadt zu Mittag zu essen?"

„Wie bitte?"

„Schalten Sie nicht ganz ab, Hornblower. Wollen Sie in die Stadt fahren? Bisher haben Sie ja nur diese Gegend hier gesehen. Wenn ich plötzlich im achtzehnten Jahrhundert landete, würde ich mir gern so viel wie irgend möglich ansehen wollen. Na, wie wär's?"

Cals Niedergeschlagenheit verflog. Er lächelte. „Darf ich fahren?"

„So sehen Sie aus!" Libby lachte.

Es dauerte länger als eine halbe Stunde, um durch den schmalen und völlig verschlammten Pass auf den Highway zu gelangen. Dort sah Cal dann die Fahrzeuge, die ihn schon beim Fernsehen so fasziniert hatten. Er schüttelte den Kopf, als Libby sich in den Kolonnen ziemlich aggressiv einen Platz erkämpfte. „Ihnen könnte ich innerhalb einer Stunde beibringen, einen Jetbuggy zu fahren", bemerkte er.

„Ist das ein Kompliment?"

„Ja. Man nimmt noch immer – wie nennt man das? – Benzin als Treibstoff?"

„Ja."

„Nicht zu glauben."

„Die Überheblichkeit steht Ihnen gut, Hornblower. Ganz besonders, weil Sie es nicht einmal fertigbekommen haben, meinen Wagen zu starten."

„Ich wäre schon noch drauf gekommen." Cal streichelte über Libbys flatterndes Haar. „Wenn ich zu Hause wäre, würde ich Sie jetzt zum Mittagessen nach Paris fliegen. Waren Sie schon einmal dort?"

„Nein." Sie versuchte nicht daran zu denken, wie romantisch das wäre. „Wir werden uns mit Pizza in Oregon begnügen müssen."

„Damit bin ich sehr einverstanden. Wissen Sie, der Himmel ist etwas Merkwürdiges. Er ist leer." Ein Wagen zischte vorbei. Der Auspuff röhrte, das Radio dröhnte. „Was war denn das?"

„Ein Auto."

„Zweifellos. Ich meinte, was das für ein Geräusch war."

„Musik. Hard Rock." Libby schaltete ihr eigenes Radio ein. „Das hier ist nicht ‚Hard', aber ‚Rock' ist es auch."

„Gefällt mir." Mit der Musik in den Ohren betrachtete er die Umgebung. Je mehr sie sich der Stadt näherten, desto dichter wurde der Verkehr. Cal konnte die hohen, rechteckigen Geschäftsgebäude und Wohnsilos sehen – eine unfreundliche Skyline, wie er fand, aber dennoch irgendwie faszinierend. Immerhin arbeiteten und wohnten hier Menschen. Hier herrschte Leben.

Auf einer geschwungenen Ausfahrt verließ Libby den Highway und fuhr in Richtung Innenstadt. „Ich kenne ein nettes italienisches Restaurant. Rot karierte Tischdecken, Kerzen in Weinflaschen, handgemachte Pizza."

Cal nickte geistesabwesend. Er war damit ausgelastet, die vielen Eindrücke in sich aufzunehmen. Ihm kam es so vor, als schaute er sich ein altes Märchenbuch an.

„Nun ja, Paris ist das nicht", bemerkte Libby, nachdem sie auf einen Parkplatz neben einem flachen Gebäude eingebogen war. „Haben Sie Hunger?", wollte sie wissen.

„Ich bin von Natur aus hungrig." Cal bemühte sich, seine trübe Stimmung loszuwerden. Libby tat das schließlich auch.

Das Restaurant war fast leer. Der Duft von Gewürzen lag in der Luft, und in einer Ecke stand eine Musikbox. Libby führte Cal zu einer Ecknische.

„Die Pizza ist wirklich gut hier. Haben Sie schon einmal Pizza gegessen?"

Er schnippte mit dem Finger gegen das auf der Weinflasche gehärtete Kerzenwachs. „Manche Dinge sind zeitüberschreitend. Pizza gehört dazu."

Die Kellnerin, eine rundliche junge Frau mit einem roten Vorsteckschürzchen, auf dem sich der Name des Restaurants sowie einige Ketchupspritzer befanden, kam heran. Sie legte zwei Papierservietten neben die mit der Landkarte Italiens bedruckten Tischmatten.

„Eine große", bestellte Libby, die an Cals Appetit dachte. „Extra-Käse und Peperoni. Möchten Sie ein Bier?"

„Ja." Cal riss eine Ecke von der Serviette und zerdrückte das Stückchen Papier nachdenklich zwischen Daumen und Zeigefinger.

„Ein Bier und eine Diät-Cola also."

„Weshalb ist hier alle Welt auf Diät?", wollte Cal wissen, noch bevor die Kellnerin wieder außer Hörweite war. „Fast die gesamte Werbung handelt vom Abnehmen, vom Durstlöschen und vom Reinigen."

Libby nahm den eigenartigen Blick der Kellnerin nicht zur Kenntnis, den diese über die Schulter hinweg zurückwarf. „Unsere Gesellschaft ist besessen von Hygiene, Ernährung und körperlicher Beschaffenheit. Wir zählen Kalorien, treiben Fitness-Sport und essen eine Menge Joghurts. Und Pizza", fügte sie schmunzelnd hinzu. „Die Werbung gibt eben die aktuellen Trends wieder."

„Ich mag Ihre körperliche Beschaffenheit."

Libby räusperte sich. „Besten Dank."

„Und Ihr Gesicht auch." Er lächelte. „Und den Klang Ihrer Stimme, wenn Sie verlegen sind."

Libby seufzte dramatisch. „Hören Sie sich lieber die Musik an."

„Die hat aufgehört."

„Wir können ja noch etwas reinstecken."

„Was – wo rein?"

„Geld in die Musikbox." Lächelnd stand Libby auf und hielt Cal die Hand hin. „Kommen Sie. Sie dürfen sich auch ein Lied aussuchen."

Cal stellte sich vor den bunt glitzernden Apparat und las die Liedertitel. „Dieses hier", entschied er. „Und das. Und das hier auch. Wie funktioniert das Ding?"

„Erst einmal benötigen wir …" Libby nahm ein wenig Kleingeld aus ihrer Börse. Weil Cal die Fünfundzwanzigcentstücke so erstaunt betrachtete, fragte sie: „Benutzt man im dreiundzwanzigsten Jahrhundert keine Münzen mehr?"

„Nein, aber ich habe davon gehört."

„Na, wir hier benutzen sie jedenfalls, und zwar im großen Stil." Leise lachend steckte sie drei Münzen in den Schlitz. „Eine erlesene Auswahl, Hornblower." Eine langsame, romantische Melodie erklang.

„Möchten Sie tanzen?", fragte er.

„Ja. Ich tanze zwar nicht oft, aber …" Sie verstummte, als er sie in den Arm nahm. „Cal …"

„Still!" Er legte seine Wange an Libbys Haar. „Ich möchte den Text hören."

Sie tanzten, genauer gesagt, sie wiegten sich auf der Stelle zu der Musik aus den Lautsprechern. Eine Mutter mit zwei sich kabbelnden Kindern stützte die Ellbogen auf die Tischplatte und schaute Libby und Cal mit Vergnügen und eindeutigem Neid zu.

„Es ist ein trauriges Lied."

„Nein." Libbys Kopf lag an Cals Schulter, ihr Körper bewegte sich ohne ihr Dazutun, und sie hätte ewig so weiterträumen können. „Es handelt davon, wie die Liebe überlebt." Sie schloss die Augen, und ihre Arme lagen noch immer um Cals Taille, als das Lied zu Ende war und das nächste mit einer Art Urschrei und einem wahren Trommeldonner begann.

„Und wovon handelt dies hier?"

„Vom Jungsein." Libby öffnete die Augen und sah die amüsierten Blicke und das Lächeln der anderen Gäste. Sie löste sich von Cal. „Wir sollten uns wieder setzen."

„Ich möchte aber mit Ihnen tanzen."

„Ein andermal. In Pizzaläden tanzt man normalerweise nicht."

„Na schön." Artig ging Cal zu ihrem Tisch voraus, wo schon die bestellten Getränke warteten. Er fand den vertrauten Geschmack des Biers sehr beruhigend. „Schmeckt wie zu Hause."

„Es tut mir sehr leid, dass ich Ihnen am Anfang nicht geglaubt habe."

„Ich habe mir ja zuerst selbst nicht geglaubt." Wie selbstverständlich nahm er Libbys Hand. „Sagen Sie mir, was man hier tut, wenn man ein Rendezvous, eine Verabredung hat?"

„Nun, man …" Libbys Herz schlug schneller, weil Cal mit dem Daumen sehr zärtlich über ihre Fingerknöchel streichelte. „Man geht ins Kino oder in ein Restaurant."

„Ich möchte Sie noch einmal küssen."

Erschrocken blickte sie sich um. „Also, ich glaube nicht, dass …"

„Sie wollen nicht, dass ich Sie küsse?"

„Wenn sie nicht will …", sagte die Kellnerin und stellte die dampfende Pizza auf den Tisch, „… ich habe nachher um fünf Feierabend."

Cal grinste vergnügt und schob sich ein Stück Pizza auf den Pappteller. „Sie ist sehr freundlich", bemerkte er an Libby gewandt. „Aber Sie gefallen mir besser."

„Na großartig." Libby aß einen Bissen. „Sind Sie immer so unverschämt?"

„Meistens. Aber Sie gefallen mir wirklich sehr." Er machte eine Pause. „Jetzt sollten Sie mir eigentlich sagen, dass ich Ihnen auch gefalle."

Libby nahm noch einen Bissen Pizza und kaute gründlich. „Ich denke darüber nach." Sie tupfte sich mit der Papierserviette den Mund ab. „Von den mir bekannten Personen aus dem dreiundzwanzigsten Jahrhundert gefallen Sie mir am besten."

„Gut. Gehen Sie jetzt mit mir ins Kino?"

„Von mir aus."

„Wie bei einer richtigen Verabredung." Er fasste sie wieder bei der Hand.

„Nein." Libby zog ihre Hand zurück. „Wie bei einem Experiment. Wir sollten das Ganze als einen Teil Ihrer Ausbildung betrachten."

Das Lächeln breitete sich auf seinem Gesicht aus, langsam, strahlend und zweifellos gefährlich. „Und ich werde Sie doch küssen."

Als sie zur Hütte zurückkehrten, war es schon dunkel. In nicht gerade allerbester Stimmung warf Libby drinnen ihre Handtasche von sich.

„Ich habe keine Szene gemacht", beharrte Cal mit leicht gereizter Stimme.

„Ich weiß nicht, wie man das bei Ihnen nennt, wenn man aus dem Kino rausgeschmissen wird, aber hier nennt man so etwas eine Szene."

„Ich habe nur ein paar kleine, vernünftige Anmerkungen zu dem Film gemacht. Gibt es denn hier keine Redefreiheit?"

„Hornblower ..." Libby unterbrach sich und holte den Brandy aus dem Schrank. „Wenn man während der ganzen Vorstellung hindurch behauptet, der Film sei ein Haufen Weltraumschrott, dann hat das nichts mehr mit Redefreiheit zu tun. Dann ist das schlicht eine Ungezogenheit."

Kopfschüttelnd ließ sich Cal auf die Couch fallen und legte die Füße auf den niedrigen Tisch davor. „Also hören Sie mal, Libby! Dieser ganze Blödsinn von den Kreaturen des Planeten Galactica, die die Erde überfallen! Ich habe einen Vetter auf Galactica, und der hat kein Gesicht voller Saugnäpfe."

„Ich hätte Sie nicht ausgerechnet in einen Science-Fiction-Film mitnehmen sollen." Sie trank ihren Brandy aus. Ihr wurde klar, dass sie an dem Vorfall ebenso viel Schuld hatte wie Cal. „Es war Fiktion, Hornblower. Eine Fantasiegeschichte." Sie schenkte sich Brandy nach.

„Schrott."

„Stimmt." Sie reichte ihm auch ein Glas. „Aber in diesem Kino saßen Leute, die dafür bezahlt hatten."

„Und dann dieser Quatsch von den Wesen, die das ganze Wasser aus den menschlichen Körpern saugen. Und dieser Raumjockey, wie der in der Galaxis herumgesaust ist und mit seiner Laserkanone durch die Gegend gefeuert hat! Haben Sie überhaupt eine Vorstellung davon, wie überfüllt dieser Raumsektor ist?"

„Nein." Libby brauchte noch mehr Brandy. „Ich verspreche

Ihnen, beim nächsten Mal sehen wir uns einen Western an. Und stellen Sie nicht aus Versehen ‚Star Trek' im Fernsehen an."

„‚Star Trek' ist ein Klassiker", erklärte er, worauf Libby lachen musste.

„Wie dem auch sei", sagte sie. „Wissen Sie, ich bin nicht mehr so gut beisammen. Den heutigen Morgen habe ich in einem Raumschiff verbracht, mittags habe ich Pizza gegessen und am Nachmittag einen Film nicht gesehen. Ich glaube, ich verliere langsam die Übersicht."

„Sie werden sie schon wiederfinden." Er berührte ihr Glas mit seinem und legte dann den Arm um ihre Schultern. Alles war sehr schön und heimelig – das sanfte Lampenlicht, die innere Wärme vom Brandy, der Duft der Frau … meiner Frau, dachte Cal, wenn auch nur einen Moment lang.

„Mir gefällt das hier besser als ein Film. Erzählen Sie mir etwas über Liberty Stone."

„Da gibt es nicht viel zu erzählen."

„Erzählen Sie es mir trotzdem, damit ich es mitnehmen kann."

„Wie ich schon sagte, wurde ich hier geboren."

„In dem Bett, in dem ich schlafe."

„Ja." Sie trank einen Schluck. Ihr wurde sehr warm. Lag das an dem Brandy oder an dem Gedanken daran, wie Cal in dem alten Bett lag? „Meine Mutter hat Webarbeiten gefertigt, Decken, Wandbehänge, Teppiche. Damit hat sie zusätzlich Geld zu dem verdient, was mein Vater mit seinen Gartenprodukten erzielen konnte."

„Waren Ihre Eltern arm?"

„Nein, sie waren Kinder der Sechziger."

„Das sagt mir nichts."

„Das ist auch schwer zu erklären. Meine Eltern wollten dem Land und sich selbst näher sein. Das war ihr Anteil an der Revolution gegen die Macht des Materiellen, gegen weltweite Gewalt, gegen die gesamte gesellschaftliche Struktur der Zeit. Also lebten wir hier, und meine Mutter verhökerte ihre Arbeiten in den umliegenden Kleinstädten. Eines Tages fiel sie einem Kunsthändler auf, der mit seiner Familie hier gerade auf einer Campingtour war." Libby lächelte in ihren Brandy. „Der Rest ist, wie man so schön sagt, Geschichte."

„Caroline Stone", flüsterte Cal plötzlich.

„Nun ja."

Cal lachte auf, trank sein Glas leer und griff nach der Brandyflasche. „Die Arbeiten Ihrer Mutter sind in den wichtigsten Museen ausgestellt." Nachdenklich zupfte er an der Couchdecke. „Ich habe sie dort bewundert." Er schenkte Libby Brandy nach.

„Das wird ja immer verrückter." Sie trank, der Brandy konnte das Gefühl der absoluten Unwirklichkeit kaum verstärken. „Sie sind es doch, über den wir sprechen müssen, und ich muss alles begreifen. So viele Fragen …" Sie konnte nicht länger still sitzen. Mit dem Glas in beiden Händen ging sie im Zimmer auf und ab. „Mir kommen die seltsamsten Ideen. Zum Beispiel haben Sie Philadelphia und Paris erwähnt. Wissen Sie, was das bedeutet?"

„Was?"

„Wir haben diese Städte gebaut." Sie hob ihm ihren Weinbrandschwenker entgegen und leerte ihn dann mit einem Zug. „Und sie sind noch immer da. Gleichgültig, wie nahe wir daran waren, alles in die Luft zu jagen – wir haben es überlebt. In der Zukunft gibt es ein Philadelphia, Hornblower, und das ist das Großartigste, das ich mir vorstellen kann."

Lachend drehte sie sich im Kreis. „Jahrelang habe ich die Vergangenheit studiert und versucht, die menschliche Natur zu verstehen, und nun darf ich einen Blick ins Morgen werfen. Ich weiß nicht, wie ich Ihnen danken soll."

Cal brauchte Libby nur anzuschauen, und schon bekam er wieder dieses merkwürdige Bauchweh. Ihre Wangen waren vor Erregung gerötet. Groß und schlank war sie, und sie bewegte sich mit wunderbarer Anmut. Diese Frau zu besitzen war nicht mehr nur ein Begehren, sondern eine Besessenheit.

Er atmete bewusst und tief durch. „Ich freue mich, dass ich Ihnen einen Gefallen tun konnte."

„Ich möchte alles, wirklich alles wissen. Wie die Menschen leben, was sie empfinden, wie sie um jemanden werben, wie sie lieben und wie sie ihre Ehe führen. Was spielen die Kinder?" Sie beugte sich zum Tisch hinunter und schenkte sich noch einen Schluck Brandy nach. „Hat Spielberg je einen Oscar gewonnen? Sind Hot Dogs immer noch das Beste an Baseballspielen? Ist der Montag noch immer der scheußlichste Tag der ganzen Woche?"

„Ich werde eine Liste machen müssen." Cal wollte, dass sie weiterredete, weiterlachte. Ihr zuzuschauen, wie sie vor überschäumender Begeisterung und Freude keine Sekunde still stehen konnte, empfand er als ungeheuer erregend. „Was ich dann nicht selbst beantworten kann, werde ich dem Computer vorlegen."

„Eine Liste, natürlich. Ich stelle ganz hervorragende Listen auf." Sie lachte ihn an, und ihre Augen leuchteten. „Ich weiß, es gibt wichtigere Fragen, solche über nukleare Abrüstung, über Medikamente gegen Krebs oder gegen Schnupfen. Aber ich will auch Unwichtiges wissen."

Sie schob sich das Haar aus dem Gesicht. „Mir fällt jeden Moment etwas Neues ein. Fahren die Leute am Wochenende immer noch ins Grüne? Haben wir den Hunger und die Obdachlosigkeit überwunden? Küssen alle Männer in Ihrer Zeit so wie Sie?"

Cal ließ das eben erhobene Glas wieder sinken und stellte es ab. „Das kann ich nicht beantworten, weil sich meine bisherigen Erfahrungen nur auf Frauen beschränken."

„Ich weiß nicht, was mir da in den Sinn gekommen ist." Libby setzte ihr Glas ebenfalls ab und rieb sich die plötzlich feuchten Handflächen an den Jeansbeinen. „Ich glaube, ich bin ein bisschen überdreht. Also wirklich, Caleb, Sie bringen mich vollkommen durcheinander, auch ohne diesen ganzen Zukunftskram."

„Das beruht auf Gegenseitigkeit, Libby."

Sie sah ihn an. Er hatte sich nicht bewegt, aber sie spürte, dass er mit einem Mal innerlich angespannt war. „Komisch", murmelte sie. „Normalerweise bringe ich niemanden durcheinander. Bei Ihnen ist überhaupt alles ganz anders."

Sie nahm ihre Wanderung durchs Zimmer wieder auf, hob ein Kissen von der Couch, warf es wieder zurück, stellte eine Lampe um. „Ich wünschte, ich wüsste, was ich tun und sagen soll. Ich habe einfach keine Erfahrung mit so etwas. Ach, zum Teufel, ich wünschte, Sie würden mich wieder küssen und mich zum Schweigen bringen."

Cal war es, als könne er jeden einzelnen Nerv in seinem Körper vibrieren fühlen. „Libby, Sie wissen, dass ich Sie begehre. Daraus habe ich keinen Hehl gemacht. Aber unter den gegebenen Umständen … die Tatsache, dass ich in wenigen Tagen nicht mehr hier bin …"

„Das ist es ja gerade." Plötzlich war ihr zum Weinen zumute. „Sie werden fort sein. Dann möchte ich mich nicht fragen müssen, wie es hätte sein können. Ich will es wissen. Mir ist so … ach, ich weiß nicht, wie mir ist. Ich weiß nur, dass ich will, dass Sie mich heute Nacht lieben."

Sie erstarrte mitten im Schritt, so geschockt war sie über das, was sie eben laut ausgesprochen hatte und was wahrscheinlich die größte Wahrheit war, die sie jemals gesagt hatte.

Der Schock löste sich, die Nervosität verschwand. Libby war mit einem Mal ganz ruhig und sich ihrer Sache absolut sicher. „Caleb, ich will, dass du heute Nacht mit mir schläfst."

Er stand auf, steckte die Hände in die Hosentaschen und ballte sie zu Fäusten. „Vor zwei Tagen wäre das noch einfach gewesen. Die Dinge haben sich geändert, Libby. Mir liegt etwas an dir."

„Und weil dir etwas an mir liegt, willst du mich nicht lieben?"

„Ich will es so sehr, dass ich es förmlich auf der Zunge schmecken kann." Das war nichts als die reine Wahrheit. „Ich weiß aber auch, dass du ein wenig zu viel getrunken hast und dass dir von dem heutigen Tag der Kopf schwirrt." Er wagte es nicht, sie zu berühren, aber seine Stimme klang wie eine Liebkosung. „Es gibt gewisse Regeln, Libby."

Für Libby war es der größte Schritt ihres Lebens, als sie auf Cal zutrat und ihm ihre beiden Hände entgegenstreckte. „Brich diese Regeln", sagte sie zärtlich.

7. Kapitel

Cal hörte sein eigenes Herz schlagen. Er fühlte sein Blut durch die Adern pulsieren. Bei dem weichen Licht sah Libby in ihrem weiten Pullover und den abgetragenen Cordjeans unwahrscheinlich erotisch aus. Der Fahrtwind und ihre eigenen nervösen Finger hatten ihr Haar zerzaust. Cal konnte sich vorstellen, wie es sich unter seiner Hand anfühlen würde, wenn er es glättete, und wie es wäre, wenn er ihr all diese Schichten viel zu weiter Kleidungsstücke abstreifen und darunter ihren schlanken, warmen Körper finden würde.

Er musste unbedingt klar denken. „Libby …" Er strich sich mit der Hand über das raue Kinn. „Ich bemühe mich, so zu denken wie ein Mann, den du verstehen kannst, einer aus deiner Zeit. Aber ich glaube, es gelingt mir nicht ganz."

„Mir wäre es lieber, wenn du wie du dächtest." Sie wollte gelassen und selbstsicher sein. Dies hier war eine Entscheidung, auf die sie jahrelang gewartet hatte. Sie war sich sicher, und trotzdem war sie ängstlich. Da waren die Erregung, die Erwartung und die Zweifel an ihren eigenen weiblichen Fähigkeiten. „Die Zeit ändert nicht alles, Cal."

„Nein." Ganz bestimmt hatten Männer schon von Anbeginn der Zeiten an solche Regungen gespürt, aber wenn er Libby jetzt ansah, fürchtete er, dass er weit mehr fühlte als nur den sexuellen Reiz. Sein Hals war trocken, seine Hände waren feucht, und je mehr er sich um Vernunft bemühte, desto verworrener wurden seine Gedanken.

„Vielleicht sollten wir erst einmal darüber reden."

Sie wollte den Kopf abwenden, tat es aber nicht, sondern blickte Cal weiterhin fest in die Augen. „Begehrst du mich nicht?"

128

„In meiner Fantasie habe ich dich schon unzählige Male geliebt."

Ihr lief es heiß und kalt über den Rücken. Erregung? Angst? „In deiner Fantasie – wo waren wir da?"

„Hier. Oder im Wald. Oder irgendwo im Weltraum. Nahe bei meinem Haus befindet sich ein Teich. Sein Wasser ist glasklar. Die Blumen an seinem Ufer hat mein Vater gepflanzt. Dort habe ich uns beide zusammen gesehen."

Es tat weh zu wissen, dass Cal wieder zu diesem Teich zurückkehren würde, an einen Ort, zu dem sie ihm nicht folgen konnte. Aber sie hatten ja das Heute. Alles, was zählte, war die Gegenwart. Libby wusste, dass sie jetzt den ersten Schritt machen musste.

Sie trat dicht vor Cal. „Ich weiß, womit wir beginnen können." Sie hob ihre Hand an seine Wange. „Küss mich noch einmal, Caleb."

Wie konnte er ihr widerstehen? Das hätte kein Mann geschafft. Ihre Augen waren dunkel, ihr Mund erwartungsvoll halb geöffnet. Langsam neigte Cal den Kopf. Seine Lippen berührten ihre nur so leicht wie ein Hauch. Als er Libbys leises Aufstöhnen hörte, wurde seine Sehnsucht nach ihr unbezähmbar.

„Libby …" Er legte seine Hände auf ihre Schultern und schob sie ein wenig von sich fort.

„Zwinge mich nicht, dich zu verführen", sagte sie leise. „Ich weiß nämlich nicht, wie man das macht."

Er lachte leise auf, zog sie fest zu sich heran und barg sein Gesicht in ihrem Haar. „Zu spät. Du hast mich schon verführt."

„So?" Sie schlang die Arme fest um ihn, hielt ihn ganz fest und redete sich dabei ein, dass sie ihn ohne Bedauern auch wieder loslassen würde, wenn die Zeit dazu gekommen war. Als sie seinen zärtlichen Biss an ihrem Ohrläppchen fühlte, erbebte sie. „Ich weiß nicht, was ich als Nächstes tun soll."

Cal hob sie in die Arme. „Einfach nur genießen", erklärte er, und dann trug er sie die Treppe hinauf.

Er wollte mit ihr in dem Bett zusammen sein, in dem er von ihr geträumt hatte. Im blassen Licht des aufgehenden Mondes legte er sie auf die Matratze nieder. Er wollte Libby alles schenken, was er hatte, und er wollte sich alles nehmen, was sie zu schenken hatte. Cal wusste, was Freude war, er kannte alle Nuancen, alle Varianten. Und bald würde Libby sie auch kennen.

Langsam entkleidete er sie. Zu seinem eigenen Vergnügen ließ er sich dabei sehr viel Zeit. Jeder Zentimeter ihres Körpers, den er entblößte, bereitete ihm Genuss, von den schmalen Fußgelenken und den glatten Waden bis zu den schönen Schultern. Er sah, wie sich Libbys Blick verschleierte. Verwirrung und Leidenschaft zeigten sich darin, als sie Cals streichelnde Hände auf ihrer Haut fühlte.

Er fasste ihre Hand und führte sie sich an die Lippen. „So wie jetzt habe ich dich gesehen", flüsterte er. „Immer, obwohl ich mir das auszureden versuchte."

Eigentlich hätte sie sich doch unbehaglich fühlen, sich sogar töricht vorkommen müssen. Doch hier lag sie nackt im Mondlicht, ließ sich von Cal anschauen und fand sich nur schön.

„Ich habe so wie jetzt bei dir sein wollen", gestand sie leise. „Obwohl ich mir das auszureden versuchte." Lächelnd hob sie die Hände, um ihn zu entkleiden.

Cal war entschlossen, geduldig, rücksichtsvoll und sehr, sehr behutsam zu sein. Er wusste, dass es hundert verschiedene Wege zum Glück gab, und da dies für Libby das erste Mal war, sollte es besonders liebevoll geschehen. Doch dann setzten ihre unerfahrenen Hände seinen Körper in Brand. Die unbeabsichtigte Verführung erhitzte sein Blut. Er hielt Libbys Hände fest und unterdrückte ein Stöhnen.

Sie erstarrte. „Habe ich etwas falsch gemacht?"

„Nein." Er lachte leise auf und zwang sich dazu, sich zu entspannen. „Eher ein bisschen zu richtig für dieses Mal." Er zog sich ein wenig zurück und streifte seine restliche Kleidung selbst ab. „Ich werde dich beim nächsten Mal bitten, mich wieder so auszuziehen." Er strich ihr das Haar aus dem Gesicht und küsste sie. „Bei diesem ersten Mal muss ich dir Dinge zeigen, die dich zu Orten führen …" Er biss sanft in ihr Kinn. „Vertraue mir. Folge mir."

„Das will ich tun." Sie bebte. Wie sich seine Haut an ihrer rieb, das war ein seltsamer, erregender Traum. Seine Hände strichen leicht wie Schmetterlingsflügel über ihren Körper, und eine ihr bisher unbekannte Wärme breitete sich von ihrem Inneren bis in die Fingerspitzen hinein aus.

Sie schlang die Arme um ihn und überließ sich dem langen, innigen Kuss, doch dann fanden Cals geschickte Finger einen Punkt an ihrer Wirbelsäule, einen geheimen Puls unter ihrer Haut, und im nächsten Moment hatte sie das Gefühl, in einem Strudel zu versinken.

Cal dämpfte ihren überraschten Aufschrei mit seinem Kuss. Ihr Körper bog sich hoch und erschlaffte dann vollkommen.

Als wolle er ein Experiment wiederholen, hob er Libby an und führte sie mit der gleichen Bewegung wieder an den Rand der Ekstase. Ihre Reaktion erregte ihn unbeschreiblich. Er wusste, dass diese Frau sich ihm in diesem Moment hingeben würde, falls er sie nehmen wollte, aber er wusste auch, dass das Verlangen nur die Wurzel der Blume war, er aber wollte Libby die Blüte schenken.

Es kostete ihn große Anstrengung, sich zu beherrschen und die Leidenschaft zu kontrollieren, statt sich von ihren Befehlen leiten zu lassen. Libby erschien ihm jetzt so zerbrechlich. Ihr Geschmack, ihr Duft, ihre geschmeidigen Bewegungen betörten ihn. Sie war so blass wie die Mondstrahlen, die ins Zimmer fielen, und wenn er die Lippen an ihren Hals drückte, konnte er ihren Puls hämmern fühlen.

Keine Fantasievorstellung, der er sich jemals überlassen hatte, keine Frau, die er jemals befriedigt hatte, war so herrlich gewesen wie die, die ihn jetzt umarmte. Nie würde er die Worte finden, um ihr und sich selbst zu erklären, was diese Nacht für ihn bedeutete. Er konnte es ihr jedoch zeigen. Er wollte es ihr zeigen.

131

Im einen Moment hatte Libby das Gefühl zu schweben, im nächsten wurde sie von einem Sturm davongerissen, und dann flog sie durch unbekannte Höhen. Die Liebe mit Cal hatte unzählige Facetten. Seine Hände waren beinahe unerträglich sanft, und das Kratzen seiner Bartstoppeln bildete einen erregenden Kontrast dazu. Als sie sich die Freiheit nahm, ihn zu berühren, zu streicheln, fühlte sie, dass sein ganzer Körper angespannt war und alle Muskeln vibrierten.

Sie wollte denken, wollte jeden Moment analysieren, aber sie konnte weiter nichts tun als erleben, was mit ihr geschah.

Cal hob sie hoch, sodass sie jetzt beide eng umschlungen auf dem Bett knieten. Ein zartes Streicheln, eine rauere Liebkosung, heißer Atem, geschickte Finger, und schon hatte er Libby wieder berauscht. Sie warf den Kopf in den Nacken, und ihr Körper bäumte sich auf. Stöhnend drückte Cal seinen begierigen Mund an ihren Hals.

Libby presste ihre Fingernägel in seine Haut. Selbst das steigerte seine Erregung. Er sah sich einer Leidenschaft gegenüber, die wilder und freier war als alles, was er sich bis jetzt vorgestellt hatte. Libby war für ihn da, nur für ihn. Der Gedanke, dass sie ihm schenken würde, was zuvor noch niemand von ihr erhalten hatte, machte ihn halb wahnsinnig.

Sacht, sacht, mahnte er sich. Er lockerte seinen festen Griff, und als er seinen Mund zu ihrer Brust führte, schrien sie beide gleichzeitig leise auf. Mit der Zunge lockte und reizte er, mit den Zähnen bereitete er süße Qualen. Er konnte das Beben des weichen Körpers unter seinen Lippen fühlen.

Sie war zart und empfindlich. Dieser Gedanke weckte in Cal die Zärtlichkeit, die er ihr zeigen wollte. Als er sie jedoch wieder aufs Bett legte, waren die Hände, die ihn festhielten und heranzogen, stark und ungeduldig.

Die wirren Gedanken und Empfindungen überschlugen sich in Libbys Kopf. Sie hatte lange, so lange auf diesen Moment gewartet. Sie hatte so lange auf Cal gewartet. Vorbehaltlos gab sie sich ihm jetzt hin. Sie fühlte nur noch, und während sie die

Welt betrat, die er ihr eröffnet hatte, ahnte sie nicht, was sie selbst für ihn bedeutete.

Cal führte sie aus dem ersten Freudenrausch in jenen samtigen Raum, der nur Liebenden vorbehalten ist. Libby war noch unberührt, aber wie selbstverständlich empfing sie ihn. Er drang in sie ein, und sie schloss sich um ihn. Körper und Herzen verschmolzen miteinander. Und die Zeit zählte nicht mehr.

Wolken. Dunkle, silbergeränderte Wolken. Auf einer von ihnen schwebte Libby durch den Raum. Sie wollte nie mehr auf die Erde zurückkehren. Alles sollte für immer so bleiben.

Ihre Arme waren kraftlos von Cals Schultern geglitten. Sie war nicht stark genug, sie hochzuheben und ihn wieder zu umfassen. Und sprechen konnte sie auch nicht. Dabei wollte sie ihn doch bitten, sich nicht zu bewegen. Nie wieder. Mit geschlossenen Augen lag sie eng an ihn geschmiegt und lauschte auf das Schlagen seines Herzens.

Seide. Ihre Haut war wie warme, duftende Seide. Cal wusste, dass er nie genug davon bekommen würde. Er drückte sein Gesicht in ihr Haar und fühlte, dass er langsam auf die Erde zurückkehrte.

Wie konnte er dieser Frau sagen, dass ihn noch keine vor ihr so bewegt hatte? Wie konnte er ihr erklären, dass er in diesem Moment mehr daheim war, als er es jemals gewesen war? Wie konnte er es selbst akzeptieren, dass er sein Gegenstück, seine Partnerin in einer Welt und einer Zeit gefunden hatte, in der er ein Fremder war?

Er wollte nicht daran denken. So lange wie möglich wollte er von einer Minute zur anderen leben.

„Du bist so schön." Er stützte sich auf einen Ellbogen auf, damit er ihr Gesicht sehen konnte. Die sanfte Röte des Liebesspiels überzog es noch, und die Augen waren noch von der Leidenschaft verschleiert. „Wunderschön." Er küsste sie. „Deine Haut ist noch so warm." Er kostete sie, als sei sie eine Delikatesse, der er nicht widerstehen konnte.

„Ich glaube, mir wird nie wieder kalt sein." Neues Verlangen erwachte in ihr. „Caleb …" Ein kleiner Schauder durchlief sie. „Du machst mich …"

„Was mache ich dich?" Mit der Zunge strich er über ihre geöffneten Lippen. „Sag es mir."

„Du machst, dass ich mich wie verzaubert fühle. Wehrlos." Sie hielt seine Unterarme fest. „Und stark." Ihre eigenen Empfindungen verwirrten sie. „Ach, ich weiß nicht, was."

„Ich will dich wieder lieben, Libby." Er küsste sie so lange und so heftig, bis sie beide außer Atem waren. „Und immer, immer wieder. Und jedes Mal wird es anders sein als zuvor."

Libby schaute ihm in die Augen und hob ihm die Arme entgegen.

Innig umarmt lagen sie in tiefer Nacht beieinander und lauschten auf das Rauschen des Windes in den Bäumen. Cal hat recht gehabt, dachte Libby. Jedes Mal war es anders, erregend anders, und dennoch auf wunderbare Weise gleich schön. Von der Erinnerung an diese Nacht würde sie ihr ganzes Leben lang zehren. Cal würde für immer in ihrem Herzen sein.

„Schläfst du?"

Sie kuschelte sich noch bequemer in seine Schulterbeuge. „Nein."

„Sonst hätte ich dich jetzt gern geweckt." Er ließ seine Hand zu ihrer Brust hinaufgleiten und schob sein Bein zwischen ihre Schenkel. „Libby?"

„Ja?"

„Mir fehlt etwas."

„Was denn?"

„Etwas zum Essen."

Sie gähnte in seine Schulter hinein. „Du hast Hunger? Jetzt?"

„Ich muss schließlich dafür sorgen, dass ich bei Kräften bleibe."

Sie lachte leise. „Bis jetzt hast du dich doch ganz wacker geschlagen."

„Ganz wacker?" Er zog sie auf seinen Körper. „Aber das war noch nicht alles. Jetzt würde ich dir gern dabei zuschauen, wie du mir ein Sandwich machst."

Mit einer Fingerspitze malte sie kleine Kreise auf seine Brust. „Aha, der männliche Chauvinismus hat also bis ins dreiundzwanzigste Jahrhundert hinein überlebt."

„Heute Morgen habe ich dir Frühstück gemacht."

Libby dachte an den kleinen silbernen Beutel. „Mehr oder weniger." War das wirklich erst heute Morgen gewesen? Konnte sich ein Leben innerhalb so weniger Stunden so vollständig verändern? Bei ihr war es jedenfalls so. Vielleicht sollte sie sich nun fürchten, aber alles, was sie empfand, war Dankbarkeit.

„Na schön." Sie wollte sich erheben, aber Cal hielt sie an den Hüften fest.

„Eins nach dem anderen", flüsterte er, und dann begann für sie eine neue Reise zu den Gipfeln des Glücks.

Als Libby sich danach mit einiger Mühe in ihren Morgenmantel wickelte, war sie sich nicht sicher, ob sie die Aufgabe würde bewältigen können, ein paar Fleischscheiben zwischen zwei Brotschnitten zu schieben. Cal hatte ihr alles gegeben und alles genommen, er hatte sie erregt und beruhigt, und jetzt war ihr Körper schlaff und ihr Geist nicht funktionsfähig.

Cal schaltete die Nachttischlampe an und stand auf. „Gibt es auch ein paar Kekse als Nachtisch zu dem Sandwich?"

„Mal sehen." Libby wollte ihm nicht zuschauen, wie er da so völlig unbekleidet und unbekümmert vor ihr stand. Sie tat es dennoch, doch als sie errötete, senkte sie rasch den Blick zu ihren Fingern, mit denen sie an ihrem Gürtelband zerrte. Als er zur Tür ging, schaute sie schnell wieder hoch. „So wirst du nicht nach unten gehen."

„Wie – so?"

„Ohne etwas … Also, du musst etwas anziehen."

Lächelnd stützte er sich mit einer Hand gegen den Türrahmen. Libbys Erröten entzückte ihn. „Weshalb denn? Du solltest doch inzwischen wissen, wie ich gebaut bin."

„Darum dreht es sich ja nicht."

„Worum denn?"

Libby gab es auf. Mit einem Seufzer deutete sie einfach auf die Kleidungsstücke. „Zieh etwas an."

„Gut, ich werde den Pullover anziehen."

„Sehr komisch, Hornblower."

„Du bist gehemmt." Seine blauen Augen glitzerten gefährlich.

Dieses Glitzern kannte Libby inzwischen schon. Als Cal den ersten Schritt auf sie zu machte, packte sie die Jeans und warf sie ihm entgegen. „Wenn du willst, dass ich dir ein Sandwich mache, wirst du jetzt einige deiner ... Körperteile bedecken müssen."

Grinsend stieg Cal in die Jeans. Wenn er sich jetzt anzog, würde ihn Libby später wieder ausziehen müssen, und dieser Gedanke machte ihm schon im Voraus Spaß. Zunächst aber folgte er ihr in die Küche.

„Du könntest den Teekessel füllen", schlug sie vor, während sie den Kühlschrank öffnete.

„Womit?"

„Na, mit Wasser." Sie seufzte. „Mit schlichtem Wasser. Dann stellst du den Kessel auf die vordere Herdplatte und drehst an dem kleinen Knopf darunter." Sie holte abgepackten Schinken, Käse und eine Tomate aus dem Kühlschrank. „Senf?"

„Hm?" Cal studierte angestrengt den Herd. „Ja, gern." Die Menschen müssen heute sehr geduldig sein, dachte er und beobachtete, wie lange es dauerte, bis die Herdplatte glühte. Einiges indessen war viel vorteilhafter. Die Schnellgerichte, an die er gewöhnt war, ließen sich mit Libbys Mahlzeiten überhaupt nicht vergleichen. Und dann die Wohnverhältnisse. Obwohl Cal das Haus sehr liebte, in dem er aufgewachsen war, und obwohl er sich an Bord seines Schiffs sehr wohlfühlte, fand er es doch sehr angenehm, echtes Holz unter den nackten Füßen zu fühlen und den Rauchgeruch eines echten Kaminfeuers deutlich wahrzunehmen.

Ja, und dann Libby selbst. Wahrscheinlich war es nicht angemessen, sie als „vorteilhaft" zu bezeichnen. Sie war einmalig, unverwechselbar und genau so, wie er sich immer eine Frau gewünscht hatte.

Es durchfuhr ihn heiß – aber noch bevor die Hitze der Herdplatte seinen Finger versengte. Cal schrie auf und machte einen Satz rückwärts.

„Was ist denn?", fragte Libby.

Eine Sekunde lang starrte Cal sie nur an. Ihr Haar war wirr, ihr Blick noch verschlafen. In ihrem Morgenmantel schien sie ganz zu verschwinden.

„Nichts", brachte Cal heraus. Eine Empfindung, die hoffentlich nur körperliches Verlangen war, überwältigte ihn beinahe. „Ich habe mir nur den Finger verbrannt. Nicht weiter schlimm."

„An dem Herd spielt man auch nicht herum", schalt sie sanft und wandte sich wieder der Zubereitung des Sandwichs zu.

Genau so, wie er sich immer eine Frau gewünscht hatte? Das war doch nicht möglich. Er wusste doch gar nicht, wie er sich eine Frau wünschte, und er hatte sich diesbezüglich noch lange nicht entschieden. Jedenfalls bis jetzt nicht.

Dieser Gedankengang versetzte ihn in Angst und Schrecken. Und der unangenehme Verdacht, dass die Entscheidung ohne sein Dazutun bereits in dem Moment gefällt war, als er die Augen geöffnet und Libby in ihrem Sessel hatte schlafen sehen.

Lächerlich. Da hatte er sie doch überhaupt noch nicht gekannt. Ja, aber jetzt kannte er sie.

Trotzdem war es unmöglich, dass er sie wirklich liebte. Gut, er mochte sich bis über beide Ohren in sie verliebt haben. Es konnte ihm eine ungeheure Freude bereiten, mit ihr zusammen zu sein, mit ihr zu schlafen und mit ihr zu lachen. Er konnte sie faszinierend und erregend finden, aber Liebe?

Das kam nicht infrage. Liebe – hier und in diesem Zeitalter – bedeutete Dinge, die er und Libby niemals zusammen haben konnten: ein Daheim, eine Familie, Jahre. Niemals durfte er vergessen, dass sein eigenes Leben zweihundert Jahre nach Libbys Existenz begonnen hatte.

„Stimmt etwas nicht?"

Cal blickte auf. Libby stand mit zur Seite geneigtem Kopf und zwei Tellern in den Händen da und schaute ihn fragend an.

„Nein." Lächelnd nahm er ihr die Teller ab. „Meine Gedanken waren nur gerade auf Wanderschaft."

„Iss, Hornblower." Sie klopfte ihm auf die Wange. „Dann wird's dir wieder besser gehen."

Weil er gern glauben wollte, dass alles so einfach war, setzte er sich hin und biss in das Sandwich, während Libby den Tee zubereitete.

Irgendwo im Wald schrie eine Eule im schwindenden Mondlicht. Libby kam es irgendwie ganz normal vor, dass sie mitten in der Nacht bei Sandwich und Tee in der heimeligen Küche saßen. „Besser?", fragte sie, nachdem er die Hälfte seines Sandwichs aufgegessen hatte.

„Ja." Die innere Anspannung, die Cal so unerwartet überfallen hatte, war beinahe ganz verflogen. Und Libby sah so hübsch aus mit ihrem zerzausten Haar und ihren verschlafenen Augen.

„Wie kommt es, dass ich dein erster Mann bin?", fragte er leise.

Libby verschluckte sich beinahe an ihrem Tee. „Ich will nicht …" Sie hustete noch einmal und zog die Aufschläge ihres Morgenmantels enger zusammen. „Ich weiß nicht, wie ich diese Frage beantworten soll."

„Hältst du diese Frage denn für so seltsam?" Aufs Neue von ihr bezaubert, beugte er sich lächelnd zu ihr und strich ihr übers Haar. „Du bist so gefühlvoll, so anziehend. Dich müssen doch schon andere Männer begehrt haben."

„Nein. Das heißt, ich weiß es nicht. Ich habe mich nicht besonders um solche Sachen gekümmert."

„Macht es dich verlegen, wenn ich dir sage, dass du anziehend bist?"

„Nein." Sie errötete. „Nun ja, ein wenig vielleicht."

„Ich kann doch unmöglich der erste Mensch sein, der dir sagt, was für eine hinreißende Frau du bist." Er nahm ihre Hand und streichelte über die Finger.

„Doch." Die sanfte Berührung erregte sie über die Maßen. „Ich habe nicht ... nicht viel Erfahrung mit Menschen. Meine Studien ..." Sie hielt den Atem an, als Cal ihre Fingerspitzen küsste. „Meine Arbeit ..."

Bevor er sich seinem Impuls ergab, Libby wieder zu lieben, ließ er ihre Hand vorsichtshalber los. „Deine Studien befassen sich doch mit Menschen."

„Menschen zu studieren und mit ihnen auf gesellschaftlicher Ebene zu verkehren sind zweierlei Dinge." Er braucht mich gar nicht zu berühren, um mich zu erregen, erkannte sie. Er braucht mich nur so anzuschauen wie jetzt. „Ich bin nicht gerade sehr kontaktfreudig."

„Ich glaube, da unterschätzt du dich aber. Immerhin hast du mich hergebracht und dich um mich gekümmert, und ich war ein Fremder."

„Ich konnte dich ja wohl schlecht im Regen liegen lassen."

„Du nicht, aber andere hätten es gekonnt. Geschichte ist zwar nicht gerade meine starke Seite, aber ich bezweifle, dass sich die menschliche Natur sehr verändert hat. Du hast in diesem Unwetter nach mir gesucht, mich in dein Haus gebracht und mich nicht hinausgeworfen, obwohl ich dich verärgert hatte. Falls es mir gelingt, in meine eigene Zeit zurückzukehren, dann habe ich dir das zu verdanken."

Libby stand auf, um noch mehr Tee aufzugießen, den sie eigentlich gar nicht mochte. Sie wollte nicht an Cals Abreise denken, aber es wäre falsch, so zu tun, als würde er bei ihr bleiben und das Leben vergessen, das er zurückgelassen hatte.

„Ich finde nicht, dass du mir wegen eines Betts und ein paar Rühreiern etwas schuldest." Sie versuchte zu lächeln. „Aber wenn du unbedingt dankbar sein willst, habe ich auch nichts dagegen."

Ich habe etwas Falsches gesagt, dachte Cal. Das sah er Libbys Augen an. Zwar lächelte sie, aber ihre Augen waren dunkel und traurig. „Ich möchte dir nicht wehtun, Libby."

Zu seiner Erleichterung wurde ihr Blick etwas sanfter. „Nein, das weiß ich doch." Sie setzte sich wieder an den Tisch und schenkte Tee nach. „Wie sind deine Pläne? Für die Rückreise, meine ich."

„Wie viel verstehst du von Physik?"

„So gut wie gar nichts."

„Dann sagen wir es mal so: Ich lasse den Computer für mich arbeiten. Der Schaden war verhältnismäßig gering, sodass sich hier kein Problem ergeben dürfte. Ich muss dich nur bitten, mich wieder zum Schiff hinauszufahren."

„Selbstverständlich." Sie unterdrückte ihre aufsteigende Torschlusspanik. „Ich kann mir vorstellen, dass du an Bord bleiben willst, während du deine Berechnungen erarbeitest und die notwendigen Reparaturen durchführst."

Das wäre natürlich praktischer und ganz gewiss auch bequemer, aber davon ließ Cal sich nicht leiten. „Ich hatte eigentlich gehofft, dass ich weiter bei dir wohnen dürfte. Ich habe mein Flugrad an Bord, mit dem ich problemlos hin- und zurückgelangen kann. Ich meine natürlich, falls dich meine Gesellschaft nicht stört."

„Aber nicht doch", sagte sie viel zu schnell, was sie sich sofort übel nahm. Sie fasste sich wieder. „Dein Flugrad?"

„Falls es bei dem Absturz nichts abbekommen hat. Na, das werden wir ja morgen feststellen. Isst du das da noch auf?"

„Was? Ach so. Nein." Sie schob ihm die zweite Hälfte ihres Sandwichs hin. Ein Flugrad – träumte sie schon wieder? „Cal, mir geht gerade auf, dass ich niemandem etwas von dir erzählen kann. Das ist absolut unmöglich."

„Mir wäre es auch lieber, wenn du damit warten würdest, bis ich fort bin, aber grundsätzlich habe ich nichts dagegen, wenn du es jemandem erzählst." Er aß das restliche Sandwich auf.

„Sehr großzügig von dir." Sie blickte ihn scheinbar freundlich an. „Sag mal, gibt es im dreiundzwanzigsten Jahrhundert auch Gummizellen?"

„Gummizellen?" Er versuchte sich so etwas vorzustellen. „Soll das ein Scherz sein?"

„Wenn, dann einer zu meinen Lasten." Sie stand auf und räumte die Teller fort.

„Das steht noch nicht fest. Ich frage mich, ob mir daheim irgendjemand auch nur ein Wort glauben wird."

Eine ebenso absurde wie faszinierende Idee schoss Libby durch den Kopf. „Vielleicht könnte ich eine Zeitkapsel zusammenstellen. Ich könnte alles aufschreiben, ein paar interessante Beweisgegenstände hinzufügen und das Ganze versiegeln. Wir könnten die Kapsel vergraben, vielleicht unten beim Bach. Wenn du wieder daheim bist, könntest du sie ausgraben."

„Eine Zeitkapsel." Diese Idee gefiel ihm. Würde das nicht bedeuten, dass er dann etwas von Libby besäße, auch wenn Jahrhunderte sie beide trennten? „Ich werde den Computer befragen, um ganz sicher zu sein, dass wir die Kapsel nicht gerade irgendwo eingraben, wo in meiner Zeit dann möglicherweise ein Gebäude steht oder so etwas."

Libby nahm sofort einen Notizblock von einem Unterschrank und begann zu schreiben.

„Was machst du da?", wollte Cal wissen.

„Notizen." Sie blinzelte ihre eigene Schrift an und wünschte, sie hätte ihre Brille zur Hand. „Erst einmal schreiben wir alles auf, was dich und dein Schiff betrifft. Und was legen wir dann sonst noch alles hinein?" Sie überlegte. „Eine Zeitung wäre gut. Und eine Fotografie. Wir fahren noch einmal in die Stadt und suchen uns einen von diesen Fotoautomaten. Nein, ich werde am besten eine Sofortbildkamera kaufen." Libby kritzelte immer schneller. „Dann können wir die Bilder hier aufnehmen, im Haus oder davor. Und dann brauchen wir noch ein paar persönliche Dinge." Sie spielte an ihrer dünnen goldenen Halskette. „Ja, vielleicht ein paar einfache Haushaltsgegenstände."

„Da spricht die Wissenschaftlerin." Cal fasste sie um die Taille und zog sie zu sich heran. „Ich finde das unwahrscheinlich erregend."

„Das ist albern", erklärte sie, aber als er den Kopf neigte und zart in ihren Nacken biss, war das ganz und gar nicht albern. Der Boden schwankte unter ihren Füßen. „Cal ..."

„Hm?" Er ließ die Lippen zu einer kleinen, empfindsamen Stelle hinter ihrem Ohr streichen.

„Ich wollte ..." Der Notizblock glitt ihr aus der Hand und fiel zu Boden.

„Was wolltest du?" Geschickt löste er den Knoten in ihrem Gürtelband. „Heute Nacht kannst du alles haben, was du willst."

„Dich will ich." Sie stöhnte auf, als der Morgenmantel von ihren Schultern glitt. „Nur dich."

„Wenn's weiter nichts ist." Er lehnte sie gegen den Unterschrank. Hundert erotische Einfälle gingen ihm durch den Kopf. Er wollte dafür sorgen, dass weder Libby noch er diese kleine Küche jemals wieder vergessen konnten.

Die hellroten Streifen auf Libbys Haut erschreckten ihn. „Was ist das denn?" Vorsichtig strich er mit der Fingerspitze über ihre Brust, dann fasste er sich ans Kinn. „Ich habe dich zerkratzt!"

„Was?" Libby hatte sozusagen schon abgehoben, und sie wollte unter gar keinen Umständen wieder auf die Erde zurück.

„Seit Tagen habe ich mich nicht mehr rasiert", sagte er ärgerlich auf sich selbst. Er hauchte einen Kuss auf die geröteten Stellen. „Du bist so weich ..."

„Ich habe nichts gemerkt." Sie zog ihn wieder zu sich heran, doch er küsste sie nur aufs Haar.

„Da gibt es nur eines zu tun."

„Ich weiß." Libby schlang die Arme um seinen muskulösen Rücken.

„Das wären dann schon zwei Dinge." Lachend hob er sie hoch.

„Tragen musst du mich aber nicht." Trotzdem schmiegte sie sich fest an seine Schulter. „Ich kann ganz allein zum Bett laufen."

„Schon möglich, aber hierfür nehmen wir doch lieber das Badezimmer."

„Das Badezimmer?"

„Ich werde mich mit diesem gefährlich aussehenden Instrument befassen müssen", erklärte er auf der Treppe. „Und du wirst mich gut beaufsichtigen, damit ich mir nicht die Kehle durchtrenne."

Gefährliches Instrument? Libby begriff, was er meinte. „Weißt du nicht, wie man ein Rasiermesser benutzt?"

„Wo ich herkomme, sind die Menschen zivilisiert. Folterinstrumente sind seit Langem geächtet."

„Ach ja?" Sie wartete, bis er sie wieder auf den Boden gestellt hatte. „Dann tragen die Frauen wohl auch keine hochhackigen Schuhe und keine Korsetts mehr. Oh, schon gut", sagte sie, als Cal den Mund aufmachte. „Ich glaube, dies könnte zu einer höchst philosophischen Diskussion führen, und dafür ist es viel zu spät."

Sie öffnete den Wandschrank und nahm Rasiermesser und die Rasiercreme heraus. „Und nun mal los."

Ergeben betrachtete Cal die Gegenstände in seiner Hand. Was tat ein Mann nicht alles für eine Frau! „Und wie mache ich das nun?"

„Ich kann dir leider nur Informationen aus zweiter Hand bieten, weil ich mich selbst noch nie rasiert habe, aber ich glaube, man trägt die Rasiercreme auf und führt dann die Klinge über den Bart."

„Rasiercreme." Er drückte etwas davon in seine Handfläche und fuhr sich dann unwillkürlich mit der Zungenspitze über die Zähne. „Keine Zahncreme."

„Nein, ich …" Libby brauchte nicht lange, um sich ein Bild zu machen. Sie lehnte sich mit dem Rücken an das Waschbecken, hielt sich die Hand vor den Mund und versuchte vergeblich, ihr Gelächter zu unterdrücken. „Ach, Hornblower, du armer Kerl!"

Cal betrachtete die Tube in seiner Hand. Wie er die Sache sah, blieb ihm nur eines übrig. Während sich Libby buchstäblich vor Lachen bog, brachte er sich in Position, zielte und drückte ab.

8. Kapitel

Libby murmelte etwas, als der Sonnenschein in ihre Träume drang. Sie erwachte langsam und wollte sich umdrehen, was jedoch nicht ging, weil ein schwerer Arm um ihre Taille geschlungen war und ein noch schwereres Bein über ihrem lag. Sie hatte durchaus nichts dagegen, sondern kuschelte sich bequem zurecht und genoss es, Cals Haut an ihrer zu fühlen.

Wie spät es war, wusste sie nicht. Vielleicht interessierte es sie auch zum ersten Mal in ihrem Leben nicht. Ob Morgen oder Nachmittag, sie war glücklich, im Bett zu liegen und den Tag verträumen zu können, solange Cal noch bei ihr war.

Beinahe noch im Halbschlaf strich sie mit der Hand über seine Schulter. Er ist kein Traumbild, dachte sie, sondern echt und wahrhaftig vorhanden. Und im Augenblick gehörte er ihr. Zwar war er eben erst in ihr Leben getreten und würde viel zu schnell daraus verschwinden, jetzt jedoch gehörte er ihr. Sein Lachen, seine Stimmungen, seine Leidenschaft, das alles gehörte ihr. Und alles würde sie wie einen wertvollen Schatz in ihrer Erinnerung bewahren, nachdem er schon lange wieder fort war.

Cal meinte noch zu träumen, aber die Gestalt und der Duft waren sehr real. Libbys Körper, Libbys Duft, ihrem Namen galt sein erster bewusster Gedanke. Sie schmiegte sich an ihn, und das langsame, sanfte Streicheln ihrer Hand erregte ihn auf ganz besondere Weise.

Er hatte nicht mitgezählt, wie oft sie sich im Laufe der Nacht geliebt hatten, aber er erinnerte sich, dass die Morgendämmerung mit ihrem perlmuttfarbenen Licht schon hereingebrochen war, als Libby zum letzten Mal seinen Namen gerufen hatte. Nie würde er es vergessen. Wie ein Traum war sie gewesen, weich, geschmeidig, beweglich und voller nicht endender Leidenschaft.

Irgendwann hatte er aufgehört, ihr Lehrer zu sein, und war stattdessen zu ihrem Schüler geworden.

Liebe war mehr als das körperliche Vergnügen, das Mann und Frau einander bereiten konnten. Vertrauen und Geduld, Großzügigkeit und Freude gehörten dazu und die glückliche Gewissheit, dass beim Aufstehen am Morgen der Partner noch da war.

Partner, Partnerin – diese Worte gingen ihm durch den Kopf. War es Schicksal oder Schein, dass er erst durch die Zeit hatte reisen müssen, um seine wirkliche Partnerin zu finden?

Er wollte nicht daran denken. Das Einzige, was er jetzt wollte, war Libby im hellen Sonnenlicht zu lieben.

Er veränderte seine Lage, und bevor einer von ihnen richtig wach war, drang er in sie ein. Sie stöhnten beide gleichzeitig auf und versanken dann in einem zuerst liebevollen, dann immer leidenschaftlicheren Kuss. Sie bewegten sich miteinander, sie ließen die Hände auf Reisen gehen, und der Kuss wurde tiefer und heftiger.

„Ich liebe dich."

Libby hatte diesen Satz noch zu keinem Mann gesagt, Cal noch zu keiner anderen Frau. Trotzdem wiederholte er diese Worte jetzt wie ein Echo. Das Geständnis schockierte keinen von beiden, denn sie waren zu sehr von ihren sinnlichen Empfindungen berauscht, die sie schließlich auf den Gipfel der Freuden trugen.

Später bettete Cal den Kopf zwischen ihre Brüste, doch er schlief nicht wieder ein. Hatte Libby gesagt, dass sie ihn liebte? Und hatte er ihr gesagt, dass er sie liebte? War das wirklich geschehen, oder gaukelte ihm das nur seine Fantasie vor? Er wusste es nicht genau, und das war ihm unbehaglich.

Fragen konnte er Libby auch nicht. Das wagte er nicht. Wie immer die Antwort lauten würde, sie würde schmerzen. Liebte Libby ihn nicht, würde es ihm das Herz brechen. Liebte sie ihn, wäre der Abschied von ihr so etwas wie ein kleiner Tod.

Für sie beide war es am besten, wenn sie sich nahmen, was sie bekommen konnten. Cal wollte Libby lachen machen, er wollte Leidenschaft und Heiterkeit in ihren Augen sehen und in ihrer Stimme hören. Und er würde sich erinnern. Was immer mit ihm geschähe, er würde sich erinnern. Sie sollte sich auch erinnern. Er wollte sich seines Platzes in ihrem Gedächtnis sicher sein.

„Komm mit." Er stand auf und zog sie ebenfalls hoch.

„Wohin?"

„Ins Badezimmer."

„Schon wieder?" Lachend, aber vergeblich griff sie nach ihrem Morgenmantel. „Du brauchst dich doch nicht schon wieder zu rasieren."

„Gott sei Dank."

„Du hast dich nur drei- oder viermal geschnitten. Und daran warst du selbst schuld. Du hättest eben nicht die ganze Rasiercreme für etwas anderes aufbrauchen sollen. Falls du jetzt etwas Ähnliches mit der Zahncreme …"

„Später vielleicht." Er hob sie hoch und trug sie direkt in die Badewanne. „Jetzt gebe ich mich mit einem Duschbad zufrieden."

Libby kreischte auf, als der eiskalte Wasserstrahl sie traf. Ehe sie sich rächen oder auch nur protestieren konnte, war Cal schon bei ihr, legte den Arm um sie und regulierte mit der freien Hand die Wassertemperatur. Er fand, dass er das eigentlich schon ganz gut hinbekam.

Libby wurde von dem Strahl mitten ins Gesicht getroffen. Sie spie und wollte zu schimpfen anfangen, aber da brachte sie ein heißer, nasser, endloser Kuss zum Schweigen.

So etwas hatte sie noch nicht erlebt. Feuchtheiße Luft, nasse Haut, seifige Hände … Ihre Knie wurden weich.

Cal drehte das Wasser ab und wickelte sie in ein Badetuch. Er schien so berauscht zu sein wie sie und legte seine Stirn an ihre. „Wenn wir heute noch irgendetwas tun wollen – etwas anderes, meine ich –, dann sollten wir vielleicht lieber aus dem Haus gehen."

„Stimmt."

„Nach dem Essen."

Zu ihrem eigenen Erstaunen brachte sie die Energie zum Lachen auf. „Natürlich. Nach dem Essen."

Am späten Nachmittag standen sie wieder an Cals Schiff. Von Norden her waren Wolken aufgezogen, und die Luft hatte sich abgekühlt. Libby redete sich ein, dass sie nur deshalb fror. Sie wickelte die kurze Jacke enger um sich, doch die Kälte kam von innen.

„Ich stehe hier, sehe es mit meinen eigenen Augen, weiß, dass es tatsächlich existiert, und kann es dennoch einfach nicht glauben."

Cal nickte. Er war nicht mehr so entspannt und so zufrieden wie vor Kurzem noch. Warum nicht, war ihm nicht ganz klar. „Mir geht es ebenso, wenn ich dein Haus anschaue."

Jetzt waren bei ihm auch noch Kopfschmerzen im Anzug. Er kannte das. Innere Anspannung war die Ursache. „Libby, ich weiß, dass du arbeiten musst, und ich will dich nicht davon abhalten, aber würdest du noch ein paar Minuten warten, bis ich mein Flugrad inspiziert habe?"

„Ja." Eigentlich hatte sie gehofft, dass er sie bitten würde, den ganzen Tag hierzubleiben. Um sich ihre Enttäuschung nicht anmerken zu lassen, lächelte sie. „Ich würde es mir sehr gern ansehen."

„Ich bin gleich wieder da." Er öffnete die Einstiegsluke und verschwand darin.

Bald wird er das wieder tun, dachte Libby. Darauf musste sie vorbereitet sein. Seltsam, aber sie bildete sich ein, er hätte ihr an diesem Morgen gesagt, dass er sie liebte. Das war ein schöner, tröstlicher Gedanke, aber sie wusste natürlich, dass Cal in Wirklichkeit nichts dergleichen geäußert haben konnte. Das war auch gar nicht möglich. Er mochte sie, vielleicht mehr als jeden anderen Menschen, aber er liebte sie nicht wirklich, jedenfalls nicht so sehr, wie sie ihn liebte.

Und weil sie ihn so liebte, wollte sie auch alles tun, um ihm zu helfen, wozu als Erstes gehörte, dass sie die Grenzen respektierte.

Sie hörte ein leises, metallisches Vibrieren. Die große Ladeluke öffnete sich. Auf einem kleinen, stromlinienförmigen Motorrad glitt Cal heraus, ohne den Boden zu berühren.

Das Fahrzeug gab ein Summen von sich, das wie vorbeirauschende Luft klang. In der Form erinnerte es entfernt an ein Motorrad, ohne so massig zu sein. Es besaß zwei Räder und einen schmalen, gepolsterten Sattel. Die metallicblaue Karosserie sah aus wie ein langer, gebogener Zylinder, der vorn in eine Art schlanke Lenkstange auslief.

Cal fuhr, nein schwebte zu Libby heraus, hielt dann an und machte ein Gesicht wie ein kleiner Junge, der sein erstes Mountainbike vorführte. „Es läuft großartig." Er drehte an den Handgriffen, und das Summen wurde lauter. „Möchtest du es einmal ausprobieren?"

Skeptisch betrachtete Libby die winzigen Anzeigen und Knöpfe unterhalb der Lenkstange. Es sah alles ein bisschen nach Spielzeug aus. „Ich weiß nicht recht."

„Nun komm schon, Libby." Er hielt ihr die Hand hin, weil er seine Freude mit ihr teilen wollte. „Es wird dir Spaß machen. Ich passe schon auf, dass dir nichts passiert."

Libby blickte erst ihn und dann das Gefährt an, das eine Handbreit über dem Waldboden schwebte. Es war eine kleine Maschine – falls das die richtige Bezeichnung für das Ding war, aber auf dem schmalen schwarzen Sattelpolster war Platz für zwei. Eigentlich sah das Vehikel harmlos aus, und Libby bezweifelte, dass etwas so Kleines überhaupt genug Kraft besaß. Schulterzuckend nahm sie auf dem hinteren Teil des Sattels Platz.

„Halte dich gut an mir fest", empfahl Cal hauptsächlich deswegen, weil er ihren Körper an seinem fühlen wollte.

Die starken Vibrationen unter ihr erschreckten Libby. Aber das fand sie töricht. Cal sah schließlich auch harmlos aus. „Hornblower, sollten wir nicht lieber Helme oder …" Die

Worte wurden ihr förmlich vom Mund gerissen, als die Beschleunigung einsetzte.

Libby wusste nicht, ob sie schreien oder sich lieber nur festhalten sollte. Sie entschied sich für Letzteres, drückte die Augen zu und umklammerte Cal so eisern, dass er lachen musste. Mit geübtem Geschick steuerte er das Flugrad einmal ums Schiff und dann den Abhang hinauf.

Der Rausch der Geschwindigkcit! Cal war ihm immer verfallen gewesen, aber diesmal widerstand er ihm und der Verlockung des Himmels, denn Libby würde mehr verängstigt als begeistert sein, falls er sie zu schnell zu hoch brachte. Er kurvte also nur um die Baumwipfel herum und sauste über Fels und Wasser. Ein Vogel hob sich ärgerlich keifend von einem Ast direkt über ihren Köpfen, anscheinend konnte er die fliegende Konkurrenz nicht vertragen.

Cal fühlte, dass Libbys Griff eine Spur lockerer wurde und dass sie das Gesicht nicht mehr zwischen seine Schulterblätter presste.

„Na, wie findest du das?"

Sie bekam schon fast wieder Luft. Es schien, als hätte sich ihr Magen dazu durchgerungen, an seinem Platz zu bleiben, jedenfalls für den Moment. Ganz vorsichtig öffnete sie die Augen und machte sie gleich wieder zu.

„Ich finde, ich habe alles Recht, dich umzubringen, sobald wir wieder gelandet sind."

„Immer mit der Ruhe." Das Fahrzeug schwenkte dreißig Grad nach rechts, dann wieder nach links, und dann ließ Cal es weiter durch die Bäume tanzen.

Der hat gut von Ruhe reden, dachte Libby. Ein vorsichtiger Blick nach unten zeigte ihr, dass sie sich mehr als drei Meter über dem Boden befanden. Sie war drauf und dran, von Cal zu verlangen, dass er sie absetzte, doch dann traf es sie.

Sie flog! Nicht in einem riesigen Flugzeug eingeschlossen, sondern frei und leicht. Sie konnte den Wind in ihrem Haar fühlen, sie konnte den Frühling in der Luft schmecken, und kein lautes Motorengeräusch störte die Eindrücke. Wie verspielte Vögel streiften sie und Cal durch den Wald.

Mitten in der Schneise, die sein Schiff geschlagen hatte, hielt er an und drehte sich zu Libby um. Das Flugrad schwebte über dem Boden. „Soll ich runtergehen?"

„Nein. Rauf!" Lachend warf sie den Kopf in den Nacken. Sie hatte die Verlockung des Himmels gespürt.

Cal beugte sich zu einem Kuss zurück. „Wie hoch hinauf?"

„Wo wäre denn die oberste Grenze?"

„Keine Ahnung, aber ich glaube, wir sollten es lieber nicht ausprobieren. Wenn wir nämlich über die Baumwipfel hinausfliegen, könnte uns jemand entdecken."

Da hatte er natürlich wieder einmal recht. Libby fragte sich, weshalb sie eigentlich immer ihre gesunde Vernunft verlor, wenn sie in Cals Nähe war. „Also dann bis zu den Wipfeln. Nur ein Mal, ja?"

Ihre Begeisterung entzückte ihn. Er fühlte, wie Libby die Arme wieder um ihn schlang, und dann hob er ab.

Diesen Flug würde er nie vergessen. Libby lachte glücklich, ihr Körper drückte sich an seinen, und ihre Finger waren locker vor seinem Bauch verschränkt. Cal bedauerte nur, dass er Libbys Gesicht während des Flugs nicht beobachten konnte.

Er widerstand der Versuchung, über die Baumwipfel hinauszufliegen, sondern beschränkte sich darauf, in ungefähr dreißig Metern Höhe um die dicken Äste herumzukurven. Unter ihnen hatte ein schmaler Gebirgsbach sein Bett in den Fels gegraben, und ein Wasserfall, angeschwollen von der Schneeschmelze und dem Frühlingsregen, stürzte über die Felskante und fiel ins scheinbar Leere. Die Sonne brach durch die Wolken und zeichnete Muster auf den Waldboden.

Cal drosselte das Tempo zum Landeanflug. Jetzt schienen sie schwere- und geräuschlos zu Boden zu schweben, und dann setzten sie weich auf dem Boden neben dem Schiff auf.

„Alles in Ordnung?", fragte er und blickte über die Schulter nach hinten.

„Es war einfach herrlich! Ich hätte den ganzen Tag da oben bleiben können", sagte sie begeistert.

„Fliegen kann sich zur Sucht auswachsen." Cal stieg ab und fasste Libbys Hand. „Freut mich wirklich, dass es dir so gefallen hat."

Es ist vorbei, dachte Libby, als sie wieder festen Boden unter den Füßen hatte. Doch jetzt besaß sie eine weitere Erinnerung, die sie aufbewahren konnte. „Und wie es mir gefallen hat! Ich werde dich auch nicht fragen, wie das Ding funktioniert. Ich würde es ja doch nicht verstehen." Sie warf einen Blick zum Schiff hinüber. Es hatte ihr Cal gebracht, und es würde ihn ihr auch wieder nehmen. „Ich werde dich jetzt deiner Arbeit überlassen."

Cal war innerlich ebenso zerrissen wie Libby. „Bei Einbruch der Nacht bin ich wieder zurück."

„Gut." Sie entzog ihm ihre Hand und steckte sie sich in die Hosentasche. „Wirst du auch zu meinem Haus finden?"

„Ich bin ein guter Navigator."

„Natürlich." Die Vögel, die vor dem fliegenden Gefährt geflohen waren, sangen jetzt wieder. Die Zeit verging. „Ja, ich werde dann jetzt gehen."

Er merkte, dass sie ihre Abfahrt hinauszögerte. Ihm ging es ja nicht anders, obwohl das natürlich töricht war. In einigen wenigen Stunden würden sie ja wieder zusammen sein. „Du könntest mit hereinkommen, aber ich glaube, dann werde ich nicht viel Arbeit schaffen."

Verlockend war das schon. Sie könnte mit ins Schiff gehen, Cal ablenken und ihn vom Computer und dessen Antworten noch ein paar Stunden fernhalten. Aber das wäre nicht recht.

Sie schaute zu ihm hoch, und all ihre Liebe, ihre Sehnsucht lag in ihrem Blick. „Ich bin in den letzten Tagen ja auch nicht viel zum Arbeiten gekommen."

Er neigte sich zu ihr und küsste sie. „Dann also bis heute Abend." Bei der offenen Luke blieb er stehen, bis Libby mit ihrem Geländewagen den Scheitelpunkt der Anhöhe erreicht hatte. Sie schaute nicht zurück.

Den größten Teil des Tages verbrachte Libby damit, für die geplante Zeitkapsel alles aufzuzeichnen, was in der vergangenen Woche geschehen war. Sie verwendete Cals Worte und seine Theorien, um seine Anwesenheit hier zu erklären, und ihre eigenen Eindrücke fügte sie zur Veranschaulichung hinzu.

Nachdem sie fertig war, las sie alles noch einmal durch, raffte einige Passagen und führte andere ein wenig detaillierter aus. Es war eine fantastische Geschichte, fantastisch im Sinn des Wortes. Vielleicht wirkte sie in Cals Zeitalter gar nicht so fantastisch. Wie würden seine Mitmenschen reagieren, wenn er ihnen bei seiner Rückkehr seine Erlebnisse berichtete? Der zufällige Entdecker, dachte Libby lächelnd. Wie Kolumbus, der nach Indien hatte segeln wollen und die Neue Welt entdeckt hatte.

Vielleicht würde man Cal auch als einen solchen Helden feiern. Vielleicht würde sein Name dann auch in den Geschichtsbüchern zu finden sein. Wie ein Held sieht er ja jetzt schon aus, dachte Libby verträumt. Groß und stark. Der Verband auf seiner Stirn ließ ihn verwegen wirken, was durch die Bartstoppeln noch unterstrichen wurde – jedenfalls bis gestern Abend, denn da hatte er sich ja rasiert. Für mich, dachte sie glücklich.

Möglicherweise war er ja in seiner Zeit ein ganz gewöhnlicher Mann, der wie jeder andere auch seinem Beruf nachging, der morgens nur widerwillig aufstand, der manchmal ein bisschen zu viel trank und vergaß, seine Rechnungen zu bezahlen. Er war weder reich noch genial oder umwerfend erfolgreich. Er war einfach Caleb Hornblower, ein Mann, der vom Kurs abgekommen und zu etwas Besonderem geworden war.

Für Libby war er nicht nur irgendein beliebiger Mann. Für sie war er der Mann überhaupt. Sie wusste schon jetzt mit absoluter Sicherheit, dass sie nie wieder würde lieben können. Und das war auch gut so.

Zufrieden schob sie ihre Brille auf dem Nasenrücken höher und wandte sich wieder ihrem Computer und den Kolbari-Insulanern zu.

So fand Cal sie Stunden später vor. Sie war tief in eine Kultur versunken, die sich von ihrer genauso unterschied wie ihre von seiner.

Das Licht der Schreibtischlampe fiel über ihre Hände. Starke, fähige Hände, dachte Cal, wahrscheinlich ein Erbteil ihrer Mutter, der Künstlerin. Die Finger waren lang, die Nägel kurz und nicht lackiert. Am rechten Daumenansatz befand sich eine kleine Narbe, die Cal schon einmal aufgefallen war und nach deren Ursache er hatte fragen wollen.

Als er jetzt zum Haus zurückgekommen war, hatte er sich todmüde gefühlt, nicht körperlich, aber geistig, denn die Zahlen und Berechnungen belasteten ihn sehr. Nachdem er nun aber Libby wiedersah, war alle Müdigkeit verflogen.

Während er gearbeitet hatte, war es ihm gelungen, nicht an sie zu denken, und deshalb hatte er auch gute Fortschritte gemacht. Er wusste jetzt mit einiger Sicherheit, was er tun musste, um wieder in seine Zeit zu gelangen. Er kannte die Unwägbarkeiten und Risiken. Und jetzt, bei Libbys Anblick, wusste er, welches Opfer er bringen musste.

Die Bekanntschaft mit ihr war nur sehr kurz gewesen. Es war überaus wichtig, dass er sich daran immer wieder gemahnte. Sein Leben fand nicht hier bei ihr statt. Er hatte ein eigenes Daheim, eine Identität. Er hatte eine Familie, die er mehr liebte, als ihm das bisher bewusst gewesen war.

Aber hier stand er nun, die Minuten verstrichen, und er betrachtete Libby. Er verfolgte jeden ihrer Atemzüge, jede ihrer Handbewegungen. Er sah, wie ihr Haar über den Nacken fiel und wie sie ungeduldig mit dem Fuß auf den Boden tippte, wenn ihre Finger einen Moment pausierten. Hin und wieder fuhr sie sich mit der Hand durchs Haar oder stützte das Kinn in die Hände und starrte den Bildschirm finster an. Cal fand alles, was sie tat, unbeschreiblich liebenswert.

„Libby." Seine Stimme klang angespannt.

Libby schreckte zusammen und fuhr auf ihrem Stuhl herum. Cal lehnte am Türrahmen. „Oh, ich habe dich nicht kommen hören." So glücklich war sie über seine Rückkehr, dass sie kaum richtig sprechen konnte.

„Du warst in deine Arbeit vertieft."

„Ja, scheint so." Als Cal in das Zimmer trat und sie seine Augen sah, beschlich sie ein ungutes Gefühl. „Und was macht deine eigene Arbeit? Bist du vorangekommen?"

„Ja."

„Du siehst irgendwie ärgerlich aus. Ist etwas schiefgegangen?"

„Nein." Er neigte sich zu ihr hinunter und streichelte ihre Wange. Sein Gesichtsausdruck wurde sanfter. „Nein."

„Und deine Berechnungen?"

„Die nehmen Formen an." Libbys Haut fühlte sich so weich an und wurde unter seiner Hand wärmer. „Ich bin sogar weiter vorangekommen, als ich gedacht hatte."

„Oh." Ein Schatten flog über ihr Gesicht, doch ihre Stimme klang fest und aufmunternd. „Das ist ja gut. Bist du mit dem Rad zurückgekommen?" Was für eine dumme Frage!

„Ja. Ich habe es in den Schuppen gestellt."

Am liebsten hätte sie ihn gebeten, sie noch einmal mitzunehmen, hoch hinauf im Licht des aufgehenden Mondes. Es würde wunderbar sein. Aber Cal sah so müde aus, so bekümmert.

„Ja, nun wirst du wohl hungrig sein." Libby schaute sich um, als merke sie erst jetzt, wie dunkel es schon war. „Mir ist überhaupt nicht aufgefallen, wie spät es schon ist. Ich werde jetzt gleich hinuntergehen und dir etwas zu essen zubereiten."

„Das hat Zeit." Er fasste sie bei der Hand und zog sie vom Stuhl hoch. „Wir können nachher zusammen hinuntergehen und etwas zu essen zubereiten. Ich mag es, wie du mit deiner Brille aussiehst."

Sie lachte leise und wollte nach der Brille greifen, aber Cal fing die Hand ein und hielt sie zusammen mit der anderen fest. „Nimm sie nicht ab." Er neigte den Kopf und küsste Libby auf den Mund. Ihr Geschmack hatte sich nicht verändert. Wie schön. Cals Anspannung löste sich ein wenig. „Mit Gläsern siehst du so klug und ernsthaft aus."

Zwar hämmerte ihr Herz jetzt schon, aber sie lächelte scheinbar gelassen. „Ich bin klug und ernsthaft."

„Zweifellos." Mit dem Daumen strich er über die Innenseiten
ihrer Handgelenke und fühlte ihren Puls schlagen. „Wie du jetzt
aussiehst, weckst du in mir den Wunsch, einmal auszuprobieren, wie unklug ich dich machen kann." Ohne ihre Hände loszulassen, neigte er sich wieder zu ihr hinab. Er küsste sie nicht,
sondern biss zärtlich in ihre Unterlippe und strich dann mit der
Zunge sanft darüber hinweg, bis sie vor Erregung kaum noch
richtig atmen konnte.

„Libby?"

„Ja?"

„Was kannst du mir über die Ureinwohner von Neu-Guinea
sagen?"

„Nichts." Sie schmiegte sich an ihn und stöhnte leise, als
seine Lippen federleicht über ihre strichen. „Gar nichts. Küss
mich, Caleb."

„Das tue ich doch." Mit den Lippen liebkoste er ihr ganzes
Gesicht. Sie ist ein Vulkan, dachte er, ein Vulkan, der nach jahr-
hundertelangem Schlaf erwacht ist und jetzt ausbrechen will,
heiß und feurig.

Es ist jedes Mal anders, dachte sie benommen. „Berühre
mich, Caleb."

„Ja."

Mit einem Streicheln, einer einzigen Liebkosung brachte er
sie an den Rand des Rauschs, und als sie langsam wieder zu
sich kam, entkleidete er sie. Er zog ihr die Flanellbluse aus und
streifte ihr die Jeans herunter. Libby trug ein schlichtes Träger-
hemd aus weißer Baumwolle, das Cal irgendwie faszinierte. Er
spielte an den Trägern und tastete über den Rückenausschnitt,
ehe er es ihr schließlich ebenfalls auszog. Er hörte nicht auf, sie
mit Lippen und Händen zu erregen.

Ungeduldig zog sie ihm den Pullover über den Kopf. Nie
hätte sie gedacht, dass ihr Verlangen so stark, weit stärker noch
als beim ersten Mal sein könnte, aber jetzt wusste sie ja auch,

auf welchen Weg er sie mit dem Geschick eines guten Navigators führen würde.

Seine Haut war weich und glatt. Es bereitete Libby Freude, mit den Händen über seinen Rücken zu streichen und die harten Muskeln zu fühlen. Dieser seltsam männliche Kontrast machte sie ganz schwach. Sie hörte, dass Cal schneller atmete, als sie ihre Hände von seinen Schultern zu seiner Taille hinuntergleiten ließ.

So sehr begehrt zu werden … Sie spürte es an der Art, wie er sie berührte, an der Art, wie er sie immer tiefer, immer heißer küsste. Seine Zunge berührte ihre, tastete, kostete. Libby merkte, wie er den Atem anhielt, als sie mit den Fingerknöcheln über seinen Bauch strich.

Sie hat gelernt, dachte Cal trunken. Sie hat schnell gelernt. Wie sie ihre Hände bewegte, wie sie sich an ihn presste, das raubte ihm fast den Verstand. Er wollte sie bitten, ihm einen Moment Zeit zu lassen, damit er seine Selbstbeherrschung zurückgewann, doch dazu war es bereits zu spät, viel zu spät.

Er trug sie zum Bett. Sie wollte ihn umarmen, aber dazu kam sie nicht mehr, denn er trieb sie schon der Ekstase entgegen. Sie hätte gedacht, sie wüsste nun, was ein Liebesspiel war, doch die erste Nacht hatte sie nicht auf das vorbereitet, was sie jetzt erlebte. Es war, als befände sich Cal in einem wilden, wahnsinnigen Rausch, und es dauerte nicht lange, bis sie ebenso berauscht war wie er.

Keine sanften Berührungen diesmal, keine zärtliche Verführung, nur brennende Begierde und das unbezähmbare Verlangen nach Befriedigung. Keine geflüsterten Liebesworte, sondern nur lustvolles Stöhnen. Heiß und feucht glitt Haut über Haut. Bei jedem Kuss konnte Libby den Geschmack des Begehrens kosten.

Diesmal schwebte sie nicht auf samtweichen Wolken. Diesmal brach ein Sturm los, ein elektrisch geladener Gewittersturm. Blitze durchzuckten sie, und ihr Herz schlug einen immer hektischer werdenden Trommelwirbel. Keuchend rollte sie sich auf Cal, presste ihren geöffneten Mund an seinen Hals, an seine Brust und ließ sich von dem Moschusgeschmack seiner Haut immer mehr erregen.

Cal konnte nicht genug von ihr bekommen. Wie viel sie auch gab, er wollte mehr und noch mehr. Ihm war nicht bewusst, dass er seine Finger in ihr weiches Fleisch presste. Er konnte ihr Gesicht sehen, ihre schweißglänzende Haut. Er konnte sehen, wie ihr Kopf nach hinten sank, wenn die Wollust sie übermannte, und wie danach ihre Augen schimmerten wie die einer Göttin. Ja, sie war eine Göttin, die sich jetzt über ihm aufrichtete und ihren Körper zurückbog. Das schwache Lampenlicht umgab ihr Haar mit einem goldenen Schein.

Für sie will ich sterben, dachte Cal, und ohne sie werde ich sterben. In diesem Moment nahm sie ihn tief in sich auf. Beide griffen blind nach den Händen des anderen, und dann gab es keine Gedanken mehr.

Noch lange danach hielt Cal Libby umfangen. Er versuchte sich daran zu erinnern, was er, was sie getan hatte, aber alles erschien ihm wie ein wildes Kaleidoskop aus Gefühlen und Empfindungen. Er befürchtete, dass das Liebesspiel an Gewalt gegrenzt und dass er Libby wehgetan hatte. Wenn sie jetzt wieder zu sich kam, würde sie sich dann zurückziehen vor ihm und vor dem, was in ihm verborgen war?

„Libby?"

Sie bewegte nur ganz leicht den Kopf an seiner Brust. Es bereitete ihr unbeschreibliche Freude, Cals Herz unter ihrer Wange hämmern zu hören.

„Es tut mir leid." Er streichelte ihr Haar. War es für Zärtlichkeiten schon zu spät?

Sie öffnete die Augen, obwohl es ihr sehr schwerfiel. „Es tut dir leid?"

„Ja. Ich weiß nicht, was geschehen ist. Noch nie habe ich eine Frau so behandelt."

„Nein?" Dass sie lächelte, konnte er nicht sehen.

„Nein." Darauf vorbereitet, sie sofort loszulassen, falls sie zurückzucken sollte, hob er ihren Kopf vorsichtig an. „Ich möchte das wiedergutmachen", sagte er, doch dann sah er, dass in ihren Augen keine Tränen, sondern das Lachen funkelte. „Du lächelst ja."

Sie drückte einen Kuss auf seinen Stirnverband. „Auf welche Weise möchtest du es denn wiedergutmachen?"

„Ich dachte, ich hätte dir wehgetan." Er drehte sich auf den Rücken und schaute sie genau an. Sie lächelte noch immer, und in ihren Augen entdeckte er die Geheimnisse, die nur Frauen wirklich verstanden. „Aber es war wohl nicht so."

„Du hast meine Frage noch nicht beantwortet." Sie rekelte sich, nicht etwa, um verführerisch zu wirken, sondern weil sie so zufrieden war wie ein Kätzchen in einem warmen Sonnenstrahl. „Also, wie willst du es wiedergutmachen?"

„Nun …" Er blickte sich in dem zerwühlten Bett um, hängte sich dann halb über die Kante und schaute auf den Boden. Er hob Libbys heruntergefallene Brille auf, wirbelte sie an einem Bügel herum und grinste mutwillig. „Setz sie auf, und ich werde es dir zeigen."

9. Kapitel

Libby trödelte bei ihrer zweiten Tasse Kaffee herum und fragte sich, ob die Liebe etwas damit zu tun hatte, dass es ihr so ungeheuer schwerfiel sich vorzustellen, dass sie den Tag vor ihrem Computer mit anthropologischen Fragestellungen würde verbringen müssen.

Cal schien sich auch nicht gerade besonders zu beeilen. Er saß ihr gegenüber und stocherte in dem herum, was sie von ihrem Frühstück übrig gelassen hatte. Seine eigene Portion hatte er schon aufgegessen.

Er trödelt nicht nur, dachte sie, er sieht wieder so niedergeschlagen aus wie gestern Abend bei seiner Rückkehr vom Schiff. Sie fürchtete, dass er ihr etwas sagen wollte, das ihr nicht gefallen würde.

Sie wollte ihn aufmuntern, es ihm erleichtern, sie zu verlassen. Sie seufzte. Die Liebe hatte sie anscheinend verrückt gemacht.

In der Nacht hatte der Regen eingesetzt und fast bis zum Morgen gedauert. Jetzt erschien das Sonnenlicht weich, beinahe überirdisch, und Nebeltücher schwebten hier und da über den Boden.

Es war ein guter Tag für ziellose Waldspaziergänge, für Liebesspiele unter der Bettdecke und für Ausreden. Aber solche Gedanken würden Cal nicht dabei helfen, den Weg zurück zu seinem Daheim zu finden.

„Du solltest langsam in Gang kommen", bemerkte sie ohne viel Begeisterung.

„Ja." Viel lieber wäre er sitzen geblieben und hätte die Augen vor der Wirklichkeit verschlossen. Stattdessen stand er auf, küsste Libby flüchtig und ging zur Hintertür. Als er sie öffnete, erfüllte fröhliches Vogelzwitschern die kleine Küche.

„Ich dachte mir, ich könnte nachher eine Mittagspause einlegen. Vielleicht kann ich hier dann etwas essen. Irgendwie vertrage ich die Speisevorräte an Bord nicht mehr." Eher vertrug er es nicht mehr, so lange von Libby getrennt zu sein.

Sie nahm seine Erklärung wörtlich. „Okay." Der Tag erschien ihr schon erheblich freundlicher. „Falls ich nachher nicht am Küchenherd schufte, dann findest du mich oben bei der Arbeit vor meinem Computer."

Die Tür schloss sich hinter ihm. Libby kam es so normal vor, sich am Morgen mit einem kleinen Kuss voneinander zu verabschieden und sich zum Mittagessen wiederzusehen. Aber das war vermutlich auch das einzig Normale an ihrer seltsamen Beziehung.

Libby arbeitete bis zum frühen Nachmittag. Dass sie so nervös war, lag sicherlich an dem vielen Kaffee, den sie getrunken hatte. Sie wollte nicht daran denken, dass Cal ihr am Morgen zu still, zu nachdenklich vorgekommen war. Nun, er würde ja bald wieder hier sein.

Sie beschloss hinunterzugehen und ihm etwas besonders Gutes zum Essen zuzubereiten, lange würde sie ja nicht mehr die Gelegenheit dazu haben.

Als sie die Treppe hinuntergestiegen war, hörte sie das Motorengeräusch eines Autos. Besucher waren hier nicht nur selten, sondern es gab überhaupt keine. Gleichermaßen überrascht wie verärgert über die Störung, öffnete sie die Haustür.

„Ach du lieber Himmel." Die Überraschung mischte sich mit Bestürzung. „Mom! Dad!" Jetzt schlug alles in aufrichtige Liebe um, und Libby lief ihren Eltern entgegen, die gerade zu beiden Seiten eines kleinen, verbeulten Kombiwagens ausstiegen.

„Liberty." Caroline Stone lachte ihrer Tochter entgegen und breitete theatralisch die Arme aus. Mit ihren verwaschenen Jeans und dem weiten hüftlangen Pullover war sie fast genauso gekleidet wie Libby, nur dass ihr Pullover nicht aus einfacher roter Wolle gestrickt war, sondern aus einer ganzen Farbsinfonie zu bestehen schien und von ihr selbst gewebt war. Sie trug zwei tropfenförmige schwarze Ohrringe – in einem Ohr – und eine Turmalinkette, die im Sonnenlicht glitzerte.

Libby küsste die glatte, ungeschminkte Wange ihrer Mutter. „Mom! Was machst du denn hier?"

„Ich habe hier mal gewohnt", antwortete Caroline fröhlich und küsste ihre Tochter. William blieb unterdessen zurück und schmunzelte still vergnügt vor sich hin. Die beiden dort waren zwei der drei wichtigsten Frauen in seinem Leben, und obwohl eine Generation sie trennte, sah seine Gattin kaum älter aus als seine Tochter, wie er stolz feststellte. Deshalb wurden sie auch so oft für Schwestern gehalten.

„Und wofür haltet ihr mich?", fragte er. „Für eine Hintergrunddekoration?" Er kam heran und wirbelte Libby im Kreis herum. „Mein Baby", sagte er und drückte ihr einen laut schmatzenden Kuss auf. „Die Wissenschaftlerin."

„Mein Daddy", sagte Libby in der gleichen Tonlage. „Der führende Geschäftsmann."

Er verzog das Gesicht. „Wenn sich das nur nicht herumspricht! So, und jetzt lass dich einmal ansehen."

Libby ließ sich inspizieren und inspizierte ihrerseits ihren Vater. Das Haar trug er noch immer ein wenig zu lang, aber jetzt zogen sich schon ein paar weiße Strähnen durch die dunkelblonden Wellen, und ein paar weitere schmückten seinen Bart. Haupthaar und Bart wurden jetzt von einem mit französischem Akzent sprechenden Friseur getrimmt, aber sonst hatte sich nur sehr wenig an William Stone geändert. Er war noch immer der Mann, der seine Tochter in einem indianischen Tragetuch durch den Wald transportiert hatte.

Er war groß und sehnig. Mit seinen langen Beinen und Armen wirkte er ein wenig schlaksig. Sein Gesicht war hager und seine Augen von einem dunklen Grau.

„Und?" Libby drehte sich wie ein Mannequin. „Wie findest du mich?"

„Nicht schlecht." William legte einen Arm um Carolines

Schultern. Die beiden sahen wie das glückliche Paar aus, das sie immer gewesen waren. „Ich finde, unsere beiden Ersten haben wir ganz gut hingekriegt."

„Die habt ihr ganz ausgezeichnet hingekriegt", berichtigte Libby, doch dann stockte sie. „Eure beiden Ersten?"

„Ja, dich und Sunbeam, Liebes." Lächelnd griff Caroline in den Laderaum des Kombiwagens. „Wir sollten die Lebensmittel hineintragen."

„Aber ich … Lebensmittel." Libby sah zu, wie ihre Eltern Tüten ausluden. Viele Tüten. Sie biss sich auf die Lippe. Irgendetwas musste sie ihnen sagen. „Ich freue mich ja so, euch wiederzusehen." Sie stöhnte ein wenig, als ihr Vater ihr zwei schwere Einkaufstüten in die Arme drückte. „Und ich möchte euch … das heißt, ich muss euch mitteilen, dass ich … im Moment nicht allein im Haus bin."

„Wie schön." Nicht ganz bei der Sache, lud William eine weitere Einkaufstüte aus. Er fragte sich, ob seine Frau den großen Beutel Kartoffelchips entdeckt hatte, der darin versteckt war. Natürlich hat sie das, dachte er. Ihr entgeht ja nie etwas. „Wir freuen uns immer, deine Bekannten kennenzulernen, Baby."

„Ja, ich weiß. Aber dieser …"

„Caro, nimm bitte diese Tüte hier. Mehr als eine solltest du nicht tragen."

„Dad." Libby stellte sich ihrem Vater einfach in den Weg, bis sie hörte, dass sich die Haustür hinter ihrer Mutter geschlossen hatte. „Ich muss dir etwas erklären." Und was? Und wie? fragte sie sich.

„Ich höre dir gern zu, Libby, aber diese Tüten hier werden mit der Zeit ganz schön schwer." Er hob sie sich bequemer in die Arme. „Das muss an dem ganzen Tofu liegen."

„Es ist wegen Caleb."

Endlich hörte William wirklich zu. „Caleb – wer?"

„Hornblower. Caleb Hornblower. Er ist … hier. Bei mir."

William hob eine Augenbraue. „Ach ja?"

Caleb parkte sein Flugrad hinter dem Schuppen und ging zum Haus. Er sagte sich, dass er sich durchaus eine Mittagspause leisten durfte, denn der Computer arbeitete in seiner Abwesenheit weiter. Die wichtigsten Reparaturen am Schiff waren erledigt, und in einem, höchstens zwei Tagen würde er startbereit sein.

Wenn er unter diesen Umständen jetzt eine Stunde oder mehr in Gesellschaft einer schönen, aufregenden Frau verbringen wollte, so hatte er wohl alles Recht dazu. Er bummelte nicht etwa. Und er liebte sie nicht.

Ja, und die Sonne drehte sich um die Planeten, oder?

Leise vor sich hin schimpfend, trat er durch die offene Hintertür in die Küche. Libbys Anblick allein ließ ihn schon wieder lächeln, und das, obwohl er eigentlich nur ihren kleinen hübschen Po sah, während sie im untersten Fach des Kühlschranks wühlte.

Geräuschlos schlich Cal sich heran und packte sie fest und sehr intim bei den Hüften. „Schatz, ich kann mich einfach nicht entscheiden, ob ich deine Vorder- oder deine Rückseite am schönsten finde."

„Caleb!"

Der überraschte Ausruf kam nicht von der Frau, die sich jetzt in seinen Armen umdrehte, sondern von der Küchentür her. Erschrocken wandte Cal den Kopf und sah Libby, die in jedem Arm eine große Tüte trug und mit erstaunten Augen offenen Mundes in die Küche starrte. Neben ihr stand ein großer, dünner Mann, der ihn recht feindselig betrachtete.

Langsam drehte Caleb den Kopf zurück, um festzustellen, dass er eine ebenso attraktive, wenn auch etwas ältere Frau umarmte als die, die er eigentlich hier erwartet hatte.

„Hallo", sagte sie und lächelte sehr nett. „Sie müssen Libbys Freund sein."

„Ja." Er räusperte sich. „Muss ich wohl."

„Vielleicht möchten Sie jetzt meine Frau loslassen", sagte William, „damit sie den Kühlschrank schließen kann – wenn Sie das erlauben."

164

„Ich bitte um Entschuldigung." Cal machte einen hastigen und großen Schritt rückwärts. „Ich dachte, Sie wären Libby."

„Haben Sie die Angewohnheit, meiner Tochter immer an den …"

„Dad." Libby schnitt ihm einfach das Wort ab. Sie stellte die Einkaufstüten auf den Tisch. Für einen Anfang war die Szene nicht gerade sehr vielversprechend. „Das ist Caleb Hornblower. Er … er wohnt ein paar Tage bei mir. Cal, das sind meine Eltern, William und Caroline Stone."

Na großartig, dachte Cal. Aber da er sich nicht in Luft auflösen konnte, musste er sich der Situation wohl oder übel stellen.

„Es freut mich, Sie kennenzulernen." Wohin mit den Händen? Am besten in die Hosentaschen. „Libby sieht Ihnen so ähnlich."

„Das hat man mir schon öfter gesagt." Caroline schenkte ihm ein strahlendes Lächeln. „Wenn auch nicht ganz auf diese Weise." Sie wollte ihm aus der Verlegenheit helfen und reichte ihm die Hand. „William, du solltest vielleicht diese Tüten abstellen und Libbys Freund guten Tag sagen, ja? Oder willst du noch länger sprachlos in der Gegend herumstehen?"

William ließ sich damit Zeit. Erst einmal wollte er diesen Mann mustern. Na ja, gut sah er ja aus. Klare Gesichtszüge, ruhige Augen, fester Blick. „Hornblower, nicht?" Und kühle, trockene Hände sowie einen festen Händedruck hatte er auch.

„Ja." Seit Cal zur ISF gekommen war, hatte ihn niemand mehr so gründlich gemustert. „Soll ich mich noch einmal in aller Form entschuldigen?"

„Einmal dürfte reichen." Über das Ergebnis seiner Inspektion äußerte sich William allerdings nicht.

„Ich wollte gerade den Lunch zubereiten." Libby fand, sie müsse irgendetwas tun, um alle zu beschäftigen, bis sie eine Lösung gefunden hatte.

„Gute Idee." Caroline holte einen Blumenkohl aus einer der Einkaufstüten. Die Kartoffelchips und ein Glas in scharfer Sauce eingelegte Würstchen, das William ebenfalls eingeschmuggelt hatte, waren ihr natürlich nicht entgangen. „Aber den Lunch werde ich machen. Willst du mir dabei nicht ein bisschen helfen, William?"

„Ich …"

„Du kannst den Tee aufgießen", schlug sie vor.

„Ja, ich würde gern Tee trinken", sagte Libby, die wusste, dass das der richtige Weg zum Herzen ihres Vaters war. Sie nahm Cal bei der Hand. „Wir sind gleich wieder da."

Sobald sie im Wohnzimmer waren, drehte sich Libby zu Cal um. „Und was machen wir jetzt?"

„Wieso?"

Ungehalten schüttelte sie den Kopf. „Ich muss ihnen doch irgendetwas erzählen. Ich kann ihnen ja wohl kaum sagen, dass du soeben aus dem dreiundzwanzigsten Jahrhundert auf die Erde gefallen bist."

„Nein, das wäre wohl nicht empfehlenswert."

„Aber ich habe meine Eltern noch nie belogen." Libby trat vor den Kamin und stieß mit der Fußspitze gegen ein verkohltes Holzscheit. „Das kann ich auch nicht."

Cal ging zu ihr und legte seine Hand an ihr Kinn. „Ein paar kleine Einzelheiten wegzulassen heißt noch nicht lügen."

„Kleine Einzelheiten? Zum Beispiel die Tatsache, dass du mit einem Raumschiff zu Besuch gekommen bist?"

„Zum Beispiel, ja."

Sie schloss die Augen. Es hätte direkt komisch sein können. Möglicherweise war es in fünf oder zehn Jahren auch komisch. „Hornblower, die Situation ist heikel genug – auch ohne die Zugabe, dass du aus einer anderen Welt, nein, aus einer anderen Zeit gekommen bist."

„Welche Situation?"

Libby hätte beinahe mit den Zähnen geknirscht. „Die Herrschaften da drüben sind meine Eltern, das hier ist ihr Haus, und du und ich sind …"

„Ein Liebespaar", beendete Cal ihren Satz.

„Würdest du bitte etwas leiser sprechen?"

Nachsichtig legte er seine Hände auf Libbys Schultern. „Libby, das haben sich die beiden wahrscheinlich längst gedacht, nachdem ich deine Mutter beinahe im Kühlschrank geküsst hätte."

„Was das angeht ..."

„Ich dachte doch, sie wäre du."

„Weiß ich. Trotzdem ..."

„Libby, mir ist klar, dass das nicht eben die traditionellste Art und Weise war, deine Eltern kennenzulernen, aber ich glaube, von uns vieren war ich der Überraschteste."

Libby konnte das Kichern nicht recht unterdrücken. „Vielleicht."

„Nein, ganz bestimmt. Und ich glaube, wir gehen jetzt zum Nächstliegenden über."

„Und das wäre?"

„Lunch."

„Ach, Hornblower." Seufzend ließ sie die Stirn gegen seine Brust sinken. Dummerweise gehörte seine Fähigkeit, die einfachen Dinge zu schätzen, zu den Eigenheiten, die sie an ihm so liebte. „Ich wünschte, du würdest begreifen, dass dies hier eine heikle Situation ist. Was sollen wir denn nun daran tun?" Sie machte eine kleine Pause. „Und wenn du mich jetzt fragst, woran, dann haue ich dir eine runter", fügte sie hinzu.

„Eine starke Rede." Er hob Libbys Gesicht mit beiden Händen an. „Nun lasst uns Taten sehen."

Libby protestierte nicht einmal andeutungsweise, als er sie küsste. Es ist ja ohnehin alles nur eine Art Traum, sagte sie sich. Und es müsste ihr doch möglich sein, ihren eigenen Traum einigermaßen in den Griff zu bekommen.

Hinter ihnen wurde laut und ärgerlich gehustet. Libby riss sich von Cal los und blickte ihren Vater an. „Äh ..."

„Deine Mutter lässt dir sagen, der Lunch sei fertig." Mit einem letzten abschätzenden Blick auf Cal kehrte William wieder in die Küche zurück.

„Ich glaube, er schießt sich langsam auf mich ein", meinte Cal.

„Dieser Mensch hat seine Hände ständig an einer meiner Frauen." In der Küche blickte William Stone seine Gattin finster an.

„An einer deiner Frauen?" Caroline lachte lange und laut. „Also wirklich, William." Sie schüttelte den Kopf so heftig, dass die beiden Ohrringe an dem einen Ohr tanzten. „Übrigens hat er sehr nette Hände."

„Sag mal, suchst du Ärger?" Er hob sie mit einem Arm gegen seinen Körper.

„Aber immer!" Sie gab ihm noch rasch einen lieben und ziemlich aufreizenden Kuss und schaute dann zur Tür. „Kommt, setzt euch", sagte sie und bedachte Cal mit einem strahlenden Extra-Lächeln. „Ich habe nur ein bisschen Salat gemacht."

Vier Schalen standen auf handgewebten Platzmatten, und in der Mitte des Tischs befand sich eine große Schüssel mit einer Komposition aus verschiedenen Gemüsen und Kräutern, überraschenderweise ergänzt durch grüne Bananen und bestreut mit Vollkorn-Croutons. Nur noch das Joghurt-Dressing musste hinzugefügt werden.

Sehnsüchtig dachte Libby an den gebackenen Schinken, den sie hatte zubereiten wollen.

„Ja, also Cal …" Caroline reichte ihm die große Salatschüssel. „Sind Sie ein Anthropologe?"

„Nein, ich bin Pilot", antwortete er in demselben Moment, als Libby sagte: „Cal ist Spediteur."

Ruhig tat er sich etwas von dem Salat auf. „Ich befasse mich hauptsächlich mit dem Gütertransport." Er freute sich, dass er Libbys Wunsch entsprechend so dicht an der Wahrheit bleiben konnte. „Und deshalb bin ich für Libby so eine Art fliegender Spediteur."

„Sie fliegen?" William trommelte mit den Fingern auf den Tisch.

„Ja. Etwas anderes habe ich nie tun wollen."

„Das muss ja aufregend sein." Caroline, die sich stets gern für etwas begeistern ließ, beugte sich interessiert vor. „Sunbeam, unsere andere Tochter, nimmt Flugunterricht. Vielleicht können Sie ihr ein paar Tipps geben."

„Sunny nimmt immer irgendwelchen Unterricht", erklärte Libby erheitert, aber sehr liebevoll. „Sie kann einfach alles. Nachdem sie zuerst Fallschirmspringen gelernt hatte, war es ihr nächster Schritt, nun auch selbst ein Flugzeug fliegen zu können."

„Das ist doch durchaus folgerichtig." Cal sah Caroline an. Caroline Stone, die geniale Künstlerin aus dem zwanzigsten Jahrhundert! Er würde es auch nicht unglaublicher gefunden haben, hätte er jetzt mit Vincent van Gogh oder Voltaire an einem Tisch gesessen. „Das ist ein großartiger Salat, Mrs. Stone. Die grünen Bananen schmecken wunderbar."

„Caroline", berichtigte sie. „Vielen Dank." Sie warf einen Blick zu ihrem Ehemann hinüber, der, wie sie wusste, seine Würstchen, die Kartoffelchips und ein kaltes Bier bevorzugt hätte. Nach mehr als zwanzig Jahren hatte sie ihn immer noch nicht bekehrt. Das hielt sie jedoch keineswegs davon ab, es weiterhin zu versuchen.

„Ich bin der festen Überzeugung, dass eine vernünftige Diät den Geist klar und aufnahmefähig erhält", erklärte sie. „Kürzlich habe ich einen Bericht gelesen, der vernünftige Ernährung und körperliche Betätigung in einen direkten Zusammenhang mit einer langen Lebenserwartung stellte. Wenn wir für uns selbst besser sorgen würden, könnten wir ein Lebensalter erreichen, das weit über hundert Jahren liegt."

Libby bemerkte Cals Miene und stieß ihm unter dem Tisch rasch ans Bein. Sie hatte das dumme Gefühl, als wollte er ihrer Mutter gleich mitteilen, dass die Menschen ohnehin länger als hundert Jahre lebten, und das nicht nur in Ausnahmefällen.

„Wo liegt denn der Nutzen des langen Lebens, wenn man nur

Blätter und Stängel essen darf?", murrte William, aber dann sah er Carolines finsteren Blick. „Nicht, dass dies hier keine großartigen Blätter und Stängel wären."

„Du bekommst auch etwas Süßes zum Nachtisch." Sie beugte sich zu ihm und gab ihm einen Kuss auf die Wange. Sechs Ringe glitzerten an ihren Händen, als sie Cal wieder die Salatschüssel reichte. „Noch einen Nachschlag?"

„Ja, danke." Er tat sich zum zweiten Mal eine Portion auf. Sein Appetit erstaunte Libby immer wieder. „Ich bewundere Ihre Arbeiten, Mrs. Stone."

„Tatsächlich?" Caroline freute sich immer wieder darüber, wenn jemand ihre Webereien als „Arbeiten" bezeichnete. „Besitzen Sie eines meiner Stücke?"

„Nein, das kann ich mir … das liegt außerhalb meiner Reichweite." Er erinnerte sich an ein Ausstellungsstück, das er hinter Glas im Smithsonian-Museum gesehen hatte.

„Woher stammen Sie, Hornblower?"

Cal wandte seine Aufmerksamkeit nun Libbys Vater zu. „Aus Philadelphia."

„Ihr Beruf als Herr der Lüfte muss eine rege Reisetätigkeit mit sich bringen."

Cal grinste reichlich unbekümmert. „Mehr, als Sie sich vorstellen können."

„Haben Sie Familie?"

„Ja, meine Eltern und mein jüngerer Bruder sind noch … in Pennsylvania."

Wider Willen taute William ein wenig auf. Als Cal von seiner Familie gesprochen hatte, war so etwas … nun, so etwas Liebevolles in seinen Blick und seine Stimme getreten.

Nun reicht's, fand Libby. Sie schob ihre Salatschale fort, nahm ihre Teetasse mit beiden Händen auf, lehnte sich zurück und blickte ihren Vater an. „Falls du zufällig ein Bewerbungsformular zur Hand hast, wird Cal sicherlich gern bereit sein, es gewissenhaft auszufüllen, samt Geburtsdatum und Sozialversicherungsnummer."

„Du bist ein bisschen vorlaut, nicht wahr?", lautete Williams Kommentar.

„Wer? Ich? Vorlaut?"

„Entschuldige dich nur nicht." William tätschelte ihre Hand. „Wir sind alle so, wie wir sind. Was haben Sie für ein Parteibuch, Cal?"

„Dad!"

„Das war doch nur ein Scherz." William grinste schief und zog sich seine Tochter auf den Schoß. „Wissen Sie, sie ist hier geboren."

„Ja, das hat sie mir erzählt." Cal sah zu, wie Libby ihrem Vater einen Arm um den Hals legte.

„Während ich gärtnerte, hat sie immer nackt vor dieser Tür da herumgetollt."

Lachend drückte Libby ihrem Vater die Kehle zu. „Du bist einfach unmöglich!"

„Darf ich wenigstens fragen, was er von Dylan hält?"

„Nein!"

„Bob Dylan oder Dylan Thomas?", fragte Cal und verdiente sich damit einen skeptischen Blick von William und einen überraschten von dessen Tochter.

„Sowohl als auch", antwortete William.

„Dylan Thomas war ein brillanter, aber deprimierender Dichter. Bob Dylan lese ich lieber."

„Lesen?"

„Seine Texte, Dad. So, nachdem das nun abgehakt ist, könntest du mir doch mal erzählen, was du hier machst, statt deine Herren Direktoren zur Verzweiflung zu treiben."

„Ich wollte mein kleines Mädchen endlich einmal wiedersehen."

Dafür bekam er einen Kuss von Libby, denn sie wusste, dass er zumindest teilweise die Wahrheit gesagt hatte. „Wir haben uns gesehen, als ich vom Südpazifik zurückkam. Denke dir gefälligst eine bessere Erklärung aus."

„Und ich wollte, dass Caro an die frische Luft kommt."

Er warf seiner Frau einen verschwörerischen Blick zu. „Wir waren der Meinung, dass die Luft hier bei den ersten Malen gut war, und dass wir es deswegen ein drittes Mal versuchen sollten."

„Wovon redest du eigentlich?"

„Davon, dass die Gegend hier gut für den Zustand deiner Mutter ist."

„Zustand? Bist du krank?" Libby sprang auf und fasste die Hände ihrer Mutter. „Was hast du denn?"

„William, du konntest schon immer nicht zur Sache kommen. Was er dir sagen will, ist, dass ich schwanger bin."

„Schwanger?" Libby bekam weiche Knie. „Wie das denn?"

„Und du nennst dich eine Wissenschaftlerin", bemerkte Cal leise und wurde dafür mit Williams Lachen belohnt.

„Aber …" Libby war viel zu geschockt, um Cals Kommentar zur Kenntnis zu nehmen. Sie blickte nur immer zwischen ihren Eltern hin und her. Die beiden waren erst Mitte vierzig und sehr vital, und heutzutage stellte das Kinderkriegen in diesem Alter kein Risiko mehr dar. Aber trotzdem … „Ich weiß nicht, was ich sagen soll."

„Versuch's doch einmal mit einer Gratulation", schlug William vor.

„Nein. Das heißt, ja. Also, ich muss mich erst einmal setzen." Sie setzte sich zwischen ihren Eltern auf den Boden. Außerdem atmete sie dreimal tief durch.

„Wie geht's dir jetzt?", erkundigte sich Caroline.

„Keine Ahnung." Libby blickte zu ihrer Mutter hoch. „Wie geht's dir denn?"

„Ich komme mir vor wie eine Achtzehnjährige. Aber ich habe es William ausgeredet, auch dieses Kind wieder selbst hier in dieser Hütte auf die Welt zu bringen."

„Die Frau hat eben ihre Ideale der Sechzigerjahre verloren", murrte William, obwohl es ihn ungeheuer erleichtert hatte, dass Caroline diesmal auf einer Hebamme und einem Krankenhaus bestanden hatte. „Na, und wie findest du das nun, Libby?"

„Ich finde, das muss gefeiert werden." Sie richtete sich auf den Knien auf, sodass sie die beiden umarmen konnte.

„Das habe ich vorausgesehen." William stand auf, ging an den Kühlschrank und hielt dann eine Flasche hoch. „Apfelsekt!"

Der Korken knallte genauso festlich wie bei einer Champagnerflasche. Libby und ihre Eltern stießen auf sich selbst, auf das Baby, auf die abwesende Sunny und auf Vergangenheit und Zukunft an.

Cal ließ sich von ihrer Freude anstecken. Hier ist wieder etwas, das sich nicht geändert hat, dachte er: Die übermütige Freude, die ein noch ungeborenes Baby denen brachte, die es sich wirklich wünschten. Er ertappte sich dabei, dass er sich vorstellte, wie es wäre, wenn Libby und er auf ihr erwartetes Kind anstießen.

Ein gefährlicher Gedanke. Ein unmöglicher Gedanke. Ihnen blieben nur noch Tage, nein Stunden, aber Familien verlangten ein ganzes Leben. Seine eigenen Eltern fielen ihm ein. Sorgten sie sich um ihn? Wenn er ihnen nur eine Nachricht zukommen lassen könnte!

„Cal?"

„Hm? Was?" Er schüttelte seine Gedanken ab und blickte Libby an. „Entschuldige."

„Ich sagte eben, wir könnten Feuer im Kamin machen."

„Natürlich."

„Einer meiner Lieblingsplätze hier ist der vor dem Feuer." Caroline legte einen Arm um ihren Mann. „Ich freue mich, dass wir für die Nacht hierbleiben."

„Für die Nacht?", fragte Libby.

„Wir sind auf dem Weg nach Carmel", entschied Caroline sozusagen aus dem Ärmel und drückte ihren Mann kurz, bevor er etwas sagen konnte. „Ich habe mir so sehr eine Fahrt entlang der kalifornischen Küste gewünscht."

„Was sie sich wirklich gewünscht hat, das war ein Cheeseburger unter ihren Sojasprossen", sagte William. „Und da wusste ich, dass sie schwanger war."

„Und genau dieser Umstand berechtigt mich jetzt zu einem Mittagsschläfchen." Caroline lächelte ihren Mann vielsagend an. „Möchtest du mich nicht vielleicht fürsorglich zu Bett bringen?"

„Ein Mittagsschläfchen wäre auch etwas für mich." Arm in Arm verließen die beiden die Küche.

„Carmel?", fragte William auf der Treppe plötzlich. „Seit wann sind wir denn nach Carmel unterwegs?"

„Seit vier zwei zu viel sind, Dummchen."

„Das mag stimmen, aber ich weiß nicht, ob ich es gut finde, dass Libby mit diesem Typ hier allein ist."

„Sie findet es gut."

Als sie ins Schlafzimmer traten, lächelte Caroline bei der Erinnerung an alles, was sich vor vielen Jahren in diesem Raum abgespielt hatte. William hingegen trat ans Fenster und steckte die Hände in die Hosentaschen.

„Ein Frachtpilot", brummte er mürrisch. „Und was für ein komischer Name – Hornblower! Caro, der Mann hat etwas an sich, ich weiß nicht genau, was, aber irgendetwas ist nicht ganz echt an ihm."

„Vertraust du Libby nicht?"

„Doch, natürlich." Das klang richtig beleidigt. „Aber ihm traue ich nicht."

„Es wiederholt sich eben doch alles." Caroline lächelte. „Genau das hat mein Vater damals auch gesagt, als er von dir sprach."

„Er war eben kein Menschenkenner", erklärte William und starrte wieder aus dem Fenster.

„Das sind die wenigsten Männer, wenn es sich um die Auserwählten ihrer Töchter handelt. Ich erinnere mich, dass du meinem Vater gesagt hast, ich wüsste schon, was ich wollte. Warte mal, war das bei deinem ersten oder dem zweiten Rausschmiss?"

„Bei beiden." Er musste grinsen. „Dein Vater sagte, in einem halben Jahr wärst du wieder zu Hause, und ich würde inzwischen längst an einer Straßenecke stehen und Blumensträuße verkaufen. Den haben wir aber ganz schön angeschmiert, was?"

„Das ist schon fünfundzwanzig Jahre her."

„Du musst das gar nicht so betonen." Er strich sich über den Bart. „Stört es dich nicht, dass die beiden hier … zusammen sind?"

„Du meinst, dass sie hier miteinander schlafen."

„Ja. Libby ist schließlich unser Kind."

„Ich erinnere mich, dass du mir einmal gesagt hast, Liebe zu machen sei die natürlichste Art und Weise, einander Vertrauen und echte Zuneigung zu zeigen. Die ganzen Vorbehalte gegen Sex müssten ausgerottet werden, wenn auf der Erde jemals Frieden und gegenseitiges Einvernehmen herrschen sollen."

„Das habe ich nicht gesagt."

„Und wie du das gesagt hast! Damals hatten wir uns auf die Rücksitze unseres VW-Käfers gezwängt und sorgten dafür, dass die Scheiben von innen beschlugen."

Jetzt musste William doch schmunzeln. „Da muss ich wohl etwas Richtiges gesagt haben, denn es hat ja geklappt."

„Nur, weil ich entschieden hatte, dass du derjenige warst, den ich wollte. Du warst der erste Mann, den ich je geliebt hatte, William, und deshalb wusste ich, dass es richtig war." Sie reichte ihrem Mann die Hand und wartete, bis er sie ergriff. „Dieser Mann da unten ist der erste, den Libby je geliebt hat. Sie weiß auch, was richtig ist." William wollte widersprechen, aber Caroline ließ ihn nicht zu Wort kommen. „Wir haben unsere Kinder dazu erzogen, ihrem Herzen zu folgen. Haben wir damit einen Fehler gemacht?"

„Nein." Er legte ihr die Hand auf die sanfte Rundung ihres Bauchs. „Und mit diesem hier werden wir es ebenso halten."

„Er hat freundliche Augen", meinte Caroline versonnen. „Wenn er sie anschaut, liegt sein ganzes Herz in seinem Blick."

„Du warst schon immer übertrieben romantisch. Damit habe ich dich ja auch eingefangen."

„Und festgehalten", flüsterte sie an seinen Lippen.

„Stimmt." Er zupfte an dem unteren Rand ihres Pullovers. „Du wolltest doch nicht etwa wirklich einen Mittagsschlaf machen, oder?"

Lachend beugte sie sich so weit zurück, dass sie beide das Gleichgewicht verloren und in die großen, weichen Kissen fielen.

„Ich kann es gar nicht richtig fassen, dass meine Eltern noch ein Kind bekommen werden." Libby ließ sich ins Gras neben dem Bach fallen. „Sie sehen glücklich aus, nicht wahr?"

„Sehr glücklich." Cal ließ sich neben ihr nieder. „Mit Ausnahme der Momente, in denen mich dein Vater finster angesehen hat."

Leise lachend legte Libby den Kopf an seine Schulter. „Tut mir leid. Er ist ein netter Mensch. Meistens."

„Wenn du meinst." Cal zupfte am Gras. Es spielte kaum eine Rolle, ob Libbys Vater ihn mochte oder nicht. Er, Cal, würde ja bald für ihn nicht mehr existieren. Und für Libby ebenfalls nicht.

Libby saß gern hier am Wasser, das frisch und kühl über die Steine plätscherte. Das Gras war lang und weich. Kleine blaue Blumen leuchteten hier und da an der Böschung. Im Sommer würde hier wieder mannshoher Fingerhut stehen und sich mit seinen violetten und weißen Blütenglocken über das Wasser neigen. Lilien und Akelei würden hier wachsen. In der Dämmerung würden Hirsche zum Trinken herkommen, und manchmal würde ein umherstreifender Bär hier Fische fangen.

Libby wollte nicht an den Sommer denken, sondern an das Hier und Heute. Jetzt war die Luft ebenso frisch wie das Wasser, das klar und sauber schmeckte. Streifenhörnchen flitzten durch den Wald. Die zutraulicheren unter ihnen hatten sich früher von ihr und Sunny füttern lassen.

Wohin Libby auch reiste, ob zu den abgelegensten Inseln oder in irgendwelche Wüstenorte, immer würde sie diese frühen Jahre ihres Lebens in Erinnerung behalten und sehr dankbar dafür sein.

„Das wird ein sehr glückliches Baby werden", sagte sie leise, und dann lächelte sie. „Wenn ich mir vorstelle, dass ich vielleicht jetzt noch einen Bruder bekomme!"

Cal musste an seinen eigenen Bruder denken. „Ich habe mir immer eine Schwester gewünscht."

„Dagegen hätte ich auch nichts, nur sind Schwestern immer hübscher als man selbst."

Er gab Libby einen Stoß, sodass sie umfiel. „Ich würde gern deine Sunny kennenlernen. Au!" Er rieb sich die Stelle an seiner Taille, wo sie ihn kräftig gekniffen hatte.

„Konzentriere dich gefälligst auf mich!"

„Ich tue ja nichts anderes." Er stützte einen Arm neben ihrem Kopf auf und betrachtete ihr Gesicht. „Ich muss jetzt trotzdem für eine Weile zu meinem Schiff zurückkehren."

Libby versuchte tapfer, sich den Kummer nicht anmerken zu lassen. Es war so einfach gewesen, so zu tun, als gäbe es kein Schiff und kein Morgen. „Ich habe dich noch gar nicht gefragt, wie du mit deiner Recherche vorangekommen bist."

Viel zu gut, dachte er. „Wenn ich nachher den Computer befrage, weiß ich mehr. Würdest du mich bei deinen Eltern entschuldigen, falls ich noch nicht zurück bin, wenn sie aufwachen?"

„Ich werde ihnen erzählen, du hättest dich zum Meditieren zurückgezogen. Das wird meinem Vater gefallen."

„In Ordnung. Und heute Nacht ..." Er küsste sie sanft. „Heute Nacht werde ich mich ganz und gar auf dich konzentrieren."

„Das ist aber auch das Einzige, was du tun wirst." Sie legte ihm die Arme um den Nacken. „Du wirst nämlich auf der Couch schlafen."

„So?"

„Ja."

„Ja, in diesem Fall ..." Er glitt neben sie.

Das Kaminfeuer war fast heruntergebrannt, und im Haus war alles still.

Mitten in der Nacht saß Cal allein und noch angezogen auf der Couch. Er wusste jetzt, wie er nach Hause zurückkehren konnte.

Nur noch einige mehr oder weniger wichtige Reparaturen, und er war startbereit. Technisch jedenfalls, aber gefühlsmäßig … Noch nie hatte er sich innerlich so zerrissen gefühlt wie jetzt.

Falls Libby ihn zu bleiben bat … Aber das würde sie nicht tun, und er konnte sie auch nicht bitten mitzukommen. Vielleicht konnte er den Wissenschaftlern seiner Zeit neue Daten liefern, mit denen sich ein weniger gefahrvoller Weg durch die Jahrhunderte finden ließ. Möglicherweise konnte er dann eines Tages wieder hierher zurückkehren.

Er schüttelte den Kopf. Das waren Fantasien. Libby sah der Wirklichkeit ins Auge. Das musste er auch tun.

Er hörte ein Geräusch auf der Treppe, und als er sich umdrehte, stand Libbys Vater an der Tür.

„Können Sie auch nicht einschlafen, Hornblower?", fragte William.

„Nein. Sie auch nicht?"

„Nachts hat es mir hier früher immer besonders gut gefallen. Die Ruhe, die Dunkelheit …" Er legte noch ein Scheit aufs Feuer. Funken stoben auf. „Ich habe mir nie vorstellen können, jemals woanders zu leben."

„Und ich habe mir nie vorgestellt, dass ich an einem Ort wie diesem hier einmal leben könnte, und jetzt merke ich, wie schwer es ist, von hier fortzugehen."

„Philadelphia ist weit weg."

„Sehr weit."

Das klang so aufrichtig traurig, dass William es nicht überhören konnte. Er holte den Brandy und zwei Gläser aus dem Schrank. „Auch einen Drink?"

„Ja, danke."

William setzte sich in den Ohrensessel und streckte die langen Beine aus. „Hier habe ich nachts früher oft gesessen und über den Sinn des Lebens nachgedacht."

„Haben Sie ihn entdeckt?"

„Manchmal ja, manchmal nein." Er schwenkte seinen Brandy im Glas. „Lieben Sie Libby?"

„Diese Frage hatte ich mir gerade selbst gestellt", beantwortete er die Frage.

William trank einen Schluck. Dass dieser Hornblower offenkundig Zweifel und Bedenken hatte, war ihm lieber, als wenn er gleich eine glatte Erwiderung auf der Zunge gehabt hätte. „Und? Haben Sie eine Antwort gefunden?"

„Ja, aber keine erfreuliche."

William nickte und hob sein Glas. „Ehe ich meine Frau kennenlernte, wollte ich ins Friedenskorps oder in ein tibetanisches Kloster eintreten. Caroline war gerade frisch aus der Highschool gekommen. Ihr Vater wollte mich erschießen."

Cal lächelte. Langsam fand er Geschmack an dem Brandy. „Heute Nachmittag war ich zeitweise ganz froh, dass Sie keine Waffe zur Hand hatten."

„Da ich eingefleischter Pazifist bin, habe ich einen solchen Gedanken zwar gehabt, aber gleich wieder verworfen", versicherte William. „Carolines Vater hingegen hat ihn ernsthaft gehegt. Ich kann es kaum erwarten, dem alten Herrn zu erzählen, dass sie wieder schwanger ist."

„Libby hofft, sie bekommt einen Bruder."

„Hat sie das gesagt?" William lächelte bei dem Gedanken an einen Sohn. „Libby war mein erstes Kind. Natürlich ist jedes Kind ein Wunder für sich, aber das erste … Ich glaube, darüber kommt man nie hinweg."

„Libby ist auch wirklich ein Wunder. Sie hat mein Leben verändert."

William horchte auf. Diesem jungen Mann war möglicherweise nicht bewusst, dass er sie liebte, aber er, William, zweifelte nicht daran.

„Caroline mag Sie", erklärte er. „Sie kann den Menschen ins Herz schauen. Ich will Ihnen noch eines sagen: Libby ist nicht so robust, wie es scheint. Gehen Sie behutsam mit ihr um." William stand auf, weil er fürchtete, er würde sich sonst noch zu einem längeren Vortrag hinreißen lassen. „Legen Sie sich schlafen", riet er. „Caro hat die Angewohnheit, bei Tagesanbruch aufzustehen und dann Pfannkuchen aus Vollkornmehl zu backen oder Joghurt-Kiwi-Müslis anzurühren." Er verzog das Gesicht. Seine Liebe zu Eiern und Speck würde nie vergehen. „Übrigens haben Sie bei ihr Punkte gemacht, so, wie Sie dieser Tofu-Kasserolle zugesprochen haben."

„Sie hat ja auch großartig geschmeckt."

„Kein Wunder, dass Caro Sie mag." Am Fuß der Treppe blieb William stehen. „Wissen Sie, was komisch ist? Ich besitze genau so einen Pullover wie Sie."

„Tatsächlich?" Cal konnte sich das Grinsen nicht verbeißen. „Die Welt ist doch klein."

10. Kapitel

„Ich wusste, dass du so früh aufstehen würdest." Libby trat zur Hintertür hinaus und ging zu ihrer Mutter.

„So früh ist es gar nicht." Caroline seufzte, weil sie sich darüber ärgerte, dass sie den Sonnenaufgang verpasst hatte. „In den letzten Monaten bin ich morgens nicht so recht in Gang gekommen", erklärte sie.

„Morgendliche Übelkeit?"

„Nein." Lächelnd schlang Caroline den Arm um Libbys Taille. „Anscheinend haben alle meine Kinder beschlossen, mir so etwas zu ersparen. Habe ich dir schon einmal gesagt, wie sehr ich das zu schätzen weiß?"

„Nein."

„Nun, so ist es aber." Sie küsste Libby auf die Wange, und dabei fielen ihr die leichten Schatten unter den Augen ihrer Tochter auf. Sie kommentierte das aber nicht, sondern nickte zu den Bäumen hinüber. „Ein kleiner Spaziergang?"

„Ja, gern."

Sie schlenderten nebeneinander her, und die Glöckchen, die Caroline am Handgelenk und an den Ohren trug, klingelten fröhlich. Alles ist noch so wie früher, dachte Libby, die Bäume, der Himmel, die Hütte. Und dennoch hat sich viel verändert. Für einen Augenblick legte sie den Kopf an die Schulter ihrer Mutter.

„Erinnerst du dich noch daran, wie du, Sunny und ich früher immer auch so spazieren gegangen sind?"

„Ich erinnere mich daran, dass ich mit dir spazieren gegangen bin." Caroline lachte. „Sunny ist nie spazieren gegangen. Sobald sie stehen konnte, raste sie auch schon wie der Blitz los. Du und ich, wir waren die beiden, die damals so bummelten wie jetzt."

„Wir sollten wenigstens ein paar Blumen pflücken oder Beeren sammeln, damit Dad denkt, wir hätten irgendetwas Produktives getan."

„Ich habe den Eindruck, unsere beiden Männer haben heute verschlafen." Da Libby darauf nichts erwiderte, wartete Caroline noch eine Weile. „Ich mag deinen Bekannten, Liberty", sagte sie dann.

„Das freut mich. Ich hatte es auch gehofft." Libby hob einen Zweig auf und brach während des Gehens winzige Stückchen davon ab. Das war eine nervöse Geste, die Caroline nur zu gut kannte. Sunny ließ ihre Empfindungen immer frei herausbrechen, aber Libby, die stille, sensible Libby, hielt immer alles in sich zurück.

„Wichtig ist, dass du ihn magst", sagte Caroline.

„Ich mag ihn. Sehr sogar." Libby wurde bewusst, was sie tat, und warf den Rest des Zweigs rasch fort. „Cal ist lieb und lustig und stark. Die Zeit hier mit ihm zusammen war wunderbar. Ich hätte nie gedacht, dass ein Mann in mir solche Gefühle wecken könnte."

„Aber du lächelst nicht, während du das sagst." Caroline streichelte Libbys Wange. „Warum nicht?"

„Diese gemeinsame Zeit ... das ist wohl leider nur vorübergehend."

„Ich verstehe nicht ganz. Wenn du ihn liebst ..."

„Ich liebe ihn", gestand Libby leise. „Ich liebe ihn sehr."

„Ja, dann ...?"

„Er muss zurückkehren, zu seiner Familie." Das kann ich ihr ja doch nie erklären, dachte Libby.

„Nach Philadelphia?", fragte Caroline verständnislos.

„Ja, nach Philadelphia."

„Ich verstehe nicht, weshalb das so ..." Caroline unterbrach sich und blickte ihre Tochter besorgt an. „Oh Baby, ist er etwa verheiratet?"

„Nein." Libby hätte beinahe aufgelacht. „Nein, so etwas ist es nicht. Caleb würde nie unaufrichtig sein. Es ist schwer zu erklären. Ich kann dir nur so viel sagen: Vom ersten Moment an wussten wir beide, dass Cal wieder dorthin zurückkehren muss, wo er hingehört. Und ich … muss hierbleiben."

„Was sind schon ein paar tausend Kilometer, wenn zwei Menschen beieinander sein wollen?"

„Manchmal sind Entfernungen größer, als es scheint. Aber mach dir keine Sorgen." Sie küsste Caroline auf die Wange. „Ganz ehrlich, die Zeit mit Cal würde ich gegen nichts eintauschen wollen." Sie lächelte. „Als ich klein war, hing immer ein Poster in unserer Hütte. Da stand etwas drauf wie … ,Wenn du etwas hast, dann lass es gehen. Wenn es nicht zu dir zurückkommt, dann hat es dir nie gehört'."

„Dieses Poster habe ich nie leiden können", sagte Caroline leise.

Diesmal lachte Libby wirklich. „Komm, lass uns endlich Blumen pflücken."

Ein paar Stunden später schaute Libby dem davonrumpelnden Kombi ihrer Eltern nach. Ihr Vater saß am Steuer, und ihre Mutter beugte sich aus dem Fenster und winkte, bis sie außer Sicht waren.

„Ich mag deine Eltern."

Libby legte Cal die Arme um den Nacken. „Sie mochten dich ebenfalls."

Er gab ihr einen kleinen, sanften Kuss. „Deine Mutter vielleicht."

„Mein Vater auch."

„Wenn ich ein, zwei Jahre hätte, um ihn für mich einzunehmen, würde er mich vielleicht mögen."

„Heute hat er dich schon überhaupt nicht mehr so finster angesehen."

„Das stimmt." Cal rieb seine Wange an Libbys. „Finster nicht. Nur noch spöttisch. Was willst du ihnen nun erzählen?"

„Worüber?"

„Darüber, dass ich nicht mehr bei dir bin."

„Ich werde ihnen sagen, dass du heimgekehrt bist." Sie schaffte es, dass ihre Antwort beinahe gleichgültig klang. Viel zu gleichgültig.

„Einfach so?"

„Meine Eltern bohren nicht nach, wenn ich es nicht will. Es ist wesentlich einfacher für alle Beteiligten, wenn ich ihnen die Wahrheit sage." Ihre Stimme klang jetzt spröde und gereizt.

„Und was ist die Wahrheit?"

Legte er es darauf an, alles noch schwerer zu machen? Ungehalten bewegte sie die Schultern. „Dass die Dinge nicht so gut gelaufen sind und dass du dein eigenes Leben wieder aufgenommen hast. Und ich meines."

„Ja, das ist wohl am besten. Keine Schwierigkeiten, kein Bedauern."

Unwirsch schob sie die Hände in die Hosentaschen. „Oder hast du eine bessere Idee?"

„Nein. Deine ist schon ganz in Ordnung." Ärgerlich auf sich und ärgerlich auf Libby, trat Cal einen Schritt zurück. „Ich muss jetzt zum Schiff."

„Ich weiß. Und ich werde in die Stadt fahren und die Kamera und noch ein paar Dinge kaufen. Wenn ich früh genug zurückkehre, werde ich einmal nachschauen, wie weit du vorangekommen bist."

„Gut." Cal wurde wütend. Libby tat das alles mit links ab, und ihn zerriss es fast. So einfach sollte sie nicht davonkommen. Ehe er es sich noch anders überlegen konnte, riss er sie an sich und presste seine Lippen hart auf ihre.

Es war ein heißer Kuss, und er schmeckte nach Zorn und Frustration. Libby versuchte dabei weder das körperliche noch das seelische Gleichgewicht zu verlieren. Sie konnte, sie wollte Cal nicht das geben, was er anscheinend brauchte: ihre vollkommene Kapitulation. Doch sie war gefangen, sie konnte Cal nicht dämpfen, sie konnte selbst nichts verlangen, während er nahm, was er begehrte.

Nicht zärtlich, sondern besitzergreifend bewegte er seine

Hände über ihren Körper. In dieser Berührung lag etwas, das Libby erschreckte, das ihr die Kraft zum Protest nahm.

„Caleb …" Sie rang um Atem, als er sie endlich freigab.

„Das sollte dir etwas zum Nachdenken geben", sagte er schroff. Dann drehte er sich um und ging davon.

Benommen blickte Libby ihm hinterher. Sie hob die Hand an die noch schmerzenden Lippen. Als sie wieder normal atmen konnte, wurde sie zornig. Jawohl, sie würde darüber nachdenken! Sie stürmte ins Haus, schlug die Tür hinter sich zu, und ein paar Augenblicke später stürmte sie wieder hinaus und stieg in ihren Geländewagen.

Es lief alles perfekt. Und Cal war so wütend wie nie. Technisch gesehen konnte er innerhalb der nächsten vierundzwanzig Stunden starten. Die Reparaturen waren erledigt, die Berechnungen so sorgfältig durchgeführt, wie er und der Computer es in der zur Verfügung stehenden Zeit nur bewerkstelligen konnten. Das Schiff war bereit. Nur er selbst war es nicht. Und darauf lief alles hinaus.

Libby dagegen war ganz offenkundig bereit, ihn freundlich zu verabschieden. Anscheinend hatte sie es damit sogar recht eilig. Und jetzt kaufte sie sich schnell noch eine Kamera, damit sie noch ein paar Erinnerungsfotos machen konnte, bevor sie ihm nachwinkte.

Cal schaltete den Laserbrenner aus, mit dem er einen letzten Riss in der inneren Schiffshaut verschweißt hatte, und setzte die Schutzbrille ab. Warum musste Libby so fürchterlich sachlich sein? Weil sie nun einmal so war, und weil das eines der Dinge war, die er an ihr so schätzte, wie er sich eingestehen musste. Sie war sachlich, praktisch, herzlich, intelligent und gehemmt. Er erinnerte sich noch genau daran, wie ihre Augen ausgesehen hatten, als er ihr zum ersten Mal gesagt hatte, dass er sie begehrte – groß, dunkel und verwirrt.

Und als er sie berührt hatte, da hatte sie gebebt. Sie war weich, unbeschreiblich weich …

Wütend auf sich selbst, verstaute Cal den Brenner im Werkzeugverschlag und warf die Schutzbrille hinterher. Er konnte sich nicht vorstellen, dass es irgendeinen Mann im ganzen Universum gab, der diesen Augen, dieser Haut und diesem sinnlichen Mund widerstehen konnte.

Niemand konnte das, nur war das Libby bisher anscheinend noch nicht aufgefallen. Vermutlich war sie so mit ihren Büchern und ihrer Arbeit beschäftigt gewesen, dass sie nichts anderes zur Kenntnis genommen hatte. Aber eines Tages würde sie ihre Brille absetzen und sich richtig umschauen, und dann würde sie feststellen, dass sie von Männern aus Fleisch und Blut umgeben war, die sie bewunderten, von Männern, die ihr Versprechungen machen würden, ohne die Absicht zu haben, diese Versprechungen zu halten.

Wahrscheinlich hatte Libby nichts von ihrer eigenen Leidenschaftlichkeit geahnt. Er hatte ihr die Türen zu diesen Empfindungen geöffnet. Geöffnet? Niedergerissen hatte er diese Türen. Und wenn er fort war, würden andere Männer hindurchspazieren und das Feuer schüren, das er gelegt hatte.

Dieser Gedanke machte ihn wahnsinnig. Ich gehöre wirklich in eine dieser Gummizellen, von denen Libby gesprochen hat, dachte er. Die Vorstellung, dass jemand anders diese Frau berühren, sie küssen, sie entkleiden könnte – diese Vorstellung ertrug er einfach nicht.

Vor sich hin fluchend ging Cal in seine Kajüte und begann damit, etwas Ordnung hineinzubringen – oder vielmehr, die Dinge von der einen Ecke in die andere zu werfen.

Er war egoistisch und unfair. Selbstverständlich musste er sich damit abfinden, dass Libby ihr Leben weiterleben würde und dass dieses Leben auch einen Liebhaber – oder mehrere – einschließen würde, einen Ehemann vielleicht und auch Kinder. Ja, das musste er zähneknirschend akzeptieren, aber es musste ihm ja keineswegs auch gefallen.

Cal schleuderte einen Schuh in eine Ecke, schob die Hände in die Hosentaschen und schaute das Familienfoto an. Nach einer

Weile sank er seufzend aufs Bett. „Ihr würdet sie mögen", sagte er leise zu den Personen auf dem Bild. Es wäre eine Premiere, dachte er. Noch nie hatte er den Wunsch verspürt, seinen Eltern eine seiner Gefährtinnen vorzustellen.

Er rieb sich mit den Händen übers Gesicht und gestand sich ein, dass er die Zeit mit unwichtigen Arbeiten und mit nutzlosen Überlegungen vertrödelte. Eigentlich sollte er schon längst fort sein, aber er hatte sich noch einen weiteren Tag Aufenthalt zugestanden. Da war ja schließlich auch noch Libbys Zeitkapsel, die zusammengestellt werden sollte … das hieß, falls Libby überhaupt noch mit ihm sprach.

Wahrscheinlich war sie böse wegen dieser Nummer, die er heute Morgen abgezogen hatte. Auch gut, dachte er und streckte sich auf dem Bett aus. Ihm war es lieber, wenn sie ihn ärgerlich verabschiedete, statt ihm unbeeindruckt hinterherzulächeln.

Er schaute auf die Uhr. In ungefähr zwei Stunden müsste Libby aus der Stadt zurück sein. Jetzt wollte er erst einmal einen ordentlichen Mittagsschlaf halten. Die lange, frustrierende Nacht auf der Couch war nicht besonders erholsam gewesen.

Er schaltete das Schlafband ein und schloss die Augen.

Idiot, schimpfte Libby und hielt das Lenkrad noch fester, während sie ihren Geländewagen über die Serpentinenstraße manövrierte. Dieser eingebildete Idiot! Hoffentlich hatte er eine vernünftige Erklärung zur Hand, wenn sie ihn nachher wiedersah. So sehr sie sich den Kopf zerbrach, ihr fiel beim besten Willen kein plausibler Grund dafür ein, weshalb Cal sie so wütend, so bösartig geküsst hatte.

Das sollte dir etwas zum Nachdenken geben, hatte er gesagt. Nun, nachgedacht hatte sie, und das hatte sie noch wütender gemacht, aber einen Sinn hatte es nicht ergeben. Andererseits hatte sie in Portland eine zum zweiten Mal verheiratete Nachbarin, die behauptete, was Männer täten, das ergäbe nie einen Sinn.

Aber das Rätsel namens Caleb Hornblower müsste doch zu lösen sein. Liberty Stone hatte schließlich schon ganz andere Rätsel gelöst, nur waren das wissenschaftliche gewesen. Hier hatte sie es mit einem Mann aus Fleisch und Blut zu tun, und der hatte irgendwelche unerklärliche Frustrationen an ihr ausgelassen. Das war ungerecht, denn tat sie nicht alles, was in ihrer Macht stand, um ihm dabei zu helfen, dahin zurückzukehren, wo er sein sollte?

Schließlich hatte sie auch ihr eigenes Leben. Eigentlich sollte sie in diesem Moment an ihrer Dissertation arbeiten oder vorbereitende Pläne für die nächsten Feldstudien entwerfen. Stattdessen fuhr sie in der Weltgeschichte umher und kaufte Fotoapparate und Vollkornkekse. Aber zum letzten Mal, schwor sie sich wütend, und dann wurde ihr bewusst, dass sie es ja tatsächlich zum letzten Mal tat.

Sie hielt den Geländewagen an, als sich der Fahrweg zu einem schmalen Fußpfad verengte. Eigentlich hatte sie ja nicht zu Caleb herauskommen wollen. Während der ganzen Fahrt hatte sie sich vorgenommen, zur Hütte zurückzukehren und sich vor ihren Computer zu setzen. Und jetzt war sie hier. Nun, zumindest konnte sie etwas für sich selbst tun.

Sie nahm die neue Sofortbildkamera aus der Verpackung, überflog rasch die Gebrauchsanweisung und legte den ersten der gekauften Filme ein. Dann griff sie sich noch die Tüte mit den Vollkornkeksen.

Von dem Abhang herab betrachtete sie das Schiff. Riesig und still lag es auf dem felsigen Boden zwischen den umgebrochenen Bäumen wie ein fremdartiges schlafendes Tier. Der Achtachser der Zukunft, dachte sie. Der Expressmöbelwagen, der Reisebus. Nach Mars, Merkur und Venus … alles einsteigen. Tickets für Kurztrips nach Pluto und Orion am Schalter gegenüber.

Libby lachte leise, aber es hörte sich mehr nach einem Seufzen an. Sie machte zwei Aufnahmen, setzte sich auf einen Stein an der Abhangkante und schaute zu, wie sich die Fotos selbst entwickelten. Noch vor fünfzig Jahren hätte eine Sofortbildkamera in den Bereich der Science-Fiction gehört. Der Mensch arbeitete schnell. Sie warf einen Blick zum Schiff hinunter. Zu schnell.

Sie riss die Kekstüte auf und begann zu knabbern. Die Bilder, die schon deutlich zu erkennen waren, würde sie natürlich niemandem zeigen können. Eines davon war für die Zeitkapsel, das andere für Libbys eigene Aufzeichnungen bestimmt. Sie hatte es schließlich in ihrer Eigenschaft als Wissenschaftlerin aufgenommen und wollte es zusammen mit dem Bericht ablegen, den sie über dieses Sonderexperiment schrieb.

Nur hatte leider weder das Foto noch der Bericht etwas mit der Wissenschaft zu tun, dafür umso mehr mit dem Herzen. Libby wollte sich nicht auf ihr Erinnerungsvermögen verlassen.

Sie steckte sich die fertigen Bilder in die Tasche, hängte sich die Kamera über die Schulter und stieg den Abhang hinunter. Als sie vor der Einstiegsluke des Schiffs stand, hob sie die Faust, und dann musste sie lachen. Klopfte man eigentlich bei einem Raumschiff an die Tür, wenn man hineinwollte?

Sie kam sich recht närrisch vor, als sie schließlich doch anklopfte. Ein Streifenhörnchen sauste über den Boden und auf einen der umgestürzten Baumstämme, stoppte dort und starrte Libby an.

„Ich weiß ja, dass es ziemlich albern ist", erklärte sie dem Tierchen. „Aber sag's nicht weiter." Sie warf ihm einen halben Keks zu und drehte sich um, um noch einmal zu klopfen. „Los, Hornblower, mach auf. Ich komme mir hier draußen langsam ganz schön idiotisch vor."

Libby klopfte, hämmerte und rief. Einmal vergaß sie sich sogar und trat kräftig gegen den Schiffsrumpf, was aber nur dazu führte, dass ihr danach die Zehen wehtaten. Wütend auf Cal und auf sich selbst, wollte sie sich umdrehen und fortgehen, als ihr einfiel, dass er sie ja möglicherweise überhaupt nicht hören konnte. Und war da nicht außerdem irgendeine Vorrichtung gewesen, mit welcher er die Einstiegsluke von außen hatte öffnen können?

Nach zehn Minuten hatte sie den Knopf gefunden. Als sich die Luke öffnete, stürmte Libby kampflustig hinein.

„Hör mal, Hornblower, ich ...“

Cal befand sich nicht im Kommandostand. Entnervt fuhr sie sich mit den Händen durchs Haar. Konnte der Kerl nicht wenigstens zur Verfügung stehen, wenn sie ihn anschreien wollte?

Der Schutzschild war offen. Libby betrachtete das herrliche Panorama. Sie trat näher an die Schaltkonsole und setzte sich dann in Cals Sessel.

Wie fühlte man sich wohl als Pilot eines so riesigen, so mächtigen Fluggeräts? War es ein Wunder, dass Cal es liebte? Selbst eine fest auf dem Boden stehende Frau konnte sich die wilde, grenzenlose Freiheit der Reise durch den Weltraum vorstellen. Da waren Planeten, Kugeln aus Farbe und Licht. Da war das Leuchten weit entfernter Sterne, das Schimmern der Monde im Orbit, und Cal suchte sich seinen Weg durch den Raum, wie er für sie mit seinem Flugrad einen Weg durch die Baumwipfel gesucht hatte.

Sie warf noch einen Blick auf die Kontrollen und betrachtete dann den Computer. Etwas unsicher schaute sie sich im leeren Kommandostand um, und dann beugte sie sich vor.

„Computer?“

Arbeitsbereit.

Libby fuhr zusammen und hätte beinahe hysterisch aufgelacht. Zwei Fragen wollte sie stellen, aber nur eine von ihnen wollte sie auch wirklich beantwortet haben. Sie gab sich einen Stoß.

„Computer, wie ist der Stand der Kalkulationen für die Rückkehr in das dreiundzwanzigste Jahrhundert?“

Kalkulationen abgeschlossen. Wahrscheinlichkeitsindex formuliert. Risikofaktoren, Flugbahn, Schub, Umlaufwinkel, Geschwindigkeit und Erfolgsfaktoren gespeichert. Wird Report verlangt?

„Nein.“

Also war Cal mit seiner Arbeit fertig. Er hatte es ihr nicht gesagt, und sie glaubte zu wissen, weshalb nicht. Er wollte ihr nicht wehtun, denn er wusste, was sie empfand. So sehr sie auch versuchte, ihre gegenseitige Beziehung als eine Art Momentaufnahme zu betrachten, er hatte sie durchschaut. Und jetzt wollte er freundlich sein und sie schonen. Und sie wollte sich über seinen Erfolg freuen.

Einen Augenblick dachte sie nach, und dann stellte sie die Frage, die sie schon einmal gestellt hatte: „Computer, wer ist Caleb Hornblower?"

Hornblower, Caleb, Captain der ISF, außer Dienst. Geboren 2. Februar 2222 in Philadelphia. Mutter: Katrina Hardsty Hornblower. Vater: Byram Edward Hornblower. Wilson-Freemont-Memorial-Akademie, Abschluss 2237. Studium an Princeton Universität. Studium nach sechzehn Monaten ohne Abschluss abgebrochen. In ISF eingetreten. Dienstzeit von 2239 bis 2245. Militärische Personalakte wie folgt …

Libby hörte sich den Bericht über Cals militärische Laufbahn an. Er enthielt jede Menge ehrenvolle Erwähnungen und verzeichnete ebenso viele Verweise. Die Vermerke über ihn in seiner Eigenschaft als Pilot waren makellos – im Gegensatz zu der Benotung seiner Disziplin.

Libby musste lächeln. Ihr Vater misstraute dem militärischen System auch. Wahrscheinlich hätte er sich nach einiger Zeit mit Cal sehr angefreundet.

Kreditindex 5,8.

„Stopp." Libby wollte nichts über Cals Kreditwürdigkeit hören. Sie hatte genug in seinem Privatleben herumgeschnüffelt. Alle anderen Antworten, die sie haben wollte, musste er ihr selbst geben, und zwar schnell.

Sie stand auf und wanderte auf der Suche nach ihm durch das Schiff. Es war die Musik, die sie auf die richtige Fährte brachte. Libby folgte den schönen klassischen Klängen, die aus Cals Kajüte kamen, und dort fand sie ihn schlafend vor.

Obwohl die Musik leise, beruhigend, verlockend war, erfüllte sie den ganzen Raum. Libby fühlte das beinahe unwiderstehliche Bedürfnis, zu Cal ins Bett zu schlüpfen und sich an ihn zu schmiegen, bis er aufwachte und sie sehr sanft und zärtlich liebte.

Sie schüttelte diesen Gedanken ab, den die beruhigende und gleichzeitig erotische Musik hervorgerufen haben musste. Libby wollte sich aber von so etwas nicht beeinflussen lassen und womöglich vergessen, dass sie böse auf Cal war. Trotzdem machte sie rasch ein Foto von ihm und steckte das Bild sofort schuldbewusst in die Tasche.

Sie lehnte sich in die Türöffnung, hob den Kopf und reckte das Kinn vor. Das war eine ganz bewusst herausfordernde Pose. „Das verstehst du also unter arbeiten!"

Obwohl sie die Stimme über die Musik erhoben hatte, schlief Cal seelenruhig weiter. Zuerst wollte sie zu ihm treten und ihn an der Schulter rütteln, aber dann hatte sie eine bessere Idee. Sie steckte sich zwei Finger zwischen die Lippen, holte tief Luft und erzeugte einen scharfen, schrillen Pfiff, so wie Sunny es ihr beigebracht hatte.

Wie eine Rakete schoss Cal in seinem Bett hoch. „Höchste Alarmstufe!", brüllte er, bevor er Libby schadenfroh grinsend an der Tür stehen sah. Wie von einem Schlag gefällt, sank er aufs Kopfkissen und strich sich mit der Hand über die Augen.

Er hatte geträumt. Er war durch die Galaxis gerast, und Libby hatte an seiner Seite gesessen. Sie hatte einen Arm um ihn gelegt, und die Faszination, die Begeisterung hatte aus ihren Augen geleuchtet. Dann war etwas schiefgegangen. Warnlampen hatten geblinkt, Alarmsirenen geschrillt. Das Schiff war zum Sturzflug übergegangen. Libby hatte geschrien, und er hatte nicht gewusst, was er tun sollte. Dann hatte sein Verstand ausgesetzt. Er hatte sie nicht retten können.

Und während sein Herz jetzt immer noch vor Angst raste, stand sie da in der Türöffnung und blickte ihn frech und kampflustig an.

„Was, zum Teufel, sollte das?"

Cal sah aus, als hätte er einen Todesschrecken bekommen. Na, hoffentlich, dachte Libby. „Das schien mir die wirksamste Methode zu sein, dich aufzuwecken", antwortete sie. „Wenn du weiter so schwer arbeitest, Hornblower, wirst du dich noch überanstrengen."

„Ich habe eine Pause gemacht." Er wünschte, er hätte einen kräftigen Schluck Antellisschnaps zur Hand. „Letzte Nacht habe ich nicht gut geschlafen."

„Ach, das tut mir aber leid." Besonders mitfühlend klang das nicht. Libby holte sich einen Keks aus ihrer Tüte.

„Deine Couch ist durchgesessen."

„Ich werde es mir merken. Vielleicht bist du heute Morgen deshalb auch mit dem falschen Fuß aufgestanden." Sehr langsam, sehr genüsslich knabberte sie an ihrem Keks. Sie wollte damit Cals Hunger wecken, und das gelang ihr auch, allerdings nicht so, wie sie sich das gedacht hatte.

Cal merkte, wie sich seine sämtlichen Muskeln verspannten. „Falscher Fuß? Ich weiß nicht, was du meinst."

„Es ist so eine Redensart."

„Die kenne ich", sagte er schroff. Jetzt tastete Libby auch noch mit der Zungenspitze nach einem Kekskrümel in ihrem Mundwinkel. Cal hätte fast aufgestöhnt. „Ich bin mit keinerlei falschem Fuß aufgestanden."

„Dann bist du also von Natur aus launisch und hast es zuvor nur noch nicht gezeigt."

„Ich bin nicht launisch", knurrte er.

„Nein? Dann vielleicht arrogant? Ist das das richtigere Wort?" Ihr träges Lächeln sollte ihn ärgern, aber es erzeugte eine ganz andere Wirkung.

Cal wollte weder Libby noch das zur Kenntnis nehmen, was sich in seinem rebellischen Körper abspielte. Er schaute auf die Uhr. „Du warst ziemlich lange in der Stadt."

„Meine Zeit gehört mir, Hornblower."

Er hob die Augenbrauen, und wenn Libby nicht so sehr mit ihrer eigenen Beherrschung beschäftigt gewesen wäre, hätte sie gesehen, dass seine Augen verdächtig dunkel geworden waren. „Suchst du Streit?"

„Wer – ich?" Sie war die Unschuld in Person. „Aber Caleb, nachdem du meine Eltern kennengelernt hast, müsstest du doch wissen, dass ich die geborene Pazifistin bin. Ich bin mit Folk-Songs in den Schlaf gewiegt worden."

Caleb äußerte ein Schimpfwort, von dem Libby eigentlich gedacht hatte, es gehöre in den Sprachschatz des zwanzigsten Jahrhunderts.

Interessiert neigte sie den Kopf zur Seite. „Ach, das sagt man also auch in deiner Zeit noch, wenn einem nichts Intelligentes einfällt? Es ist ja tröstlich zu wissen, dass einige Traditionen überleben."

Cal schwenkte die Beine über die Bettkante und erhob sich sehr langsam, ohne Libby aus den Augen zu lassen. Allerdings ging er nicht auf sie zu. Das konnte er sich nicht erlauben, bevor er nicht ganz sicher war, dass er ihrem trotzig gereckten Kinn keine gerade Rechte verpasste.

Komisch, dieses trotzige Kinn hatte er bisher noch gar nicht so bemerkt und den ebenso trotzigen Blick auch nicht. Das Schlimmste war nur, dass Libbys herausfordernde Arroganz ebenso erregend war wie ihre Leidenschaft.

„Treib's nicht zu weit, Libby. Ich sollte dir fairerweise mitteilen, dass ich nicht aus einer besonders friedliebenden Familie stamme."

„Ja ..." Sehr bedächtig wählte sie einen weiteren Keks aus. „Ja, das verängstigt mich natürlich ungemein." Sie faltete die Kekstüte wieder zu und warf sie unvermittelt nach Cal, der sie unwillkürlich fest auffing und dabei den restlichen Inhalt zerkrümelte.

„Ich weiß nicht, welche Laus dir über die Leber gelaufen ist, Hornblower, aber ich habe Besseres zu tun, als mir darüber den Kopf zu zerbrechen. Du kannst von mir aus hierbleiben und schmollen, aber ich kehre jetzt zu meiner Arbeit zurück."

Noch ehe sie sich ganz umdrehen konnte, hatte er sie schon

bei den Armen gepackt und gegen die Wand gedrückt. „Du willst wissen, was mit mir nicht stimmt, ja?" Seine Augen sprühten Blitze. „Deshalb deine Sticheleien, ja?"

„Mich kümmert nicht, was mit dir nicht stimmt." Sie hielt ihr Kinn weiterhin hoch, obwohl ihr Mund trocken geworden war. Einen Rückzieher zu machen und sich zu entschuldigen war für sie stets leichter gewesen, als weiterzustreiten. Das lag nicht immer an ihrem Pazifismus, manchmal war es auch schlichte Feigheit. Aber diesmal hielt sie am Streit fest. „Und jetzt lass mich gefälligst los."

„Es sollte dich aber kümmern." Er wickelte sich ihr Haar um die Hand und zog daran ihren Kopf in den Nacken. „Glaubst du, dass alle Empfindungen eines Mannes einer Frau gegenüber sanft, freundlich und liebevoll sind?"

„Ich bin nicht naiv." Libby setzte sich zur Wehr und war eher ärgerlich als ängstlich, weil Cal sie nicht losließ.

„Nein, das bist du nicht." Wütend starrte er sie an. Irgendetwas zerbrach in ihm. Vielleicht war es der Riegel vor dem Käfig des in ihm gefangenen wilden Tiers. „Ich sollte dir jetzt auch noch den Rest beibringen."

„Du brauchst mir überhaupt nichts beizubringen."

„Stimmt, das werden andere Männer tun, nicht wahr?" Die Eifersucht hatte ihn fest im Griff. „Zur Hölle mit ihnen. Und zur Hölle mit dir. Denk an meine Worte. Immer wenn dich jemand anders berührt, ob morgen oder in zehn Jahren, dann wirst du dir wünschen, ich wäre es. Dafür werde ich sorgen."

Bevor er diese Worte ganz ausgesprochen hatte, zerrte er Libby zum Bett.

11. Kapitel

Libby wehrte sich. Sie wollte nicht im Zorn genommen werden, gleichgültig, wie groß ihre Liebe war. Die Matratze gab unter dem Gewicht der beiden Körper nach und umgab sie wie ein halber Kokon. Die Musik klang ruhig und angenehm durch den Raum. Cal riss wütend an Libbys Blusenknöpfen.

Sie sprach nicht. Sie dachte nicht daran, ihn zu bitten, seine Attacke einzustellen, und sie wollte auch nicht ihren Tränen freien Lauf lassen, obwohl ihn das bestimmt wieder zur Vernunft gebracht hätte. Stattdessen wehrte sie sich und versuchte sich seinen unbarmherzigen Händen zu entziehen. Sie kämpfte wild, schlug und stieß nach Cal und führte gleichzeitig Krieg gegen ihren eigenen Körper, der mit seiner Reaktion ihr Herz verraten wollte.

Hierfür würde sie Cal hassen. Dieser Gedanke war schrecklich. Falls es ihm gelang, das zu tun, was er sich offenbar vorgenommen hatte, würde das alles andere auslöschen und nur noch die Erinnerung an diese böse, gewalttätige Szene zurücklassen. Und deshalb kämpfte sie jetzt für sie beide.

Er kannte sie viel zu gut, jede Kurve, jeden Zentimeter ihrer weichen Haut. Aufs Neue von seiner Wut getrieben, packte er Libbys Handgelenke mit einer Faust und hielt sie über ihrem Kopf fest. Hart presste er seine Lippen an ihren Hals, während er seine freie Hand unbeirrt zu den geheimsten, empfindsamsten Winkeln ihres Körpers führte.

Er hörte Libby aufstöhnen, als die ungewollte Lust sie durchfuhr. Ihr Körper spannte sich an, bäumte sich auf, bog sich bebend hoch und sank dann in sich zusammen. Cal hörte ihren erstickten Aufschrei, und er sah ihre Lippen zittern, bevor sie sie mit aller Macht zusammenpresste.

Reue erfüllte ihn. Er hatte kein Recht, niemand hatte das Recht, etwas so Schönes als Waffe zu benutzen. Er hatte Libby für etwas bestrafen wollen, das doch außerhalb ihrer Kontrolle gelegen hatte. Er hatte es getan, und er hatte sich damit selbst bestraft.

„Libby."

Sie hielt die Augen geschlossen und schüttelte nur den Kopf. Cal rollte zur Seite und starrte an die Decke. „Ich habe dafür keine Entschuldigung. Es gibt keine Entschuldigung dafür, dass ich dich so behandelt habe."

Libby hielt ihre Tränen zurück. Sie schaffte es, wieder gleichmäßiger zu atmen und schließlich die Augen zu öffnen. „Eine Entschuldigung sicherlich nicht, aber einen Grund. Diesen Grund möchte ich gern erfahren."

Cal antwortete nicht gleich, obwohl er ihr eine ganze Reihe von Gründen hätte nennen können – Mangel an Schlaf, Überarbeitung, Angst vor dem möglichen Scheitern seines Flugs. Das wären alles zutreffende Gründe gewesen, aber die Wahrheit gaben sie nicht wieder.

„Du bist mir nicht gleichgültig", sagte er langsam. „Es fällt mir nicht leicht zu wissen, dass ich dich nie wiedersehen werde. Mir ist bewusst, dass jeder von uns sein eigenes Leben hat. Vielleicht tun wir beide, was wir tun müssen, aber mir gefällt die Vorstellung nicht, dass es dir leicht fällt."

„Es fällt mir nicht leicht."

Es erleichterte ihn sehr, das zu hören. Er tastete nach ihrer Hand und hielt sie fest. „Ich bin eifersüchtig."

„Worauf?"

„Auf die Männer, die du kennenlernen wirst, auf die, die du lieben wirst. Auf die, die dich lieben werden."

„Ich …"

„Nein, sag jetzt nichts. Lass mich ausreden. Lass es mich loswerden. Es nützt mir gar nichts, vom Verstand her zu wissen, dass es falsch ist, aber jedes Mal, wenn ich mir vorstelle, dass ein anderer Mann dich so berührt, wie ich dich berührt habe, werde ich verrückt."

„Und deshalb bist du so wütend auf mich?" Libby wandte den Kopf und betrachtete Cals Profil. „Wegen deiner detaillierten Vorstellung von meinen zukünftigen Liebesaffären?"

„Du hast alles Recht, mich als einen Idioten hinzustellen, der gerade den Verstand verliert."

„Das will ich gar nicht."

„Ich sehe den Kerl direkt vor mir. Er ist einsfünfundneunzig groß und wie ein griechischer Gott gebaut."

„Vielleicht Adonis?" Libby lächelte. „Ich würde für ihn stimmen."

„Sei still", befahl er, aber er lächelte auch ein wenig. „Er hat blondes, etwas windverwehtes Haar, und in seinem harten, kantigen Kinn hat er so ein verdammtes Grübchen."

„Wie Kirk Douglas, ja?"

Misstrauisch blickte er sie an. „Du kennst so einen Kerl?"

„Nur vom Hörensagen." Weil Libby spürte, dass der Sturm vorüber war, küsste sie Cals Schulter.

„Wie dem auch sei. Jedenfalls hat er Verstand, und das ist ein weiterer Grund, weswegen ich ihn hasse. Er ist Doktor der Philosophie. Er kann mit dir stundenlang die traditionellen Paarungsriten irgendwelcher ausgestorbenen Völkerstämme diskutieren. Und Klavier spielt er auch."

„Wow! Ich bin beeindruckt."

„Er ist reich", fuhr Cal unbeirrt fort. „Einen Kreditindex von 9.2. Er bringt dich nach Paris und liebt dich in einem Zimmer mit Ausblick auf die Seine. Und dann schenkt er dir einen faustgroßen Brillanten."

„Hm, hm." Libby tat, als dächte sie nach. „Kann er auch Gedichte aufsagen?"

„Er schreibt sie selbst."

„Auch das noch." Libby drückte sich die Hand aufs Herz. „Du könntest mir nicht vielleicht sagen, wann und wo ich ihn treffen werde? Ich möchte schließlich vorbereitet sein."

Cal stützte sich nur so weit auf, um Libby ins Gesicht sehen zu können. In ihren Augen sah er Erheiterung, keine Tränen.

„Dir macht das alles wohl richtig Spaß, was?"

„Ja." Sie streichelte seine Wange. „Würdest du dich wohler fühlen, wenn ich dir verspreche, in ein Kloster einzutreten?"

„Ja." Er fing ihre Hand ein und drückte seine Lippen hinein. „Kannst du mir das bei Gelegenheit schriftlich geben?"

„Ich werde es mir überlegen." Libby sah, dass seine Augen nun wieder klar waren. Er war jetzt wieder Cal, der Mann, den sie lieben und verstehen konnte. „Wäre damit nun unser Streit beendet?"

„Sieht fast so aus. Es tut mir ehrlich leid, Libby. Ich habe mich wie ein Lupz aufgeführt."

„Ich weiß zwar nicht, wer oder was ein Lupz ist, aber wahrscheinlich hast du recht."

„Sind wir wieder Freunde?" Er neigte den Kopf und berührte ihre Lippen sanft mit seinen.

„Freunde."

Ehe Cal sich zurückziehen konnte, hielt Libby seinen Kopf fest und gab ihm einen langen, tiefen und nicht unbedingt rein freundschaftlichen Kuss. „Cal?"

„Hm?" Mit der Zungenspitze zeichnete er Libbys Lippen nach.

„Weißt du zufällig, wie dieser Bursche heißt? Au!" Sie zuckte zurück. „Du hast mich gebissen!"

„Stimmt."

„Der Bursche ist doch deiner Fantasie entsprungen und nicht meiner."

„Gut, dass du es weißt." Lächelnd streichelte er ihre weiche Haut. „Meine Fantasie hat dir noch mehr zu bieten, wenn du artig bist."

„Oh ja, bitte."

Aufreizend legte er seine Hand um Libbys Brust. „Wenn ich dich nach Paris brächte, würden wir die ersten drei Tage in unserer Hotelsuite verbringen und nicht aus dem Bett herauskommen."

Er streichelte hier, küsste da und stellte seine aufreizenden

Liebkosungen immer kurz vor Vollendung wieder ein. „Wir trinken eine Flasche Champagner nach der anderen und essen lauter kleine Gerichte mit exotischen Namen. Dann steigen wir wieder ins Bett und reisen zu Orten, an denen vor uns noch kein Mensch gewesen ist."

„Cal …" Sie erbebte, als er ihre Brüste mit kleinen zärtlichen Bissen reizte.

„Dann stehen wir auf und ziehen uns an. Du hast etwas Weißes, Durchsichtiges an, das deine Schultern und den Rücken frei lässt. Alle Männer, die dich so sehen, wollen mich umbringen."

„Und ich sehe sie nicht einmal." Seufzend streichelte sie über seinen Rücken. „Ich sehe nur dich."

„Millionen Sterne stehen am Himmel. Ganz Paris duftet nach Blumen. Wir spazieren durch die Stadt, und du siehst diese unglaublichen Lichter und die herrlichen alten Bauwerke aus vergangenen Zeiten. In einem Bistro setzen wir uns draußen an einen Tisch mit einem Sonnenschirm und trinken Wein. Dann kehren wir in unser Hotel zurück und lieben uns wieder, Stunde um Stunde." Er küsste sie zärtlich. „Aber dazu brauchen wir Paris gar nicht."

Libbys Augen waren halb geschlossen, und ein verträumtes Lächeln spielte um ihre Lippen. „Nein."

Cal stützte sich wieder über ihr auf. Er wollte sich diesen Anblick einprägen, diesen Moment, in dem es für ihn nichts und niemanden gab außer ihr. „Oh Libby, ich brauche dich so sehr."

Mehr brauchte sie nicht zu wissen. Mehr würde sie auch nie hören wollen. Sie streckte die Arme zu ihm hoch und zog ihn zu sich heran.

Tief und verlangend drang er mit der Zunge in ihren Mund ein, und seine Hände glitten ungeduldig über ihren Körper. Libbys Begehren war ebenso stark wie seines. Das Blut rauschte durch ihre Adern, und das Feuer in ihr war fast unerträglich – und herrlich. Es brannte noch heißer, als er sie zu entkleiden begann. Sie stöhnte leise auf, und dann riss sie ihm ungeduldig die Kleidung vom Leib.

Diese unerwartete Heftigkeit erschütterte Cal geradezu. Im nächsten Moment wandte sich Libby unter ihm hervor, glitt über ihn und bewegte sich auf eine Weise, die ihm den Atem raubte. Cal bebte unter ihrem Körper, er stöhnte und flüsterte ihren Namen. Sie hätte nie gedacht, dass sie die Macht besaß, ihn vollkommen wehrlos zu machen.

Und er war schön. Sie fühlte seine Schönheit, seine Stärke unter ihren tastenden Händen, und sein Geschmack lag noch auf ihren Lippen.

Cal hatte gewollt, dass sie ihn nie vergaß. Jetzt stöhnte er unter den Empfindungen, die sie in ihm auslöste. Er wusste, dass er derjenige war, der niemals würde vergessen können. Ihr Körper rieb sich an seinem, als sie sich zu einem langsamen, unbeschreiblich sinnlichen Kuss zu ihm hinunterneigte. Gleich darauf richtete sie sich lachend wieder auf, wich seinen suchenden Händen aus und trieb ihn wieder an den Rand der absoluten Verzückung.

Cal konnte es nicht länger ertragen. Sein Herz hämmerte, und das Echo erschütterte seinen ganzen Körper. „Libby …", keuchte er. „Oh Libby!"

Sie nahm ihn in sich auf. Der leise Aufschrei, der sich ihr entrang, war nicht viel mehr als ein Stöhnen, doch Triumph schwang in ihm mit. Von ihrer Lust vorangetrieben, bewegte sie sich in einem immer wilderen Rhythmus unaufhaltsam dem Höhepunkt entgegen und riss Cal mit sich mit.

Freier Fall durch den Weltraum, ein Schleuderflug durch die Zeit, das hatte Cal schon erlebt, aber es war nicht mit dem zu vergleichen, was jetzt über ihn kam. Blind tastete er nach Libby, und in dem Augenblick, als sich seine und ihre Hände trafen, erreichten die Liebenden den höchsten Gipfel allen Empfindens.

Träge und glücklich kuschelte sich Libby dichter an Cal, schmiegte ihre Wange an seine Brust und lauschte auf sein Herz, während er ihr übers Haar streichelte.

Wie eine zufriedene Katze hätte sie schnurren mögen. Sie

war vollkommen entspannt. Wie lange konnten zwei Menschen wohl so ohne Essen und Trinken im Bett liegen bleiben? Ewig? Libby lächelte über den Gedankengang. Ja, ewig. Daran glaubte sie fest.

„Meine Eltern besitzen einen Kater. Er ist fett und gelb und heißt Ringelblume. Der hat überhaupt keinen Ehrgeiz."

„Eine männliche Katze namens Ringelblume?"

Sie streichelte ihn. „Du hast meine Eltern doch kennengelernt."

„Stimmt."

„Ringelblume liegt nachmittags bis zum Dunkelwerden auf der Fensterbank. Und jetzt, genau in dieser Minute, weiß ich, wie er sich fühlt." Sie rekelte sich, aber nur ein bisschen, und schon das kostete sie zu viel Kraft. „Hornblower, dein Bett gefällt mir."

„Ich habe es auch lieben gelernt."

Eine Weile schwiegen sie und träumten nur so vor sich hin. „Diese Musik ..." Libby hatte das Gefühl, als erfüllten die Klänge ihren Kopf, ihren Körper, ihr Herz. „Mir ist immer, als würde ich sie irgendwie kennen."

„Salvadore Simeon."

„Ist das ein neuer Komponist?"

„Das kommt auf den Standpunkt an. Er stammt aus dem späten einundzwanzigsten Jahrhundert."

Bei dieser Bemerkung zerplatzte ihre Seifenblase. Manchmal war „ewig" eine sehr kurze Zeitspanne. Weil Libby sich noch einen letzten Moment von dieser Ewigkeit erhalten wollte, drückte sie die Lippen an Cals Brust. Hier schlug sein Herz, kräftig und ruhig. „Poesie, klassische Musik und Flugräder. Eine interessante Mischung."

„Findest du?"

„Durchaus. Außerdem weiß ich, dass du für Seifenopern und Spielshows schwärmst." Sie stützte sich neben ihm auf.

„Das fällt unter Forschung und Bildung", erklärte er. „Ich möchte schließlich intelligent über alle populären Unterhaltungsarten des zwanzigsten Jahrhunderts reden können."

Libby zog die Knie hoch und grinste Cal frech an. „Quatsch. Sag mal, habt ihr etwa keine TV-Serien mehr?"

„Doch, aber ich habe mir nie die Zeit genommen, sie mir anzuschauen."

Libby stützte das Kinn auf die Knie. „Ich habe dir immer noch nicht genug Fragen gestellt. Wenn wir wieder im Haus sind, werden wir erst einmal alles aufschreiben, was dir widerfahren ist."

Er strich mit einem Finger an ihrem Arm hinunter. „Wirklich alles?"

„Alles von allgemeinem Interesse. Und während wir dann die Zeitkapsel zusammenstellen, kannst du mich über die Zukunft auf dem Laufenden halten."

„In Ordnung." Cal stand auf. Wahrscheinlich war es das Beste, wenn sie während der nächsten Stunden fleißig waren. Er griff nach seiner Hose, und dabei entdeckte er die Sofortbildkamera, die auf den Boden gefallen war. „Was ist das?"

„Ein Fotoapparat. Einer, der die Bilder selbst entwickelt. Innerhalb von zehn Sekunden sind sie fertig."

„Tatsächlich?" Amüsiert drehte Cal die Kamera in den Händen. Zu seinem zehnten Geburtstag hatte er einen Apparat geschenkt bekommen, der dieselben Fähigkeiten besaß und in eine Kinderhand passte. Außerdem gab er die genaue Zeit sowie die Temperatur an und spielte seine Lieblingsmelodie.

„Hornblower, du hast schon wieder dieses überhebliche Grinsen auf deinem Gesicht."

„Tut mir leid. Wie macht man das – drückt man hier auf diesen Knopf?"

„Ja. Nein!" Es war bereits zu spät. Er hatte schon visiert und ausgelöst. „Cal, es sind schon Menschen für weniger ermordet worden."

„Ich dachte, du wolltest Fotos haben", sagte er ganz sachlich und sah zu, wie sich das Bild in seiner Hand selbsttätig entwickelte.

„Ich bin doch nicht angezogen."

„Eben." Er lächelte. „Gar nicht mal so schlecht. Zweidimensional, aber man sieht, worauf es ankommt. Eine ganze Menge sogar."

Libby griff nach der Bettdecke, krabbelte damit zum Fußende des Betts und versuchte das Bild an sich zu bringen.

„Möchtest du es gern sehen?" Cal hielt es zwar außer Reichweite, aber so, dass Libby sich darauf betrachten konnte, wie sie mit hochgezogenen Knien dasaß, die Arme um die Beine geschlungen hatte und einen ziemlich schlaftrunkenen Eindruck machte. „Du ahnst ja nicht, wie süß ich es finde, wenn du rot wirst, Libby."

„Ich werde nicht rot." Und lachen musste sie auch nicht. Sie angelte sich ihre Kleidungsstücke. Cal legte die Kamera aus der Hand und nahm Libby die Kleidungsstücke wieder fort.

Als Libby und Cal das Schiff verließen, warfen die Bäume schon lange Schatten. Nach kurzer Diskussion wurde beschlossen, das Flugrad auf den Geländewagen zu laden und mit diesem zurück zum Haus zu fahren.

„Wenn wir ein Stück Seil hätten, wäre es einfacher", bemerkte Libby.

„Seil? Wofür?" Cal drehte an einem Knopf unter dem Sattel und zog zwei Schlingen hervor.

„Na, damit ließe es sich leichter anheben. Aber wie du willst." Sie beugte sich über das Hinterrad und holte tief Luft.

„Was machst du denn da?"

„Ich will dir beim Hinaufheben helfen." Sie packte fest zu und pustete sich das Haar aus der Stirn. „Na, los doch."

Cal blieb ganz ernst. „Okay, aber überanstreng dich nicht."

„Hast du eine Ahnung, wie viel Ausrüstung wir bei unseren Ausgrabungen mit uns herumschleppen?"

Er lächelte. „Nein."

„Eine ganze Menge. Also, auf drei geht's los. Eins, zwei, drei!" Zu ihrer maßlosen Verblüffung hoben sie das Gerät mit einem Ruck schulterhoch, es konnte nicht mehr als fünfzehn Kilo wiegen. „Du bist ein Witzbold, Hornblower."

„Besten Dank." Er zurrte das Flugrad fest. „Lässt du mich diesmal deinen Wagen fahren? Ach, nun komm schon. Es ist doch niemand in der Nähe, den ich in Gefahr bringen kann."

„Schon richtig, aber du hast mir deinen Führerschein noch nicht gezeigt."

„Libby, wenn ich das Ding da fliegen kann …", er deutete mit dem Daumen über die Schulter hinweg auf sein Schiff, „dann kann ich ja wohl auch diesen Wagen hier fahren."

Libby zog die Schlüssel aus der Tasche und warf sie ihm zu. „Vergiss aber nicht, dass dies ein Bodenfahrzeug ist."

„Verstanden." Glücklich wie ein kleiner Junge mit einem neuen Spielzeug, setzte er sich hinters Steuer. „Es funktioniert mit Gangschaltung, nicht wahr?"

„Ich glaube ja."

„Faszinierend. Und dieses Pedal hier?"

„Das ist die Kupplung. Damit kann man die Kraftübertragung des Getriebes trennen und einen anderen Gang einlegen." Libby rechnete sich im Stillen ihre Überlebenschancen aus.

„Aha. Und das andere Pedal da?"

„Das ist das Gaspedal."

„Und das dritte?"

„Das ist die Bremse. Merke dir gut, wo die Bremse ist, Hornblower!"

„Keine Sorge." Er nickte ihr unbekümmert zu und drehte dann den Zündschlüssel im Schloss. „Na bitte." Der Wagen machte einen Satz rückwärts und blieb dann stehen. „Einen Moment. Ich glaube, jetzt habe ich's."

„Schön langsam", sagte Libby beruhigend, obwohl sie längst feuchte Hände hatte. „Und fahr bitte vorwärts, wenn's möglich ist, ja?"

„Kein Problem." Der Geländewagen bockte die ersten zehn Meter. Libby hielt sich mit beiden Händen am Armaturenbrett fest und betete heimlich. Cal dagegen amüsierte sich prächtig und war richtig enttäuscht, als das Auto schließlich ruhig fuhr. „Ist ja furchtbar einfach." Er grinste vergnügt.

„Pass auf, wohin du fährst!" Libby schlug die Hände vors Gesicht. Sie wollte den Baum gar nicht sehen, den sie gleich rammen würden.

„Bist du immer so eine nervöse Beifahrerin?", fragte Cal im Gesprächston und umkurvte unterdessen den Baum.

„Ich glaube, ich könnte dich abgrundtief hassen. Ganz bestimmt."

„Immer mit der Ruhe, Kleines. Lass uns einen winzigen Umweg fahren."

„Cal, wir sollten …"

„Ein bisschen Spaß an der Freude haben", beendete er ihren Satz und steuerte fröhlich den nächsten Abhang hinunter. „Nur Fliegen ist schöner!" Er warf Libby einen Blick zu. „Na ja, nicht nur Fliegen, aber immerhin."

„Ich glaube, einige meiner inneren Organe haben sich schon losgerissen. Cal, du wirst doch nicht durch diesen …" Aber schon spritzte das Wasser rechts und links hoch und bildete zu beiden Seiten des Wagens einen glitzernden Vorhang. Libby war durchnässt, als Cal auf dem anderen Bachufer aufwärts brauste. „… Bach fahren", sagte sie verspätet und strich sich das tropfende Haar aus dem Gesicht.

Cal stieß einen begeisterten Jauchzer aus, wendete und fuhr noch einmal durch den Bach. Libby hörte sich selbst lachen, als das Wasser zum zweiten Mal über sie schwappte.

„Weißt du", sagte er, „mit ein paar Änderungen würde der Wagen daheim ganz groß rauskommen. Ich weiß gar nicht, warum so etwas nicht mehr gebaut wird. Wenn ich den Prototyp auf den Markt bringen könnte, würde mein Kreditindex bis zur Ozonschicht hochschießen."

„Du wirst den Wagen gefälligst hierlassen. Ich habe noch vierzehn Raten darauf abzuzahlen."

„War ja nur so eine Idee." Cal hätte noch stundenlang so fahren können, aber die Luft wurde kühl, und Libby fröstelte ein wenig.

„Weißt du eigentlich, wo wir sind?", fragte sie.

„Sicher. Ungefähr fünfundzwanzig Grad nordöstlich des Schiffs. Ich sagte dir doch, ich kann gut navigieren." Er zupfte an ihrem nassen Haar. „Weißt du was? Wenn wir zu Hause sind, nehmen wir ein heißes Duschbad, werfen den Kamin an, trinken einen Schluck Brandy, und dann …"

Er stieß einen leisen Fluch aus und trat hart auf die Bremse. Wenige Meter voraus standen vier Menschen in Wanderausrüstung.

„Verdammt", murmelte Libby. „Zu dieser Jahreszeit ist hier sonst niemand." Mit einem Blick sah sie, dass die Preisschilder von den Rucksäcken und den Stiefeln wohl gerade eben erst entfernt worden waren.

„Wenn sie noch lange in diese Richtung gehen, stolpern sie über mein Schiff", stellte Cal besorgt fest.

Libby fasste sich wieder. Sie lächelte der Gruppe entgegen. „Hallo."

„Oh, hallo." Der Mann, groß, stämmig, in den Vierzigern, kam heran und lehnte sich gegen den Wagen. „Sie sind die ersten Leute, die wir seit heute Morgen sehen."

„Hier oben gibt es nicht so viele Wanderer."

„Deshalb haben wir uns diese Strecke ja auch ausgesucht, nicht wahr, Susie?" Er tätschelte seiner hübschen und ganz offensichtlich erschöpften Frau die Schultern. „Wenn ich mich vorstellen darf: Rankin. Jim Rankin." Er schüttelte Cal anhaltend die Hand. „Meine Frau Susie und unsere Jungs, Scott und Joe."

„Nett, Sie kennenzulernen. Cal Hornblower, Libby Stone."

„Ein bisschen auf Geländetour, ja?"

„Ja", antwortete Libby. „Wir wollten gerade wieder heimfahren."

„Fahren!" Jim grinste breit. „Wir sind mehr fürs Laufen."

Man brauchte nicht zweimal hinzuschauen, um zu sehen, dass die Freude über eine Bergwanderung ausschließlich auf Jims Seite war. Libby witterte eine Chance.

„Von woher kommen Sie denn schon?"

„Von Big Vista. Hübscher kleiner Campingplatz, aber leider zu überfüllt. Ich wollte meiner Frau und den Jungen die unverfälschte Natur zeigen."

Libby schätzte die Jungen auf dreizehn und fünfzehn, und sie sahen beide so aus, als würden sie gleich losheulen. Wenn man die Entfernung von Big Vista bedachte, hatten sie auch allen Grund dazu. „Das ist ja wirklich eine ziemlich lange Wanderung."

„Wir sind harte Burschen, was, Jungs?"

Auf diese Frage antworteten Scott und Joe nur mit einem elenden Blick.

„Sie wollten doch nicht etwa dort hinaufgehen?" Libby zeigte auf den Pfad.

„Eigentlich doch. Wir dachten, wir versuchen vor Einbruch der Dunkelheit den Bergkamm zu erreichen."

Susie stöhnte und massierte sich die schmerzenden Wadenmuskeln. „Auf diesem Weg werden Sie nicht hinkommen", erklärte Libby. „Da oben befindet sich ein Holzabbau- und Aufforstungsgebiet. Haben Sie die Schneise in den Bäumen gesehen?"

„Ja, die habe ich gesehen. Ich habe mich schon gefragt, was das ist." Jim Rankin fummelte an dem Schrittmesser an seinem Gürtel herum.

„Kahlschlag", sagte Libby, ohne mit der Wimper zu zucken. „Wandern und Zelten streng verboten. Fünfhundert Dollar Strafe", fügte sie sicherheitshalber hinzu.

„Sehr freundlich von Ihnen, dass Sie uns warnen."

„Dad, könnten wir nicht in ein Hotel gehen?", fragte einer der Jungen.

„In eins, das einen Swimmingpool hat", fiel der andere ein. „Und eine Videospielhalle."

„Und ein Bett", murmelte Susie. „Ein richtiges Bett."

Jim blinzelte Cal und Libby zu. „Zu dieser Tageszeit wird die Familie immer ein bisschen wunderlich. Leute, wartet, bis ihr morgen früh den Sonnenaufgang zu sehen bekommt. Das ist alle Mühe wert."

„Es gibt eine einfache Strecke nach Westen." Libby erhob sich von ihrem Sitz und hockte sich auf die Wagentür. „Da drüben. Sehen Sie?"

„Ja." Jim stieß offensichtlich höchst ungern seine Planung um, aber die fünfhundert Dollar Strafe gaben schließlich den Ausschlag.

Libby konnte der Familie noch einen guten Vorschlag machen. „Nach vier, fünf Kilometern auf diesem sogar leicht abschüssigen Pfad dort kommt eine zum Lagern bestens geeignete Lichtung. Von da aus haben Sie eine herrliche Aussicht. Sie schaffen es spielend bis Sonnenuntergang."

„Wir könnten Sie auch hinfahren." Cal taten die müden, trübsinnigen Jungen leid. Sobald er aber sein Angebot ausgesprochen hatte, strahlten ihre Gesichter.

„Oh nein, nein. Aber trotzdem vielen Dank", lehnte Jim freundlich ab. „Das wäre ja so etwas wie mogeln, nicht?" Er lachte.

„Wär's wohl." Susie hob sich den Rucksack auf ihrem schmerzenden Rücken etwas anders zurecht. „Aber es könnte dein Leben retten." Sie schob ihren Ehemann zur Seite und beugte sich zu Cal. „Mr. Hornblower, wenn Sie uns zu diesem Lagerplatz fahren, können Sie Ihren Preis dafür bestimmen."

„Also Susie …"

„Halt den Mund, Jim." Sie packte Cal bei dessen durchnässtem Hemd. „Bitte! Der Packsack da auf meinem Rücken ist achtundfünfzig Dollar wert. Er gehört Ihnen."

Jim lachte laut und herzlich und legte seiner Frau eine Hand auf den Arm. „Nun ist's gut, Susie. Wir haben doch abgemacht, dass …"

„Die Wette gilt nicht mehr." Ihre Stimme klang verdächtig schrill, und um nicht noch hysterisch zu werden, atmete Susie einmal ganz tief durch. „Ich werde hier gleich auf der Stelle tot umfallen, Jim. Die Jungen werden einen seelischen Schaden fürs Leben davontragen. Dafür wirst du doch nicht verantwortlich sein wollen, oder?"

Ohne die Antwort ihres Gatten abzuwarten, klemmte sie sich einen ihrer Söhne unter den rechten und den anderen unter den linken Arm. „Du kannst ja wandern", erklärte sie. „Aber ich habe Blasen, und ich glaube, in meinem linken Bein werde ich nie wieder etwas fühlen."

„Susie, wenn ich gewusst hätte, dass du so darüber denkst …"

„Schon gut." Sie war nicht bereit, ihn ausreden zu lassen. „Also geh jetzt. Kommt, Jungs."

Susie und die beiden Jungen drängten sich auf der Rückbank des Wagens zusammen. Nach einem Moment stieg Jim enttäuscht zu und nahm seinen Jüngsten auf den Schoß.

„Die Gegend hier ist wunderschön", sagte Libby, nachdem sie Cal unauffällig den rechten Weg gewiesen hatte. „Sie wird Ihnen wahrscheinlich noch wesentlich besser gefallen, wenn Sie geruht und gegessen haben." Und erst recht, wenn Susie merken würde, dass der Bogen, den sie fuhren, ein paar Kilometer näher an Big Vista heranführte.

„Jedenfalls gibt es hier Bäume genug." Susie genoss seufzend den Luxus der mühelosen Fortbewegung, und weil Jim schmollte, klopfte sie ihm nebenbei freundlich aufs Knie. „Sind Sie von hier?", erkundigte sie sich.

„Ich ja", antwortete Libby. „Cal kommt aber aus Philadelphia."

„Na so was." Susie überlegte, ob sie ihren einen Fuß probehalber einmal strecken sollte. Sie ließ es jedoch lieber. „Da kommen wir auch her. Sind Sie zum ersten Mal hier oben, Mr. Hornblower?"

„Ja, das kann man wohl sagen."

„Für uns ist es auch das erste Mal. Wir wollten unseren Söhnen einen Teil unserer Heimat zeigen, der noch nicht verdorben ist. Und das haben wir getan." Noch einmal streichelte sie ihrem Mann übers Knie.

Besänftigt schwenkte Jim den Arm über die Rückenlehne. „Und sie werden diese Tour nicht vergessen."

Die Jungen verdrehten die Augen, hielten aber klugerweise den Mund.

„Und Sie sind auch aus Philadelphia? Wie schätzen Sie denn dieses Jahr die Chancen der Phillies ein?", fragte er dann.

Cal rettete sich in Unverbindlichkeit. „Ich gebe die Hoffnung nie auf."

„Genau die richtige Einstellung." Jim schlug ihm auf die Schulter. „Wenn sie am Innenfeld noch etwas tun und die Werfermannschaft ordentlich aufmöbeln, dann können sie sich etwas ausrechnen."

Baseball! dachte Cal lächelnd. Da konnte er wenigstens mitreden. „Über die laufende Saison kann man ja noch nicht viel sagen, aber ich schätze, in den nächsten Jahrhunderten werden wir noch jede Menge Siegeswimpel sammeln."

Jim lachte laut und ausdauernd. „Das nenne ich lange Sicht!"

Als sie die Lichtung erreichten, waren Cals und Libbys Passagiere deutlich besserer Stimmung. Die Jungen sprangen aus dem Wagen und jagten einem Kaninchen nach. Susie stieg langsamer aus, ihr täten die Beine noch zu sehr weh.

„Es ist schön hier." Sie blickte über die gestaffelten Bergrücken zur tief stehenden Sonne hinauf. „Ich kann Ihnen beiden gar nicht genug danken." Sie warf einen Blick zu ihrem Gatten, der den Jungen nachrief, sie sollten sich nützlich machen und Feuerholz sammeln. „Sie haben meinem Mann das Leben gerettet", schloss sie.

„Ich finde, er sah vorhin doch noch ganz frisch und munter aus", meinte Cal.

„Aber ich hätte ihn im Schlaf umgebracht. Das brauche ich jetzt nicht mehr zu tun. Jedenfalls fürs Erste nicht."

Jim kam heran und nahm seine Frau jovial in den Arm. Susie stöhnte, als er ihre schmerzenden Muskeln drückte. „Ich sage dir, Susie, hier kann der Mensch frei atmen."

„Solange er kann", murmelte seine Gattin.

„Warum bleiben Sie beide nicht zum Abendessen? Nichts geht über ein Mahl unter freiem Himmel."

„Ja, Sie sind herzlich eingeladen", fügte Susie hinzu. „Auf der Speisekarte stehen heute die allseits beliebten Bohnen, dazu

211

Würstchen, falls die Kühltasche durchgehalten hat, und zum Nachtisch getrocknete Aprikosen."

„Das klingt ja lecker." Cal war tatsächlich versucht zu bleiben. Die Familie Rankin war zumindest so unterhaltsam wie ein Drama im Nachmittagsprogramm des Fernsehens. „Aber wir müssen leider heimkehren."

Libby reichte Susie die Hand. „Wenn Sie dem Pfad in dieser Richtung folgen, kommen Sie genau nach Big Vista zurück. Es ist ein langer Weg, aber ein sehr schöner." Und außerdem einer, der in die dem Schiffsliegeplatz entgegengesetzte Richtung führte.

„Ich kann Ihnen ja gar nicht genug danken." Jim wühlte in seinem Rucksack herum und förderte eine Geschäftskarte zutage. „Rufen Sie mich an, wenn Sie wieder daheim sind, Hornblower. Ich bin Verkaufsmanager bei Bison Motors. Ich kann Ihnen und der kleinen Frau einen guten Rabatt verschaffen. Auf neu oder gebraucht."

„Ich werde möglicherweise darauf zurückkommen."

Sie stiegen wieder in den Geländewagen, winkten noch einmal und fuhren davon.

„Neu oder gebraucht – was?", fragte Cal Libby.

12. Kapitel

Cal dachte viel über die Rankins nach. Er hatte Libby gefragt, ob das die durchschnittliche amerikanische Familie sei, worauf sie gelacht hatte. Wenn es so etwas überhaupt gäbe, hatte sie geantwortet, dann passten die Rankins wohl einigermaßen ins Bild.

Die Leute interessierten ihn, weil er einige Parallelen zwischen ihnen und seiner eigenen Familie sah. Sein Vater, der zwar ein vollkommen anderer Typ war als der massige, ewig strahlende Jim, hatte immer eine große Vorliebe für unverdorbene Natur und für Familienausflüge an den Tag gelegt. Wie die Rankin-Jungen hatten auch Cal und sein Bruder Jacob auf solchen Unternehmungen sehr oft geschmollt, gejammert und die Augen verdreht. Und wenn die Grenze des Erträglichen erreicht war, dann war es immer Cals Mutter gewesen, die schließlich die Richtung bestimmt hatte.

Das Familienleben, dachte Cal, ist eben zeitbeständig. Ein tröstlicher Gedanke.

Nach ihrer Heimkehr zur Hütte hatten Cal und Libby ihr Kaminfeuer und ihren Brandy wie vorgesehen gehabt und waren dann, weil Libby darauf bestanden hatte, hinauf zu ihrem Computer gegangen und hatten den Bericht für die Zeitkapsel fertiggestellt, und zwar mit drei Kopien: eine für die Kapsel, eine für das Schiff beziehungsweise für Cal und die dritte für Libbys Unterlagen.

An dem Text hatte sie lange herumgefeilt und sich mit dem Ergebnis Cals Hochachtung verdient. Die technischen Einzelheiten hatte sie von ihm übernommen.

Im Anschluss an diese Arbeit hatte sie darauf bestanden, dass er sie wie versprochen über das Leben in der Zukunft aufklärte, und je mehr Fragen Cal ihr beantwortete, desto mehr neue fielen ihr ein. Mitten in einer seiner Antworten schliefen sie aneinander gekuschelt auf dem Bett ein.

Am nächsten Morgen stellten sie den Inhalt der Zeitkapsel endgültig zusammen und legten ihn in eine luftdicht verschließbare Kassette, die Libby in der Stadt gekauft hatte.

Unter den Gegenständen befanden sich natürlich die Kopie des Berichts, dann eine von Caroline Stone hergestellte Webmatte, eine Tonschale, die William vor vielen Jahren geformt hatte, eine Tageszeitung, eine Wochenzeitschrift und auf Cals ausdrücklichen Wunsch auch ein hölzerner Rührlöffel aus der Küche. Dazu legte Libby eines der beiden Fotos, die sie vom Schiff gemacht hatte.

„Wir brauchen aber noch mehr", meinte sie.

„Ja, dies hier." Cal hielt eine Tube Zahnpasta hoch. „Und ich hoffte, du würdest auch ein Stück Unterwäsche von dir opfern."

„Die Zahncreme – okay. Die Unterwäsche – nein."

„Es ist doch für die Wissenschaft", beharrte Cal.

„Kommt überhaupt nicht infrage. Wichtig wäre ein Werkzeug. Bei unseren Ausgrabungen sind wir immer sehr glücklich, wenn wir auf Werkzeuge stoßen." Libby suchte in diversen Schubladen herum und präsentierte schließlich einen Schraubenzieher und einen Hammer.

Cal wählte die Zange. „Und wie wäre es mit einem Buch?"

„Ja, natürlich." Libby lief sofort ins Wohnzimmer und durchsuchte die Regale nach passender Literatur. Die ausgewählten Bücher trug sie in die Küche und legte sie in die Kassette. „Wenn die Wissenschaftler deiner Zeit die entsprechenden Untersuchungen durchführen, können sie das Alter aller dieser Gegenstände bestimmen, und das wird dann deine Geschichte bestätigen. So, und nun komm mit nach draußen. Wir wollen noch ein paar Fotos machen."

Weil Cal sich die Kamera als Erster schnappte, bestand er darauf, auch die ersten Bilder zu schießen. Er fotografierte die Hütte, Libby vor der Hütte, Libby neben ihrem Geländewagen,

Libby in dem Geländewagen, Libby, die ihn, Cal, auslachte, und Libby, wie sie mit ihm schimpfte.

„Weißt du eigentlich, wie viel Filmmaterial du verschwendet hast?" Sie riss eine neue Packung auf. „Die Bilder kosten fast einen Dollar pro Stück! Anthropologie ist eine faszinierende Sache, die aber lausig bezahlt wird."

„Entschuldige bitte." Cal trat auf Libby zu, aber sie winkte ihn zurück. „Ich habe nie danach gefragt", sagte er. „Wie hoch ist dein Kreditindex?"

„Keine Ahnung." Sie machte eine Aufnahme von ihm, wie er dastand und die Daumen in die Gürtelschlaufen seiner geliehenen Jeans hängte. „So etwas kennen wir heute nicht. Oder wir verstehen unter dem Begriff etwas anderes. Kreditindex oder Kreditwürdigkeit fasst solche Dinge zusammen wie Jahreseinkommen, Vermögen, Besitz und dergleichen. Und jetzt setz dich mal auf dein Flugrad, ja?"

Das tat Cal. „Libby, ich habe keinerlei Möglichkeit, für alles, was du für mich getan hast, in der hier gültigen Währung zu bezahlen."

„Nun sei aber nicht albern!"

„Und es gibt noch eine Menge mehr, das ich in überhaupt keiner Währung bezahlen könnte."

„Du hast nichts zu bezahlen." Sie brachte die Kamera in Anschlag. „Und schau mich gefälligst nicht so an. Ich habe keine Lust, ernst zu werden."

„Uns bleibt nicht mehr viel Zeit."

„Das weiß ich auch." Libby hatte zwar nicht alle technischen Daten verstanden, die Cal ihr gestern Abend diktiert hatte, doch sie hatte begriffen, dass er morgen vor Sonnenaufgang fort sein würde. „Also dürften wir uns nicht die Zeit verderben lassen, die wir noch gemeinsam haben." Libby machte eine kleine Pause, um ihr inneres Gleichgewicht wiederzufinden. „Zu schade, dass dieser Apparat keinen Selbstauslöser hat. Es wäre doch nett, wenn wir ein paar Fotos von uns beiden zusammen hätten."

„Warte mal." Cal ging um das Haus herum und kam einen Augenblick später mit einer Gartenhacke zurück. „Setz dich auf die Verandastufen." Er befestigte die Kamera auf dem Sattel seines Flugrads und richtete sie so ein, dass er Libby im Sucher hatte.

Zufrieden mit sich selbst, lief er zu ihr zurück und setzte sich neben sie. Er legte ihr den Arm um die Schultern. „Jetzt musst du lächeln."

Das tat Libby bereits seit Langem.

Mit dem Stiel der Gartenhacke drückte Cal auf den Auslöser und grinste vergnügt, als er das Klicken des Verschlusses hörte. Der Abzug glitt aus dem Apparat.

„Sehr erfindungsreich, Hornblower."

„Nicht bewegen!" Er holte sich das erste Bild, setzte sich wieder neben Libby und vollführte denselben Trick noch einmal. „Eins für dich, eins für die Kapsel." Er legte beide Bilder aus der Hand. „Und eins für mich." Er hob Libbys Kopf mit einem Finger an und küsste sie.

„Du hast das Fotografieren vergessen", flüsterte sie einen Moment später.

„Ach ja, stimmt." Er küsste sie noch einmal und brachte es fertig, gleichzeitig mit dem langen Hackenstiel den Auslöser zu betätigen.

Libby betrachtete die erste Aufnahme. Wir sehen glücklich aus, dachte sie, wie ganz normale, glückliche Menschen. Sie wusste, dass das später einmal für sie sehr wichtig werden würde. „Und jetzt sollten wir die Zeitkapsel vergraben."

Sie befestigten die Kassette auf dem Flugrad. Am Bach angekommen, betrachtete Cal ohne viel Begeisterung die Schaufel, die Libby ihm reichte. Ihm war anzusehen, dass er keine Lust hatte zu graben.

„Ein ziemlich primitives Werkzeug. Gibt es nichts Bequemeres?"

„Nicht in diesem Jahrhundert, Hornblower." Libby deutete auf den Boden. „Los, grab."

„Ich lasse dir den Vortritt."

„Danke, sehr freundlich, aber nicht nötig." Sie setzte sich auf den Boden. „Ich will dich doch nicht deines Vergnügens berauben."

Sie schaute zu, wie Cal sich anstrengte. Womit würde er die Kassette später wieder ausgraben? Was würde er empfinden, wenn er sie öffnete? Libby hoffte, er würde hier an dieser Stelle sitzen und den Brief lesen, den sie in die Kassette geschmuggelt hatte. Ein einziger Bogen Papier nur, aber sie hatte ihr ganzes Herz in diesen Brief gelegt, und sie erinnerte sich an jedes einzelne Wort.

Cal, wenn du dies liest, bist du wieder daheim. Du sollst wissen, wie sehr ich mich für dich freue, dass du wieder da bist, wo du hingehörst und wo du sein willst.

Ich glaube, ich kann dir nicht erklären, was unsere gemeinsame Zeit mir bedeutet. Ich liebe dich so sehr, Caleb. Kein Tag wird vergehen, an dem ich nicht an dich denke. Aber ich werde nicht unglücklich sein. Was du mir in diesen wenigen Tagen geschenkt hast, ist mehr, als ich mir hätte vorstellen können, und alles, was ich je gebraucht habe. Immer wenn ich zum Himmel hinaufschaue, werde ich dein Bild sehen.

Ich werde weiterhin die Vergangenheit studieren und zu verstehen versuchen, warum der Mensch so ist, wie er ist. Nachdem ich dich kennengelernt habe, weiß ich, wie er in der Zukunft sein kann.

Sei glücklich. Ich wünsche mir, ich wüsste sicher, dass du es bist. Und vergiss mich nicht. Ich wollte dir ein Vergissmeinnicht mit in die Kapsel legen, aber vermutlich würdest du dann nur Staub vorfinden. Such dir selbst eines und denke an mich. Bitte vergiss mich nicht. Libby.

„Libby?" Cal stützte sich auf den Spaten und beobachtete sie. „Ja?"

„Wo warst du?"

„Ach, gar nicht so weit weg." Sie betrachtete den Boden. „Nun, ich wusste ja, dass ein kräftiger Mann wie du ein Loch graben kann."

„Ich glaube, ich habe eine Blase."

„Du Armer." Libby stand auf und küsste die gerötete Haut zwischen seinem Daumen und dem Zeigefinger. „Jetzt stellen wir die Kassette hinein, und dann darfst du zuschauen, wie ich das Loch wieder zuschaufle."

„Sehr gut." Sofort übergab Cal die Schaufel. Libby betrachtete sie und den Haufen Sand, der zu bewegen war.

„Cal?" Sie begann zu schaufeln. „Ich habe dir ja schon viele Fragen zur Zukunft gestellt, und da handelte es sich um die großen, allgemein wichtigen Dinge. Dürfte ich dich auch etwas Persönliches fragen?"

„Bitte."

„Würdest du mir etwas über deine Familie erzählen?"

„Was möchtest du denn gern wissen?"

„Was es für Menschen sind, zum Beispiel." Sie schaufelte in gleich bleibendem Rhythmus weiter. „Ich würde sie mir gern etwas besser vorstellen können."

„Mein Vater ist Forschungs- und Entwicklungstechniker. Er arbeitet im Labor, ist sehr gewissenhaft und zuverlässig. Daheim liebt er das Gärtnern. Er züchtet Blumen und macht alles in Handarbeit." Cal nahm den Geruch der Erde wahr, die Libby so fleißig ins Loch schaufelte, und konnte beinahe seinen Vater bei der Gartenarbeit vor sich sehen. „Er malt auch. Miserable, wirklich entsetzliche Landschaftsbilder und Stillleben. Er weiß selbst, dass seine Gemälde schlecht sind, aber er behauptet, Kunst muss nicht unbedingt schön sein, um Kunst zu sein. Er droht immer damit, seine Werke im Haus aufzuhängen. Er ist ein sehr ausgeglichener Mensch. Ich glaube, in meinem ganzen Leben habe ich ihn nicht mehr als zehnmal die Stimme erheben hören. Trotzdem hört man ihm zu. Er ist der Klebstoff, der die Familie zusammenhält."

Cal streckte sich im Gras aus und blickte zum Himmel hinauf. „Mutter ist ständig – wie hast du das einmal genannt? – aufgedreht. Sie besitzt so viel Energie und Geist, dass es schon beinahe beängstigend ist. Sie schüchtert viele Menschen ein.

Darüber amüsiert sie sich immer. Zwar schreit sie eine ganze Menge herum, aber hinterher tut es ihr immer leid. Ich glaube, innerlich ist sie so weich wie Butter. Jacob und ich haben ihr das Leben ziemlich schwer gemacht." Er lächelte bei der Erinnerung. „In ihrer freien Zeit liest sie entweder spannende Romane oder wahnsinnig technische Bücher. Sie ist Chefberaterin des Vereinten Sekretariats der Nationen, und deshalb brütet sie die meiste Zeit über dicken Aktenstapeln."

„Vereintes Sekretariat der Nationen?"

„Ich glaube, man kann es eine Fortentwicklung der Vereinten Nationen nennen. Es entstand, nachdem die ersten Kolonien und Siedlungen gegründet wurden."

„Dann bekleidet deine Mutter ja einen hoch renommierten Posten." Libby war schon jetzt ganz eingeschüchtert.

„Ja, sie geht völlig darin auf. Und lachen kann sie! Ihr Lachen füllt ganze Räume. Sie und mein Vater haben sich in Dublin kennengelernt. Sie war dort als Anwältin tätig, und er machte gerade Ferien. Sie fügten sich zusammen und endeten in Philadelphia."

Libby trat den Boden fest. Es war unmöglich, nicht die Zuneigung aus Cals Stimme herauszuhören, und ebenso unmöglich, sie nicht zu verstehen. „Und dein Bruder?"

„Jacob ist ein starker Typ. Er hat den Verstand meiner Mutter geerbt und das aufbrausende Temperament von ihrem Großvater, wie sie behauptet. Bei Jacob weiß man nie so genau, ob er einen angrinst oder einem gleich eins ans Kinn gibt. Er studierte Jura, und als er davon genug hatte, stürzte er sich in die Astrophysik. Er sammelt Probleme, damit er sie dann auseinandersortieren kann. Er ist ein elender Schuft", sagte Cal liebevoll, „aber er hat denselben unerschütterlichen und unschätzbaren Sinn für Loyalität wie mein Vater."

„Magst du deine Familie?", fragte Libby. Als Cal aufschaute, erläuterte sie ihre Frage etwas genauer. „Was ich meine – die meisten Menschen lieben ihre Familie als Ganzes, aber sie müssen die einzelnen Mitglieder deshalb nicht unbedingt mögen."

„Doch, ich mag sie." Cal schaute zu, wie Libby den Spaten wieder auf dem Flugrad befestigte. „Und sie würden dich auch mögen."

„Wenn du mich mitnähmst, könnte ich sie kennenlernen." Libby biss sich auf die Lippe und schaute Cal lieber nicht an. Sie hätte diesen Gedanken nicht aussprechen sollen.

„Libby …" Cal stand auf, trat hinter sie und hielt die Hände über ihre Schultern, ohne sie zu berühren.

„Ich habe die Vergangenheit studiert", sagte sie schnell. Sie drehte sich um und fasste seine Unterarme. „Wenn du mich mitkommen ließest, hätte ich die Möglichkeit, auch die Zukunft zu studieren."

Er nahm ihr Gesicht zwischen seine Hände. Tränen schimmerten in Libbys Augen. „Und deine Familie?"

„Sie würde verstehen. Ich würde einen Brief hinterlassen und alles erklären."

„Deine Eltern würden dir nicht glauben", wandte Cal ein. „Sie würden jahrelang nach dir suchen und sich fragen, ob du überhaupt noch am Leben bist. Libby, merkst du denn nicht, dass dies das Problem ist, das mich zerreißt? Meine Leute wissen nicht, wo ich bin und was passiert ist. Ich weiß genau, dass sie inzwischen darauf warten zu hören, ob ich noch lebe oder nicht."

„Ich würde es schaffen, meine Eltern zu überzeugen." Libby merkte selbst, wie verzweifelt ihre Stimme klang. „Wenn sie wissen, dass ich glücklich bin und das tue, was ich tun will, dann werden sie es verstehen."

„Vielleicht. Ja, wenn sie Gewissheit haben. Aber ich kann dich nicht mitnehmen, Libby."

Libby ließ die Hände sinken und trat einen Schritt zurück. „Nein, natürlich nicht. Ich weiß auch nicht, was ich mir dabei gedacht habe. Ich glaube, ich habe mich da wohl in etwas hineingesteigert, das …"

„Nicht doch, Libby." Er fasste ihre Arme und zog sie zu sich heran. „Glaub nicht, ich wollte dich nicht mitnehmen. Das Gegenteil ist der Fall. Es ist keine Entscheidung zwischen richtig und falsch, Libby. Wenn ich sicher sein könnte, und wenn keine Risiken zu befürchten wären, dann würde ich dich sogar gegen deinen Willen an Bord schleppen."

„Risiken?" Libby erschrak. „Was für Risiken?"

„Nichts ist narrensicher."

„Rede mit mir nicht wie mit einer Närrin! Welche Risiken?"

Es gab ein Berechnungsergebnis, das er Libby gestern Abend nicht genannt hatte. „Der Wahrscheinlichkeitsfaktor für den reibungslosen Ablauf der Zeitreise beträgt 76.4."

„76.4", wiederholte Libby. „Man braucht kein Rechengenie zu sein, um herauszubekommen, dass der Wahrscheinlichkeitsfaktor für das Misslingen 23.6 beträgt. Was geschieht, wenn das Experiment fehlschlägt?"

„Das weiß ich nicht." Aber vorstellen konnte er es sich. Ins Schwerefeld der Sonne gezogen zu werden und dort zu verglühen wäre noch das Schmerzloseste. „Jedenfalls werde ich es nicht darauf ankommen lassen, so gern ich dich auch mitnehmen würde."

Libby wollte nicht hysterisch werden, denn das würde ja auch nichts nützen. Also holte sie dreimal tief Luft, und dann hatte sie sich wieder einigermaßen im Griff. „Caleb, würdest du die Erfolgsaussichten verbessern können, wenn du dir noch ein wenig mehr Zeit ließest?"

„Möglicherweise. Wahrscheinlich", gab er zu. „Aber, Libby, für mich wird die Zeit knapp. Das Schiff liegt hier schon seit fast zwei Wochen offen herum. Dass wir die Rankins gestern abblocken konnten, war reiner Zufall. Was wäre deiner Meinung nach geschehen, wenn sie es entdeckt hätten? Wenn ich entdeckt worden wäre?"

„Bevor die eigentliche Ausflugssaison anfängt, vergehen noch Wochen. Außerdem kommen nie mehr als zehn, zwölf Wanderer im Jahr hierher."

„Einer könnte schon zu viel sein."

Cal hatte natürlich recht. Von Anbeginn an hatten sie beide von geliehener Zeit gelebt. „Ich werde es nie erfahren, nicht wahr?" Mit einer Fingerspitze zeichnete sie die verblassende Narbe an seiner Stirn nach. „Ob du es geschafft hast, meine ich."

„Ich bin ein guter Pilot. Du kannst mir vertrauen." Er küsste ihre Finger. „Und mir wird die Konzentration leichter fallen, wenn ich mich nicht um dich sorgen muss."

„Gegen solche vernünftigen Argumente kann man schlecht etwas einwenden." Libby brachte ein Lächeln zustande. „Du sagtest, du hättest im Schiff noch ein paar Kleinigkeiten zu erledigen. Ich werde jetzt zur Hütte zurückkehren."

„Ich bleibe nicht lange."

„Lass dir Zeit." Libby brauchte auch ein wenig Zeit für sich. „Ich bereite uns ein schönes Abschiedsessen zu." Sie drehte sich um und machte sich mit federnden Schritten auf den Weg.

„Ach, Hornblower", rief sie noch über die Schulter zurück. „Pflück mir ein paar Blumen."

Cal pflückte einen ganzen Arm voll Blumen. Damit saß es sich allerdings nicht besonders gut auf dem Flugrad, und außerdem verstreuten sich die rosa, weißen und hellblauen Blüten auf dem Pfad unter ihm.

Während der Stunden an Bord war ihm ein Gedanke immer wieder durch den Kopf gegangen: Libby hatte mit ihm gehen wollen. Sie war bereit gewesen, ihr Daheim aufzugeben. Nein, nicht nur ihr Daheim, sondern ihr bisheriges Leben.

Vielleicht war das nur ein unüberlegter Augenblickseinfall von ihr gewesen. Trotzdem wollte sich Cal an dem Gedanken festhalten. Libby hatte mit ihm gehen wollen.

Als er sich jetzt der Hütte näherte, sah er nur sehr schwaches Licht hinter dem Küchenfenster schimmern. Vielleicht hatte sich Libby ein wenig hingelegt oder erwartete ihn im zur anderen Hausseite hinausgehenden Wohnzimmer beim Kaminfeuer.

Er sah ihr Bild vor sich: Libby lag zusammengerollt unter einer der wunderbaren Webdecken ihrer Mutter auf der Couch und las ein Buch. Ihre Augen hinter der Brille waren ein wenig verschlafen …

Cal stellte sein Flugrad ab und sortierte die noch verbliebenen Blumen. Dann trat er ins Haus und fand dort ein ganz anderes Bild als das erwartete vor.

Libby wartete auf ihn, und zwar bei Kerzenlicht. Sie war noch immer damit beschäftigt, Kerzen anzuzünden, Dutzende weißer Kerzen. Der Tisch war für zwei gedeckt, und in einem Kühleimer stand eine Flasche Champagner. Der Raum duftete nach Kerzenwachs, nach Kochgewürzen und nach Libby.

Sie wandte sich zu ihm um und lächelte. Cals Knie wurden weich.

Libby hatte das Haar aufgesteckt, sodass er ihren schlanken, zarten Nacken sehen konnte. Sie trug ein Gewand von der Farbe des Mondlichts. Es ließ die Schultern frei, schmiegte sich beinahe zärtlich um ihre Hüften und Schenkel, und auf dem Oberteil schienen Sterne zu funkeln.

„Du hast daran gedacht." Sie trat auf ihn zu und streckte die Arme nach den Blumen aus. „Sind die für mich?"

Cal bewegte nicht einen einzigen Muskel. „Was? Ja." Wie in Trance reichte er ihr den Strauß. „Als ich losfuhr, waren es noch mehr."

„Es sind noch mehr als genug." Eine Vase stand schon bereit, und Libby ordnete die Blumen darin an. „Das Abendessen ist fast fertig. Ich hoffe, es schmeckt dir."

„Du blendest mich, Libby."

Sie wandte sich zu ihm zurück. Was sie in seinen Augen sah, ließ ihr Herz schneller schlagen. „Das wollte ich auch. Ein Mal nur."

Weil Cal sie nur stumm anstarrte, wurde sie verlegen und spielte mit ihren eigenen Fingern. „Den Champagner und das Kleid habe ich gestern in der Stadt gekauft. Ich wollte für heute Abend etwas Besonderes."

„Ich habe Angst, wenn ich mich bewege, verschwindest du."

„Nein." Sie reichte ihm die Hand und fasste fest zu, als er sie ergriff. „Ich bleibe hier. Vielleicht könntest du die Flasche öffnen."

„Erst möchte ich dich küssen."

Sie schlang ihm die Arme um den Nacken. Ihr ganzes Herz lag in ihrem Lächeln. „Gut. Aber nur ein Mal."

Sie speisten, aber die Mühe, die sich Libby mit dem Mahl gegeben hatte, war eigentlich überflüssig gewesen. Sie wussten nicht einmal, was sie aßen. Der Champagner war ebenfalls überflüssig. Cal und Libby waren schon berauscht voneinander.

Sie trugen einige der schon weit heruntergebrannten Kerzen hinauf ins Schlafzimmer. Das sanfte Licht erfüllte den Raum, sodass die Liebenden einander betrachten konnten.

Sie beschenkten sich mit Zärtlichkeiten und erotischen Liebkosungen, sie steigerten sich zu heißer, drängender Leidenschaft, und sie zeigten einander alle Facetten und Nuancen ihrer Liebe.

Stunden vergingen, Kerzen verlöschten, aber Cal und Libby lösten die Umarmung keinen Augenblick. Und dann, obwohl kein Wort gefallen war, wussten sie, dass dieses nun das letzte Mal sein würde. Noch zärtlicher waren seine Hände, noch sanfter seine Lippen.

Als es vorüber war, fühlte sich Libby so kraftlos, dass sie hätte weinen mögen. Sie schmiegte sich an Cal und betete darum, einschlafen zu können. Ihn fortgehen zu sehen, das würde sie nicht ertragen.

Bis zum Morgengrauen lag Cal wach. Er war dankbar dafür, dass Libby schlief, er wäre niemals in der Lage gewesen, sich von ihr zu verabschieden. Nun stand er auf, stieg in seinen Overall, der schon bereitlag, und versuchte, an möglichst nichts zu denken. Um Libby nicht zu wecken, berührte er nur ganz leicht ihr Haar und verließ dann rasch das dunkle Schlafzimmer.

Erst als das Klicken der Haustür zu hören war, öffnete Libby die Augen. Sie barg das Gesicht im Kopfkissen und ließ den Tränen freien Lauf.

Das Schiff war startbereit, alle Berechnungen erstellt und eingegeben. Cal saß im Cockpit und sah den Tag anbrechen. Es war wichtig, dass der Take-off noch vor Sonnenaufgang stattfand. Die exakte Startzeit stand auf die Millisekunde genau fest. Für Irrtümer war kein Spielraum. Sein Leben hing davon ab.

Cals Gedanken kehrten immer wieder zu Libby zurück. Warum hatte er nicht vorausgesehen, wie weh es tat, sie zu verlassen? Aber es musste sein. Sein Leben, seine Zeit waren nicht hier bei ihr. Trotzdem saß er einfach da, während die kostbaren Sekunden vergingen.

Fertig machen zum Flug in Standard-Umlaufbahn.

„Ja", bestätigte Cal dem Computer geistesabwesend. Instrumente summten. Ganz automatisch bereitete er den Take-off wie geplant vor.

Alle Systeme bereit. Zündung kann eingeleitet werden.

„In Ordnung. Countdown einleiten."

Countdown eingeleitet. Zehn, neun, acht, sieben ...

Libby stand in der Küche an der Hintertür und hörte das dumpfe Grollen. Ungehalten wischte sie sich die Tränen aus den Augen, damit sie etwas sehen konnte. Ein Aufblitzen, ein metallisches Leuchten, das über den langsam heller werdenden Himmel raste. Dann war alles vorüber. In den Wäldern war es wieder ganz still.

Libby fröstelte. Das lag selbstverständlich nur an der Tatsache, dass die Luft kühl und der kurze blaue Hausmantel so dünn war.

„Sichere Reise", murmelte sie, und dann gestattete sie sich den Luxus einiger weiterer Tränen.

Das Leben ging weiter. Die Vögel begannen zu singen. Die Sonne musste gleich aufgehen. Und Libby wollte sterben.

Unsinn. Sie schüttelte sich einmal kurz und setzte dann den Wasserkessel auf. Sie würde jetzt eine Tasse Tee trinken, dann das Geschirr von gestern Abend abwaschen und sich anschließend wieder ihrer Arbeit widmen.

Sie wollte so lange arbeiten, bis ihr die Augen zufielen, und dann würde sie zu Bett gehen. Morgen würde sie wieder aufstehen und weiterarbeiten, bis ihre Dissertation fertig war. Es sollte die beste Doktorarbeit werden, die ihre Kollegen jemals zu Gesicht bekommen hatten. Man würde ihr, Liberty Stone, den Doktortitel verleihen, und sie würde wieder weite Forschungsreisen machen können.

Und sie würde Cal bis an ihr Lebensende vermissen.

Als das Wasser kochte, goss sie ihren Tee auf und setzte sich mit der Tasse an den Küchentisch. Nach einem Moment schob sie den Tee zur Seite, legte den Kopf auf die gefalteten Hände und weinte wieder.

„Libby."

Beim Aufspringen stieß sie den Stuhl um. Cal stand im Türrahmen. Müdigkeit und Erschöpfung zeichneten sein Gesicht, aber in seinem Blick lag ein seltsames Leuchten.

„Caleb?"

„Warum weinst du?"

Sie hörte ihn sprechen, aber sie verstand nicht, was er sagte, weil sie viel zu benommen war. „Caleb", wiederholte sie. „Wie ... ich habe doch gehört ... ich habe doch gesehen ... Du bist doch fort."

„Weinst du schon, seit ich gegangen bin?" Er trat zu ihr, strich aber nur mit der Fingerspitze über ihre tränenfeuchte Wange.

Diese Berührung war keine Illusion. Aber das war doch nicht möglich! „Ich verstehe nicht ... wie kannst du hier sein?"

„Ich muss dich erst etwas fragen." Er ließ die Hände sinken. „Nur eine einzige Frage: Liebst du mich?"

„Ich ... ich muss mich setzen."

„Nein." Er hielt sie am Arm fest. „Ich will eine Antwort haben. Liebst du mich?"

„Ja. Nur ein Dummkopf muss eine solche Frage stellen."

Er lächelte, ließ sie aber nicht los. „Weshalb hast du mir das nie gesagt?"

„Weil ich nicht wollte, dass … Ich wusste, du musstest mich verlassen." Ihr schwindelte. „Ich muss mich wirklich setzen."

Als er sie endlich freigab, sank sie schwankend auf einen Stuhl. „Ich habe nicht geschlafen", murmelte sie, als spräche sie mit sich selbst. „Möglicherweise habe ich jetzt Halluzinationen."

Er zog ihren Kopf zurück und drückte einen festen, fast schmerzhaften Kuss auf ihre Lippen. „Reicht dir das als Beweis, dass du nicht halluzinierst?"

„Ja", flüsterte sie schwach. „Ja. Aber ich verstehe es trotzdem nicht. Wie kannst du hier sein?"

„Ich bin mit dem Flugrad gekommen."

„Nein, ich meine …" Ja, was meinte sie denn? „Ich stand an der Tür da. Ich habe dich starten sehen. Ich habe sogar das Schiff am Himmel gesehen."

„Ich habe es heimgeschickt. Der Computer steuert es."

„Heimgeschickt", wiederholte sie leise. „Oh, Caleb, warum?"

„Nur ein Dummkopf muss eine solche Frage stellen."

Libby brach wieder in Tränen aus. „Nein! Nicht meinetwegen! Ich könnte das nicht ertragen. Deine Familie …"

„Ich habe ihnen eine Diskette mit einer Nachricht hinterlassen. Ich habe ihnen alles erzählt, mehr als in dem Report steht, den ich an Bord hinterlegt habe. Falls das Schiff den Rückweg schafft – und ohne mich stehen die Chancen dafür nicht schlechter als mit mir –, dann werden sie es verstehen."

„Das kann ich doch nicht von dir verlangen."

„Du hast es ja auch nicht verlangt." Er hielt sie fest, damit sie sich nicht abwenden konnte. „Du wärst mit mir gekommen, nicht wahr, Libby?"

„Ja."

„Ich hätte dich beim Wort genommen, wenn ich sicher gewesen wäre, dass wir das Experiment überleben. Hör mir zu." Er zog sie vom Stuhl in die Höhe. „Ich hatte den Countdown eingeleitet. Ich hatte mir klargemacht, dass mein Leben dort stattfindet, wo ich herkomme. Es gab ein Dutzend logischer Gründe, weshalb ich dorthin zurückkehren musste. Und es gab einen, nur einen einzigen Grund, weshalb ich hierbleiben musste. Ich liebe dich. Mein Leben ist hier."

Er zog Libby zu sich heran. „Ich bin durch die Zeit zu dir gekommen. Du darfst niemals, niemals denken, ich hätte damit einen Fehler gemacht."

Sie schüttelte den Kopf. „Ich fürchte nur, du wirst es eines Tages denken."

„Zeit ist … Zeit war … Zeit ist Vergangenheit", flüsterte er. „Meine Zeit ist in der Vergangenheit, Libby. Bei dir."

Tränen rollten über ihre Wangen. „Ich liebe dich so sehr, Caleb. Ich werde dich glücklich machen."

„Damit rechne ich fest." Er hob sie hoch und gab ihr einen langen, langen Kuss. „Du brauchst Schlaf. Richtigen Schlaf."

„Nein, brauche ich nicht."

Er lachte, und alle Anspannung fiel von ihm ab. Er war genau dort, wo er hingehörte. „Das werden wir ja sehen." Er trug sie die Treppe zum Schlafzimmer hinauf. „Später unterhalten wir uns dann darüber, wie wir mit dem Rest der Angelegenheit verfahren wollen."

„Mit dem Rest?"

„Mit dem Heiraten und der Familienfrage komme ich schon zurecht."

„Du hast mir überhaupt noch keinen Antrag gemacht."

„Eins nach dem anderen. Jetzt brauche ich erst einmal eine neue Identität. Dann muss ich mir einen Job suchen. Irgendetwas mit einem – wie heißt das noch? – Jahreseinkommen."

„Irgendetwas, das dir Freude macht", berichtigte Libby. „Das ist nämlich entschieden wichtiger als Gehalt und Sozialversicherung."

„Was für eine Versicherung?"

„Schon gut." Sie schmiegte ihren Kopf an seine Schulter. „Wahrscheinlich wird Dad dir irgendeine Stellung in seiner

Firma verschaffen können, bis du dir alles Weitere ausgedacht hast."

„Ich glaube, ich habe keine Lust, Tee herzustellen." Vor dem Bett blieb er stehen. Er hatte eine Idee. „Sag mal, was muss man machen, um bei euch eine Pilotenlizenz zu erhalten?"

– ENDE –

Nora Roberts

Jenseits der Sehnsucht

Roman

Aus dem Amerikanischen von
Sonja Sajlo-Lucich

1. Kapitel

Er kannte die Risiken. Und er war ein Mann, der gewillt war, Risiken einzugehen. Ein falscher Handgriff, eine winzige Abweichung, und alles wäre vorbei, noch bevor es richtig begonnen hatte. Aber für ihn war das Leben schon immer ein Spiel gewesen. Oft – wahrscheinlich zu oft – hatte er sich von spontanen Impulsen leiten lassen und sich in potenziell gefährliche Situationen begeben. Doch in diesem speziellen Fall hatte er die Risiken genauestens kalkuliert.

Zwei Jahre seines Lebens hatte er darauf verwandt, minutiös zu berechnen, zu simulieren, zu konstruieren. Jedes noch so kleine Detail war bearbeitet, aufgelistet, analysiert worden. Er war ein sehr geduldiger Mann – zumindest was seine Arbeit betraf. Er wusste, dass sein Vorhaben möglich war. Jetzt musste er es nur noch in die Tat umsetzen.

Mehr als nur einige seiner Mitstreiter waren der Überzeugung, er hätte die Grenze zwischen Genie und Wahnsinn überschritten. Selbst jene, die von seinen Theorien begeistert waren, glaubten, dass er dieses Mal zu weit ging. Allerdings hatte er sich noch nie viel um die Meinung anderer geschert. Nur das Endergebnis interessierte ihn. Und das hier würde die größte Erfahrung seines Lebens werden. Eine sehr persönliche Erfahrung zudem.

Auf dem Sitz hinter der weiten Frontscheibe glich er eher einem Piratenkapitän auf der Kommandobrücke denn einem Wissenschaftler kurz vor einer sensationellen Entdeckung. Aber er hatte sein gesamtes Leben der Wissenschaft geweiht. Was ihn zu einem wahren Entdecker machte und ihn in eine Reihe stellte mit den Weltumseglern der Neuzeit, Kolumbus, Magellan ...

Er glaubte an Chancen, im ursprünglichen Sinne des Wortes – an die unvorhergesehenen Möglichkeiten des Daseins.

Und jetzt war er hier, um es zu beweisen. Zusätzlich zu all den Kalkulationen, der Technologie und seinen Berechnungen fehlte ihm nur noch eines, ein unerlässlicher Faktor für jeden Entdecker.

Glück.

Er war jetzt allein im endlosen All, weit abseits der Flugrouten, jenseits des letzten auf Karten verzeichneten Quadranten. Hier draußen herrschte absolute Stille. Und eine Übereinstimmung zwischen einem Mann und seinen Träumen, wie sie in einem Labor nie möglich wäre. Zum ersten Mal, seitdem er seine Reise begonnen hatte, lächelte er.

Er hatte viel zu viel Zeit in seinem Labor verbracht.

Die Einsamkeit war beruhigend, ja verführerisch. Er hatte ganz vergessen, wie es war, wirklich allein zu sein, nur mit den eigenen Gedanken als Gesellschaft. Er war versucht, die Geschwindigkeit zu drosseln, sich treiben zu lassen, diese Einsamkeit zu genießen, solange es ihm gefiel.

Hier oben, am Rande des von Menschen erforschten Gebiets, wo er seinen Planeten als leuchtenden Ball schrumpfen sehen konnte, hatte er alle Zeit der Welt.

Zeit war der Schlüssel.

Er widerstand jedoch der Versuchung und gab die Koordinaten ein. Geschwindigkeit, Flugbahn, Entfernung. Seine langen, schlanken Finger bewegten sich sicher und flink über Schalter und Knöpfe. Die Kontrollanzeigen strahlten alle grün, warfen ein nahezu gespenstisches Licht auf die scharf gezeichneten Konturen seines Gesichts.

Angestrengte Konzentration, nicht Angst ließ ihn die Augen zusammenkneifen und die Lippen zusammenpressen, während er auf die Sonne zuhielt. Er war sich klar darüber, was passieren würde, wenn sich auch nur die kleinste unvorhergesehene Fehlermarge in seine Kalkulationen einschlich. Die Gravitation des hellen Sterns würde ihn unweigerlich anziehen. Es würde nicht länger als Sekunden dauern, bevor das Schiff mitsamt seinem Piloten verpuffte.

Die ultimative Niederlage, dachte er, während er durch die Frontscheibe auf den leuchtenden Himmelskörper starrte. Oder der ultimative Triumph. Eine faszinierende Ansicht, dieser glühende Ball dort. Gleißendes Licht füllte die Kabine, blendete ihn. Selbst in dieser Entfernung hatte die Sonne Macht über Leben und Tod. Wie eine leidenschaftliche, feurige Frau berauschte sie alles in ihrer Umgebung.

Er aktivierte den Schutzschild und ließ ihn die Frontscheibe hinuntergleiten. Beschleunigte auf die höchste Geschwindigkeit, die das Schiff aushalten würde. Ein Blick auf die Kontrollanzeiger sagte ihm, dass die Außentemperatur gefährlich anstieg. Er wartete, wissend, dass die Helligkeit hinter dem Schutzschild seine Augen verbrannt hätte. Ein Mann, der auf die Sonne zuraste, riskierte Blindheit und Zerstörung. Riskierte es, sein Ziel niemals zu erreichen.

Er wartete so lange, bis die erste Alarmsirene ertönte. Wartete immer noch, während sein Schiff unter den zwingenden Kräften von Gravitation und Geschwindigkeit bockte und rotierte. Die gedämpfte Stimme des Bordcomputers ertönte, nannte Geschwindigkeit, Position und – das Wichtigste – Zeit.

Obwohl ihm das Blut in den Ohren rauschte, drückte er den Hebel mit ruhiger Hand noch weiter nach vorn, beschleunigte noch mehr, verlangte dem ohnehin überlasteten Antrieb das Äußerste ab.

Er flog auf die Sonne zu, schneller, als je ein anderer Mann geflogen war. Mit zusammengebissenen Zähnen legte er den Hebel bis zum Anschlag um. Ein Rütteln ging durch das Schiff, es begann zu trudeln, drehte sich um die eigene Achse, während es sich gleichzeitig überschlug – einmal, zweimal, dreimal, bevor es dem Piloten gelang, die Maschine wieder auf Kurs zu bringen. Die Zentrifugalkraft drückte ihn in den Sitz, und in der Kabine explodierten Licht und Schall, während er darum kämpfte, den Kurs zu halten. Es musste ihm gelingen, sonst wäre alles vorbei.

Einen Augenblick lang glaubte er mit ergebenem Fatalismus, er würde von der Gravitation der Sonne zerdrückt, anstatt von ihrer Hitze pulverisiert zu werden. Und dann war sein Schiff auf einmal frei, wurde zurückkatapultiert wie der Pfeil von einer gespannten Bogensehne. Während er noch darum kämpfte, wieder zu Atem zu kommen, korrigierte er die Kontrolleinstellungen und reiste seinem Schicksal entgegen.

Am meisten beeindruckte Jacob die Weite der Landschaft. So weit er blicken konnte, nichts als Gebirge und Wälder und blauer Himmel. Es war friedlich, nicht still, aber friedlich. Das Rascheln von kleinen Tieren im Gebüsch war zu hören und das Gezwitscher von Vögeln. Spuren in der unberührten Schneedecke zeugten davon, dass auch größere Tiere hier lebten. Allerdings sagte der Schnee ihm auch, dass er sich bei seinen Kalkulationen um mindestens einige Monate verrechnet haben musste.

Nun, für den Moment würde er sich damit zufriedengeben müssen, dass er ungefähr da war, wo er sein wollte. Und dass er überlebt hatte.

Von Natur aus gründlich, ging er zu seinem Schiff zurück, um Fakten und Eindrücke zu speichern. Er hatte Fotos und Filme über diesen Ort und diese Zeit gesehen. Das ganze letzte Jahr über hatte er jeden Schnipsel an Information über das zwanzigste Jahrhundert studiert, alles, was er in die Finger bekommen konnte. Kleidung, Sprache, sozialpolitische Lage. Als Wissenschaftler war er fasziniert gewesen. Als Mann abwechselnd entsetzt und amüsiert. Und völlig fassungslos, dass sein Bruder sich freiwillig dazu entschieden hatte, in dieser primitiven Zeit zu leben. Wegen einer Frau.

Jacob öffnete ein kleines Fach und holte ein Foto hervor. Ein gutes Beispiel für die rückständige Technologie des zwanzigsten Jahrhunderts, dachte er und betrachtete das Polaroid-Foto in seiner Hand. Calebs Grinsen war wie immer. Er sah zufrieden aus, wie er da auf den Stufen dieser kleinen Holzkonstruktion saß, gekleidet in Jeans und einen weiten Pullover. Neben ihm saß eine Frau, der er den Arm um die Schultern gelegt hatte. Die Frau hieß Libby. Sie war zweifelsohne attraktiv, das musste man ihr lassen. Vielleicht nicht ganz so auffällig wie der Typ, den Caleb sonst bevorzugte, aber zumindest nicht beleidigend fürs Auge.

Was war an dieser Frau, das Caleb dazu gebracht hatte, sein Heim, seine Familie, seine Freiheit aufzugeben?

Da er fest entschlossen war, diese Frau nicht zu mögen, warf Jacob das Bild achtlos zurück in das Fach. Er würde sich diese Libby selbst ansehen. Sich ein eigenes Urteil bilden. Und dann würde er Cal einen anständigen Tritt verpassen und ihn nach Hause holen.

Zuerst allerdings gab es einige Vorsichtsmaßnahmen zu treffen.

Jacob verließ die Brücke und ging zu seinem Privatquartier, um den Fluganzug gegen Jeans und Pullover zu tauschen. Diese Kleidungsstücke aus Baumwolle hatten ihn ein kleines Vermögen gekostet. Wirklich exzellente Reproduktionen, dachte er, als er die Jeans über seine langen Beine streifte. Und zugegebenermaßen extrem bequem.

Fertig umgezogen, betrachtete er sein Spiegelbild. Sollte er während seines Aufenthalts – von dem er hoffte, dass es ein sehr kurzer werden würde – auf Einwohner treffen, wollte er nicht auffallen. Weder hatte er Zeit noch Lust, sich Menschen zu erklären, die auf einer so zurückgebliebenen Entwicklungsstufe standen und sicherlich nicht die Hellsten waren. Auch verspürte er nicht die geringste Neigung, Objekt eines Medienrummels zu werden, der eine in dieser Zeit scheinbar unumgängliche Erscheinung zu sein schien.

Obwohl es ihn ärgerte, gestand Jacob sich ein, dass die Jeans und der graue Pullover ihm standen. Beides passte wie angegossen, und das Material war wirklich angenehm auf der Haut. Am wichtigsten jedoch war, dass er aussah wie ein Mann aus dem zwanzigsten Jahrhundert.

Sein dunkles Haar war dicht und wie immer zerzaust. Die Arbeit war Jacob eben wichtiger als ein ordentlicher Haarschnitt. Zudem bildete die wilde Mähne einen vorteilhaften Gegensatz zu seinem kantigen Gesicht. Um seine grünen Augen lag oft ein angespannter Zug, wenn Jacob über einem wissenschaftlichen Problem brütete. Wenn er dagegen entspannt war, konnte er seine Umgebung mit einem geradezu umwerfenden Lächeln bezaubern.

Jetzt allerdings lächelte er nicht. Stattdessen warf er sich die Tasche über die Schulter und verließ das Schiff.

Da er wusste, dass seine Armbanduhr ihm keine Hilfe sein würde, orientierte er sich am Stand der Sonne, um die Tageszeit zu bestimmen. Es musste kurz nach Mittag sein. Der Himmel war erstaunlich leer. Fast unglaublich, hier unter diesem klaren blauen Dach zu stehen und nur eine dünne weiße Spur zu sehen. Er nahm an, diese Spur stammte von einem dieser alten Transportschiffe. Flugzeuge nannte man sie, erinnerte er sich.

Wie geduldig diese Menschen damals gewesen sein mussten. Stundenlang hingen sie in der Luft, nur um von einer Küste zur anderen zu gelangen. Oder von New York nach Paris.

Andererseits ... sie kannten es ja nicht anders.

Jacob senkte seinen Blick vom Himmel zurück auf die Erde und setzte sich in Bewegung. Nur gut, dass die Sonne schien. Bei seinen Vorbereitungen hatte er nicht an Winterkleidung gedacht. Der Schnee knirschte unter seinen Füßen, und der Wind machte die Luft empfindlich kühl, doch bei seinem Marsch wurde ihm allmählich warm.

Sich der Wissenschaft zu verschreiben, war eine Berufung gewesen. Er konnte sich stunden-, ja tagelang in einem Experiment verlieren. Aber niemals würde er seinen Körper deswegen vernachlässigen. Dieser war genauso gut ausgebildet und diszipliniert wie sein hervorragender Verstand.

Er benutzte die Minicomp-Einheit an seinem Handgelenk zur Richtungsbestimmung. Cals Angaben, wo er mit seinem

Schiff abgestürzt war und wo die Hütte lag, in der er auf diese Libby gestoßen war, waren ziemlich genau gewesen.

Drei Jahrhunderte in der Zukunft hatte Jacob den Ort aufgesucht und die Zeitkapsel ausgehoben, die sein Bruder und diese Frau zusammen vergraben hatten.

Jacob war im Jahre 2255 aufgebrochen. Er war durch Zeit und Raum gereist, um seinen Bruder zu finden und nach Hause zu holen.

Auf seinem Weg durch den Wald begegnete ihm keine Menschenseele. Es gab nicht einmal die Andeutung jener luxuriösen Urlaubsorte, die hier in ein- oder zweihundert Jahren gebaut werden würden. Nichts als unberührte Landschaft, scheinbar endlos. Riesenhafte Bäume warfen blaue Schatten auf den weißen Schnee.

Trotz der angewandten Logik, der monatelangen wissenschaftlichen Arbeit und der präzisen Planung, um die Theorie in die Praxis umzusetzen, überwältigte Jacob auf einmal die schiere Ungeheuerlichkeit dessen, was er erreicht hatte. Hier stand er, unter einem blauen Himmel, auf dem festen Boden eines Planeten, der ihm fremder war als der Mars. Er füllte seine Lungen mit Luft, und beim Ausatmen bildete sein Atem weißen Nebel vor seinem Mund. Jacob fühlte die Kälte auf seinem Gesicht und an seinen bloßen Händen, roch den Duft der Tannen und schmeckte die klare Winterluft.

Und doch musste er erst noch geboren werden.

Ob es für seinen Bruder auch so gewesen war? Wohl kaum. Diese Euphorie konnte er unmöglich empfunden haben. Zumindest anfangs nicht. Cal war unfreiwillig hier gelandet, war verletzt gewesen, völlig verwirrt. Ein Opfer der Umstände. Ein Spielball des Schicksals. Und in dieser hilflosen Situation, allein und verzweifelt, hatte eine Frau ihn verhext. Mit grimmig entschlossener Miene und energischen Schritten setzte Jacob seinen Weg fort.

An dem kleinen Bach hielt er an. Vor etwa zwei Jahren – und fast drei Jahrhunderte in der Zukunft – hatte er ebenfalls hier gestanden. Es war Sommer gewesen. Auch wenn der Bach seinen Lauf etwas verändert hatte, war dieser Ort hier doch so ziemlich der gleiche geblieben, abgesehen von dem konstanten Verkehrslärm am Himmel und den Luxushotels, die weiter östlich überall in den Bergen gebaut worden waren.

Allerdings hatte es vor zwei Jahren hier Gras gegeben, keinen Schnee. Aber das Gras würde wieder wachsen. Jahr um Jahr, Sommer um Sommer. Jacob hatte Beweise dafür. Er selbst war der Beweis. Der Bach würde wieder munter dahinplätschern, anstatt sich unter einer Eisdecke und zwischen gefrorenen kleinen Sandinseln hindurchzuzwängen.

Nachdenklich ging Jacob in die Hocke und nahm eine Hand voll Schnee. Auch damals war er allein gewesen, als er die Zeitkapsel seines Bruders ausgegraben hatte. Wenn er jetzt hier graben würde, würde er dieselbe Kapsel finden, die er vor ein paar Tagen bei seinen Eltern zurückgelassen hatte. Diese Kapsel existierte, hier unter seinen Füßen, so wie sie auch in seiner Zeit existierte. So wie er selbst existierte.

Wenn er sie jetzt aushob und zurück zu seinem Schiff brachte, dann würde er sie im dreiundzwanzigsten Jahrhundert nicht finden können. Aber wenn dem so war, wie konnte er dann hier sein, in dieser Zeit, um die Kapsel auszugraben?

Ein interessantes Rätsel. Er beschloss, weiter darüber nachzudenken, während er sich wieder in Bewegung setzte.

Dann erblickte er die Hütte. Und war sofort fasziniert. Ganz gleich, wie viele Fotos, wie viele Computersimulationen er gesehen hatte, das hier war echt. Der Schnee taute langsam auf dem Dach und tropfte leise herunter. Das Holz war noch dunkel, nur ein paar Jahrzehnte alt. Sonnenstrahlen, die durch die Bäume fielen, brachen sich funkelnd in den Fensterscheiben. Aus dem gemauerten Kamin stieg kräuselnd Rauch in die Luft – er konnte ihn riechen.

Absolut erstaunlich, dachte Jacob, und zum ersten Mal seit vielen Stunden verzogen sich seine Lippen zu einem Lächeln. Er kam sich vor wie ein kleiner Junge, der ein einzigartiges Geschenk unter dem Weihnachtsbaum gefunden hatte. Und jetzt gehörte es ihm, er konnte es untersuchen, analysieren, zusammensetzen und wieder auseinandernehmen, bis er es vollständig verstanden hatte.

Er hievte seine Tasche von einer Schulter auf die andere und stieg den Pfad zu der schneebedeckten Veranda hinauf. Die Stufen knarzten unter seinen Schritten, und sein Lächeln wurde zu einem breiten Grinsen.

Er machte sich nicht die Mühe zu klopfen. Manieren gingen im Eifer neuer Entdeckungen häufig verloren. Er stieß die Tür auf und trat ein.

„Sensationell. Einfach sensationell." Seine leisen Worte hallten in der Hütte nach.

Holz. Echtes, massives Holz. Stein, richtiger Stein, gemauert zu einem großen offenen Kamin, in dem ein Feuer brannte, prasselnd und zischend hinter einem Funkenschutz aus Metall. Dieser Duft … umwerfend. Der Raum selbst war eher klein, vollgestopft mit Möbeln, doch heiter und einladend.

Allein in diesem Raum hätte Jacob Stunden zubringen und jeden Zentimeter untersuchen können. Aber er wollte auch den Rest sehen. Seine Entdeckungen in den Minicomp murmelnd, machte er sich daran, die Treppe hinaufzusteigen.

Sunny riss das Lenkrad des Geländewagens herum und fluchte. Wie hatte sie sich je einbilden können, sie wolle zwei Monate in der Hütte verbringen? Frieden und Ruhe! Ha! Wer brauchte das schon?

Sie trat die Kupplung und schaltete herunter, damit der Wagen die Steigung schaffte. Diese ganze Idee war einfach lächerlich gewesen. Als ob ein paar einsame Wochen ihr helfen würden, ihr Leben neu zu ordnen und zu einer Entscheidung zu gelangen, was sie weiter damit anfangen wollte!

Sie wusste doch, was sie tun wollte. Irgendetwas Großes, Spektakuläres. Angewidert blies sie sich den blonden Pony aus der Stirn. Dass sie noch nicht wusste, was genau das war,

war völlig unwichtig. Sie würde es schon erkennen, wenn es so weit war.

Ebenso, wie sie immer erkannte, wann das Gegenteil der Fall war.

Frachtmaschinen zu fliegen war auf jeden Fall nicht das Richtige. Fallschirmspringen und Ballett auch nicht. Auch nicht LKW fahren oder Gedichte schreiben. Nicht jeder konnte mit dreiundzwanzig Jahren so exakt bestimmen, wo sein Ehrgeiz *nicht* lag.

Sunny hielt den Wagen vor der Hütte an. Wer sagte denn, dass sie, wenn sie weitere zehn oder zwanzig Jahre das System der Eliminierung einsetzte, sich nicht schon heute auf dem besten Wege zu Reichtum und Erfolg befand?

Unruhig trommelte sie mit den Fingern auf dem Lenkrad und betrachtete die Hütte. Das Haus war niedrig und robust gebaut und wirkte gerade gemütlich genug, um nicht hässlich auszusehen. Der alte Schaukelstuhl auf der Veranda stand schon ewig da, jahraus, jahrein, solange sie denken konnte. In dieser Beständigkeit lag etwas Beruhigendes.

Und doch war es gerade diese Beständigkeit, die Sunny rastlos nach dem Neuen, dem Unbekannten, dem Unentdeckten suchen ließ.

Mit einem Seufzer lehnte sie sich zurück und ignorierte die Kälte. Was war es denn, was sie suchte und hier nicht finden konnte? Oder an jedem anderen Ort, an dem sie bisher gewesen war, nicht gefunden hatte? Und doch war sie auf der Suche nach der Antwort hierhergekommen, zu dieser Hütte.

Sie war hier geboren worden, hatte ihre ersten Lebensjahre hier verbracht. Vielleicht war sie deshalb zurückgekommen, da sie an einen Punkt in ihrem Leben gelangt war, an dem alles so unnütz schien. Um etwas von dieser Schlichtheit einzufangen.

Sie liebte die Hütte. Wirklich. Natürlich nicht mit der gleichen Leidenschaft wie ihre Schwester Libby oder mit diesem tiefen Zugehörigkeitsgefühl ihrer Eltern. Nein, sie hing an dem Haus, so wie Kinder oft an einer exzentrischen alten Tante hingen.

Sunny könnte sich nie vorstellen, hier wieder zu leben, auch wenn sie sich in der Hütte so wohl fühlte. So wie Libby und ihr Mann. Tag für Tag, Nacht für Nacht, ohne je eine andere Menschenseele zu sehen. Vielleicht hatte Sunny ihre Wurzeln hier im Wald, aber ihr Herz gehörte der Stadt, der Stadt mit den vielen Lichtern und den unbegrenzten Möglichkeiten.

Nur ein Urlaub, sagte sie sich, zog die Wollmütze vom Kopf und fuhr sich mit den Fingern durch das kurze Haar. Den hatte sie sich verdient. Immerhin war sie im zarten Alter von sechzehn aufs College gegangen. Zu intelligent für ihr eigenes Seelenheil. Wie oft hatte ihr Vater das nicht gesagt! Und nachdem sie knapp vor ihrem zwanzigsten Geburtstag ihren Abschluss gemacht hatte, hatte sie sich von einem Projekt ins nächste gestürzt. Und war nie wirklich zufrieden gewesen.

Sie war gut in dem, was sie tat, ganz gleich, was sie tat. Vermutlich hatte sie deshalb all diese Kurse belegt, angefangen von Stepptanz bis hin zu Emaillieren. Aber gut in etwas zu sein, machte es nicht unbedingt richtig. Also war sie zum Nächsten übergegangen, immer unzufrieden, immer mit dem beständig schlechten Gewissen, die Dinge nicht zu Ende gebracht zu haben.

Es war an der Zeit, Ruhe einkehren zu lassen. Eine bestimmte Richtung einzuschlagen. Deshalb war sie hergekommen. Um nachzudenken, um zu überlegen, um eine Entscheidung zu fällen. Mehr nicht. Sie versteckte sich nicht hier. Nur weil sie ihren letzten Job verloren hatte. Nein, die zwei letzten Jobs, korrigierte sie sich.

Wie auch immer, sie hatte genügend Ersparnisse angesammelt, um den Winter zu überstehen. Hier konnte man ja sowieso kein Geld ausgeben. Hätte sie ihrem Impuls nachgegeben und wäre in die nächstbeste Maschine nach Portland oder Seattle oder sonst wohin gestiegen, dorthin, wo etwas los war, wäre sie innerhalb einer Woche pleite gewesen. Sie würde den Teufel tun und auf Knien zu ihren Eltern zurückkriechen! Auch wenn die sie sofort mit offenen Armen aufgenommen hätten.

„Du hast dir vorgenommen zu bleiben", murmelte sie, als sie die Wagentür öffnete. „Und bleiben wirst du. Bis du dir klar darüber geworden bist, was zu Sunny Stone passt."

Mit den beiden großen Proviantttüten, die sie in der Stadt besorgt hatte, stapfte sie durch den Schnee zum Haus. In diesen beiden Monaten hier konnte sie sich beweisen, dass sie selbstständig war. Wenn sie nicht vorher vor Langeweile umkam.

Ein Blick auf das munter prasselnde Feuer im Kamin befriedigte sie. Es brannte noch, die Sommerlager mit den Pfadfinderinnen waren also nicht umsonst gewesen. Sunny setzte die beiden Tüten auf der Anrichte in der Küche ab. Ihre Schwester Libby hätte sich sofort darangemacht, die Sachen zu verstauen. Sunny dagegen war der Überzeugung, dass es reine Zeitverschwendung war, Dinge an einen Platz zu stellen, von dem man sie früher oder später doch wieder wegholen würde.

Achtlos warf sie ihre dicke Jacke über eine Stuhllehne und kickte ihre Stiefel in eine Zimmerecke. Aus einer der Tüten förderte sie einen Müsliriegel zutage und ging damit in den Wohnraum. Den Nachmittag würde sie jetzt damit verbringen, sich zu informieren. In letzter Zeit hatte sie mit dem Gedanken gespielt, wieder an der Uni anzufangen und Jura zu studieren. Die Vorstellung, sich mit Streiten und Argumentieren seinen Lebensunterhalt zu verdienen, hatte einen gewissen Reiz. Zusammen mit Kleiderkoffern, Kamera, Zeichenblock, Kassettenrekorder und Tanzschuhen hatte sie auch eine ganze Kiste mit Büchern über die verschiedensten Berufe mitgebracht.

In ihrer ersten Woche hier hatte sie sie alle durchgelesen. Drehbücher zu schreiben war ihr zu unsicher, Medizin zu blutig und eine Boutique für Retro-Kleidung einfach zu trendy.

Aber die Jurisprudenz bot da so einige Möglichkeiten. Sunny konnte sich sehr gut vorstellen, als knallharte Staatsanwältin zu arbeiten oder als idealistische und völlig überarbeitete Pflichtverteidigerin.

Immerhin ist es wert, sich die Sache einmal genauer anzusehen, entschied sie, während sie die Treppe zu ihrem Schlafzimmer hinaufstieg. Je schneller sie eine Entscheidung traf, desto eher konnte sie an einen Ort zurückkehren, an dem es interessantere Dinge zu beobachten gab als schmelzenden Schnee.

Sie hatte den Müsliriegel schon halb zum Mund geführt, als sie auf der Schwelle zu ihrem Schlafzimmer erstarrte. Der Mann stand neben dem Bett – ihrem Bett –, ganz augenscheinlich in das Modemagazin vertieft, das sie gestern Abend achtlos auf den Boden geworfen hatte. Jetzt hielt er es in den Händen und befühlte das Hochglanzpapier mit den Fingern, als handle es sich um einen wertvollen Stoff.

Zwar stand er mit dem Rücken zu ihr, aber dass er groß war, konnte sie sehen. Bestimmt zehn Zentimeter größer als sie, und sie war schon nicht klein. Sein dunkles Haar fiel ihm über den Kragen seines Pullovers, und es wirkte, als wäre er in einem Wagen mit offenem Verdeck gefahren. Mit angehaltenem Atem musterte sie ihn weiter.

Sollte es sich bei ihm um einen Wanderer handeln, so war er ziemlich dürftig, wenn auch einwandfrei gekleidet. Seine Jeans war fabrikneu, auf den – wenn sie sich nicht täuschte – sehr teuren und handgefertigten Stiefeln noch kein einziger Kratzer. Nein, nach einem Naturburschen sah er nicht aus, schon gar nicht nach einem, der es mit dem Winter in den Bergen aufnehmen würde.

Er war von schlanker Statur, obwohl … unter dem weiten Pullover ließen sich Muskeln nur schwer ausmachen. Sollte er ein Dieb sein, dann war er ein extrem dummer Dieb, der sich an einer Zeitschrift festlas, anstatt einzupacken, was an Wertgegenständen in der Hütte zu finden war, und die Beine in die Hand zu nehmen.

Ihr Blick ging zu ihrem Schmuckkästchen auf der Kommode. Ihre Sammlung war weder groß noch besonders wertvoll, aber jedes einzelne Stück mit Sorgfalt ausgewählt und ohne Rücksicht auf den Preis. Und der Schmuck gehörte ihr. Wie auch diese Hütte die ihre war und ebenso das Zimmer, in das er eingedrungen war.

Wütend ließ sie den Müsliriegel fallen, schnappte sich die erstbeste Waffe, die ihr in die Finger kam – eine leere Limonadenflasche –, und stürzte sich nach vorn.

Jacob hörte ein Geräusch und erhaschte eine Bewegung aus dem Augenwinkel. Instinktiv drehte er sich um, gerade noch rechtzeitig, um zu sehen, wie eine Flasche haarscharf an seinem Ohr vorbeizischte und mit einem explosionsartigen Knall auf dem Nachttischchen in tausend Scherben zerbarst.

„Was, zum Teufel …“

Bevor er ein weiteres Wort herausbringen konnte, wurden ihm die Füße weggerissen, und er fand sich flach auf dem Rücken wieder. Vom Boden aus starrte er zu einer großen, schlanken Frau mit kurzen blonden Haaren und funkelnden grauen Augen empor. Sie stand da, die Knie leicht gebeugt, die Arme angewinkelt, die Hände in Kampfstellung.

„Überleg dir gut, was du tust“, warnte sie ihn, mit einer Stimme, die so rauchig war wie ihre Augen. „Ich will dich nicht verletzen, also steh jetzt ganz langsam auf. Und dann mach, dass du hier rauskommst. Ich gebe dir genau dreißig Sekunden.“

Ohne sie aus den Augen zu lassen, richtete er sich erst einmal auf einem Ellbogen auf. Wenn man sich dem Angehörigen einer primitiven Kultur gegenübersah, sollte man es wohl am besten langsam angehen lassen. „Entschuldigung?“

„Du hast mich verstanden, Freundchen. Ich habe den Schwarzen Gürtel, vierter Grad. Leg dich mit mir an, und ich zerquetsche dir deinen Schädel wie eine Walnuss.“

Bei diesen Worten lächelte sie. Unter anderen Umständen hätte er ihr vielleicht eine Erklärung und seine Entschuldigung angeboten. Aber sie lächelte. Und eine Herausforderung war nun mal eine Herausforderung.

Mit einer geschmeidigen Bewegung kam er auf die Beine, in der gleichen Stellung wie sie. Er sah die Überraschung in ihren Augen, keine Angst, sondern Überraschung. Ihren ersten Schlag blockte er mit dem Unterarm ab, aber er fühlte die Vibration bis in seine Schulter hinauf. Er wich aus, gerade weit genug, um einem wohlgezielten Tritt an sein Kinn zu entgehen.

Sie war schnell. Und beweglich. Er wehrte ihre Angriffe ab und bildete sich dabei ein erstes Urteil. Furchtlos. Und mutig, stellte er voller Bewunderung fest. Eine Kriegerin, in einer Welt, in der Krieger noch gebraucht wurden. Und wenn Jacob für etwas eine Schwäche hatte, dann für einen guten Kampf.

Er spielte nicht mit ihr. Er wusste, täte er es, würde er in Sekundenbruchteilen wieder auf dem Boden liegen, ihren Fuß an seiner Kehle. Der Tritt, dem er nicht ausweichen konnte und der ihn an den Rippen traf, war der Beweis dafür. Es war ein ausgeglichenes Match, entschied er nach fünf schweißtreibenden Minuten, nur hatte er den Vorteil von Größe und Reichweite.

Er beschloss, denselben endlich einzusetzen. Er duckte sich, blockte ihren nächsten Schlag ab und nutzte ihren eigenen Schwung, um sie auf das Bett zu werfen. Bevor sie sich erholen konnte, hatte er sich auf sie gewälzt und hielt ihre Arme an den Handgelenken über ihrem Kopf fest.

Sunny war außer Atem, aber weit davon entfernt, aufzugeben. Ihre Augen brannten sich in seine, und sie sammelte ihre ganze Kraft zu einer letzten Bewegung. Gerade noch rechtzeitig verlagerte Jacob sein Gewicht und verhinderte damit, dass ihr Knie in seinen Weichteilen landete.

„Manche Dinge ändern sich wohl nie", murmelte er und musterte sie, während er darauf wartete, wieder zu Atem zu kommen.

Diese Frau war einfach umwerfend. Oder vielleicht lag es auch nur an dem Kampf, dass sie so auf ihn wirkte. Ihre Haut war erhitzt, ein rosiges Pink, das die goldene Haarfarbe noch unterstrich. Der kurze, fast strenge Haarschnitt betonte die Eleganz ihrer Gesichtszüge. Sie hatte ausgeprägte Wangenknochen. Eine Kriegerin, dachte er erneut. Wie eine Wikingerfrau oder eine Keltin. Die großen grauen Augen funkelten frustriert, aber nicht geschlagen. Ihre Nase war klein und gerade, der

Mund voll, die Unterlippe zu einem leichten Schmollen vorgeschoben. Sie roch wie der Wald – kühl, exotisch und fremd.

„Sie sind gut", sagte er und überließ sich für einen Moment dem Vergnügen, ihren festen Körper unter sich zu fühlen.

„Danke." Sie stieß das Wort aus, aber bewegte sich nicht. Sie wusste, wann sie kämpfen musste und wann es besser war, einen Plan zu entwerfen. Er war ihr körperlich überlegen, aber sie war noch nicht bereit, über Kapitulationsbedingungen zu verhandeln. „Ich würde es begrüßen, wenn Sie sich endlich von mir runterrollen würden."

„Gleich. Ist es eigentlich üblich bei Ihnen, Leute mit einem Wurf auf den Boden willkommen zu heißen?"

Sie zog eine Braue in die Höhe. „Ist es denn bei *Ihnen* üblich, in anderer Leute Häuser einzubrechen und in deren Schlafzimmern herumzuschnüffeln?"

„Die Tür war nicht verschlossen", stellte er fest. Dann runzelte er die Stirn. Er war sicher, am richtigen Ort zu sein, aber diese Frau hier war nicht die Frau namens Libby. „Ist das Ihr Haus?"

„Richtig. Und so etwas nennt man gemeinhin Privatbesitz." Sie musste sich zusammennehmen, um sich ihre Unruhe nicht anmerken zu lassen. Er betrachtete sie mit einem Blick, als sei sie ein besonders interessantes Exemplar einer unbekannten Lebensform in einer Petrischale. „Die Polizei habe ich bereits angerufen." Sie erwähnte nicht, dass das nächste Telefon gute zehn Meilen von hier entfernt war. „Ich an Ihrer Stelle würde die Beine in die Hand nehmen."

„Das wäre doch dumm. Wie soll man mit den Beinen in der Hand laufen können?" Mit leicht schief gelegtem Kopf überlegte er. „Und Sie haben die Polizei nicht angerufen."

„Vielleicht nicht, vielleicht doch." Der Schmollmund wurde üppiger. „Was wollen Sie? Hier gibt es nichts, was sich zu stehlen lohnte."

„Ich bin nicht hier, um etwas zu stehlen."

Ein Anflug von weiblicher Furcht meldete sich in ihrem Magen. Die Wut hielt die Furcht in Grenzen. „Ich werde es Ihnen bestimmt nicht leicht machen."

„Fein." Er fragte nicht, was sie damit meinte. „Wer sind Sie?"

„Ich denke, diese Frage sollte eher ich stellen", gab sie zurück. „Und ehrlich gesagt, es interessiert mich gar nicht sonderlich." Ihr Herz schlug heftiger, sie hoffte nur, dass er es nicht merkte. Sie lagen auf dem ungemachten Bett, aufeinander, wie Liebende. Seine grünen Augen bohrten sich in ihre, bis Sunny Probleme beim Atmen bekam.

Jetzt sah er die Panik, ein kurzes Aufflackern nur, und lockerte den Griff an ihren Handgelenken. Das Rasen ihres Pulses löste eine unerwartete Reaktion in ihm aus, die durch seinen ganzen Körper fuhr. Er spürte es in seinem Blut, als sein Blick auf ihren Lippen zu liegen kam.

Wie mochte es wohl sein, fragte er sich. Nur eine flüchtige Berührung, eine Art Experiment. Dieser Mund war so voll, so weich, dazu geschaffen, einen Mann zu verführen. Würde sie sich wehren, oder würde sie stillhalten? Wie auch immer, es wäre sicherlich interessant.

Es ärgerte ihn, dass er sich ablenken ließ, und er sah ihr wieder in die Augen. Er hatte etwas zu erledigen, und er hatte nicht vor, davon abzuweichen.

„Ich entschuldige mich dafür, dass ich Sie erschreckt habe oder in Ihre Privatsphäre eingedrungen bin. Ich suche jemanden."

„Hier ist niemand außer …" Sie biss sich auf die Zunge und unterdrückte einen Fluch. „Wen? Wen suchen Sie?"

Besser, es vorsichtig anzugehen, beschloss Jacob. Sollte er sich mit der Zeit verkalkuliert haben, oder sollten Cals Informationen falsch sein – es wäre nicht das erste Mal –, war es sicher besser, nicht zu genau zu werden. „Einen Mann. Ich dachte, er wohnt hier. Aber vielleicht habe ich mich ja auch geirrt."

Sunny blies sich den Pony aus der Stirn. „Wie heißt der Mann?"

„Hornblower." Zum ersten Mal lächelte Jacob. „Caleb Hornblower." Die Überraschung in Sunnys Augen genügte ihm als Antwort. „Sie kennen ihn also."

Sofort fielen ihr ihre Spekulationen über ihren seltsamen Schwager ein: Spion, Flüchtling, exzentrischer Millionär ... Aber die Familienloyalität war stark.

„Woher sollte ich?", lautete ihre Antwort.

„Sie kennen ihn." Jacob war überzeugt. Als sie nur stumm und stur ihr Kinn vorschob, seufzte er. „Ich habe eine lange Reise hinter mir, um ihn zu sehen. Einen sehr langen Weg. Bitte, können Sie mir sagen, wo ich ihn finde?"

Da Sunny merkte, wie sie nachgiebig wurde, reckte sie ihr Kinn noch etwas weiter vor. „Nun, auf jeden Fall ist er nicht hier."

„Geht es ihm gut?" Jacob ließ ihre Hände los und packte ihre Schultern. „Ist ihm etwas passiert?"

„Nein, natürlich nicht." Weil er so ernsthaft besorgt klang, legte sie ihre Hände auf seine. „Ich wollte nicht ..." Sie hielt inne. Wenn das eine Falle war, wäre sie gerade fast hineingelaufen. „Wenn Sie etwas von mir erfahren wollen, dann werden Sie mir erst sagen müssen, wer Sie sind und warum Sie hier sind."

„Ich bin Jacob, sein Bruder."

Sunny riss die Augen auf. Cals Bruder? Sicher, wäre möglich, dachte sie. Sie waren ungefähr der gleiche Typ. Zwischen diesem Mann hier und ihrem Schwager bestand auf jeden Fall mehr Familienähnlichkeit als zwischen ihr und Libby.

„Tja", sagte sie, nachdem sie eine Weile mit sich debattiert hatte, „die Welt ist klein, nicht wahr?"

„Kleiner, als Sie sich vorstellen können. Sie kennen Cal also?"

„Ja. Da er meine Schwester geheiratet hat, sind wir beide also jetzt ... Was sind wir denn füreinander? Wie auch immer, ich denke, darüber lässt sich besser in der Vertikalen reden. Außerdem sollten wir uns duzen, meinst du nicht auch?"

Er nickte, aber er rührte sich nicht. „Und wie heißt du?"

„Ich?" Sie lächelte ihn strahlend an. „Ich heiße Sunbeam." Immer noch lächelnd, bekam sie seine beiden Daumen zu fassen. „Und wenn du nicht willst, dass ich dir die hier breche, solltest du dich endlich von meinem Bett scheren."

2. Kapitel

Misstrauisch trennten sie sich, wichen rückwärts wie zwei Preisboxer, die sich in ihre Ecken zurückzogen, wenn die Glocke das Ende der ersten Runde verkündete. Jacob war nicht sicher, wie er sich verhalten sollte, nachdem Sunny diese unerwartete Neuigkeit verkündet hatte. Cal war verheiratet.

Nachdem sie in drei Meter Entfernung zueinander standen, entspannte er sich endlich so weit, dass er die Hände in die Jeanstaschen steckte. Er bemerkte, dass auch Sunny sich lockerer gab, aber auf der Hut blieb, sollte er einen weiteren Versuch unternehmen wollen. Es reizte ihn, es darauf ankommen zu lassen, nur um zu sehen, wie sie reagieren würde. Aber er hatte Wichtigeres zu tun.

„Wo ist Cal?"

„Borneo. Glaube ich. Oder war es Bora Bora? Libby betreibt Feldstudien." Sunny hatte jetzt Zeit, ihn genauer zu mustern. Ja, eine Ähnlichkeit zu Cal bestand mit Sicherheit. Die gleiche Haltung, die gleiche Art zu sprechen. Aber auch wenn sie diese Gemeinsamkeiten akzeptierte, war sie noch lange nicht bereit, ihm zu vertrauen. „Cal hat dir doch bestimmt erzählt, dass sie Anthropologin ist und sich auf Kulturelle Anthropologie spezialisiert hat."

Er zögerte, dann setzte er wieder sein Lächeln ein. Was Cal in seinem Bericht erzählt hatte oder nicht, interessierte ihn im Moment gar nicht so sehr, viel mehr dagegen, was er dieser Sunbeam erzählt hatte. Konnte jemand überhaupt Sunbeam – Sonnenstrahl – heißen?

„Natürlich." Die Lüge ging ihm glatt über die Lippen. „Er erwähnte nur nichts davon, dass er nicht da sein würde. Wie lange sind sie unterwegs?"

„Oh, noch ein paar Wochen." Sunny zog den roten Pullover über die Hüften herunter. Sie konnte spüren, wie sich die ersten blauen Flecke bildeten. Verärgert war sie darüber nicht. Sie hatte sich ihm gegenüber gut geschlagen. Na ja, ziemlich gut. Und vielleicht würde sie ja noch eine weitere Gelegenheit bekommen, ihre Fähigkeiten unter Beweis zu stellen. „Komisch, aber er hat nichts von deinem Kommen gesagt."

„Er wusste ja auch nichts davon." Frustriert sah er zum Fenster hinaus auf den Schnee und die Bäume. Er war seinem Ziel so nahe gekommen, so verdammt nahe, und jetzt musste er warten. „Ich war gar nicht sicher, ob ich überhaupt kommen würde."

„Nun …" Sunny wippte auf den Fersen. „Zur Hochzeit hast du es ja auch nicht geschafft. Keiner von Cals Familie. Wir fanden das reichlich seltsam."

Normalerweise konnte er es nicht ausstehen, wenn jemand in diesem vorwurfsvollen Ton mit ihm sprach, aber in diesem Fall fand er es regelrecht amüsant. „Glaub mir, wir wären gekommen, wenn es irgendwie möglich gewesen wäre."

„Hm. Da wir ja nun mit dem Ringen aufgehört haben, können wir genauso gut nach unten gehen und einen Tee trinken." Sunny ging Richtung Tür. „Welchen Grad beim Schwarzen Gürtel hast du denn?", fragte sie über die Schulter zurück.

„Sieben." Er hob eine Augenbraue. „Ich wollte dich nicht verletzen."

„Sicher." Mehr als nur angesäuert, stieg sie die Treppe hinab. „Ich hätte nicht gedacht, dass sich jemand wie du für Kampfsport interessiert."

„Jemand wie ich?", hakte er abwesend nach, während er seine Hand über das glatte Holz des Geländers gleiten ließ.

„Du bist doch Physiker oder so was Ähnliches, nicht wahr?"

„So was Ähnliches." Er erblickte einen handgewebten Überwurf auf einem Sessel und widerstand der Versuchung, hinzugehen und sich den farbenfrohen Stoff genauer anzusehen. „Und du? Was machst du beruflich?"

„Nichts. Ich arbeitete gerade daran." Sie ging direkt auf den

Herd zu und konnte daher das Erstaunen auf Jacobs Gesicht nicht sehen.

Wie aus einem alten Film oder einem historischen Nachschlagewerk, dachte er, während er den Blick durch den Raum schweifen ließ. Nur viel, viel besser als jede Reproduktion. Bemerkenswert. Sein Erstaunen verwandelte sich in echtes Entzücken. Wirklich bemerkenswert. Es juckte ihn in den Fingern, jeden einzelnen Knopf und Schalter auszuprobieren.

„Jacob?"

„Ja?"

Mit gerunzelter Stirn betrachtete Sunny ihn. Ein komischer Kauz, entschied sie. Verboten attraktiv, aber ein komischer Kauz. Und fürs Erste hatte sie ihn wohl oder übel am Hals. „Wir haben hier eine große Auswahl an Teesorten. Hast du einen bestimmten Wunsch?"

„Nein." Er konnte einfach nicht widerstehen. Als Sunny sich umdrehte, um den Kessel mit Wasser aufzustellen, ging er zum Waschbecken und drehte an dem klobigen Chromknopf. Wasser begann aus dem Hahn zu laufen. Jacob hielt den Finger unter den laufenden Strom. Es war eiskalt. Als er vorsichtig mit der Zunge das Wasser testete, stellte er einen metallenen Geschmack fest.

Völlig unbehandelt, entschied er. Sie trinken es also so, wie es aus dem Boden kommt. Erstaunlich. Da er Sunny vergessen hatte, hielt er den Finger wieder in den Strahl und zuckte zurück. Mittlerweile war das Wasser heiß geworden. Für den Moment befriedigt, drehte er den Wasserhahn zu. Und dann nahm er auch wieder Sunny wahr, die neben dem Herd stand. Sie starrte ihn verständnislos an.

Für Selbstvorwürfe war es jetzt zu spät. Er würde seine Neugier unter Kontrolle halten müssen, bis er allein war.

„Es ist hübsch hier", brach er das Schweigen.

„Danke." Sie räusperte sich und nahm zwei Becher aus dem Regal. „So etwas nennt man ein Spülbecken. Die gibt es in Philadelphia doch auch, oder?"

„Ja." Er verließ sich auf seine Forschungsergebnisse und bluffte einfach. „Allerdings habe ich selten eines wie dieses hier gesehen."

Sunny entspannte sich etwas. „Tja, diese Hütte hier ist nicht gerade auf dem neusten Stand."

„Genau das dachte ich auch gerade."

Als das Wasser im Kessel zu sprudeln begann und Sunny den Tee aufgoss, beobachtete Jacob sie. Sie hatte die Ärmel hochgeschoben. Lange, schlanke Gliedmaßen, die fälschlicherweise zerbrechlich wirkten. Er rieb sich die Schulter. Mit der Stärke dieser Arme hatte er bereits Bekanntschaft gemacht.

„Vielleicht hat Cal es ja nicht erwähnt ... meine Eltern haben diese Hütte in den Sechzigerjahren gebaut." Sunny goss Tee in zwei Tonbecher.

„Gebaut?", wiederholte er. „Selbst?"

„Jeden einzelnen Stein und jede Planke. Sie waren Hippies. *Richtige* Hippies."

„Die 1960er, ja, ich habe darüber gelesen. Eine kulturelle Gegenbewegung. Die Jugend protestierte gegen das Establishment. Ausgelöst wurde diese Revolution durch ein tiefes Misstrauen gegenüber den Besitzenden, der Regierung und dem Militär."

„Da spricht der Wissenschaftler." Ein ziemlich seltsamer, fügte Sunny in Gedanken hinzu und stellte die Becher auf den Tisch. „Es hört sich komisch an, wenn jemand, der in dieser Zeit geboren wurde, darüber redet, als läge sie schon so weit zurück wie die Ming-Dynastie."

Er folgte ihrem Beispiel und setzte sich ebenfalls. „Die Zeiten ändern sich."

„Ja." Mit gerunzelter Stirn beobachtete sie, wie er mit den Fingern über die Tischplatte strich. „Das nennt man einen Tisch", spöttelte sie.

Er nahm sich zusammen und griff nach dem Becher. „Ich bewundere nur das Holz."

„Eiche, glaube ich. Mein Vater hat ihn gebaut. Deshalb liegt auch immer ein Streichholzheftchen unter einem Bein." Sunny musste lachen, als sie Jacobs verständnislose Miene sah. „Mein Vater hatte eine Phase, da musste er alles mit eigenen Händen tischlern. Fast alles, was er hier gebaut hat, ist schief und krumm und wackelt."

Jacob konnte es kaum fassen. Eichenholz, von einem echten Eichenbaum. Nur diejenigen mit dem höchsten Kreditindex konnten sich einen solchen Luxus leisten. Und selbst dann waren sie per Gesetz auf *ein* Stück beschränkt. Und hier saß er nun, in einem Haus, das vollständig aus Holz gebaut war. Er brauchte unbedingt Proben. Was schwierig werden könnte, wenn Sunny ihn ständig misstrauisch im Auge behielt. Schwierig, aber sicherlich nicht unmöglich.

Während er überlegte, nippte er an seinem Tee. Stutzte, nahm noch einen Schluck. „Kräuterhimmel."

Sunny prostete ihm mit ihrem Becher zu. „Auf Anhieb erkannt. Schließlich könnten wir hier kaum einen anderen Tee trinken, wenn wir nicht eine Familienkrise riskieren wollen." Über den Becherrand betrachtete sie ihn. „Die Firma meines Vaters. Das hat Cal dir auch nicht erzählt?"

„Nein." Verdattert starrte Jacob in die goldene Flüssigkeit in seiner Tasse. Kräuterhimmel. Stone. Diese Firma, eines der größten Unternehmen der Föderation, war von William Stone gegründet worden. Wie viele romantische Mythen rankten sich nicht um diesen Mann, der seine Karriere angeblich in einer Holzhütte begonnen hatte.

Nein, keine Mythen, dachte Jacob und atmete den duftenden Dampf ein, der aus der Tasse aufstieg. Realität.

„Was hat Cal dir überhaupt erzählt?"

Jacob mühte sich um Geduld. Es drängte ihn danach, alles sofort aufzunehmen und festzuhalten. „Nur, dass er … vom Kurs abkam und abstürzte. Deine Schwester hat ihn gesund gepflegt, und sie haben sich verliebt." Der wohlbekannte Unmut meldete sich wieder. Jacob stellte den Becher ab. „Und dass er beschlossen hat hierzubleiben."

„Hast du ein Problem damit?" Auch Sunny setzte ihre Tasse ab. Sie musterten einander jetzt mit Abneigung und Argwohn. „Bist du deshalb nicht zur Hochzeit gekommen? Weil er geheiratet hat, ohne sich deine Erlaubnis einzuholen?"

Seine Augen wurden dunkler, während sein Ärger wuchs. „Ganz gleich, wie ich zu seiner Entscheidung auch stehe ... Wenn es möglich gewesen wäre, wäre ich gekommen."

„Oh, wie großzügig." Sie sprang auf und kramte wütend nach einer Schachtel Kekse in der Einkaufstüte. „Lass mich dir etwas sagen, Hornblower. Cal kann sich glücklich schätzen, meine Schwester bekommen zu haben."

„Dazu kann ich nichts sagen."

„Ich aber." Sunny riss die Schachtel auf. „Libby ist schön und brillant, warmherzig und selbstlos." Sie biss in einen Keks und gestikulierte mit der übrig gebliebenen Hälfte. „Und – nicht, dass es dich etwas anginge – sie sind glücklich zusammen."

„Auch dazu kann ich nichts sagen."

„Und wessen Schuld ist das? Du hattest ausreichend Zeit, dir die beiden zusammen anzusehen. Wenn es dich interessiert hätte."

Jetzt sah sie die Wut in seinen Augen funkeln. „Zeit ist genau das Problem." Jacob stand auf. „Ich weiß nur, dass mein Bruder eine überstürzte Entscheidung getroffen hat, noch dazu eine, die sein ganzes Leben umgekrempelt hat. Und ich gedenke sicherzustellen, dass es kein Fehler war."

„Du gedenkst ...?" Sunny verschluckte sich an dem Keks und musste einen Schluck trinken, bevor sie wieder sprechen konnte. „Ich weiß nicht, wie die Dinge in eurer Familie gehandhabt werden, Freundchen, aber in unserer gibt es kein Komitee, das Entscheidungen trifft. Wir betrachten uns als freie Individuen, die für sich selbst wählen."

Um ihre Familie scherte er sich keinen Deut. Dafür umso mehr um seine. „Die Entscheidungen meines Bruders haben eine Menge Leute in Mitleidenschaft gezogen."

„Klar, seine Heirat mit Libby hat den Lauf der Geschichte geändert", schnaubte sie abfällig und warf die Keksschachtel auf die Anrichte. „Wenn du so besorgt bist, warum hast du dir über ein Jahr Zeit gelassen, hier aufzutauchen?"

„Das ist meine Sache."

„Oh, ich verstehe. Und die Heirat meiner Schwester ist auch deine Sache, was? Du bist ein richtiger Pinsel, Hornblower."

„Wie bitte?"

„Ich sagte, du bist ein Pinsel." Sie fuhr sich durchs Haar. „Nun, dann rede eben mit ihm, wenn die beiden zurückkommen. Allerdings eines hast du nicht bedacht: Cal und Libby lieben sich, sie gehören zusammen. Wenn du mich dann entschuldigen würdest, ich habe noch andere Sachen zu erledigen. Du findest doch alleine nach draußen, oder?"

Sunny stürmte davon. Sekunden später hörte Jacob ein Geräusch, von dem er annahm, dass es das laute Schlagen einer Holztür sein musste.

Eine höchst anstrengende Frau, dachte er. Interessant, aber anstrengend. Er musste sich etwas einfallen lassen, wie er mit ihr zurechtkam, da er seinen Aufenthalt hier offensichtlich verlängern musste, bis Cal zurückkam.

Der Wissenschaftler in ihm sah darin eine unglaubliche Chance. Eine primitive Kultur vor Ort zu studieren, mit Vorfahren – nun, so ungefähr – von Angesicht zu Angesicht zu reden. Jacob sah zur Holzdecke hinauf. Die lebhafte Sunbeam würde es wohl kaum schätzen, als Urahnin bezeichnet zu werden.

Persönlich allerdings empfand er den Kontakt zu dieser primitiven Frau als Zumutung. Sie war unhöflich, streitsüchtig und aggressiv. Vielleicht konnte man auch ihm diese Eigenschaften zuschreiben, aber er war ihr dennoch überlegen. Schließlich war er ein paar Jahrhunderte älter als sie.

Als Erstes würde er jetzt zu seinem Schiff zurückkehren und in der Datenbank nachsehen, welche Bedeutung das Wort „Pinsel" im zwanzigsten Jahrhundert gehabt hatte.

Sunny hätte ihm sicher nur allzu bereitwillig die exakte Definition gegeben. Um genau zu sein, während sie missmutig in ihrem Zimmer auf und ab stapfte, fielen ihr mindestens noch ein Dutzend weit herzhaftere Bezeichnungen für diesen Mann ein.

Der hatte wirklich Nerven! Mehr als ein Jahr nach der Heirat seines Bruders und ihrer Schwester hier so einfach aufzutauchen! Und nicht etwa, um zu gratulieren, nein! Auch nicht für ein nettes kleines Familientreffen, sondern um mit seiner unverschämten Unterstellung aufzuwarten, Libby sei nicht gut genug für seinen Bruder!

Idiot. Mistkerl. Lackaffe.

Als sie am Fenster vorbeikam, sah sie ihn. Ihre Hand lag schon auf dem Riegel, um das Fenster aufzureißen und ihrem Ärger Luft zu machen. Aber ihre Wut verpuffte so schnell, wie sie aufgeflammt war.

Warum, um alles in der Welt, ging er in den Wald? Ohne Jacke? Mit zusammengekniffenen Augen sah sie ihm nach. Wo, zum Teufel, wollte er hin? Da gab es doch nichts außer Bäumen.

Eine Frage schoss ihr durch den Kopf, die sie sich bis jetzt noch gar nicht gestellt hatte: Wie war er überhaupt hierhergekommen? Die Hütte lag Meilen entfernt von der Stadt, und bis zum nächsten Flughafen fuhr man mindestens zwei Stunden. Wie war dieser Mann in ihr Schlafzimmer gekommen, ohne Jacke, Mütze oder Handschuhe, und das mitten im Winter?

Kein Auto, kein Geländewagen, nicht einmal ein Schneemobil stand vor der Hütte. Anzunehmen, er sei per Anhalter gekommen, war einfach lächerlich. Man marschierte nicht einfach auf gut Glück mitten im Januar in die Berge. Zumindest nicht, wenn man geistig gesund war.

Ein Schauer trieb sie vom Fenster zurück. Vielleicht war das die Antwort. Jacob Hornblower war nicht nur ein Pinsel. Er war ein geistesgestörter Pinsel.

Jetzt übertreib mal nicht, ermahnte sie sich selbst. Nur weil sie ihn nicht mochte, hieß das noch lange nicht, dass er verrückt war. Immerhin war er Cals Bruder, und während des letzten Jahres hatte Sunny echte Sympathie für Cal entwickelt. Bruder Jacob mochte zwar störend und nervtötend wie eine lästige Fliege erscheinen, aber deswegen musste nicht gleich eine Schraube bei ihm locker sein.

Trotzdem …

Hatte sie nicht von Anfang an gedacht, dass er sich komisch benahm? Sie sah wieder zum Fenster hinaus, doch alles, was sie sehen konnte, waren die frischen Fußspuren im Schnee.

Cal macht eigentlich einen ganz normalen Eindruck, überlegte sie weiter. Aber was wussten sie schon von seiner Familie oder seinem Hintergrund? So gut wie nichts. Ihr war schon einige Male aufgefallen, wie verschlossen Cal wurde, sobald die Sprache auf seine Familie kam. Sie sah zurück zum Fenster. Vielleicht gab es dafür ja gute Gründe.

Dieser Bruder hatte sich wirklich seltsam benommen. Wie er unangemeldet aufgetaucht war und in ihrem Schlafzimmer die *Vogue* bewundert hatte, als hielte er heilige Schriftrollen in der Hand. Dann sein Verhalten in der Küche. Wie er mit dem Wasserhahn gespielt hatte. Oder den Kühlschrank angestarrt hatte. Oder den Herd. Als hätte er solche Dinge nie zuvor gesehen. Oder lange nicht gesehen …

Sunnys Gedanken wirbelten und schlugen Haken. Genau, dachte sie, weil er eingeschlossen gewesen ist. Weggesperrt, damit er keine Gefahr mehr für andere darstellt.

Die Unterlippe zwischen die Zähne geklemmt, begann sie wieder im Zimmer auf und ab zu tigern. Mit dem Fuß stieß sie an seine Tasche. Sunny sprang erschrocken zurück und starrte die Tasche an. Er hatte sie vergessen. Was bedeutete, dass er zurückkommen würde.

Nun, damit konnte sie umgehen. Sie konnte auf sich aufpassen. Sich die Hände an den Jeans reibend, starrte sie weiter auf die Tasche. Aber es würde ja nichts schaden, ein paar Vorsichtsmaßnahmen zu ergreifen, oder?

Ihrem Impuls folgend, kniete sie sich hin. Privatsphäre oder nicht, sie würde sich diese Tasche ansehen. Die war übrigens auch seltsam. Weder Reißverschlüsse noch Schnallen. Das Klettband ließ sich völlig geräuschlos aufreißen. Ein letzter schuldiger

Blick über die Schulter zurück, und dann kramte sie auch schon im Inneren.

Eine Garnitur zum Wechseln, ein Pullover, schwarz, eine Jeans, beides offensichtlich noch nie getragen und ohne Label. Nirgendwo fand sich ein Etikett mit einem Designer- oder Markennamen. Sunny legte die Sachen beiseite und suchte weiter. Sie fand eine Phiole mit der Aufschrift „Fluoratin", in der sich eine klare Flüssigkeit befand, und ein Paar Turnschuhe aus bestem Leder. Kein Rasierzeug, kein Spiegel, nicht einmal eine Zahnbürste. Nur diese neuen Klamotten und ein Fläschchen mit einer Flüssigkeit, die gut irgendein Medikament sein konnte.

Ihre letzte Entdeckung war auch die verwirrendste. Ein elektronisches Gerät, so klein, dass es in ihre Handfläche passte. Rund, flach, mit Scharnier. Als sie es aufklappte, erkannte sie eine Anzahl winziger Knöpfe. Als sie den ersten drückte, ertönte Jacobs Stimme laut und klar aus der metallenen Scheibe. Er zählte irgendwelche Gleichungen auf, wie sie ausmachen konnte, aber weder die Begriffe noch die Zahlen sagten ihr etwas. Diese kleine Scheibe gab Anlass zu völlig neuen Vermutungen.

Er war ein Spion. Von der anderen Seite. Oder von welcher Seite auch immer. Und sein Verhalten ließ darauf schließen, dass er ein ausgebrannter Spion war, also unberechenbar. An Fantasie hatte es Sunny noch nie gemangelt. Sie konnte sich alles genauestens vorstellen.

Er war geschnappt worden. Welche Methoden auch immer man benutzt hatte, um Informationen aus ihm herauszuquetschen, es hatte ihn verrückt gemacht. Cal hatte sich eine Geschichte einfallen lassen, um die Abwesenheit seines Bruders glaubhaft zu machen. Er hatte behauptet, sein Bruder sei Astrophysiker, der zu tief in seiner Arbeit stecke, um an die Westküste zu kommen. In Wahrheit war dieser Bruder jedoch in irgendeiner Institution festgehalten worden. Und jetzt war er geflohen.

Sunny drückte wahllos Knöpfe, bis Jacobs Stimme verstummte. Sie würde vorsichtig mit ihm umgehen. Was auch immer sie von ihm hielt, er gehörte zur Familie. Sie würde sich erst davon überzeugen, dass er tatsächlich ein gefährlicher Psychopath war, bevor sie etwas unternahm.

Eine dumme, oft unerfreuliche und eingebildete Person, die anderen Menschen Verdruss bereitet.

Jacob sah mit gerunzelter Stirn zu der dünnen Rauchfahne hinüber, die sich über den Baumkronen kräuselte. Die Definition von „Pinsel" war ihm gleichgültig. Es machte ihm nichts aus, „unerfreulich" oder „eingebildet" genannt zu werden. „Dumm" allerdings schon. Er würde es nicht hinnehmen, dass eine magere Frau, für die eine Verbrennungsmaschine der Gipfel der technischen Errungenschaft bedeutete, ihn als dumm bezeichnete.

Er hatte ziemlich viel erledigen können über Nacht. Sein Schiff war bestens getarnt und seine Aufzeichnungen auf den letzten Stand gebracht. Einschließlich eines Berichts über die unangenehme Begegnung mit Sunbeam Stone. Erst bei Sonnenaufgang hatte er sich wieder an seine Tasche erinnert.

Hätte sie ihn nicht dazu gebracht, die Beherrschung zu verlieren, hätte er die Tasche nie zurückgelassen. Nicht, dass sich irgendetwas Wertvolles darin befand. Aber es ging ums Prinzip. Er war normalerweise nicht zerstreut, und er vergaß Kleinigkeiten nur, wenn sein Verstand sich mit größeren Dingen beschäftigte.

Es regte ihn maßlos auf, dass er ständig an diese Frau denken musste. Immer wieder war ihr Bild vor ihm aufgetaucht, während er die Nacht durchgearbeitet hatte. Ein ständiges Ärgernis, wie ein Jucken auf dem Rücken, genau an der Stelle zwischen den Schulterblättern, an die man nicht herankam. Ihre Haltung, wie sie gegen ihn gekämpft hatte … Kinn hochgereckt, jeder Muskel in ihrem Körper angespannt. Wie sich dieser Körper unter seinem angefühlt hatte … herausfordernd, zum Sprung bereit. Wie ihr Haar geleuchtet hatte. Genau wie ihr Name. Sonnenstrahl ...

Wütend über sich selbst, schüttelte er den Kopf, so als könne das helfen, die lästigen Gedanken zu vertreiben. Er hatte keine Zeit für Frauen. Nicht etwa, dass er Frauen nicht mochte, aber alles zu seiner Zeit. Und jetzt war nun einmal nicht die Zeit für Vergnügungen. Außerdem: Wenn ihm nach dieser Art von Vergnügungen war, dann würde er bestimmt nicht Sunbeam Stone dafür auswählen.

Je mehr Jacob darüber nachdachte, wo und in welcher Position er sich befand, desto überzeugter wurde er, dass Cal zur Vernunft gebracht und nach Hause geholt werden musste.

Eine Art Weltraumfieber. Das war es. Cal hatte einen Schock erlitten, und die Frau – wie so manche Frau in dieser Epoche – hatte das schamlos ausgenutzt. Wenn Jacob seinem Bruder die Logik des Ganzen klarmachte, würden sie gemeinsam zum Schiff zurückkehren und nach Hause fliegen.

In der Zwischenzeit würde er die Gelegenheit wahrnehmen und vor Ort diesen kleinen Flecken hier genauestens erforschen.

Am Waldrand hielt Jacob inne. Heute war es merklich kälter als gestern, und er bereute es, keine warme Kleidung mitgebracht zu haben. Graue Wolken voller Schnee hatten sich über die Sonne geschoben. In dem düsteren Licht sah er zu, wie Sunny Holzscheite von dem Stoß hinter der Hütte auf ihren Armen stapelte. Sie sang lauthals und mit rauchiger Stimme von einem Mann, der sich davongemacht hatte. Sie hörte ihn nicht, als er näher kam.

„Entschuldigung."

Mit einem kleinen Aufschrei sprang sie zurück und ließ prompt die Scheite aus ihrem Arm fallen. Einer davon landete auf ihrem Fuß. Sunny fluchte und hüpfte auf einem Bein herum. „Verflixt! Macht es dir Spaß, mich zu erschrecken?"

Er konnte sich das Grinsen nicht verkneifen. „Ein bisschen. Tut es weh?"

„Nein, es ist ein wunderbares Gefühl. Ich könnte ohne Schmerz gar nicht leben." Sie biss die Zähne zusammen und rieb sich die Zehen, bevor sie den Fuß vorsichtig auf die Erde zurückstellte. „Wo kommst du her?"

„Philadelphia." Ihre zusammengekniffenen Augen ließen ihn hinzufügen: „Oh, du meinst, woher ich jetzt komme?" Er deutete mit dem Daumen hinter sich. „Aus der Richtung." Dann blickte er auf die zerstreuten Holzscheite. „Brauchst du Hilfe?"

„Nein." Sie hob die Scheite auf, ohne Jacob aus den Augen zu lassen. „Soll ich dir sagen, warum ich hierhergekommen bin, Hornblower? Um Ruhe und Frieden zu haben. Um die Einsamkeit zu genießen." Sie blies sich den Pony aus der Stirn. „Weißt du, was ich damit meine?"

„Ja."

„Schön." Sie drehte sich um, humpelte zur Hütte zurück, knallte die Tür hinter sich zu und ließ die Holzscheite in die Kiste vor dem Kamin fallen. Dann ging sie in die Küche. Und fluchte laut. „Was denn noch?"

„Ich habe meine Tasche liegen lassen." Jacob hob schnuppernd die Nase. „Hier riecht es verbrannt."

Mit einem Schnauben rannte Sunny zum Toaster und schlug so lange mit der flachen Hand darauf, bis eine rauchende kohlrabenschwarze Brotscheibe heraussprang. „Dieses blöde Ding klemmt."

Um sich dieses faszinierende kleine Gerät besser ansehen zu können, lehnte Jacob sich über ihre Schulter. „Sieht nicht sehr appetitlich aus."

„Ist völlig in Ordnung." Um es zu beweisen, biss sie in den Toast.

Durch den Rauch drang ihr Duft in seine Nase. Die instinktive Reaktion seines Körpers ärgerte ihn, aber der Stolz verbot es ihm zurückzuweichen. „Bist du immer so stur?"

„Ja."

„Und so unfreundlich?"

„Nein."

Sunny drehte sich um und erkannte ihren Fehler sofort. Er war nicht zurückgetreten, wie sie erwartet hatte. Stattdessen hatte er seine Hände auf die Anrichte aufgestützt und hielt Sunny somit mehr oder weniger zwischen seinen Armen gefangen. Wenn es etwas gab, was sie wirklich hasste, dann war es, wenn man sie austrickste.

„Verzieh dich, Hornblower."

„Nein." Er bewegte sich, aber nur noch näher zu ihr hin. Ihre Schenkel berührten sich, doch an dieser Berührung war nichts Zärtliches. „Du interessierst mich, Sunbeam."

„Sunny", korrigierte sie automatisch. „Nicht Sunbeam."

„Du interessierst mich trotzdem", wiederholte er. „Hältst du dich für eine durchschnittliche Frau dieser Epoche?"

Verdutzt schüttelte sie den Kopf. „Was für eine Frage ist das denn?"

In ihrem Haar waren Dutzende von Schattierungen zu sehen, von Silber bis zu dunklem Honig. Er bereute schon, dass es ihm so bewusst geworden war. „Eine, die sich simpel beantworten lässt. Also?"

„Nein. Niemandem gefällt es, als Durchschnitt angesehen zu werden. Wenn du jetzt endlich …"

„Du bist schön." Er ließ den Blick über ihr Gesicht wandern, absichtlich. Wollte sich und seine Selbstbeherrschung testen. „Aber das ist wohl rein physisch. Was unterscheidet dich denn deiner Meinung nach vom Durchschnitt?"

„Schreibst du eine Doktorarbeit?" Sunny hob die Hand, um ihn von sich zu schieben, und traf auf seine harte Brust. Sie konnte den Herzschlag spüren, langsam und regelmäßig.

„So ungefähr." Jacob lächelte. Er verwirrte sie, und das wiederum empfand er als extrem befriedigend.

Es liegt an seinen Augen, entschied Sunny. Auch wenn der Mann auf jeden Fall gestört war, er hatte geradezu hypnotische Augen. „Ich dachte, du beschäftigst dich mit Planeten und Sternen, nicht mit Menschen."

„Menschen leben auf Planeten."

„Zumindest auf diesem hier."

Wieder lächelte er. „Stimmt. Betrachte es als reine Neugier."

Sunny wollte sich fortbewegen, aber das würde den Kontakt nur noch intimer machen. Obwohl sie ihn innerlich verfluchte, hielt sie also seinem Blick stand, und ihre Stimme blieb ruhig. „Ich verzichte darauf, das Objekt deiner Neugier zu sein, Jacob."

„J. T." Ihr Zittern war ihm nicht entgangen. „Meine Familie nennt mich normalerweise J. T."

„Auch gut, J. T." Sie brauchte dringend Abstand. „Wie wär's, wenn du mir endlich aus dem Weg gingst? Dann könnte ich Frühstück machen."

Wenn sie nicht bald aufhörte, an ihrer Lippe zu nagen, würde er sie auf die effektivste Weise, die er kannte, davon abhalten. Er hätte nie gedacht, dass eine kleine nervöse Geste so verführerisch sein könnte. „Ist das eine Einladung?"

Ihre Zunge fuhr hastig über die trockenen Lippen. „Sieht so aus."

Er beugte sich noch weiter vor, genoss es, wie ihre Augen größer und dunkler wurden. Es war nicht leicht, zu widerstehen. Er war bekannt für seine Brillanz, seine Ausdauer, seine Effektivität. Nicht für seine Selbstbeherrschung. Und er wollte sie küssen. Nicht als wissenschaftliches Experiment, sondern hart und wild und ungestüm.

„Ich hoffe, es gibt noch etwas anderes als Toast", murmelte er.

Sie atmete hörbar aus. „Fruit Loops. Die sind gut. Mein Lieblingsfrühstück."

Jacob zog sich zurück. Weniger um ihretwillen. Wenn er die nächsten Wochen in der Nähe dieser Frau zubringen wollte, würde er an seiner Selbstbeherrschung arbeiten müssen. Er hatte nämlich einen Plan. „Einverstanden."

Während sie zum Schrank eilte und zwei Schüsseln aus dem Regal nahm, sagte Sunny sich, dass sie damit lediglich eine andere Taktik gewählt habe und keineswegs einen überstürzten Rückzug angetreten sei. Mit den Schüsseln und einer bunten Schachtel kam sie an den Tisch zurück. „Als Kinder durften wir die nie essen. Meine Mutter war … ist ein Gesundheitsfanatiker. Unter Müsli stellt sie sich eine Mischung aus Wurzeln und Baumrinde vor."

„Warum sollte jemand Baumrinde essen wollen?"

„Das kann ich dir auch nicht sagen." Sunny holte Milch aus dem Kühlschrank und goss sie über die farbenfrohen kleinen Ringe in den Schüsseln. „Wie auch immer, seit ich von zu Hause ausgezogen bin, habe ich eine Schwäche für Junkfood. Da ich die ersten zwanzig Jahre meines Lebens nur gesundes Zeug gegessen habe, kann ich meinem Körper wohl für die nächsten zwanzig Jahre dieses Gift hier zumuten."

„Gift." Argwöhnisch beäugte Jacob seine Portion.

„Für jeden Gesundheitsfanatiker ist Zucker pures Gift. Also, lass es dir schmecken." Sie reichte ihm einen Löffel. „Verbrannter Toast und kalte Cornflakes sind meine Spezialität." Sie lächelte charmant. Denn auch sie hatte einen Plan.

Da er es nicht ausschloss, dass sie ihn tatsächlich vergiften wollte, wartete er, bis sie den ersten Löffel zum Mund geführt hatte, bevor er probierte. Aufgeweichter Süßteig, befand er. Erstaunlich schmackhaft. Dieses informelle Mahl war ein guter Anfang, um sich mit Sunny gut zu stellen und sie anschließend nach Informationen auszuhorchen.

Es wurde immer klarer, dass Cal niemandem außer Libby erzählt hatte, woher – und aus welcher Zeit – er kam. Jacob rechnete ihm das hoch an. Es war wesentlich besser so. Die Auswirkungen wären … nun, das musste er noch kalkulieren. Allerdings war es durchaus möglich, dass Sunny mit ihrer Bemerkung, die Heirat von Cal und Libby würde den Lauf der Geschichte ändern, recht hatte.

Also würde er vorerst gute Miene zum bösen Spiel machen und vorsichtig an die Sache herangehen. Die Situation zu seinen Gunsten ausnutzen. Sunny zu meinen Gunsten benutzen, fügte er in Gedanken hinzu und spürte nur kurz, wie das schlechte Gewissen sich meldete.

Er hatte vor, Sunny auszuhorchen, über ihre Familie, vor

allem über ihre Schwester, ihren Eindruck von Cal. Und er plante, sie über das Leben im zwanzigsten Jahrhundert auszufragen. Mit etwas Glück konnte er sie vielleicht sogar dazu bringen, zusammen mit ihm in die nächste Stadt zu fahren. Das würde seine Daten vervollständigen.

Die Selbstbeherrschung zu verlieren, kann nur schaden, dachte Sunny. Wenn sie herausfinden wollte, wer und was er war, würde sie mit mehr Fingerspitzengefühl vorgehen müssen. Nicht unbedingt ihre Stärke, aber man konnte alles lernen. Sie war allein mit ihm. Und da sie nicht vorhatte, ihre Sachen zu packen und abzufahren, würde sie Vorsicht und Diplomatie walten lassen müssen. Vor allem, wenn er wirklich so verrückt war, wie sie annahm.

Schade, dass er irre ist, dachte sie und lächelte ihn an. Jeder, der so aussah und so sexy war, hatte einen normal funktionierenden Verstand verdient. Vielleicht handelte es sich ja nur um einen vorübergehenden Ausfall?

„Also?" Sie klopfte mit dem Löffel gegen ihre Schale. „Wie gefällt dir Oregon bis jetzt?"

„Es ist groß … und unterbesiedelt."

„So gefällt es uns hier." Sie wagte den ersten Schritt. „Bist du über Portland eingeflogen?"

Seine Antwort lag zwischen Lüge und Wahrheit. „Nein, meine Transportmöglichkeit hat mich näher an diesen Ort hier gebracht. Lebst du hier mit Cal und deiner Schwester?"

„Nein. Ich habe eine Wohnung in Portland, aber ich denke daran, sie aufzugeben. Ich spiele mit dem Gedanken, nach New York zu ziehen."

„Was willst du dort machen?"

„Ich habe mich noch nicht entschieden."

Jacob legte den Löffel beiseite. „Du bist arbeitslos?"

Unwillkürlich straffte Sunny die Schultern. „Ich habe gerade meine Stellung als Verkaufsleiterin im Einzelhandel aufgegeben." Dass sie aus dem kleinen Dessousladen gefeuert worden war, verschwieg sie lieber. „Ich überlege, ob ich nicht wieder an die Uni gehen und Jura studieren soll."

„Jura?" Sein Blick wurde sanfter. Es lag jetzt solche Wärme darin, dass sie fast ehrlich gelächelt hätte. „Meine Mutter ist Juristin."

„Wirklich? Davon hat Cal gar nichts gesagt. Welche Fachrichtung?"

Da er es als schwierig erachtete, die genaue Position seiner Mutter zu erklären, fragte er lieber: „Welche Fachrichtung schwebt dir denn vor?"

„Strafrecht." Sie setzte zu einer Erklärung an, hielt dann aber inne. Sie wollte nicht über sich reden, sondern über ihn. „Schon seltsam, nicht wahr, dass meine Schwester Wissenschaftlerin ist, genau wie Cals Bruder. Was macht ein Astrophysiker eigentlich genau?"

„Theorien aufstellen, experimentieren …"

„Über solche Dinge wie interplanetarische Reisen?" Sie bemühte sich redlich, aber das abfällige Lächeln ließ sich nicht ganz zurückhalten. „Du glaubst doch nicht wirklich an solchen Unsinn, oder? Dass die Menschen zur Venus fliegen, so wie sie nach Cleveland fliegen?"

Nur gut, dass er beim Poker unschlagbar war. „Doch, schon."

Sunny lachte nachsichtig. „Na, wahrscheinlich musst du daran glauben. Aber ist es nicht frustrierend, sich mit alldem zu beschäftigen, wohl wissend, dass es zu deinen Lebzeiten nie dazu kommen wird?"

„Zeit ist relativ. Anfang dieses Jahrhunderts erachtete man einen Flug zum Mond noch als völlig unmöglich. Aber es wurde verwirklicht." Plump und schwerfällig zwar, dachte er, aber es hatte funktioniert. „Im nächsten Jahrhundert wird der Mensch zum Mars und noch weiter fliegen."

„Mag sein." Sunny stand auf und holte zwei Flaschen Limonade aus dem Kühlschrank. „Trotzdem wäre es für mich schwer, mein Leben einer Sache zu widmen, die ich nie miterleben werde." Fasziniert beobachtete Jacob, wie Sunny mit einem kleinen metallenen Gegenstand die Flaschen von den Kronkorken befreite. „Ich will Resultate sehen, und zwar meist schnell."

Sie stellte eine Flasche vor ihn hin. „Sofortige Anerkennung. Das ist auch der Grund, warum ich mich mit dreiundzwanzig gerade zwischen zwei Jobs befinde."

Diese Flasche war aus Glas, wie Jacob feststellte. Die gleiche Art wie die, mit der Sunny ihm am Vormittag zuvor eins über den Schädel hatte ziehen wollen. Er nippte an der Flasche und war angenehm überrascht. Zu Hause trank er die gleiche Limonade. Nur eben nicht unbedingt zum Frühstück.

„Warum hast du dich für das Weltall entschieden?"

Er sah zu ihr hin. Offensichtlich hatte sie beschlossen, ihn einem Verhör zu unterziehen. Es würde ihm Spaß machen, ihre Fragen zu beantworten, ohne dabei wesentliche Informationen preiszugeben. „Ich liebe unvorhergesehene Möglichkeiten."

„Du hast bestimmt lange studiert."

„Lange genug."

„Wo?"

„Was meinst du damit?"

Es gelang ihr, das Lächeln aufrechtzuerhalten. „Wo hast du studiert?"

Er dachte an seine Zeit am Kroliac-Institut auf dem Mars, an die Birmington Universität in Houston und das viel zu kurze Jahr im Fordon-Quadranten. „Überall. Im Moment bin ich einem kleinen Privatinstitut außerhalb von Philadelphia angeschlossen."

Sie fragte sich, ob das Personal in diesem Institut in weißen Kitteln herumlief. „Sicherlich sehr interessant für dich."

„Besonders in letzter Zeit, ja. Bist du nervös?"

„Wieso?"

„Du wippst mit dem Fuß."

Sie drückte mit der Hand ihr Knie herunter. „Unruhig. Ich werde immer unruhig, wenn ich zu lange an einem Ort bleibe." So kam sie mit ihm nicht weiter. „Hör zu, ich habe wirklich ein paar wichtige Dinge zu erledigen …" Während sie sprach, drehte sie den Kopf zum Fenster. Sie hatte keine Ahnung, wann es begonnen hatte zu schneien, aber da draußen wirbelten dicke weiße Flocken herum. „Wahnsinn."

Jacob folgte ihrem Blick. „Sieht aus, als würde es sich so richtig einschneien."

„Ja, sieht so aus." Sunny seufzte. Möglich, dass dieser Mann sie nervös machte, aber sie war kein Monster. „Nicht gerade das richtige Wetter, um in den Wäldern zu campen." Sie kämpfte mit ihrem Gewissen. „Hör zu, ich weiß, du hast keine Unterkunft. Ich habe gesehen, wie du gestern in den Wald gegangen bist."

„Ich habe … alles, was ich brauche."

„Mag sein, aber ich kann nicht zulassen, dass du mitten durch einen Schneesturm marschierst, um zu deinem Zelt zurückzugelangen. Libby würde mir nie verzeihen, wenn du da draußen erfrierst." Sie steckte die Hände in die Hosentaschen und sah mit düsterem Blick zu ihm hin. „Du kannst hierbleiben."

Er dachte an die Möglichkeiten, die sich ihm dadurch boten, und lächelte. „Mit Vergnügen."

3. Kapitel

Jacob ging ihr bewusst aus dem Weg. Das schien ihm im Moment die beste Vorgehensweise. Sunny hatte sich auf dem Sofa zusammengerollt, einen Stapel Bücher neben sich, und kritzelte eifrig etwas auf einen Notizblock. Aus einem Kofferradio auf dem Tisch drang Musik, häufig unterbrochen von statischem Rauschen und dem Wetterbericht.

Da Sunny ihn geflissentlich ignorierte, ergriff Jacob die Gelegenheit und erkundete seine neue Unterkunft. Sie hatte ihm das Zimmer, das neben ihrem lag, zugeteilt. Es war etwas größer als ihres, das Fenster ging nach Südosten hinaus. Das Bett war ein riesiges viereckiges Konstrukt aus Holz mit einem Sprungrahmen, der entsetzlich quietschte, sobald man sich auf die Matratze setzte.

Es gab Regale voller Bücher, Romane und Gedichtbände aus dem neunzehnten und zwanzigsten Jahrhundert. Taschenbücher zumeist, mit bunten Einbänden, die sofort ins Auge stachen. Jacob erkannte ein oder zwei Namen und blätterte die Bücher durch, aber mehr aus wissenschaftlichem denn literarischem Interesse. Cal war es, der zum Vergnügen las, der das Talent besaß, sich Zitate und Gedichte zu merken. Jacob dagegen empfand es als unsinnig, eine Stunde seiner Zeit an etwas zu verschwenden, was nicht auf Fakten beruhte.

Fasziniert erinnerte er sich, dass man zu der jetzigen Zeit noch Holz benutzte, um Buchseiten zu produzieren. Die eine Hälfte der Bevölkerung fällte Bäume, um Platz für Häuser zu machen und aus dem Holz Möbel und Papier und Brennstoff herzustellen, die andere Hälfte beeilte sich, neue Bäume zu pflanzen, ohne jedoch je aufholen zu können.

Ein seltsames Spiel, das schließlich fast zu ernsthaften Umweltproblemen geführt hatte. Zusätzlich hatten sie damals auch noch die Luft mit Kohlendioxyd verpestet, fröhlich Löcher in die Ozonschicht gerissen und dann hilflos die Hände in die Luft geworfen, als die Konsequenzen deutlich wurden. Jacob fragte sich, was das für Menschen sein mussten, die sich die eigene Luft zum Atmen nahmen. Und das Wasser hatten sie auch ungenießbar gemacht. Das war auch so ein Spiel gewesen – alles, was nicht mehr zu gebrauchen war, einfach ins Meer zu schütten, so als wäre der Ozean eine Müllhalde. Nur gut, dass sie noch rechtzeitig zu Verstand gekommen waren, bevor die Schäden nicht mehr zu reparieren gewesen wären.

Jacob wandte sich vom Fenster ab und wanderte durch den Raum, strich mit den Fingern über die Tapete, die Bettdecke, die Bettpfosten. Interessante Materialien, sicher, aber …

Er blieb stehen, als ihm ein in Silber gerahmtes Foto ins Auge fiel. Der Rahmen allein hätte seine Aufmerksamkeit erregt, aber das Bild interessierte ihn viel mehr. Sein Bruder. Lächelnd. Cal trug einen Smoking und sah sehr zufrieden mit sich aus. Sein Arm lag um die Hüfte der Frau, die Libby hieß. Sie hatte Blumen im Haar und trug ein langärmeliges weißes Kleid mit einem Spitzenkragen.

Ein Hochzeitskleid, dachte Jacob. In seiner Zeit kam es wieder in Mode, aufwendig zu heiraten, nachdem es eine Zeit lang verpönt gewesen war. Man fand wieder Gefallen an den alten Traditionen. Dabei gab es keinerlei logische Gründe dafür. Eine Ehe war nichts als ein Vertrag, der geschlossen und auch wieder gelöst werden konnte. Doch die prunkvollen Zeremonien vergangener Zeiten schienen wieder Fuß zu fassen.

Man bevorzugte sogar die feierliche Atmosphäre der Kirchen und tauschte Ringe und ein Gelübde aus. Modedesigner kopierten hektisch Entwürfe der im Museum ausgestellten Kleider. Das Kleid, das Libby auf dem Foto trug, hätte alle Frauen, die für die Riten der Eheschließung schwärmten, grün vor Neid werden lassen.

Jacob konnte dieses ganze Brimborium nicht nachvollziehen. Er fand es absolut unverständlich, und sicherlich hätte es ihn amüsiert, wenn nicht sein Bruder davon betroffen gewesen wäre. Ausgerechnet Cal, der immer von Frauen umschwärmt worden war, Cal, der weibliche Gesellschaft genoss, aber nie eine spezielle Frau vorgezogen hatte. Die Vorstellung, dass Cal sich dauerhaft an eine Frau gebunden hatte, war einfach unlogisch. Und doch – mit diesem Bild hielt Jacob den Beweis in der Hand.

Es machte ihn maßlos wütend.

Cal hatte seine Familie, sein Heim, seine Welt aufgegeben. Für eine Frau. Jacob stellte das Foto viel zu heftig auf die Kommode zurück und wandte sich ab. Temporärer Wahnsinn musste Cal ergriffen haben, es gab einfach keine andere Erklärung. Keine Frau konnte eine so drastische Veränderung bewirken. Und was gäbe es hier sonst, um einen Mann zu halten? Oh, sicher, es war interessant hier. Faszinierend genug, um ein paar Wochen mit dem Studium der Gegebenheiten und der allgemeinen Forschung zu verbringen. Bestimmt würde er eine Serie von Artikeln und Berichten schreiben, sobald er wieder in seiner Zeit war. Aber wie hieß es noch? Auf einen Besuch gerne, aber hier leben? Nein, danke.

Er würde Caleb schon wieder zu Verstand bringen. Was immer diese Frau mit seinem Bruder gemacht hatte, er würde es richten. Niemand kannte Caleb Hornblower besser als sein eigener Bruder.

Sie hatten sich vor noch gar nicht allzu langer Zeit gesehen. Aber Zeit ist relativ, dachte Jacob erneut, dieses Mal ohne Humor. Den letzten gemeinsamen Abend hatten sie in Jacobs Quartier auf dem Institutscampus verbracht. Sie hatten Poker gespielt und venusischen Rum getrunken, einen sehr starken Schnaps, der auf dem Nachbarplaneten produziert wurde. Cal hatte eine ganze Kiste davon von seinem letzten Flugauftrag mitgebracht.

Jacob erinnerte sich daran, dass Cal wie immer fröhlich gewesen war und sogar bester Laune beim Spiel verloren hatte. Und dass sie beide sturzbetrunken gewesen waren.

„Wenn ich von diesem Auftrag zurückkomme", hatte Cal gesagt und mit dem Stuhl gewippt, „werde ich drei Wochen am Strand von Südfrankreich verbringen, mir die Schönheiten ansehen und darauf achten, ja nicht nüchtern zu werden."

„Das hältst du genau drei Tage aus", hatte Jacob eingewandt und die schwarze Flüssigkeit in seinem Glas kreisen lassen. „Dann musst du wieder in die Luft. Ist dir eigentlich klar, dass du in den letzten zehn Jahren mehr Zeit da oben als hier auf dem Boden verbracht hast?"

„Und du fliegst nicht oft genug." Grinsend hatte Cal Jacob das Glas aus der Hand gerissen und den Inhalt hinuntergestürzt. „Du bist in deinem Labor angekettet, Brüderchen. Ich sage dir, es macht viel mehr Spaß, von einem Planeten zum anderen zu hüpfen, als sie zu studieren."

„Ansichtssache. Würde ich sie nicht studieren, könntest du nicht hüpfen." Er war tiefer in seinen Stuhl gerutscht, zu träge, sich ein neues Glas einzuschütten. „Außerdem bist du der bessere Pilot von uns beiden. Das ist übrigens das Einzige, in dem du besser bist als ich."

Cals Grinsen war breiter geworden. „Ansichtssache. Frag Linsy McCellan."

Jacob hatte sich dazu aufgerafft, eine Augenbraue hochzuziehen. Linsy McCellan, eine Tänzerin, verteilte ihre Vorzüge großzügig an beide Brüder – zu verschiedenen Zeiten natürlich. „Sie ist eben leicht zu beeindrucken." Dann war sein Grinsen hinterhältig geworden. „Wie auch immer, ich bin hier, auf dem Boden, also sehr viel häufiger bei ihr als du."

„Selbst Linsy", Cal hatte sein Glas auf die Abwesende erhoben, „kann mit dem Fliegen nicht konkurrieren."

„Mit Frachtflügen? Wärst du bei der ISF geblieben, könntest du dich jetzt Major nennen."

Cal hatte nur mit der Schulter gezuckt. „Ich überlasse es dir, Dr. Hornblower, dich den Regeln zu fügen." Dann hatte er sich aufgesetzt, wenn auch mit Schwierigkeiten. „J.T., warum machst du dich nicht mal frei und kommst einfach mit? Da gibt es einen Club in der Brigston-Kolonie auf dem Mars, das musst du gesehen haben, um es glauben zu können. Der Saxofonspieler ist ein Mutant … Komm schon, komm mit."

„Ich muss arbeiten."

„Du musst immer arbeiten. Zwei Wochen nur, J. T. Flieg mit mir rauf. Um den Transport brauchst du dich also schon nicht zu kümmern. Und dann sehen wir uns die Frauen am Strand gemeinsam an."

Es war verlockend gewesen, fast hätte Jacob zugesagt. Der Impuls war eindeutig da gewesen – genau wie das Verantwortungsgefühl. „Geht nicht." Mit einem Seufzer hatte er nach der Flasche gegriffen. „Ich muss diese Gleichungen bis Anfang des Monats fertig haben."

Ich hätte mitfliegen sollen, dachte Jacob jetzt. Er hätte Gleichungen und Verantwortung zum Teufel jagen und mit Cal auf diesen Flug gehen sollen. Vielleicht wäre das alles dann nicht passiert. Oder wenn doch, dann wäre er zumindest mit seinem Bruder zusammen gewesen.

Die Aufnahmen von Cals ramponiertem Schiff hatten gezeigt, was Cal hatte durchmachen müssen. Das Schwarze Loch, die Panik, die Hilflosigkeit, mit der er der Gravitation ausgeliefert gewesen war. Ein Wunder, dass er das überlebt hatte, und ein Tribut an seine Fähigkeiten als Pilot. Aber mit einem Wissenschaftler an Bord hätte er sich den Rest vielleicht ersparen können. Dann wäre er jetzt längst zu Hause. Sie beide wären zu Hause. Wo sie hingehörten.

Jacob wandte sich vom Fenster ab. In ein paar Wochen würden sie zu Hause sein. Alles, was er tun musste, war warten.

Um sich die Zeit zu vertreiben, ging er zu dem klobigen alten Computer in der Ecke des Raumes und baute ihn auseinander und wieder zusammen, untersuchte Chips und Schaltkreise und Schalter. Aus Neugier schob er eine von Libbys Disketten in das Laufwerk.

Es handelte sich um einen ausführlichen Bericht über irgendeinen zurückgezogen lebenden Stamm im Südpazifik. Gegen seinen Willen fand Jacob die Beschreibungen und Theorien faszinierend. Diese Frau hatte eine Art, trockene Fakten über eine Kultur in lebendige Geschichte zu verwandeln. Schon fast ironisch, dass sie sich darauf konzentriert hatte, die Auswirkungen der modernen Technologie auf eine ihrer Meinung nach primitive Gesellschaft zu analysieren. Während des letzten Jahres hatte er viel Zeit darauf verwandt, sich Gedanken darüber zu machen, wie die Technologie, die ihm zur Verfügung stand und die er als völlig selbstverständlich erachtete, auf die Gesellschaft seiner Schwägerin wirken musste.

Sie war also intelligent, gestand er fast mürrisch zu. Offensichtlich auch gründlich und präzise in ihrer Arbeit. Qualitäten, die ihm Bewunderung abverlangten. Das hieß aber nicht, dass sie seinen Bruder behalten konnte.

Er schaltete den Computer aus und ging wieder nach unten.

Sunny machte sich nicht die Mühe aufzublicken, als sie ihn kommen hörte. Sie war fest entschlossen, so zu tun, als sei er gar nicht da, und hielt den Blick angestrengt auf ihre Bücher gerichtet. Sie hätte sich nicht darüber beschweren können, dass er laut oder lästig war. Außer, dass seine schiere Anwesenheit sie störte.

Weil sie allein sein wollte, redete sie sich ein und sah ihm nach, wie er in die Küche schlenderte. Was nicht stimmte. Sie verabscheute es, lange allein zu sein. Sie brauchte Menschen um sich, Gespräche, Partys, sogar Auseinandersetzungen. Dieser Mann aber störte sie. Mit dem Stift klopfte sie leicht gegen ihre Zähne und starrte ins Feuer. Warum? Das war die große Frage.

Möglicherweise durchgeknallt, schrieb sie auf ihren Notizblock. Dann musste sie grinsen. Gut möglich, dass der erste Stock jetzt ausgeräumt war. Da tauchte dieser Mann aus dem Nichts auf, hauste im Wald und spielte mit Wasserhähnen.

Möglicherweise gefährlich. Bei der Vorstellung erstarb ihr Grinsen und machte einem tiefen Stirnrunzeln Platz. Es gab nicht viele Männer, die sie so überrumpeln konnten wie er. Aber er hatte sie nicht verletzt, und, wie sie zugeben musste, er hätte es tun können. Trotzdem, seine Gefährlichkeit beschränkte sich nicht auf seine körperliche Überlegenheit.

Starke Persönlichkeit. Von ihm ging eine ungewöhnliche Präsenz aus, die unmöglich zu ignorieren war. Selbst wenn er nichts sagte und nur beobachtete, schien er auf der Hut zu sein, ständig bereit zum Sprung, ständig wie unter Strom. Und wenn er dann lächelte, war man glatt bereit, den Stromstoß in Kauf zu nehmen.

Verboten attraktiv. Der Ausdruck gefiel Sunny nicht, aber es war nun mal so. Da war etwas Ungezähmtes und Wildes an seinem Aussehen. Dieses markante Gesicht, die dunkle Mähne. Und seine Augen, dieses Grün … als könnten seine Augen direkt in einen hineinsehen. Die schweren Lider ließen ihn nicht verschlafen, sondern grüblerisch wirken.

Heathcliff, dachte sie und lächelte über sich selbst. Libby war doch die Romantische von ihnen beiden, die, die den Leuten ständig ins Herz sah. Sunny dagegen konzentrierte sich lieber auf den Verstand.

Abwesend zeichnete sie sein Gesicht auf eine Ecke des Blatts. Irgendetwas war anders an ihm, und es ärgerte sie, dass sie es nicht bestimmen konnte. Er wich aus, gab sich geheimnisvoll und exzentrisch. Dagegen war nichts einzuwenden – wenn sie erst herausgefunden hatte, was er geheim halten wollte. Steckte er in Schwierigkeiten? Musste er sich verstecken und suchte deshalb ein stilles Plätzchen?

Oder war es wirklich so simpel, wie er behauptet hatte? Wollte er seinen Bruder besuchen und endlich dessen Frau persönlich kennenlernen?

Nein. Düster blickte Sunny auf das kleine Porträt und schüttelte den Kopf. Das mochte vielleicht stimmen, aber das war sicherlich nicht der einzige Grund. J. T. Hornblower hatte irgendetwas vor. Und früher oder später würde sie herausfinden, was genau das war.

Mit einem Achselzucken legte sie den Block zur Seite. Jetzt

hatte sie zumindest die Erklärung für ihr Interesse an Jacob Hornblower gefunden. Sie wollte lediglich wissen, was der Mann plante. Und mit diesem Gedanken ging sie in die Küche.

„Was, zum Teufel, machst du da?"

Jacob sah auf. Auf dem Tisch vor ihm lag der Toaster in seine Einzelteile zerlegt, auf einem Teppich von schwarz verbrannten Krümeln. In einer Schublade hatte Jacob einen Schraubenzieher gefunden und sich offensichtlich sogleich an die Arbeit gemacht.

„Er muss repariert werden."

„Schon, aber …"

„Magst du etwa verbrannten Toast?"

Sie kniff die Augen zusammen. Seine schlanken Finger spielten mit den Schrauben. „Hast du überhaupt eine Ahnung, was du da tust?"

„Durchaus möglich." Lächelnd fragte er sich still, was sie wohl sagen würde, wenn er damit angab, dass er eine X-25-Einheit in weniger als einer Stunde auseinanderbauen konnte. „Traust du mir nicht?"

„Nein." Sie stellte den Wasserkessel auf. „Aber schlimmer kannst du es wohl nicht mehr machen, oder?" Immer schön freundlich bleiben, mahnte sie sich. Freundlich und locker. Und dann würde sie zum Sprung ansetzen. „Möchtest du auch Tee?"

„Gern." Den Schraubenzieher in der Hand, beobachtete er sie, wie sie vom Herd zum Schrank und wieder zurück zum Herd ging. Grazie kombiniert mit Kraft, eine sehr reizvolle Kombination, dachte er. Sie hatte eine ganz besondere Art, sich zu bewegen – geschmeidig und diszipliniert, wie ein Sportler oder eine Tänzerin. Und dabei äußerst feminin.

Als sie merkte, dass ihre Nackenhärchen sich sträubten, drehte sie sich zu ihm um. „Was ist?"

„Nichts. Ich sehe dir einfach nur gerne zu."

Da sie nichts darauf zu erwidern wusste, goss sie Tee ein. „Möchtest du ein Törtchen?"

„Gern."

Sie warf ihm ein in Zellophan verpacktes Gebäck zu. „Wenn du etwas anderes zum Lunch haben willst, wirst du dir selbst etwas einfallen lassen müssen." Sie brachte die Teebecher an den Tisch und setzte sich. „Kannst du auch klempnern?"

„Wie bitte?"

„Der Hahn über der Badewanne tropft." Sunny riss die Verpackung ihres kleinen Kuchens auf. „Bisher habe ich einen Waschlappen daruntergelegt, dann hört man das Tropfen in der Nacht nicht so laut. Aber wenn du so geschickt bist ... irgendwo lässt sich bestimmt eine Rohrzange finden." Sie biss genießerisch in ihr Törtchen. „Betrachten wir es als Entschädigung für deine Mahlzeiten."

„Ich kann es mir ja mal ansehen." Zwar hatte er immer noch den Schraubenzieher in der Hand, aber er fand es viel interessanter, wie sie den Zuckerguss von dem Kuchen ableckte. Er hätte nie gedacht, dass Essen so sinnlich sein konnte.

„Lebst du allein?"

Mit einer hochgezogenen Augenbraue knabberte sie weiter. „Ist doch wohl offensichtlich."

„Ich meine, wenn du nicht gerade hier bist."

Sie leckte sich die Schokolade von den Fingern und bewirkte damit, dass sich sein Magen zusammenzog. „Das Alleinleben gefällt mir. Da bin ich niemandem Rechenschaft schuldig, wenn ich erst abends um zehn was essen will oder um Mitternacht zum Tanzen ausgehe. Und was ist mit dir?"

„Wie?"

„Lebst du allein?"

„Ja. Meine Arbeit verschlingt den Großteil meiner Zeit."

„Physik, richtig? Schade." Mit der Teetasse in der Hand lehnte Sunny sich zurück. Die Vorstellung, er könne ein Spion sein, erschien ihr mittlerweile lächerlich. Und, auch das musste sie zugeben, er war lange nicht so irre, wie sie ihn zuerst eingeschätzt hatte. Exzentrisch vielleicht. Aber wenn es etwas gab, was Sunny nachvollziehen konnte, dann Exzentrik. Damit hatte sie ihr ganzes Leben zu tun gehabt. „Es macht dir also Spaß,

Atome zu spalten oder was du sonst noch so alles im Labor anstellst?"

„So ähnlich, ja."

„Was hältst du von Kernreaktoren?"

Fast hätte er gelacht, dann erinnerte er sich, wo er war. „Kernspaltung ist wie das Erschießen einer Maus mit einer Panzerfaust. Gefährlich und absolut unnötig."

„Meine Mutter würde dich dafür küssen, aber … das hört sich nicht gerade nach einem Physiker an."

„Nicht alle Wissenschaftler würden mir zustimmen." Da er wusste, dass er sich hier auf dünnes Eis begab, kehrte er lieber zum Toaster zurück. „Erzähl mir von deiner Schwester."

„Von Libby? Wieso?"

„Ich interessiere mich für sie, da sie meinen Bruder an sich gebunden hat."

„Sie hält ihn nicht gerade in Geiselhaft", gab Sunny ironisch zurück. „Um genau zu sein, er hat sie so schnell zum Altar geführt, dass ihr kaum noch Zeit blieb, Ja zu sagen."

„Welcher Altar?"

„Das ist eine Redewendung, J. T." Sie seufzte nachsichtig. „Du weißt schon, wenn Leute heiraten, führt der Mann die Frau zum Altar."

„Ah … sicher." Er überlegte, während er an dem Toaster herumschraubte. „Du willst damit also sagen, diese Heirat sei Cals Idee gewesen?"

„Ich weiß nicht, wessen Idee es war, aber Cal war auf jeden Fall begeistert davon." Ihre Finger trommelten umso heftiger auf der Tischplatte, je schlechter ihre Laune wurde. „Langsam gewinne ich den Eindruck, du glaubst, dass Libby Cal zu etwas gezwungen hat. Mit irgendeinem hinterlistigen weiblichen Trick."

„Wendet sie die denn regelmäßig an?"

Sunny verschluckte sich prompt an ihrem Tee und hustete. „Für dich mag das ja schwer zu verstehen sein, Hornblower, aber Cal und Libby lieben sich. Du hast doch schon von der Liebe gehört? Oder ist dir das zu hoch?"

„Das Konzept als solches ist mir bekannt", erwiderte Jacob sanft. Wirklich faszinierend zu beobachten, wie ihr Ärger wuchs, schon bei der kleinsten Provokation. Ihre Augen wurden dunkler, ihre Wangen röteten sich, und das Kinn ruckte nach oben. Jacob fand seine Gastgeberin höchst attraktiv, wenn sie gelassen und entspannt war, aber sie war einfach umwerfend, wenn sie sich aufregte. Er wäre kein Mann gewesen, wenn er sich nicht gefragt hätte, wie sie wohl aussehen mochte, wenn er sie auf andere Weise erregte. „Nun, ich persönlich habe noch keine Erfahrungen auf diesem Gebiet gemacht, aber ich bin offen für alles Neue."

„Wie großmütig von dir", murmelte sie. Sunny stand auf, steckte die Hände in die Rücktaschen ihrer Jeans und ging zum Fenster hinüber. Der Mann war unmöglich. Es würde wahrlich an ein Wunder grenzen, wenn sie sich so beherrschen konnte, dass sie ihn nicht umbrachte, bevor Cal und Libby zurückkamen.

„Was ist mit dir?"

„Was soll mit mir sein?", fragte sie verständnislos.

„Hast du schon Erfahrungen in der Liebe gemacht?"

Sunny bedachte ihn mit einem vernichtenden Blick. „Halt dich aus meinem Privatleben heraus."

„Natürlich, tut mir leid." Es tat ihm nicht leid, nicht das kleinste bisschen. „Ich dachte nur … Du hörst dich so erfahren an, wenn du über dieses Thema redest. Und doch bist du nicht verheiratet."

Ob nun gezielt oder ins Blaue – der Schuss saß. Nein, sie war noch nie richtig verliebt gewesen, auch wenn sie es mehrere Male versucht hatte. Und Selbstzweifel nährten ihren Ärger jetzt nur.

„Nur weil jemand noch keine persönlichen Erfahrungen mit der Liebe gemacht hat, bedeutet das nicht, dass er oder sie den Wert der Liebe nicht anerkennen kann." Sie wirbelte zu ihm herum, hasste es, so in die Enge getrieben worden zu sein, und war fest entschlossen, die Zügel wieder in die Hand zu bekommen. „Es ist eine bewusste Entscheidung, dass ich nicht verheiratet bin."

„Ich verstehe."

Der Ton, in dem er das sagte, ließ sie mit den Zähnen mahlen. „Außerdem sprechen wir hier nicht über mich, sondern von Libby und Cal."

„Ich dachte, wir reden über die Liebe als Konzept."

„Mit einem herzlosen Klotz über die Liebe zu reden, ist reine Zeitverschwendung. Und ich verschwende meine Zeit nie unnütz." Sie stützte eine Hand in die Hüfte. „Aber da Libby und Cal uns beiden am Herzen liegen, klären wir die Sache am besten ein für alle Mal."

„Na schön." Jacob tippte mit dem Schraubenzieher auf den Tisch. Er brauchte keine Datenbank, um zu wissen, was ein Klotz war. Noch ein Strich auf seiner Strichliste. Sie würde dafür bezahlen, wenn das alles hier vorbei war. „Klären wir es."

„Du gehst also automatisch davon aus, dass meine Schwester, da sie eine Frau ist, deinen Bruder, der schließlich nur ein Mann ist, in die Ehe gelockt hat? Ein antiquierteres Konzept kann es ja wohl gar nicht geben, oder?"

Er wollte gerade den Mantel vom Toaster schrauben und hielt inne. „Es ist ein antiquiertes Konzept?"

„Geradezu unglaublich altmodisch, chauvinistisch und extrem dumm."

„Dumm?", wiederholte er.

„Idiotisch. Einfach völlig idiotisch." Mit gespreizten Beinen und vorgerecktem Kinn forderte sie ihn heraus. „Nur ein echter Idiot würde heute noch an dieser Neandertaler-Einstellung festhalten. Vielleicht hast du die letzten Dekaden verschlafen, Kumpel, aber die Dinge haben sich geändert." Sie hatte sich jetzt so richtig in Fahrt geredet, sie war wie eine Dampfwalze, die sich nicht aufhalten ließ. „Heutzutage können Frauen Entscheidungen treffen, haben Optionen, Alternativen. Selbst ein paar Exemplare eurer Gattung haben eingesehen, dass auch Männer von der Gleichberechtigung der Frau profitieren. Ausgenommen natürlich Männer wie du, die in ihrer eigenen Selbstherrlichkeit stecken geblieben sind."

Er erhob sich, langsam und drohend, und wenn sie nicht schon so wütend gewesen wäre, hätte spätestens diese Geste sie wütend gemacht. „Ich bin in nichts stecken geblieben."

„Oh doch, Hornblower, du steckst bis zum Hals in diesem Sumpf. Seit du hier aufgetaucht bist, versuchst du, die Heirat von Cal und Libby so darzustellen, als sei dein Bruder meiner Schwester in die Falle gegangen." Sie machte einen großen Schritt auf ihn zu. „Ich habe Neuigkeiten für dich. Nur ein Narr lässt sich durch einen Trick in eine Ehe locken, und Cal macht auf mich nicht den Eindruck eines Narren. Da allerdings endet die Familienähnlichkeit auch schon."

Ein Pinsel, ein Klotz, ein Idiot und nun ein Narr. Oh ja, dachte Jacob schäumend, sie wird dafür bezahlen. „Und warum hat er dann so schnell geheiratet, ohne wenigstens vorher den Versuch zu machen, nach Hause zu kommen und seine Familie zu unterrichten?"

„Das wirst du ihn fragen müssen", fauchte sie zurück. „Wahrscheinlich, weil er nicht ausgefragt und verhört werden wollte. In meiner Familie üben wir keinen Druck auf die aus, die wir lieben. Und Frauen kommen heutzutage auch sehr gut zurecht, ohne Fallen für ahnungslose Männer aufzustellen. Tatsache ist, Hornblower, wir brauchen euch nicht."

Jetzt war es an ihm, einen Schritt nach vorne zu machen. „Tatsächlich?"

„Ja. Weder um für unseren Lebensunterhalt aufzukommen noch zum Holzhacken, auch nicht, um das Land zu regieren oder den Müll nach draußen zu bringen. Oder um Toaster zu reparieren." Sie deutete auf das in seine Einzelteile zerlegte Elektrogerät. „Wir kommen wirklich bestens allein zurecht."

„Du hast etwas vergessen."

Ihr Kinn kam noch ein Stückchen höher. „Und das wäre?"

Mit einer schnellen Bewegung legte er die Hand an ihren Nacken. Sunny schaffte es gerade noch, zischend den Atem auszustoßen, bevor seine Lippen sich auf die ihren legten. Wenn eine Frau sich auf einen Karateschlag eingestellt hatte, hatte sie einer ungestümen Umarmung wenig entgegenzusetzen.

Sie murmelte etwas. Er fühlte, wie ihre Lippen sich an seinen bewegten. Sie sagt meinen Namen, dachte er und erschauerte. Sicher, er war verärgert, aber sein reizbares Temperament hatte ihm noch nie solche Probleme eingebrockt.

Sie war ein großes Problem. Er hatte es von Anfang an gewusst.

Er ignorierte die Gesetze der Logik und zog Sunny näher an sich heran. Sie nahm die Hände aus den Taschen und legte sie ihm auf die Schultern. Weder wehrte sie sich, noch ergab sie sich. Und er wollte es, entweder das eine oder das andere. Mit einem unterdrückten Fluch knabberte er an ihrer vollen Unterlippe, bis ihr ein leises Stöhnen entwich.

Es war, als würde sie in seinen Armen lebendig werden. Innerhalb kürzester Zeit fühlte er, wie sie aus ihrer Starre erwachte und zu fordernder Anschmiegsamkeit überwechselte. Unter all den Frauen, denen er Vergnügen bereitet hatte oder die ihm Vergnügen verschafft hatten, hatte er nie eine getroffen, die so perfekt zu ihm passte. Leidenschaft traf auf Leidenschaft, Herausforderung auf Herausforderung.

Er fuhr mit den Händen durch ihr kurzes Haar. Warme Seide. Hinunter an der schlanken Kurve ihres Halses. Heißer Satin. Schmeckte den verführerischen Geschmack ihres Mundes und stöhnte heiser auf, als sie den Kuss vertiefte.

Nie zuvor war sein Verlangen so schnell außer Kontrolle geraten, war so sehr ins Unerträgliche geschnellt. Es tat weh. Es hatte nie zuvor wehgetan.

Jacob schwankte, wie ein Mann, der nicht ausreichend geschlafen oder gegessen hatte. Und er verspürte Angst. Angst, dass er keinerlei Kontrolle mehr über sein Schicksal besaß.

Dieser Gedanke war es, der ihn dazu brachte, sich loszureißen. Seine Finger gruben sich in ihre Arme, während er sie von sich wegdrückte. Sein Atem ging flach und rasselnd, als wäre er einen Berg hinaufgerannt. Ja, wenn er sie so ansah, konnte er die Klippe sehen, an deren Rand er stand, und er sah die wirbelnden Wasser, in die er stürzen würde.

Sunny sagte nichts, sie starrte nur, mit riesigen dunklen Augen. In dem milchigen Winterlicht schimmerte ihre Haut wie helles Porzellan. Sie stand bewegungslos und still wie eine Statue. Und dann begann sie zu zittern.

Jacob zog seine Hände schnell zurück, als hätte er sich verbrannt.

„Ich nehme an …" Ihre Stimme klang so schwach. Sunny räusperte sich. „Ich nehme an, das ist deine Art, ein Argument zu untermauern."

Er steckte die Hände in die Taschen und kam sich genau so vor, wie sie ihn bezeichnet hatte. Wie ein Narr. „Nun, ich hatte die Wahl – entweder das oder ein Karateschlag."

So oder so, er hatte sie k. o. geschlagen. „Wenn du eine Weile hierbleiben willst, sollten wir ein paar Regeln aufstellen."

Sie erholt sich schnell, dachte er und wunderte sich über die Enttäuschung, die er dabei empfand. „Ich nehme an, deine Regeln."

„Stimmt." Auch wenn sie sich lieber gesetzt hätte, zwang sie sich dazu, ihm in die Augen zu sehen. „Von mir aus können wir gerne darüber debattieren. Ich liebe einen guten Streit."

„Du bist sehr verführerisch, wenn du streitest."

Sie öffnete den Mund, schloss ihn wieder. Das hatte ihr noch niemand vorgeworfen. „Du wirst einfach lernen müssen, dich besser zu beherrschen."

„Das ist nicht gerade meine Stärke."

„Du kannst natürlich auch gern woanders hingehen. Durch mittlerweile einen Meter Schnee."

Jacob sah zum Fenster hinaus. „Ich werde mir Mühe geben."

„Also gut." Sunny holte tief Luft. „Auch wenn wir uns nicht sonderlich mögen, sollten wir doch wenigstens versuchen, zivilisiert miteinander umzugehen, solange wir hier zusammen festsitzen."

Er hätte gern mit einem Finger ihre Wangenkonturen nachgezeichnet, doch er widerstand der Versuchung. „Kann ich dich etwas fragen?"

„Wenn es sein muss, sicher."

„Reagierst du immer so auf Männer, die du nicht magst?"

„Das geht dich nichts an." Der Ärger flackerte wieder auf und trieb ihr das Blut in die Wangen.

„Ich hielt es für eine sehr zivilisierte Frage." Lächelnd änderte er die Taktik. „Aber ich ziehe sie zurück, denn wenn wir uns schon wieder streiten, landen wir nur gemeinsam im Bett."

„Also, das ist doch …"

„Willst du das etwa riskieren?" Er nickte zufrieden, als sie nichts erwiderte. „Das dachte ich mir. Wenn es dich beruhigt … ich auch nicht." Damit setzte er sich wieder hin und nahm die Werkzeuge zur Hand. „Warum haken wir das Ganze nicht als Missverständnis ab?"

„Du warst doch derjenige, der …"

„Ja." Er hob den Blick zu ihr, darauf bedacht, völlig neutral zu bleiben. „War ich."

Mit stolzer Miene kam sie auf den Tisch zu, obwohl sie viel lieber davongerannt wäre und ihre Wunden geleckt hätte. „Eine Entschuldigung ist wohl zu viel verlangt, nehme ich an?"

„Ich muss mich nicht entschuldigen", erwiderte er leichthin.

Sunny schnappte sich ein Teil vom Toaster und warf es gegen die Wand. „Du hast dich hier zu Tätlichkeiten hinreißen lassen, Hornblower."

Nur mit Mühe hielt er sich zurück. Wenn er sie jetzt berührte, würden sie beide es bereuen. „Also gut. Es tut mir leid, dass ich dich geküsst habe, Sunny." Seine Stimme klang angestrengt, als er sie jetzt anblickte. „Du ahnst nicht, wie sehr."

Sunny wirbelte auf dem Absatz herum und stürmte aus dem Raum. Die Entschuldigung hatte sie nicht besänftigt, im Gegenteil. Jetzt war sie erst recht verletzt. Sie nahm das schwerste Buch zur Hand, das sie finden konnte, und schleuderte es durch den

Wohnraum. Trat gegen das Sofa, fluchte laut und rannte dann die Treppe hinauf.

Es half nicht. Nichts half. Die Wut rumorte weiter in ihr. Aber noch viel schlimmer war das Verlangen, diese ungestüme, wilde Sehnsucht. Das war nur seine Schuld, er hatte das getan. Sie knallte die Tür hinter sich zu. Und auch noch absichtlich. Da war sie ganz sicher.

Er hatte sie so wütend gemacht, dass sie bei seinem Kuss völlig irrational reagiert hatte. Aber das würde ihr nicht noch mal passieren, das schwor sie sich. Erniedrigung war genauso schlimm, wie ausgetrickst zu werden, und ihm war beides innerhalb weniger Stunden gelungen. Dafür würde er bezahlen.

Sunny warf sich auf ihr Bett und verbrachte den restlichen Nachmittag damit, sich zu überlegen, wie sie Jacob Hornblower das Leben zur Hölle machen konnte.

4. Kapitel

Jacob verfluchte sich. Er hätte Sunny nie anrühren dürfen. Dann entschied er sich, sie zu verfluchen. Das war wesentlich angenehmer. Schließlich hatte sie die ganze Sache angefangen. Und er hatte von vornherein gewusst, dass diese Frau ihm Probleme machen würde.

Es gab Leute auf der Welt – gleich welcher Welt –, die dazu geschaffen waren, das Leben anderer Menschen zu komplizieren. Sunbeam Stone gehörte zu dieser Kategorie. Ihr Aussehen, ihre Stimme, ihre Bewegungen … sie hatte alles, was eine Frau brauchte, um einen Mann vom Wesentlichen abzulenken. Ihn so aufzureiben, dass er den Verstand verlor.

Jedes Zusammentreffen mit ihr war eine Herausforderung. Dieses kühle Lächeln, und dann das hitzige Temperament. Eine Kombination, der er nicht widerstehen konnte. Und sie wusste das, davon war er überzeugt.

Als er sie geküsst hatte – der Himmel konnte bezeugen, dass er das gar nicht vorgehabt hatte –, war er sich vorgekommen, als hätte man ihn in den Hyperraum katapultiert. Ohne Raumschiff. Woher, zum Teufel, hätte er auch wissen sollen, dass dieser Schmollmund eine solche Kraft besaß?

Er hatte sich noch nie von passiven Frauen angezogen gefühlt. Aber das schien plötzlich keinen Unterschied mehr zu machen. Nein, er würde nicht zulassen, dass er sich zu Sunny hingezogen fühlte, ganz gleich, welche Tricks sie auch aus ihrem 20.-Jahrhundert-Ärmel zog.

Sie allein war verantwortlich für das, was passiert war. Sie hatte ihn gereizt und provoziert. Sie hatte es darauf angelegt, ihn zu verwirren. Jacob mahlte mit den Zähnen. Es war ihr gelungen, wie er zugeben musste. Und nachdem er reagiert hatte, wie jeder gesunde Mann reagieren würde, hatte sie ihn mit diesen riesigen entsetzten Augen angesehen. Mit einem Ausdruck von Panik – und Leidenschaft. Oh ja, sie war ein typischer Fall. Nach all seinen Studien über das zwanzigste Jahrhundert hätte er gewarnt sein müssen, dass die Frauen damals sehr viel verwirrender und unlogischer gewesen waren. Und geschickter.

Die Hände in den Hosentaschen, ging Jacob zum Fenster hinüber und starrte in die wirbelnden Schneeflocken. Ganz schön clever, diese Sunny. Sie ahnte, dass etwas mit seiner Geschichte nicht stimmte, und war entschlossen, es herauszufinden. Allerdings war er ebenso entschlossen, es sie nicht wissen zu lassen.

Wenn es also auf einen Kampf hinauslief, wer von ihnen beiden gewitzter war, hatte Jacob keine Zweifel, dass er siegen würde. So schwer konnte es kaum sein, eine Frau aus dem zwanzigsten Jahrhundert auszumanövrieren. Auf der Evolutionsskala war er ihr schließlich um mehr als zweihundert Jahre überlegen. Zu schade, dass sie auf ihre primitive Art so attraktiv war. Aber er war Wissenschaftler, und er hatte bereits berechnet, dass jegliche Art von Beziehung zu ihr sämtliche seiner Gleichungen über den Haufen werfen würde.

Mit einer Sache allerdings hatte sie recht. Sie saßen hier zusammen fest. Diese ganze vermaledeite Gegend war praktisch menschenleer, bis auf sie beide. Und so, wie der Schnee jetzt fiel, wurde leider allzu deutlich, dass sie es tagelang zusammen aushalten mussten. So irritierend es auch sein mochte, im Moment brauchte er sie noch.

Irgendwie musste er an ihr vorbeikommen, um zu seinem Bruder zu gelangen. Und er würde alles tun, um Cal zu treffen.

Er drehte sich um und ließ den Blick durch die Küche schweifen. Es war unbestreitbar, dass diese Hütte viel zu wenig Raum bot, um sich auf Dauer aus dem Weg zu gehen. Er könnte natürlich zu seinem Schiff zurückkehren, aber er zog es vor hierzubleiben. So konnte er Studien vor Ort betreiben. Mit diesem

Wissen wäre es auch leichter, Cals Faszination für diese Zeit zu verstehen. Und seinen angeborenen Wissensdurst würde er auf dem Schiff auch nicht befriedigen können.

Also würde er bleiben. Wenn seine Anwesenheit die hübsche Sunbeam nervös machte … umso besser.

Mit seinem eigenen Unbehagen – seit dem Kuss unermesslich angewachsen – würde er schon fertigwerden. Schließlich war er der eindeutig Überlegene.

Schon sehr viel ruhiger, kehrte er an den Tisch zurück und widmete sich wieder dem Toaster.

Während er herumwerkelte, hörte er die Decke über sich knirschen und knarzen. Er lächelte in sich hinein, als ihm klar wurde, dass Sunny da oben auf und ab marschierte. Er rieb sie also auf. Gut. Vielleicht hielt sie dann Distanz. Oder provozierte ihn zumindest nicht, etwas zu tun, was sie beide später bereuen würden.

Es war völlig unlogisch, jemanden zu begehren, den man nicht einmal leiden konnte. Sich Fantasiebilder auszumalen, die kaum zu ertragen waren. Sich nach jemandem zu sehnen, der einen nur ärgerte.

Als der Schraubenzieher abrutschte und sich in seinen Daumen bohrte, verfluchte Jacob Sunny erneut.

Damit würde er nicht durchkommen.

Sunny tigerte von einer Wand zur anderen, vom Fenster zur Tür, und versuchte, Dampf abzulassen. Dieser Mann war absolut unmöglich! Sie zu packen, als wäre sie irgendein willenloses Dummchen, und sie dann genauso kaltblütig zurückzustoßen. Bildete er sich wirklich ein, er könnte seine … seine sexuellen Frustrationen an ihr auslassen, ohne dass sie etwas dagegen unternehmen würde?

Dann warteten allerdings noch einige Überraschungen auf ihn.

Niemand, absolut niemand behandelte sie so! Sie hatte lange genug allein auf sich aufgepasst und wusste, wie man auf die

Tricks von Männern reagieren musste. Wenn ein Mann versuchte, Druck auf sie auszuüben, schob sie ihn einfach zur Seite. Wenn er versuchte, sie mit seinen Verführungskünsten einzuwickeln, widerstand sie ihm mühelos. Wenn ein Mann sich aufs Bitten und Betteln verlegte ...

Ein breites Grinsen hellte ihr Gesicht auf, als sie sich Jacob Hornblower auf den Knien vorstellte. Oh, das wäre der Triumph schlechthin. Der geheimnisvolle Dr. Hornblower zu ihren Füßen, flehend, winselnd ...

Mit einem schweren Seufzer nahm sie ihren Marsch wieder auf. Zu schade, dass sie nicht an den Einsatz weiblicher Waffen glaubte. Ganz gleich, was für ein Trottel er auch sein mochte, sie hatte ihre Prinzipien.

Sie war eine moderne Frau, die auf eigenen Füßen stand, mit oder ohne Mann. Keine Dalila, die Sex als Waffe benutzte. Trotzdem wünschte sie, sie könnte *ein* Mal, nur dieses eine Mal, ihre Prinzipien vergessen und diesen Mann mit weiblichen Verführungskünsten zu einem jämmerlichen, flehenden Zwerg zusammenschrumpfen lassen.

Er hat Sex benutzt, dachte sie und kickte einen Schuh aus dem Weg. War das nicht mal wieder typisch Mann? Ständig behaupteten sie, die Frauen wären diejenigen, die lockten und reizten und verführten. Erneut versetzte sie dem wehrlosen Schuh einen Tritt. Männer, und zwar ausnahmslos die gesamte Gattung, zogen es immer vor, so zu tun, als würden sie völlig unschuldig von der Femme fatale in die Falle gelockt. Ha!

Sollte irgendjemand es wagen, Sunny Stone eine Femme fatale zu nennen, würde er sich einen saftigen Faustschlag einfangen!

Er hatte sich ihr gewaltsam aufgedrängt!

Ihr tiefes Gefühl für Ehrlichkeit und Fairness zwang sie allerdings zuzugeben, dass er Gewalt nur für den Bruchteil einer Sekunde angewandt hatte – falls man das überhaupt Gewalt nennen konnte. Bevor er ihr mit seinem Kuss den Verstand geraubt hatte.

Sie hasste es. Die Vorstellung, dass sie wie eine rückgrat-lose romantische Heldin aus einem Liebesroman nachgegeben hatte. Und dann hatte sie ihn auch noch zurückgeküsst. Wie hieß das Wort noch? Lüstern. Sunny krümmte sich innerlich. Ein lausiger kleiner Kuss, und sie war praktisch in ihn hin-eingekrochen. Auch dafür würde er bezahlen. Weil er sie dazu gebracht hatte.

Am besten konnte sie es ihm heimzahlen, wenn sie sich auf sein Ego einschoss. Das war immer das offensichtlichste Ziel, das ein Mann einer Frau bot. Wenn sie sich hier im Zimmer versteckte, würde er sich nur einbilden, dass er sie getroffen hätte. Also würde sie sich ganz normal geben und so tun, als sei nichts geschehen.

Jacob war noch immer in der Küche, als Sunny hinunterkam. Sie schaltete die Stereoanlage ein und drehte die Lautstärke auf. Damit wäre eine Konversation auf jeden Fall schwierig, wenn nicht gar unmöglich. Sunny legte ein Holzscheit nach und ließ sich dann auf dem Sofa nieder, um sich wieder in ihre Bücher zu vertiefen. Eine gute Stunde verging, bevor Jacob aus der Küche kam und nach oben ging. Sunny ignorierte ihn geflissentlich.

Mehr aus Langeweile denn aus Hunger ging sie in die Küche und bereitete sich ein riesiges Sandwich zu. Unter normalen Umständen hätte sie jedem Gast ebenfalls etwas zu essen an-geboten, aber bei der Vorstellung, dass er hungrig sein könnte, schmeckte ihr das Sandwich noch viel besser.

Zufrieden zog sie Mantel und Stiefel an, um nach draußen zu gehen und das Vogelfutter im Vogelhäuschen nachzufüllen. Dieser kurze Ausflug machte ihr klar, dass sie es noch mehrere Tage mit ihrem ungebetenen Gast würde aushalten müssen. Der Schnee fiel so stark, dass ihre Spuren fast sofort wieder zugeschneit waren. Ein eiskalter, schneidender Wind trieb die blendend weiße Wand rasant voran und heulte in den Wipfeln der hohen Tannen.

Der Schnee reichte bis an den Rand ihrer Stiefel, während sie sich zurück zur Hütte kämpfte. Sunny blieb stehen, um Atem zu schöpfen, und ließ den Schneesturm um sich herumtoben. Sie konnte die Hand vor Augen nicht sehen, aber sie spürte die Urgewalt, die machtvolle, ungestüme Raserei. Es war überwältigend.

Ihr Ärger schwand. Alle Gedanken klärten sich. Während sie hier stand und der Wind ihr den Schnee ins Gesicht fegte, fühlte sie eine Ruhe und Zufriedenheit, die sie sonst nur selten empfand.

Auch wenn sie nie lange hier in den Bergen blieb, wenn sie schnell ruhelos wurde und sich nach Lärm und Aufregung und Menschen sehnte, gab es keinen Ort auf der Welt, an dem sie bei einem Schneesturm lieber wäre. Oder bei einem Sommergewitter. Nur hier, allein, konnte diese Urgewalt, diese zeitlose Energie, das Geheimnis des Lebens gewürdigt werden.

Eine Stadt würde sich schnell vom Schnee befreien, aber die Berge waren geduldig. Die Berge hatten Zeit und warteten auf die Sonne. Und während sie hier stand, den Wind und den Schnee um sich geschmiegt wie einen leidenschaftlichen Liebhaber, wünschte Sunny, sie könnte einen Teil hiervon mitnehmen, wohin auch immer sie ging.

Vom Fenster aus beobachtete Jacob sie. Sunny stand da wie eine Wintergöttin im wirbelnden Schnee. Ohne Kopfbedeckung, den Mantel nicht zugeknöpft, verharrte sie regungslos, während der Schnee ihr Haar bedeckte. Die Kälte hatte ihre Wangen gerötet, und sie lächelte. Sie schien ihm schöner denn je. Sie schien ihm unerreichbar. Und unbesiegbar.

Und er fragte sich, warum er sie in diesem Moment mehr begehrte als zu jenem Zeitpunkt, als sie fiebrig und leidenschaftlich seinen Kuss erwidert hatte.

Jetzt sah sie auf, als hätte sie seinen Blick gespürt. Durch den Schneevorhang trafen sich ihre Blicke. Jacob ballte unwillkürlich die Fäuste, sein Magen verkrampfte sich. Sunny lächelte jetzt nicht mehr, und trotz der Entfernung spürte Jacob die Wucht, mit der ihr Blick ihn traf und ihm die Knie weich werden ließ.

Hätte er sie jetzt berühren können, hätte er sie in seine Arme gerissen, ungeachtet der Konsequenzen. In diesem einen Moment, mit diesem einen Blick verschmolzen Vergangenheit, Gegenwart und Zukunft zu einem Ganzen. Jacob erblickte in ihr sein Schicksal.

Dann bewegte Sunny sich, schüttelte den Schnee aus ihrem Haar, und der Bann war gebrochen. Jacob sagte sich, dass sie nur eine Frau war, eine unvernünftige dazu, die sich in dieses Schneegestöber hinauswagte. Ihre Wirkung auf ihn würde nicht lange anhalten.

Aber er ließ sich viel Zeit, bevor er hinunterging, nachdem er sie ins Haus hatte kommen hören.

Sie war auf dem Sofa eingenickt, Bücherstapel zu ihren Füßen und neben sich auf dem Boden. Das Radio spielte, im Kamin knisterte das Feuer. Jetzt sah sie gar nicht mehr unbesiegbar aus. Vermutlich war es albern von ihm zu bemerken, wie ihre langen Wimpern Schatten auf ihre Wangen warfen. Wie weich ihre Lippen wirkten, so entspannt im Schlaf. Wie golden ihr Haar im warmen Schein des Feuers schimmerte.

Das waren Äußerlichkeiten, physische Attribute. In seiner Zeit konnte man solche Äußerlichkeiten jederzeit und völlig risikolos nach Wunsch ändern. Es machte das Leben einfach angenehmer, wenn man eine schöne Frau betrachten konnte. Aber das waren oberflächliche Dinge. Absolut oberflächlich und eigentlich unnütz.

Trotzdem blieb Jacob lange stehen und betrachtete die schlafende Sunny.

Mit einem Ruck setzte Sunny sich auf, als die Musik abbrach. Die plötzliche Stille hatte sie aus dem Schlaf gerissen. Desorientiert und gereizt, wie sie immer nach dem Aufwachen war, schaute sie sich in dem dunklen Zimmer um. Das Feuer war heruntergebrannt, nur die Glut glomm noch schwach. Anscheinend hatte sie fest geschlafen, auch wenn sie das gar nicht vorgehabt hatte. Inzwischen war die Nacht herein- und die Stromversorgung anscheinend zusammengebrochen.

Mit einem Seufzer erhob sie sich vom Sofa und tastete sich auf der Suche nach Streichhölzern durch den Raum. Mit einer Kerze in der einen und Streichhölzern in der anderen Hand drehte sie sich um – und prallte gegen Jacob.

Sie schrie auf und sprang zurück, aber da hatte er schon seine Hände um ihre Schultern gelegt.

„Ich bins nur."

„Das weiß ich auch", zischelte sie. Sie ärgerte sich über sich selbst, weil sie sich von ihm hatte erschrecken lassen. „Was machst du hier?"

„Bevor oder nachdem das Licht ausgegangen ist?"

Der Schimmer vom Kamin her reichte aus, um ihn grinsen zu sehen. „Der Sturm ist schuld", erklärte sie. „Er hat die Leitungen lahmgelegt."

Er ließ sie nicht los, auch wenn er sich dazu ermahnte. Seine Hände gehorchten ihm irgendwie nicht. „Möchtest du, dass ich das repariere?"

Ihr Lachen klang unsicher. Sie wünschte, sie könnte ihre Unruhe auf den ausgefallenen Strom schieben, aber sie war noch nie ängstlich im Dunkeln gewesen. Bis jetzt zumindest nicht. „Das ist etwas komplizierter als ein Toaster. Die Elektrizitätswerke werden sich darum kümmern."

Er hätte sich sicherlich etwas einfallen lassen können, aber eigentlich hatte er nichts gegen die Dunkelheit. „Auch gut."

Sunny atmete langsam aus. Bis sie wieder Licht hatten, war sie allein mit ihm. Zu der Tatsache, dass sie keine Ahnung hatte, wie weit sie seinem geistigen Gesundheitszustand vertrauen konnte, kam außerdem das sehr reale Problem dieser Anziehungskraft hinzu. Nun, immer schön eins nach dem anderen, ermahnte sie sich.

„Wir haben genügend Kerzen." Zum Beweis hielt sie die in ihrer Hand hoch. Es beruhigte sie sehr, dass die Flamme nicht zitterte. „Und Brennholz haben wir auch reichlich. Wenn du dich um das Feuer im Kamin kümmerst, verschaffe ich uns mehr Licht."

Jacob sah, wie die kleine Flamme sich flackernd in ihren Augen widerspiegelte. Sunny war nervös, und er wünschte sich, sie würde dabei nicht so verführerisch aussehen. „Einverstanden."

Sunny stellte alle Kerzen auf, die sie finden konnte. Zu spät fiel ihr auf, dass eine oder zwei Kerzen rustikal gewirkt hätten, die vielen allerdings verbreiteten eine romantische Atmosphäre. Sie stopfte die Streichholzschachtel in die Hosentasche und erinnerte sich daran, dass so etwas wie eine romantische Atmosphäre auf sie keine Wirkung hatte.

„Du weißt auch nicht, wie spät es ist, oder?", fragte sie.

„Es müsste ungefähr sechs sein."

Sie setzte sich auf die Sofalehne beim Feuer. „Dann habe ich wohl länger geschlafen als vorgehabt." Nun musste sie das Beste aus der Situation machen. „Und wie hast du den Nachmittag verbracht?"

„Ich habe den Wasserhahn repariert." Es hatte länger gedauert, als er erwartet hatte, aber er hatte es geschafft.

„Du bist ein richtiger Tüftler, was?" Da es sarkastisch klang, lächelte sie. Sie waren allein hier, wer konnte schon sagen, wie lange, und ihn zu verärgern, wäre bestimmt nicht klug. „Ich könnte uns ein paar Sandwichs machen." Sie erhob sich anmutig. „Möchtest du ein Bier?"

„Ja, gern."

Mit zwei Kerzen bewaffnet, ging Sunny in die Küche. Sie hatte sich schon fast entspannt, als sie merkte, dass er ihr gefolgt war. Sie öffnete die Kühlschranktür und merkte zu spät, dass das Innenlicht ja nicht angehen konnte. Schmollend drückte sie Jacob zwei Flaschen Bier in die Hand, nachdem er ihr kommentarlos die Kerze gehalten hatte.

Er erinnerte sich an das kleine Gerät, das sie benutzt hatte, um die Limonadenflasche zu öffnen, fand es und war stolz auf sich, dass es ihm sofort gelang, damit die Kronkorken von den Bierflaschen zu entfernen.

„Schalt doch mal das Radio ein."

„Was?"

„Das Radio", wiederholte sie. „Da drüben auf der Fensterbank steht es. Vielleicht hören wir ja den Wetterbericht."

Er ging zu der kleinen schwarzen Kiste aus Plastik und grinste sehr zufrieden mit sich, als er den Netzschalter sofort fand. Allerdings war nur ein Rauschen zu hören.

„Dreh daran."

Er überlegte ernsthaft, ob er sich dieses kleine Ding „ausleihen" und mit nach Hause nehmen sollte. „Drehen?"

„Du weißt schon, spiel daran herum. Versuch, einen Sender hereinzubekommen."

Er starrte auf den Kasten und fragte sich, was sie mit „Herumspielen" meinte. Während er darauf achtete, dass Sunny mit dem Rücken zu ihm stand, hob er das Radio mit beiden Händen an und schüttelte es leicht. Da ihm das extrem albern vorkam, begann er an den Knöpfen zu drehen. Das Rauschen wurde lauter und leiser.

„Senf oder Mayo?"

„Wie?"

„Auf deinem Sandwich." Sie mühte sich redlich um Geduld. „Möchtest du Senf oder Mayonnaise auf deinem Sandwich?"

„Egal. Das Gleiche wie du." Mittlerweile konnte er blecherne Musik aus dem Kasten vernehmen. Wie konnten Menschen sich nur mit so minderwertigen Geräten abgeben? Zu Hause hatte er eine tragbare Einheit, die ihm das Wetter in Paris angab, den Verkehrsbericht vom Mars und eine heiße Tasse Kaffee produzierte, alles zur gleichen Zeit. Dieses antike Kinderspielzeug hier brachte nicht mehr zustande als einen Laut, als würde jemand ein Banjo in einem Windkanal spielen.

„Lass mich mal." Sunny stellte die fertigen Sandwichs beiseite und nahm ihm das Radio aus der Hand. Sekunden später hallte laute Musik durch die Küche. „Das ist ein Radio mit Charakter", sagte sie in seine Richtung.

„Es ist eine Maschine", korrigierte er sie säuerlich.

„Aber eine mit Charakter." Zufrieden stellte sie den kleinen Transistor zurück auf die Fensterbank und ging mit ihrem Teller und ihrer Bierflasche zum Tisch. „Der Wetterbericht ist sowieso unnütz. Ich weiß selbst, dass es schneit."

Jacob nahm einen von den Kartoffelchips, die sie mit auf den Tellerrand gelegt hatte. „Die Frage ist doch wohl, wann es aufhört."

„Reine Spekulation." Sie zuckte mit einer Achsel, als er sich zu ihr an den Tisch setzte. „Ganz gleich, wie viele Satelliten sie da hinaufschießen, es bleibt bei Vermutungen."

Er wollte schon widersprechen, überlegte es sich dann aber anders und biss lieber in sein Sandwich. „Stört es dich?"

„Was?"

„So …", er überlegte, wie sie es wohl ausdrücken würde, „abgeschnitten zu sein."

„Nein, nicht wirklich – zumindest nicht für ein paar Tage. Dann allerdings drehe ich durch." Sie fragte sich, ob sie da wohl die richtigen Worte gewählt hatte. „Und du?"

„Ich mag es nicht, eingesperrt zu sein." Er musste lächeln, als er ihren Fuß auf dem Holzboden wippen hörte. Er machte sie wieder nervös. Er nippte an seinem Bier. „Das ist gut." Als eine Stimme aus dem Transistorradio ertönte, drehte er sich um. Die geradezu schmerzhaft gut gelaunte Stimme rasselte die Wetterbedingungen im ganzen Land herunter, bevor sie auf das Gebirge zu sprechen kam.

„Tja, wer immer jetzt da draußen in den Klamath-Bergen sitzt, sollte sich schön eng zusammenkuscheln. Hoffentlich habt ihr euren Liebsten dabei, denn es sieht ganz so aus, als würde da noch einiges auf euch zukommen. Dieses weiße Zeug wird die ganze Nacht über vom Himmel fallen und auch noch morgen den ganzen Tag. Stellt euch besser auf gut einen Meter Neuschnee ein, mit Windgeschwindigkeiten bis zu hundert Stundenkilometern. Das ist wirklich nur was für ganz Hartgesottene. Brrr! Die Temperaturen gehen heute Nacht runter bis auf über zwanzig Grad minus, den eisigen Wind nicht mitgerechnet. Also, zieht euch warm an, Leute, und lasst die Liebe eure Herzen wärmen!"

„Nicht sehr sachlich", murmelte Jacob.

Sunny schnaubte verächtlich und starrte zum Radio hin. „Wie immer sie es auch präsentieren, die Aussage ist klar. Ich hole besser noch mehr Holz herein."

„Das kann ich machen."

„Ich brauche keinen …"

„Du hast die Brote gemacht", sagte er und nippte an seinem Bier, „und ich hole das Holz."

„Na schön." Sie wollte keinen Gefallen von ihm. Eine Zeit lang aß sie schweigend und musterte ihn. „Du hättest bis zum Frühjahr warten sollen."

„Womit?"

„Um Cal zu besuchen."

Er biss in sein Brot. Er wusste zwar nicht, was es war, aber es schmeckte fantastisch. „Eigentlich wollte ich schon … früher kommen." Fast ein ganzes Jahr früher. „Aber es ließ sich nicht einrichten."

„Schade, dass eure Eltern nicht mitgekommen sind."

Etwas in seinen Augen blitzte auf. Bedauern, Frustration, Ärger? Sie konnte es nicht bestimmen.

„Es war nicht möglich."

Sie weigerte sich, Mitleid mit ihm zu haben. „Meine Eltern würden es nicht ertragen, Libby oder mich so lange Zeit nicht zu sehen."

Die Missbilligung in ihrer Stimme streute Salz in offene Wunden. „Du hast keine Ahnung, wie sehr die Trennung von Cal meine Eltern getroffen hat."

„Tut mir leid." Doch alles an ihrer Haltung zeigte, dass es ihr nicht leidtat. „Ich meine nur, wenn sie ihn wirklich so sehr sehen wollen, müssten sie doch alles daransetzen, um herzukommen."

„Es war seine Wahl." Er schob seinen Stuhl zurück. „Ich hole jetzt das Holz."

Empfindlich, dachte sie und sah ihm nach, wie er zur Tür ging. „He."

„Was?" Er drehte sich um, bereit zum Angriff.

„Ohne Mantel kannst du da nicht rausgehen. Es ist eiskalt."

„Ich habe keinen mitgebracht."

„Sind alle Wissenschaftler so zerstreut?", murmelte sie und ging auf einen Schrank zu. „Ich kann mir nichts Dümmeres vorstellen, als mitten im Winter ohne Mantel in die Berge zu kommen."

Jacob holte tief Luft. „Wenn du mich weiterhin dumm nennst, werde ich dich noch verprügeln müssen."

„Uuh, ich zittere schon jetzt. Hier." Sie bedachte ihn mit einem ausdruckslosen Blick und warf ihm einen abgetragenen Parka zu. „Zieh das über. Ich habe keine Lust, auch noch deine Frostbeulen behandeln zu müssen." Sie warf ihm außerdem noch Handschuhe und eine Wollmütze zu. „In Philadelphia gibt es doch auch Winter, oder?"

Mit zusammengebissenen Zähnen zwängte er sich in den Parka. „Mir war nicht kalt, als ich von zu Hause abgefahren bin." Die Mütze zog er bis über die Ohren hinunter.

„Oh, das erklärt natürlich alles." Sie lachte ironisch, als er die Tür hinter sich ins Schloss knallen ließ. Nein, verrückt war er nicht. Vielleicht nicht gerade der Hellste und ganz sicher jemand, den man gerne ärgerte. Wenn sie ihn genug provozierte, konnte sie vielleicht sogar ein paar Informationen aus ihm herausbringen. Sie musste nur hartnäckig bleiben.

Sie hörte ihn draußen fluchen und grinste breit. Wenn sie sich nicht sehr täuschte, hatte er sich gerade einen Holzscheit auf den Fuß fallen lassen. Sie hätte ihm natürlich auch eine Taschenlampe anbieten können, aber … er hatte es verdient.

Sie unterdrückte das Grinsen und ging zur Tür, um sie für ihn zu öffnen. Er war bereits über und über mit Schnee bedeckt, selbst seine Augenbrauen waren weiß. Sie biss sich auf die Zunge und ließ ihn durch die Küche ins Wohnzimmer stampfen. Als sie das krachende Geräusch von in die Holzkiste rumpelnden Holzscheiten hörte, nahm sie die beiden Bierflaschen und ging ebenfalls hinüber.

„Ich hole die nächste Ladung", sagte sie versöhnlich und reichte ihm seine Flasche.

„Darauf kannst du Gift nehmen." In seinem Fuß pochte es schmerzhaft, seine Finger waren taub vor Kälte und seine Beherrschung dahin. „Wie kann jemand nur so leben?"

„Wie – so?", fragte sie harmlos.

„Das hier." Er war mit seinem Latein am Ende und warf die Arme in die Luft, umfasste mit dieser Geste nicht nur die Hütte, sondern die ganze Welt. „Es gibt hier keine stabile Energieversorgung, keine Bequemlichkeit, keine anständigen Transportmittel, absolut nichts. Wenn du heizen willst, verbrennst du Holz. Man stelle sich vor, Holz! Und was die Kommunikationsmöglichkeiten angeht … das ist ein Witz, noch dazu ein miserabler."

Es stimmte, Sunny war ein Stadtmensch, aber … niemand beleidigte das Haus ihrer Eltern. Angriffslustig reckte sie das Kinn. „Jetzt hör mir mal gut zu, Freundchen. Wenn ich dich nicht aufgenommen hätte, wärst du da draußen in den Wäldern längst zum Eiszapfen erfroren, und bis zur Schneeschmelze im Frühjahr hätte dich niemand gefunden. Also achte lieber darauf, was du von dir gibst."

Sie reagiert überempfindlich, entschied er mit einer hochgezogenen Augenbraue. „Du willst mir doch nicht etwa weismachen, dass es dir hier gefällt?"

Sie steckte die geballten Fäuste in die Hüften. „Mir gefällt es hier sehr gut. Sollte es dir nicht passen … hier gibt es sogar zwei Türen. Du kannst dir also eine aussuchen."

Der kleine Ausflug zum Holzstapel hatte ihn davon überzeugt, dass er den Elementen heute nicht trotzen wollte. Allerdings schmeckte es ihm auch nicht unbedingt, seinen Stolz hinunterschlucken zu müssen. Einen Moment lang stand er da und wägte seine Möglichkeiten ab. Dann nahm er wortlos sein Bier in die Hand, setzte sich und trank einen langen Schluck.

Da Sunny das als eindeutigen Sieg empfand, setzte sie sich zu ihm. Locker lassen würde sie deswegen trotzdem nicht. „Du bist ganz schön wählerisch für jemanden, der unangemeldet auf der Türschwelle auftaucht und noch nicht mal eine Zahnbürste mithat."

„Wie bitte?"

„Ich sagte, du bist …"

„Woher willst du wissen, dass ich keine Zahnbürste dabeihabe?" Er hatte von diesen Instrumenten gelesen. Mit dem Widerschein des Feuers in seinen Augen drehte er sich zu ihr hin. „Hast du etwa meine Taschen durchwühlt?"

„Da war nicht viel zu durchwühlen", murmelte Sunny und verfluchte sich insgeheim. Da hatte sie wieder einmal den Mund aufgerissen, bevor sie ihr Hirn eingeschaltet hatte. Sie wollte aufstehen, doch der eiserne Griff seiner Hand hielt sie zurück. „Hör zu, ich habe mir deine Tasche nur angesehen, weil … weil ich eben neugierig war." Ihn direkt anzuschauen war wohl die beste Taktik. „Wie sollte ich denn sicher sein, dass du auch wirklich der bist, der zu sein du vorgibst, und nicht irgendein Psychopath?"

Jacob lockerte seinen Griff um keinen Millimeter. „Und jetzt bist du sicher?" Er bemerkte das Flackern in ihren Augen und beschloss, weiter in diese Kerbe zu schlagen. „In dieser Tasche war nichts, was dir über mich Auskunft hätte geben können. Oder?"

„Mag sein." Sie wollte seine Hand abschütteln, aber als er sie noch immer nicht losließ, ballte sie eine Faust vor ihrer Brust.

„Also, nach allem, was du herausgefunden hast, könnte ich durchaus ein Psychopath sein." Er beugte sich vor, bis sein Gesicht nur noch Zentimeter von ihrem entfernt war und sein Atem sich mit ihrem vermischte. „Schließlich gibt es auf dieser Welt alle möglichen Spielarten von Psychopathen, nicht wahr, Sunny?"

„Ja." Sie hatte Schwierigkeiten, das Wort über die Lippen zu bringen. Es war keine Angst. Sie wünschte, das wäre es. Es war etwas viel Komplizierteres, etwas viel Gefährlicheres als Angst. Der Wind heulte um die Fenster, die Kerzen flackerten, das Holz im Kamin knisterte. Und für einen Moment war es ihr völlig egal, wer oder was er war. Wichtig war nur, dass er sie küssen würde. Und mehr.

Dass er mehr wollte, sah sie in seinen Augen. Ein Bild, wie sie eng umschlungen über den Boden rollten, schoss ihr durch den Kopf. Ein wildes, leidenschaftliches Getümmel zweier nackter Körper, fiebrig und ungestüm in ihrer Lust. So würde es mit ihm sein. Beim ersten Mal und immer. Reißende Flüsse, bebende Erde, explodierende Planeten. So würde das Liebesspiel mit ihm sein.

Und nach dem ersten Mal würde es kein Zurück mehr geben. Dessen war sie so sicher, wie sie sich noch nie über irgendetwas in ihrem Leben sicher gewesen war. Sollte es ein erstes Mal mit ihm geben, würde sie sich nach ihm verzehren, solange auch nur ein Funken Leben in ihr steckte.

Seine Lippen strichen flüchtig über ihre. Einen Kuss konnte man das kaum nennen, und doch sandte diese Berührung Schockwellen durch ihren ganzen Körper. In ihrem Kopf wurden sämtliche Alarmsirenen ausgelöst. Sie tat das, was jede vernünftige Frau getan hätte – sie rammte ihm ihre geballte Faust in den Magen.

Er ächzte vor Schmerz und Überraschung. Als er einknickte und nach vorne sackte, fast auf ihren Schoß gefallen wäre, rutschte Sunny hastig zur Seite und sprang auf. Sie war gewappnet für seinen nächsten Schritt.

„Du bist hier der Psychopath", brachte er schließlich hervor, nachdem er pfeifend Luft geholt hatte. „Ich habe in meinem ganzen Leben noch nie jemanden wie dich kennengelernt."

„Danke." Sie kaute wieder nervös an ihrer Lippe, hielt aber die Arme angespannt an den Seiten. „Das hattest du verdient, J. T." Davon ließ sie sich auch nicht abbringen, als er ihr einen vernichtenden Blick sandte. „Du wolltest mich einschüchtern."

Anfangs war das geplant gewesen, das musste er zugeben. Aber als er sich vorgelehnt und ihren Duft wahrgenommen hatte, die weiche Seide ihrer Lippen gefühlt hatte, hatte es nichts mehr mit Einschüchterung zu tun gehabt, sondern nur noch mit Verführung. Und zwar war er es, der verführt wurde. „Es wäre bestimmt nicht schwer, dich zu verabscheuen", sagte er nach einem Augenblick des Schweigens.

„Schon möglich." Da er sich besser hielt, als sie erwartet hatte, lächelte sie ihn sogar an. „Ich will dir etwas sagen: Da wir sozusagen zur selben Familie gehören … Da fällt mir ein: Ich glaube dir. Dass du Cals Bruder bist, meine ich."

Endlich gelang es ihm, sich aufzurichten. „Vielen Dank."

„Keine Ursache. Also, wie ich schon sagte, da wir praktisch eine Familie sind, warum schließen wir nicht Waffenstillstand? Wenn das Wetter so bleibt, sitzen wir hier für Tage fest."

„Wer versucht jetzt wen einzuschüchtern?"

Sie lachte und beschloss, sich freundlich zu geben. „Ich sage nur, wie es ist. Wenn wir uns hier weiterhin gegenseitig die Fäuste in den Leib rammen, sind wir hinterher nur voller blauer Flecke. Und das lohnt sich nun wirklich nicht."

„Weißt du, ich hätte nichts gegen eine letzte Revanche einzuwenden."

„Du bist wirklich eine harte Nuss, J. T."

Da er nicht wusste, was eine solche Charakterisierung bedeutete, schwieg er lieber.

„Ich bin immer noch für einen Waffenstillstand, wenigstens bis es aufhört zu schneien. Ich schlage dich nicht mehr, und du versuchst nicht mehr, mich zu küssen. Abgemacht?"

Der Teil, dass sie ihn nicht mehr schlagen würde, sagte ihm zu. Und dass er nicht mehr *versuchen* würde, sie zu küssen, hatte er längst selbst für sich beschlossen. Er würde es *tun*. Und zwar immer dann, wenn er Lust dazu hatte. Also nickte er. „Abgemacht."

„Na wunderbar. Wir werden diesen Waffenstillstand mit einem weiteren Bier und Popcorn feiern. In der Küche gibt es noch den alten Topf, den wir früher immer benutzt haben. Damit kann man Popcorn über dem offenen Feuer zubereiten."

„Sunny." Sie blieb im Türrahmen stehen, die Kerze in der Hand. Es ärgerte ihn, wie sehr das flackernde Licht ihr schmeichelte. „Ich bin mir immer noch nicht sicher, ob ich dich mag."

„Das ist schon in Ordnung." Sie lächelte. „Ich weiß ja auch nicht, ob ich dich mag."

5. Kapitel

Sunny hätte es wahrscheinlich rustikal genannt. Jacob würde es als primitiv bezeichnen. Aber Popcorn über dem offenen Feuer zu rösten, hatte etwas Beruhigendes und Friedliches an sich.

Der Duft ließ Jacob das Wasser im Mund zusammenlaufen, als die Körner zu platzen begannen und gegen den Topfdeckel sprangen. Natürlich hätte er die wissenschaftliche Erklärung liefern können, warum die harten Samen sich in diese weiche, weiße Masse verwandelten, aber still zuzuschauen machte einfach mehr Spaß.

„So haben wir früher immer Popcorn gemacht", sagte Sunny leise und starrte in die Flammen. „Selbst im Sommer, wenn wir uns halb tot geschwitzt haben. Mom und Dad haben das Feuer gemacht, und dann haben wir uns gestritten, wer den Topf halten durfte."

„Du warst glücklich hier."

„Ja. Wahrscheinlich wäre ich ewig glücklich hier gewesen, aber dann habe ich entdeckt, dass es da draußen noch etwas anderes gibt. Eine ganze Welt, von der ich nichts gewusst hatte. Was hältst du von der Welt, J. T.?"

„Von welcher?"

Sie lachte und schüttelte erneut den Topf. „Ich hätte es besser wissen sollen, als einem Astrophysiker eine solche Frage zu stellen. Mit deinen Gedanken bist du wahrscheinlich ständig irgendwo im Weltall."

„So ungefähr stimmt das."

Sunny saß im Schneidersitz vor dem Kamin, der Feuerschein fiel auf ihr Gesicht und ihr Haar. Dieses Gesicht, dachte Jacob, mit den feinen Zügen, ist jetzt völlig entspannt. Sie schien den Waffenstillstand ernst zu nehmen, erzählte unbeschwert, wie ein guter Freund, redete über alles, was ihr gerade in den Kopf kam.

Jacob hörte einfach nur zu und trank sein Bier. Er wusste so gut wie nichts über die Musik und die Filme, von denen sie sprach. Oder über die Bücher. Manche Titel kamen ihm bekannt vor, aber er verwendete kaum Zeit darauf, Romane zu lesen. Natürlich war er bei seinen Forschungen auch über die Unterhaltungsindustrie des zwanzigsten Jahrhunderts gestolpert, aber er wusste lange nicht genug darüber.

„Du magst wohl keine Filme?", fragte Sunny ihn schließlich.

„Das habe ich nicht gesagt."

„Du hast nicht einen der Filme gesehen, die in den letzten achtzehn Monaten in die Kinos gekommen sind."

Er fragte sich, was sie wohl sagen würde, wenn er ihr eröffnete, dass der letzte Film, den er sich angesehen hatte, im Jahre 2250 produziert worden war. „Meine Arbeit hat mich sehr lange im Labor festgehalten. Ich hatte keine Zeit für solche Vergnügungen."

Sie empfand beinahe so etwas wie Mitleid mit ihm. Sunny hatte nichts gegen harte Arbeit, aber sie erwartete auch den entsprechenden Ausgleich an Spaß. „Geben die dir denn nie Urlaub?"

„Wer?"

„Na, die Leute, für die du arbeitest."

Er lächelte unbestimmt. Seit fünf Jahren war er in der Position, seine eigenen Leute anzustellen. „Es liegt eher daran, dass ich von dem Projekt besessen war, an dem ich gearbeitet habe."

„Und was für ein Projekt war das?"

Er zögerte einen Moment und entschied dann, dass die Wahrheit nicht schaden konnte. Um genau zu sein, wollte er ihre Reaktion sehen. „Zeitreisen."

Sie lachte, aber als sie seine Miene sah, räusperte sie sich. „Das war kein Witz, oder?"

„Nein." Er deutete auf den Topf, den sie immer noch ins Feuer hielt. „Du verbrennst es noch."

„Hoppla." Sie zog den Topf aus den Flammen und setzte ihn ab. „Du meinst das ernst, nicht wahr? Zeitreisen, wie bei H. G. Wells?"

„Nun ja ..." Er streckte die Beine aus und ließ seine Fußsohlen vom Feuer wärmen. „Zeit und Raum sind relativ, um es einfach auszudrücken. Man muss nur die richtigen Gleichungen finden und sie umsetzen."

„Ja, natürlich, E=mc². Aber du kannst doch unmöglich wirklich daran glauben, dass man in der Zeit herumreisen kann."

Er lächelte geheimnisvoll. „Glaubst du nur an Dinge, die du sehen kannst, Sunny?"

„Nein." Sie runzelte die Stirn und nahm einen Topflappen, um den Deckel vom Topf zu heben. „Oder vielleicht doch." Sie lachte und probierte das Popcorn. „Ich bin Realist. In unserer Familie brauchten wir dringend einen."

„Selbst ein Realist muss bestimmte Möglichkeiten akzeptieren."

„Ja, wahrscheinlich." Sie nahm noch eine Hand voll Popcorn. „Also schön, gehen wir mal davon aus, wir haben eine Zeitmaschine, mit der wir herumreisen können. Wohin würdest du reisen? Ich meine, in welche Zeit? Wenn du könntest."

In seinen Augen stand noch immer dieses seltsame Lächeln. „Es gibt eine endlose Zahl von Möglichkeiten. Was würdest du tun?"

Die Bierflasche locker in der Hand schwenkend, überlegte sie. „Ich nehme an, Libby würde mindestens an ein Dutzend Plätze in der Vergangenheit reisen. Die Azteken, die Inkas, die Mayas. Dad würde sich wahrscheinlich Tombstone oder Dodge City ansehen wollen. Und meine Mutter ... nun, sie würde mit Dad mitgehen, um ein Auge auf ihn zu haben."

Er nahm sich eine Hand voll Popcorn. „Ich hatte nach dir gefragt."

„Ich würde in die Zukunft reisen. Ich will wissen, was noch kommt."

Jacob starrte schweigend ins Feuer.

„Vielleicht einhundert, zweihundert Jahre vorwärts. Ich meine, wenn man heutzutage Geschichtsbücher liest, bekommt man doch einen ziemlich guten Eindruck, wie die Dinge früher abliefen. Aber die Zukunft … Ich fände es aufregend herauszufinden, was wir aus unserem Leben gemacht haben." Sie lachte spontan. „Und du wirst tatsächlich dafür bezahlt, um über solche Dinge zu spekulieren? Wäre es nicht viel nützlicher, einen Weg zu finden, wie … sagen wir, wie man Manhattan während der Hauptverkehrszeit innerhalb von vierzig Minuten durchqueren kann?"

„Ich kann mir meine Projekte aussuchen."

„Muss ein gutes Gefühl sein." Sunny war völlig entspannt und genoss seine Gesellschaft jetzt sogar. „Ich scheine den Großteil meines Lebens damit zugebracht zu haben, danach zu suchen, was ich tun will. Ich bin eine schreckliche Angestellte. Muss etwas mit meiner Antipathie gegen Regeln und Autorität zu tun haben. Ich habe wohl eine ziemlich große Klappe. Das bringt mir manchmal einigen Ärger ein."

„Nein, wirklich?"

Sein Grinsen machte ihr nichts aus. „Scheint so. Aber meist habe ich recht, und deshalb ist es so schwer zuzugeben, wenn ich mal unrecht habe. Manchmal wünschte ich, ich wäre … nachgiebiger."

„Wieso? Es gibt genügend Leute auf der Welt, die ständig nachgeben."

„Vielleicht sind diese Menschen zufriedener", murmelte sie. „Ein Kompromiss ist für mich immer schwer zu akzeptieren. Und du magst es auch nicht, wenn du dich irrst."

„Ich versuche grundsätzlich sicherzustellen, dass ich mich nicht irre."

Sunny lachte und streckte sich auf dem Teppich aus. „Vielleicht mag ich dich ja doch. Wir werden dieses Feuer mit Holz füttern müssen, wenn wir heute Nacht nicht erfrieren wollen. Am besten, wir wechseln uns ab." Sie gähnte und legte die Hände unter den Kopf. „Weck mich in zwei Stunden, dann übernehme ich."

Als er sicher war, dass Sunny fest schlief, deckte er sie mit der farbenfrohen, handgewebten Decke zu und ging nach oben. Er brauchte nicht mehr als zehn Minuten, um den altmodischen Computer auf dem Schreibtisch so zu kalibrieren, dass das Gerät über seinen Minicomp laufen konnte. Die Einheit hatte zwar nicht die Datenbank seines Bordcomputers parat, aber es würde reichen, um seinen Bericht zu speichern und sich ein paar Fragen beantworten zu lassen.

„Einschalten."

Eine gedämpfte Stimme antwortete. *Eingeschaltet.*

„Bericht. Hornblower, Jacob. Das heutige Datum ist der zwanzigste Januar. Ein Schneesturm zwingt mich, in der Hütte zu bleiben. Die Energieversorgung in der Holzkonstruktion wird per Überlandleitungen durch Elektrizität gespeist, die in dieser Gegend sehr anfällig für Wettereinflüsse sind. Um circa achtzehn Uhr fiel der Strom aus. Berechne Dauer der Reparatur."

In Arbeit ... unzureichende Daten.

„Das hatte ich befürchtet." Er verharrte einen Moment, bevor er weitersprach. „Sunbeam Stone ist einfallsreich. Kerzen aus Wachs werden als Lichtquelle eingesetzt, Holz wird zur Wärmeerzeugung verbrannt. Das funktioniert natürlich nur für ein sehr eingeschränktes Areal, aber es ist ...", er suchte nach dem passenden Wort, „angenehm. Es kreiert eine gewisse beruhigende Atmosphäre." Ärgerlich über sich selbst, brach er ab. Er wollte nicht daran denken, wie Sunny im Schein des Feuers ausgesehen hatte. „Wie schon früher erwähnt, ist Stone eine schwierige und aggressive Vertreterin der weiblichen Spezies und neigt zu Temperamentsausbrüchen. Sie ist ebenfalls entwaffnend großzügig, zeitweise freundlich und ...", das Wort „begehrenswert" lag ihm auf der Zunge, doch er hielt es zurück, „komplex. Genauere Studien sind notwendig. Allerdings glaube ich nicht, dass sie die typische Vertreterin ihrer Zeit ist." Wieder hielt er inne und trommelte mit den Fingern auf dem Schreibtisch. „Computer, wie lassen sich typische Verhaltensweisen von Frauen bei der Partnersuche in dieser Ära definieren?"

Kaum hatte Jacob die Worte ausgesprochen, wollte er den Computer abbrechen lassen, doch der war schneller.

In Arbeit … Physische Anziehungskraft wird vorausgesetzt, oft als Chemie bezeichnet. Gefühlsmäßige Bindungen, Intensität von Sympathie bis Liebe variierend, werden von 97,6 Prozent aller Frauen vorgezogen. Kurze Begegnungen, sogenannte One-Night-Stands, sind in der letzten Dekade des zwanzigsten Jahrhunderts nicht mehr attraktiv. Betroffene Subjekte bevorzugen feste Sexualpartner. Romantik ist weitläufig akzeptiert und wird oft gewünscht.

„Definiere ‚Romantik'."

In Arbeit … Beeinflussung durch persönliche Zuwendung, Aufmerksamkeit, Schmeicheleien oder Geschenke. Oft auch Synonym für Liebe, Liebesaffäre, Beziehung zwischen Mann und Frau. Spezifiziert durch dämmriges Licht, leise Musik, Blumen. Geläufige romantische Gesten sind unter anderem …

„Das reicht." Jacob rieb sich mit beiden Händen das Gesicht und fragte sich, ob er jetzt langsam verrückt wurde. Er hatte gar keine Zeit, um den Computer nach so unnützen und vor allem unwissenschaftlichen Dingen zu fragen. Und noch weniger Zeit hatte er, sich auf eine völlig unwissenschaftliche Beziehung mit Sunbeam Stone einzulassen.

Es gab zwei Gründe für seine Anwesenheit hier: Erstens, er musste seinen Bruder finden, und zweitens, er wollte vor Ort Daten sammeln. Sunbeam Stone war nichts weiter als ein Studienobjekt, konnte gar nichts anderes sein.

Und doch wollte er sie. Es mochte unwissenschaftlich sein, aber es war real. Es war auch unlogisch. Wie konnte er eine Frau begehren, die ihn ebenso sehr verärgerte, wie sie ihn amüsierte? Wie konnte er nach einer Frau verlangen, mit der er so wenig gemein hatte? Jahrhunderte trennten sie. Ihre Welt, wenn auch faszinierend im rein wissenschaftlichen Sinne, war wahnsinnig frustrierend. *Sie* war wahnsinnig frustrierend.

Das Beste wäre, zum Schiff zurückzukehren, die Daten einzugeben und nach Hause zu fliegen. Wenn es nicht um Cal gegangen wäre, hätte er genau das getan. Zumindest wollte er daran glauben, dass nur Cal ihn davon abhielt.

Vorsichtig montierte er seinen Minicomp ab und ließ ihn in seine Tasche gleiten. Als Jacob zurück nach unten kam, schlief Sunny noch immer. Leise legte er ein weiteres Holzscheit aufs Feuer und setzte sich dann auf den Boden neben sie.

Stunden vergingen, aber er weckte Sunny nicht auf. Er war daran gewöhnt, mit wenig oder sogar ganz ohne Schlaf auszukommen. Über ein Jahr nun bestanden seine Tage aus achtzehn Stunden Arbeit. Je näher er der Lösung gekommen war, desto intensiver hatte er gearbeitet. Und es war ihm gelungen. Er war hier. Auch wenn er mehrere Monate zu spät gekommen war.

Cal war verheiratet. Und wenn man Sunny glauben wollte, dann war er glücklich und zufrieden. Das würde es schwerer machen, ihn wieder zur Vernunft zu bringen. Aber Jacob würde auch das schaffen.

Cal musste einfach einsehen, dass ein Mann in seine eigene Zeit gehörte. Es war doch so offensichtlich. Und es gab Gründe, zwingende Gründe. Auch wenn die Wissenschaft vieles erreicht hatte, es gab ein universelles Muster. Und wenn der Mensch dieses Muster zerstörte, waren die Wellen, die über das ganze Universum schlagen würden, gar nicht zu ermessen.

Also würde er seinen Bruder dahin zurückbringen, wo er hingehörte. Cal würde diese Frau namens Libby bald vergessen haben. So wie Jacob entschlossen war, Sunbeam Stone zu vergessen.

Sie rührte sich jetzt, stieß einen leisen Seufzer aus, der ihm einen Schauer über den Rücken sandte. Gegen besseres Wissen sah er zu ihr und beobachtete, wie sie erwachte.

Ihre Lider flatterten, die Wimpern wie exotische Schmetterlinge in dem dämmrigen Licht. Sie schlug die Augen auf, groß und dunkel, ohne etwas zu sehen. Starrte in die Flammen und reckte sich, Muskel für Muskel. Der dicke Wollpullover spannte sich über ihren Kurven.

Jacobs Mund wurde trocken, seine Pulsfrequenz stieg. Er wollte sie verfluchen, aber er hatte nicht die Kraft dazu. In diesem Augenblick war sie so schön, dass er nur dasitzen und um Gelassenheit beten konnte.

Sie ließ ein kleines Stöhnen hören, und Jacob krümmte sich. Sie rollte sich auf den Rücken und reckte die Arme über den Kopf. Zum ersten Mal in seinem Leben wünschte Jacob, er hätte einen Drink in der Hand.

Schließlich wandte sie den Kopf und sah ihn an. „Warum hast du mich nicht geweckt?"

Ihre Stimme klang heiser, kehlig. Jacob hatte das Gefühl, als ob sein ganzes Blut in seine Fußsohlen gesackt wäre. Es war lächerlich, aber er konnte kaum reden. „Ich … ich war nicht müde."

„Darum geht es doch gar nicht." Sie setzte sich auf. „Wir stecken hier zusammen fest, und deshalb …"

Er handelte, ohne nachzudenken. Später, als er Gelegenheit hatte, die Situation zu analysieren, redete er sich ein, es sei ein Reflex gewesen, so wie ein Mann schluckt, wenn er trinkt. Es war weder absichtlich noch überlegt. Und es war mit Sicherheit nicht klug.

Er zog sie an sich, fuhr mit einer Hand in ihr Haar und presste seinen Mund auf ihre Lippen. Sie sperrte sich, Überraschung und Ärger verliehen ihr Kraft. Aber er verstärkte seinen Griff nur noch. Es war Verzweiflung, die ihn dazu brachte, ein Gefühl, das er bisher nie bei einer Frau empfunden hatte. Er musste sie küssen – oder sterben.

Sie wollte an ihrem Ärger festhalten, während ein Dutzend unterschiedlicher Gefühle in ihr tobten – Entzücken, Verlangen, Euphorie, Wahnsinn. Sie versuchte, Jacob zu verfluchen, doch über ihre Lippen kam nur ein lustvoller Seufzer. Und dann schob sie die Hände in sein Haar, und ihr Herz hämmerte wie wild. Mit einem schnellen Ruck zog er sie auf seinen Schoß.

Sein Atem ging stoßweise, so wie ihrer. Sein Mund suchte gierig, seine Hände forschten fiebrig. Ihr blieb keine Wahl, sie erwiderte seine Berührungen, genauso wild, genauso unersättlich. Ein Holzscheit im Kamin zersprang, ließ Funken aufstieben.

War es das, wonach sie all die Jahre gesucht hatte? Die Erregung, die Herausforderung, die Macht? Kopfüber stürzte sie sich in die Empfindungen und ließ sich von der Wucht mitreißen.

Je mehr er nahm, desto mehr wollte er. Er bog ihren Kopf zurück, sein Mund fand ihren Hals, der Geschmack ihrer Haut verhexte ihn. Er kostete mit Zähnen und Zunge, und noch immer war es nicht genug.

J. T. schob seine Hände unter ihren Pullover und ertastete ihre Rundungen. Seine Fingerspitzen sandten Bilder von Rosenblättern an sein Hirn, Bilder von warmem Satin. Als er mit seiner Hand ihre Brust umschloss, erschauerten sie beide. Erneut presste er die Lippen auf ihren Mund.

Es war, als würden sie beide in einem Traum versinken. Kein sanfter, nebliger, sondern ein kraftvoller und farbenfroher. Als seine Lippen über ihr Gesicht wanderten, schloss sie die Augen. Und ihr Herz, so stark und unverletzbar, war verloren.

Die Liebe erfüllte Sunny wie eine plötzliche Erkenntnis, machte sie atemlos und schwach. Ihre Hände, sonst immer so kräftig, glitten hilflos an seinen Armen herab.

Hilflos.

Das war es, was sie zur Vernunft brachte. Sie zog sich von ihm zurück. Das konnte unmöglich Liebe sein. Es war absurd und gefährlich, sich so etwas einzubilden.

„Jacob, hör auf."

„Aufhören?" Er biss sie ins Kinn, nicht gerade sanft.

„Ja, hör auf damit."

„Warum?" Er fühlte die Veränderung, die in ihr vorging, diesen frustrierenden Rückzug. Bewusst fuhr er mit den Fingern leicht über ihren Rücken, spürte das Zucken in ihr. „Ich will dich, Sunny. Und du willst mich."

„Ja." Was machte er da nur mit ihr? Sie hob protestierend die Hand, ließ sie schwach gegen seine Brust sinken. „Nein. Lass das."

„Was?"

„Was immer du da tust."

Sie zitterte nahezu unkontrolliert. Sie war jetzt völlig verletzlich. Jacob verfluchte sich. Warum mussten ihn ausgerechnet in dem Moment, als sie wehrlos war, moralische Skrupel befallen? „Na gut." Er hob sie von seinem Schoß und setzte sie neben sich auf dem Boden ab.

Sie zog die Knie an und schlang die Arme darum. Ihr war plötzlich eiskalt. „Das hätte nicht passieren dürfen. Und schon gar nicht so schnell."

„Es ist aber passiert", widersprach er. „Und es wäre albern, etwas anderes zu behaupten."

Sie sah auf, als er sich erhob. Der Kamin strahlte immer noch Hitze aus. Die Kerzen, die sie angelassen hatten, waren fast heruntergebrannt. Draußen vor den Fenstern erschien der erste Hauch des Morgengrauens jenseits des Sturms, auch wenn der Wind noch an den Scheiben rüttelte.

Sunny hatte das alles vergessen. Als sie in Jacobs Armen gelegen hatte, war sie sich nur des Sturms in ihrem Innern bewusst gewesen. Es hatte kein anderes Feuer außer ihrer Leidenschaft gegeben. Und das einzige Versprechen, das sie sich gemacht hatte, nämlich dass sie wegen eines Mannes nie die Kontrolle verlieren würde, war gebrochen worden.

„Für dich ist das alles unheimlich einfach, nicht wahr?" Sie war erschrocken über die Bitterkeit in ihrer Stimme.

Er musterte sie lange. Nein, es war nicht leicht für ihn, obwohl es das sein sollte. Dass es nicht einfach war, verwirrte ihn maßlos. „Warum sollte es kompliziert sein?" Die Frage galt ihr genauso wie ihm.

„Ich lasse mich nicht mit Fremden ein." Sunny sprang auf, nur von einem Wunsch beherrscht – eine Tasse Kaffee zu trinken und allein zu sein. Sie ließ ihn stehen und ging in die Küche, nahm eine Cola aus dem Kühlschrank. Dann würde sie sich ihr Coffein eben in kalter Form einflößen.

Jacob wartete und dachte darüber nach, was der Computer an Informationen geliefert hatte. Die physische Anziehungskraft war auf jeden Fall da. Und so sehr er es auch verabscheute, Gefühle waren bei ihm ebenfalls existent. Es war unnütz, wütend zu werden. Sunny reagierte unter diesen Umständen offensichtlich völlig normal. Er war es, der aus der Reihe getanzt war. Ein ernüchternder Gedanke, dem er sich stellen musste.

Trotzdem wollte er sie. Und inzwischen hatte er sich entschlossen, sie auch zu bekommen. Sein Erfolg würde logischerweise davon abhängen, ob er sie in der Art umwerben konnte, wie es ein typischer Mann des zwanzigsten Jahrhunderts tun würde.

Jacob ließ langsam den Atem aus. Er wusste zwar nicht, was genau er sich darunter vorzustellen hatte, aber den ersten Schritt glaubte er verstanden zu haben. So viel würde sich in zweihundert Jahren sicherlich nicht geändert haben.

Als er die Küche betrat, stand Sunny am Fenster und starrte in den unablässig fallenden Schnee. „Sunny …" Oh, wie sehr ging ihm das gegen den Strich! „Ich möchte mich entschuldigen."

„Ich will keine Entschuldigung von dir."

Jacob schlug die Augen zur Decke und betete um Geduld. „Was willst du dann?"

„Nichts." Sie konnte es kaum fassen, aber sie war den Tränen nahe. Sie weinte nie, empfand Weinen als peinliche Schwäche. Rasende Wut war ihr immer lieber gewesen als Tränen. Trotzig kämpfte sie gegen das Brennen in ihren Augen an. „Vergiss es einfach."

„Was? Das, was passiert ist, oder dass ich mich zu dir hingezogen fühle?"

„Sowohl als auch." Als sie sich zu ihm umdrehte, waren zwar keine Tränen zu sehen, aber ihre Augen glänzten verräterisch, und dabei fühlte er sich extrem unwohl. „Ist sowieso egal."

„Anscheinend nicht." Es schien, als könne er nichts tun. Wenn sie ihn weiter so anschaute, würde er sie wieder berühren müssen.

„Hör zu, J.T., betrachten wir es als einmaligen Lapsus." Sie fuhr sich mit den Fingern durchs Haar. „Wir beide sind erwachsen. Wir müssen uns nur auch wie Erwachsene benehmen."

„Ich dachte, das hätten wir getan." Er versuchte zu lächeln. „Es tut mir leid, wenn ich dich verletzt habe."

„Es war ja nicht allein deine Schuld." Es gelang ihr tatsächlich, ihn ebenfalls anzulächeln. „Die Umstände. Wir sind allein, der Strom fällt aus. Kerzen und Kaminfeuer." Sie zuckte die Achseln und fühlte sich miserabel. „Jeder hätte sich davon beeinflussen lassen."

„Wenn du meinst …" Er machte einen Schritt vor, sie einen zurück. Dieses Werben, dachte Jacob, bedarf einer genauen Strategie. „Aber ich fühle mich auch ohne Kerzenlicht zu dir hingezogen."

Sie wollte etwas erwidern, wusste aber nicht, was sie sagen sollte, und fuhr sich nur erneut durchs Haar. „Du solltest schlafen. Ich bringe inzwischen mehr Feuerholz herein."

„Na gut. Sunbeam?"

Sie drehte sich zu ihm um, amüsiert und gleichzeitig entnervt, weil er ihren vollen Namen benutzt hatte.

„Ich habe es genossen, dich zu küssen. Sehr sogar."

Unverständliches vor sich hin murmelnd, schlüpfte sie in ihre Jacke und verschwand nach draußen.

Der Tag zog sich endlos dahin. Sunny wünschte, Jacob würde länger schlafen. Aber im Grunde machte es keinen Unterschied. Er war da. Und solange er hier war, störte er. Obwohl sie sich in ihre Bücher vergrub, war sie sich seiner Anwesenheit manchmal so stark bewusst, dass sie am liebsten laut aufgestöhnt hätte.

Jacob las. Nahezu gierig, wie Sunny dachte. Einen Roman nach dem anderen nahm er vom Bücherregal und verschlang ihn. Der Wohnraum war das einzige Zimmer, in dem man es aushalten konnte, wegen des Kaminfeuers, das sie abwechselnd in Gang hielten.

Zum Lunch machten sie sich Sandwichs, Sunny raffte sich gerade noch dazu auf, auf dem Feuer Wasser für Tee zu kochen. Miteinander gesprochen wurde nur, wenn es sich absolut nicht vermeiden ließ.

Am Abend waren sie beide so ruhelos und gereizt, dass sich die Frage aufdrängte, wie der Tag wohl verlaufen wäre, wenn sie sich unter einer Decke aneinandergekuschelt hätten, anstatt darauf zu achten, so viel Abstand wie möglich zu halten.

J. T. ging zu einem Fenster, sie zum anderen. Sie stocherte in der Glut, er nahm ein weiteres Buch vom Regal. Sie ging eine Schachtel mit Keksen holen, er neue Kerzen.

„Hast du das hier gelesen?"

Sunny sah zu ihm hinüber. Es war der erste Satz seit über einer Stunde. „Was denn?"

„,Jane Eyre'."

„Ja, sicher." Es tat gut, wieder eine Unterhaltung zu führen. Sie hielt ihm die Keksschachtel hin. Als Friedensangebot sozusagen.

„Und? Was hältst du davon?"

„Ich lese gerne über die Umgangsformen früherer Jahrhunderte. Sie waren damals so streng und puritanisch, und doch brodelte die Leidenschaft unter der manierlichen Oberfläche."

Er musste lächeln. „Meinst du?"

„Sicher. Außerdem ist es wunderbar geschrieben und so romantisch." Sie hatte die Beine über die Sessellehne gelegt, ihre Augen blickten verträumt und schläfrig, und ihr Duft – verflucht sei sie – hing in der Luft. „Das unscheinbare, mittellose Mädchen gewinnt das Herz des grüblerischen Helden."

Er sah sie zweifelnd an. „Und das ist romantisch?"

„Aber natürlich. Das düstere Moor, über dem der Wind heult, schmerzvolle Tragik und selbstlose Aufopferung. Es gab da eine wirklich fantastische Verfilmung vor ein paar Jahren. Hast du den Film gesehen? Er ist wirklich sehr gut."

„Nein." Immer noch verwirrt, legte er das Buch beiseite. „Meine Mutter hat das Buch zu Hause. Sie liest gern Romane."

„Wahrscheinlich muss sie sich nach einem anstrengenden Tag bei Gericht entspannen."

„Ja, wahrscheinlich."

„Was macht dein Vater eigentlich?"

„Dieses und jenes." Seine Familie schien ihm plötzlich unendlich weit weg. „Er arbeitet gern im Garten."

„Meiner auch. Kräuter, vor allem." Sie zeigte auf ihre leere Teetasse. „Aber er versucht sich auch an Blumen. Und Gemüse. Als wir noch klein waren, hatten wir einen Gemüsegarten direkt vor der Küche. Wir haben praktisch nur von Gemüse gelebt. Deshalb esse ich wohl heute auch so wenig wie möglich davon."

Er versuchte sich vorzustellen, wie ein Leben in dieser Einöde gewesen sein musste, und konnte es nicht. „Wie war es, hier aufzuwachsen?"

„Normal." Sie erhob sich und stocherte im Feuer. Dann setzte sie sich neben ihn auf die Couch, hatte für einen Moment vergessen, wie unruhig der Sturm sie machte. „Ich dachte wohl, dass jeder so lebt wie wir. Bis wir eines Tages in die Stadt fuhren und ich die Lichter sah, die vielen Menschen, die hohen Gebäude. Für mich war es, als hätte jemand ein Kaleidoskop auseinandergebrochen und mir all die vielen Farben geschenkt. Wir sind später regelmäßig hierher zurückgekommen, und das war auch in Ordnung so." Gähnend ließ sie sich zurückfallen. „Aber mich hat es seitdem immer wieder zurück in die Großstadt gezogen. Hier ändert sich nie etwas, und auf der einen Seite ist das schön, denn es ist absolut verlässlich. Aber in der Stadt gibt es immer etwas Neues. Ich liebe den Fortschritt."

„Und doch bist du jetzt hier."

„Oh, das ist eine selbst auferlegte Buße."

„Buße? Wofür?"

Sie zuckte die Schultern. „Das ist eine lange Geschichte. Was ist mit dir? Bist du ein Stadtmensch, der sich nach dem friedlichen Leben auf dem Lande sehnt?"

Er sah nachdenklich aus dem Fenster. „Nein."

Sie tätschelte lachend seine Hand. „Da sitzen wir also nun zusammen, zwei hektische Stadtmenschen, die im tiefsten Winter mitten in der Pampa feststecken. Sollen wir Karten spielen?"

Seine Laune schoss augenblicklich nach oben. „Poker?"

„Was sonst!"

Sie erhoben sich beide zur gleichen Zeit und prallten aneinander. Er griff automatisch ihren Arm, um sie zu stützen, hielt sie noch fest, als sie längst schon wieder sicher stand. Er spürte, wie sie sich versteifte, und auch er spannte sich an. Nur mit äußerster Anstrengung hielt er sich davon zurück, mit der anderen Hand über ihr Gesicht zu streicheln. Sie trug kein Make-up. Ihr Mund, voll und sinnlich, war nackt. Er riss seinen Blick davon los, um ihr in die Augen zu sehen.

„Du bist sehr schön, Sunbeam."

Das Atmen tat weh. Sie hatte Angst, sich auch nur einen Millimeter zu rühren. „Ich sagte doch schon, du sollst mich nicht so nennen."

„Manchmal passt es einfach besser. Ich dachte immer, Schönheit sei nur ein genetischer Glücksfall oder ein künstliches Erzeugnis. Bei dir komme ich jedoch ins Grübeln."

„Du bist ein seltsamer Mann, Hornblower."

Er lächelte knapp. „Du ahnst nicht, wie recht du damit hast." Nachdem er einen Schritt zurückgetreten war, fügte er hinzu: „Komm, lass uns Karten spielen."

„Gute Idee." Sie ging zur Kommode, um die Karten aus der Schublade zu holen, und ließ dabei einen erleichterten kleinen Seufzer hören. Wenn sie ein wenig Zeit für sich allein hatte, würde sie vielleicht herausfinden können, was an diesem Mann sie so durcheinander brachte. „Poker bei Feuerschein." Mit den Karten ließ sie sich auf dem Boden nieder. „Also, wenn das nicht romantisch ist!"

Er setzte sich ihr gegenüber. „Wirklich?"

„Stell dich darauf ein zu verlieren."

Aber Jacob gewann, eine Hand nach der anderen. Aus Mangel an Alternativen benutzten sie Kekse als Einsatz, und der Stapel an seiner Seite wuchs beständig.

Sunny betrachtete ihn mit zusammengekniffenen Augen. „Wenn du die alle isst, wirst du dick und fett und kugelrund."

Jacob lächelte nicht mal. „Kaum. Ich verfüge über einen exzellenten Metabolismus."

„Darauf gehe ich jede Wette ein." Mit einer Figur wie seiner musste er darüber verfügen. „Zwei Paare, Königinnen und Vieren."

„Hm." Er legte seine Karten ab. „Full House, zehn bis fünf."

„So ein …" Mit gerunzelter Stirn brach sie ab, während er die Kekse zu sich heranzog. „Ich will ja nicht wie ein schlechter Verlierer klingen, aber du hast zehn von zwölf Spielen gewonnen."

„Muss wohl meine Glücksnacht sein." Er nahm die Karten und mischte sie.

„Oder etwas anderes."

Bei ihrem Ton hob er eine Augenbraue. „Poker ist eine Wissenschaft, wie Physik."

Sie stibitzte sich einen Keks. „Misch einfach, Hornblower."

„Willst du deinen Einsatz verspeisen?"

Angesäuert warf sie den Keks auf den Stock zurück. „Ich muss mehrere kleine Mahlzeiten am Tag zu mir nehmen, sonst werde ich unleidlich."

„Liegt es wirklich nur daran?"

„Im Grunde bin ich eine sehr verträgliche Person."

„Nein, bist du nicht." Er grinste, während er die Karten austeilte. „Aber ich mag dich trotzdem."

„Ich bin wirklich nett, jeder wird dir das bestätigen." Sie verzog keine Miene, als sie zwei Asse aufnahm. „Außer meine beiden letzten Arbeitgeber vielleicht. Ich eröffne mit zwei."

Jacob ging mit und legte noch mal zwei Kekse drauf. Er mochte Sunny, wenn sie so war wie jetzt – freundlich, aber auf der Hut, entspannt, aber jederzeit zum Sprung bereit. Dass das Kaminfeuer Schatten auf ihre feinen Gesichtszüge warf, tat seiner Sympathie auch keineswegs Abbruch. Jetzt war ein ebenso guter Zeitpunkt wie jeder andere, um mehr über sie herauszufinden.

„Was hast du gemacht, bevor du herkamst, um die Entscheidung zu treffen, Rechtsanwältin zu werden?"

Sie schnitt eine Grimasse, zog drei Karten. „Ich habe Unterwäsche verkauft. Damendessous, um genau zu sein." Sie sah auf, erwartete Spott oder Verachtung und war besänftigt, als sie nichts dergleichen entdeckte. „Ich hab eine ganze Schublade voll mit wirklich irrem Zeugs, das ich zum ermäßigten Preis bekommen habe."

„Aha." Er fragte sich, was sie wohl unter „irrem Zeugs" verstehen mochte.

„Ja." Entzückt stellte sie fest, dass sie noch ein weiteres As gezogen hatte. Was man ihrer Stimme aber nicht anhörte, als sie weitererzählte: „Das Problem war nur, dass man in dem Laden den Mund halten musste. Die Anweisung hieß: Mund halten, einpacken, abkassieren. Selbst wenn die Kundin einen ganz augenscheinlichen Fehler beging."

Dass sie den Mund nicht hatte halten können, war ihm klar. „Welchen Fehler?"

„Nun, wenn eine wohlbeleibte ältere Dame versucht, sich in Größe 38 hineinzuzwängen, um die ,Lustige Witwe' zu spielen. Ich setze drei."

„Ich erhöhe um zwei. Was ist passiert?"

„Tja, da macht man ganz vorsichtig eine Anmerkung, sozusagen einen Verbesserungsvorschlag, und schon setzten sie einen an die frische Luft."

Er sah verwirrt drein. „Warum denn das? War die Luft so schlecht in dem Laden?"

Sunny kicherte vergnügt und legte noch zwei Kekse drauf. „Damit meine ich, sie haben mich vor die Tür gesetzt." Da er immer noch nicht verstanden zu haben schien, erklärte sie: „Ich bin gekündigt worden. Meine Dienste wurden nicht mehr benötigt."

„Oh, sie haben dich rausgeworfen."

„Genau." Sie strahlte. „Drei Asse, Kumpel. Sieh sie dir ganz genau an, dann kannst du in Tränen ausbrechen!"

„Straight Flush", hielt er dagegen, und sie schnappte nach Luft, während er die Kekse einheimste. „Du bist nicht dafür geschaffen, für andere zu arbeiten."

„Das hat man mir schon öfter gesagt", murmelte sie. Sie hatte nur noch fünf Kekse. Ihre Pechsträhne dauerte schon viel zu lange an. „Aber entweder lernt man sich anzupassen oder man lernt, ohne Essen auszukommen. Daher muss ich mich wohl mit dem Ersteren anfreunden. Ich bin nicht gerne arm."

„Ich kann mir vorstellen, dass du alles schaffst, was du dir vornimmst. Wenn du es nur willst."

„Mag sein." Und genau das war ja ihr Problem. Sie wusste nicht, was sie wollte. Sie teilte die Karten aus und hatte ein vollkommen wertloses Blatt auf der Hand. Bluffen ist immer besser als aufgeben, beschloss sie und setzte ihre restlichen Kekse auf einmal.

Jacob gewann haushoch. „Hier." Weil Gewinnen ihn immer in beste Laune versetzte, gab er sich großmütig. „Iss einen von meinen Keksen."

„Danke." Sie knabberte genüsslich. „Du scheinst heute wirklich eine Glückssträhne zu haben."

„Scheint so." Er fühlte sich waghalsig und draufgängerisch, und sie sah viel appetitlicher aus als die Kekse. „Wir könnten noch eine Hand spielen."

„Um was?"

„Wenn ich gewinne, schläfst du mit mir."

Perplex, aber fest entschlossen, ihre Pokermiene beizubehalten, schluckte sie erst einmal den Bissen hinunter. „Und wenn ich gewinne?"

„Dann schlafe ich mit dir."

Sie schob sich den restlichen Keks in den Mund und musterte Jacob eindringlich, während sie kaute. Am liebsten wäre sie auf seinen Vorschlag eingegangen, nur um sein überraschtes Gesicht zu sehen. Aber dann wurde ihr klar, dass sie klein beigeben musste. Denn wie sie sich auch entschied, sie würde gewinnen. Und gleichzeitig verlieren.

„Ich denke, ich passe", sagte sie leichthin. Damit stand sie auf, ging zum Sofa, streckte sich darauf aus und schlief innerhalb von Minuten ein.

6. Kapitel

Laute Musik riss Sunny aus dem Schlaf und ließ sie auffahren. Als dann auch noch grelles Licht sie blendete, stöhnte sie auf und schlug eiligst den Arm über die Augen.

„Wer hat diese Party organisiert?", stieß sie entnervt aus, als Tina Turner sonor einen Rocksong schmetterte.

Jacob, der auf dem Teppich vor dem Feuer eingenickt war, zog sich nur die Decke über den Kopf. Wenn er schon schlief, dann wie ein Toter.

Fluchend rappelte Sunny sich von der Couch auf. Sie war auf halbem Weg zur Stereoanlage, bevor sie begriff, was die Musik zu bedeuten hatte.

„Strom!" Sie rannte zu Jacob hinüber und setzte sich auf ihn. Fröhlich hüpfte sie auf und ab, wobei er ein dumpfes Grunzen von sich gab. „J. T., wir haben wieder Strom. Licht, Musik, warmes Essen!" Als er nur noch einmal grunzte, stach sie ihm mit dem Finger in die Seite. „Werd endlich wach, du Schlafmütze. Weißt du nicht, dass man exekutiert wird, wenn man während des Wachdienstes einschläft?"

„Ich schlafe nicht, sondern bin vor Langeweile in eine apathische Starre gefallen."

„Dann komm jetzt da raus, Kumpel. Wir sind wieder mit dem Rest der Welt verbunden." Sie riss ihm die Decke vom Gesicht und grinste ihn an, als er sie mit einem bösen Blick bedachte. „Du musst dich dringend rasieren." Und weil sie so begeistert war, versetzte sie ihm einen schmatzenden Kuss mitten zwischen die Augen. „Wie wär's mit einem Hamburger?"

Er warf einen verschlafenen Blick auf ihr Gesicht. Sie strahlte regelrecht vor Freude, ihr Haar stand wirr in alle Richtungen. Und zu seinem Unmut reagierte sein Körper auf dieses Bild.

„Es kann nicht später als sechs Uhr morgens sein."

„Na und? Ich sterbe vor Hunger."

„Meinen bitte nicht ganz durchgebraten." Er zog sich die Decke wieder über den Kopf.

„Kommt gar nicht infrage, du wirst helfen." Sie riss die Decke zurück. „Auf in den Kampf, Soldat!"

Dieses Mal öffnete er nur ein Auge. „In welchen Kampf?"

„Nur eine Redewendung, Hornblower." Sunny schüttelte den Kopf. „Sag mal, wie lange hast du dich eigentlich in deinem Labor vergraben?"

„Offensichtlich nicht lange genug." Oder viel zu lange, wenn es schon reichte, um ihn zu erregen, dass eine magere Frau auf seiner Brust saß. „Ich kann schlecht aufstehen, wenn du auf mir sitzt. Außerdem glaube ich, du hast mir ein paar Rippen gebrochen."

„Unsinn. Ich habe Untergewicht."

„Wärst du in meiner Position, würdest du nicht so denken."

Viel zu gut gelaunt, um sich ärgern zu lassen, rappelte sie sich auf, griff nach seinem Arm und zog ihn auf die Füße. „Komm, du kannst die Pommes machen."

„Kann ich?"

„Aber sicher." Um ihm zu beweisen, dass sie ihm das zutraute, zog sie ihn an der Hand in die Küche. „Ist alles im Gefrierfach. Himmel, ist das kalt hier." Sie rieb sich mit dem einen Fuß über den anderen. „Hier." Sie warf ihm die Tüte mit den gefrorenen Pommes frites vom Kühlschrank aus zu und nahm das Paket Hamburger heraus. „Du breitest sie einfach auf dem Backblech aus und schiebst es dann in den Ofen."

„Gut." Er war ziemlich sicher, dass er den Ofen irgendwie in Gang setzen konnte, aber was, zum Teufel, war ein Backblech?

„Töpfe und Pfannen sind hier." Laut vor sich hin pfeifend, begann sie in einem Schrank zu kramen. Kochen stand eigentlich ganz unten auf der Liste ihrer bevorzugten Freizeitbeschäftigungen, aber wenn es hart auf hart kam, dann gab sie ihr Bestes. „Hier, nimm das." Sie reichte Jacob ein rechteckiges Stück Metall, das von der Hitze schwarz angelaufen war.

Das Backblech, schloss er folgerichtig. Also machte er sich an die Arbeit. „Nach Kaffee zu fragen wäre wohl zu viel verlangt, was?"

„Aber nein, ich habe immer einen Vorrat." Immer noch pfeifend, warf sie die gefrorenen Hamburger in die Pfanne, setzte Wasser für Kaffee auf und stellte Tassen bereit. Beschwingt griff sie in eine Chipstüte und führte einen kleinen Stepptanz auf, während sie sich die Chips in den Mund stopfte. „Wärme, heißes Wasser, richtiges Essen. Man weiß die kleinen Dinge des Lebens gar nicht zu schätzen, bis man sie auf einmal nicht mehr haben kann", sagte sie mit vollem Mund. „Ich weiß wirklich nicht, wie die Menschen früher zurechtgekommen sind. Man stelle sich vor, Wasser in einem Topf auf dem offenen Feuer erhitzen. Das muss doch ewig gedauert haben."

Jacob starrte auf den Heizring unter dem Kessel, der langsam rot zu glühen begann. „Allerdings", murmelte er und überlegte sich schon, ob er das Kaffeepulver einfach so essen sollte.

„Übrigens, die Pommes werden niemals fertig, wenn du sie nicht in den Ofen schiebst."

„Ja." Er wünschte, sie würde ihn nicht so genau beobachten, während er die Knöpfe des Herds studierte. Er hätte jetzt ein Jahr seines Lebens für den Nahrungskonverter in seinem Labor gegeben.

„Du verbringst nicht gerade viel Zeit in der Küche?", fragte Sunny hinter ihm.

„Nein."

„Da wäre ich nie drauf gekommen." Sie schnalzte mit der Zunge, drehte den Backofen an und schob das Blech hinein. „So ungefähr in zehn, fünfzehn Minuten müssten sie fertig sein."

„Du meinst Sekunden?"

„Ich liebe Optimisten. Nein, Minuten." Und weil sie volles Verständnis für Menschen hatte, die morgens aufwachten und am liebsten alles und jeden anfallen würden, tätschelte sie seine Wange. „Warum gehst du nicht duschen? Danach fühlst du dich bestimmt besser. Und wenn du herunterkommst, ist hier alles fertig."

„Einverstanden. Danke." Und auf dem Weg nach oben ins Bad dachte er, dass das mit Abstand das Netteste war, was sie bisher für ihn getan hatte.

Oben verfluchte er die archaische Ausstattung der Dusche mit Inbrunst. Trotzdem behielt Sunny recht – er fühlte sich wesentlich besser danach. Mit seinem Ultraschallrasierer entfernte er die Bartstoppeln, wendete seine tägliche Dosis Fluoratin an, und weil er neugierig war, öffnete er die Tür des Spiegelschranks über dem Waschbecken.

Er hatte eine wissenschaftliche Schatztruhe gefunden. Lotionen, Wässerchen, Cremes, Puder. Ein Blick auf den Nassrasierer ließ ihn erschauern. Als er die Zahnbürsten sah, musste er grinsen. Er betrachtete die runden Scheiben, die wohl aus Watte sein mussten, die winzigen Pinsel und Quasten, die kleinen Behälter, gefüllt mit buntem Puder.

Da war auch eine Lotion mit einem exotischen Namen. Als er den Verschluss abschraubte und daran roch, war ihm, als stünde Sunny neben ihm in dem kleinen Raum voller Dampf. Hastig schraubte er die Flasche wieder zu.

Es gab auch Tabletten. Solche gegen Kopfschmerzen, Gliederschmerzen, Erkältungen, Nebenhöhlenentzündung. Er würde sich gleich eine Notiz machen, damit er nicht vergaß, einige Muster davon mit nach Hause zu nehmen. Dann war da noch eine Plastikhülle mit einem runden Blatt und kleinen, im Kreis angeordneten Pillen, aber es fand sich keine Beschreibung. Da die Hälfte der Pillen fehlte, ging er davon aus, dass Sunny dieses Medikament regelmäßig nahm. Das beunruhigte ihn. Ihm gefiel der Gedanke nicht, sie könne krank sein. Er legte die Pillen zurück und überlegte sich, wie er sie am besten auf ihren Gesundheitszustand ansprechen könnte.

Auf dem Weg nach unten wehte ihm ein himmlischer Duft

entgegen. Jacob hatte zwar keine Ahnung, was sie mit diesem Klumpen gefrorenen Fleisches angestellt hatte, aber es roch unglaublich verlockend. Und nach frischem Kaffee. Kein Parfüm könnte je besser duften. Als er in die Küche kam, empfing Sunny ihn mit einem dampfenden Becher.

„Danke."

„Ist schon in Ordnung. Ich kenne das Gefühl."

Er nippte an dem Kaffee und musterte sie über den Rand seiner Tasse hinweg. Ihre Augen waren klar, sie hatte eine gute Gesichtsfarbe. Sie sah völlig gesund aus. Um genau zu sein, er kannte niemanden, der besser aussah. Oder verführerischer.

„Wenn du mich so anstarrst, komme ich mir vor wie ein Bazillus unter dem Mikroskop."

„Entschuldige. Ich wollte dich einfach nur fragen, wie es dir geht."

„Noch ein bisschen steif und sehr hungrig, aber ansonsten okay." Sunny neigte leicht den Kopf. „Und wie geht es dir?"

„Gut." Er ließ es darauf ankommen. „Ich hatte leichte Kopfschmerzen und habe eine von deinen Tabletten genommen."

„Sicher, kein Problem."

„Die Pillen in dem blauen Plastik sind nicht gekennzeichnet."

Sie riss die Augen auf, dann lachte sie lauthals los. „Ich glaube nicht, dass die dir viel nützen würden."

„Aber du brauchst sie?"

Diesmal schüttelte sie mit geschlossenen Augen den Kopf. „Und der Mann nennt sich Wissenschaftler. Ja, man könnte sagen, ich brauche sie. Vorsicht ist besser als Nachsicht, oder?"

Zwar verstand er kein Wort, aber er merkte, dass er nicht weiterkam. Also nickte er nur. „Ja, natürlich."

„Komm, lass uns essen."

Teller standen bereit, mit aufgeschnittenen Brötchen. Jacob sah zu, wie Sunny schwungvoll das saftige Fleisch auflegte, die Brötchenhälften wieder zuklappte und eine großzügige Portion Pommes frites daneben auf den Teller häufte.

Am Tisch beobachtete er, wie sie aus einem kleinen Keramikbehälter weiße Kristalle über ihre Pommes frites schüttelte, und gab auch vorsichtig etwas auf seine Kartoffeln. Salz, wie er feststellte, nachdem er probiert hatte. Echtes Salz. Und wenn es auch großartig schmeckte, widerstand er doch der Versuchung und fragte sich ernstlich, wie schlimm es um ihren Blutdruck bestellt sein musste. Wäre es möglich, hätte er sie ins Medilab gebracht, um sie untersuchen zu lassen.

Sunny sprach erst wieder, als sie die Hälfte ihres Mahls vertilgt hatte. „Ich glaube, wir werden überleben."

Er wusste zwar nicht genau, was er da aß, aber es schmeckte hervorragend. Und Sunny hatte recht. „Es hat aufgehört zu schneien."

„Stimmt. Hör mal, auch wenn es mich wurmt, es zugeben zu müssen … ich bin froh, dass du hier bist. Die letzten beiden Tage hätte ich ungern allein hier verbracht, weißt du?"

„Du bist doch sehr selbstständig."

„Aber es ist einfach besser, wenn man jemanden hat, mit dem man sich streiten kann. Bis jetzt habe ich nicht gefragt, aber … hast du vor zu bleiben, bis Libby und Cal zurückkommen? Das könnte Wochen dauern."

„Ich bin hier, um ihn zu sehen. Ich warte."

Sie nickte und wünschte sich, seine Antwort hätte sie nicht so erleichtert. Sie hatte sich schon viel zu sehr an seine Anwesenheit gewöhnt. „Das heißt wohl, du bist in der Position, dir so viel freie Zeit zu nehmen, wie du willst."

„Man könnte sagen, Zeit ist genau das, wovon ich genug habe. Wie lange wolltest du bleiben?"

„Weiß ich noch nicht. Es ist zu spät, um noch in diesem Semester an der Uni anzufangen. Ich werde erst mal einige Universitäten anschreiben. Vielleicht versuche ich es an der Ostküste. Das wäre mal was anderes." Sie lächelte flüchtig. „Glaubst du, Philadelphia würde mir gefallen?"

„Ich denke schon." Wie sollte er ihr die Stadt beschreiben, sodass sie es verstehen würde? „Eine sehr schöne Stadt. Und die historischen Bauten sind alle gut erhalten."

„Liberty Bell, Benjamin Franklin, alles das?"

„Ja. Es gibt Dinge, die die Zeit überdauern, ganz gleich, was sich um sie herum verändert." Bisher hatte er sich noch nie Gedanken darüber gemacht. „Die Parks sind wunderschön, im Sommer treffen sich dort die Studenten, Kinder spielen im Schatten. Der Verkehr steht immer kurz vor dem Kollaps, aber das gehört wohl dazu. Von manchen Gebäuden kann man die ganze Stadt überblicken, man kann das Leben sehen, das Alte und das Neue."

„Du vermisst es."

„Ja, mehr, als ich gedacht hätte." Doch er sah sie an und sah nur sie. „Ich würde es dir gerne zeigen."

„Ja, das würde mir gefallen. Vielleicht können wir ja zusammen mit Cal und Libby hinfahren. Und dann könnten wir ein richtiges Familientreffen machen." Sunny bemerkte den Schatten, der über seine Miene flog, und legte ihre Hand auf seine. „Habe ich etwas Falsches gesagt?"

„Nein."

„Du bist sauer auf Cal", murmelte sie.

„Das ist etwas Persönliches."

Damit ließ sie sich nicht abspeisen. Jacob war nicht der eingebildete Pinsel, für den sie ihn zuerst gehalten hatte, er war einfach nur verwirrt. Und wenn sie und ihre Schwester eines gemeinsam hatten, dann die Unfähigkeit, einem anderen Menschen Hilfe zu verweigern.

„J. T., du musst doch einsehen, wie unfair es ist, Cal dafür zu verurteilen, dass er sich verliebt und geheiratet hat. Dass er sich hier ein Leben aufgebaut hat."

„So einfach ist das nicht."

„Doch, das ist es." Dieses Mal, so versprach sie sich, würde sie nicht die Beherrschung verlieren. „Die beiden sind erwachsen und können ihre eigenen Entscheidungen treffen. Und sie passen einfach toll zusammen." Der gehässige Blick, den er ihr zuwarf, machte sie wütend. „Ja, das tun sie. Ich habe Libby und Cal zusammen gesehen. Du nicht."

„Nein." Er nickte. „Das stimmt allerdings."

„Und daran hat schließlich niemand Schuld außer …" Sie hielt sich gerade noch rechtzeitig zurück, um dann ruhiger fortzufahren: „Was ich sagen will, ist: Vielleicht kenne ich Cal noch nicht so lange, erst seitdem er zur Familie gehört, aber ich kann sehen, wenn ein Mensch glücklich ist. Und Cal ist glücklich. Was nun Libby anbelangt: Cal hat etwas bei ihr bewirkt, was noch nie jemand vor ihm geschafft hat. Libby war immer so zurückhaltend und hat sich so leicht in den Hintergrund drängen lassen. Aber mit Cal zusammen strahlt sie regelrecht. Es mag nicht einfach sein zu akzeptieren, dass ein anderer Mensch das Beste aus der Person herausholt, die man selbst liebt, aber wenn es passiert, dann muss man es anerkennen."

„Ich habe nichts gegen deine Schwester." Sollte das der Fall sein, so würde er es für den Moment zumindest für sich behalten. „Aber ich will mit Cal über die Veränderungen reden, die er in seinem Leben vorgenommen hat."

„Du bist echt stur."

Er dachte über die Charakterisierung nach und entschied, dass sie zutraf. „Ja." Er lächelte, fasziniert von dem Schmollmund und dem vorgereckten Kinn. „Ich denke, wir beide sind stur."

„Zumindest stecke ich meine Nase nicht in die Angelegenheiten anderer Leute."

„Auch nicht in die wohlbeleibter älterer Damen, die – wie sagtest du noch? – die ‚Lustige Witwe' spielen wollen?"

„Das war etwas völlig anderes." Sie schnaubte und schob ihren Teller zurück. „Ich mag eine zynische Ader haben, aber selbst ich glaube an die Liebe."

„Ich habe nie behauptet, dass ich das nicht tue."

„Ach, wirklich?" Sie verzog den Mund, denn sie war sicher, dass sie ihn in die Enge getrieben hatte. „Dann wirst du dich also auch nicht einmischen, wenn du dich erst davon überzeugen konntest, dass Libby und Cal sich lieben."

„Wenn sie sich wirklich lieben, werde ich nichts sagen. Und

wenn nicht ..." Er zuckte mit den Schultern und hob beide Hände. „Dann werden wir ja sehen."

Sunny spreizte die Finger, musterte ihn über den Tisch hinweg. „Ich könnte dich immer noch in den Wald zurückschicken, damit du in deinem Schlafsack so richtig schön frieren kannst."

„Aber das wirst du nicht tun." Er prostete ihr mit der Kaffeetasse zu. „Denn unter der stacheligen Oberfläche schlägt eigentlich ein großmütiges Herz."

„Ich könnte mich ändern."

„Nein, das schaffst du nicht. In der Regel ändern sich die Menschen nicht." Ruckartig lehnte er sich vor und nahm ihre Hand. Es war eine Geste, die er nicht oft machte, aber jetzt konnte er nicht anders. „Sunny, ich will deine Schwester nicht verletzen. Und dich auch nicht."

„Aber du wirst es tun, wenn wir dir im Weg stehen."

„Ja." Er drehte ihre Hand und betrachtete sie gedankenverloren. Die Hand war so schmal, so bemerkenswert sanft und grazil für jemanden, der solche Schläge austeilte. „Das Gefühl der Familienzugehörigkeit ist sehr stark bei dir. Bei mir auch. Meine Eltern ... sie haben versucht, Cals Entscheidung zu verstehen. Aber es ist sehr schwierig für sie."

„Sie brauchen doch nur herzukommen und es mit eigenen Augen zu sehen. Dann verstehen sie sofort."

„Ich kann es dir nicht erklären, aber es geht nicht." Er löste den Blick von ihrer Hand und sah ihr in die Augen. „Glaub mir, ich würde es dir wirklich gern erklären."

„Steckst du in Schwierigkeiten?", sprudelte sie heraus.

„Wie?"

„Ob du in Schwierigkeiten steckst", wiederholte sie und drückte seine Finger. „Mit dem Gesetz oder sonst irgendwie."

Ihre Augen waren groß und voller Sorge um ihn. Er war noch nie ergriffener gewesen. „Wie kommst du darauf?"

„Wie du hier aufgetaucht bist. Warum du nicht schon früher gekommen bist. Und du benimmst dich oft ... ich weiß nicht, wie ich es ausdrücken soll. Als ob du dich völlig fehl am Platze fühlst."

„Kann schon sein." Wäre es nicht so ernst, er hätte gelächelt. Und wenn er hätte sicher sein können, dass er es hinterher nicht bereuen würde, hätte er sie jetzt in seine Arme gezogen und sie einfach nur gehalten. „Nein, ich stecke nicht in Schwierigkeiten, Sunny. Zumindest nicht in der Art, wie du es meinst."

„Und du warst auch nicht …", sie suchte nach dem diskretesten Weg, das Thema anzuschneiden, „längere Zeit krank?"

„Krank?" Verdattert schaute er sie an. Langsam dämmerte es ihm. „Du glaubst, ich sei …" Jetzt musste er doch lächeln und überraschte sie beide damit, dass er ihre verschränkten Hände an seinen Mund zog und ihre Fingerspitzen küsste. Sie ließ es überrascht geschehen. „Nein, ich war nicht krank, weder physisch noch anders. Ich war einfach nur beschäftigt." Als Sunny ihm ihre Hand entziehen wollte, hielt er sie fest. „Hast du Angst vor mir?"

Stolz war immer eine ihre hervorstechendsten Charaktereigenschaften gewesen. „Warum sollte ich?"

„Gute Frage. Aber du hast dich gefragt, ob ich nicht vielleicht … instabil und unberechenbar bin, nicht wahr? Trotzdem hast du mich aufgenommen. Du hast mich sogar verpflegt."

Die ungewohnte Zärtlichkeit in seiner Stimme ließ sie aufhorchen. Mit einem Mal fühlte sie sich unwohl. „Das hätte ich auch für jeden herrenlosen Hund getan. Das ist nichts Besonderes."

„Ich halte das schon für etwas Besonderes." Als sie sich vom Tisch abstieß, stand er mit ihr auf. „Sunbeam …"

„Ich sagte doch, du sollst mich nicht …"

„Manchmal kann ich einfach nicht widerstehen. Danke."

Jetzt fühlte sie sich mehr als nur unwohl. Ihre Nerven waren zum Zerreißen gespannt. „Ist schon okay. Vergiss es einfach."

„Das kann ich nicht." Mit dem Daumen streichelte er über ihren Handrücken. „Sag, wenn ich in Schwierigkeiten steckte, würdest du mir dann auch helfen?"

Sie warf den Kopf zurück. „Weiß ich nicht. Kommt darauf an."

„Ich denke, du würdest mir helfen." Jacob nahm ihre beiden Hände und hielt sie fest, bis ihre Finger nicht mehr zitterten. „Hilfsbereitschaft und Güte sind für jemanden, der weit von zu Hause weg ist, sehr, sehr wertvoll und auch sehr selten. Ich werde dir das nicht vergessen."

Sie wollte sich ihm nicht nahe fühlen. Sich nicht zu ihm hingezogen fühlen. Aber wenn er sie so anschaute, mit dieser stillen Zärtlichkeit, dann wurde sie schwach. Und es gab nichts Beängstigenderes als Schwäche.

„Gut." Sie kämpfte gegen die aufwallende Panik an und zog ihre Hände zurück. „Dann kannst du dich ja bei mir revanchieren, indem du das Geschirr abwäschst. Ich gehe inzwischen spazieren."

„Ich komme mit dir."

„Ich will nicht ...", begann sie.

„Du hast gesagt, du hast keine Angst vor mir."

„Habe ich auch nicht." Sie seufzte. „Also schön, komm mit."

Sobald Sunny die Tür öffnete, raubte die Kälte ihr den Atem. Der Wind hatte sich gelegt, und die Sonne versuchte, sich durch die dichten Wolkenschichten zu kämpfen, aber die Luft war immer noch schneidend kalt.

Durch die Kälte werde ich wieder einen klaren Kopf bekommen, sagte sie sich. Vorhin, in der Küche, während er sie so angeschaut hatte, da war sie sich einen Moment lang vorgekommen, als ob ... Sie hatte keine Ahnung, was sie in diesem Moment gefühlt hatte. Sie wollte es gar nicht wissen.

Es tat gut, hier draußen laufen zu können, auch wenn der Schnee ihr bis an die Knie reichte. Noch eine Stunde länger in der Hütte eingesperrt, und sie wäre verrückt geworden. Vielleicht war es ja das, was ihr passiert war – für einen Moment da drinnen mit ihm zusammmen war sie wirklich dem Wahnsinn erlegen.

„Ist das nicht umwerfend?" Sie standen auf einer endlosen,

weiß glitzernden Fläche, die im Sommer noch ein Garten gewesen war. Der abflauende Wind seufzte durch die Bäume und blies weißen Puder von den Ästen, der lautlos zu Boden fiel. „Im Winter gefällt es mir immer am besten hier. Denn wenn man schon die Abgeschiedenheit sucht, dann sollte man auch wirklich völlig allein sein. Oh, ich habe das Vogelfutter vergessen. Warte einen Moment."

Sunny drehte sich um und stapfte durch den Schnee zum Haus zurück. Jacob sah ihr nach und dachte, dass sie sich jetzt eher wie eine Tänzerin und nicht wie eine Athletin bewegte. Graziös, trotz der widrigen Verhältnisse. Es beunruhigte ihn, als ihm klar wurde, dass er zufrieden damit wäre, ihr stundenlang zuzuschauen. Minuten später war sie zurück und schleifte einen Jutesack hinter sich her.

„Was hast du vor?"

„Ich füttere die Vögel. Im Winter können sie immer alle Hilfe gebrauchen, die sie bekommen können."

Er schüttelte verwundert den Kopf. „Hier, lass mich das machen."

„Ich bin ziemlich kräftig."

„Das weiß ich. Lass es mich trotzdem machen."

Jacob nahm ihr den Sack ab, hievte ihn einen Meter weiter, setzte ihn ab, machte einen Schritt vor, hievte den Sack noch einen Meter weiter. Mit jedem Absetzen sammelte sich mehr Schnee an der Jute und machte den Sack immer schwerer.

„Ich dachte, du seist kein Naturkind", bemerkte er.

„Das heißt doch nicht, dass ich die armen Vögel verhungern lassen muss." Außerdem hatte sie es Libby versprochen.

Noch einen Meter. „Könntest du den Sack nicht einfach auskippen?"

„Wenn man eine gute Tat vollbringen will, dann …"

„… sollte man es richtig machen. Ja, den Spruch kenne ich auch."

Sunny hielt bei einem großen Vogelhaus aus Glas und Holz an. Sie stellte sich auf einen Baumstumpf und begann das

Vogelfutter aufzufüllen. „Na also." Sie wischte sich die Krümel von den Händen. „Soll ich den Sack jetzt zurückschleppen?"

„Das mach ich schon. Aber … wie ein Vogel, der etwas auf sich hält, sich hier mitten im Winter aufhalten kann, ist mir völlig unverständlich."

„Wir sind doch auch hier", rief sie ihm zu, während er den Sack über den Schnee schleifte.

„Das ist mir, ehrlich gesagt, auch unverständlich."

Sie grinste ihm zu. Und da sie einer so offensichtlichen Versuchung nur schwer widerstehen konnte, begann sie, mit Schneebällen zu werfen. Der erste traf Jacob an der Stirn.

„Ha, mitten ins Schwarze!"

Er wischte sich den Schnee aus den Augen. „Du hast schon ein Spiel mit mir verloren."

„Das war doch Poker." Sie formte einen neuen Schneeball und wog ihn abschätzend in der Hand. „Das hier ist Krieg. Im Krieg braucht man Geschicklichkeit und Können, kein Glück."

Jacob duckte sich unter dem nächsten Ball weg, fluchte, als er fast das Gleichgewicht verloren hätte – und wurde vom nächsten Schneeball mit Wucht auf die Brust getroffen.

„Ich hätte dir vielleicht sagen sollen, dass ich die beste Werferin in unserem Softball-Team an der Schule war. Meinen Rekord hat bis heute keiner gebrochen."

Der nächste Ball traf ihn an der Schulter. Aber dieses Mal war er vorbereitet. Mit einer geschmeidigen Bewegung, die ihr echte Bewunderung abverlangte, warf er einen Ball und traf sie kräftig an ihrem Hinterteil. Er hatte auch ein wenig Übung, aber er verzichtete darauf zu erwähnen, dass er drei Jahre in Folge Kapitän der intergalaktischen Softball-Mannschaft gewesen war.

„Nicht schlecht, Hornblower." Sunny schleuderte zwei Bälle direkt hintereinander und erwischte Jacob mit dem zweiten. Sie schnitt die Bälle wirklich böse an, sodass sie sich während des Fluges drehten, und befriedigt stellte sie fest, dass sie diesen Trick noch nicht verlernt hatte. Der Schnee zerstob auf seinem Parka, und ein Ball fegte ihm die Wollmütze vom Kopf.

Mittlerweile stand es zehn zu zwei für sie, und sie wurde übermütig. Ihr war noch gar nicht aufgefallen, dass er langsam immer näher gekommen war. Als er einen Schneeball voll ins Gesicht abbekam, hielt sie sich vor Lachen den Bauch. Und dann kreischte sie auf, als er sie unter den Achseln packte und hochhob.

„Zielen kannst du gut, aber du hast keinerlei Strategie", merkte er noch an, bevor er sie mit dem Gesicht zuerst in den Schnee drückte.

Prustend rollte sie sich auf den Rücken. „Ich hab trotzdem gewonnen."

„Nun, von meiner Warte aus sieht das aber ganz anders aus."

Mit einem nachgiebigen Schulterzucken streckte sie die Hand aus. Er zögerte. Sie lächelte. In dem Moment, als er ihre Hand ergriff, um sie hochzuziehen, fand er sich auch schon flach auf dem Rücken in einer Schneewehe neben ihr wieder.

„Und wie sieht es jetzt für dich aus?"

„Gleichstand."

Jacob packte sie bei den Schultern, und ihr gemeinsames Gewicht drückte sie beide nur noch tiefer in den Schnee, der sich kalt und nass einen Weg in den Kragen der geliehenen Jacke bahnte. Jacob fand dieses Gefühl und die Art, wie Sunny sich lachend unter ihm sträubte, nahezu unerträglich stimulierend. Sie wand und trat um sich und spritzte nur noch mehr Schnee auf. Sie versuchte einen Nelson, und fast hätte sie es geschafft, doch da flog sie auch schon über Jacobs Schulter und landete hart auf dem Rücken. Für einen Moment lag sie da und rang nach Luft.

„Cleverer Zug", japste sie atemlos. Und dann stürzte sie auf ihn zu, duckte sich unter seinem Griff hindurch. Sie arbeitete schnell und konzentriert, bis sie ihn schließlich flach auf dem Bauch liegen hatte und sein Gesicht, halb auf seinem Rücken sitzend, halb liegend, in den Schnee drückte.

„Ergib dich."

Er verkündete lauthals etwas sehr viel Groberes als seine Kapitulation, und Sunny lachte so herzhaft, dass sie fast ihren Griff gelockert hätte. „Komm schon, J. T., ein wahrer Mann gibt zu, wenn er geschlagen ist."

Ich hätte sie besiegen können, dachte er verwundert, während sein Gesicht von der Kälte langsam taub wurde. Aber zwei Mal hatte er bei dem Versuch, sie zu überwältigen, die Bekanntschaft mit unglaublich interessanten Kurven gemacht, und davon hatte er sich ganz massiv ablenken lassen.

„Nun sag schon, Hornblower, sonst erfrieren wir hier noch." Da sie sein Grunzen als Zustimmung interpretierte, half sie ihm dabei, sich herumzurollen. „Nicht schlecht für einen Wissenschaftler."

„Hätten wir diesen Kampf in einer Halle ausgeführt, hättest du keine Chance gehabt." Aber er war außer Atem.

Sie grinste nur. „Du solltest mal dein Gesicht sehen. Sogar deine Wimpern sind weiß."

„Deine auch." Mit dem Handschuh, an dem sich der Schnee klumpte, rieb er ihr übers Gesicht.

„Du schummelst!"

„Alles ist erlaubt, solange es funktioniert." Erschöpft ließ er die Hand sinken. Er wusste nicht, wann er das letzte Mal besiegt worden war – oder wann es ihm so viel Spaß gemacht hatte.

„Wir sollten noch etwas Holz mitnehmen." Sunny stützte sich auf eine Hand auf, um sich aufzurichten, rutschte aus und landete hart auf Jacobs Brust. „Entschuldige."

„Schon in Ordnung, ich habe ja noch ein paar heile Rippen."

Seine Arme hatten sich wie von selbst um sie geschlungen. Sein Gesicht war so nahe. Sie wusste, es war ein Fehler, in dieser Stellung zu verharren, wenn auch nur für Sekunden. Trotzdem rührte sie sich nicht. Und dann dachte sie auch nicht mehr. Es war das Natürlichste auf der Welt, den Kopf herunterzubeugen und ihre Lippen auf seine zu pressen.

Sein Mund war kühl und fest und alles, was sie je gewollt hatte. Ihn zu küssen war wie in einen Bergsee zu tauchen. Eine aufregende, einzigartige Erfahrung. Und gefährlich. Sie hörte ihren eigenen Seufzer, schnell und leise, bevor sie das, was von ihrer Vorsicht noch übrig geblieben war, endgültig in den Wind schießen ließ und den Kuss vertiefte.

Sie raubte ihm den Atem. Machte ihn schwach. Der Verlust von Kontrolle bedeutete nichts mehr. In Momenten der Leidenschaft gab man die Kontrolle immer auf. Aber das hier ... das hier war anders. Während die Hitze ihrer Lippen ihn wärmte, fühlte er seine Willenskraft und seine Entschlossenheit dahinschwinden. Ein Nebel hüllte seinen Verstand ein, der so weiß und so dicht war wie der Schnee, in dem sie lagen. Und alles, was er denken konnte, war sie, nichts und niemand außer ihr.

Die Frauen, die vor ihr gewesen waren, wurden unbedeutend. Schatten, gesichtslose Phantome. Und während ihr Mund fiebrig über seinen glitt, durchfuhr ihn die Erkenntnis, dass es nach ihr keine Frauen mehr geben würde. In einem einzigen kurzen Moment hatte sie sein Leben übernommen, hatte ihn eingekreist, ihn verschlungen.

Erschüttert hob er die Hände an ihre Schultern, entschlossen, sie von sich zu schieben, doch seine Finger griffen nur fester zu, und sein Verlangen wuchs.

Das, was durch ihn raste, war wie eine unkontrollierte Verzweiflung. Sie konnte es fühlen. Sie verspürte das Gleiche. Eine rasende Wut. Ein verzehrender Hunger. Allein mit seinem Mund zog er sie über die steile Klippe zwischen Himmel und Hölle. Sie fühlte die sengende Hitze, die Flammen, die an ihrer Haut leckten, sie lockten, sich endlich in das Feuer fallen zu lassen. Denn so würde es mit ihm sein, glühende Hitze und verzehrendes Feuer. Und sie hatte Angst, dass sie sich nie wieder mit weniger würde zufriedengeben können.

Sunny hob den Kopf, nur ein kleines Stück, dann ein wenig weiter. Erstaunt stellte sie fest, dass ihr schwindlig war und ihr Atem rasselnd ging. Es ist nur ein Kuss, ermahnte sie sich. Ein Kuss, ganz gleich, wie leidenschaftlich er auch sein mochte, änderte nicht ein ganzes Leben. Und doch brauchte sie Abstand, dringend, damit sie sich davon überzeugen konnte, dass sie immer noch dieselbe Person war wie vor diesem Kuss.

„Wir sollten uns besser um das Holz kümmern", brachte sie heraus. Plötzlich packte sie eine schreckliche Angst, dass sie nicht mehr würde aufstehen können. Ihrem Ego würde es einen ganz erheblichen Dämpfer versetzen, wenn sie auf allen vieren zur Hütte kriechen müsste. Vorsichtig rollte sie sich von Jacob fort und nahm ihre ganze Willenskraft zusammen, um sich aufzurichten. Übergründlich schlug sie sich den Schnee von der Kleidung und wünschte, er würde endlich etwas sagen. Irgendetwas.

„Sieh nur."

Argwöhnisch drehte sie sich zu ihm um. Aber er zeigte nur auf das Vogelhaus, wo einige hartgesottene Vögel sich an ihrem Frühstück labten. Bei dem Anblick entspannte Sunny sich etwas.

„Nun, dann habe ich ja meine Pflicht erfüllt." Mit einem Mal war sie sich der Kälte bewusst, und sie erschauerte. „Ich gehe rein."

Sie stapften durch den Schnee. Sie sprachen kein Wort miteinander, als sie Holzscheite vom Stapel vor dem Haus nahmen, auch nicht, als sie ihre Stiefel auf den Verandastufen abklopften oder die Scheite in die Holzkiste neben dem Kamin fallen ließen. Sunny unterdrückte die Lust auf eine heiße Tasse Tee. Sie wollte nur allein sein. Sie musste nachdenken.

„Ich gehe nach oben, duschen." Sie fühlte sich plötzlich elend und endlos verlegen.

Er sah nicht auf, während er Holz ins Feuer legte. „Ja, sicher."

Hinter seinem Rücken verzog sie das Gesicht. „Also dann …"

Jacob wartete, bis er sie die Treppe hinaufgehen hörte. Erst dann richtete er sich auf. Diese Frau raubte ihm noch den Verstand. Höchstwahrscheinlich war er immer noch durcheinander von der Reise. Nur deshalb hatte sie eine so tief gehende Wirkung auf ihn. Er brauchte einfach nur mehr Zeit, um sich umzugewöhnen. Daten sammeln oder nicht, es war wahrscheinlich besser, wenn er diese Akklimatisierungszeit auf seinem Schiff verbrachte.

Er sah sich in der Hütte um. Allerdings hatte er versprochen, das Geschirr zu spülen. Es wäre sicherlich interessant, sich daran zu versuchen.

Oben im Bad ließ Sunny ein Kleidungsstück nach dem anderen achtlos zu Boden fallen, bis sie nackt dastand. Dann drehte sie das Wasser auf und wartete, bis der Dampf in großen Schwaden durch den kleinen Raum zog. Sie zuckte zusammen, als sie unter den heißen Strahl trat, und stieß einen langen Seufzer aus.

Schon besser, sagte sie sich. Auf jeden Fall eine bessere Methode, ihr Blut in Wallung zu bringen, als Jacob zu küssen.

Nein, war es nicht.

Sie legte die Stirn an die Fliesen und schloss die Augen, während das heiße Wasser auf ihren Rücken prasselte. Vielleicht war es verrückt gewesen, ihn zu küssen, aber sie hatte sich nie lebendiger gefühlt. Diesmal konnte sie die Schuld nicht auf ihn abwälzen, sie hatte den ersten Schritt gemacht. Sie hatte in seine Augen gesehen und gewusst, dass er der Eine war.

Doch wie konnte er das sein? Sie kannte ihn doch kaum und war weit davon entfernt, ihm komplett zu vertrauen. Manchmal wusste sie ja nicht einmal, ob sie ihn mochte. Dann wiederum hatte sie Angst, sie könnte sich in ihn verlieben.

Es war komplett irrational, definitiv unvernünftig und absolut echt. Jetzt musste sie nur noch herausfinden, was sie damit anfangen sollte.

Sie gab etwas Shampoo auf ihre Handfläche und versuchte, logisch zu denken. Sie war eine praktisch veranlagte Frau. Seit sie denken konnte, kümmerte sie sich um sich selbst. Probleme, auch emotionelle, mussten in Angriff genommen und überwunden werden. Sollte sie wirklich dabei sein, sich zu verlieben, würde sie damit fertigwerden. Der Trick bei dem Ganzen war, nicht zu schnell voranzupreschen.

Umsicht, gesunder Menschenverstand und Selbstbeherrschung, das war es. Sunny seifte sich gründlich ein. Sie würde auf Distanz zu Jacob gehen, bis sie ihn besser kennengelernt hatte, bis sie ihre Gefühle genau ergründet hatte. Ja, das ergab Sinn.

Sobald sie sich über *ihre* Gefühle im Klaren war, konnte sie an *seinen* arbeiten. Keine Frage, er war ein seltsamer Mann. Zweifelsohne interessant, aber voller Eigentümlichkeiten, die sie erst noch ergründen musste. Sie würde schon mit ihm fertigwerden.

Sunny drehte das Wasser ab und fuhr sich mit beiden Händen durch das nasse Haar. Bis jetzt war sie noch mit jedem Mann fertiggeworden. Und in diesem speziellen Falle würde sie sich erst einmal um sich selbst kümmern.

Zufrieden mit diesem Entschluss, wickelte sie sich in ein großes Handtuch ein, kickte ihre Kleider aus dem Weg und trat in den Flur hinaus.

Das Geschirrspülen hatte ihm gutgetan. Es war genau die Art von anspruchsloser Tätigkeit, die Jacob brauchte, um seine Gedanken zu beruhigen. Das Etikett der Plastikflasche hatte den Inhalt als Geschirrspülmittel mit dem Saft echter Zitronen ausgewiesen. Er schnupperte an seinen Händen und empfand den haften gebliebenen leichten Geruch als angenehm. Sobald er zurück auf seinem Schiff war, würde er einen Bericht darüber aufzeichnen.

Während des Spülens hatte er auch Zeit gehabt, seine Reaktion auf Sunny in einem anderen Licht zu betrachten. Dass er sich von ihr angezogen fühlte, war nur normal. Eine Art elementare Gewalt. Aber er war intelligent genug, um solche ursprünglichen Triebe zu kontrollieren. Vor allem, wenn ein Ausleben derselben nicht zu kalkulierende Komplikationen heraufbeschwören konnte.

Sie war unbestreitbar schön und begehrenswert – und unerreichbar. Es war keine gute Idee gewesen, um sie zu werben. Ihm war mittlerweile klar, dass jede Art von körperlichem Kontakt mit ihr nicht einfach werden würde. Im Gegenteil. Er würde dieses Problem für sie beide aus der Welt schaffen, indem er seine Sachen zusammensuchte und sich auf sein Schiff verzog. Wenn Cal zurückkam, würde Jacob dem Bruder klarmachen, dass er einen Fehler begangen hatte. Dann würden sie zusammen nach Hause fliegen, wo sie hingehörten. Und damit war die Angelegenheit beendet.

So stellte Jacob sich das vor. Und so hätte es vielleicht auch sein können. Doch er kam gerade auf dem oberen Treppenansatz an, als Sunny aus dem Bad trat. Das Handtuch hielt sie mit beiden Händen über der Brust zusammen fest, und Jacob umklammerte das Treppengeländer so hart, dass er sich wunderte, warum das Holz nicht zerbrach.

Schlechtes Timing. Dieser Gedanke schoss beiden gleichzeitig durch den Kopf. Oder vielleicht war das Timing auch perfekt.

7. Kapitel

Jacob ging auf Sunny zu. Langsam, lautlos, unaufhaltsam. In seinen Augen sah sie das eigene Verlangen widergespiegelt. Roh, ursprünglich, ungezähmt. Ein Verlangen, das sie sich geweigert hatte anzuerkennen. Selbst jetzt, da es so offen vor ihr lag, wollte sie es ignorieren. Unmöglich, bei dieser Macht, bei dieser Stärke.

Sunny hätte einfach eine Hand heben und Nein sagen können. Vielleicht hätte ihn das aufgehalten. Vielleicht auch nicht. Aber sie rührte sich nicht, ihre Hände umklammerten nur weiter das Handtuch. Und sie sagte kein Wort. Nichts.

Auf ihrem Rücken fühlte sie noch immer die Wärme von der Dusche. Oder war es Erwartung, die ihre Haut erhitzte? Ihr Blick hielt dem seinen stand, aber ihr Puls raste, als hätte sie gerade einen Sprint hinter sich.

Jacob berührte sie nicht. Anfangs zumindest nicht. Er wusste, wenn er sie anfasste, würde es kein Zurück mehr geben. Ein Teil von ihm wünschte sich verzweifelt, er könnte sich einfach umdrehen und weggehen, zurück auf den Weg, den er so genau vorgeplant hatte. Diese Frau war ein Umweg, eine gefährliche Kombination aus Kurven und Abzweigungen, die ihn nur in die Irre führen konnten.

Doch während er sie ansah, wusste er bereits, dass die Brücken hinter ihm in Trümmern lagen.

Er nahm ihr Gesicht zwischen seine Hände. Umfasste es sanft, befühlte die Erhöhungen und Vertiefungen, als wolle er es sich für alle Zeiten ins Gedächtnis einbrennen. Wie sie war, in diesem einen Moment, auch wenn die Jahrhunderte sie trennen würden.

Jacob hörte, wie sie den Atem anhielt, fühlte das leichte Zittern ihrer erwachenden Leidenschaft. Teils Angst, teils Herausforderung. Ihr zu widerstehen war genauso unmöglich, wie den eigenen Herzschlag anzuhalten.

Langsam spreizte er seine Finger und ließ seine Hände zu ihrem Haar wandern, vergrub seine Finger in der nassen Seide. Ihr Blick ließ ihn dabei kein einziges Mal los. Ihre Lippen öffneten sich leicht, sowohl Billigung als auch Einladung.

Als sein Mund nur noch einen Atemhauch von ihrem entfernt war, hielt er inne. Nicht, weil er unsicher war. In seinen Augen lag die gleiche Herausforderung wie in ihren.

Sie nahm diese Herausforderung an, machte einen Schritt vor, überbrückte die letzte Distanz zwischen ihnen.

„Ja", sagte sie und bot ihm ihren Mund.

Kein Wort hätte das Feuer in ihm schneller oder höher entfachen können. Keiner noch so raffinierten Verführungskunst wäre es gelungen, die Ketten seiner Selbstbeherrschung mit solcher Wucht zu sprengen. Seine Finger verkrampften sich in ihrem Haar, und sein Mund ergriff fiebrig Besitz von ihren Lippen.

Lichterregen. Feuerwerk. Er fühlte, wie sie den Kuss mit der gleichen wilden Lust erwiderte. Er wusste, auf welches Risiko er sich einließ, doch das machte die Belohnung nur umso süßer.

Er hatte nie eine Frau gekannt, die ihn mit einem bloßen Kuss zum Leiden bringen konnte und ihn auch noch nach diesem Leiden verlangen ließ. Er knabberte an ihren Lippen, hörte ihr lustvolles Aufstöhnen, schlang hart die Arme um sie und drängte sie mit wenigen langen Schritten den kurzen Weg zum Schlafzimmer. Noch während sie an seinem Pullover zerrte, fielen sie zusammen aufs Bett.

Mit einem Ruck riss er ihr leidenschaftlich das Handtuch vom Leib und verschränkte seine Finger mit ihren, hielt sie fest, damit er den köstlichen Anblick genießen konnte. Das trübe Winterlicht ergoss sich über ihren nackten Körper, liebkoste sie zart und sanft wie ein körperloser Liebhaber.

Ihr Anblick raubte ihm den Atem. Sie war hell und schimmernd wie Mondlicht. Ihre langen Gliedmaßen geschmeidig geformt, wie die einer Tänzerin oder Athletin. Stärke und Weiblichkeit. Und während er sie betrachtete, begann sie zu zittern.

Die Hände immer noch verschränkt, beugte er den Kopf und küsste sie. Sie bog sich ihm entgegen, genauso gierig nach dem Kontakt wie er. Es war wie eine Droge, die in ihre Körper eindrang, unaufhaltsam, unabänderlich. Gierig und nahezu wild glitt er mit den Lippen über ihre Haut, ihr Gesicht, ihren Hals, ihre Schultern, ihre Brüste.

Nie hatte er geahnt, dass der Geschmack einer Frau so trunken machen konnte, so süchtig. Er würde nie genug davon bekommen können. Das Verlangen, sie zu der Seinen zu machen, raste durch ihn hindurch wie eine Feuersbrunst.

„Jacob …" Sein Name aus ihrem Mund klang wie ein Stoßgebet, wurde zu einem verzweifelten Stöhnen. „Lass mich …" Sie fand die Kraft und zog ihm den Pullover über den Kopf. Endlich konnten ihre Hände auf Erkundungsreise gehen.

Warm. Fest. Sie erforschte gründlich und gnadenlos. Getrieben von einer unersättlichen Gier, wälzte sie sich mit ihm auf dem Bett. Ihren Mund mit seinem verschmolzen, machte sie sich mit hitzigen Fingern an seiner Jeans zu schaffen. Und endlich, endlich traf heiße Haut auf heiße Haut.

Er hatte gedacht, er wüsste, welche Freuden die Berührungen einer Frau ihm bringen konnten. Doch da hatte ihn diese eine Frau noch nicht berührt. Alles, was er je erfahren hatte, alles, was er kannte, verblasste zu belangloser Nichtigkeit, wurde völlig bedeutungslos.

Ihr Körper erfüllte ihn, Leib und Seele. Sie war alles, wovon er je geträumt hatte, ohne überhaupt zu wissen, dass er es sich erträumt hatte. Während ihre Lippen ihn liebkosten, baute sich eine unermessliche Leidenschaft in ihm auf wie wilde Rage.

Sie rollten über das Bett, nackte Körper, miteinander verschmolzen. Der Kampf, den sie miteinander fochten, wurde von brennenden Küssen, von harten Zärtlichkeiten begleitet. Weit über die Grenzen jeder Vernunft getrieben, fasste Jacob nach ihren Hüften, doch da kam Sunny ihm schon entgegen, um ihn in sich aufzunehmen. Ihre Beine schlangen sich um ihn, fesselten ihn an sich, während sie gemeinsam durch Raum und Zeit rasten.

Und alles, was er wusste, war, dass sie bei ihm war.

Sunny lag quer über dem Bett ausgestreckt, ein Arm hing schlaff über den Bettrand hinaus, die andere Hand hatte sie noch immer in Jacobs Haar verkrallt. Jacob war genauso erschöpft wie sie, lag auf ihr, den Kopf zwischen ihren Brüsten geborgen.

Der erste Gedanke, der ihm in den Sinn kam, war, dass ihr Herz in perfektem Einklang mit seinem Puls schlug.

Er war schwer, aber das war ihr gleich. Es war einfach wunderschön, hier zu liegen. Sie hätte den Rest ihres Lebens so bleiben können, auf seinen Atem lauschen, dem tropfenden Schnee zuhören.

So war es also, wenn man liebte. Sie hatte gar nicht gewusst, dass sie ihr ganzes Leben schon darauf gewartet hatte, ein solches Gefühl zu empfinden. Sie war doch immer davon ausgegangen, dass es durchaus möglich und angenehm war, allein durchs Leben zu gehen, unabhängig, selbstständig, frei zu tun, was sie wollte und wann sie es wollte.

Das Bett mit einem Mann zu teilen, den man gern hatte, respektierte, verstand, schien praktisch und sicherlich menschlich. Aber die Vorstellung, das ganze Leben mit jemandem zu teilen, weil man ohne diese eine Person nicht mehr sein konnte, hatte sie immer für romantischen Unfug gehalten.

Jetzt nicht mehr.

Er war ein wunderbarer Mann. Stark und intelligent. Dickköpfig und rechthaberisch. Genau der Mann, wie ihr jetzt klar wurde, den sie brauchte. Ohne eine dieser Charaktereigenschaften würde ihre Persönlichkeit wie eine Dampfwalze über ihn hinweggebraust sein und würde sie beide unglücklich machen, würde sie beide verletzen.

Sunny lächelte in sich hinein und ertappte sich dabei, wie sie über sein Haar strich. Leise schnappte sie nach Luft und hielt ihre Hand still. Woher kamen bei einer Frau wie ihr diese zärtlichen Gefühle? Leidenschaft, ja, das konnte sie nachvollziehen. Jetzt auf jeden Fall. Aber diese Sanftheit, diese Abhängigkeit, dieses Bedürfnis, zu hegen und zu pflegen und einfach nur zu lieben? Wie würde ein Mann wie Jacob Hornblower auf einen solchen Schwall von Emotionen reagieren?

Er würde sich über sie lustig machen. Sunny schloss die Augen. Vor ein paar Stunden hätte sie sich noch selbst über sich lustig gemacht.

Doch jetzt hatte sich alles verändert. Für sie. Aber bestimmt nicht für ihn. Wenn sie ehrlich war, hatte das Ganze bei ihr schon angefangen, als sie ihn zum ersten Mal erblickt hatte, hier in diesem Zimmer.

Aber Jacob … Hatte sie ihn nicht selbst eine harte Nuss genannt? Ihn zu knacken, herauszufinden, ob unter der harten Schale vielleicht doch ein weicher Kern lag, der zu zärtlicheren Gefühlen fähig war, würde eine schwierige Aufgabe werden. Es würde anstrengend werden. Aber das war nicht das Problem. Das Problem lag darin, dass es Geduld benötigen würde.

Nicht ahnend, welche Richtung Sunnys Gedanken einschlugen, drehte Jacob den Kopf, gerade weit genug, um einen Kuss auf die Rundung ihrer Brust setzen zu können.

„Du schmeckst so gut", murmelte er.

„Hm?"

„Ich kann gar nicht genug davon bekommen." Er kratzte mit den Zähnen über ihre Haut und lächelte, als er spürte, wie ihr Herz einen Schlag lang aussetzte. „So gefällst du mir am besten." Er stützte sich auf einen Ellbogen auf. „Nackt und im Bett."

„Typisch Mann." Sie strich mit einem Finger an seiner Hüfte hinunter und sah zu, wie seine Augen dunkler wurden. „Andererseits … du gefällst mir so auch am besten."

„Ist es nicht schön, dass wir uns endlich mal einig sind?" Er bewegte sich gerade so viel, dass er mit der Zungenspitze über ihren Lippen fahren konnte. „Dein Mund gefällt mir auch, Sunbeam. So trotzig und sexy."

„Das Gleiche möchte ich über deinen sagen."

„Wir sind schon wieder einer Meinung."

„Das muss ein neuer Rekord sein." Sie biss ihm in die Unterlippe. „Vielleicht sollten wir diese Glückssträhne ausnutzen. Was magst du noch?"

„Deine …", sein Lächeln wurde breiter, „unerschöpfliche Energie."

„Schon wieder ein Treffer."

Lachend küsste er sie. „Und deinen Körper", entschied er. „Deinen Körper mag ich auf jeden Fall."

Sie seufzte an seinem Mund. „Die Glückssträhne hält an. Hör jetzt nicht auf, J. T."

Er knabberte an ihrem Ohrläppchen. „Hier, die Stelle gefällt mir auch." Mit seiner Zunge stellte er wunderbare Dinge dort an, bis ihnen beiden schwindlig war. „Aber unter den gegebenen Umständen kann ich wohl auch zugeben, dass ich deinen Geist … faszinierend finde."

„Faszinierend", wiederholte sie, während ihr ein lustvoller Schauer über den Rücken lief. „Eine interessante Wortwahl."

„Nun, es schien mir im Moment passender als ‚anstrengend'. Außerdem habe ich …" Seine Stimme erstarb, als er die beginnenden Blutergüsse auf ihrer Schulter sah. Er strich vorsichtig mit einer Fingerspitze darüber. „Ich habe dir ein paar blaue Flecken gemacht", murmelte er, überrascht und entsetzt zugleich. Hätte er ihr in einem Kampf solche Male zugefügt, hätte er keinen zweiten Gedanken daran verschwendet, aber im Bett, während sie sich geliebt hatten … „Es tut mir leid."

Sunny drehte den Kopf, sodass sie ihre Schulter ansehen konnte. Sie hatte es nicht einmal gespürt. „Wirklich?"

Er sah sie an und bemerkte dieses typisch weibliche, zufriedene Lächeln. „Nein, eigentlich nicht."

„Unter den gegebenen Umständen", sagte sie ironisch.

„Genau." Er wollte noch etwas sagen, aber ganz plötzlich verließen ihn die Worte. Etwas an diesem Lächeln, an ihrer spöttisch hochgezogenen Augenbraue, an diesem herausfordernd gereckten Kinn schaltete seinen Verstand komplett aus.

Lächerlich, sagte er sich selbst, während er sie weiter anstarrte. Absolut lächerlich. Was immer er auch im Moment fühlen mochte, es konnte unmöglich mit Liebe zu tun haben. Nicht die Art von Liebe, die Männern jegliche Vernunft raubte und sie ihr ganzes Leben umkrempeln ließ. Zuneigung, mehr nicht, versicherte er sich. Anziehung, Verlangen, Leidenschaft, begleitet von einer gewissen Sympathie, einem wohlwollenden Gefühl. Aber Liebe? Dafür hatte er keinen Platz in seinem Leben. Und auch keine Zeit.

Zeit. Die Realität holte ihn schlagartig ein. Zeit war das größte Hindernis von allen.

Er rührte sich, wollte sich zurückziehen. Einfach, weil er Abstand brauchte, um klar denken zu können. Lächelnd schlang Sunny Arme und Beine um ihn.

„Hast du noch was vor?"

„Bin ich dir nicht zu schwer?"

„Doch." Sie lächelte immer noch, fuhr mit der Zunge über seine Lippen, bewegte verführerisch ihre Hüften unter ihm. „Ich dachte, wir könnten vielleicht ein kleines Experiment machen."

Er schüttelte den Kopf, doch das klärte seine Gedanken auch nicht. „Ein Experiment?"

„Physik." Sie kratzte leicht an seiner Wirbelsäule entlang. „In Physik kennst du dich doch aus, J. T., nicht wahr?"

So war es jedenfalls mal gewesen. „Dann bitte Dr. Hornblower", murmelte er an ihrem Hals.

„Nun, Doc, gibt es da nicht diese Theorie, wie ein Objekt, das sich bewegt, immer in Bewegung bleibt?"

Sie spürte seinen heißen Atem an ihrem Ohr. „Komm, ich zeige es dir …"

Sunny tat alles weh. Und sie hatte sich noch nie in ihrem Leben besser gefühlt. Mit verhangenen Augen blinzelte sie gegen das schmerzende Licht. Es war Morgen. Schon.

Sie hätte es nie für möglich gehalten, den größten Teil des Tages und die ganze Nacht im Bett zu verbringen. Geschlafen hatte sie dabei allerdings wenig. Mit einem gebrummten Seufzer rollte sie sich auf die andere Seite und stieß gegen Jacobs harten Körper.

Seit dem Morgengrauen war er wirklich schwer beschäftigt gewesen. Beschäftigt damit, sie aus dem Bett zu drängen. Jetzt gehörten ihm neunzig Prozent der Matratze und sämtliche Bettdecken. Das Einzige, was sie davon abhielt, endgültig aus dem Bett zu fallen, war sein Bein, das er über ihre Hüfte geschlungen hatte. Und sein Arm, achtlos, also keineswegs zärtlich, auf ihrem Hals.

Sie drehte sich erneut, traf abermals auf die unnachgiebige Mauer und kniff die Augen zusammen. „Also gut", sagte sie leise zu sich selbst, „dieses Problem muss ein für alle Mal aus der Welt geschafft werden. Denn ich gedenke nicht, für den Rest meines Lebens jede Nacht aus dem Bett zu fallen."

Mit dem Ellbogen stieß sie ihm in den Magen. Er fluchte grummelnd und drückte sie noch ein Stück weiter an den Rand.

Andere Taktik, beschloss Sunny. Also streichelte sie sanft mit einer Hand über seinen Schenkel. „J. T.", säuselte sie und setzte kleine Küsse auf seine Wange. „Liebling …"

„Hm?"

Sie knabberte an seinem Ohr. „Jacob? Schätzchen …"

Er brummte etwas Unverständliches und legte seine Hand auf ihre Brust. Dummerweise hatte die Bewegung sie weitere wertvolle Zentimeter Platz gekostet.

„Baby …" Langsam gingen ihr die Kosenamen aus. „Wach auf, Darling, ich möchte, dass du etwas für mich tust." Mit den Lippen strich sie verführerisch über seine Schulter. „Etwas, was ich wirklich dringend brauche."

Als sich ein sehr selbstzufriedenes Lächeln auf seinem Gesicht ausbreitete, biss sie zu. Kräftig.

„Au!" Ruckartig schlug er die Lider auf, verständnisloser Ärger stand in seinen Augen. „Was, zum Teufel, soll das?"

„Ich wollte mir nur meinen gerechten Anteil vom Bett zurückholen." Zufrieden kuschelte sie sich in das Kissen, von dem er gerade hochgefahren war. Sie öffnete ein Auge und war sehr befriedigt zu sehen, dass er sie böse anfunkelte. „Hat dir schon mal jemand gesagt, dass du dich geradezu unverschämt breit machst? Außerdem hast du mir die ganze Bettdecke weggezogen." Sie schnappte sich die Decke und wickelte sich darin ein.

„Du bist die Erste, die sich beschwert."

Sunny lächelte nur. Sie hoffte darauf, dass sie auch die Letzte sein würde.

Mit gerunzelter Stirn rieb Jacob sich die schmerzende Stelle an der Schulter. Schatten lagen unter Sunnys Augen und ließen sie verletzlich aussehen. Das Pochen an seinem Körper, wo sie ihn in ihrer Lust gebissen hatte, erinnerte ihn allerdings daran, dass sie alles andere als empfindlich war.

Durch diesen fast mageren Körper floss ein unermüdlicher Strom von Energie. Dabei – da war er sicher, auch wenn sie diesen Marathon hinter sich hatten – hatte er noch lange nicht alle Quellen entdeckt, geschweige denn angezapft. Sie hatte ihn an Orte geführt, von deren Existenz er bisher nicht einmal etwas geahnt hatte. Orte, an die er sich schon jetzt zurücksehnte. Sunny hatte sich als unersättlich erwiesen und war nur allzu bereit gewesen, auch seinen Hunger zu stillen. Er hatte sie nur leicht zu berühren brauchen, und sie hatte reagiert. Sie hatte ihn nur leicht zu berühren brauchen, und schon hatte er erneut in hellen Flammen gestanden.

Jetzt, im fahlen Licht des Morgens, hatte sie sich in die Decken eingehüllt, nur ihr blondes Haar und die Hälfte ihres Gesichtes waren noch sichtbar. Und er wollte sie schon wieder.

Was sollte er nur tun? Wegen ihr? Mit ihr? Für sie? Er hatte nicht die geringste Ahnung.

Er fragte sich, wie sie wohl reagieren würde, wenn er ihr alles erzählte. Wahrscheinlich würde sie ihn dann wieder für psychisch instabil halten. Er konnte es ihr beweisen. Wenn er das tat, würden sie sich beide der Tatsache stellen müssen, wie vergänglich das, was während der letzten Erdumdrehung zwischen ihnen passiert war, in Wahrheit war. Aber dazu war er nicht bereit.

Das erste Mal in seinem Leben wollte er sich selbst täuschen. So tun als ob. Die Wahrheit verdrängen. Ihnen würden nur wenige Wochen bleiben. Das war mehr, als vielen Menschen geschenkt wurde. Schließlich wusste er aus erster Hand, wie unbeständig die Zeit sein konnte. Also würde er diese Zeit nutzen und nehmen, was er zusammen mit Sunny kriegen konnte.

Aber wie konnte er so etwas tun? Jacob setzte sich auf und rieb sich mit beiden Händen über das Gesicht. Das war ihr gegenüber nicht fair. Nein, es war sogar äußerst unfair, vor allem, wenn er mit seinem Instinkt richtig lag und von ihrer Seite Gefühle mit im Spiel waren. Es ihr nicht zu sagen, würde sie, wenn es zum Ende kam, unendlich verletzen. Es ihr jetzt zu sagen, würde sie verletzen, noch bevor es richtig angefangen hatte. Vielleicht war das besser so.

„Hast du noch was vor?"

Er erinnerte sich an das erste Mal, als sie diese Worte benutzt hatte und wohin es geführt hatte. Dieses Mal überlegte er sich, wie er ihr beibringen konnte, was genau er vorhatte. Nun, er würde ihr einfach die Fakten liefern. Sie war schließlich eine intelligente Frau.

„Sunny."

„Ja?" Sie strich mit der Hand über seinen Arm. Und weil sie sich schuldig fühlte, küsste sie die Bisswunde an seiner Schulter.

„Vielleicht hätte das hier nicht passieren dürfen." Als er ihr Lächeln schwinden sah, wusste er, dass er falsch angefangen hatte.

„Ich verstehe."

„Nein, du verstehst eben nicht. Warte bitte." Er war wütend auf sich und seine Ungeschicklichkeit, aber er fasste sie und hielt sie fest, bevor sie sich aus dem Bett aufraffen konnte.

„Mach dir keine Sorgen", sagte sie steif. „Wenn man so oft gefeuert worden ist wie ich, gewöhnt man sich langsam an Zurückweisung. Solltest du bereuen, was zwischen uns passiert ist …"

„Ich bereue es nicht." Er schüttelte sie so hart an den Schultern, dass der Schmerz in ihren Augen sich in düstere Sturmwolken verwandelte.

„Mach das besser nicht noch mal."

„Ich bereue es nicht", wiederholte er und bemühte sich, ruhig zu bleiben. „Ich sollte, aber ich tue es nicht. Wie auch, wenn ich an nichts anders denken kann als daran, dich wieder zu lieben?"

Sunny blies sich die Haare aus den Augen und schwor sich still, gelassen zu bleiben. „Ich muss gestehen, ich verstehe nicht ganz, was du sagen willst."

„Ich auch nicht." Er gab sie frei und fuhr sich mit den Fingern durchs Haar. „Es war mir wichtig", sprudelte es aus ihm heraus. So hatte er es eigentlich nicht ausdrücken wollen, aber es stimmte auch. „Mit dir zusammen zu sein war mir wichtig. Ich hätte nicht gedacht, dass es so sein würde."

Die Eisschicht, die sie hastig um ihr Herz gelegt hatte, taute ein wenig. „Bist du sauer, weil es mehr als nur Sex war?"

„Es war sogar sehr viel mehr als nur Sex." Und er war ein Feigling, wie ihm jetzt bewusst wurde. Er konnte ihr nicht sagen, dass das, was sie hatten, schon bald enden würde. „Ich weiß nicht, wie ich damit umgehen soll."

Einen Moment lang schwieg Sunny. Er sah so wütend aus – wütend auf sich selbst. Und genauso verwirrt wie sie, über das, was so urplötzlich und unerwartet zwischen ihnen entstanden war. „Wie wär's, wenn wir es erst einmal von einem Tag zum nächsten angehen lassen?"

Er wandte den Blick zu ihr. Wie gern wollte er glauben, dass es so einfach wäre. Er musste einfach daran glauben. „Und was geschieht, wenn ich abfahren muss?"

Das Eis war jetzt mit Sicherheit geschmolzen, denn sie fühlte den ersten Stich schmerzhaft in ihrem Herzen. „Damit werden wir uns beschäftigen, wenn es so weit ist." Sie wählte ihre Worte sehr vorsichtig. „Jacob, ich glaube nicht, dass einer von uns es darauf angelegt hatte, aber es ist trotzdem geschehen. Und ich möchte es nicht missen."

„Bist du sicher?"

Sie legte eine Hand an seine Wange. „Ganz sicher." Aus Angst, sie könnte zu schnell zu viel preisgeben, kuschelte sie sich wieder unter die Decke. „Und da das jetzt geklärt ist, bist du mit Frühstück machen dran. Ruf einfach, wenn alles fertig ist."

Er brachte keinen Ton heraus. Die Furcht, was ihm über die Lippen kommen könnte, sollte er den Mund öffnen, machte ihn stumm. Wenn ihm nur die Wahl blieb zwischen zu viel sagen oder zu wenig sagen, entschied er sich für Letzteres. Er richtete sich auf, griff sich die Kleider, die er finden konnte, und ging nach unten.

Als Sunny allein war, drehte sie das Gesicht in die Kissen und atmete Jacobs Duft ein. Mit einem schweren Seufzer zwang sie sich, sich zu entspannen. Sie hatte gelogen. Zurückweisungen verletzten sie zutiefst, sie fühlte sich dann unendlich elend und voller Selbstverachtung. Und sollte er sie zurückweisen … das würde sehr viel schlimmer sein, als aus einem Job gefeuert zu werden.

Sie rieb die Wange an dem Kissen und blinzelte ins Tageslicht. Was würde sie tun, wenn er das hier beendete? Sie würde es überleben und sich davon erholen. Daran musste sie einfach glauben. Aber gleichzeitig wusste sie, dass es den Rest ihres Lebens dauern würde, bevor sie sich erholt hätte.

Und deshalb konnte sie nicht zulassen, dass er sich abwandte.

Natürlich war es wichtig, nicht zu drängen. Sunny wusste, sie verlangte immer zu viel von den Menschen, die sie liebte. Zu viel Liebe, zu viel Aufmerksamkeit, zu viel Geduld, zu viel Vertrauen. Dieses Mal würde sie es anders machen. *Sie* würde geduldig sein. *Sie* würde Vertrauen zeigen.

Diesmal wäre es auch leichter, denn er war genauso erschüttert wie sie. Das wäre jeder, nachdem er mit solcher Macht auf einen anderen Menschen geprallt war. Wenn sie in so kurzer Zeit so weit gekommen waren, wie weit konnten sie dann in den vor ihnen liegenden Wochen voranschreiten?

Sie brauchten einfach nur Zeit, um einander kennenzulernen, um die scharfen Kanten abzuschleifen. Nun, die Kanten vielleicht nicht. Um die abzuschleifen, würde ein Leben wahrscheinlich nicht ausreichen. Und außerdem gefielen sie ihr im Grunde genommen. Sie machten das Ganze äußerst reizvoll.

Bei dem Gedanken lächelte sie. Ihr geknicktes Selbstbewusstsein richtete sich wieder auf. Und wenn das nicht funktionieren sollte, würde sie ihn schon dazu bringen, nach ihrer Pfeife zu tanzen. Sunny wusste genau, was sie wollte. Zum ersten Mal in ihrem Leben. Sie wollte Jacob T. Hornblower. Und sollte er seine jämmerliche kleine Tasche zusammenpacken und zurück gen Osten ziehen, nachdem er mit Cal gesprochen hatte, dann würde sie ihm einfach folgen.

Was bedeuteten schon ein paar tausend Meilen zwischen Freunden? Oder Liebenden?

Oh, nein, kampflos würde sie sich nicht von ihm abschütteln lassen. Und kämpfen konnte sie. Wenn sie ihn wollte – dessen war sie sich sicher –, würde er nicht die geringste Chance haben. Sie hatte das gleiche Recht wie er, die Sache zu beenden, und sie war weit davon entfernt, das zu tun. Vielleicht, wenn er Glück hatte, würde sie ihn in fünfzig oder sechzig Jahren freigeben. In der Zwischenzeit würde er sich einfach damit abfinden müssen. Und mit ihr.

„Sunny! Ich habe dieses bunte Zeug in die Schüsseln gefüllt, aber ich kann den verdammten Kaffee nicht finden!"

Sie grinste. Ah, die süße Stimme des Geliebten schwebte durch die frische Morgenluft. Wie sanfte Musik, wie munteres Vogelträllern …

„Ich sagte, ich kann den verdammten Kaffee nicht finden!"

Verliebt bis über beide Ohren, warf sie die Decken beiseite. „Er steht in dem Schrank über dem Herd, du Tölpel! Warte, ich bin gleich unten."

8. Kapitel

Noch eine Woche Frieden, Faulenzen und Natur, und Sunny würde komplett verrückt werden. Das hatte sie mittlerweile begriffen. Selbst die Liebe reichte nicht aus, um die Stunden der Stille zu füllen, die nur von dem gelegentlichen Ruf eines Vogels und dem monotonen Tropfen des schmelzenden Schnees unterbrochen wurde.

Zur Abwechslung konnte sie natürlich auch dem Ächzen des Windes in den Bäumen lauschen. Und als ihr klar wurde, wie tief sie bereits gesunken war, hätte sie ihre sämtlichen weltlichen Besitztümer gegeben, nur um den dröhnenden Lärm des Berufsverkehrs in einer großen Stadt zu hören.

Auch wenn man in den Wäldern geboren war, so dachte sie zähneknirschend, heißt das noch lange nicht, dass man auch hierbleiben muss.

Jacob bot natürlich Abwechslung, eine aufregende Abwechslung zudem. Doch während die Tage vergingen, wurde immer klarer, dass er ebenfalls keineswegs der Typ war, der es genoss, in einer Blockhütte mitten im Nirgendwo eingeschneit zu sein. Auch wenn diese Erkenntnis sie erleichterte, so half sie ihr nicht gegen die Langeweile.

Natürlich gelang es ihnen, sich zu beschäftigen. Sie diskutierten und stritten, sowohl im Bett als auch außerhalb. Bei zwei so energiegeladenen Persönlichkeiten mussten ja die Funken fliegen, wenn sie auf so engem Raum festsaßen.

Sunny kompensierte den Mangel an geistiger Anregung, indem sie sich in eine Art Winterschlaf versetzte. Wenn sie schlief, konnte sie sich wenigstens nicht langweilen. Also gönnte sie sich zu den unmöglichsten Zeiten lange Nickerchen. Und wenn Jacob sicher war, dass sie fest schlief, schlüpfte er aus dem Haus.

Er hatte Cals Flugrad in der Scheune gefunden und benutzte es, um zu seinem Schiff zu fliegen und die neu gesammelten Daten in den Bordcomputer einzugeben.

Er sagte sich, dass er sie nicht täuschte, sondern lediglich die Aufgabe erledigte, derentwegen er hergekommen war. Wenn das schon Täuschung war, konnte er es auch nicht ändern. Was Sunny nicht wusste, konnte sie auch nicht verletzen. Davon war er so gut wie überzeugt. Zumindest für den Moment.

Auch wenn er genauso rastlos war wie sie, so sammelte er bewusst Erinnerungen. Wie sie beim Aufwachen aussah, mit diesen verhangenen Augen und launisch wie ein kleines Kind. Wie sie lachte und die Sonne auf ihr Haar schien. Wie sie zusammen einen Schneemann unter einem Baum gebaut hatten. Wie sie sich anfühlte, wenn sie sich liebten, wenn die Leidenschaft ihren ganzen Körper zum Glühen brachte.

Er würde diese Erinnerungen und Bilder brauchen, die Gesprächsfetzen, die Sprüche, die spöttischen Bemerkungen. Mit jedem Mal, da er zu seinem Schiff zurückkehrte, wurde es ihm klarer. Dann sagte er sich, dass er die notwendigen Vorbereitungen traf, um mit seinem Leben fortzufahren. Und das war es ja auch, was er tat.

Sunny hatte eine Hand voll ausgewählter Universitäten angeschrieben. Aber das Wetter hatte bisher verhindert, dass sie die Briefe abschicken konnte. Sie las, verlor regelmäßig beim Poker gegen Jacob und hatte vor lauter Verzweiflung sogar ihren Zeichenblock hervorgeholt. Als sie es leid war, Bäume und Schnee vor der Hütte zu malen, verlegte sie sich auf Karikaturen.

Jacob las unablässig, außerdem begann er, Notizen auf einem Spiralblock niederzuschreiben, den er in einer Schublade gefunden hatte. Als Sunny ihn fragte, ob er ein Experiment vorbereite, antwortete er nur mit einem unverständlichen Brummen. Als sie nicht locker ließ, zog er sie auf seinen Schoß und stellte Dinge mit ihr an, die sie alle Fragen vergessen ließen.

Noch zwei Mal fiel der Strom aus, und sie liebten sich genauso häufig, wie sie sich stritten. Was recht oft geschah.

Als Sunny sich beim Bettenmachen ertappte, einfach, weil es nichts anderes zu tun gab, stand für sie fest: Sie würden beide in der psychiatrischen Anstalt landen, wenn sie nicht bald etwas unternahmen.

Sie ließ das Bett halb fertig zurück und rannte zum Treppenabsatz. „J. T."

„Was?"

„Lass uns nach Portland fahren."

Jacobs volle Aufmerksamkeit war auf den Bau einer höchst diffizilen Konstruktion gerichtet – aus Spielkarten. Er entdeckte bereits einige deutliche Ähnlichkeiten seiner Konstruktion mit der Skyline von Omega II.

„J. T."

„Ja." Mit absolut ruhiger Hand fügte er eine weitere Karte hinzu.

„Zu spät", murmelte sie und setzte sich neben der Westseite der Stadt hin. „Ihn hat's schon erwischt."

„Haben wir noch mehr von diesen Karten?"

Sie sah zu dem rasch schwindenden Kartenstapel. „Nein."

„Ich hatte mir noch eine Brücke vorgestellt."

„Ich dachte eher an eine Elektroschocktherapie."

„Oder vielleicht einen Wolkengürtel."

„Einen was?"

Er nahm sich zusammen und legte eine weitere Karte an. „Nichts. Ich war mit meinen Gedanken weit weg."

Sie schnaubte leicht. „Was von deinen Gedanken noch übrig ist."

„Was hast du vorhin gesagt?"

„Ich sagte, lass uns ausfliegen."

„Hast du denn ein Fluggerät?"

Sunny öffnete den Mund, schloss ihn wieder. „Manchmal", sagte sie schließlich, „frage ich mich, auf welchem Planeten du lebst."

„Der Planet stimmt schon." Ein Teil seiner Dachkonstruktion begann gefährlich zu schwanken. „Atme bitte in die andere Richtung, ja?"

„Jacob. Wenn du mir bitte einen Moment deiner wertvollen Zeit widmen könntest …"

Jetzt erst sah er auf, und er musste grinsen. „Du hast den schönsten Schmollmund, der mir je untergekommen ist."

„Ich schmolle nie." Und da ihr klar wurde, dass sie genau das im Moment tat, stieß sie die Luft zischend durch die Zähne und wehte damit eines der Kartenhäuser um.

„Du hast gerade Tausende von unschuldigen Menschen umgebracht."

„Hier gibt es nur eine Person, die ich umbringen werde." Verzweifelt griff sie nach seinem Pullover. „J. T., wenn ich nicht bald hier rauskomme, gehe ich die Wände hoch."

„Kannst du das denn?"

„Wirst du ja sehen." Sie beugte sich näher vor. „Portland. Menschen, Verkehr, Restaurants, Kneipen."

„Wann willst du los?"

Prustend ließ sie sich in den Stuhl zurückfallen. „Du hast mir also doch zugehört."

„Natürlich, ich höre immer zu. Also, wann willst du losfahren?"

„Vor einer Woche. Jetzt sofort. Ich bin in zehn Minuten fertig."

Sunny sprang auf. Und auch wenn Jacob sich krümmte, weil seine ganze Stadt zusammenfiel, erhob er sich ebenfalls. „Was ist mit dem Schnee? Kommen wir denn da durch?"

„Seit drei Tagen hat es nicht mehr geschneit. Außerdem hat der Wagen Allradantrieb. Wenn wir es bis zur Landstraße schaffen, sind wir frei."

Der Gedanke, endlich hier herauszukommen, hätte ihn fast seine Prioritäten vergessen lassen. „Und wenn Cal zurückkommt?"

Sie tänzelte vor Ungeduld. „Die beiden kommen frühestens in zwei Wochen zurück. Und davon abgesehen wohnen sie doch hier." Achtlos trat sie auf die Trümmer seiner Stadt. „J. T., überleg doch mal ernsthaft. Willst du es riskieren, dass eine erwachsene Frau wie ich sich in eine rasende Irre verwandelt und außer Rand und Band gerät?"

„Schon möglich." Er griff sie bei den Hüften und zog sie zu sich heran. „Es gefällt mir, wenn du außer Rand und Band bist."

„Dann mach dich auf was gefasst."

„Ich freue mich schon darauf." Er zog sie mit sich auf den Boden.

Sie wehrte sich, aber nur kurz. „Also, ich gehe." Noch während sie das sagte, öffnete sie die Knöpfe ihres Flanellhemdes.

„Fein."

„Ich mein es ernst."

„Gut." Er zog ihr das schlichte weiße Unterhemd über den Kopf.

Sie konnte es nicht verhindern, ihre Lippen verzogen sich zu einem Lächeln. Sie gab auf und half ihm aus seinem Pullover. „Und du kommst mit."

„Selbstverständlich", versprach er. „Sobald wir hier fertig sind." Und dann verschloss er ihr den Mund mit einem Kuss.

Sunny warf den kleinen Rucksack auf den Rücksitz des Geländewagens. Sie hatte Zahnbürste, Haarbürste, ihre liebste Strickjacke und einen Lippenstift eingepackt. „Für den Fall, dass wir unterwegs anhalten müssen."

„Warum sollten wir?"

„Ich weiß nicht, wie lange wir brauchen, um aus dem Gebirge herauszukommen. Danach sind es noch gute fünf Stunden."

Fünf Stunden! Diese Menschen brauchten fünf Stunden, um von einem Staat in den nächsten zu kommen! Während der letzten Tage hatte Jacob fast vergessen, wie anders die Dinge hier waren.

Mit leuchtenden Augen und einem strahlenden Lächeln warf sie ihm einen Blick zu. „Bist du bereit?"

„Allzeit."

Es war wirklich unmöglich, nicht erstaunt zu starren, als sie den Schlüssel in die Zündung steckte und den Motor anließ. Jacob fühlte die Vibrationen des Wagens durch den Boden. Nur ein paar kleine Verbesserungen wären nötig, und selbst dieses archaische Vehikel würde ruhig und leise laufen.

Er wollte schon ansetzen, als Sunny den Gang einlegte und mit den Reifen Schnee aufspritzte.

„Also los! Dieses Baby hier fährt wie ein Panzer", sagte sie glücklich, als sie sich langsam von der Hütte entfernten.

„Ja, offensichtlich." Jacob wappnete sich und fand es widersinnig, dass er um Leib und Leben fürchten sollte, wenn er doch unzählige Flüge mit Warp-Geschwindigkeit hinter sich hatte. „Ich hoffe, du weißt, was du tust."

„Natürlich weiß ich das. Ich habe auf einem Jeep fahren gelernt."

Sie arbeiteten sich jetzt eine kleine Anhöhe hinauf, wo der Schnee geschmolzen und wieder zu einer soliden Eisdecke gefroren war. Jacob schätzte die Abstände und Umfänge der Bäume. Er konnte wirklich nur darauf vertrauen, dass Sunny wusste, wie diese Hindernisse zu vermeiden waren.

„Du siehst irgendwie grün aus." Sie kicherte, als der Wagen zu schlingern begann, lenkte gegen, richtete die Spur, schlingerte wieder. Wenn auch im Zickzackkurs … sie kamen voran. „Hast du schon mal so ein Ding gefahren?"

Er dachte an sein LWL – sein Land-Wasser-Luft-Fahrzeug. Leise, absolut zuverlässig und schnell wie ein Komet. „Nein, um ehrlich zu sein, noch nie."

„Dann erwartet dich jetzt etwas ganz Besonderes."

Der Wagen holperte über einen unter dem Schnee versteckten Stein. „Das kann ich mir vorstellen."

Langsam fraßen sie sich durch die Schneewehen. Jacob entspannte sich etwas. Wie es aussah, wusste Sunny tatsächlich mit diesem Vehikel umzugehen. Und nach zwanzig Minuten setzte auch endlich die Heizung ein.

„Wie wär's mit etwas Musik?"

Er runzelte die Stirn. „Ja, gern, warum nicht", antwortete er zögernd.

„Du suchst aus."

„Was?"

„Die Musik." Vorsichtig steuerte sie einen Hügel hinab. „Das Radio."

Er erblickte einen besonders massiven Baum. Mit der momentanen Geschwindigkeit und dem jetzigen Richtungswinkel rechnete Jacob in dreißig Sekunden mit dem Aufprall. „Haben wir doch gar nicht mitgebracht, oder?"

„Das Autoradio, J. T." Sie verfehlte den Baum um knappe fünf Zentimeter. „Such einen Sender."

Für einen Augenblick nahm sie eine Hand vom Lenkrad und zeigte auf ein Gerät im Armaturenbrett. Mit zusammengekniffenen Augen musterte er die Knöpfe, vertraute auf sein Glück und drehte.

„Es funktioniert besser, wenn du es erst anstellst."

Er hielt den Fluch zurück, drückte einen anderen Knopf und wurde mit einem ohrenbetäubenden Rauschen belohnt. Erst drehte er die Lautstärke herunter, dann machte er sich daran, einen Sender zu finden. Das Erste, was klar hereinkam, war eine schmalzige Instrumentalmelodie, getragen von Streichern. Abwartend schaute er zu Sunny hinüber.

„Wenn das deine Wahl sein sollte, werden wir unsere Beziehung noch einmal gründlich überdenken müssen."

Töne wehten herein und verklangen wieder, während er an dem Knopf drehte. Schließlich ertönte ein flotter Rocksong, nicht unähnlich der Musik, die auch in seiner Zeit durch den Äther kam.

„Das ist in Ordnung." Sie drehte kurz den Kopf, um ihn anzusehen. „Wer ist dein Lieblingsmusiker?"

„Mozart." Die Antwort war sowohl zum Teil wahr als auch völlig ungefährlich.

„Meine Mutter wird dir gefallen. Als ich noch ein Kind war, hat sie immer Mozarts Klarinettenkonzert in a-Moll gespielt."

Auch wenn Rockmusik aus dem Radio klang, summte sie ein paar Takte vor sich hin. „Weil der Klang so rein sei, sagte sie immer. Mom hatte es schon immer mit der Reinheit – keine künstlichen Zusätze, keine Konservierungsstoffe."

„Wie hält sich Nahrung, wenn man keine Konservierungsstoffe hinzufügt?"

„Meine Rede. Was wäre das Leben ohne ein bisschen Chemie, nicht wahr?" Sie lachte, erleichterter, als sie zugeben wollte, als die geräumte Landstraße in Sicht kam. „Dad hatte dann immer sofort Bob Dylan aufgelegt. Eine meiner ersten Erinnerung ist das Bild meines Vaters, wie er im Garten herumwerkelt, das Haar bis auf die Schultern, und diese verkratzte Schallplatte von Dylan sich auf dem tragbaren Plattenspieler dreht. Und alles, was er anhatte, war eine Schlaghose und Perlenketten um den Hals – mein Vater, meine ich, nicht Dylan."

Vor Jacobs innerem Auge erschien das Bild seines Vaters, wie er in sauberer Gärtneruniform, blaues Hemd, blaue Hose, das perfekt geschnittene Haar fein säuberlich unter einer steifen Kappe versteckt, mit feierlicher Miene seine Rosen zurückschnitt und dabei Brahms hörte.

Und seine Mutter, wie sie sonntagnachmittags im Schatten eines Baumes saß und einen Roman las, während er und Cal Baseball auf dem Rasen spielten und sich über Schlagzonen stritten.

„Ich glaube, du wirst ihn mögen."

Ihre Bemerkung holte ihn zurück. Er blinzelte sie an. „Wen?"

„Meinen Vater", erläuterte sie. „Er wird dir gefallen."

Er unterdrückte den Ärger, der in ihm aufstieg. Man brauchte kein Genie zu sein, um zwei und zwei zusammenzuzählen. „Deine Eltern leben in Portland?"

„Stimmt. Keine zwanzig Minuten von meiner Wohnung entfernt." Sie stieß einen kleinen Seufzer der Erleichterung aus, als sie Richtung Norden auf die Bundesstraße einbog. „Sie werden sich freuen, dich kennenzulernen, vor allem, da Cals gesamte Familie sich bisher so diskret im Hintergrund gehalten hat."

Das fröhliche Lächeln schwand, als sie seine Miene sah. Dass sie ihre Finger um das Lenkrad klammerte, hatte nichts mit Ärger zu tun, sondern war reine Verzweiflung. „He, nur weil du meine Eltern triffst, heißt das nicht, dass du für den Rest deines Lebens gebunden bist."

Ihre Stimme klang steif und kalt, und wenn er nicht so sehr in seinem eigenen Unglück verstrickt gewesen wäre, hätte er herausgehört, wie verletzt sie war.

„Von einem Besuch bei deinen Eltern hast du nichts erwähnt." Fakt war, er wollte diese Leute nicht kennenlernen. Weil er an sie nicht als Menschen denken wollte.

„Ich hielt es nicht für nötig." Der freie Fuß, der für die Gangschaltung zuständig war, begann unruhig zu wippen. „Mir ist klar, dass sich deine Vorstellung von Familie von meiner unterscheidet, aber ich würde nie in die Stadt fahren und sie nicht besuchen."

Bittere Galle stieg in seiner Kehle auf. „Du hast keine Ahnung, was mir meine Familie bedeutet."

„So?" Sie zuckte knapp und eingeschnappt mit einer Schulter. „Sagen wir einfach, ich gehe davon aus, dass du kein Problem damit hast, Familienmitglieder für längere Zeit zu ignorieren. Nun, das ist deine Sache." Sie fuhr fort, bevor er etwas erwidern konnte. „Du bist nicht verpflichtet mitzukommen, wenn ich meine Familie besuche." Ihre Finger trommelten jetzt den gleichen Takt wie ihr Fuß. „Um genau zu sein, ich brauche nicht mal deinen Namen zu erwähnen."

Er hielt sich vorsichtig zurück. Wenn er jetzt etwas sagte, könnte es durchaus sein, dass zu viel von seinen Gefühlen herausschlüpfte. Und das würde unweigerlich weitere Erklärungen notwendig machen.

Sie ahnte ja nicht, was er fühlte. Für sie war alles so einfach und unkompliziert. Sie brauchte nur in dieses erbärmliche Modell eines Transportmittels zu hüpfen und ein paar Stunden auf einem sogenannten Highway zu verbringen, und sie würde ihre Familie sehen können. Der aktuelle Stand des Kommunikationsnetzes erlaubte es ihr, auch über große Entfernungen mit ihren Eltern zu reden, selbst wenn sie auf der anderen Seite des Planeten sein sollte. Die Technologie des zwanzigsten Jahrhunderts bot ihr diese Verbindung.

Sie hatte keine Ahnung, was es bedeutete, getrennt von der Familie zu sein. Was es hieß, einen Teil von sich selbst zu verlieren und nicht zu wissen, warum. Wie würde sie wohl reagieren, wenn sie vor der Möglichkeit stand, ihre Schwester nie wiederzusehen?

Auf jeden Fall wäre sie dann nicht so verflucht überheblich.

Für die nächste Stunde beschäftigte Jacob sich damit, in Gedanken die anderen Autos auf der Straße zu verreißen. Lächerlich klobig, grotesk langsam und aberwitzig ineffizient. Kohlendioxydschwaden stiegen auf, und die Menschen hier verpesteten unbedarft weiter die Luft. Sie haben absolut keinen Respekt, dachte er. Weder für sich selbst noch für ihre Ressourcen und schon gar nicht für ihre Nachkommen.

Und da behauptete sie, *er* sei anstrengend.

Was wohl passieren würde, wenn er einfach ins nächste Labor marschierte und ihnen die Prozedur für eine Fusion erklärte? Wahrscheinlich würden sie ihn zum Gott erklären und ihm Opfer darbringen.

Er lehnte sich zurück, die Arme vor der Brust verschränkt. Nein, das würden sie schon selbst herausfinden müssen. Im Moment war sein größtes Problem die Kälte, die von Sunny ausging und ihm bis in die Knochen drang.

Jacob runzelte die Stirn, als Sunny den Wagen auf eine Ausfahrt lenkte. Zwar hatte er den Weg nicht genau verfolgt, aber er war sicher, dass sie noch keine fünf Stunden unterwegs waren. „Was machst du?"

„Ich will etwas essen, und außerdem muss ich tanken." Sie spie die Worte regelrecht aus und sah nicht einmal zu ihm hin.

Sie fuhr auf die Tankstelle, hielt den Wagen neben der Benzinsäule an und stieg aus. Während sie den Zapfhahn in den Tankstutzen steckte, murmelte sie unablässig vor sich hin.

Sie hatte eine Zeit lang tatsächlich vergessen, wie sein Verstand arbeitete. Offensichtlich dachte er jetzt, sie würde ihn mit einem Trick in die Falle locken wollen. *Ich möchte, dass du meine Eltern kennenlernst. Und danach gehen wir die Ringe aussuchen und bestellen das Aufgebot.* Sunny knirschte mit den Zähnen. Es war einfach beleidigend.

Konnte schon sein, dass sie sich in ihn verliebt hatte – eine Situation, die sich, wie sie sehr hoffte, umkehren ließ –, aber sie hatte nichts getan, um ihn unter Druck zu setzen. Oder ihn glauben zu machen, sie könne es gar nicht erwarten, bis er vor ihr auf die Knie ging und um ihre Hand anhielt. Wenn er sich jetzt einbildete, sie würde ihn wie den großen Gewinn und perfekten Schwiegersohn vor ihren Eltern präsentieren, dann hatte er sich gehörig getäuscht. Pinsel!

Jacob blieb eine Weile sitzen, dann beschloss er, ebenfalls auszusteigen, sich die Beine zu vertreten und sich gleichzeitig ein wenig umzusehen.

So, das war also eine Tankstelle. Er studierte die Zapfsäulen. Sunny hatte den Hahn in die Seite des Wagens gesteckt. Sie schien nicht sonderlich glücklich darüber zu sein, hier draußen in der Kälte stehen und diesen Schlauch halten zu müssen. Hinter ihr auf der Zapfsäule drehten sich klickend Zahlen. Der Geruch von Benzin hing penetrant in der Luft.

Weitere Autos standen an anderen Säulen. Manche Fahrer warteten, bis einer der Männer in den Overalls zu ihnen herüberkam und das tat, was Sunny selbst erledigte, andere Fahrer taten es ihr gleich, füllten selbst ihre Tanks auf und zitterten vor Kälte.

Jacob beobachtete, wie eine Frau drei kleinere Kinder zu einem Gebäude etwas abseits zu führen versuchte. Die Kinder quengelten und sträubten sich, und die Frau hatte alle Hände voll zu tun, die drei zu der schmalen Tür zu schieben. Er grinste in sich hinein. Manche Dinge hatten sich über die Jahrhunderte also doch nicht so sehr verändert.

Auf dem Highway rasten die Autos vorbei, ein Zwölftonner ratterte donnernd über den Asphalt und zog eine stinkende Wolke hinter sich her. Jacob rümpfte angeekelt die Nase.

Gebäude gab es auch genügend. Hohe und niedrige, alle auf einem Klumpen zusammengehäuft, so als hätten sie Angst davor, zu viel Platz zwischen sich zu lassen. Er fand diesen Stil extrem uninspiriert. Dann, ein paar Blocks weiter entfernt, entdeckte er ein großes goldenes „M" mit abgerundeten Bögen und fühlte den Stich des Heimwehs. Nun, zumindest sind sie hier nicht völlig unzivilisiert, dachte er. Und als er sich zu Sunny umdrehte, grinste er schon wieder.

Sie reagierte nicht, nahm nur den Füllstutzen aus dem Tank, hängte ihn zurück auf die Zapfsäule und drehte den Tankverschluss zu. Ob sie ihn nun anschwieg oder nicht, er würde sich nicht für etwas entschuldigen, was allein ihre Schuld war. Aber er folgte ihr in das Gebäude und war sofort abgelenkt von den unzähligen Regalen voll mit Süßigkeiten und Getränken und dem Geruch von Rohöl.

Als Sunny Geldscheine aus ihrer Tasche holte, musste Jacob sich ehrlich zusammennehmen, um sie ihr nicht aus der Hand zu reißen, einfach nur, um sich diese Scheine genau anzusehen. Der Mann mit der Kappe tippte mit verschmierten Fingern Zahlen in eine Maschine ein, die auf der Seite des Tresens, auf der sie standen, rot in einem Display leuchteten. Sunny reichte ihm das Papiergeld, er gab ihr kleine Metallstücke zurück. Münzen hießen diese, wie Jacob sich erinnerte. Er war regelrecht frustriert, als Sunny die Münzen in ihre Tasche gleiten ließ, bevor er sie sich ansehen konnte. Er würde sich überlegen müssen, wie er sie dazu bringen konnte, ihm einige Muster zu überlassen.

Die Frau mit den drei Kindern, die er vorhin draußen gesehen hatte, kam in den Raum, und sofort wurde es laut. Die drei fielen über die Regale mit den Süßigkeiten her.

„Jeder nur ein Teil", mahnte die Frau streng und kramte in ihrer Handtasche. „Ich meine es ernst."

Die Kinder, eingemummelt in dicke Jacken und Schals, begannen sich zu streiten, was schließlich in einem allgemeinen

Schubsen endete. Die Kleinste von den dreien landete mit einem Plumps auf ihrem Po und setzte prompt zu lautstarkem Wehklagen an. Automatisch beugte Jacob sich herunter, stellte sie wieder auf die Füße und hielt ihr den zerdrückten Schokoriegel hin.

Ihre Unterlippe zitterte, und ihre vorwurfsvollen Augen füllten sich mit Tränen. „Er muss mich immer schubsen", jammerte sie.

„Schon bald bist du genauso groß wie er, und dann musst du dir nichts mehr von ihm gefallen lassen", munterte er die Kleine auf.

„Entschuldigen Sie." Mit einem Seufzer hob die Frau ihre Tochter auf den Arm. „Wir sind schon lange unterwegs. Scotty, für die nächsten zehn Meilen will ich von dir keinen Ton hören."

Bevor Jacob sich abwandte, erhaschte er noch, dass das kleine Mädchen ihn anlächelte. Und Sunny übrigens auch.

„Redest du wieder mit mir?", fragte er, als sie zurück zum Wagen gingen.

„Nein." Sie zog ihre Handschuhe hoch und ließ sich hinters Steuer gleiten. Es wäre wesentlich einfacher, ihn weiter zu hassen, wenn er nicht so nett zu dem kleinen Mädchen gewesen wäre. „Mich zu bezaubern ist erheblich schwerer als eine Dreijährige."

„Wir könnten uns auf ein neutrales Thema einigen."

Sie startete den Motor. „Bei uns gibt es keine neutralen Themen."

Dem konnte er nicht widersprechen. Er verfiel in Schweigen, während sie sich in den Verkehr einreihte. Aber er hätte sie küssen können, als sie den Schildern zum Drive-in folgte und vor einer Tafel hielt, auf der die Spezialitäten des Restaurants aufgelistet waren.

„Was willst du?"

Er wollte schon nach einem Galaxy Burger und Laser Rings fragen, aber er konnte keines der beiden Gerichte auf der Tafel finden. Wieder einmal legte er sein Schicksal in ihre Hände.

„Ich nehme die doppelte Portion von dem, was du nimmst."
Und weil er nicht widerstehen konnte, spielte er dabei mit den
Fingern in ihrem Haar.

Ärgerlich schüttelte sie seine Hand ab, gab die Bestellung
durch die Sprechanlage durch und reihte sich in die Warte-
schlange der Autos ein. „Wir sparen Zeit, wenn wir unterwegs
essen", sagte sie, während sie ein Stückchen weiter vorrollte.

„Haben wir es denn eilig?"

„Ich verschwende nur ungern Zeit."

Er ebenso wenig, vor allem, weil er nicht sagen konnte, wie
viel Zeit ihnen noch zusammen blieb. „Sunny?"

Keine Antwort.

„Ich liebe dich."

Ihr Fuß rutschte vom Kupplungspedal, mit dem rechten trat
sie auf die Bremse, als der Motor ruckend ausging. Mit offenem
Mund wandte sie ihm das Gesicht zu und starrte ihn an. „Was?"

„Ich sagte, ich liebe dich." Es war gar nicht so schlimm, es
auszusprechen, wie er gedacht hatte. Um ehrlich zu sein, es
fühlte sich sogar gut an. Eigentlich sehr gut. „Ich dachte mir,
wir könnten genauso gut offen sein."

„Oh." Nicht gerade eine sehr geistreiche Erwiderung. Sie
starrte auf die Heckscheibe des Wagens vor sich. Eine Stoffkatze
mit Saugnäpfen klebte an der Scheibe und grinste sie an. Hinter
ihr ertönte eine ungeduldige Hupe, und mit fahrigen Fingern
drehte sie den Schlüssel. Völlig verstört stand sie schließlich vor
dem Ausgabefenster.

„Mehr fällt dir dazu nicht ein?" Der Ärger war eindeutig in
seiner Stimme zu hören, als sie ihn verwirrt anblinzelte. „Nur
‚oh'?"

„Ich ... ich weiß nicht genau, was ..."

„Zwölf fünfzig", rief der Teenager, der ihnen zwei Papiertü-
ten durch das offene Wagenfenster reichte.

„Was?"

Der Junge rollte die Augen. „Das macht zwölf Dollar fünfzig, Lady."

„Oh, ja, natürlich." Sunny nahm ihm die Tüten ab und warf sie Jacob einfach auf den Schoß. Noch während er laut fluchte, reichte Sunny dem Jungen einen Zwanzigdollarschein und wartete erst gar nicht auf das Rückgeld, sondern brauste rasant in den nächsten freien Parkplatz.

„Du hast mir diese heißen Tüten mitten auf ..."

„Entschuldige", unterbrach sie ihn brüsk. Weil sie sich so dumm vorkam, ging sie zum Angriff über. „Das ist alles deine Schuld, wenn du mir so etwas mitten in einer Autoschlange vor einem Fast-Food-Restaurant wie eine Bombe vor die Füße knallst. Was hast du denn erwartet? Dass ich dir um den Hals falle, während sie die sauren Gurken auf die Burger legen?"

„Bei dir weiß ich nie, was ich zu erwarten habe." Er fasste in die Tüte und warf ihr einen Burger zu.

„Aha, bei mir also, ja?" Sie wickelte den Burger aus und biss kräftig hinein. Sie brauchte dringend etwas, um ihre flatternden Magennerven zu beruhigen. Aber es half nichts. „Ich also, ja? Du bist doch derjenige, der das alles angefangen hat, Hornblower. In der einen Minute reißt du mir den Kopf ab, in der nächsten gestehst du mir deine Liebe, und dann wirfst du mir einen Cheeseburger zu."

„Halt den Mund und iss." Er drückte ihr einen Pappbecher in die Hand.

Eher würde er sich die Zunge abbeißen, bevor er es noch einmal zu ihr sagte. Er wusste nicht, was über ihn gekommen war. Das musste an diesen Dämpfen liegen. Kein vernünftiger Mann würde sich in eine so schwierige Frau verlieben. Und obwohl sie ihr Bestes tat, ihn um den Verstand zu bringen, hatte er seine Sinne immer noch einigermaßen beisammen.

„Noch vor ein paar Minuten hast du mich angefleht, wieder mit dir zu reden." Sunny sog an ihrem Strohhalm.

„Ich flehe grundsätzlich nicht."

Sie sah ihn mit düsterer Miene an. „Ich könnte dich aber dazu bringen."

In diesem Moment hätte er sie erwürgen können. Weil sie recht hatte. „Ich dachte, wir wollten weiterfahren."

„Ich habe meine Meinung geändert." So, wie sie innerlich zitterte, würde sie nicht einmal zehn Meter weit fahren können. Aber sie wollte verdammt sein, wenn sie ihn das wissen ließ. Da es hier im Wagen unmöglich war, ihn zu treten, wandte sie sich einfach ab und starrte aus dem Fenster.

Sie aß still vor sich hin und verfluchte Jacob, weil er ihr den Appetit verdorben hatte. Man stelle sich vor. Da sagte er ihr, dass er sie liebte, während sie in einem Drive-in auf die Hamburger warteten. Welch eleganter Stil, welche Finesse! Sunny trommelte mit den Fingern auf dem Lenkrad – und seufzte. Es war so unglaublich süß.

Aus den Augenwinkeln warf sie ihm einen Seitenblick zu. Sein Profil war hart, der Ausdruck in seinen Augen wie Stahl. Sie hatte ihn schon wütender erlebt, aber das hier war auch nicht schlecht. Und etwas an der Art, wie er stillschweigend vor Wut und Frustration kochte, ließ sie sentimental werden. In zwanzig Jahren würde sie sich verträumt lächelnd an den Moment erinnern, da er zum ersten Mal die magischen drei Worte ausgesprochen hatte.

Sie kniete sich vor ihn und schlang die Arme um seinen Hals. Er schnappte nach Luft, als die eiskalte Cola auf seine Hose schwappte. „Verflucht, Sunny, jetzt bin ich auch noch völlig durchnässt!"

Seine wütenden Abwehrbewegungen erlahmten, als ihr Mund seine Lippen fand. Er konnte das Lachen in ihr spüren, und obwohl der Schaltknüppel erheblich störte, versuchte er sie näher an sich heranzuziehen.

„Hast du das ernst gemeint?", wollte sie wissen und schob den Rest des Essens achtlos beiseite.

So leicht würde er es ihr nicht machen. „Was?"

„Was du gesagt hast."

Er zog sie auf seinen Schoß, nicht ohne darauf zu achten, dass sie genau auf seinen nassen Knien saß. „Wann denn?"

Sie schnaubte. „Du hast gesagt, du liebst mich. Meinst du das ernst?"

„Vielleicht." Er schob seine Hände unter ihre Jacke, musste sich aber mit dem Flanellhemd zufriedengeben. „Vielleicht wollte ich ja auch nur ein Gespräch anfangen."

Sie biss ihn in die Lippen. „Letzte Chance, Hornblower. Hast du das ernst gemeint?"

„Ja." Der Himmel stehe ihnen beiden bei! „Willst du dich darüber mit mir streiten?"

„Nein." Sie schmiegte ihre Wange an seine. „Nein, ich will nicht streiten. Jetzt nicht." Er spürte, wie ihr ganzer Körper bei ihrem Seufzer erschauerte. „Es macht mir Angst."

„Dann sind wir schon zu zweit."

Sie drückte einen Kuss auf seinen Hals und warf den Kopf zurück. „Es wird noch schlimmer. Ich liebe dich nämlich auch."

Er hatte es gewusst, und doch … Es aus ihrem Mund zu hören, die Worte ausgesprochen zu hören, zu sehen, wie ihre Lippen sich dabei bewegten … Nichts hätte ihn auf die Gefühle vorbereiten können, die ihn mit aller Macht durchfuhren. Ein ganzer Wasserfall von Gefühlen. Irgendwie kämpfte er sich durch und fand ihren Mund.

Er konnte sie nicht nahe genug an sich ziehen. Es schien ihm überhaupt nicht seltsam, dass sie hier auf einem Parkplatz, am helllichten Tage, auf einer betriebsamen Verkehrsstraße in einem Auto saßen und sich küssten. Viel seltsamer war die Tatsache, dass er überhaupt hier war und sie gefunden hatte, trotz der Jahrhunderte, die zwischen ihnen lagen.

In die Zeit, in der er lebte, konnte sie ihm nicht folgen. In der Zeit, in der sie lebte, konnte er nicht bleiben. Und doch, hier, in diesem engen Raum, waren sie zusammen.

Die Zeit verstrich.

„Ich weiß nicht, was wir unternehmen sollen", murmelte er. Es musste einen Weg geben, eine Gleichung, irgendeine Theorie. Aber welcher Computer würde Daten auswerten können, die rein emotionell waren?

„Immer von einem Tag zum nächsten, weißt du noch?" Weil sie sich an ihn schmiegte, konnte sie die Sorgen in seinen Augen nicht sehen. „Apropos, bis nach Portland sind es noch gute zwei Stunden."

„Viel zu lange."

Kichernd kletterte sie auf ihren Sitz zurück. „Genau das dachte ich auch gerade."

Rasant setzte sie zurück und hielt Ausschau nach dem ersten Motel, an dem sie vorbeikommen würden. Sofort fuhr sie auf den hauseigenen Parkplatz. „Ich denke, wir können eine Pause gebrauchen." Sie schnappte sich ihren Rucksack und ging zur Rezeption, um ein Zimmer anzumieten.

Dieses Mal benutzte sie eine Plastikkarte, etwas, das Jacob wesentlich weniger fremd war. Ohne große Probleme oder viel reden zu müssen, hielt sie wenig später einen Schlüssel in der Hand.

„Wie viel Zeit haben wir? Ich hoffe, wir müssen nicht gleich wieder weg." Auf dem Weg zum Zimmer schlang Jacob einen Arm um ihre Schultern.

Sie warf ihm einen Seitenblick zu. „Es ist vielleicht ein Motel", sie steuerte auf die Tür mit der Nummer neun zu, „aber es ist kein Stundenhotel. Also", sie steckte den Schlüssel in den dafür vorgesehenen Schlitz und öffnete die Tür. „Uns bleibt der ganze restliche Tag und die ganze Nacht. Wenn wir wollen."

„Und ob wir wollen." Kaum dass sie eingetreten waren, hatte er sie schon an sich gerissen, wirbelte sie herum und schob mit ihrem Rücken die Tür zu. Da seine Hände beschäftigt waren, war es Sunny, die die Kette vorlegte.

„J. T., warte."

„Warum?"

„Ich würde wirklich lieber erst die Vorhänge zuziehen."

Jacob glitt suchend mit einer Hand über die Tapete, während er mit der anderen Sunny die Jacke auszog.

„Was treibst du da?"

„Ich suche nach dem Schalter."

Sie gluckste an seinem Hals. „Für fünfunddreißig Dollar die

Nacht musst du die Vorhänge per Hand zuziehen." Sie machte sich von ihm frei und kümmerte sich darum. „Ich würde zu gern sehen, an welche Motels du gewöhnt bist."

Mit den zugezogenen Vorhängen wurde das Licht im Zimmer jetzt sanft und warm, mit einem hellen Schlitz in der Mitte, dort, wo der Stoff zusammentraf. Sunny stand einfach nur da und lächelte ihn an. Und verzauberte ihn völlig.

„Da gibt es ein Hotel auf einer Insel vor Maine." Jacob schüttelte sich den geliehenen Parka von den Schultern und setzte sich dann, um seine Stiefel auszuziehen. „Es wurde in ein Vorgebirge gebaut, sodass alle Zimmer direkt über der See hängen. Du hörst ständig das Rauschen der Wellen. Die Fenster sind … wie soll ich das erklären? Sie sind aus einem speziellen Material, sodass du zwar bis zum Horizont sehen kannst, aber niemand kann von der anderen Seite hineinsehen. Die Wannen sind in den Boden eingelassen und gefüllt mit wohlriechendem Wasser." Er erhob sich und kam langsam auf sie zu. Er stellte sich vor, wie sie zusammen mit ihm dort wäre. „Du kannst dir die Musik aussuchen, indem du sie dir einfach wünschst. Wenn du Mondlicht haben möchtest oder Regen, brauchst du nur einen Schalter zu berühren. Die Betten sind groß und weich, sodass man geradezu aufeinanderzufließt. Solange du dort bist, steht die Zeit still, wenn du nur daran glaubst."

Erregt stieß sie einen Seufzer aus. „Das erfindest du doch alles nur."

Er schüttelte den Kopf. „Ich würde dich hinbringen, wenn ich könnte."

„Ich habe eine rege Fantasie." Sie erschauerte, als er mit den Händen über ihre Schultern strich. „Tun wir einfach so, als wären wir dort. Aber so, wie ich es mir vorstelle, scheint dort nicht der Mond."

Lächelnd drückte er sie auf das Bett und zog ihr die Stiefel aus. „Sondern?"

„Es blitzt und donnert …" Zitternd stieß sie den Atem aus, als sie seine Finger an ihren Waden fühlte. „So fühle ich mich jedes Mal, wenn du mich berührst."

Ja, auch in ihm tobte ein Sturm. Jacob sah die Macht dieses Unwetters in ihren Augen widergespiegelt. Sunny kam ihm entgegen, und auch sie empfand die Urgewalt, als sie ihre Lippen auf seinen Mund presste, heiß und gierig. Sein Duft, männlich und ursprünglich, berauschte sie. Als sie seine Brust liebkoste, hörte sie den Donner im Pochen seines rasenden Pulses widerhallen. Sie glaubte, einen Blitz aufzucken zu sehen, als sie ihm in die Augen blickte.

Die Zeit stand nicht still. Die Uhr lief rückwärts, zurück in eine Zeit, als die Menschen noch Steine als Waffen benutzt hatten. Mit einem unterdrückten Fluch riss Jacob Sunny in seine Arme und nahm ihren Mund in Besitz, brandmarkte sie mit seinen Lippen als die Seine.

Und dann lag sie unter ihm auf dem Bett, ihr Körper erwartungsvoll angespannt wie eine Bogensehne. Ihr Atem ging stoßweise, schien sich aus ihren Lungen herauszwingen zu müssen, während seine Hände überall auf ihr waren. Sie konnte hören, dass er etwas sagte, aber sie verstand die Worte nicht, weil der Donner in ihrem eigenen Kopf zu laut war. Wie besessen riss er ihr das Hemd vom Leib, Knöpfe flogen durch die Luft, fielen klappernd zu Boden.

Sie rief laut seinen Namen, losgelöst, leidenschaftlich, verwirrt durch die wilde Lust, die sie in ihm heraufbeschworen hatte. Dann konnte sie nur noch um Luft ringen, als sie den ersten Gipfel erklomm.

Und dann war er in ihr, erfüllte sie, feuerte sie gnadenlos an. Schneller, härter, während eine Welle nach der anderen über sie schwappte. Wilde Leidenschaft wurde zu Hingabe, Hingabe wurde zu Wehrlosigkeit, Wehrlosigkeit zu Erschöpfung, Erschöpfung zu neuer Energie. Empfindung wechselte mit Empfindung ab, bis die ganze Welt nur noch aus Farben und Licht bestand. Als Jacob sie auf sich zog, wusste Sunny nicht mehr, wo sie begann und er aufhörte. Und sie vergaß, sich darüber Gedanken zu machen.

9. Kapitel

Sunny schloss die Tür zu ihrem Apartment auf und ignorierte das leise Knirschen hinter sich. Es bedeutete, dass Mrs. Morgenstern ihre Wohnungstür einen Spalt weit geöffnet hatte, um herausfinden, was auf dem Hausflur des dritten Stocks vor sich ging.

Sunny hatte sich trotz eines unzuverlässigen Aufzugs und neugieriger Nachbarn für die Wohnung im dritten Stock entschieden, weil zu dem Apartment ein Balkon gehörte. Dieser war zwar genauso winzig wie die Wohnung selbst, aber es gab genug Platz für einen einzelnen Stuhl, und wenn sie die Beine auf das Geländer legte, konnte sie sich sogar sonnen. Der Ausblick war nicht gerade atemberaubend – man blickte hinunter auf einen Parkplatz –, aber Sunny war damit vollkommen zufrieden.

„Da wären wir." Sie war überrascht über das wehmütige Gefühl, das sie überkam, sobald sie das Sammelsurium ihrer eigenen Sachen sah.

Jacob betrat hinter ihr die Wohnung. Durch schmale hohe Fenstertüren fiel Sonnenlicht herein. Bilder reihten sich dicht an dicht an den Wänden – Fotos, Zeichnungen, Poster, Ölgemälde. Anscheinend brauchte Sunny auch in den eigenen Räumen Gesellschaft.

Auf dem ausgesessenen und von der Sonne gebleichten Sofa häuften sich unzählige farbenfrohe Kissen. Davor stand ein niedriger Tisch, auf dem sich Zeitschriften, Bücher und ungeöffnete Post türmten. In einer Ecke des Zimmers staken verstaubte Pfauenfedern aus einer Bodenvase. Auf der gegenüberliegenden Seite des Raumes stand ein weiterer Tisch, der, wie Jacob erkannte, aus einem noch weiter zurückliegenden Jahrhundert stammte. Auf dem exquisit gearbeiteten Stück lagen – außer einer feinen Staubschicht – Ballettschuhe, ein Knäuel blauer Bänder und die Scherben einer zerbrochenen Teekanne. In einem Holzregal steckten Schallplatten, und auf einem hohen Korbschemel stand ein bunter Porzellanpapagei.

„Interessant."

„Nun, es ist mein Zuhause. Die meiste Zeit zumindest." Sie drückte Jacob die Papiertüte mit den Keksen und der Limonade, die sie unterwegs besorgt hatten, in den Arm. „Stell das in die Küche, ja? Ich will nur eben meinen Anrufbeantworter abhören."

„Wo ist die Küche?"

„Da hinten." Sie zeigte auf eine Tür und verschwand durch eine andere.

Allein in der Küche, hatte er Muße, sich ein wenig umzusehen. Es waren nicht die Küchengeräte der Ära. An die hatte er sich mittlerweile gewöhnt. Es waren die vielen Teekannen, die seine Aufmerksamkeit erregten. Sie standen überall, bedeckten jeden freien Platz. Teekannen aller Arten, in jeder Form und allen möglichen Farben, von kitschig bis elegant.

Ihm wäre nie in den Sinn gekommen, in Sunny Sammelleidenschaft zu vermuten. Sie schien doch viel zu rastlos und immer auf dem Sprung, als dass sie ihr Leben mit unnützen Dingen anfüllen würde. Und seltsamerweise fand er es rührend, dass sie trotz allem sentimentale Schwachstellen hatte. Das hätte er nicht von ihr erwartet.

Neugierig betrachtete er eine der Kannen. Ein besonders blumiges Exemplar aus dem späten zwanzigsten Jahrhundert. Bauchig, aus minderwertigem Porzellan gefertigt und mit kitschigen Margeriten bemalt. Jacob schnitt eine Grimasse. Nun, bevor das ein wertvolles Sammlerstück wurde, würde noch einige Zeit vergehen müssen.

Er stellte die Kanne an ihren Platz zurück und ging auf Entdeckungsreise. Die blauen Bänder waren Medaillen, wie er feststellte, Auszeichnungen für Schwimmen, Fechten, Reiten.

Sunny hatte offensichtlich ihr bisheriges Leben damit zugebracht, ihre verschiedenen Talente auszuprobieren. Einige der
Bilder an der Wand trugen ihre Unterschrift – eigentlich nur ein
schwungvolles Gekritzel. Zeichnungen und Fotos von Städten,
von Menschen am Strand.

Ihr Talent war offensichtlich, ein gutes Auge für Details und
eine scharfe Auffassungsgabe. Sollte sie sich je für eine Berufs-
richtung entscheiden, würde sie es in kürzester Zeit bis an die
Spitze schaffen. Doch erstaunlicherweise gefiel sie ihm so, wie
sie war – oft zerstreut, verzettelt, wissbegierig, immer auf der
Suche nach etwas Neuem. Er wollte sie nicht ändern.

Aber *sie* hatte *ihn* verwandelt. Es fiel ihm nicht leicht, das
zuzugeben, aber das Zusammensein mit ihr hatte einige seiner Grundüberzeugungen erschüttert. Er konnte also doch
mit nur einem Menschen zufrieden sein, Kompromisse waren nicht gleichbedeutend mit Kapitulation, und Liebe hieß
nicht, sich selbst zu verlieren, sondern so viel mehr dazu-
zugewinnen.

Und sie hatte ihn dazu gebracht, sich die Frage zu stellen, wie
er den Rest seines Lebens ohne sie auskommen sollte.

Er drehte sich zum Schlafzimmer um und ging sie suchen.

Sie stand in etwas, das er zuerst für einen Schrank hielt.
Dann sah er das Bett und wusste, es war ihr Schlafzimmer. Es
war wohl nicht mehr als sechs Quadratmeter groß, doch Sunny
hatte jeden Zentimeter des Raumes genutzt. Da gab es noch
mehr Bücher, einen riesigen Stoffbären in knalligem Orange,
Schlittschuhe. Skier waren wie Säbel an der Wand aufgehängt.
Auf der Kommode standen unzählige Flaschen und Fläschchen,
mindestens zwanzig verschiedene Duftnoten. Mittendrin ein
Foto ihrer Familie.

Er konnte sich nur schlecht darauf konzentrieren, nicht,
wenn sich Sunny mit bloßem Oberkörper direkt neben dem
Bett befand. Sie hatte seinen Pullover ausgezogen. Den Pullover,
den er ihr für die restliche Fahrt hatte leihen müssen, weil er ihr
Hemd zerrissen hatte. Jetzt kramte sie in ihrem Kleiderschrank

nach einem neuen Oberteil, während sie mit einem Ohr auf die Einheit lauschte, die als Radio, Wecker und Anrufbeantworter diente.

„He, Baby."

Die Stimme, die aus der Maschine kam, war männlich und sehr einschmeichelnd. Und im gleichen Moment, als Jacob sie vernahm, verabscheute er ihren Besitzer auch schon.

„Hier ist Pete. Bist du etwa immer noch sauer? Komm schon, Sunny. Schätzchen. Irgendwann musst du mir ja doch verzeihen, oder? Ruf mich an, dann gehen wir zusammen aus. Ich vermisse dein hübsches Gesicht."

Sunny schnaubte und zog ein Sweatshirt hervor.

„Wer ist Pete?"

„Huch." Sie schlug sich die Hand auf die Brust. „Himmel, hast du mich erschreckt!"

„Wer ist Pete?", wiederholte er.

„Ach, bloß so ein Typ." Sie zog sich das Sweatshirt über. „Ich hatte gehofft, du würdest mir eine Limonade mitbringen." Sie setzte sich auf das Bett, um sich die Stiefel auszuziehen.

„Sunny." Dieses Mal ertönte eine sanfte weibliche Stimme. „Libby und Cal haben eine Postkarte geschickt. Melde dich, wenn du zurück in der Stadt bist."

„Meine Mutter", erklärte Sunny und wackelte mit den Zehen. Grinsend reichte sie Jacob den Pullover. „Hier, den kannst du jetzt wieder zurückhaben."

Er hätte nicht sagen können, was genau er fühlte. Also zog er stumm den Parka aus. Darunter kam seine bloße Brust zum Vorschein. Als er sich daranmachte, den Pullover über den Kopf zu stülpen, ertönte die nächste männliche Stimme aus der Maschine.

„He, Sunny, Marco hier. Wo, zum Teufel, steckst du? Ich versuche dich schon die ganze Woche zu erreichen. Klingel durch, wenn du wieder da bist." Dann folgte noch ein Geräusch, das an einen schmatzenden Kuss erinnerte.

„Wer ist Marco?" Jacob blieb bedrohlich leise.

„Ein anderer Typ." Sie zog kritisch eine Augenbraue in die Höhe, als er sie beim Arm fasste und auf die Füße zog.

„Wie viele gibt es?"

„Nachrichten?"

„Männer."

„Sunny, Bob hier. Ich dachte mir, du würdest vielleicht gern …"

Hastig drückte Sunny auf den Knopf, um den Anrufbeantworter abzustellen, aber ihre Stimme blieb ruhig. „Ich habe sie nicht gezählt, J. T. Möchtest du gern unsere bisherigen Leben miteinander abgleichen?"

Er antwortete nicht, weil er nicht konnte. Er ließ sie los und ging.

Eifersucht. Sie fraß ihn auf. Er verabscheute dieses Gefühl. Er hielt sich nicht unbedingt für einen beherrschten Mann, aber er war intelligent. Natürlich hatte sie vor ihm ein Leben gehabt. Eine Frau wie sie, schön, klug, faszinierend, musste anziehend auf Männer wirken. Auf viele Männer. Und hätte er die Möglichkeit dazu, würde er jeden Einzelnen von ihnen mit eigenen Händen umbringen. Weil sie angefasst hatten, was sein war.

Und doch nicht sein.

Er fluchte und schwang herum, nur um festzustellen, dass Sunny ihn vom Türrahmen her beobachtete.

„Streiten wir uns jetzt?"

Sein Herz blutete. Sie anzuschauen und zu wissen, dass es nicht sein konnte, ließ ihn unerträgliche Qualen leiden. „Nein."

„Gut."

„Ich will diese Männer nicht in deiner Nähe haben", brach es aus ihm hervor.

„Jetzt mach aber mal 'nen Punkt."

Mit zwei großen Schritten war er bei ihr und packte ihren Arm. „Es ist mir ernst."

Sie riss sich von ihm los und funkelte ihn böse an. „Mir auch. Verflucht, denkst du, auch nur einer von denen könnte mir etwas bedeuten, nachdem ich mit dir zusammen war?"

„Wenn du nicht …" Verzögert wurde ihm der Sinn ihrer Worte klar und ließ ihn verstummen. Mit hocherhobenen Händen trat er einen Schritt zurück.

Sie hingegen machte einen nach vorne. „Wenn ich nicht was? Wenn du dir einbildest, du kannst mir Befehle erteilen, habe ich schlechte Neuigkeiten für dich, Kumpel. Ich muss mir von dir nicht …"

„Du hast recht." Er legte seine Hand um ihre geballte Faust. Sie gehörte ihm nicht, erinnerte er sich. Daran musste er sich gewöhnen. „Ich komme wohl nicht gut mit der Situation zurecht. Ich war eben noch nie verliebt."

Die Streitsucht in ihren Augen schwand sofort. „Ich auch nicht. Nicht so."

„Es stimmt, nicht so." Er küsste ihre Fingerspitzen. „Kannst du deine Kommunikationen nicht später auswerten?"

Amüsiert über seine Wortwahl, grinste sie. „Kein Problem. Hör zu, mach's dir bequem, nimm dir aus dem Kühlschrank, was du finden kannst. Der Fernseher steht im Schlafzimmer, die Stereoanlage hier im Wohnzimmer. Ich bin in ungefähr zwei Stunden wieder zurück."

„Wohin gehst du?"

Sie schlüpfte in ein Paar ausgetretene Turnschuhe. „Zu meinen Eltern. Wenn du Lust hast, können wir später essen gehen und danach tanzen oder so."

„Sunny." Jacob hielt ihre Hand fest, als sie ihre Jacke aufnehmen wollte. „Ich würde gerne mitkommen."

Mit ernster Miene studierte sie sein Gesicht. „Du musst nicht, Jacob, wirklich nicht."

„Ich weiß. Ich möchte aber."

Sie küsste ihn auf die Wange. „Hol deine Jacke."

William Stone stapfte auf bloßen Füßen zu der Tür seiner vornehmen Tudor-Villa. Das Sweatshirt, das er trug, hing ausgebeult um seinen hochgewachsenen, hageren Körper, die ausgewaschene Jeans war an den Knien hauchdünn geworden, aber er weigerte sich strikt, sie aufzugeben. In der einen Hand hielt er ein schnurloses Telefon, in der anderen eine Banane.

„Hören Sie, Preston, ich wünsche mir eine dezente Werbekampagne. Keine tanzenden Teebeutel, keine Heavy-Metal-Musik und auch keine sprechenden Teddybären." Mit einem frustrierten Schnauben riss er die Haustür auf. „Ja, das schließt auch Walzer tanzende Karnickel aus, Herrgott noch mal! Ich will …" Er erblickte seine Tochter und begann zu strahlen. „Kümmern Sie sich darum, Preston", ordnete er an und unterbrach die Verbindung. „Hallo, mein kleiner Racker." Er breitete die Arme aus und schlang sie um Sunny.

Sunny gab ihrem Vater einen schmatzenden Kuss und stibitzte seine Banane. „Der mächtige Tycoon hat gesprochen."

William verzog das Gesicht. „Ich wollte nur …" Er sprach den Satz nicht zu Ende, als er Jacob hinter Sunny auf der Schwelle erblickte. Er versuchte, sich an den richtigen Namen zu erinnern. Sunny brachte öfter Männer mit, Freunde, Begleiter … William weigerte sich anzuerkennen, dass seine Tochter vielleicht Liebhaber haben könnte. Und dieser hier kam ihm zwar bekannt vor, aber der Name wollte ihm nicht einfallen …

„Das ist J. T.", sagte Sunny mit vollem Mund und biss erneut in die Banane. Den anderen Arm hatte sie ihrem Vater um die Hüfte geschlungen.

Wie ein Ei dem anderen. Jacob war stolz auf sich, dass er sich die Redewendung gemerkt hatte. Der gleiche Typus, der gleiche Körperbau, der gleiche offene Blick. Jacob ergriff die Initiative und trat mit ausgestreckter Hand vor.

„Mr. Stone."

Da William mit einem Arm immer noch seine Tochter hielt – beschützend, wie er sich sagte, nicht besitzergreifend –, schob er das Telefon in seine Hosentasche und ergriff die dargebotene Hand.

„Hornblower. Jacob Hornblower." Sunny amüsierte sich prächtig. „Cals Bruder."

„Na, so was …" Williams Lächeln fiel schon viel freundlicher aus, der Handschlag wesentlich enthusiastischer. „Schön, dich kennenzulernen. Wir fingen schon an zu glauben, Cal hätte seine Familie nur erfunden. Nur herein. Caro muss auch hier irgendwo sein."

Jacobs Hand ließ er los, aber Sunny behielt er fest im Arm, während er durch die große Halle ins Wohnzimmer ging. Jacobs erster Eindruck war der von kräftigen Farben, kombiniert mit Pastell. Alles machte den Eindruck zeitloser Eleganz.

Einzelne Stücke aus glitzerndem Kristall, schimmernde Antiquitäten und, wie er jetzt erkannte, Caroline Stones bewundernswerte Kunststücke. Überrascht sah er ihre gewebten Meisterwerke an den Wänden hängen, aber als er einen ihrer handgewebten Teppiche auf dem Boden liegen sah, wäre ihm fast der Atem weggeblieben.

„Setzt euch", bat William und ging zu einem Schränkchen, das Jacob als Antiquität von unschätzbarem Wert erachtete. „Wie wärs mit einem Drink?"

„Nein, danke, für mich nicht." Jacob starrte auf den Zitronenbaum am Fenster. Sein Vater zog auch solche Zierbäume.

„Du wirst wohl eine Tasse Tee trinken müssen." Sunny tätschelte Jacobs Hand, als sie sich zu ihm aufs Sofa setzte. „Dad ist sonst beleidigt."

„Ja, natürlich." Er sah zu William und erhaschte gerade noch dessen abschätzenden, kritischen Blick aus den leicht zusammengekniffenen Augen.

Das Telefon in Williams Tasche begann zu klingeln. Er ignorierte es. Da Sunny das Funkeln in den Augen des Vaters erkannte und die unvermeidlichen Fragen noch eine Weile hinauszögern wollte, drückte sie ihm die Bananenschale in die Hand.

„Ich will auf jeden Fall eine Tasse Tee, Dad. Wie wärs mit ‚Orientalische Ekstase'?"

„Na gut. Ich mache welchen."

Mit dem klingelnden Telefon in der Hosentasche verschwand William durch eine Tür.

Sunny gluckste und legte ihre Hand wieder auf Jacobs. „Ich denke, ich sollte dich warnen …“ Sie legte den Kopf leicht schief und beobachtete Jacob. Er starrte mit offenem Mund auf einen der Gobelins ihrer Mutter. „J. T.? Möchtest du wieder in unsere Mitte zurückkommen?“

„Was? Oh ja, sicher.“

„Ich wollte dich warnen. Mein Vater ist extrem neugierig. Er wird dir alle möglichen Fragen stellen, persönliche Fragen hauptsächlich. Er kann einfach nicht anders.“

„Dann weiß ich ja jetzt Bescheid.“ Er konnte nicht widerstehen. Er erhob sich und fuhr mit den Fingerspitzen über den weichen Stoff.

Sunny stellte sich neben ihn. „Meine Mutter hat mittlerweile als Künstlerin einen ganz guten Ruf.“

Letzteres war eine maßlose Untertreibung für das Renommee, das die Künstlerin Caroline Stone in der Zukunft genoss. Ihr Werk wurde in Museen hinter Glas aufbewahrt. Kunststudenten aus dem ganzen Universum kamen, um ihre Arbeiten zu bewundern. Und er saß hier und berührte eines dieser unschätzbaren Kunstwerke.

„Früher hat sie ihre Sachen verkauft, damit wir Geld hatten, um Essen zu kaufen.“

„Das ist doch nur ein Mythos.“

„Wie bitte?“

„Nichts.“ Jacob ließ die Hand sinken und steckte sie lieber in die Hosentasche. Zum ersten Mal, seitdem er sein Raumschiff verlassen hatte, fühlte er sich völlig desorientiert. Hier waren Menschen, von denen er nur in Geschichts- und Unterrichtsmaterialien gehört und gelesen hatte. Historische Figuren. Und doch war er hier, in ihrem Zuhause. Er liebte ihre Tochter. Wie konnte er eine Frau lieben, die vor Jahrhunderten gelebt hatte und schon längst gestorben war, noch bevor er geboren wurde?

Panik. Er konnte sie schmecken. Hastig drehte Jacob sich um und fasste Sunnys Arme. Realität, fest und warm. Er hielt diese Realität mit beiden Händen. „Sunny.“

„Was ist denn?" Er sah plötzlich so blass und angegriffen aus, seine Augen waren dunkel geworden.

Er schüttelte nur den Kopf. Es gab nichts, was er sagen könnte. Keine Worte würden erklären können, was er empfand. Und so presste er verzweifelt die Lippen auf ihren Mund, damit ihre Nähe seine Angst vertreiben würde.

„Ich liebe dich."

„Ich weiß." Die Verzweiflung in seiner Stimme rührte sie. Sie legte eine Hand an seine Wange. Das Bedürfnis, jemanden zu trösten und zu besänftigen, war noch immer neu für sie. „Irgendwann werden wir uns wohl daran gewöhnt haben."

„Hallo."

Sie wichen auseinander. Caroline stand im Türrahmen. Das glatte dunkle Haar spielte um ihre Schultern, in ihren Ohren baumelten lange Ohrringe aus bunten Perlen. Ein sanftes Lächeln lag auf ihrem Gesicht, ein sehr hübsches Gesicht, das Ruhe und Herzlichkeit ausstrahlte. Sie trug ein weites Männerhemd, enge Jeans und Mokassins mit Perlenstickerei. Auf den Armen hielt sie ein glücklich lachendes Baby.

„Mom." Sunny rannte auf ihre Mutter zu und umarmte sie und das Baby genauso enthusiastisch, wie sie ihren Vater begrüßt hatte. Sunny war größer als Caroline und musste sich dafür leicht herunterbeugen. Lachend nahm sie das Baby auf den Arm, hielt den Jungen hoch über den Kopf und drehte sich mit ihm im Kreis. „Hallo, Sam! Wie geht's, wie steht's? Oh, du bist ja so groß geworden!"

„Er hat den gleichen gesunden Appetit wie seine Schwester", bemerkte Caroline.

Sunny grinste und setzte sich den glucksenden Jungen auf die Hüfte. „J.T. meine Mutter Caroline, und das hier ist mein Bruder, König Samuel."

„J.T." Carolines Künstlerauge hatte längst die Ähnlichkeit erkannt. „Du musst Cals Bruder sein."

„Ja." Dieses Empfinden von Unwirklichkeit kehrte zurück, als Caroline durch den Raum auf ihn zukam. Doch sie gab ihm nicht die Hand, sondern begrüßte ihn mit einem Kuss auf die Wange.

„Wir haben uns schon so lange gewünscht, Cals Familie kennenzulernen. Er ist so stolz auf dich."

„Ist er das?" Ein Hauch von Argwohn schwang in diesen Worten mit. Caroline hörte und ignorierte es.

„Ja. Sind deine Eltern auch hier?"

„Nein. Es war ihnen nicht möglich zu kommen."

„Oh." Enttäuschung flackerte in Carolines Augen auf, aber nur kurz. „Nun, irgendwann werden wir sicherlich zusammenkommen. Wo ist Will?", wandte sie sich an Sunny.

„Er brüht Tee auf."

„Ja, was sonst. Setzen wir uns doch. Du bist also Astrophysiker?"

„Ja, das stimmt." Jacob ließ sich auf dem Sofa nieder, während Caroline sich ihm gegenüber auf einen Sessel setzte und Sunny mit dem Kleinen auf dem Boden spielte.

„J. T. beschäftigt sich mit Zeitreisen."

„Reisen durch die Zeit?" Caroline lächelte und schlug die schlanken Beine übereinander. „Will wird ganz aus dem Häuschen sein. Er beschäftigt sich viel mit diesen Dingen. Obwohl … im Moment hat er sich wohl mehr auf Paralleluniversen versteift."

„Was ist denn aus der Reinkarnation geworden?"

„Oh, daran glaubt er immer noch fest. Er ist überzeugt, dass er schon mal als Mitglied des ersten Bundeskongresses gelebt hat."

„Immer noch der alte Revoluzzer." Sunny kitzelte ihren Bruder und sah zu Jacob auf. „Mein Vater bevorzugt grundsätzlich kontroverse Themen, damit er sich so richtig schön streiten kann. Oh, seht nur, Sam krabbelt schon!"

„Ja, das hat er vor Kurzem gelernt." Mit zwei Drittel Stolz und einem Drittel Staunen verfolgte Caroline den Weg ihres Sohnes über den Teppich. „Will hat bestimmt schon eine ganze Kiste voll Videos aufgenommen."

„Das steht mir ja wohl auch zu." William schob den Teewagen ins Zimmer. „Wenn ich mich recht entsinne, ging Sunny vom Krabbelstadium so schnell zum Rennen über, dass wir nicht einmal Zeit zum Blinzeln hatten."

„Und du hast das alles mit der gebrauchten Filmkamera aufgezeichnet." Caroline erhob sich, stieg über ihren Sohn hinweg und drückte William einen Kuss auf die Wange, bevor sie ihm half, den Tee zu servieren.

„So …" In der Küche hatte William Zeit gehabt, sich die Liste seiner Fragen zurechtzulegen. „Du bist also gerade erst in Portland angekommen?"

„Heute Nachmittag." Jacob nickte und nahm die Tasse Tee entgegen.

„Du hast Cal gesucht und bist auf Sunny gestoßen."

„Stimmt." Jacob nippte an der Tasse und versuchte zu begreifen, dass er hier „Kräuterhimmel" mit dem Erfinder des Tees trank. „Er hatte mir die …", fast hätte er „Koordinaten" gesagt, „Wegbeschreibung zum Blockhaus zukommen lassen."

„Zur Hütte?" Williams Hand mit der Tasse hielt auf dem Weg zum Mund inne. „Du warst also in der Hütte – mit Sunny?"

„Letzte Woche hat da oben ein teuflischer Schneesturm getobt." Sunny legte ihrem Vater die Hand aufs Knie. „Zwei Tage haben wir sogar ohne Strom dagesessen."

„Ihr beide zusammen?"

Es gelang ihr nur mit Mühe, ihr Gesicht völlig ausdruckslos zu halten. „In einem so kleinen Haus ist es unwahrscheinlich, dass der Strom an verschiedenen Stellen ausfällt."

Caroline beobachtete die kleine Szene mit einem amüsierten Lächeln, dann folgte ihr Blick ihrem Sohn, der auf Jacobs Füße zukrabbelte. „Es ist so schade, dass du Cal und Libby verpasst hast. Ich hoffe doch, du bleibst noch, bis die beiden zurück sind."

Sam kaute an Jacobs Hosenbein. Jacob stellte seine Tasse ab und nahm den Kleinen auf seinen Schoß. „Das hatte ich eigentlich vor."

„Und wo?", wollte William wissen, auch wenn Sunny ihm die Finger in das Knie krallte.

„Wusstest du übrigens, dass J. T. sich mit Experimenten zu Zeitreisen beschäftigt?"

„Zeitreisen?" Faszination kämpfte mit väterlichem Beschützerinstinkt. Der Beschützerinstinkt gewann. „Wie lange habt ihr da oben in den Bergen zusammen gehaust?"

Jacob ließ Sam auf seinem Zeigefinger kauen. „Zwei Wochen."

„Aha." William kniff die Augen zusammen und legte Sunny eine schwere Hand auf die Schulter. „Dann hat euch wohl der Schneesturm davon abgehalten, euch um eine passendere Unterbringungsmöglichkeit zu kümmern?"

Sunny schlug die Augen zur Decke auf. Caroline seufzte. Jacob strich über Sams feines Haar.

„Ich war sehr zufrieden mit der Unterbringung."

„Das kann ich mir vorstellen." William wollte sich vorbeugen und stieß ein Zischen aus, als Sunny erneut schmerzhaft sein Knie packte.

„Habe ich dir eigentlich schon erzählt, J. T., dass mein Vater mit meiner Mutter durchgebrannt ist?" Oh, sie genoss diesen Ausdruck und zog ihn absichtlich in die Länge. „Mom war damals gerade mal sechzehn."

„Siebzehn", korrigierte William knurrend.

„Nicht ganz." Das kam jetzt von Caroline, während sie ihre Tasse zum Mund führte.

William warf seiner Frau einen vernichtenden Blick zu. „Du standest zwei Monate vor deinem siebzehnten Geburtstag. Und außerdem war das etwas ganz anderes."

„Natürlich", stimmte Sunny ironisch lächelnd zu.

„Damals war das eben so", murmelte William eingeschnappt, „in den Sechzigerjahren."

Sunny setzte einen Kuss auf sein schmerzendes Knie. „Das erklärt natürlich alles."

„Man muss es miterlebt haben, um es zu verstehen. Außerdem … wäre Caros Vater nicht so unvernünftig und unnachgiebig gewesen und hätte sich nicht ständig eingemischt, wären wir auch nicht gezwungen gewesen durchzubrennen."

„Das verstehe ich vollkommen." Sunny klimperte mit den Wimpern. „Es gibt nichts Schlimmeres als einen Vater, der seine Nase ständig in Dinge steckt, die ihn nichts angehen."

Mit zwei Fingern klemmte William Sunny die Nase ein und drehte hart. „Pass auf, was du sagst."

Sie grinste nur. „Sag mal, redet Grandpa eigentlich mittlerweile mit dir?"

„Selten."

„Nur, wenn sie sich wegen Sam gemeinsam zum Narren machen", warf Caroline ein. „Er hat uns schon fast vergeben, dass er dich und Libby als Babys nicht verwöhnen konnte. Soll ich dir Sam abnehmen, J. T.?"

„Nein, uns geht es gut." Das Baby erforschte interessiert Jacobs Finger. „Er sieht dir ähnlich", sagte Jacob in Sunnys Richtung.

Sie hätte das Gefühl nicht beschreiben können, welches das Bild von Jacob mit dem Baby auf dem Schoß in ihr auslöste. „Ja, das finde ich auch."

William trommelte mit den Fingern auf der Sessellehne. Diese Hornblower-Jungen schienen über einen Charme zu verfügen, der geradezu unwiderstehlich auf seine Töchter wirkte. Auch wenn er sich zu der Meinung durchgerungen hatte, dass Cal fast gut genug für seine Libby war, so behielt er sich ein Urteil über *diesen* Hornblower hier jedoch noch vor.

„So, du bist also Wissenschaftler." William hatte im Allgemeinen großen Respekt vor solchen Menschen, aber das bedeutete nicht, dass er die Vorstellung akzeptierte, seine Tochter mit diesem hier kuscheln zu sehen. In seiner Hütte. Und ohne Elektrizität.

„Ja."

Gesprächig war der Junge auch nicht gerade. Also würde William tiefer graben müssen. „Astrophysik, sagtest du?"

„Richtig."

„Wo hast du studiert?"

„Willst du ihn nicht auch noch nach seinem Notendurchschnitt fragen?", murmelte Sunny genervt.

„Sei still." William tätschelte ihr den Kopf. „Der Weltraum hat mich schon immer fasziniert." Dieses Mal war sein Lächeln etwas freundlicher. „Deshalb interessiert es mich."

Nun, wenn das so war – diese Neugier konnte er befriedigen. „Meinen Jura-Abschluss habe ich in Princeton gemacht", setzte Jacob an.

„Jura?", mischte Sunny sich ein. „Davon hast du mir nie etwas gesagt."

„Du hast ja nicht gefragt." Er sah ihr kurz in die Augen, dann wandte er sich wieder ihrem Vater zu. „Das mit der Physik hat eigentlich als Hobby angefangen."

„Ein recht ungewöhnliches Hobby", bemerkte William.

„Mag sein." Jacob lächelte. „So wie ein Kräutergarten."

Jetzt konnte William sich das Grinsen nicht verkneifen. „Und das mit den Zeitreisen …"

„Entspann dich, Will", schaltete Caroline sich ein. „Du kannst den armen Kerl später noch verhören. Jetzt braucht dein Sohn erst einmal eine neue Windel."

„Ich weiß, ich bin an der Reihe." William richtete sich auf und ging auf Jacob zu, um ihm Sam aus den Armen zu nehmen. Kaum dass er den Kleinen hielt, wurde ihm ganz warm ums Herz. „Komm her, mein Sohn. Trink ruhig noch einen Tee", sagte er zu Jacob. „Wir unterhalten uns später über deine Experimente."

„Ich komme mit." Sunny stand vom Boden auf. „Dann kannst du mir auch alle Spielzeuge zeigen, die du gekauft hast."

„Warte, bis du die Eisenbahn gesehen hast", sagte Will auf dem Weg aus dem Zimmer.

„Will gibt vor, die Spielzeuge für Sam zu kaufen." Caroline erhob sich lächelnd, um Jacobs Tasse nachzufüllen. „Ich hoffe, du bist nicht allzu verärgert."

„Worüber?"

„Über die Spanische Inquisition." Sie setzte sich zurück auf die Armlehne, und Jacob fühlte sich an Sunny erinnert. „Eigentlich war es recht harmlos, verglichen mit dem, was Cal durchmachen musste."

„Anscheinend hat Cal den Test bestanden."

„Wir alle haben ihn sehr gern. Will hätte ihn liebend gern bei sich in der Firma untergebracht, aber Cal muss einfach fliegen. Aber das weißt du ja sicher."

„Er wollte nie etwas anderes tun."

„Das merkt man. Mit Libby ist es das Gleiche. Sie wusste immer, was sie wollte. Für Sunny ist es da schwieriger. Manchmal frage ich mich, ob ihr ihre Energie und ihre Intelligenz nicht zu viele Möglichkeiten lassen." Sie beäugte ihn forschend. „Du musst das doch auch kennen. Von einem Jurastudium in Princeton zur Astrophysik … das ist ein ziemlicher Sprung."

Mit einem kleinen Intermezzo als Berufsboxer. Jacob zuckte mit einer Achsel. „Manche von uns brauchen eben länger, bevor sie sich endgültig entscheiden."

„Und gerade diese Leute konzentrieren sich dann völlig auf das, was sie gerade tun. Bei Sunny ist es auf jeden Fall so."

Sie geht sehr viel diskreter vor als ihr Mann, dachte Jacob, und deshalb ist sie auch schwieriger abzuschütteln. „Sunny ist die faszinierendste Frau, die ich je getroffen habe."

Und er liebt sie, erkannte Caroline. Er ist zwar nicht glücklich darüber, aber er liebt sie. „Sunny ist wie ein prächtiger Gobelin, gewebt aus schillernden Farben. Manche Fäden sind unglaublich reißfest und dauerhaft. Andere wiederum sind geradezu unmöglich fein und reißen leicht." Caroline hob die Hände. „Sie würde das natürlich rigoros abstreiten."

Jacobs Blick wanderte zu dem Wandteppich mit den lebhaften Farben. „Stimmt, das ‚fein' würde ihr gar nicht gefallen."

Caroline fühlte so etwas wie Trauer und gleichzeitig Erleichterung. Er kannte ihre jüngste Tochter, und er verstand sie. „Es mag altmodisch klingen, aber Will und ich wollen einfach nur, dass sie glücklich ist."

„Nein, das finde ich gar nicht altmodisch." Seine Mutter hatte fast die gleichen Worte zu Cal gesagt, als er von zu Hause ausgezogen war.

Mit einem Seufzer schaute Caroline zu dem Wandteppich. „Das ist eines meiner älteren Stücke. Ich habe es gewebt, als ich mit Sunny schwanger war. Die meisten meiner Arbeiten habe ich damals verkauft, aber aus einem unerfindlichen Grund habe ich die hier behalten."

„Sie ist wunderschön."

Impulsiv nahm sie den Gobelin von der Wand und strich mit den Fingern darüber. Sie konnte sich noch gut erinnern, wie sie an ihrem von Hand gefertigten Webstuhl gesessen und wie die Sonne mit den Farben gespielt hatte, die sie neu einwebte. Will war wie immer im Garten gewesen, Libby hatte draußen auf einer Decke im Schatten geschlafen, und ein ungeborenes Kind war in ihrem Leib herangewachsen. Die glückliche Erinnerung ließ sie leise lächeln.

„Ich schenke ihn dir."

Hätte sie ihm einen echten Rembrandt oder einen O'Keeffe angeboten, er hätte nicht erstaunter sein können. „Das kann ich unmöglich annehmen."

„Warum nicht?"

„Das ist viel zu kostbar."

Seine Ehrfurcht brachte Caroline zum Lachen. „Oh, mein Agent rechnet schon aus, was meine Stücke kosten. Meist lächerlich hohe Preise. Mir gefällt der Gedanke überhaupt nicht, dass meine Arbeiten irgendwann vielleicht in einem Museum ausgestellt werden." Sie faltete den Stoff zusammen. „Es würde mir sehr viel mehr bedeuten zu wissen, dass sich jemand aus der Familie an meiner Arbeit erfreut." Als er nichts sagte, sah sie ihn an. „Meine Tochter hat deinen Bruder geheiratet. Damit gehörst du zur Familie."

Er wollte sich nicht als Familie fühlen. Er musste abweisend bleiben, durfte an Caroline und William Stone nur als historische Gestalten denken. Und doch streckte er die Hand aus und nahm den weichen Stoff entgegen. „Danke."

Die Wände des Kinderzimmers waren in zartem Grün gestrichen. Eine antike Wiege war mit einer Decke in Pastellfarben bezogen, die Caroline selbst gewebt hatte. Das Zimmer war angefüllt mit Spielsachen, für viele davon würde Sam erst in ein paar Jahren Interesse zeigen. Aber es gab auch Dutzende von Stofftieren, angefangen vom Elefanten bis hin zum traditionellen Teddybären.

Sunny nahm einen Teddy zur Hand und wartete, bis ihr Vater Sam auf dem Wickeltisch abgelegt hatte. „Du bist echt neurotisch."

„Du erinnerst dich anscheinend nicht mehr an die Strafe für vorlaute Bemerkungen", gab Will leise zurück und löste die Haken an Sams Overall.

„Ich denke, ich bin etwas zu alt dafür, um auf einem Stuhl zu sitzen, bis ich mich entschuldige."

Er warf ihr einen Seitenblick zu. „Darauf würde ich mich an deiner Stelle nicht verlassen."

„Dad." Seufzend setzte sie den Teddy zurück. „Seit meinem dreizehnten Lebensjahr verhörst du jedes männliche Wesen, das ich mit nach Hause bringe."

„Ich möchte eben wissen, mit wem meine Tochter verkehrt. Daran ist schließlich nichts falsch."

„Nein, daran nicht. Aber an der Art, wie du vorgehst."

Sam strampelte glucksend, als Will ihn von der Windel befreite. Will reinigte den Babypo und schüttete ein wenig Puder auf die Haut. Er liebte diesen Geruch. „Es war einfacher mit dir, als du noch diese Größe hattest."

„Tja, das ist Pech." Sie ging zu ihm und legte einen Ellbogen auf seine Schulter. Selbst zu ihren aufrührerischsten Zeiten hatte sie nicht anders gekonnt, als ihn zu lieben. „Ich nehme an, du wirst auf die gleiche Weise die Mädchen auseinandernehmen, die Sam mal mit nach Hause bringt."

„Selbstverständlich. Ich bin schließlich kein Sexist." Und dumm war er auch nicht. „Willst du mir etwa erzählen, dass du und J.T. ein paar nette platonische Tage in der Hütte verbracht habt?"

„Nein."

„Das hatte ich auch nicht angenommen." Er befestigte die Klebestreifen der frischen Windel. Das Leben war so einfach gewesen, als man sich um nichts anderes als um das Wechseln von Windeln und die ersten Zähnchen hatte sorgen müssen. „Sunny, du kennst den Mann erst ein paar Wochen."

Mit der Zunge stieß sie von innen gegen ihre Wange. „Heißt das, du hast deine Ansichten über die freie Liebe geändert?"

„Die sexuelle Revolution ist vorbei." Er verschloss Sams Overall. „Und zwar aus guten Gründen."

Sie hob einhaltend die Hand. „Bevor du diese Gründe jetzt alle auflistet, sollst du wissen, dass ich dir zustimme."

Damit war ihm der Wind aus den Segeln genommen. „Gut. Dann verstehen wir einander ja."

„Wenn du damit meinst, dass Promiskuität weder moralisch einwandfrei noch aus gesundheitlichen Gründen ratsam ist? Absolut. Ich war nie promiskuitiv."

„Ich bin erleichtert, das zu hören." Da er bemerkte, dass Sam die Augen zufielen, legte er seinen Sohn behutsam in die Wiege und zog die Spieluhr mit den Zirkuspferden auf.

„Aber ich behaupte auch nicht, dass ich noch Jungfrau bin."

Will zuckte unmerklich zusammen. Dabei hasste er es, wenn er prüde war. Er seufzte. „Nun, das hatte ich bereits vermutet."

„Muss ich jetzt auf einem Stuhl sitzen, bis ich mich entschuldigt habe?"

Seine Lippen zuckten. „Ich denke, an diesem Punkt ändert das auch nicht mehr viel, oder? Es ist nicht so, als würde ich deinem Urteilsvermögen nicht vertrauen, Sunny."

Sie hatte ihm noch nie widerstehen können. Sie trat auf ihn zu, nahm sein Gesicht in beide Hände und drückte ihm einen dicken Kuss auf den Mund. „Es ist eben nur so, dass deines so viel genauer und besser ist, nicht wahr?"

„Du hast es erkannt." Grinsend versetzte er ihr einen Klaps auf den Po. „Das ist einer der Vorteile, wenn man die vierzig überschritten hat."

„Du kannst unmöglich über vierzig sein, Dad." Sie hielt ihr Lächeln zurück und sah reuig drein. „Dad, ich muss dir offen gestehen – ich war schon mal mit einem Mann zusammen."

„Doch nicht etwa mit diesem schmächtigen Carl Lommins?"

Sunny verzog angewidert das Gesicht. „Dad, etwas mehr Geschmack solltest du mir schon zutrauen. Aber unterbrich mich nicht ständig, ich versuche hier einen Punkt klarzustellen. Wenn ich mit jemandem zusammen war, dann weil ich ihn mochte, weil es da gegenseitige Zuneigung und Respekt gab. Und Verantwortungsgefühl. Das habt ihr, du und Mom, mir beigebracht."

„Was du mir damit sagen willst, ist wohl, dass ich mir keine Sorgen wegen deiner Beziehung zu J. T. machen soll."

„Nein, das will ich damit nicht sagen. Was ich sagen will, ist, dass ich ihn nicht mag."

„Nun, dann …"

„Ich liebe ihn."

Will schaute seiner Tochter in die Augen. Wenn ein Mann fast sein ganzes Leben eine einzige Frau leidenschaftlich geliebt hatte, erkannte er die Zeichen. Es war an der Zeit zu akzeptieren, dass er diese Zeichen schon von dem Moment an gesehen hatte, als Sunny mit J. T. zur Tür hereingekommen war. „Und?"

„Und was?", fragte sie zurück.

„Was gedenkst du zu tun?"

„Ich werde ihn heiraten." Die Aussage überraschte sie so sehr, dass sie anfing zu lachen. „Er weiß es nur noch nicht, weil ich es selbst gerade erst herausgefunden habe. Wenn er nach Hause zurückkehrt, werde ich mit ihm gehen."

„Und wenn er sich sperrt?"

Sie reckte ihr Kinn. „Er wird damit leben müssen."

„Das Problem ist, du bist mir zu ähnlich."

Sie schlang die Arme um seinen Hals. „Mir wird es nicht leicht fallen, von hier wegzugehen. Aber er ist es, den ich will."

„Solange er dich glücklich macht ..." William nahm ihre Arme von seinem Hals. „Er sollte verdammt noch mal ganz genau darauf achten, dass er dich glücklich macht."

„Dad, ich werde ihm gar keine andere Wahl lassen."

10. Kapitel

„Das wird toll!" Sunny lenkte den Wagen in eine enge Park-
lücke auf einem Parkplatz, der von einem grellen Neonschild
beleuchtet wurde, das unablässig „Club Rendezvous" blinkte.
Als sie Jacobs zweifelnden Blick auf das Schild sah, tätschelte
sie seine Hand. „Glaub mir, wir beide brauchen das."

„Wenn du meinst."

„Ich bin sicher. Außerdem: Sollte ich herausfinden, dass du
nicht tanzen kannst, dann kann ich dir jetzt schon den Lauf-
pass geben und mir eine Menge Zeit und Ärger ersparen." Sie
lachte, als er sie am Ohr zog. „Und du bist mir was schuldig."

„Wieso?"

Sie klappte die Sonnenschutzblende herunter und warf einen letzten Blick in den kleinen Spiegel, um ihren Lippenstift
nachzuziehen. „Wenn ich mir nicht so schnell eine Ausrede
hätte einfallen lassen, säßen wir jetzt mit meinen Eltern beim
Abendessen zusammen."

„Ich mag deine Eltern."

Gerührt küsste sie ihn auf die Wange. Und weil sie sich gerade
Lippenstift aufgetragen hatte, hinterließ sie einen fetten roten
Fleck auf seiner Wange, den wegzureiben sie sofort ansetzte.
Und zwar recht kräftig.

„Was soll denn das?"

„Halt still", beschwerte sie sich, als er den Kopf wegzog.
„Ich bin gleich so weit." Zufrieden mit ihrer Säuberungsak-
tion, ließ sie den Lippenstift wieder in ihre Tasche gleiten. „Ich
weiß doch, dass du meine Eltern magst. Ich mag sie ja auch.
Aber Nachos und Margaritas hättest du nie bekommen." Sunny
senkte verschwörerisch die Stimme. „Meine Mutter kocht nämlich selbst."

Da er kein Risiko eingehen wollte, rieb Jacob sich noch einmal über seine Wange. „Ist das in diesem Staat ein Verbrechen?"

„Sie serviert solche kulinarischen Köstlichkeiten wie Alfalfa-Fondue."

„Oh." Nachdem es ihm gelungen war, sich das bildlich vorzustellen, wusste er das pikante mexikanische Mahl, das sie vorhin gegessen hatten, noch mehr zu schätzen. „Du hast recht, ich schulde dir was."

„Dein Leben", bekräftigte sie. Sie öffnete die Tür auf ihrer Seite und zwängte sich durch den schmalen Spalt, der bis zum Nachbarauto noch blieb. Die grellen Reklamelichter blinkten direkt über ihr und ließen sie aussehen, wie sie in Wirklichkeit war – aufregend und exotisch. „Nach zwei Wochen am Busen von Mutter Natur dachte ich mir, wir beide könnten ein bisschen laute Livemusik vertragen. Und eine Menschenmenge. Und Luft, die mit dichtem Zigarettenrauch durchzogen ist."

„Das klingt paradiesisch." Jacob musste sich ebenfalls schmal machen, um aus dem Wagen aussteigen zu können. „Sunny, ich fühle mich nicht wohl dabei, wenn du deine ganze Währung eintauschst."

Seine Ausdrucksweise amüsierte und verdutzte sie immer wieder. „Währung wechselt man dann, wenn man in ein anderes Land reist. Was ich hier mache, nennt man Geld ausgeben."

„Wie auch immer. Ich habe keines, um es auszugeben."

Sie hielt es für eine Schande, dass ein offensichtlich so intelligenter und hingebungsvoller Mann so wenig verdiente. „Mach dir keine Gedanken deswegen." Seit sie für sich selbst aufkam, hatte sie versucht, ihre Pennys zusammenzuhalten, aber bisher kein großes Talent dafür bewiesen. „Wenn ich nach Philadelphia komme, kannst du dich revanchieren."

„Darüber reden wir später." Ein Themenwechsel war dringend angesagt, und Jacob fiel auch sofort etwas ein, was er von ihr wissen wollte. „Ich wollte dich noch fragen, wie man das, was du da anhast, nennt."

„Das hier?" Sie sah an dem kurzen, schulterfreien roten Le-

derkleid herab, das sie unter ihrem Wintermantel trug. „Sexy."
Sie fuhr sich verführerisch mit der Zunge über die Zähne. „Wie
würdest du es denn nennen?"

„Auch darüber reden wir später."

Arm in Arm gingen sie über den holprigen Bürgersteig. Das
knappe Kleid bot nur wenig Schutz gegen den kalten Wind, aber
es war ein gutes Gefühl, endlich wieder einmal etwas anderes als
Jeans zu tragen. Und es war auch ein besonders gutes Gefühl
zu sehen, wie oft Jacobs Blick an ihren Beinen hängen blieb.

Die Kälte war vergessen, sobald Sunny die Tür des Clubs
aufzog und ihnen eine Welle lauter Musik und verräucherter
Hitze entgegenschlug.

„Ah … die Zivilisation."

Jacob erkannte nicht mehr als einen dämmrigen Raum, in
dem Licht in regelmäßigen Abständen aufblitzte. Die Musik
war so laut, wie Sunny versprochen hatte. Ein Bass ließ die Luft
vibrieren, eine Trompete und ein Saxofon stießen ihre Melodie
aus. Jacob konnte Zigarettenrauch und Alkohol riechen, vermischt mit Schweiß und Parfüm.

Während er sich noch umschaute, gab Sunny ihre Jacken
an der Garderobe ab und ließ eine Marke in ihre Handtasche
gleiten.

Sie hatte mal wieder recht gehabt. Er hatte diese Stimula-
tion gebraucht. Nicht nur das Untertauchen in der anonymen
Menge, sondern es war auch eine einmalige Gelegenheit, Erfahrungen mit den gesellschaftlichen Vergnügungen des zwanzigsten Jahrhunderts zu machen.

Es schien, als hätte sich gar nicht so viel verändert. Auch in
seiner Zeit kamen die Menschen zusammen, um sich zu amü-
sieren. Sie sehnten sich nach Musik und Gesellschaft, Essen und
Getränken. Die Zeiten mochten sich ändern, aber die grundle-
genden Bedürfnisse der Menschen blieben bestehen.

„Komm." Sunny zog ihn mit sich durch die Menge in Richtung der Tische, die eng beieinander auf zwei Ebenen angeord-
net waren. Auf der ersten Ebene befand sich eine lange Theke,

hinter der ein Mensch, kein Android, die Drinks mixte. Die Menschen drängten sich hier Seite an Seite.

Auf der zweiten Ebene spielte eine Band. Jacob zählte acht Musiker, die eine solide Wand aus Schall durch die Lautsprecher zu beiden Seiten der Bühne schickten.

Davor war ein rechteckiges Areal für die Tänzer reserviert. Jacob sah zuckende Leiber, dicht an dicht. Eine Kleiderordnung gab es offensichtlich nicht. Enge und weite Hosen, lange und kurze Röcke, grelle Farben und düsteres Schwarz, alles war vorhanden. Frauen trugen sowohl flache Schuhe als auch Schuhwerk mit hohen dünnen Absätzen, so wie Sunny. Er ging davon aus, dass diese Frauen mit den Absätzen größer erscheinen wollten, aber ein Nebeneffekt war, wie er feststellte, dass die Form der Beine sehr viel ansprechender betont wurde.

Dieser Nonkonformismus gefiel ihm, eine anregende Zurschaustellung der individuellen Geschmacksrichtungen. Zwischen dieser und seiner Zeit hatte es eine Phase gegeben, da die Gesellschaft Uniformen für nötig erachtet und akzeptiert hatte. Eine kurze Periode nur, aber eine außergewöhnlich freudlose.

Kellnerinnen in kurzen Röcken eilten von Tisch zu Tisch auf den beiden Ebenen, balancierten Tabletts voller Gläser oder kritzelten hastig Bestellungen auf kleine Notizblöcke. Höchst ineffizient, dachte Jacob. Es war doch viel einfacher, den Knopf auf einer Bestelltafel zu drücken und sich dann die Getränke von einem Roll-Androiden bringen zu lassen. Aber so wie hier war es eigentlich netter.

Sunny führte ihn jetzt eine gewundene Treppe hinauf und hielt Ausschau nach einem freien Tisch.

„Ich hatte vergessen, dass heute Samstag ist", rief sie ihm zu. „Samstags ist hier immer der Teufel los."

„Warum?"

„Der Ausgehabend." Sie lachte. „Keine Sorge, wir finden schon ein Plätzchen für uns." Doch vorerst blieb sie stehen und lächelte ihn an. „Na, wie findest du es hier?"

Er hob die Hand, um mit dem langen Ohrring zu spielen, der von ihrem Ohrläppchen herabbaumelte. „Es gefällt mir."

Sie wurde angerempelt, und sie nutzte die Gelegenheit, um Jacob in die Arme zu fallen. „Das ist dann wohl unsere erste Verabredung."

Ohne auf die Menge zu achten, küsste er sie. „Und wie läuft die so?"

„Bis jetzt irre."

Da er das als ein „gut" interpretierte, küsste er sie noch einmal. Ihr wohliger kleiner Seufzer setzte eine Kettenreaktion in ihm in Gang. „Wir könnten auch einfach hier stehen bleiben", flüsterte er an ihrem Ohr. „Es würde nicht einmal auffallen."

Sie seufzte noch einmal. „Wir könnten natürlich auch …"

„Sunny!" Jemand fasste sie am Arm, wirbelte sie herum und drückte ihr einen sehr kräftigen und sehr feuchten Kuss auf den Mund. „Baby, du bist wieder da."

„Marco."

„Was noch von mir übrig ist, ja. Seit Wochen vergehe ich vor Sehnsucht." Er schlang den Arm um ihre Taille. „Wo hast du dich denn versteckt?"

„In den Bergen." Sunny lächelte, sie freute sich immer, Marco zu sehen. Er war groß und schlaksig, völlig uneitel und – absolut harmlos. Trotz des dramatischen Kusses hatten sie beide schon vor Jahren beschlossen, ihre Freundschaft nicht durch eine Liebelei zu komplizieren. „Wie sieht's denn in der realen Welt so aus?"

„Jeder frisst jeden. Gott sei Dank, denn das macht es leichter für mich, als der nette Typ erkannt zu werden, der ich bin." Marco sah über seine Schulter und stellte fest, dass er von einem Paar grüner Augen in kleine Stücke zerlegt wurde. „Wer ist denn dein Begleiter?"

„J. T.", sie legte eine Hand auf Jacobs Arm, „das ist Marco, ein alter Poker-Kumpel. Ich sag's dir, Marco, mit Jacob willst du kein Poker spielen. Er ist absolut tödlich."

Das brauchte man Marco wirklich nicht genauer zu erklären.

„Hallo, wie gehts?" Die Hand streckte er zur Begrüßung nicht aus. Er wollte sie nämlich noch behalten.

„Ganz gut." Jacob musterte ihn durchdringend. Sollte dieser Mann Sunny noch ein zweites Mal küssen, wäre das wohl Grund genug, ihm den mageren Hals umzudrehen.

„J. T. ist Cals Bruder. Cal ist der Ehemann meiner Schwester."

„Die Welt ist klein."

In Jacobs Gesicht regte sich kein Muskel. „Kleiner, als man denkt."

„Tja …" Hätte Marco eine Krawatte getragen, würde er sie jetzt wohl gelockert haben. So aber, mit dem offenen Kragen, hatte er keine Ahnung, wie er die Enge in seiner Kehle vertreiben sollte. „Hört mal … sucht ihr einen Tisch?"

„Ja."

„Wir haben da hinten ein paar zusammengeschoben. Wenn ihr euch dazuquetschen wollt …"

„Ja, gern." Sie sah zu Jacob hin. „Einverstanden?"

„Sicher." Er war verärgert über sich selbst. Die aufwallende Eifersucht war eine instinktive Reaktion gewesen, an der sein Verstand keinen Anteil gehabt hatte. Er starrte auf Sunnys Beine, während sie sich einen Weg zwischen den Tischen hindurch bahnten. Allerdings auch eine durchaus berechtigte, wie er in Gedanken hinzufügte. Vielleicht hatten die Menschen sich ja weiterentwickelt, aber Territorialansprüche würden wohl nie verschwinden.

Am Tisch wurde Sunny von einem halben Dutzend Leute freudig begrüßt, doch da die offizielle Vorstellung im Gedröhn der Musik unterging, nickte Jacob nur unverbindlich in die Runde, als er sich setzte.

„Die nächste Bestellung geht auf mich", verkündete Marco und winkte eine Kellnerin heran. „Noch mal das Gleiche", sagte er laut, um die Musik zu übertönen. „Und ein Glas Chardonnay für die Lady hier. Und …" Er sah fragend zu Jacob.

„Ein Bier. Danke."

„Keine Ursache. Ich habe heute drei Autos verkauft."

„He, toll." Sunny lehnte sich ein wenig vor und hob ihre Stimme, um Jacob zu erklären: „Marco ist Autohändler."

„Glückwunsch", schien Jacob die sicherste Erwiderung.

„Ich komme ganz gut zurecht. Wenn du ein Auto brauchst, melde dich bei mir. Wir haben gerade eine neue Lieferung mit richtigen Schmuckstücken hereinbekommen."

Jacob warf einen kurzen Seitenblick auf die Brünette, die neben ihm saß und jetzt mit ihrem Oberarm auf Tuchfühlung zu ihm gegangen war. „Ja, mache ich", sagte er.

Wirklich erleichtert, dass Sunnys neuer Freund nicht mehr den Eindruck machte, als wolle er ihn auseinandernehmen, rückte Marco mit seinem Stuhl näher. „Was für ein Auto fährst du denn, J. T.?"

Allgemeines Stöhnen wurde am Tisch laut. Marco zuckte lächelnd mit den Schultern und warf sich eine Hand voll Erdnüsse in den Mund.

„He, was wollt ihr? Es ist schließlich mein Job."

„Aha. Nette alte Damen zu einer Probefahrt zu überreden ist also Arbeit", witzelte jemand.

Marco grinste. „Es sichert mir meinen Lebensunterhalt. Schließlich können wir nicht alle Raketenforscher sein."

„J. T. ist einer", warf Sunny ein.

„Wirklich?" Die Brünette rutschte noch näher.

Große braune Augen, wie Jacob feststellte, in denen eine eindeutige Einladung lag. „So was Ähnliches, ja."

„Oh, ich hatte schon immer eine Schwäche für intelligente Männer."

Amüsiert nahm Jacob sein Bierglas zur Hand und trank einen Schluck. Dabei erhaschte er Sunnys Blick. Und er erkannte das Gefühl, das darin lag. Eifersucht, so schien es, war ansteckend. Nichts hätte ihn zufriedener machen können. Er nahm noch einen langen Schluck und ignorierte den Zigarettenrauch, den die Brünette in seine Richtung blies. Zwecklos, ihr erklären zu wollen, dass sie ihre sehr hübsch verpackten Lungen einem unnötigen Risiko aussetzte. „Tatsächlich?"

Ohne den Blick von seinen Augen zu lösen, drückte sie ihre Zigarette aus. „Oh ja. Intelligenz zieht mich immer magisch an."

„Gehen wir tanzen." Sunny schob ihren Stuhl zurück und griff nach Jacobs Arm. „Netter Versuch, Sheila", murmelte sie und zog Jacob zur Tanzfläche.

„So heißt sie also? Sheila?"

Sunny drehte sich zu ihm und schmiegte sich an ihn. „Interessiert dich das?"

„Soll ich denn nicht nett zu deinen Freunden sein?" Jacob legte ihr die Hände auf die Hüften. Mit den hohen Absätzen war sie fast genauso groß wie er. Und ihr Körper passte perfekt zu seinem.

„Nein." Sie zog einen Schmollmund. „Nicht, wenn sie so dick auftragen."

Neugierig sah er zum Tisch zurück. „Tut sie das denn?"

„Als ob du das nicht gemerkt hättest. Leider Gottes hat ihr IQ die gleichen Ausmaße wie ihre Oberweite."

„Mir gefällt deine ... dein IQ besser."

„Gerade noch rechtzeitig die Kurve geschafft, was?" Sie grinste und küsste ihn leicht. „Ich kann es ihr nicht einmal verübeln. Du bist ja auch unheimlich süß."

„Junge Hunde sind süß", murmelte er verwirrt. „Babys sind süß."

„Du magst Babys."

„Ja. Warum auch nicht?"

Sie spielte mit seinem Haar. „Wollte nur mal nachfragen. Wie auch immer. Du bist süß. Und sexy." Sie knabberte an seiner Unterlippe. „Und intelligent." Sie schmiegte ihre Wange an seine, als er sie näher an sich zog. „Wofür steht das T eigentlich?"

„Welches T?"

„In J. T."

„Unwichtig."

„Irgendeine Abkürzung muss es doch sein." Sie stieß einen zufriedenen Seufzer aus. „Du tanzt sehr gut." Ein klagendes Saxofon spielte jetzt eine Blues-Melodie. Sunny versank in

Jacobs Augen, während er sie an sich presste und seine Hände über ihren Rücken wandern ließ.

Sie bewegten sich kaum, wiegten sich nur zur langsamen Melodie. Ihre Schenkel rieben aneinander, und Sunny war es egal, ob sie sich je wieder von dieser Stelle wegbewegen würden.

Als Jacob sie in seinen Armen drehte, strich er mit seinen Lippen sinnlich über ihre bloße Schulter, um dann ihren Mund zu finden.

„Du riechst unglaublich gut. Wie ein Frühling in der Wüste."

Unfähig, seinen Liebkosungen zu widerstehen, vertiefte sie den Kuss.

„J. T.?"

„Hm?"

„Ich bin mir nicht sicher, aber ich glaube fast, man könnte uns hierfür festnehmen."

„Das wäre die Sache wert."

Sie öffnete die Augen, traf auf seinen verlangenden Blick. „Lass uns nach Hause gehen. Irgendwie gefallen mir Menschenmengen nicht mehr so gut wie früher."

Sie blieben eine ganze Woche in der Stadt. Sunny schleifte Jacob in Clubs, in Einkaufszentren, ins Kino, in noch mehr Clubs. Seine unablässige Begeisterung schrieb sie der Tatsache zu, dass er noch nie im Nordwesten der USA gewesen war. Jedes Mal, wenn sie irgendwohin gingen, war es, als würde er alles zum ersten Mal sehen. Und genau deshalb machte ihr alles mehr Spaß als sonst.

Wenn sie allein waren und einander in den Armen lagen, wurde ihr klar, dass es völlig egal war, wo sie sich befanden. Mit jeder verstreichenden Minute liebte sie ihn mehr, und sie tat es aus freien Stücken und mit purer Freude.

Zum ersten Mal in ihrem Leben dachte sie darüber nach, ihre Zukunft mit einem Mann zu verbringen. Einem einzigen Mann. Sie stellte sich vor, wie es sein würde, wenn die Jahre vergingen – nicht immer friedvoll, aber glücklich und zufrieden. Sie dachte über ein Heim nach. Auch wenn ein Häuschen im Grünen mit weißem Gartenzaun nicht unbedingt zu diesem Bild gehörte – Kinder waren auf jeden Fall darin enthalten. Sie konnte sich die Streits, den Lärm und das Lachen schon jetzt bestens vorstellen.

Irgendwann werden wir uns darüber unterhalten müssen, dachte sie.

Jacob erlaubte sich diese eine Woche. Ein paar Tage besaßen keinerlei Bedeutung in der Unendlichkeit der Zeit, und ihm bedeuteten sie so viel. Er zeichnete alles auf, soweit möglich, und was er nicht aufzeichnete, verstaute er sorgsam in seinem Gedächtnis. Er hatte nicht vor, irgendetwas zu vergessen. Keinen einzigen Moment.

Und doch sorgte er sich darum, wie er es ihr beibringen sollte. Wenn es Zeit war für ihn zu gehen, wollte er sie so wenig wie möglich verletzen. Außerdem machte es ihm zusätzliche Sorgen, woher er den Mut finden sollte, sein Leben ohne sie weiterzuleben.

Wenn sie zu der Hütte zurückkehrten, wäre das auch der Anfang vom Ende. Wenn es zu einem Ende kommen musste – und er sah keine Alternative –, sollte es ein ehrliches Ende sein. Er würde ihr alles sagen.

„Du bist so schweigsam." Sunny lenkte den Wagen auf den holprigen Weg, der zur Hütte führte.

„Ich denke nach."

„Dagegen ist ja nichts einzuwenden. Aber wir haben uns seit vollen fünf Stunden über nichts mehr gestritten. Ich mache mir Sorgen um dich."

„Ich will mich nicht mit dir streiten."

„Also, jetzt mache ich mir ernstliche Gedanken." Sie hatte die ganze Zeit geahnt, dass ihn etwas beschäftigte. Etwas, das ihre Handfläche feucht werden ließ. Deshalb hielt sie ihre Stimme bewusst munter. „In ein paar Minuten sind wir da. Wenn du erst wieder in der Hütte eingeschlossen bist und Feuerholz herumwuchten musst, wirst du sicher wieder zu deinem brummigen Selbst."

„Sunny, wir müssen reden."

Sie befeuchtete ihre Lippen. Ihre Nerven waren zum Zerreißen gespannt, als sie den Wagen vor der Hütte zum Stehen brachte. „Vor oder nach dem Ausladen?"

„Jetzt." Es musste jetzt sein. Jacob nahm ihre Hand und sprach die ersten Worte, die ihm einfielen. „Sunny, ich liebe dich."

Der eiserne Griff um ihren Magen lockerte sich ein wenig. „Jacob, wenn du weiter so redest, werden wir uns nie wieder streiten." Als sie sich vorlehnte, um ihm einen Kuss auf die Wange zu geben, sah sie den Rauch, der aus dem Kamin aufstieg. „Jacob, in der Hütte ist jemand." Da ging auch schon die Tür auf. „Libby!"

Lachend stieß sie die Wagentür auf und sprang hinaus. „Libby, du hast mir einen Riesenschreck eingejagt." Jacob sah zu, wie Sunny die Arme um eine schlanke Brünette warf. „Sieh dich nur an, wie braun du bist!"

„Auf Bora Bora scheint eben ständig die Sonne." Libby küsste ihrer Schwester die Wangen. „Als wir gestern Abend zurückkamen und dich nicht vorfanden, dachten wir schon, du hättest uns versetzt."

„Nur ein kurzer Trip zurück in die Zivilisation, um die Batterien aufzuladen."

Libby lachte herzlich. Sie kannte ihre Schwester. „Das habe ich Cal auch gesagt. Schließlich sind noch alle deine Bücher hier." Dann ergriff sie Sunnys Hände. „Oh, Sunny, ich bin so froh, dass du hier bist. Ich kann es gar nicht erwarten, ich muss dir unbedingt etwas erzählen ... Oh." Eine Bewegung hatte ihre Aufmerksamkeit auf sich gezogen. Sie wandte den Blick und sah Jacob aus dem Geländewagen klettern. Ihre Augen trafen sich, und Libbys Lächeln erstarb, ihre Finger umklammerten Sunnys Hände fester.

„Was denn? Was ist? Ach so." Lächelnd drehte sich Sunny um. „Rate mal, wer zu Besuch gekommen ist. Das ist Jacob, Cals Bruder."

„Ja, ich weiß." Libby hatte das Gefühl, als würde der Boden unter ihren Füßen schwanken. Sie hatte Jacob auf den Fotos gesehen, die Cal auf seinem Schiff hatte. Aber das hier war ein Mann aus Fleisch und Blut. Einer, der wütend war. Und während sie einander stumm anstarrten, merkte sie, wie ihr das Blut aus den Wangen wich.

Er ist wegen Cal gekommen, schoss es ihr durch den Kopf, und sie hatte Mühe, den lauten Protestschrei zurückzuhalten.

Sie stirbt halb vor Angst, wurde Jacob bewusst. Etwas in ihm regte sich, was er jedoch stur ignorierte. Nein, er würde sich kein Mitgefühl erlauben. Er würde diese Frau nur als Hindernis ansehen, das ihm im Weg stand, um seinen Bruder nach Hause zurückzuholen.

„J. T.?" Instinktiv legte Sunny ihrer Schwester beschützend den Arm um die Schultern. Irgendetwas ging hier vor, aber sie war die Einzige, der man dieses Geheimnis nicht mitgeteilt hatte. „Libby, du zitterst ja. Komm, lass uns hineingehen, du solltest nicht ohne Jacke hier draußen in der Kälte stehen." Sie warf Jacob einen Blick zu. „Wir gehen alle hinein."

„Es geht schon." Drinnen ging Libby zum brennenden Kaminfeuer und hielt ihre eiskalten Hände über die Flammen. Doch ihr Herz würde keine Wärme erlösen können. Sie würde Jacob nicht mehr ansehen, nicht, bis sie sicher sein konnte, sich unter Kontrolle zu haben. Irgendwo, ganz hinten in ihrem Kopf, hatte sie immer die Angst sitzen gehabt. Irgendwann würden sie nach Cal suchen. Nur hatte Libby nie geglaubt, dass es so schnell sein würde. Sie hatten doch nur so wenig Zeit gehabt.

Zeit. Ein Wort, das Libby langsam zu hassen begann.

Sunny stand völlig verwirrt zwischen den beiden. Die Luft in dem Raum war so mit Spannung angefüllt, man hätte sie schneiden können. „Also gut." Sie sah von Libbys steifem Rücken zu Jacobs versteinerter Miene und hatte keine Ahnung, was sie tun sollte. „Möchte irgendeiner von euch beiden mich vielleicht aufklären?"

„He, Libby, wenn das da draußen gerade deine sexy Schwester war, dann …"

410

Barfuß und mit einem viel zu weiten Sweatshirt kam Cal aus der Küche in den Wohnraum. Jeder drehte sich zu ihm um. Es war wie ein synchrones Ballett in Zeitlupe. Cals Grinsen erstarrte, niemand rührte sich.

„J. T." Seine Stimme war nicht mehr als ein Flüstern, halb ungläubig, halb überglücklich. „J. T.", sagte er noch einmal, und dann rannte er durch den Raum und umklammerte seinen Bruder in einer ergriffenen Umarmung. „Mein Gott, Jacob, du bist wirklich hier!"

Libby beobachtete die Szene mit tränenblinden Augen, dann wandte sie sich stumm ab. Sunny dagegen strahlte. Die beiden Brüder hielten sich so fest. Sie sah die Emotionen über Jacobs Gesicht huschen und fand es einfach wunderbar.

„Ich kann es nicht fassen", murmelte Cal und hielt seinen Bruder von sich ab, um ihn genau zu mustern. „Wie hast du es geschafft?"

Jacob ließ seine Hände auf Cals Armen liegen. Er brauchte den Kontakt einfach. „Genauso wie du, nur mit etwas mehr Finesse. Du siehst gut aus." Er hatte erwartet, den Bruder bleich und ausgemergelt vorzufinden, völlig ausgelaugt von der Aufgabe, sich im zwanzigsten Jahrhundert zurechtzufinden. Aber Cal war braun gebrannt, munter und ganz offensichtlich glücklich.

„Du auch." Cals Lächeln wurde etwas schwächer. „Was ist mit Mom und Dad?"

„Denen geht es gut."

Cal nickte. Das war ein Schmerz, mit dem er zu leben gelernt hatte. „Du hast meine Nachricht also bekommen. Ich konnte nicht sicher sein."

„Ja, sie ist angekommen."

„Und Libby hast du auch schon kennengelernt." Der Anflug von Trauer schwand, als er die Hand nach seiner Frau ausstreckte. Libby rührte sich nicht.

„Ja, wir haben uns gesehen." Jacob verbeugte sich knapp und wartete. Sie konnte den ersten Schritt machen, wenn sie wollte.

„Ihr beide werdet sicher viel zu bereden haben." Libby sammelte all ihre Kraft zusammen, um diese Worte überhaupt über die Lippen zu bringen.

„Libby." Cal ging zu ihr hinüber und legte ihr eine Hand auf die Wange, bis sie zu ihm aufsah. Er erkannte die Liebe und die Angst in ihrem Blick. „Nicht."

„Ich bin in Ordnung." Sie raffte mehr Kraft zusammen und drückte seine Hand. „Ich muss oben noch etwas erledigen. Ihr zwei könnt euch in Ruhe unterhalten." Sie blickte zu Jacob. „Ich weiß, wie sehr ihr euch vermisst habt." Damit drehte sie sich um und floh die Treppe hinauf.

Sunny sah ihrer Schwester nach und blickte dann von Cals ernstem Gesicht zu Jacobs vor Wut blitzenden Augen. „Kann mir mal einer sagen, was, zum Teufel, hier eigentlich los ist?"

„Kannst du zu ihr hochgehen?" Cal legte Sunny eine Hand auf die Schulter, ohne jedoch den Blick von der jetzt leeren Treppe zu nehmen. „Ich möchte nicht, dass sie allein ist."

„Ja, gut." Es war nur allzu klar, dass sie im Moment von den beiden keine Erklärung zu erwarten hatte. Aber von Libby würde sie sich eine holen.

Cal wartete, bis Sunny über die Treppe nach oben verschwunden war. Als er sich zu seinem Bruder umdrehte, erkannte er die Wut, die Erregung und den Schmerz in dessen Miene. „Wir müssen reden."

„Ja, du hast recht."

„Nicht hier." Cal dachte an seine Frau.

„Gehen wir auf mein Schiff." Jacob dachte an Sunny.

Vor dem Schlafzimmer hielt Sunny inne. Sie atmete erst einmal tief durch, bevor sie die Tür aufschob. Libby saß mit verschränkten Händen auf der Bettkante. Keine Tränen. Aber Tränen wären nicht so herzzerreißend gewesen wie die Verzweiflung, die sich auf ihrem Gesicht widerspiegelte.

„Liebes, was ist los?"

Libby kam sich vor wie in einem Traum. Sie blickte auf und

versuchte, sich auf die Realität ihrer Schwester zu konzentrieren. „Wie lange ist er schon hier?"

„Ungefähr drei Wochen." Sunny setzte sich neben ihre Schwester und nahm deren Hand. „Rede mit mir, Libby. Ich dachte, du würdest dich freuen, dass Cals Bruder endlich da ist."

„Tu ich auch – für ihn." Sie presste sich eine Hand auf ihren flatternden Magen. „Hat er dir gesagt, warum er hier ist? Und woher er kommt?"

„Natürlich." Verdattert rüttelte Sunny ihre Schwester bei den Schultern. „He, Libby, komm schon. J. T. mag ja ein wenig ungehobelt erscheinen, aber er ist doch kein Monster. Er macht sich eben Sorgen um Cal, und er ist vielleicht auch ein bisschen verletzt, weil Cal sich für dich entschieden hat."

„Oh, Gott." Ruhelos erhob Libby sich und ging zum Fenster. Sie hörte Motorengeräusch und sah den Wagen im Wald verschwinden. „Damals war ich bereit, ihn gehen zu lassen." Sie schloss die Augen. „Ich hätte ihn niemals gebeten, seine Familie, sein Leben aufzugeben. Aber jetzt kann ich ihn nicht mehr gehen lassen. Ich werde ihn nicht gehen lassen."

„Wohin denn?"

Libby lehnte die Stirn an die kühle Fensterscheibe. „Zurück." Sie lachte leise. „Wieder vorwärts. Jacob muss dir doch erklärt haben, wie unmöglich und kompliziert das alles ist."

Sunny stand auf und ging zu ihrer Schwester. Als sie ihr die Hände auf die Schultern legte, spürte sie, wie verspannt diese waren. Automatisch begann sie kreisend zu massieren. „Cal ist ein erwachsener Mann, Libby. Es war seine Entscheidung hierzubleiben. J. T. wird das akzeptieren müssen."

„Aber wird er das?"

„Als er zuerst hier ankam, war er unheimlich sauer und abweisend. Er konnte Cals Gefühle wohl nicht verstehen. Aber die Dinge haben sich geändert. Für uns beide."

Langsam drehte Libby sich zu ihrer Schwester um. Was Sunny fühlte, stand deutlich auf ihrem Gesicht zu lesen. Panik ergriff Libby. „Oh, Sunny."

„He, du brauchst mich nicht so anzusehen. Ich bin verliebt, nicht unheilbar krank."

„Aber was wirst du jetzt tun?"

„Ich werde mit ihm gehen."

Mit einem gequälten Aufschrei fiel Libby Sunny um den Hals.

„Herrgott noch mal, Libby, du bist ja genauso schlimm wie Jacob. Philadelphia ist doch nicht aus der Welt. Es ist ja nicht so, als würde ich mich auf dem Planeten Pluto niederlassen."

„Auf Pluto gibt es noch keine Kolonien."

Mit einem gezwungenen Lachen zog Sunny sich zurück. „Tja, dann wird es wohl eine kleine Wohnung in Philadelphia tun müssen."

Libby musterte Sunnys Gesicht, und langsam änderte sich ihre eigene Miene. „Du weißt es nicht, nicht wahr?"

„Ich weiß, dass ich J. T. liebe und dass er mich liebt. Über eine feste Bindung haben wir noch nicht gesprochen, aber das ist nur eine Frage der Zeit." Besorgt hielt sie inne. „Libby, warum starrst du mich an, als würdest du mir am liebsten die Gurgel umdrehen?"

„Nicht dir." Libbys Stimme klang hart. Sie mochte die Ruhigere der beiden Schwestern sein, aber wenn ein geliebter Mensch in Gefahr war, konnte sie jede Amazonenkönigin in den Schatten stellen. „Der Mistkerl."

„Wie bitte?"

„Ich sagte, er ist ein Mistkerl."

Schwesterliebe hin, Schwesterliebe her – Sunnys Nackenhärchen sträubten sich. „Jetzt hör mal, Libby …"

Libby schüttelte nur den Kopf. Sie würde sich jetzt nicht mehr aufhalten lassen. „Hat er dir gesagt, dass er dich liebt?"

Sunnys Geduld wurde hier wirklich überstrapaziert, trotzdem hielt sie den Fluch zurück, der ihr auf der Zunge lag. „Ja."

„Und du bist mit ihm ins Bett gegangen."

Sunny kniff die Augen zusammen. „Hat Dad dich aufgehetzt?"

„Natürlich bist du mit ihm ins Bett gegangen." Libby begann durchs Zimmer zu marschieren. „Er hat dich dazu gebracht, dass du dich in ihn verliebst, und er hat es nicht einmal für nötig gehalten, es dir zu sagen."

Sunnys Fuß tappte einen wilden Rhythmus. „Was hätte er mir denn sagen sollen?"

„Dass er und Cal aus dem dreiundzwanzigsten Jahrhundert stammen."

Der Fuß hielt abrupt inne. In der entstandenen Stille starrte Sunny ihre Schwester mit offenem Mund an. Zu viel Sonne, dachte sie sofort. Ihre arme Schwester hatte auf Bora Bora einen ernsthaften Sonnenstich erlitten. Langsam kam sie durch das Zimmer. „Libby, ich möchte, dass du dich eine Weile hinlegst und ausruhst. Ich hole dir einen kalten Waschlappen."

„Nein." Immer noch schäumend vor Wut, schüttelte Libby den Kopf. „Du setzt dich hin, und ich hole den Brandy. Glaub mir, du wirst ihn brauchen."

Als Cal das Schiff betrat, schwappte eine Welle der Nostalgie über ihm zusammen. Die Frachtschiffe, die er in seinem Leben gesteuert hatte, befriedigten sein Bedürfnis zu fliegen, aber sie waren nie eine besondere Herausforderung für ihn gewesen. Unfähig zu widerstehen, fuhr er mit einer Hand über die Kommandokonsole. „Eine echte Schönheit, J. T. Ein neues Modell?"

„Ja, sie ist extra für diese Reise entworfen worden. Wir hielten es für besser, ein paar Änderungen hinsichtlich Hitzeschild und Manövrierfähigkeit vorzunehmen."

Cals Finger klammerten unwillkürlich um den Steuerknüppel. „Ich würde wahnsinnig gern ausprobieren, was sie alles kann."

„Von mir aus gerne."

Cal lachte. „Man würde uns sofort sehen, und am nächsten Tag ständen wir auf der Titelseite des ‚National Enquirer'."

„Und das ist was?"

„Du musst diese Dinge mit eigenen Augen sehen." Nahezu

unwillig wandte Cal sich von der Konsole und der Versuchung ab. Wieder konnte er nicht anders, er musste Jacobs Gesicht betrachten. „Himmel, es tut so gut, dich zu sehen."

„Wie konntest du nur, Cal?"

Cal stieß einen schweren Atemzug aus. „Das ist eine lange Geschichte."

„Ich habe deinen Bericht gelesen."

Cal sah ihn fest an. „Manche Dinge passen nicht in einen offiziellen Report. Du hast sie doch gesehen."

„Ja, habe ich."

„Ich liebe sie, J. T. Ich könnte dir nicht beschreiben, wie sehr."

Jacob spürte das Verständnis und wehrte sich dagegen. Er wollte jetzt nicht an Sunny denken. „Wir dachten, du seist tot. Fast sechs Monate lang."

„Das tut mir leid."

„Wirklich?" Jacob wandte sich zu der großen Frontscheibe und sah auf den Schnee hinaus. „Fünf Monate und dreiundzwanzig Tage, nachdem du als vermisst gemeldet warst, stürzt dein Schiff ungefähr sechzig Kilometer von der McDowell-Basis entfernt ab. Leer. Aber wir fanden deinen Bericht." Mit wütendem Blick wirbelte er zu seinem Bruder herum. „Und ich musste zusehen, wie Mom und Dad die ganze Trauer ein zweites Mal durchgemacht haben."

„Ich wollte euch wissen lassen, wo ich war. Und warum. J. T., ich habe das alles nicht geplant. Du hast die Logbuchaufzeichnungen doch gesehen."

„Ja." Seine Wangenmuskeln arbeiteten. „Du müsstest eigentlich tot sein. Ich habe die Wahrscheinlichkeit berechnet, dass du heil und in einem Stück an dem Schwarzen Loch vorbeikommst. Sie lag bei null." Zum ersten Mal lächelte Jacob. „Du warst schon immer ein Teufelskerl von einem Piloten."

„Mag sein. Aber das Schicksal lässt sich nun mal nicht mit Computern berechnen." Er hatte während der letzten Monate lange darüber nachgedacht. „Ich war für Libby bestimmt, J. T. Du kannst das gesamte nächste Jahrtausend ausrechnen, aber eines wird sich nicht ändern. Ich liebe Libby, und ich kann sie nicht allein lassen und zurückkehren."

Schweigend musterte Jacob seinen Bruder. Was er am meisten verabscheute, war die Tatsache, dass er ihn verstand. Noch vor wenigen Wochen hätte er argumentiert, gestritten, geschrien. Wahrscheinlich hätte er Cal in eine Kabine eingesperrt und ihn nach Hause gebracht, ohne ihm die Wahl zu lassen. „Liebt sie dich auch so sehr?"

Ein dünnes Lächeln erschien auf Cals Gesicht. „Sie hat mich nie gebeten zu bleiben. Im Gegenteil, sie hat alles getan, um mir dabei zu helfen, die Rückreise vorzubereiten. Sie wollte sogar mitkommen. Sie hätte alles für mich aufgegeben."

„Stattdessen hast du alles für sie aufgegeben."

„Glaubst du, diese Entscheidung sei mir leicht gefallen?" Aufgeregt fuhr Cal aus dem Sessel hoch. „Es war das Schwerste, was ich je in meinem Leben getan habe. Verflucht, ich wusste nicht einmal, ob das Schiff es überstehen würde, und ich konnte unmöglich ihr Leben riskieren. Ich war bereit, meines für den Rückweg aufs Spiel zu setzen, aber nicht ihres. Hätte ich sie verlassen, dann wäre ich wieder in einem Schwarzen Loch gelandet, und es wäre mir sowieso egal gewesen."

Jacob wollte nicht verstehen. Aber er verstand. „Ich habe zwei volle Jahre Arbeit in die Perfektionierung von Zeitreisen gesteckt, Cal. Dieses Schiff wurde speziell entworfen, alle Gleichungen sind auskalkuliert. Ich sage nicht, dass nicht noch mehr Arbeit notwendig ist, aber die Wahrscheinlichkeit für ein Gelingen liegt mittlerweile bei 88,57 Prozent. Komm nach Hause, Cal, und bring sie mit."

Cal starrte mit leerem Blick auf die Kommandoschalter. Er hatte während des letzten Jahres sehr viel gelernt. Die wichtigste Lektion war dabei gewesen, dass das Leben nicht einfach war. Dass Entscheidungen nie leicht zu fällen waren.

„Es gibt noch eine Information, die du nicht bedacht hast, J. T. Libby ist schwanger."

11. Kapitel

Sunny schwieg beharrlich. In den letzten dreißig Minuten hatte sie ihre Meinung geändert. Ihre Schwester hatte sich keinen bösen Sonnenstich eingefangen, sondern sie selbst war still und heimlich durchgedreht, ohne es zu bemerken.

Das dreiundzwanzigste Jahrhundert. Schwarze Löcher. Raumschiffe. Sie war immer wortkarger geworden, während Libby ihr von einem Frachtflug zum Mars – zum Mars, Grundgütiger! – und Cals schicksalhafter Begegnung mit einem nicht auf Flugkarten verzeichneten Schwarzen Loch berichtete, dem er nur durch Können, Glück und der hilfreich-mysteriösen Hand des Schicksals entkommen war, sodass er aus der Mitte des dreiundzwanzigsten Jahrhunderts in den Frühling letzten Jahres gerissen worden war.

Der etwas eigentümliche und verwirrte Cal, ein intergalaktischer Frachtpilot mit einer Vorliebe für Poesie und das Fliegen, war also ein Zeitreisender.

Zeitreisen.

Oh, Gott!

Sunny erinnerte sich plötzlich an das überhebliche Lächeln auf Jacobs Gesicht, als sie sich über seine Arbeit lustig gemacht hatte. Aber das konnte doch unmöglich … Nein. Sie holte tief Luft, um sich zu beruhigen und ihrer wild gewordenen Fantasie Einhalt zu gebieten.

Das musste ein schlechter Witz sein. Leute flitzten nicht so einfach durch Raum und Zeit und verliebten sich dann Knall auf Fall. Jacob kam aus Philadelphia. Daran hielt sie sich vorerst, während der Brandy ihr heiß durch die Kehle rann. Er war ein übellauniger Wissenschaftler, mehr nicht.

„Du glaubst mir nicht." Libby seufzte.

Gute Pflege und Geduld, sagte sich Sunny und fuhr sich durchs Haar. Das war es, was ihre Schwester brauchte. „Liebes, lass es uns einfach ganz gemächlich angehen, ja?"

„Du glaubst, ich erfinde das alles nur."

„Ich bin nicht sicher, was ich glaube." Noch ein tiefer Atemzug. „Okay, du willst mir also erzählen, dass Cal ein ehemaliger Kapitän der – wie hieß das noch?"

„International Space Force."

„Na schön, dass er ein Pilot der International Space Force ist. Dass er mit seinem Raumschiff im Wald abstürzte, nachdem er durch die Zeit geflogen ist, weil er einem Schwarzen Loch zu nahe kam."

Irgendwie hatte Sunny gehofft, dass sie Libby durch das bloße Aussprechen dieser Worte aus ihrem seltsamen Bann befreien könnte. Aber Libby nickte nur ernst. „Genauso ist es."

Sunny versuchte es erneut. „Und Jacob hat nun eine verfeinerte Methode entwickelt, sodass er seinem Bruder auf der gleichen Route folgen konnte, um ihn zu besuchen."

„Er will ihn zurückholen. Das habe ich in seinem Blick gesehen, als er mich anschaute."

Weil Libby so elend aussah, griff Sunny nach ihrer Hand. „Cal liebt dich. Nichts, was J. T. tut oder getan hat, kann das ändern."

„Das nicht. Aber Sunny, siehst du es denn nicht? Der Mann ist nicht hier einfach so aufgetaucht. Er hat Monate, wenn nicht Jahre daran gearbeitet, um einen Weg zu finden. Wenn ein Mann so besessen von etwas ist …"

„Schon möglich", unterbrach sie. „Aus Gründen, die ich nicht nachvollziehen kann, ist er irgendwie sauer, weil Cal dich geheiratet und sich entschlossen hat, hier mit dir in Oregon zu leben."

„Nicht Oregon, Sunny", gab Libby heftig zurück. „Sondern im zwanzigsten Jahrhundert."

„Immer schön langsam, Liebes. Ich weiß, du bist aufgeregt, aber …"

„Aufgeregt? Damit hast du verdammt noch mal recht!", kam es von Libby zurück. „Der Mann hat eine Reise von über zweihundert Jahren hinter sich, und er wird nicht ohne Cal zurückkehren wollen."

Ratlos warf Sunny sich auf das Bett zurück. „Libby, du musst dich endlich zusammennehmen. Du bist die Vernünftige von uns, weißt du noch? Du musst endlich erkennen, dass das alles blanker Unsinn ist."

„Also schön." Libby beschloss, es mit einer anderen Taktik zu versuchen. „Kannst du ehrlich behaupten, dir sei nichts Ungewöhnliches an J. T. aufgefallen?" Sie hob abwehrend eine Hand, bevor Sunny sie unterbrechen konnte. „Ich meine nicht nur einfach exzentrisch oder liebenswürdig schrullig, sondern so richtig seltsam."

„Nun, ich …"

„Aha." Sie nahm das Zögern der Schwester als Zustimmung. „Wie ist er hergekommen?"

„Ich weiß nicht, was du meinst."

„Ist er mit einem Auto vorgefahren? Ich habe keins gesehen."

„Nein, er ist nicht mit dem Auto gekommen. Zumindest …" Sunny rieb sich die Handflächen an der Jeans. „Er kam zu Fuß aus dem Wald."

Libby nickte grimmig. „Einfach so, mitten im Winter."

„Libby, ich gebe ja gerne zu, dass J. T. ein wenig ungewöhnlich scheint."

„Zum Beispiel, wie fasziniert oder verwirrt er von ganz gewöhnlichen Gebrauchsgegenständen ist?"

Sunny erinnerte sich an den Wasserhahn in der Küche. „Nun ja …"

„Dass er viele Redewendungen miss- oder gar nicht versteht?"

„Ja, das auch, aber … Libby, der Mann benimmt sich eben manchmal seltsam und hat Schwierigkeiten, die Umgangssprache zu verstehen. Das heißt doch noch lange nicht, dass er ein Außerirdischer ist."

„Kein Außerirdischer", widersprach Libby geduldig. „Er ist ein Mensch, genau wie du und ich. Nur eben aus dem dreiundzwanzigsten Jahrhundert."

„Na, wenn's weiter nichts ist."

„Vielleicht gibt es einen einfacheren Weg, dich zu überzeugen." Libby stand auf und drückte Sunnys Hand. „Was immer auch zwischen mir und Cal passiert, wir werden eine Lösung finden. Aber du musst erst einmal verstehen. Ich tue das nur, weil ich finde, dass du das Recht hast zu erfahren, worauf du dich einlässt."

Sunny nickte nur stumm. Sie wagte nicht zu sprechen, weil das, was Libby gesagt hatte, einen erschreckenden Sinn ergab. Und sie hatte einfach Angst, ganz fürchterliche Angst.

Libby zog eine Schublade auf und holte etwas daraus hervor, das wie eine Armbanduhr aussah. Den fast unsichtbaren Draht, der an dieser Uhr hing, montierte sie an ihrem eigenen Computer, den sie dann einschaltete.

„Komm her." Libby winkte sie zu sich heran, und vorsichtig näherte Sunny sich.

„Was ist das?"

„Cals Minicomp. Ein winziger Computer."

Betriebsbereit.

Sunny machte einen Satz zurück, als die Maschine zu sprechen begann, und klammerte sich an die Rückenlehne des Schreibtischstuhls. „Wie hast du das gemacht, Libby?"

„Eine Kombination der Technologie des zwanzigsten und dreiundzwanzigsten Jahrhunderts."

„Aber … aber …"

„Du hast noch gar nichts gesehen", warnte Libby und wandte sich wieder dem Bildschirm zu. „Computer, welche Informationen zu Jacob Hornblower sind abrufbereit?"

Hornblower, Jacob, geboren am 12. Juni 2224 in Philadelphia. Astrophysiker, steht zurzeit dem Institut für Astrophysik am Durnam Laboratorium in Philadelphia vor. 2244 Abschluss des Jurastudiums an der Universität Princeton, magna cum laude. 2248 Doktorarbeit in Astrophysik an der O'Bannion. Kapitän der Intergalaktischen Softball-Liga 2247-49, Position: Werfer ..."

Sunny hielt das hysterische Gekicher nur mit Mühe zurück. „Stopp!"

Die blecherne Stimme aus dem Computer verstummte. Mit weichen Knien wich Sunny zurück zum Bett und ließ sich darauf niedersinken. „Es ist alles wahr."

„Ja. Atme ein paarmal tief durch", riet Libby. „Es dauert etwas, bis man es verarbeitet hat."

„Er hat mir gesagt, dass er mit Zeitreisen experimentiert." Wieder wollte das Lachen aus ihr herausbrechen, doch sie unterdrückte es. „Das ist wirklich gut." Sie kniff die Augen zusammen. Das musste ein Traum sein, ein bizarrer, fantastischer Traum. Aber als sie die Augen öffnete, war alles gleich geblieben. „Sieht aus, als hätte sich da jemand auf meine Kosten königlich amüsiert." Sie hörte die Tür unten gehen und sprang auf. „Diese Sache werde ich sofort klären."

„Warum wartest du nicht ..." Libby brach ab, als Sunny sich zornig zu ihr umdrehte. „Schon gut." Sie sank auf das Bett, als Sunny aus dem Zimmer und nach unten stürmte.

Doch unten fand sie nur Cal, keine Spur von Jacob. „Wo ist er?", verlangte sie zu wissen.

„Äh ... draußen. Ist Libby noch oben?"

„Ja." Mit gespreizten Beinen, die Arme in die Hüfte gestützt, versperrte sie ihm den Weg zur Treppe. „Sie ist sehr aufgewühlt."

„Das braucht sie nicht zu sein."

Und weil sie alle Antworten auf ihre Fragen in seinen Augen lesen konnte, beruhigte sie sich ein wenig. Trotzdem war sie noch immer wütend. „Du kannst wirklich froh sein, dass du dein Glück zu schätzen weißt."

„Ja, ich liebe dich auch, Sunny."

Sie entspannte sich so weit, dass sie ihm sogar einen Kuss auf die Wange setzte. Später, beschloss sie. Später würde sie über alles gründlich nachdenken. Und wahrscheinlich verrückt werden. Aber im Moment hatte sie etwas Dringendes zu erledigen.

„Ich will wissen, wo dein hinterhältiger Bruder ist. Und versuch erst gar nicht, mich für dumm zu verkaufen. Libby hat mir alles gesagt."

Trotzdem blieb Cal vorerst vorsichtig. „Was denn?"

Sie legte den Kopf leicht schief. „Ist es zu spät, um dich im zwanzigsten Jahrhundert willkommen zu heißen?"

Ein Grinsen zuckte um Cals Lippen. „Nein. J. T. ist draußen beim Schiff, ungefähr fünf Kilometer nordöstlich von hier. Du brauchst nur den Spuren zu folgen." Er hielt sie am Arm zurück, bevor sie davonstürmen konnte. „Er ist ziemlich aufgebracht. Ich habe ihn tief verletzt."

„Oh, das wird gar nichts sein im Vergleich zu dem, was ich ihm antun werde."

Cal wollte etwas sagen, doch dann erinnerte er sich daran, dass Jacob schon immer auf sich selbst hatte aufpassen können. Also ging er nach oben zu seiner Frau.

Libby saß noch regungslos auf dem Bett und starrte mit leerem Blick zum Fenster hinaus, ohne etwas zu sehen. Die Hände hatte sie schützend vor dem Leib gefaltet, wie um das ungeborene Leben zu schützen. Als er sie erblickte, spürte Caleb eine unermessliche Liebe für sie.

„Hallo."

Libby zuckte zusammen und bemühte sich um ein Lächeln. „Hallo. Anstrengender Tag, was?" Bevor er etwas erwidern konnte, sprang sie auf. „Ich hab mindestens noch ein Dutzend Dinge zu erledigen. Mit dem Auspacken bin ich auch noch nicht fertig, und für heute Abend sollte ich irgendetwas Besonderes zum Dinner vorbereiten, und …"

„Warte." Er legte die Arme um sie, als sie an ihm vorbeigehen wollte. „Ich liebe dich, Libby."

„Ich weiß." Sie hielt sich an ihm fest, die Wange an seine Schulter geschmiegt.

„Ich glaube nicht, dass du weißt, wie sehr." Sanft hielt er sie von sich ab, um ihr ins Gesicht sehen zu können. „Selbst nach all der Zeit weißt du es nicht. Wie kannst du nur denken, ich würde weggehen?"

Sie schüttelte stumm den Kopf.

„Komm, setz dich", murmelte er.

„Caleb, ich weiß nicht, was ich sagen soll." Sie setzte sich und verschränkte nervös die Finger im Schoß. „Ich kann mir kaum vorstellen, wie du dich fühlen musst. Dein Bruder ist hier, und dabei hast du gedacht, du würdest ihn nie wiedersehen. Du wirst an all das erinnert, was du aufgegeben hast, die Menschen, die du zurückgelassen hast …"

„Bist du jetzt fertig?"

Sie zuckte nur elend die Schultern.

„J. T. hat mir einen Brief gegeben, den er fand, als er die Zeitkapsel ausgrub." Er zog den Brief hervor, und Libby erinnerte sich daran, dass sie diesen Brief ganz zum Schluss mit in die Kassette geschmuggelt hatte. „Da der Brief an mich adressiert ist, hat er ihn nicht gelesen. Auf dem Rückweg vom Schiff habe ich ihn dann geöffnet." Er strich den Brief auf seinem Schoß glatt. „Wäre ich dumm genug gewesen, dich zu verlassen … das hier hätte mich zu dir zurückgebracht. Ich hätte alles getan, um einen Weg zu finden. Ich hätte dich nie verlassen können."

„Deshalb habe ich ihn nicht geschrieben."

„Das weiß ich." Er nahm ihre Hand und küsste sie. „Dieser Brief bedeutet mir sehr viel. Weißt du noch, was du geschrieben hast?"

„So ungefähr."

„Besonders der erste Satz, hier." Er sah auf den Brief und begann zu lesen: „‚Wenn du dies liest, bist du wieder daheim. Du sollst wissen, wie sehr ich mich für dich freue, dass du wieder da bist, wo du hingehörst und wo du sein willst.'" Er legte den Brief beiseite. „Hast du das ernst gemeint?"

„Ja."

„Dann sollst du wissen, dass ich genau da bin, wo ich hingehöre und wo ich sein will." Sanft küsste er sie und drückte sie auf das Bett zurück.

Es war nicht schwierig, den Spuren zu folgen. Die Abdrücke stammten von den Reifen des Geländewagens, eine Spur führte von der Hütte fort, eine zurück. Mit grimmigem Gesicht saß Sunny auf dem Fahrersitz und umklammerte das Steuer.

Nachzudenken erlaubte sie sich nicht. Noch nicht. Denn wenn sie darüber nachdachte, würde sie sich wahrscheinlich schreiend von der nächsten Klippe stürzen. Sicher, sie hatte schon immer einen Hang zum Außergewöhnlichen gehabt, aber das hier ... das ging einfach zu weit.

Als sie das Schiff vor sich liegen sah, eingenestelt in den Schnee, trat sie mit voller Wucht auf das Bremspedal und brachte den Wagen damit zum Schlingern.

Es war so groß wie ein Haus. Dabei konnte Sunny sich vorstellen, dass es winzig sein musste im Vergleich zu dem Frachtschiff, das Cal gesteuert hatte. Viel schlanker, eleganter. Das weiße Metall glitzerte im Sonnenlicht. Sunny blickte auf etwas, was wohl die Frontscheibe sein musste. Und während sie noch mit offenem Mund starrte, sah sie Jacob dahinter.

Sein Anblick ließ ihr maßloses Erstaunen wieder in Rage umschlagen. Sie kletterte aus dem Auto und marschierte mit energischen Schritten auf das Schiff zu.

Jacob entriegelte die Tür, die geräuschlos aufglitt. Treppenstufen klappten auf. Sunny stieg diese Stufen hinauf. Und während er ihr die Hand reichte, um ihr zu helfen, ging er in Gedanken noch einmal die Ansprache durch, die er sorgfältig vorbereitet hatte.

„Sunny, ich ..." Weiter kam er nicht. Ihre Faust landete hart auf seinem Kinn. Sterne blitzten vor seinen Augen auf, er strauchelte rückwärts und fiel zu Boden.

Sunny stand wie eine wütende Rachegöttin über ihm. „Steh auf, du erbärmlicher Feigling, damit ich dir noch einen rechten Haken verpassen kann."

Er blieb sitzen, wo er war, und rieb sich das schmerzende Kinn. Der Schlag machte ihm nicht einmal viel aus, er wusste, er hatte ihn verdient und sich darauf eingestellt. Aber ein Feigling genannt zu werden … Nun, unter den gegebenen Umständen war es wohl besser, wenn sie sich erst einmal abreagierte.

„Du bist aufgeregt."

„Aufgeregt?! Ich werde dir zeigen, wie aufgeregt ich bin!" Und da er keine Anstalten machte aufzustehen, warf sie sich auf ihn.

Mit einem weiteren Fausthieb raubte sie ihm den Atem, und er griff nach ihren Händen. „Verdammt, Sunny, hör auf. Sonst muss ich dir wehtun."

„Mir wehtun?" Blind vor Wut, schlug sie zu, als er sich auf sie wälzen wollte. Diesmal traf ihr Knie voll ins Ziel. Mit einem „Uff" sackte er auf ihr zusammen. „Runter von mir!"

Er hätte sich nicht bewegen können, selbst wenn sein Leben davon abgehangen hätte. Der Schmerz war unerträglich, und seine einzige Verteidigung war sein Gewicht, mit dem er sie festhalten konnte.

„Sunny …" Er sog hart die Luft in seine Lungen und sah eine neue Sternenkonstellation vor seinen Augen tanzen. „Okay, du hast gewonnen."

Ihre Wut war verpufft, aber sie wollte nicht, dass er wusste, wie hilflos und schwach sie sich fühlte. Mit zusammengebissenen Zähnen betete sie darum, dass ihre Stimme nicht zitterte. „Ich sagte, runter von mir."

„Sobald ich mich bewegen kann. Lass mich erst verschnaufen, dann können wir meinetwegen in die zweite Runde gehen." Es gelang ihm, den Kopf zu heben.

Sie weinte. Große Tränen rollten stumm über ihre Wangen, und dieser Anblick setzte ihm mehr zu als der Schlag. Hilflos schüttelte er den Kopf. „Nicht. Nicht weinen." Er wischte ihr unbeholfen die Tränen vom Gesicht, doch mehr kamen nach. „Sunny, verdammt, hör auf damit."

„Fass mich nicht an." Ihr Körper war wie erstarrt. Wut und

Beschämung kämpften in ihr. „Ich will nicht, dass du mich berührst."

„Das weiß ich. Ich muss es aber."

„Du hast mich angelogen."

„Das stimmt." Er presste seine Lippen auf ihr Haar. „Es tut mir leid."

„Du hast mich benutzt."

„Nein." Seine Arme schlangen sich fester um sie. „Das habe ich nicht. Du weißt, dass das nicht stimmt."

„Wie sollte ich? Ich kenne dich doch überhaupt nicht!" Sie wollte sich unter ihm wegrollen, doch er hielt sie fest. Abrupt klammerte sie sich an ihn. „Ich hasse dich. Ich werde dich bis an mein Lebensende hassen."

Jetzt waren es keine stummen Tränen mehr. Sie wurden von einem lauten Schluchzen begleitet, während Sunny sich an ihn klammerte. Jacob sagte nichts, wusste nichts zu sagen. Die Frau, die ihn mit einem Kinnhaken zu Boden gestreckt hatte, konnte er verstehen. Mit der Frau, die mit Krallen und Klauen gegen ihn anging, konnte er umgehen. Nicht aber mit diesem weinenden, schwachen Geschöpf in seinen Armen. Wehrlos, zart, mit gebrochenem Herzen.

Und dann verliebte er sich auch in diese Sunny.

Sie klammerte sich an ihn und hasste sich dafür. Sie wollte ausholen, ihn dafür bestrafen, dass er ihr Herz gebrochen hatte, und konnte doch nichts anderes tun, als ihn eng umschlungen zu halten und den Trost anzunehmen, den seine Umarmung ihr bot.

Vorsichtig richtete er sich mit ihr in den Armen auf. Er wollte trösten, beschützen, lieben. Er wollte sie streicheln, bis ihre Tränen versiegten, sie halten, bis ihr Körper sich entspannte. Und er wollte ihr klarmachen, dass von allen Dingen, die er je getan hatte, seine Liebe zu ihr das Wichtigste für ihn war.

Er führte sie in seine Kabine, und sie konnte sich nicht wehren, nicht in diesem schwächsten Augenblick, den sie je durchgemacht hatte. Sie konnte ihn nur halten, den Sturm vorüberziehen lassen und Trost in seiner zärtlichen Umarmung finden.

Das Licht in der Kabine war dämmrig, das Bett weich. Bettwäsche und Wände waren in einem zarten Blau gehalten, eine beruhigende Farbe. Ohne sie aus seinen Armen zu lassen, legte er sich mit ihr auf das Bett und hielt sie, bis die Schluchzer langsam verebbten.

Erst dann fuhr er mit seinen Lippen sanft über ihre Schläfen, hinunter zu ihrem Mund. Er schmeckte die salzigen Tränen auf ihren zitternden Lippen. Als sein Mund den ihren berührte, entzog sie sich ihm und rollte sich auf die Seite.

„Sunny." Er kam sich ungelenk und unbeholfen vor. Er legte eine Hand auf ihre Schulter. „Rede mit mir, bitte."

Sie machte sich nicht einmal die Mühe, seine Hand abzuschütteln, starrte nur die hellblaue Wand an. „Ich komme mir wie eine komplette Närrin vor. Deinetwegen auch noch zu heulen."

Er wusste nicht, ob je eine Frau seinetwegen geweint hatte. Auf jeden Fall nicht in seinen Armen. „Ich wollte dir nie wehtun."

„Es tut immer weh, wenn man angelogen wird."

„Ich habe nicht gelogen. Ich habe dir nur nicht die ganze Wahrheit gesagt." Er musste einfach an diese Logik glauben. Aber er bezweifelte, dass sie es so sah. „Ich hätte dir heute alles gesagt."

Fast hätte sie aufgelacht. „Diese alte Ausrede wird also auch noch im dreiundzwanzigsten Jahrhundert gebraucht, was?" Sie hatte es ausgesprochen. Das dreiundzwanzigste Jahrhundert. Sie befand sich in einem Raumschiff, mit einem Mann, der erst geboren werden würde, wenn sie schon längst tot war. Zu gern hätte sie das alles für einen Traum gehalten, aber der Schmerz war zu echt.

„Ich bin wegen meines Bruders gekommen", sagte Jacob jetzt. „Ich hatte nie vor, mich in dich zu verlieben. Es ist alles so schnell passiert."

„Ja, ich weiß. Ich war dabei."

„Sieh mich an."

Sunny schüttelte den Kopf. „Vergessen wir es, J. T. Ein Mann wie du denkt wahrscheinlich, er kann in jedem Jahrhundert eine Frau haben."

„Ich sagte, sieh mich an." Seine Geduld schwand schnell. Er packte sie bei den Schultern, damit sie ihm in die Augen sehen musste. „Ich liebe dich."

Die Worte drangen in sie ein und nahmen ihrem Entschluss die Kraft. Ihre einzige Verteidigung war Wut. „Anscheinend hat sich der Begriff Liebe über die Jahrhunderte geändert. Mach dir deswegen keine Gedanken. Ich werde es überleben."

„Hörst du mir jetzt endlich zu!"

„Es ist vollkommen egal, was du sagst."

„Dann kann es ja auch nicht schaden, mir zuzuhören."

Wieder schüttelte sie den Kopf. Jetzt, da die Tränen versiegt waren, war sie wieder zum Kampf bereit. „Du hattest nie vor, bei mir zu bleiben, ein Leben mit mir aufzubauen. Das Ganze war nur ein kurzes Zwischenspiel für dich. Ich kann es dir nicht einmal verdenken. Du hast keinerlei Versprechungen gemacht, nur Andeutungen. In dieser Hinsicht bin ich also voll selbst verantwortlich für meine Gefühle. Aber ich kann dich verabscheuen, weil du nicht ehrlich gewesen bist."

„Es war zu kompliziert. Ich wusste nicht, wie du reagieren würdest."

„Ich dachte, Wissenschaftler experimentieren so gern. Du bist doch Wissenschaftler, oder?"

„Ja. Also gut. Tatsache ist, ich wollte an nichts anderes denken, wenn ich mit dir zusammen war." Als sie versuchte, sich abzuwenden, hielt er sie fester. „Ich dachte, du wolltest die Wahrheit hören, also hör zu. Was ich tat, habe ich getan, weil ich nicht anders konnte. Und ich wollte auch gar nichts anderes. Wenn das falsch war, dann weil ich aufgehört habe, nur mit dem Verstand zu denken. Wenn ich es nicht besonders gut angegangen bin, dann weil ich nicht wusste, wie ich dich hier, in dieser Zeit, für mich gewinnen konnte. Ich habe mich in dich verliebt und wusste nicht, wie ich damit umgehen sollte. Wusste nicht, was du von mir erwartest."

Frustriert streichelte er ihre Wange. „Sunny, ich war überzeugt, ich könnte dir unmöglich die Wahrheit sagen. Und ich wusste nicht, wie ..." Er brach ab und fluchte leise. „Ich hätte dir gern mehr Romantik gegeben, aber ich hatte kein Geschenk für dich."

„Ein Geschenk?" Sie war zu aufgewühlt, um ärgerlich zu werden. „Wovon redest du eigentlich?"

„Romantik", wiederholte er verlegen. „Aufmerksamkeit, Schmeicheleien, Geschenke."

„Das ist das Dümmste, was ich je gehört habe. So definiert also der höher entwickelte Mensch Romantik?" Abrupt schob sie seine Hände fort. „Romantik hat nichts mit Geschenken oder Schmeicheleien zu tun. Es hat zu tun mit Verständnis und mit Gefühlen, mit dem Teilen von Hoffnungen und Träumen. Es bedeutet, ehrlich zueinander zu sein."

„Das hier ist ehrlich." Er beugte den Kopf und senkte zart seine Lippen auf ihren Mund. Sie wollte sich eiskalt und unbeteiligt geben, aber zum ersten Mal war sein Mund nicht gierig, nicht leidenschaftlich, nicht verzweifelt, sondern unendlich zärtlich. Es durchzuckte sie wie gleißende Wärme, floss durch sie hindurch wie goldenes Sonnenlicht und ließ ihre angebliche Gleichgültigkeit schmelzen wie Schnee im Frühling.

Jacob sah sie an, und Sunny fragte sich, ob sie da etwa Verwirrung in seinen Augen erkannte. Im Grunde ist es egal, sagte sie sich. Sie würde sich nicht erlauben, ein zweites Mal so viel für ihn zu empfinden. Doch da legte er seine Hand an ihre Wange und berührte ihre Lippen erneut.

Er hatte nicht gewusst, dass Zärtlichkeit so schwach machen konnte. Oder so erfüllend sein konnte. Wenn er sie zuvor berührt hatte, war es immer wie eine ungebändigte Macht gewesen. Blitze purer Energie. Jetzt war da nur diese Wärme, wie ein stiller Fluss, die durch ihn hindurchfloss. Er wollte diese Wärme mit ihr teilen, wollte Sunny zeigen, wie wichtig sie für ihn war, immer für ihn sein würde.

„Ich liebe dich", murmelte er. Als sie den Kopf schütteln

wollte, wiederholte er die Worte immer und immer wieder an ihren Lippen.

So konnte sie nicht gegen ihn ankämpfen. Nicht, wenn dieser Nebel ihren Verstand verhüllte und ihr Körper in dieser süßen, samtenen Dunkelheit versank. Ihr Atem stockte, als sie seinen Namen aussprach. Jacob bedeckte ihre zitternden Lippen mit den seinen. Geduldig, behutsam, mit Hingabe.

Zeit, dachte er, während er den Kuss vorsichtig vertiefte. Sie würden sich so viel Zeit nehmen, wie sie brauchten. Und wenn es vorüber war, würde sie wissen, dass er nie wieder lieben würde, wie er sie geliebt hatte.

Langsam zog er sie aus. Obwohl seine Finger vor Verlangen zitterten, beeilte er sich nicht. Knopf für Knopf öffnete er ihre Bluse, presste den Mund auf jedes Stück Haut, das er freilegte. Sacht, unendlich zärtlich folgte er der Spur mit dem Finger und schob die Stoffhälften auseinander.

Kein gieriges Verlangen mehr, nur eine schmerzende Sehnsucht, bittersüße Zärtlichkeit.

Sunny ergab sich. Sie zog Jacob den Pullover über den Kopf, damit sie die Wärme seiner Haut fühlen konnte. Wenn ihr nur das Heute blieb, so würde sie das Gestern und das Morgen vergessen. Als sein Mund den ihren berührte, war es wie ein allererster Kuss.

An das hier würde sie sich erinnern. An den Geschmack seiner Lippen, an die zärtlichen Worte, die er an ihrem Mund murmelte. Es konnte keine Versprechen geben. Aber in den Tiefen dieser grünen Augen konnte sie versinken, sie konnte sich verlieren in der Sanftheit seiner Hände. In dem dämmrigen, stillen Raum gab es weder Tag noch Nacht. Und ein Herz, das so voll von Liebe war, konnte nicht brechen.

Sie verzauberte ihn, bis er glaubte, sie könnten für immer hier zusammen sein, nur sie beide allein. Mit einem leisen Seufzer, mit einer zaghaften Bewegung, mit einem vorsichtigen Streicheln über seine Haut, mit ihrem Duft, der ihn erfüllte.

Und die Liebe, die er für sie fühlte, pulsierte mit seinem Blut durch ihn hindurch, drang bis in sein Innerstes, bis ihn die Erkenntnis einholte, dass er sich nie wieder davon würde freimachen können. Es war ein gutes Gefühl. Sie würde immer bei ihm sein, trotz der Distanz.

Als er in sie eindrang mit unstillbarer Sehnsucht und sie ihn in sich aufnahm mit bedingungsloser Hingabe, stand die Zeit wunderbar still.

Sunny erwachte. Sie blinzelte in die Dunkelheit und hatte Angst. Der Platz neben ihr war kalt. Jacob war fort. Panik griff nach ihrer Kehle, abrupt setzte sie sich auf. Sie hielt den Aufschrei zurück und versuchte sich zu beruhigen.

Jacob war nicht weg – zumindest nicht weit weg. Schließlich war sie noch immer auf seinem Schiff, in seinem Bett. Mit pochendem Herzen legte sie sich zurück und versuchte nachzudenken.

Wie er sie heute Nacht geliebt hatte … so süß, so zärtlich, so aufmerksam. Und so sehr wie ein Abschied. Nein, sie würde nicht wieder weinen, versprach sie sich selbst und drängte die Tränen zurück. Weinen war keine Lösung. Wenn sie ihn wirklich liebte, und das tat sie, konnte sie nur eines für ihn tun – stark sein.

Sunny zog sich im Dunkeln an, dann ging sie ihn suchen.

Das Schiff verwirrte sie. Da gab es noch eine kleinere Kabine, aber in demselben hellen Blau gehalten. Sunny durchquerte einen Raum, den sie für die Kombüse hielt.

Ein leerer Karton auf einer Anrichte wies seinen ehemaligen Inhalt als Getränk aus, und als Sunny eine Metalltür öffnete, die in eine Wand eingebaut war, entschied sie, dass es sich bei diesem Gerät um eine Art Ofen handeln musste.

Sie fand Jacob schließlich auf der Brücke, er saß vor der Kommandokonsole, nur mit einer Jeans bekleidet. Durch die Frontscheibe konnte sie das Panorama der Berge sehen. Jacob starrte durch die Scheibe hinaus, während er dem Computer Befehle gab.

„Koordinaten für fünfzehn Uhr setzen."

Bestätigt.

„Anvisierte Ziellandung so nahe wie möglich bei den ursprünglichen Abflugdaten, einschließlich Datum, Zeit und Position."

Bestätigt.

„Berechne geschätzte Flugdauer vom Startzeitpunkt bis zum Zeitsprung."

In Arbeit ... Schätzung liegt bei drei Stunden, zweiundzwanzig Minuten von Start bis Erreichen des Sonnenorbits. Wird genauere Kalkulation benötigt?

„Nein."

„Jacob."

Er drehte sich fluchend mit seinem Stuhl um. „Ausschalten." Der Computerbildschirm wurde schwarz. „Ich dachte, du schläfst", sagte er zu Sunny.

„Ich habe auch geschlafen." Anschuldigungen, Drohungen, Bitten, alles schoss ihr in den Kopf. Sie hielt sie alle zurück. Sie hatte sich vorgenommen, stark zu sein. „Du gehst wieder zurück."

„Ich muss." Er stand auf und ging zu ihr. „Sunny, ich habe nach einem anderen Weg gesucht. Es gibt keinen."

„Aber ..."

„Liebst du deine Eltern?"

„Ja, natürlich."

„Und ich liebe meine." Er nahm ihre Hand, betrachtete sie. „Ich kann nicht beschreiben, was wir durchgemacht haben, als wir glaubten, Cal sei tot. Meine Mutter ... sie ist eine sehr starke Frau. Aber als die Nachricht kam, dass Cal als vermisst galt, und man davon ausging, er sei tot, wurde meine Mutter krank vor Trauer. Wochenlang."

„Das tut mir leid", erwiderte sie leise. „Ich kann mir vorstellen, wie ihr euch gefühlt habt."

Er schüttelte den Kopf. Die Erinnerung an jene Tage war immer noch schwer zu ertragen. „Und als wir dann die Wahrheit erfuhren, versuchten meine Eltern, sie zu akzeptieren. Cal lebte, das war das Wichtigste. Trotzdem wussten sie, dass sie ihren Sohn nicht wiedersehen würden." Er hielt frustriert inne. „Vielleicht hilft es, wenn ich ihnen sage, dass er glücklich hier ist. Wenn ich ihnen von dem Kind erzähle, das er und deine Schwester bekommen werden."

„Welchem Kind?"

„Cals. Libby trägt ein Kind unter dem Herzen. Hat sie dir das nicht gesagt?"

„Nein." Erschüttert presste Sunny die Hände an die Schläfen. „Alles ging völlig drunter und drüber. Und ich … Libby ist schwanger." Sie lachte leise und ließ die Hände sinken. „Ist das nicht wunderbar? Wir kriegen eine Nichte oder einen Neffen." Es war wirklich wunderbar. Wenn die Welt am düstersten schien, zeigte sich ein Hoffnungsstrahl am Horizont. Ein neues Leben, eine neue Zukunft.

Und doch war es die Zukunft, an die sie Jacob verlieren würde.

„Eine Schwangerschaft dauert nur neun Monate", setzte sie an. „Hast du nicht Lust zu bleiben, um herauszufinden, ob wir rosa oder blaue Luftballons kaufen sollen?"

Es war so leicht, hinter ihr Lächeln zu schauen, die Traurigkeit in ihren Augen zu erkennen. „Ich kann das Risiko nicht eingehen, das Schiff hier so lange liegen zu lassen. Und ich bin schon viel länger hier, als ich vorhatte. Sunny, meine Eltern haben das Recht zu erfahren, was mit Cal passiert ist. Sie müssen von dem Kind hören. Ihrem Enkelkind."

„Ja, natürlich."

„Wenn ich bleiben könnte … Dort gibt es nichts, was mir so viel bedeutet wie du. Das musst du mir glauben."

Sunny versuchte, gefasst zu bleiben, während ihre Welt um sie herum einstürzte. „Ich glaube dir, dass du mich liebst."

„Ja, das tue ich. Aber wenn ich nicht zurückgehe, wenn ich nicht wenigstens das für meine Eltern tue, könnte ich mir nie wieder in die Augen schauen."

Sie wandte sich ab, denn sie verstand ihn nur zu gut. „Einmal, ich muss ungefähr neun oder zehn gewesen sein, bin ich einfach weggegangen. Wir verbrachten den Sommer in der Hütte, und ich wollte auf Entdeckungsreise gehen. Ich bildete mir ein, ich würde den Wald genau kennen, aber ich verlief mich. Die Nacht habe ich unter einem Baum verbracht. Als Mom und Dad mich am nächsten Nachmittag endlich fanden, waren sie beide völlig aufgelöst. Ich habe meinen Vater nie mehr so weinen gesehen wie an jenem Tag Ich kann dich also gut verstehen."

„Dann weißt du, dass ich sie nicht zurücklassen kann."

„Ja." Sie brachte ein schwaches Lächeln zustande, als sie sich zu ihm umdrehte. „Es tut mir leid, dass ich vorhin eine solche Szene gemacht habe."

„Das braucht es nicht."

„Doch, wirklich, ich entschuldige mich dafür. Ich hätte diese Dinge nicht sagen dürfen." Doch für den Schlag würde sie sich nicht entschuldigen. „Ich kann nur ahnen, wie es für dich hier gewesen sein muss. Die Zeit des Wartens, bis Cal zurückkommt."

„Es war nicht schwer. Ich hatte dich."

„Ja." Sie legte die Hand an seine Wange, ließ sie wieder sinken. „Ich bin froh darüber. Ich möchte, dass du das weißt."

„Sunny …"

„Also, wann brichst du auf?" Sie wich aus seiner Nähe zurück. Sollte er sie berühren, ganz gleich wie flüchtig, würde sie zusammenbrechen.

„Morgen."

Ihre Knie wollten nachgeben, doch sie riss sich mit aller Kraft zusammen. „So bald schon?"

„Ich denke, es ist besser so. Für alle."

Sie wunderte sich, dass ihr Lächeln ihr nicht das Gesicht zerriss. „Wahrscheinlich hast du recht. Ich dachte nur, du würdest mehr Zeit mit Cal verbringen wollen. Schließlich hast du einen weiten Weg hinter dir."

„Ich werde morgen mit ihm reden. Und mit Libby. Ich möchte die Dinge mit ihr bereinigen."

Jetzt fiel das Lächeln etwas leichter. „Sie sind füreinander geschaffen. Das kannst du doch sehen, oder?"

„Ich müsste blind sein, um es nicht zu sehen."

„Wenn man Wissenschaft und Logik mal außer Acht lässt, liefern Gefühle manchmal die exaktere Gleichung." Sie fühlte sich etwas besser und streckte die Hand aus. „Ich möchte heute Nacht hierbleiben, bei dir."

Jacob zog sie an sich heran und hielt sie fest. „Ich komme zurück." Als sie den Kopf schüttelte, sah er ihr fest in die Augen. Da war wieder die Leidenschaft in ihrem Blick. Und Ärger. „Ich komme zurück, ich schwöre es. Ich brauche nur etwas mehr Zeit, um die Tests voranzubringen. In zwei Jahren habe ich es bis hierher geschafft. Zwei weitere, und ich werde das Verfahren perfektioniert haben. Dann wird es so normal sein wie ein Shuttle-Flug zum Mars."

„Ein Shuttle zum Mars", wiederholte Sunny atemlos.

„Vertrau mir." Er zog sie wieder in seine Arme. „Wenn ich erst so weit bin, verbringen wir mehr Zeit zusammen."

„Zeit", murmelte sie und schloss die Augen.

12. Kapitel

Jacob schlief noch, als Sunny ging. Es schien ihr besser so. Sie hatte kein Auge zugetan, sondern Stunde um Stunde in die Dunkelheit gestarrt, um den besten Weg zu finden.

Jacob hatte Musik aufgelegt, eine wunderschöne verträumte Melodie, von einem Komponisten, von dem sie noch nie gehört hatte. Weil er erst noch geboren werden musste. Jacob hatte die Beleuchtung in der Kabine so eingestellt, dass sie wie Mondlicht wirkte.

Wegen der Romantik. Das war ihr bewusst geworden, und sie liebte ihn dafür umso mehr. Er wollte ihr alles geben, was ihm möglich war, in dieser letzten Nacht. Und er hatte ihr alles gegeben. Aber sie wollte mehr. Sie wollte eine Zukunft.

Als sie über die Wendung nachdachte, die ihr Leben genommen hatte, wurde ihr klar, dass sie ihre Entscheidungen bisher alle nach der Wahl „schwarz oder weiß" getroffen hatte. Etwas war entweder richtig, oder es war falsch. Aber jetzt, in diesem wichtigsten aller Momente, gab es Dutzende von Grautönen.

Langsam lenkte Sunny den Wagen zur Hütte zurück. Wie sollte sie sich noch einmal von ihm verabschieden können? Es gab Dinge, die man kein zweites Mal ertrug. Sie hoffte, er würde verstehen, warum sie sich so verhielt. Sie hoffte, sie würde damit leben können.

Sie parkte an der Rückseite des Blockhauses und blieb eine Weile im Wagen sitzen, betrachtete gedankenverloren den Raureif auf den Bäumen, wie er in der ersten Morgensonne glitzerte. Sie lauschte auf die paradiesische Stille, schmeckte den Geruch in der Luft, der neuen Schnee ankündigte.

Leise, mit ihrer Traurigkeit kämpfend, betrat sie die Küche durch den Hintereingang.

Libby hatte eine Lampe brennen lassen. Das gelbe Licht der alten Gaslampe, das in der Helligkeit des neuen Tages immer schwächer wurde, brachte erneut die verhassten Tränen. Sunny drängte sie zurück und setzte sich an den Tisch. Es war erst wenige Wochen her, dass Jacob hier zum ersten Mal gesessen hatte. Sie fuhr mit den Fingerspitzen über das Holz, so wie er damals.

„Du bist früh auf."

Sunny hob den Blick und sah ihre Schwester. „Hallo." Ihre Lippen verzogen sich zu einem Lächeln. „Mama."

Instinktiv legte Libby eine Hand auf ihren leicht gewölbten Leib. „Jacob hat es dir gesagt. Eigentlich wollte ich das tun."

„Wunderbare Neuigkeiten bleiben wunderbare Neuigkeiten, ganz gleich, wer sie verkündet." Sunny erhob sich, um ihre Schwester fest in die Arme zu schließen. An diese Freude klammerte sie sich. „Keine morgendliche Übelkeit?"

„Nein, ich habe mich nie besser gefühlt."

„Cal soll dich nur anständig verwöhnen."

„Das tut er, viel zu sehr sogar." Libby strich der Schwester den Pony aus der Stirn. Sunnys Augen waren dunkel und blickten unendlich traurig. „Wie fühlst du dich?"

„Es geht schon." Doch da ihre Knie schon wieder nachgeben wollten, setzte Sunny sich lieber auf den Stuhl. „Tut mir leid, dass ich so davongestürmt bin."

„Ist schon in Ordnung." Libby trug einen weiten Pullover und Kordhosen, ihr Lieblingsaufzug hier in den Bergen. Sunny betrachtete ihre Schwester und dachte, dass Libby nie schöner gewesen war. Sie fragte sich, ob auch sie jemals diese Liebe spüren würde, ein neues Leben in sich wachsen zu wissen.

„Ich habe ihn niedergeschlagen."

„Gut." Libby nickte billigend. Sie füllte den Wasserkessel und setzte ihn auf den Herd, um Tee aufzubrühen. „Hast du Lust auf Frühstück?"

„Später vielleicht."

„Sunny, es tut mir so leid."

„Das braucht es nicht." Libby hatte ihr eine Hand von hinten auf die Schulter gelegt, und Sunny griff danach. „Wirklich, es ist schon in Ordnung."

„Du liebst ihn wirklich, nicht wahr?"

„Ja, ich liebe ihn."

Libby wünschte, sie könnte mit ihrer Schwester etwas von dem Glück teilen, das sie selbst fühlte. Sie schmiegte ihre Wange an Sunnys Haar. „Cal sagt, J. T. will weiter an den Gleichungen arbeiten, um Zeitreisen zu verbessern. Um es reibungsloser und ungefährlicher zu machen. Bequemer, falls man das überhaupt so nennen kann."

„Ja, er hat es mir gesagt."

„Jacob ist brillant, Sunny. Wirklich brillant. Cal gibt nicht nur einfach mit seinem Bruder an. Ich habe seine Akte gelesen. Die Tatsache, dass er nach nur zwei Jahren Arbeit in der Lage war, diese Reise zu machen, beweist es. Wenn er seine Tests beendet hat, wird er zurückkommen."

„Ich hoffe, er wird es schaffen." Sunny schloss die Augen. „Ich hoffe es von ganzem Herzen." Dann lachte sie auf und schlug die Hände vors Gesicht. „Wenn uns einer zuhört ... Wir reden hier über Reisen durch die Zeit, als sei es das Normalste von der Welt. Ich muss immer noch unter Schock stehen."

„Selbst nach über einem Jahr wache ich manchmal morgens auf und frage mich, ob ich mir das alles nicht nur eingebildet habe."

„Aber du hast Cal", murmelte Sunny und ließ die Hände in den Schoß sinken. „Er ist da, um dir zu beweisen, dass es wahr ist."

„Sunny, wenn ich ..." Libby brach ab, als Cal in die Küche kam. Sie hob die Schultern, ließ sie wieder fallen. „Gibt es irgendetwas, was ich tun kann?"

„Nein, ich werde schon damit fertig. Ehrenwort."

„Ich brauche ein bisschen frische Luft." Libby drehte sich zu Cal. „Machst du inzwischen den Tee?"

Sie tauschten einen Blick. „Ja, sicher."

Sunny kannte die beiden gut genug, um zu wissen, dass sie sich abgesprochen hatten, damit Cal allein mit Sunny reden konnte.

„Was willst du zum Frühstück?", fragte Cal, sobald Libby zur Tür hinaus war. „Fruit Loops oder verbrannten Toast?"

„J. T. hat den Toaster repariert."

„So?" Cal warf einen Blick auf das Gerät. „J. T. hat schon immer gerne getüftelt." Der Kessel begann zu pfeifen und gab Cal somit noch etwas zu tun, wobei er sich überlegen konnte, was er sagen sollte. „Sunny ... Sieht aus, als würde es heute wieder schneien."

„Cal, warum entspannst du dich nicht endlich? So verlockend es auch war, ich habe ihn nicht umgebracht."

„Deswegen hatte ich mir auch keine Sorgen gemacht." Er goss kochendes Wasser in zwei Tassen. „Keine allzu großen wenigstens. Eigentlich will ich dir nur alles erklären."

„Was denn? Dass dein Bruder ein Pinsel ist? Das weiß ich schon."

„Er ist auch sehr empfindsam."

Ihr Humor war also nicht ganz abgestorben. Das erleichterte sie ungemein. „Reden wir hier über denselben Mann? Hornblower, Jacob? Der, der stur ist wie ein Esel und zudem mit einem höchst aufbrausenden Temperament gesegnet?"

Eine passende Beschreibung, wie Cal zugeben musste. „Ja, genau der. Er bricht nicht unbedingt in Tränen aus, wenn er einen rührseligen Film sieht. Er macht sich auch nicht viel daraus, wenn man ihn beschimpft. Aber er ist empfindsam, sobald es um andere Menschen geht. Um seine Familie." Cal wusste nicht, ob er das hier richtig anpackte, und brachte erst einmal den Tee an den Tisch. „Wenn er früher in eine Prügelei verwickelt wurde, dann meist deshalb, weil irgendjemand über mich hergezogen hat. Es hat mich immer wahnsinnig geärgert, ich wollte mich selbst darum kümmern. Aber er war schon losgestürmt, noch bevor ich überhaupt die Möglichkeit dazu hatte. Und was meine Eltern betrifft ... bis heute hat er kein einziges Mal den Muttertag vergessen."

„Den gibt es immer noch?"

„Ja, natürlich."

„Cal." Nachdenklich rührte sie in ihrem Tee. „Wie hast du dich dafür entschieden zu bleiben?"

„Es gab keine Entscheidung. Entscheiden ist nicht das richtige Wort, weil es einen bewussten Vorgang beschreibt", antwortete er. „Was ich damit sagen will, ist, ich konnte Libby einfach nicht verlassen. Aber ich habe nie aufgehört, an meine Eltern zu denken."

„Nun, ob du glaubtest, eine Wahl zu haben oder nicht, es muss trotzdem schwierig gewesen sein."

„Zurückzukehren war für mich keine wirkliche Alternative. Ich wusste ja nicht einmal, ob ich heil ankommen würde. Also habe ich das Schiff zurückgeschickt. Wenn es eine Möglichkeit gab, meine Familie wissen zu lassen, dass ich noch lebte, musste ich sie wahrnehmen." Er legte seine Hand auf ihre Finger. „Bei J. T. ist es anders. Er weiß, dass er zurückkann. Wenn er es nicht täte, würde er unsere Eltern ohne Hoffnung zurücklassen. Und das kann er nicht."

„Nein, es wäre ihm unmöglich." Sunny hob den Kopf. „Es muss schwer sein für dich."

„Es war das schönste Jahr meines Lebens."

„Aber die Umstellung, das Eingewöhnen, die Trennung …"

„Und wenn ich noch fünf Jahrhunderte weiter zurückgereist wäre, es würde keine Rolle spielen. Solange ich Libby habe."

„Sie kann sich glücklich schätzen, dich an ihrer Seite zu wissen."

„Das sage ich ihr auch immer." Er grinste, doch dann wurde er wieder ernst. „Er liebt dich, Sunny."

Etwas flackerte in ihren Augen auf, bevor sie den Blick senkte. „Hat er dir das gesagt?"

„Ja. Aber er hätte es gar nicht zu tun brauchen. Ich habe es erkannt, als ich ihn zum ersten Mal deinen Namen aussprechen hörte. Ich glaube, ich will dir damit sagen, dass er noch nie für jemanden gefühlt hat, was er für dich empfindet."

„Wirst du mir helfen, Cal? Ich bin gegangen, bevor er wach war." Sie presste die zitternden Lippen zusammen. „Ich kann mich nicht noch einmal von ihm verabschieden."

Libby stand an dem kleinen Bach und folgte dem unter dem Eis dahinfließenden Wasser mit dem Blick. Vor ihrem geistigen Auge sah sie die Stelle hier im Frühling, als das Wasser munter murmelnd über Steine gesprungen war, und hörte wieder das Gezwitscher der Vögel. Das Gras war damals grün und weich gewesen.

Damals. Als Cal und sie hier an dieser Stelle die Zeitkapsel vergraben hatten. Und sich geliebt hatten. Damals war ihr das Herz gebrochen, als sie sich vorgestellt hatte, wie er Hunderte von Jahren später, in seiner Zeit, die Kassette ausgraben würde.

Doch Cal war geblieben. Es war sein Bruder, der die Kapsel ausgehoben hatte. Und es war das Herz ihrer Schwester, das jetzt brach.

Welchen Trost sie Sunny auch bieten konnte, es würde nicht genug sein.

Es schien ihr so falsch, dass sie selbst ihr Glück gefunden hatte, während Sunny alles verlor. Cal war bei ihr, sie hatten ein Heim, in dem sie sich wohlfühlten, ein Leben, das sie zusammen aufbauten. Und sie erwarteten ein Kind zusammen. Libby lächelte verträumt vor sich hin, eine Hand an ihrem Leib. Das Kind, das Ende des Sommers zur Welt kommen und sie noch enger aneinander binden würde.

Sunny hatte nur ihre Erinnerungen, und es gab nichts, was Libby für sie tun konnte.

Sie drehte den Kopf und erblickte Jacob.

Er war nur noch wenige Meter von ihr entfernt. Sie hatte ihn nicht kommen hören, der Schnee hatte seine Schritte verschluckt. Im Schatten der Bäume stellte sie fest, wie sehr er und Cal sich ähnelten. Die gleiche Statur, die gleichen Gesichtszüge. In seinen Augen lag ein eigenartiger Ausdruck, und sie fragte sich, wie lange er wohl schon da gestanden und sie beobachtet haben mochte.

Sie ging nicht auf ihn zu. Auch wenn er keine Bedrohung mehr darstellte – und sie gestand sich ein, dass sie albern und übertrieben reagiert hatte –, so hatte er doch ihrer Schwester das Herz gebrochen.

„Cal ist drinnen." Ihre Stimme klang kühl und knapp. Sie machte sich nicht die Mühe, freundlich zu sein.

Sie zeigt ihren Ärger auf andere Art als Sunny, dachte Jacob. Sunny explodierte und ging sofort zum Angriff über. Libby dagegen behielt ihren Ärger unter Kontrolle und ließ ihn in ihrem Innern auf kleiner Flamme köcheln.

„Ich wollte mit dir reden."

Libby hatte Konfrontationen noch nie gemocht, aber auf diese hier war sie vorbereitet. „Nichts, was du sagen könntest, würde mich dazu bringen, Einfluss auf Cal auszuüben. Es ist allein seine Entscheidung, ob du das akzeptierst oder nicht. Das war es vorher auch schon."

„Das weiß ich." Er kam durch den Schnee auf sie zu, bis er neben ihr stand. „Ich hätte nicht erwartet, dass ich es verstehe, aber es ist so. Unsere Eltern … Es wird ihnen viel bedeuten, wenn ich ihnen von dir erzählen kann. Und von dem Kind."

„Er vermisst sie." Ihre Stimme klang belegt, weil so viele Gefühle in ihrem Innern miteinander kämpften. „Das sollten sie erfahren."

„Das werden sie."

„Warum hast du es ihr nicht gesagt?", fuhr sie auf. „Wie konntest du zulassen, dass sie sich in dich verliebt, wenn du genau wusstest, dass du zurückgehen würdest?"

Er steckte die geballten Fäuste in die Jackentaschen. „Ich habe zwei Jahre lang an nichts anderem gearbeitet, bin Zentimeter für Zentimeter vorangekommen. Aus einem einzigen Grund. Um meinen Bruder zu finden und ihn nach Hause zu holen."

Bei diesen Worten begannen ihre Augen Funken zu sprühen. „Du kannst ihn nicht haben."

„Nein." Fast hätte er gelächelt. Vielleicht war sie Sunny doch ähnlicher, als er gedacht hatte. „Und Sunny kann ich auch nicht haben. Damit muss ich leben. Sie ist es nicht allein, die sich verliebt hat. Sie ist nicht die Einzige, die jemanden verliert."

„Aber du wusstest, auf was du dich einlässt."

Zitternd vor Frustration und Ärger schaute er sie an. Und zum ersten Mal erkannte sie in seinem Blick, wie elend er sich fühlte. „Du dachtest damals, Cal würde wieder zurückgehen. Hat dich das davon abgehalten, ihn zu lieben? Oder ihn, dich zu lieben?"

„Nein." Sie seufzte leise und legte ihre Hand auf seinen Arm. „Nein, das hat es nicht."

„Sunny ist stark", sagte er. Seine Bestimmtheit war ins Wanken geraten, als er das Verständnis aus ihrer Stimme herausgehört hatte. „Sie wird sich nicht erlauben, zu lange zu leiden. Wenn ich nicht zurückkomme ..." Der Schmerz zerriss ihn fast, zwang ihn dazu, tief durchzuatmen. „Wenn ich es nicht schaffe, wird sie darüber hinwegkommen."

„Glaubst du das wirklich?"

„Ich muss daran glauben." Er fuhr sich mit fahrigen Fingern durchs Haar. Mit einem dumpfen Schmerz in seinem Innern gestand er Libby, was er Sunny nicht hatte sagen können. Was er sich selbst nicht hatte eingestehen wollen. „Ich habe die Prozedur noch lange nicht perfektioniert. Dieses Mal habe ich mich um Monate verkalkuliert. Beim nächsten Mal, wenn es denn eines gibt, liege ich vielleicht um Jahre daneben. Sunny hat dann vielleicht schon ein neues Leben angefangen. Das werde ich akzeptieren müssen."

Libby lächelte ihn an. „Ich studiere Menschen. Wenn man daraus einen Beruf macht, lernt man mehr als nur Traditionen und gesellschaftliche Umgangsformen. Man lernt, dass wahre Liebe, die alles überdauert, sehr selten ist. So etwas sollte man nicht für selbstverständlich halten, J. T. So etwas muss man ganz besonders in Ehren halten."

Er sah auf die weiße Landschaft hinaus, auf eine Welt, die er gerade erst angefangen hatte zu verstehen. „Ich werde jeden Tag an sie denken, für den Rest meines Lebens. Und ich kann dir versichern, dass ich alles tun werde, von dem Moment an, da ich wieder in meiner Zeit bin, um einen Weg zurückzufinden. Um einen Tag, wenn möglich eine Stunde nach meiner Abreise wieder hier zu sein."

Bewegt beugte sie sich vor und küsste ihn auf die Wange. Es überraschte sie, dass er die Arme fest um sie schlang, doch ohne Zögern erwiderte sie die Umarmung.

„Pass auf die beiden auf", murmelte er.

„Das werde ich." Sie drückte ihn kurz und lächelte dann, als sie Cal erblickte, der ihnen entgegenkam. Noch einmal küsste sie Jacob auf die Wange, dann streckte sie Cal die Hand entgegen. „Ich denke, ich werde uns jetzt erst einmal Frühstück machen."

„Danke." Cal drückte ihre Finger. „Ich liebe dich."

Mit einem Lächeln schlug Libby die Richtung zur Hütte ein. „Ist Sunny im Haus?"

Cal wandte sich zu seinem Bruder um. „Sie kam früh zurück." Er legte Jacob eine Hand auf den Arm. „J. T., sie bat mich, dir eine sichere Reise zu wünschen, aber sie kann sich nicht noch einmal von dir verabschieden."

„Zum Teufel damit."

„Jacob." Cal versperrte seinem Bruder den Weg. „Glaub mir, es macht es nur schlimmer für sie, wenn sie dich noch einmal sehen muss."

„Was denn? Ein glatter Schnitt, einfach so?" Jacob riss sich von Cal los.

„Niemand sagt, dass es einfach ist. Keiner kann dich besser verstehen als ich. Wenn du sie liebst", setzte er leise hinzu, „dann lass ihr diesen letzten Wunsch."

Mit hochgeworfenen Armen marschierte Jacob ein paar Meter weiter. Schmerz überwältigte ihn, Schmerz vermischt mit Bitterkeit. Sie wollte ihn nicht mehr sehen. Schon jetzt war sie nur eine Erinnerung. Vielleicht ist es besser so, sagte er sich.

Dann konnte er sich einreden, dass sie bereits angefangen hatte, mit ihrem Leben fortzufahren.

Wenn es nichts mehr gab, was er für sie tun konnte, dann würde er ihr diesen Wunsch erfüllen. „Also gut. Sag ihr …" Seine Stimme erstarb, dann fluchte er plötzlich laut. Er würde nie Worte für das finden, was er für sie empfand. Selbst wenn er Cals Hang zur Poesie hätte, würde alles nur völlig unzureichend klingen.

„Sie weiß es", sagte Cal leise. „Komm mit hinein."

Am Nachmittag fuhren Cal und Libby Jacob zum Schiff hinaus. Er fragte sich, ob Sunny ihnen vom Fenster aus nachschaute. Aber als er sich umdrehte und zum Haus zurückblickte, schien die Sonne auf die Scheiben, und er konnte nichts erkennen.

Cal redete ununterbrochen, er versuchte die bedrückte Stimmung mit Small Talk aufzuheitern. Aber Jacob sah, wie sein Bruder nach der Hand seiner Frau griff und sie fest drückte.

Selbst das war ihm verwehrt, diese letzte Berührung.

Innerlich verfluchte er Sunny und stieg aus dem Wagen. „Ich werde Mom und Dad alles berichten."

Cal nickte. „Und sieh zu, dass du so schnell wie möglich wieder in dein Labor kommst. Ich will, dass du die beiden für einen Besuch herbringst."

„Ich komme wieder." Jacob umarmte seinen Bruder.

„Ich liebe dich, J. T."

Jacob stieß den Atem aus und wandte sich an Libby. „Sag deiner Schwester, dass ich einen Weg finden werde."

„Darauf zähle ich." Libby blinzelte die Tränen zurück und reichte ihm einen Briefumschlag. „Sie bat mich, dir das zu geben. Aber du sollst ihn erst aufmachen, wenn du zurück in deiner Zeit bist. Du musst es versprechen."

Er griff nach dem Umschlag, doch Libby zog die Hand zurück. „Erst dein Wort, Jacob. Cal behauptet, du nimmst ein Versprechen sehr ernst."

„Ich werde den Brief erst öffnen, wenn ich angekommen bin." Jacob faltete den Umschlag sorgfältig zusammen, bevor er ihn in seine Tasche gleiten ließ. Dann küsste er Libby, erst auf die eine, dann auf die andere Wange und schließlich auf den Mund. „Bleib gesund, Schwägerin."

Die erste Träne fiel ihr auf die Wange. „Du auch, Schwager." Sie barg das Gesicht an Cals Schulter, als Jacob durch die Luke sein Schiff bestieg.

„Er kommt zurück, Libby." Cal hob zum Abschied die Hand und küsste seine Frau aufs Haar, während sie an seiner Schulter weinte. „Es ist nur eine Frage der Zeit."

Im Schiff konzentrierte Jacob sich auf die Aufgabe, die vor ihm lag, und ging an die Arbeit. Die Startvorbereitungen waren relativ simpel, aber er ging die Routinecheckliste mit der Genauigkeit eines Piloten im ersten Jahr durch. Er wollte nicht denken. Konnte es sich gar nicht leisten.

Er hatte gewusst, dass es wehtun würde, aber diesen Schmerz hatte er nicht erwartet. Nicht diesen dumpfen, zerreißenden Schmerz. Sogar seine Finger schienen steif davon zu sein, als er sie über Schalter und Knöpfe gleiten ließ.

Die Lichter blinkten, als er die Startschalter umlegte. Durch die Frontscheibe sah er, wie Cal Libby aus der Gefahrenzone herausführte. Ein letztes Mal suchte er den Wald nach einem Zeichen von Sunny ab, doch es war nichts zu sehen. Er legte den letzten Schalter um.

Das Schiff hob sich langsam in die Luft, nahezu geräuschlos. Jacob wusste, er konnte sich keine Verzögerungen leisten, und doch hielt er die Geschwindigkeit niedrig, bis sein Bruder nur noch als schwarzer Punkt in einem weißen Meer von Schnee zu erkennen war. Mit einem unterdrückten Fluch schob Jacob den Steuerknüppel vor und schoss mit hoher Geschwindigkeit in die Atmosphäre hinauf.

Die Weite des Weltraums war beruhigend. Jacob wollte jedoch nicht beruhigt, nicht getröstet werden. Er brauchte den

Ärger, um sich daran aufrechtzuhalten. Mit zusammengebissenen Zähnen wandte er sich dem Bordcomputer zu.

„Koordinaten zur Sonne ausrichten.“

Koordinaten ausgerichtet.

Durch die Frontscheibe war die Erde jetzt nur noch ein kleiner blauer Ball. Routiniert steuerte Jacob das Schiff durch einen Meteoritenschauer hindurch. Einfach, dachte er. Hier gab es keinen Verkehr, keine Patrouillen, keine Kontrollpunkte.

Er drückte einen Knopf und schoss in den Hyperraum. Seine Augen verengten sich, seine Muskeln spannten sich an, als er auf die Sonne zuhielt. Als er den Schutzschild hinunterließ, flog er ohne direkte Sicht. Fast unbeteiligt verfolgte er auf den Kontrollmessern, wie die Außentemperatur anstieg. Die Aufregung, die er während der Hinreise empfunden hatte, fehlte völlig. Er arbeitete mit dem Computer, gab den Befehl ein, die Geschwindigkeit zu erhöhen, justierte den Flugwinkel. Genau und mechanisch bedienten seine Finger die Kontrollkonsole. Dieses Mal war er vorbereitet, und doch warf ihn die Gravitation in den Pilotensitz zurück. Fluchend hielt er sein Schiff auf Kurs, füllte das Cockpit mit seiner Wut und seiner Hoffnungslosigkeit.

Er war Tausende von Meilen im Weltall, doch sein Herz hatte er dort unten zurückgelassen.

Jetzt schoss er wie eine Pistolenkugel durch Raum und Zeit. Und immer weiter fort von seinem Herzen.

Jacob war außer Atem, als die Prozedur vollendet war. Schweiß rann ihm über den Rücken. Ein Blick auf die Kommandokonsole bestätigte ihm, dass alles erfolgreich verlaufen war.

Erfolgreich, dachte er bitter und rieb sich mit der Hand übers Gesicht. Als der Schutzschirm wieder hochgefahren war, blickte Jacob auf seine Zeit.

Das Bild war das Gleiche, die Sterne, die Planeten, das samtige Schwarz. Aber es gab mehr Satelliten, und in der Ferne sah Jacob ein Blinken. Eine Außenstation, wie er wusste. In knapp einer halben Stunde würde er sich in den Verkehr hier oben einreihen müssen. Er wäre nicht länger allein. Er lehnte sich zurück und schloss verzweifelt die Augen.

Sie war fort.

Das Schicksal hatte ihn zu ihr geführt, das Schicksal hatte ihn wieder von ihr weggerissen. Das Schicksal und sein Verstand. Er würde diesen Verstand einsetzen, um zu ihr zurückzugelangen. Und wenn es sein ganzes Leben dauern sollte. Er würde einen Weg finden.

Mit einer langsamen Bewegung zog er den Brief aus seiner Tasche. Das war alles, was ihm von ihr geblieben war. Eine kurze Botschaft, ein paar Worte, Erinnerungen. Es würde ihm nie reichen. Wütend riss er den Umschlag auf.

Nur ein Wort.

Überraschung.

Völlig verdattert starrte er auf das Blatt Papier. Überraschung? Was für eine Botschaft sollte das denn sein? Das war mal wieder typisch für sie!

Wütend zerknüllte er das Blatt in seiner Hand. Und glättete es gleich darauf wieder vorsichtig. Wenn das alles war, dann würde er sich auch damit zufriedengeben.

Ein leises Geräusch hinter seinem Rücken ließ ihn herumfahren.

Sie stand da, auf der Schwelle zum Cockpit. Sie war leichenblass, und ihre Augen blickten glasig. Und während er sie noch völlig regungslos anstarrte, bewegten sich ihre Lippen.

„Du hast meine Nachricht also erhalten."

„Sunny?" Er flüsterte ihren Namen und fragte sich, ob er halluzinierte. Vielleicht war das ja ein möglicher Nebeneffekt von Zeitreisen. Er würde das in seine Berechnungen einschließen müssen.

Doch er konnte sie nicht nur sehen und hören, er nahm auch ihren Duft wahr.

Mit einem Satz war er aus dem Sitz und bei ihr, um sie an sich zu pressen und sie mit der Verzweiflung eines Ertrinkenden zu küssen.

Und dann holte ihn die Erkenntnis mit Wucht ein. Ängstigte ihn halb zu Tode.

„Was, zum Teufel, suchst du hier?" Er schüttelte sie bei den Schultern. „Was hast du getan?"

„Ich habe getan, was ich tun musste." Als sie schwankte, fluchte Jacob erneut. „Du kannst mich später anschreien", erwiderte sie völlig ruhig. „Ich glaube, erst einmal werde ich jetzt ohnmächtig."

„Nein, wirst du nicht." Auch wenn er rasend vor Wut war, hob er sie so sanft auf seine Arme, als sei sie aus zerbrechlichem Porzellan, und trug sie zu seinem Sitz. Und dann wurde er ganz sachlich.

„Ist dir schwindlig?"

„Ja." Sie drückte die Hände an die Schläfen. „Das war ja auch wirklich eine rasante Fahrt."

„Übelkeit?"

„Auch, ja."

Jacob öffnete ein kleines Fach und holte eine Schachtel hervor. Daraus nahm er eine kleine, hauchdünne Scheibe. „Hier, leg dir das auf die Zunge und lass es zergehen. Närrin", schimpfte er, auch wenn sie gehorsam die Tablette einnahm. „Du warst für eine Reise mit Warp-Geschwindigkeit überhaupt nicht ausgestattet."

Die Besserung trat sofort ein. Sunny atmete tief durch, erleichtert, dass ihr die Erniedrigung einer Ohnmacht erspart blieb. Für einen Moment ignorierte sie Jacob und wandte sich dem faszinierenden Ausblick zu. Die Galaxis lag ausgebreitet vor ihr.

„Das ist unglaublich." Ihre Wangen hatten schon wieder Farbe bekommen. „Ist das … ist das da unten die Erde?"

„Ja." Seine Handflächen waren feucht. Wenn sein Magen sich nicht langsam beruhigte, würde er selbst eine von den Pillen nehmen müssen. „Sunny, ist dir überhaupt klar, was du da getan hast?"

„Wie schnell fliegen wir eigentlich?"

„Sunny!"

„Ja, ich weiß, was ich getan habe." Sie drehte sich mit dem Sitz um und legte die Hände auf seine Knie. Ihre Augen waren jetzt klar und ernst. „Ich bin mit dir durch die Zeit gereist, Jacob."

„Du musst völlig verrückt sein." Am liebsten hätte er sie geschüttelt, bis ihr die Zähne klapperten. Und sie an sich gezogen, bis sie beide miteinander verschmolzen. „Wie konntest du nur eine solch unvernünftige und leichtsinnige Posse durchziehen!"

„Cal und Libby haben mir geholfen."

„Was? Sie wussten, was du vorhattest?"

„Ja." Als ihre Finger zu zittern begannen, verschränkte sie hastig die Hände im Schoß. Jacob sollte nicht wissen, dass sie Angst hatte. „Ich habe es letzte Nacht beschlossen."

„Du hast also beschlossen, ja?"

„Genau." Sie schob entschlossen ihr Kinn vor. „Ich habe heute Morgen mit Cal gesprochen und ihm gesagt, was ich vorhabe." Sie war jetzt ruhiger und drehte sich wieder zur Scheibe. Da waren überall Lichter; die Sterne, zu denen sie ihr Leben lang aufgeschaut hatte, lagen direkt vor ihr. Es war unfassbar, aber wahr: Sie flog durchs Weltall, mit dem Mann, den sie liebte. Dem einzigen Mann, den sie je lieben würde.

Irgendjemand musste hier vernünftig bleiben und Ruhe bewahren. Aber Jacob war nicht sicher, ob er dieser Jemand sein konnte. „Sunny, ich glaube nicht, dass du die Tragweite deiner Handlung ganz begriffen hast."

„Doch, ich bin mir dessen bewusst." Ja, sie war jetzt wirklich ruhig. Ihr Kopf war klar und ihr Herz überglücklich. „Cal hat zwar ein bisschen protestiert, aber wohl mehr um Libbys willen. Als ich dann mit Libby sprach, hatte sie volles Verständnis für mich. Sie hat mich heute Nachmittag zum Schiff gefahren, als du mit Cal zusammen warst."

„Deine Eltern ..."

„Wollen, dass ich glücklich bin." Trotzdem verspürte sie den schmerzenden Stich, als sie an sie dachte. „Libby und Cal werden es ihnen erklären." Da sie sicher war, dass ihre Beine sie wieder tragen würden, erhob sie sich und ging im Cockpit umher. „Ich sage ja nicht, dass sie nicht traurig sein oder mich nicht vermissen werden, wenn wir nicht mehr zurückkönnen. Aber mein Vater – vor allem mein Vater – wird begeistert sein, wenn er sich vorstellt, wo ich bin." Sie lachte. „*Wann* ich bin", korrigierte sie und drehte sich lächelnd zu Jacob um. „Keiner von uns beiden ist besonders gut darin, Kompromisse zu schließen, J. T. Für uns heißt es immer ,alles oder nichts'. Und deshalb passen wir ja auch so perfekt zusammen."

„Ich wäre zurückgekommen." Er fuhr sich mit beiden Händen durchs Haar. „Verflucht, Sunny, ich hatte dir gesagt, dass ich zurückkomme. Ein Jahr, vielleicht auch zwei oder drei."

„So lange wollte ich aber nicht warten."

„Närrin! Wenn ich die Sache erst perfektioniert hätte, wäre ich fünf Minuten nach meinem Abflug wieder in deiner Zeit gewesen." In ihrer Zeit. Es auszusprechen, machte ihm die ganze Ungeheuerlichkeit erst klar. „Du hattest kein Recht dazu, eine solche Entscheidung zu treffen, ohne mit mir darüber zu reden."

„Es war aber meine Entscheidung." Gereizt stapfte sie mit energischen Schritten auf ihn zu. „Wenn du mich nicht willst, dann suche ich mir eben ein paar nette Begleiter, die meine Gesellschaft zu schätzen wissen. Vielleicht auf dem Mars. Ich komme auch gut allein zurecht. Betrachte die Sache einfach so, als hättest du einen Anhalter mitgenommen."

„Hier geht es nicht darum, was ich will, sondern was das Beste für dich ist."

„Ich weiß, was das Beste für mich ist." Sunny stieß ihm mit der Faust auf die Brust. „Bisher dachte ich, du seist das Beste für mich. Aber ich habe mich auch vorher schon ein- oder zweimal geirrt." Sie wirbelte herum und schaffte genau zwei Schritte, bevor er sie packte.

„Wo willst du hin?", knurrte er. „Wir haben noch ein paar Tausend Kilometer, bevor wir die Atmosphäre erreichen."

„Es ist doch ein großes Schiff, oder?"

„Setz dich."

„Ich will mich aber nicht …"

„Ich sagte, setz dich." Nicht gerade sanft drückte er sie in den Sitz. „Und halt endlich den Mund. Ich habe dir etwas zu sagen." Als Sunny die Hände auf die Armlehnen stützte, in der Absicht aufzustehen, hielt Jacob ihr die geballte Faust vors Gesicht. „Ich warne dich. Wenn du dich von der Stelle rührst, verpasse ich dir einen rechten Schwinger."

Schäumend vor Wut, setzte sie sich zurück. „Das scheint ein Ausdruck zu sein, der die Jahrhunderte überdauert hat."

„Hätte ich gewusst, was du vorhast, hätte ich diesen Ausdruck schon früher benutzt. Es gab Risiken, von denen du keine Ahnung hattest. Sie hätten katastrophale Folgen. Hätte ich einen Fehler gemacht, nur die kleinste Fehlkalkulation …"

„Hast du aber nicht."

„Darum geht es hier nicht."

„Worum dann, Hornblower?"

„Du hättest es nicht tun sollen."

Sunny schnaubte ungeduldig. „Es ist ja wohl müßig, jetzt noch darüber zu diskutieren, oder? Warum gehen wir nicht endlich zum nächsten Punkt über?"

Jacob hatte das Gefühl, sich dringend setzen zu müssen. „Du kannst vielleicht nie wieder zurück."

„Das weiß ich. Und ich habe mich damit zurechtgefunden."

„Falls du deine Meinung ändern solltest …"

„Jacob." Mit einem Seufzer erhob sie sich und ging vor ihm in die Hocke. „Meine Meinung kann ich nicht ändern, es sei denn, ich ändere mein Herz. Und das ist unmöglich."

Er strich ihr über das Haar. „Ich hätte das nie von dir verlangt."

„Ich weiß. Und wenn ich dich gebeten hätte, mich mitzunehmen, hättest du mir mindestens ein Dutzend logischer Gründe aufgezählt, warum es nicht machbar ist." Sie schmiegte ihre Wange in seine Hand. „Und du hättest dich geirrt. Das Einzige, was nicht machbar ist, ist ein Leben ohne dich."

„Sunny."

„Sieh es doch mal so: Ich habe schon immer geahnt, dass ich meiner Zeit weit voraus bin. Ich bin einfach zur falschen Zeit geboren. Vielleicht komme ich in deiner Zeit besser zurecht."

„Es war absolut idiotisch, was du da getan hast." Jacob zog sie auf seinen Schoß. „Aber ich bin heilfroh, dass du es getan hast."

„Also bist du nicht wütend?"

Er zeigte ihr mit einem Kuss, wie wütend er war. „Als du mich nicht mehr sehen wolltest, war mir, als hättest du mir das Herz herausgerissen. Aber das war mir gleich. Ich hatte es sowieso bei dir gelassen."

Tränen schossen ihr in die Augen, doch sie drängte sie zurück. Sie wollte für ihn lächeln. „Das ist ja geradezu poetisch."

„Gewöhn dich nur nicht dran." Ohne sie loszulassen, beugte er sich vor und betätigte ein paar Schalter.

„Kannst du mir beibringen, wie man so ein Ding fliegt?"

Er warf ihr einen Seitenblick zu. Sie war tatsächlich hier. An seiner Seite. Für immer. „Ich hatte schon befürchtet, dass du mich das fragen würdest."

„Ich lerne wirklich schnell."

„Und genau davor habe ich die größte Angst." Er bog sie zurück, bis sie bequem in seiner Armbeuge lag. „Ich weiß nicht, ob meine Zeit schon bereit für dich ist."

„Aber du bist es doch."

Er küsste sie zärtlich. „Ich war mein ganzes Leben für dich bereit."

Sie genoss den Kuss, bis die Leidenschaft sich regte. „Sag mal, kann man dieses Ding auf Autopilot einstellen?"

„Jetzt leider nicht."

„Wir haben es zurückgeschafft, nicht wahr?"

Jacob deutete mit dem Kopf auf die Frontscheibe und hinaus ins All. „Ein Stückchen haben wir noch vor uns."

„Nein, ich meinte ... welches Jahr haben wir?"

„2255."

Bei der Ungeheuerlichkeit dieser Vorstellung schwindelte ihr, aber seine Arme hielten sie sicher und fest. „Dann bin ich jetzt also ... 288 Jahre alt." Sie hob eine Augenbraue. „Wie stehst du zu älteren Frauen?"

„Ich bin verrückt nach ihnen."

„Dann bereite dich schon mal darauf vor, dass die Schwerkraft sicherlich ihren Tribut verlangen wird, wenn ich meinen dreihundertsten Geburtstag feiere." Sie drückte ihm einen federleichten Kuss auf die Lippen. „Ich gedenke dich zu ärgern, zu frustrieren und dein Leben in ein Chaos zu verwandeln, und zwar für eine lange Zeit."

„Darauf verlasse ich mich."

Gemeinsam schauten sie auf den blaugrünen Planeten, ihr Zuhause, das immer näher kam.

Epilog

Das Rauschen des Meeres schien das ganze Zimmer zu erfüllen. Die durchsichtige Wand gab den Blick frei auf einen Sturmhimmel, über den grelle Blitze zuckten, und eine aufgewühlte See. Der Duft von Jasmin, schwer und betäubend, hing in der Luft, und träumerische Musik schwebte über dem Echo der Wellen und dem Grollen des Donners.

„Ich hatte recht", murmelte Sunny.

Jacob drehte sich ein wenig in dem wolkenweichen Bett, um sie näher zu sich heranzuziehen. „Womit? Mit dieser Zeit?"

„Dem Gewitter." Ihr ganzer Körper summte noch von der Leidenschaft, die Jacob in ihr entfesselt hatte. „Ich wusste, eine Mondscheinnacht oder ein tropischer Sonnenuntergang hätten nie gepasst."

Ja, sie hatte recht. Und er würde den Teufel tun, es zuzugeben. „Die Atmosphäre macht eigentlich gar keinen so großen Unterschied."

Sie rollte sich auf ihn. „Warum hast du mich dann hierhergebracht? Zu dem Ort, den du mir einmal beschrieben hast?"

„Weil du dich ein paar Tage entspannen solltest. Das hast du dringend nötig."

„Aha." Sie grinste. „Und wann fangen wir mit dem Entspannen an?" Sie beugte sich vor und setzte eine Reihe von Küssen auf seine bloße Brust. „Siehst du, du verspannst dich schon wieder."

Er strich ihr übers Haar. „Wie lange sind wir jetzt verheiratet?"

Träge berührte sie einen Knopf an der Bettseite. Digitale Zahlen blitzten vor ihnen in der Luft auf, blieben eine Weile dort hängen, verblassten wieder. „Fünf Stunden und zwanzig Minuten."

„Nun, ich denke, in ungefähr fünfzig Jahren können wir uns entspannen." Er ließ seine Hand zu ihrer bloßen Schulter wandern. „Gefällt es dir?"

„Das Verheiratetsein?"

„Das auch. Aber ich meinte, hier."

Er ist so süß, dachte sie. Er bemühte sich so sehr zu vermeiden, dass sie ihn für sentimental hielt. „Ich liebe es. Und da wir frisch verheiratet sind, kann ich es mir auch erlauben, überschwänglich zu sein. Deshalb werde ich dir etwas gestehen: Mich hierherzubringen, ist das Romantischste, was du je für mich getan hast. Es ist wundervoll hier."

„Vielleicht hättest du Paris vorgezogen oder das Flitterwochen-Hotel auf dem Mars."

„Zum Mars können wir später immer noch." Sie musste kichern. „Ich habe mich schon fast daran gewöhnt, solche Dinge auszusprechen. Ich sagte dir doch, ich lerne schnell."

„Du bist auch schon sechs Monate hier."

„Du bist wirklich eine harte Nuss." Sie schmiegte ihre Wange an seine Brust. „Sechs Monate. Du hast dir wirklich Zeit gelassen, mich zu heiraten."

„Ich hätte es in sechs Minuten hinter mich gebracht, wenn ihr, du und mein Vater, euch nicht zusammengetan hättet."

Mit gefährlich funkelnden Augen hob sie den Kopf. „Die Steuererklärung bringt man hinter sich, aber nicht eine Hochzeit."

„Steuererklärung? Was ist das denn?" Verständnislos sah er sie an.

„Entschuldige, ich vergaß. Unangenehme Pflichten", erklärte sie, „bringt man hinter sich. Wenn die Heirat dir so unangenehm war, warum hast du es dann überhaupt getan?"

„Weil du mir sonst ständig damit in den Ohren gelegen hättest." Er zuckte zusammen, als sie ihn kräftig in die Seite kniff. „Es war das Mindeste, was ich für dich tun konnte." Dieses Mal lachte er und rollte sie herum, als sie ihre Nägel in seine Oberarme grub. „Weil du umwerfend bist."

„Das reicht nicht."

„Und leidlich intelligent."

„Einen Versuch hast du noch."

„Weil ich dich so sehr liebe, dass mir die Sicherungen durchgebrannt sind."

„Nun, das kann ich akzeptieren." Glücklich schlang sie die Arme um seinen Nacken. „Mag sein, dass es ziemlich viel Trubel war, aber es war eine wunderschöne Hochzeit. Ich bin froh, dass dein Vater uns zu einer traditionellen Heirat überredet hat."

„War nicht schlecht, wenn man solche Zeremonien mag", gab er gewollt lässig zurück. Als er sie am Arm seines Vaters das Mittelschiff der Kirche hatte durchschreiten sehen, in einem langen, schimmernd weißen Kleid, war er vor Ehrfurcht geradezu erstarrt.

„Ich mag deine Eltern. Sie haben mich so herzlich aufgenommen, dass ich mich direkt zu Hause gefühlt habe." Sunny stieß mit der Zunge von innen gegen ihre Wange. „Vor allem, nachdem sie mich in die dunkelsten Familiengeheimnisse eingeweiht haben."

„Als da wären?"

„Das T in J.T." Seine Grimasse befriedigte sie zutiefst. Und sie würde es weidlich auskosten. „Du warst so frech, so undiszipliniert, so dickköpfig, so …"

„Ich war lediglich ein wissbegieriges und neugieriges Kind."

„… unbelehrbar", fuhr sie unbeirrt fort, „dass dein Vater immer zu sagen pflegte, ‚Trouble' – Ärger – sei dein zweiter Vorname. Also blieb das T an dir hängen. Meiner Meinung nach völlig zu Recht."

„Du ahnst noch gar nicht, was Ärger heißt."

Sunny biss ihn leicht in die Lippen. „Ich hoffe, das werde ich noch lernen."

Jacob gab ihr einen flüchtigen Kuss und schlüpfte aus dem Bett. Die seidigen Laken vor die Brust gepresst, richtete Sunny sich entrüstet auf.

„Wohin willst du? Ich bin noch nicht fertig mit dir."

„Ich hab was vergessen." Nein, er hatte es nicht vergessen, er hatte auf den richtigen Moment gewartet. Er stellte die Beleuchtung so ein, dass die Lampen wie ein Dutzend Kerzenflammen flackerten. Augenblicke später kehrte er zum Bett zurück, eine Schachtel in der Hand. „Es ist ein Geschenk."

„Warum?"

„Weil ich dir noch nie eines gemacht habe." Er legte ihr die Schachtel in die Hände. „Was ist? Machst du es auf, oder willst du es nur anstarren?"

„Ich wollte den Moment genießen." Die Zunge zwischen die Zähne geklemmt, machte sie sich daran, den kleinen Karton zu öffnen. Zum Vorschein kam eine Teekanne, bauchig, aus minderwertigem Porzellan und mit kitschigen Margeriten. „Du meine Güte!"

„Ich wollte, dass du etwas aus deiner Zeit hast." Er kam sich dumm und verlegen vor. Niemals würde er zugeben, dass er monatelang in Antiquitätenläden gestöbert hatte. „Als ich die hier sah, war es wie … nun, wie Schicksal. Sunny, fang jetzt bloß nicht an zu heulen."

„Ich muss aber." Sie schnüffelte und sah mit tränenfeuchten Augen zu ihm auf. „Sie hat überlebt. Die ganze lange Zeit."

„Alles Gute überlebt."

„Jacob." Hilflos zuckte sie die Schultern, dann presste sie die Kanne an sich. „Du hättest mir kein schöneres Geschenk machen können."

„Doch, es gibt noch etwas." Er setzte sich neben sie auf die Bettkante und nahm ihr die Teekanne ab, um sie beiseite zu stellen. „Wie würde es dir gefallen, zu Weihnachten deine Eltern zu besuchen?"

Einen langen Moment blieb Sunny sprachlos. Dann: „Bist du sicher?"

„Ich habe es fast geschafft, Sunbeam." Zärtlich wischte er ihr die Träne von der Wange. „Hab nur noch ein bisschen länger Vertrauen zu mir."

Überwältigt schlang sie die Arme um seinen Nacken. „Du brauchst dich nicht zu hetzen. Wir haben alle Zeit der Welt."

– ENDE –

Informationen zu unserem Verlagsprogramm, Anmeldung zum Newsletter und vieles mehr finden Sie unter:

www.harpercollins.de

Lesen Sie auch von Nora Roberts:

Nora Roberts
Endless Passion
Band-Nr. 25944
9,99 € (D)
ISBN: 978-3-95649-585-4
384 Seiten

Nora Roberts
Dreams of Forever
Band-Nr. 25903
9,99 € (D)
ISBN: 978-3-95649-272-3
384 Seiten

Nora Roberts
Hotel der Herzen
Band-Nr. 25975
9,99 € (D)
ISBN: 978-3-95649-622-6
368 Seiten

Deutsche Erstveröffentlichung

Claire Contreras
Kein Tag
mehr ohne dich

Das Leben ist schmerzhaft
und viel zu kurz. Aber es
kann auch wunderschön
sein, weiß Elle, und beginnt
ein Jahr nach dem Tod ihres
Verlobten die Scherben ihres Lebens zusammenzuset-
zen. Nur um sich gleich vor
neuem Schmerz schützen zu
müssen, als plötzlich ihre
erste Liebe Oliver wieder
vor ihr steht und eine zweite
Chance will. Das letzte Mal
brach er ihr das Herz. Dies-
mal werden nicht einmal mehr Scherben übrig bleiben, wenn er
sie erneut verlässt. Und doch fühlt Elle sich in seinen Armen etwas weniger zerbrochen …

Band-Nr. 25977
9,99 € (D)
ISBN: 978-3-95649-630-1
352 Seiten
Auch als eBook erhältlich!

**Ein Buch, von dem man sich gern
das Herz brechen lässt!**

Deutsche Erstveröffentlichung

Kristen Proby
Für Happy End
gibt's kein Rezept

Band-Nr. 25985
X9,99X € (D)
ISBN: 978-3-95649-633-2
336 Seiten
Auch als eBook erhältlich!

Alle schwärmen vom *Seduction,* dem Restaurant, das Addie gemeinsam mit ihren Freundinnen führt. Als Tüpfelchen auf dem i fehlt nur noch Live-Musik. Doch kaum dass ein Typ mit Gitarre hereinschneit und sich bewirbt, kippt Addie fast aus ihren High Heels. Jake Knox, der berühmte Rockstar! Seit jeher üben Musiker einen gefährlichen Reiz auf sie aus, stärker als Schuhe und Schokolade zusammen. Und Jake mit seinen grünen Augen und der rauchigen Stimme könnte ihr zum Verhängnis werden …

**„Niemand sonst schreibt mit so viel Feuer und Gefühl
wie Kristen Proby. Ich bewundere sie!"**

Nummer-1-Bestsellerautorin Sylvia Day

„In *Der Für-immer-Mann* zeigt Susan Mallery
auf wundervolle Weise,
wie machtlos man gegen die Liebe ist –
egal, wie sehr man sein Herz schützen möchte."

Romantic Times Book Reviews

Deutsche
Erstveröffent-
lichung

Susan Mallery
Der Für-immer-Mann

Band-Nr. 25969

9,99 € (D)

ISBN: 978-3-95649-624-0

304 Seiten

Auch als eBook erhältlich!

Quinn glaubt nicht, dass es
die richtige Frau für ihn gibt.
Doch bei einem Wettkampf
begegnet er der Selbstvertei-
digungsexpertin D. J., die ihn
buchstäblich aus den Socken
haut. Zwischen ihnen sprühen vom ersten Augenblick
an die Funken. Da passt es
sehr gut, dass D. J. ihn als
Ausbilder haben möchte. So
kann er ihr körperlich umso
näher kommen. Nachteil:
Emotional beißt er bei D. J.
auf Granit. Doch so leicht
lässt sich ein Special-Forces-
Mann nicht von seinem Ziel
abbringen …